Charlotte Link
EINSAME NACHT

Autorin

Charlotte Link, geboren in Frankfurt am Main, ist die erfolgreichste deutsche Autorin der Gegenwart. Ihre Kriminalromane sind internationale Bestseller, auch »Die Suche« und zuletzt »Ohne Schuld« eroberten wieder auf Anhieb die SPIEGEL-Bestsellerliste. Allein in Deutschland wurden bislang über 32 Millionen Bücher von Charlotte Link verkauft; ihre Romane sind in zahlreiche Sprachen übersetzt. Charlotte Link lebt mit ihrer Familie in der Nähe von Frankfurt am Main.

Von Charlotte Link bereits erschienen:

Die Kate-Linville-Reihe:
Die Betrogene, Die Suche, Ohne Schuld
Die Sturmzeit-Trilogie:
Sturmzeit, Wilde Lupinen, Die Stunde der Erben

Außerdem:

Die Entscheidung, Im Tal des Fuchses, Der Beobachter, Das andere Kind, Die letzte Spur, Das Echo der Schuld, Der fremde Gast, Am Ende des Schweigens, Die Täuschung, Die Rosenzüchterin, Das Haus der Schwestern, Der Verehrer, Die Sünde der Engel, Schattenspiel

Besuchen Sie uns auch auf
www.instagram.com/blanvalet.verlag und
www.facebook.com/blanvalet.

Charlotte Link

Einsame Nacht

Kriminalroman

blanvalet

Sollte diese Publikation Links auf Webseiten Dritter enthalten, so übernehmen wir für deren Inhalte keine Haftung, da wir uns diese nicht zu eigen machen, sondern lediglich auf deren Stand zum Zeitpunkt der Erstveröffentlichung verweisen.

Penguin Random House Verlagsgruppe FSC® N001967

1. Auflage
Copyright © 2022 by Blanvalet
in der Penguin Random House Verlagsgruppe GmbH,
Neumarkter Straße 28, 81673 München
Lektorat: Nicole Geismann
Umschlaggestaltung: www.buerosued.de
Umschlagmotiv: mauritius images / PSC-Photography /
Alamy / Alamy Stock Photos; www.buerosued.de
NG · Herstellung: sam
Satz: GGP Media GmbH, Pößneck
Druck und Bindung: GGP Media GmbH, Pößneck
Printed in Germany
ISBN 978-3-7645-0814-2

www.blanvalet.de

PROLOG
MONTAG, 26. JULI 2010

Er lag auf dem Sofa, starrte hinaus in den Garten und fragte sich, wann der Tag endlich vorbei wäre.

Sommertage waren schlimmer als andere, weil er sich noch viel ausgeschlossener fühlte als sonst. Wolkenloser blauer Himmel, der Duft von Blumen und frisch gemähtem Gras, die warme Luft. Das Leben.

Hier drinnen war es trotz der Hitze draußen recht kühl. Und einsam.

Alvin Malory blickte sich um: Der Raum war klein und düster. Zu viele Möbel, zu schäbig, zu vollgestellt. Kein Ort, an dem man sich wohlfühlen konnte. Sein Zimmer oben im ersten Stock gefiel ihm besser, aber um dort hinzukommen, hätte er aufstehen und sich die Treppe hinaufquälen müssen. Ihn schauderte allein bei der Vorstellung. Seine schmerzenden Gelenke. Sein keuchender Atem. Zudem war die Treppe schmal, machte eine scharfe Biegung. Er hasste es, sie hinaufzugehen. Er hasste es, sie hinunterzugehen. Er hasste es, hier im Wohnzimmer zu liegen.

Er hasste sein Leben.

Um ihn herum standen leer gegessene Aluminiumbehälter und Styroporschachteln, daneben große Pappbecher, die meisten ebenfalls leer. Er hatte heute Indisch bestellt. Mehrere Portionen Reis und Lammcurry, Chicken Vindaloo, mit Gemüse gefüllte Pasteten, frittierte Teigtaschen, Fladenbrot. Und Cola. Literweise Cola. Ein Dessert aus Honig, Kokos und Mandeln, zuckersüß. Ehrlich gesagt, mehrere Desserts. Von dem, was er geordert hatte, hätte eine Großfamilie problemlos satt werden können.

Er musste die Packungen wegräumen, ehe seine Eltern nach Hause kamen. Seine Mutter wusste Bescheid, sein Vater hatte keine Ahnung. Seine Mutter würde all die Behältnisse später irgendwo entsorgen, denn im Mülleimer direkt am Haus hätte sein Vater sie bemerken können. Alvin stopfte immer alles in einen Müllsack und stellte ihn in die Speisekammer, ganz nach hinten, verdeckt von einem Regal. Seine Mutter brachte ihn später von dort weg.

Stöhnend richtete er sich auf. Wie immer, wenn er hemmungslos gegessen hatte, wurde er von heftigen Schuldgefühlen geplagt: wieder versagt. Wieder keine Selbstbeherrschung gezeigt. Wieder die Kontrolle verloren. Morgen – morgen würde er damit aufhören. Er würde nichts bestellen. Garantiert nicht. Morgen schaffte er es.

Insgeheim wusste er aber, dass er es nicht schaffen würde.

Alvin Malory war sechzehn Jahre alt, einen Meter fünfundsiebzig groß und hundertachtundsechzig Kilo schwer.

Er schlurfte in die Küche, nahm einen Müllsack aus dem Schrank, schlurfte ins Wohnzimmer zurück, sammelte die Überreste seiner Mahlzeit ein und brachte dann alles in die Speisekammer. Jeder andere Junge hätte für diese Tätigkeit höchstens fünf Minuten gebraucht, bei Alvin waren es am Ende fast zwanzig Minuten. Sich zu bücken und die Schachteln aufzuheben ... hin- und herzugehen ... Wohnzimmer, Küche, Wohnzimmer, Küche ... Allein davon taten ihm alle Knochen weh, und er war schweißgebadet.

Vor allem war ihm so schwer ums Herz, und er hatte wieder das Gefühl, tiefinnerlich zu frieren, trotz der Hitze. Als würde seine Seele frösteln. Eine kaum ertragbare Traurigkeit, gemischt mit einer verzweifelten Wut. Er sah sich selbst mit glasklarem Blick, wie er hier im Haus herumschlich und schwitzte, anstatt wie andere Jugendliche seines Alters am Strand zu sein oder beim Fußballspielen oder beim Eisessen mit Freunden. Es war Sommer, und er hatte Ferien. Er sah sich mitsamt seinem riesigen Bauch in seiner XXL-Trainingshose. Sah seine geschwollenen Füße. Sah sich selbst in seiner ganzen Einsamkeit. Die er nur lindern konnte, indem er aß. Während er aß, fror er nicht. Während er aß, fühlte er sich nicht allein.

Er blickte sich in der Küche um. Da standen noch abgedeckte Kuchenplatten, und es gab belegte Brote, Bier und Limonade im Kühlschrank. Am Vortag hatten sie den Geburtstag seiner Mutter gefeiert. Es waren Gäste da gewesen. Alvin überlegte gerade, ob sein Vater es merken würde, wenn er ein paar Tortenstücke wegnahm, da klingelte es an der Haustür.

Alvin erschrak. Es klingelte fast nie, während er hier allein war. Außer natürlich wenn der Lieferdienst mit dem Essen erschien. Aber der war an diesem Tag ja schon da gewesen.

Vom Küchenfenster aus konnte er nicht sehen, wer vor der Tür stand, und kurz überlegte er, einfach so zu tun, als sei niemand zu Hause. Vielleicht war es ein Staubsaugervertreter. Oder jemand von den Zeugen Jehovas.

Er zögerte. Es klingelte erneut.

Wenn er jetzt öffnete, vergaß er vielleicht die Torte. Besser für seinen Körper. Besser, falls sein Vater sich gemerkt hatte, wie viel noch übrig war.

Auf schmerzenden Füßen humpelte Alvin zur Haustür. Er öffnete.
Keine fünfzehn Minuten später wünschte er voller Verzweiflung, er hätte es nicht getan.

Seitdem Isaac Fagan im Ruhestand war, verbrachte er jeden Tag viele Stunden in seinem Garten. Er hatte Rosen gepflanzt, die an der Wand seines kleinen Häuschens emporkletterten, und entlang des Zauns, der sein Grundstück umschloss, schossen Ritterspornstauden und Sonnenblumen in die Höhe. Ein blühendes Paradies, wie er fand. Als Witwer lebte er schon seit Jahren allein, aber dank seines Gartens fühlte er sich nie wirklich unglücklich. Er empfand so viel Freude beim Hegen und Pflegen seiner Pflanzen; das Herz hätte man ihm nur dann brechen können, hätte man ihn aus seinem Paradies vertrieben.

An diesem Tag hatte er den Rasen gemäht. Jetzt im Juli musste man das vergleichsweise selten tun, es war nicht wie im April, wenn man dem Gras beim Wachsen förmlich zusehen konnte und mit dem Mähen kaum hinterherkam. Aber Isaac liebte das Rasenmähen, weil er den Geruch des frisch geschnittenen Grases liebte. Heute hatte er sich das wieder einmal gegönnt, obwohl es vielleicht noch nicht wirklich nötig gewesen wäre.

Er ging am Zaun entlang und kratzte mit einem Rechen Grasreste zusammen, die dem Auffangkorb des Mähers entgangen waren. Dabei kam er an der Stelle vorbei, an der das Nachbarhaus sehr dicht an seiner Grundstückgrenze stand. Er mochte die Familie Malory, die dort lebte. Am Vortag war er bei Mrs. Malorys Geburtstagsfeier gewesen und hatte sich zwischen den vielen Menschen eigentlich recht gut gefühlt. Leider hatten die Malorys nicht einmal für die Party den Garten in Ordnung gebracht. Der Rasen gehörte längst wieder gemäht, die Büsche beschnitten. Und in den Beeten wucherte das Unkraut. Andererseits, das Ehepaar arbeitete hart, wann hätten sie die Zeit finden sollen, sich um all das zu kümmern? Aber der Sohn, Alvin, hätte ab und zu draußen arbeiten können. Das würde vielleicht auch seiner Figur guttun. Isaac fand Alvin nett und höflich, aber er war wirklich unförmig dick, und er wirkte sehr unglücklich. Immer allein, offenbar hatte er überhaupt keine Freunde. Seltsam für einen Sechzehnjährigen. Für Isaac war klar, dass das nur an seinem Äußeren liegen konnte. Armer Kerl.

Isaac warf einen Blick hinüber. Alvin hatte doch jetzt Schulferien. Er könnte wirklich ... Aber er lag ja fast immer nur auf dem Sofa im Wohnzimmer herum und hantierte mit diesem Smartphone oder wie das Ding hieß, das heutzutage jeder ständig in der Hand hielt und hineinstarrte, als finde dort das eigentliche Leben statt. Isaac konnte das gerade an dieser Stelle am Zaun immer sehen, wenn er durch die Glastür einen Blick in das Wohnzimmer der Familie Malory warf. Auch jetzt schaute er hinüber, erwartete, Alvin auf dem Sofa liegen zu sehen.

Stattdessen zuckte er zurück.

Was war das denn?

Direkt jenseits der Glastür, drinnen im Zimmer, kauerte etwas ... eine massige, dunkle, in sich zusammengesunkene Gestalt ... Isaac kniff die Augen zusammen. Was war das? Ein Mensch? Oder ein Tier? Oder ein Gegenstand? Er konnte es einfach nicht richtig erkennen. Normalerweise war dort nichts. Aber jetzt war dort *etwas*.

Er trat näher an den Zaun, lehnte sich hinüber. Ihn trennten nur wenige Meter von der Tür.

Das *Etwas* bewegte sich.

Es richtete sich auf und schaute Isaac Fagan an.

»Oh Gott«, keuchte Isaac. Er erkannte Alvin, aber eigentlich nur deshalb, weil das Wesen jenseits der Tür Alvins Figur hatte. Ansonsten hatte Alvins Gesicht kaum etwas von dem Gesicht, das man an ihm gewohnt war. Die Augen waren unnatürlich weit aufgerissen und völlig starr, die Züge zu einer grotesken Grimasse verzerrt, und vor dem Mund stand Schaum, der unablässig neue Blasen bildete. Alvin hob eine Hand, ließ sie an die Glasscheibe sinken, in einer flehenden Geste. Kraftlos rutschte die Hand dann am Glas entlang nach unten. Alvins Kopf kippte nach vorn, er erbrach sich, es sah aus, als spucke er dabei Blut.

»Oh Gott«, wiederholte Isaac, »oh Gott!«

Was war denn bloß passiert? Der Schaum ... ein epileptischer Anfall? Die weit aufgerissenen Augen ... Isaac setzte an, über den Zaun zu klettern. Er musste irgendwie in das Haus hineinkommen. Er wusste, dass Mr. und Mrs. Malory wie üblich nicht da waren, der Junge war allein, und irgendetwas Schlimmes war ihm passiert.

Der Zaun schwankte unter seinem Gewicht. Einen Moment lang fürchtete Isaac, er werde in das unkrautüberwucherte Blumenbeet auf der anderen Seite stürzen. Für einen Mann seines Alters stellte ein solcher Zaun ein beachtliches Hindernis dar. Aber irgendwie schaffte er es, wenn ihm auch ein lautes, ratschendes Geräusch verriet, dass er sich die Hose eingerissen hatte. Er stand auf der anderen Seite zwischen Blumen, Unkraut und hohem Gras und wischte sich den Schweiß von der Stirn. Vor ihm die Terrassentür, dahinter Alvin, eine große, unförmige, bewegungslose Masse. Er war völlig in sich zusammengesunken.

Isaac war mit ein paar Schritten auf der schmalen Terrasse, auf der dicht gedrängt ein paar Stühle und ein kleiner

Tisch standen. Er versuchte, die Tür aufzudrücken, aber sie war verschlossen. Er presste sein Gesicht an die Scheibe, um in das Innere des Hauses zu blicken, erkannte die Wohnzimmermöbel, konnte in den Gang sehen, der zur Haustür führte. Alles schien so zu sein wie immer.

Aber nicht wie immer war, dass Alvin hier lag und sich nicht rührte. Isaac lief um das Haus herum, versuchte es probeweise an der leuchtend grün lackierten Haustür, aber auch sie ließ sich nicht öffnen. Als Nachbar besaß er einen Zweitschlüssel zum Haus der Malorys, für den Fall, dass sich jemand aussperrte. Er hätte gleich daran denken sollen, er war völlig konfus. Über den Gehsteig lief er zu seinem Haus zurück. Gleich in der Diele stand sein Telefon. Er wählte den Notruf.

»Einen Krankenwagen«, sagte er. »Schnell. Bitte!«

Er nannte die Adresse. Die Frauenstimme am anderen Ende der Leitung sagte, der Wagen sei unterwegs. Sie wollte Details zu dem Verletzten und seinen Verletzungen, aber dazu konnte Isaac nichts sagen. Er legte schließlich einfach den Hörer auf, nahm den Schlüssel der Malorys aus einer Schublade und rannte wieder zum Nachbarhaus zurück. Er keuchte und schwitzte. Das lag nicht nur an der Hitze. Sondern auch an seiner Aufregung und seiner Furcht vor dem, was er vorfinden würde.

Kaum betrat er das Haus, spürte er eine Bedrohung. Zunächst hatte er geglaubt, Alvin sei krank, habe einen Hirnschlag erlitten, einen Anfall, irgendeine Art von körperlichem Zusammenbruch, aber jetzt, wie ein Tier, das eine Gefahr wittert, wusste er, dass es um mehr ging. Er nahm das Böse wahr, das Gewalttätige ... etwas Schlimmes war hier geschehen, etwas sehr Schlimmes, und es ging weit über alles hinaus, was er bislang gefürchtet hatte.

»Alvin?«, rief er leise. »Mrs. Malory? Mr. Malory?«

Er bekam keine Antwort, aber das war ja klar gewesen. Alvin war nicht in der Lage zu reagieren. Und seine Eltern waren bei der Arbeit.

Das ganze Haus roch nach Alkohol und Zigaretten, wie ihm plötzlich aufging. Das war mehr als befremdlich, auch wenn am Vortag die Geburtstagsparty stattgefunden hatte. Er spähte kurz in die Küche. Überall Bierflaschen, die meisten geöffnet, aber teilweise nur zur Hälfte leer getrunken. Zigarettenkippen lagen auf dem Tisch und über den Fußboden verstreut. Die Teebecher, die Alvin als kleiner Junge in der Schule getöpfert und bemalt hatte und die Mrs. Malory stolz jedem Besucher zeigte, waren aus dem Regal über der Spülmaschine gefegt worden und in tausend Stücke zerbrochen.

»Oh Gott, oh Gott«, murmelte Isaac geschockt.

Er hatte Angst. Richtige Angst. Kurz überlegte er, wieder nach draußen zu gehen und auf das Eintreffen der Sanitäter zu warten, aber vermutlich würde das zu lang dauern. Für Alvin konnte es um Minuten oder Sekunden gehen.

Im Wohnzimmer sah es so schlimm aus wie in der Küche, das hatte er nur durch die Glastür nicht erkennen können. Undefinierbare Flecken auf Teppich und Polstern, Zigarettenkippen, Brandlöcher. Geöffnete, umgestoßene Flaschen. Eine Szenerie, wie Isaac sie bei dieser Familie noch nie erlebt hatte und wie sie auch mit Sicherheit nicht von der gestrigen Party stammte. Der Cateringservice hatte alles aufgeräumt, und auch Mrs. Malory hätte ihr Haus niemals in diesem Zustand verlassen.

Alvin lag direkt vor der Tür nach draußen, und er schien sich in der Zeit, in der Isaac den Rettungsdienst verständigt und den Schlüssel geholt hatte, nicht bewegt zu haben. Isaac kniete schwerfällig neben ihm nieder. Er berührte Alvins Schulter.

»Alvin? Junge! Bist du noch da? Was ist passiert?«

Alvin gab keinen Laut von sich. Isaac hatte den schrecklichen Verdacht, dass er nicht mehr atmete, zumindest konnte er kein Heben und Senken des Körpers beobachten, aber vielleicht lag das auch an seiner Körperfülle. Man müsste den Puls fühlen. Alvin hatte einen Arm unter sich begraben, der andere, mit dessen Hand er an die Scheibe gefasst hatte, lag schwer erreichbar für Isaac. Er hatte zudem Angst, Alvin zu berühren. Der Junge schien so sehr verletzt, dass er fürchtete, er könnte sterben, wenn ihn nur ein Hauch streifte. Falls er überhaupt noch lebte.

Wann, du lieber Himmel, traf endlich der Rettungswagen ein?

Isaac nahm inzwischen auch den scharfen Geruch des Erbrochenen wahr und daneben noch etwas ... etwas Undefinierbares ... irgendwie chemisch ... Er sah eine grüne Plastikflasche, die neben dem Kopf des Jungen lag, und griff nach ihr. Die Flasche war leer. Fassungslos blickte er auf das Etikett, das einen schwarzen Totenkopf zeigte sowie die Warnung, das Produkt keinesfalls zugänglich für Kinder aufzubewahren. Ein hoch aggressiver Abflussreiniger. Isaac benutzte den gleichen.

Wieso lag der leer neben Alvins Kopf?

Ihm fielen der Schaum vor Alvins Mund und das Blut ein, und ein fürchterlicher Verdacht keimte in ihm auf. Aber das konnte nicht sein. Nie im Leben. Nie im Leben würde Alvin Abflussreiniger trinken!

Und wenn er es nicht freiwillig getan hatte?

Isaac schaute sich erneut im Zimmer um. Entweder war Alvin aus irgendeinem Grund vollkommen durchgedreht, hatte geraucht, gesoffen, Alkohol in der Gegend verschüttet, Löcher in den Sofabezug gebrannt und sich anschließend mit Abflussreiniger das Leben genommen.

Oder ... das waren Fremde gewesen. Einbrecher.

Alvin war überfallen und auf furchtbarste Art gefoltert worden. Es war fraglich, ob er das überleben würde. Ob er überhaupt noch lebte.

Draußen hielt ein Wagen. Das mussten die Sanitäter sein. Ächzend kam Isaac wieder auf die Füße und humpelte in Richtung Haustür. Die Flasche mit dem Totenkopf hielt er noch immer in der Hand.

»Schnell!«, rief er. »Ganz schnell! Es ist etwas Furchtbares passiert!«

Er fing an zu weinen. Vor Aufregung, vor Stress, vor Erschütterung.

Er bemerkte es nicht einmal.

TEIL I

MONTAG, 16. DEZEMBER 2019

Anna Carter bedauerte an diesem Abend nichts so sehr wie die Wahl ihrer Schuhe. Sie trug ein türkisfarbenes Strickkleid, das Sam an ihr besonders mochte. Nicht, dass sie sich je nach Sams Geschmack richtete, aber bei diesem Kleid stimmte sie mit seiner Einschätzung überein. Am Samstag hatte sie in einem Schuhgeschäft in der Innenstadt ein paar zierliche Stiefeletten aus weichem Leder und mit zehn Zentimeter hohen Bleistiftabsätzen gesehen, die exakt die Farbe des Kleides hatten. Wann fand man schon türkisfarbene Stiefeletten? Sie war in den Laden gestürmt, wo sich herausstellte, dass es die Schuhe in ihrer Größe nicht mehr gab, also hatte sie die Stiefeletten eine Nummer kleiner genommen, und natürlich war das ein Fehler gewesen. Ihre Füße schmerzten jetzt am Ende des Abends so sehr, dass sie sich schon fragte, wie sie nachher die Treppe hinunter und bis zu den Parkplätzen auf der anderen Seite der Straße kommen sollte.

Sie seufzte.

Außer ihr saßen noch acht Leute an dem langen, festlich gedeckten Tisch, vier Männer und vier Frauen. Sie alle waren Teilnehmer eines Singlekochkurses, der im November begonnen hatte und in der Weihnachtswoche mit einem besonders festlichen Dinner beendet werden würde. Die siebte Woche trafen sie einander jetzt an jedem Montag zum

Kochen in den Räumen von *Trouvemoi*, der Partnervermittlungsagentur, die Annas Freundin Dalina einige Jahre zuvor gegründet und zu einem umwerfenden Erfolg geführt hatte. Anna hatte dem Geschäftsmodell skeptisch gegenübergestanden, aber Dalina hatte all ihre Bedenken vom Tisch gefegt.

»Das ist das Modell der Zukunft. Und der Gegenwart. Nie gab es in den westlichen Gesellschaften mehr Singles. Nie mehr unfreiwillige Singles. Du wirst sehen, das läuft großartig.«

Sie hatte recht behalten. *Trouvemoi* bot Singlewanderungen an, Singlewochenenden, Singlestädtetrips, Speeddating, Candle-Light-Dinner und, und, und. Und Singlekochkurse.

Letztere betreute zumeist Anna. Weil sie so gut kochen konnte. Sie empfand es als eine Ironie des Schicksals, dass sie ausgerechnet bei Dalina, deren Idee sie nie gemocht hatte, hatte unterkriechen müssen. Nach dem Klinikaufenthalt. Nach dem Verlust ihrer Arbeit. Eigentlich nach dem Verlust ihrer selbst.

Aber sie hatte keine Wahl gehabt. Sie musste dankbar sein.

»He, Anna, sind Sie noch da?«, fragte jemand. Sie merkte, dass sie so tief in Gedanken versunken war, dass sie überhaupt nichts mehr von der Unterhaltung ringsum mitbekommen hatte. Sie sollte sich zusammenreißen. Schließlich wurde sie dafür bezahlt, dass sie hier saß und Konversation betrieb. Die Menschen, die den teuren Kurs gebucht hatten, sollten sich wohlfühlen. Entspannt. Im besten Fall sogar bereit, sich zu verlieben.

»Ja klar«, sagte sie und rang sich ein Lächeln ab.

Der Mann, der sie angesprochen hatte, hieß Burt. Anna fand ihn extrem unsympathisch. Laut, unsensibel. Er war stolz darauf, wie er häufig verkündete, nie mit seiner Meinung hinter dem Berg zu halten, was aber nur die Umschreibung dafür war, dass er Menschen zu nahe trat, jedem ungefragt sagte, was er über ihn dachte, dabei keinerlei Gefühl für Grenzen zeigte und schon häufig andere so verletzt hatte, dass sogar Tränen geflossen waren.

»Wir haben gerade alle beschlossen, dass wir uns am kommenden Samstag einfach noch mal zwischendurch treffen. In einem Pub. Wäre doch cool, oder?«

Oh Gott, dachte Anna, nicht noch ein Treffen!

Im Prinzip konnte sie niemand zu einem Treffen außer der Reihe zwingen, das gehörte nicht zu ihrem Job. Aber sie wusste genau, was Dalina, ihre Chefin, sagen würde: Natürlich gehst du mit. Es ist super, wenn die sich als Gruppe wohlfühlen. Aber die sollen sich nicht von jetzt an allein weiter treffen, sondern hier im nächsten Kochkurs. Und da kommst du ins Spiel. Du gehst mit und sorgst dafür, dass sie möglichst gleich für Januar die Fortsetzung buchen.

Unauffällig zog sie ihren rechten Fuß ein Stück weit aus dem Stiefel und verschaffte ihm dadurch etwas Linderung. Wenn sie nur nicht solche Schmerzen hätte. Wenn es ihr nur besser ginge. Psychisch. Wenn das neue Jahr nicht so trostlos und unüberschaubar vor ihr läge. Sie wusste, dass es Menschen gab, die jeden Jahreswechsel freudig begrüßten, die in den Januar gingen mit der Erwartung, dass alles besser würde, dass Gutes auf sie wartete. Dieses Gefühl hatte Anna noch nie gehabt. Im noch nicht begonnenen Jahr sah sie die Ödnis und Leere eines noch nicht bepflanzten Feldes. Andere hatten schon die im leichten Sommerwind wogenden Ähren vor Augen. Sie die Dürre und die Disteln. Jahre der Therapie hatten das nicht zu ändern vermocht.

Sie setzte ein Lächeln auf, von dem sie hoffte, dass es nicht zu gequält ausfiel.

»Gute Idee«, sagte sie munter, »ich muss mal schauen … ich hoffe, es klappt. So kurz vor Weihnachten …«

»Sie haben doch keinen Mann und auch keine Kinder, also Weihnachtsstress dürften Sie ja eigentlich nicht haben«, sagte Burt in seiner gewohnt empathischen Art. »Warum also nicht mit Freunden in ein Pub gehen? Besser, als daheim allein herumzuhängen.«

»Ich habe einen Freund«, sagte Anna, »mit dem ich Weihnachten verbringe.«

»Ach stimmt, tatsächlich, *Ihr Freund*«, sagte Burt, und irgendwie klang das anzüglich. Da Sam sie nach den Kochabenden manchmal abholte, hatten die Kursteilnehmer ihn bereits gesehen. »Warum heiraten Sie ihn eigentlich nicht?«

»Burt, das ist doch wirklich Annas Sache«, sagte Diane, eine junge blonde Frau, die so attraktiv war, dass sich Anna immer wunderte, weshalb sie es überhaupt nötig hatte, Singleveranstaltungen aufzusuchen. Vielleicht lag ihr Problem darin, dass sie extrem scheu und zurückhaltend war.

Anna sah auf ihre Uhr und tat so, als sei sie überrascht, dabei verfolgte sie seit einer Stunde ständig den Minutenzeiger und betete, er möge sich schneller bewegen.

»Zehn Uhr!«, rief sie. »Meine Güte, wie schnell hier immer die Zeit verfliegt!« Sie quetschte ihren Fuß in den Stiefel zurück und unterdrückte einen Schmerzenslaut. Sie stand auf. »So, wer hilft mir?«

Alle erhoben sich schwerfällig, sie hatten viel zu viel gegessen, manche Alkohol getrunken, alle wären gerne in der Wärme und Trägheit des Abends sitzen geblieben. Aber bis um zehn Uhr war gebucht, das wussten sie und auch, dass Anna das sehr genau nahm.

Burt blieb sitzen und trank genießerisch seinen Rotwein, während die anderen beim Abräumen halfen. Wie immer hatte jeder Tupperdosen mitgebracht, in die die Reste des Essens verpackt wurden. Schnell war die riesige Spülmaschine gefüllt und angeschaltet, der Kühlschrank eingeräumt, waren Arbeitsflächen abgewischt, Kerzen ausgeblasen. Zu Annas Aufgaben gehörte es, dass sie am nächsten Morgen hierherkam, die Spülmaschine ausräumte, die Tischdecken zum Waschen mitnahm, die Stühle wieder an ihre Plätze rückte. Jetzt jedoch wollte sie einfach nur noch nach Hause.

Irgendwann sah sogar Burt ein, dass der Abend vorbei war, und stand widerwillig auf. Sie liefen den Gang entlang, und es wirkte auf Anna, als würde sich die Gruppe hinaus in die Nacht ergießen, in die Ruhe und Finsternis und Kälte des späten Dezemberabends, und als würde sie ihn für Momente mit Stimmen und Gelächter überschwemmen, ihm seinen Zauber nehmen, seine Ruhe stören. Denn eigentlich war die Welt dunkel, neblig und still. In der Ferne rauschte das Meer.

Anna sehnte sich so sehr danach, allein zu sein, dass es fast wehtat. Sie humpelte über die Straße. Sie musste riesige Blasen an ihren Füßen haben.

Ein paar Taxis warteten auf die, die getrunken hatten. Die anderen stiegen in ihre eigenen Autos. Auch Anna öffnete die Tür ihres blauen Fiat.

Endlich, dachte sie. Endlich Ruhe.

Sie fuhr durch das spätabendliche Scarborough. Durch den Nebel, der vom Meer aufstieg, schimmerte die weihnachtliche Beleuchtung in den Häusern, den Geschäften und auf den Straßen. Die feuchten Schwaden verschluckten jedoch viel davon. Der Abend schien kalt und trostlos, aber Anna wusste, dass sicher viele Menschen unterwegs waren. In Restaurants, Pubs, Bars, Clubs. Weihnachtsfeiern überall, Musik und Gelächter, Unmengen an Alkohol und exaltierter Fröhlichkeit. Die Leute trugen Papierhüte und würden sich von Stunde zu Stunde enthemmter benehmen. Anna war absolut kein Fan solcher Veranstaltungen, sie war zu ausgelassener Fröhlichkeit noch nie wirklich fähig gewesen. Sie dachte an die Schulpartys ihrer frühen Jugend – solche mit Anwesenheitspflicht. Selten hatte sie etwas als so quälend empfunden.

»Achtung!«, sagte sie plötzlich laut zu sich selbst, jäh aus ihren düsteren Erinnerungen gerissen, und trat auf die Bremse. Direkt vor ihr war ein kleiner roter Renault aus dem Nebel aufgetaucht, dem sie bereits gefährlich nah aufgefahren war.

Warum hatte sie ihn nicht gesehen? So extrem dicht war der Nebel auch wieder nicht. Wahrscheinlich war sie zu tief in Gedanken versunken gewesen.

Ich muss mich besser konzentrieren, dachte sie.

Sie fuhr langsamer, blieb in angemessenem Abstand hinter dem roten Auto. Sie konnte erkennen, dass der Fahrer lange blonde Haare hatte. Also handelte es sich vermutlich eher um eine Fahrerin.

Sie kam an der Lindhead School vorbei, verließ die letzten Ausläufer der Stadt, fuhr nun die Lindhead Road entlang. Rechts und links Wiesen und Weiden, durchzogen von Zäunen und steinernen Mauern, die man in der Dunkelheit natürlich höchstens erahnte. Ab und zu ein Haus, ein Gehöft, ein Bed and Breakfast. Aber sonst nur Weite und Stille. Der North Yorkshire National Park begann schon hier. Mit seinen Tälern, Hügeln, Wäldern und Feldern. Den zahllosen berühmten und beliebten Wanderwegen. Aber hier gingen auch Menschen verloren. Nicht einmal so selten.

An der Abzweigung Lindhead Road/Harwood Dale Road bremste das rote Auto plötzlich so abrupt, dass Anna, die schon wieder zu dicht aufgefahren war, es nur mit einer scharfen Vollbremsung schaffte, einen Auffahrunfall zu vermeiden. Ihr Auto sprang praktisch in den Stand, leise tuckernd verstummte der Motor.

»Was ist denn mit der los?«, rief sie.

Dann erst bemerkte sie den Grund für das Verhalten der Fahrerin vor ihr. Auf der Kreuzung, von der aus die Straße in Richtung Scalby abzweigte, stand ein Mann. Zumindest schien es sich bei dem Menschen um einen Mann zu handeln, was Größe und Statur betraf: eine ungewöhnlich große, breitschultrige Gestalt. Stiefel, Parka. Kapuze tief ins Gesicht gezogen. Er stand so, dass die Fahrerin vor Anna hatte bremsen müssen, wollte sie ihn nicht überfahren. Er trat an die Beifahrertür heran, riss sie auf.

Anna beobachtete die Szene mit Fassungslosigkeit. Wieso stand ein Mann, wieso stand irgendjemand um diese Uhrzeit an dieser gottverlassenen Kreuzung herum? Sie befanden sich hier praktisch im Nichts. Scarborough lag ein ganzes Stück hinter ihnen. Nach Scalby, in die eine Richtung, war es noch ein gutes Stück Weg. Nach Harwood Dale, die andere Richtung, ebenfalls. Wer stand in einer nasskalten, nebligen Dezembernacht an dieser Weggabelung herum?

Der Mann stieg in das Auto.

Anna schnappte nach Luft.

Diese Frau konnte doch nicht am späten Abend an dieser Stelle einen fremden Mann in ihr Auto steigen lassen! Allerdings sah es auch nicht so aus, als habe sie ihn tatsächlich freiwillig einsteigen lassen. Es war so schnell gegangen. Sie hatte notgedrungen gebremst, im nächsten Augenblick war er schon neben ihrem Auto gewesen, eine Sekunde später drinnen. Selbst wenn sie versucht hätte, die Zentralverriegelung zu betätigen, hätte sie es wahrscheinlich so schnell und so überrumpelt nicht geschafft.

Anna spähte in das Auto hinein. Die langen blonden Haare der Fahrerin ... Es könnte sich tatsächlich um Diane handeln. Diane aus dem Singlekochkurs. Sie wohnte, wie Anna auch, in Harwood Dale. Es wäre logisch, dass sie um diese Zeit genau hier unterwegs war. Fuhr sie ein rotes Auto? Anna war sich nicht sicher.

Sie blendete ihre Scheinwerfer auf, um der Fahrerin ein Signal zu geben, dass sie nicht allein war.

»Steig aus und komm her«, murmelte sie. »Los, mach schon!«

Die Frau, vielleicht Diane, musste das Lichtsignal bemerkt haben, aber sie schien keinen Versuch zu unternehmen, ihr Auto zu verlassen. Weil sie nicht konnte? Wurde sie bedroht? War der Typ bewaffnet?

Anna versuchte sich zu erinnern, ob sie irgendetwas in seinen Händen gesehen hatte, aber sie wusste es nicht mehr. Es war eben auch alles so unerwartet passiert, so schnell.

Oder hatte der Mann hier gewartet, weil sie verabredet waren, er und die Frau?

Aber an diesem Ort ... Wer traf sich ausgerechnet hier?

Während Anna noch überlegte, was sie tun sollte, setzte sich das rote Auto vor ihr in Bewegung.

Ich muss dranbleiben, dachte sie.

Der rote Wagen verschwand um die Straßenbiegung Richtung Harwood Dale. Anna fingerte am Zündschlüssel herum. Der Motor stotterte kurz, verstummte dann wieder.

»Verdammt!«, schrie sie.

Die Feuchtigkeit. Bei Feuchtigkeit war ihr uraltes Auto einfach unberechenbar.

»Komm schon«, murmelte sie, »komm schon!«

Sie wusste, dass sie zwischen den einzelnen Versuchen am besten immer einige Minuten wartete, das erhöhte ihre

Chance, dass es irgendwann klappte. In der Zeit konnten jedoch die schlimmsten Dinge passieren. Sie versuchte es hektisch ein paarmal hintereinander. Der Motor röchelte einfach nur leise.

Sie wartete. Vibrierte. Schaute immer wieder durch den Rückspiegel, um sofort das Warnblinklicht einzuschalten, sollten in der Ferne Scheinwerfer auftauchen. Sie stand sehr ungünstig, mitten auf der Straße. Ein Auffahrunfall wäre jetzt die Krönung. Aber die Nacht blieb dunkel und still.

Nach fünf Minuten versuchte sie es erneut, und diesmal sprang der Motor an.

Endlich.

Sie fuhr weiter. Mit überhöhter Geschwindigkeit. Sie wusste, dass das Auto mit der Frau und dem Fremden darin längst über alle Berge sein konnte. Sie hatte sich nicht einmal das Kennzeichen notiert.

Ich mache alles falsch, was immer ich tue.

Sie kam am *Woodpeckers Cottage* vorbei, einem Bed and Breakfast, in dem aber kein Licht brannte. Das Gebäude wirkte verlassen. Vielleicht waren die Besitzer den Winter über gar nicht da.

Ein Stück weiter gab es eine Parkbucht, direkt vor einer Schafweide. Als Sam Anna zum ersten Mal nach Hause gefahren hatte, ganz zu Anfang ihrer Beziehung, hatten sie hier gehalten und stundenlang geknutscht. Es war eine helle Sommernacht gewesen, Licht am Himmel bis in die Morgenstunden. Anna entsann sich des Zaubers, den sie damals empfunden hatte. Als wende sich etwas zum Guten. Endgültig.

Jetzt sah sie das rote Auto in der Parkbucht stehen. Ziemlich dicht am Weidezaun, also ein Stück entfernt von der Straße. Die Lichter waren ausgeschaltet. Anna hatte es nur wahrgenommen, weil es für den Bruchteil einer Sekunde im Lichtkegel ihrer eigenen aufgeblendeten Scheinwerfer aufgetaucht war. Dann war sie an der Stelle auch schon vorbei. Sie wurde langsamer. Wieso standen die jetzt hier?

Doch ein Liebespaar? Das hier knutschte, genauso wie Anna und Sam damals?

Ich sollte umkehren, dachte sie, mich vergewissern.

Sie fuhr inzwischen im Schneckentempo. Hin- und hergerissen. Nachschauen und sich lächerlich machen? Sich selbst in Gefahr bringen?

Gingen diese Leute sie etwas an?

Sie hatte der Frau Hilfe signalisiert, aber keine Reaktion erhalten. Die andere hätte nicht losfahren müssen, oder?

Wenn ihr ein Messer an die Kehle gehalten wurde?

Aber dann konnte man immer noch blitzschnell aus dem Auto springen.

Wenn es einem gelang, den Gurt zu lösen, ehe der Typ zustach.

»Warum passiert mir so etwas?«, rief sie.

Sie war so müde. Ihre Füße brannten. Sie wollte in ihr Bett.

Sie hielt an und schaute wieder in den Rückspiegel. Ganz weit in der Ferne sah sie Scheinwerfer. Entweder fuhr hier noch jemand entlang, oder das rote Auto hatte sich wieder in Bewegung gesetzt. Wenn Letzteres der Fall war, hatte sie sowieso den Moment verpasst, da sie hätte nachschauen können, ob alles in Ordnung war.

Wahrscheinlich war alles in Ordnung. Sie war hier nicht bei *Crime Watch*.

Sie konnte nicht für den Rest der Nacht mitten auf der Straße stehen bleiben.

Anna fuhr nach Hause.

DIENSTAG, 17. DEZEMBER

1

Kate Linville machte sich selten Gedanken um ihre Kleidung, was auch damit zusammenhing, dass sie einfach kein Gefühl dafür hatte, was ihr stand und was nicht, und auch dann danebengriff, wenn sie Stunden überlegte und probierte. Oder vielleicht sogar gerade dann. Modetrends drangen nicht zu ihr durch, und wenn sie es doch taten, war das meist ein Zeichen dafür, dass sie bereits wieder im Abklingen waren. Aber selbst wenn es ihr gelungen wäre, sich modischer zu kleiden, bezweifelte sie, dass das etwas an ihrer völligen Unscheinbarkeit verändert hätte. Dinge, die an anderen toll aussahen, wirkten bei ihr einfach nicht. Sie hatte eine hübsche Figur, wenngleich manche sie wahrscheinlich als zu dünn bezeichnen würden. Aber das war auch alles. Ansonsten glänzte sie durch Unauffälligkeit. *Graue Maus* nannte man Frauen wie sie. Nicht hässlich. Nicht hübsch.
Einfach nichts.
Kate hatte sich im Lauf der Zeit angewöhnt, auf Nummer sicher zu gehen und einfach jeden Tag mehr oder weniger das Gleiche anzuziehen. Eine schwarze Hose, schwarze Schnürschuhe oder Stiefel, ein sauberes weißes T-Shirt,

einen schwarzen oder grauen Blazer. Damit machte sie nichts verkehrt, fand sie. In den Schuhen konnte sie ewig laufen, und wenn ihr zu warm wurde, zog sie einfach den Blazer aus. Im Winter einen Mantel darüber.

Da sie sich nicht schminkte, sondern nur kurz über ihre glatten braunen Haare bürstete, war sie morgens zumindest immer sehr schnell fertig.

Heute jedoch stand sie vor ihrem Schrank im Schlafzimmer und überlegte. Der Tag war schmuddelig und kalt. Es regnete, aber es könnte sein, dass der Regen in Schnee übergehen würde.

Nächste Woche war Weihnachten. Kate mochte gar nicht daran denken.

»Meinst du, ich sollte heute etwas Besonderes anziehen?«, fragte sie in Richtung Bett. Dort lag ihre schwarze Katze Messy zwischen den zerwühlten Kissen und schaute aufmerksam zu ihr hinüber. Leider konnte sie ihr keine Antwort auf diese Frage geben. Sie begann stattdessen damit, ihre Pfoten sorgfältig zu putzen.

Heute würde sich die neue Chefin im CID Scarborough, der Kriminalbehörde, vorstellen, und Kate graute davor. Dabei wusste sie nichts über diese Frau, deren direkte Mitarbeiterin sie von nun an sein würde. Detective Inspector Pamela Graybourne. Sie wechselte von Manchester hierher, irgendein Deal des Chief Superintendent. War wahrscheinlich nicht so leicht abzuwickeln gewesen, sonst hätte es nicht so lange gedauert und würde nicht so kurz vor Jahresende stattfinden. Dass der Chief jemanden von draußen holte und auf niemanden aus der eigenen Behörde zurückgriff, stieß natürlich alle vor den Kopf, aber wie üblich scherte er sich nicht darum. Vor allem Kate war gekränkt, obwohl sie geahnt hatte, dass sie kaum eine Chance gehabt hatte. Sie war erst seit dem Sommer bei der North Yorkshire Police, aber das war immerhin länger, als es die Neue von sich behaupten konnte. Andererseits hatte sie gleich ihren ersten Fall vermasselt, zumindest in den Augen des Superintendenten, und, wenn sie ehrlich war, auch in ihren eigenen. Genauer gesagt: Sie war nahezu traumatisiert daraus hervorgegangen.

Wie üblich biss sie die Zähne zusammen und machte weiter.

Es war ihr Lebensmotto: weitergehen. Nicht zu viel nach rechts oder links schauen, auch nicht zurück, nur nach vorn und nicht stehen bleiben.

Aber vielleicht wussten ihre Vorgesetzten, dass es ihr psychisch nicht gut ging. Oder man vermutete es.

Außerdem hatte sie gegen die Vorschriften verstoßen. Aus einer absoluten Notlage heraus, wie sie fand, aber diese Sichtweise hatte der Chief nicht akzeptiert.

Abgesehen von all dem bekleidete sie auch nur den Rang eines Detective Sergeant. Sie hätte weiter sein können mit Mitte vierzig. Niemand hatte sie je für die weiterführende Prüfung vorgeschlagen, was normalerweise der jeweils Vorgesetzte tat. Von jetzt an also Pamela Graybourne.

Am Schluss zog Kate an, was sie immer anzog, hatte aber jetzt so viel Zeit verplempert, dass sie nicht mehr frühstücken konnte. Es reichte noch, um Messys Futter in die Schüssel zu geben, ihr Wasser aufzufüllen und selbst eine halbe Tasse Kaffee im Stehen hinunterzukippen. Dann verließ sie ihr kleines Haus, das sich in einem Vorort von Scarborough befand und das sie fast sechs Jahre zuvor von ihrem Vater geerbt hatte.

Ihr Vater – auch ein Trauma.

Nicht nachdenken, befahl sie sich.

Sie lief durch den Regen, der die Haut wie Nadelstiche traf. Die Tropfen kristallisierten bereits ganz leicht. Sie hatte es geahnt, bis zum Abend spätestens würde es schneien. Der Abend. Sie sehnte ihn herbei. Sie wünschte, sie hätte den vor ihr liegenden Tag bereits überstanden.

Detective Inspector Pamela Graybourne war schon da, als Kate eintraf. Kate wusste, dass sie selbst nicht zu spät war, trotzdem hätte es einen besseren Eindruck gemacht, wenn sie nicht später als die neue Chefin eingetroffen wäre. Pamela war offensichtlich schon in ihr neues Büro eingezogen – das früher das von Caleb Hale gewesen war –, denn sie saß hinter dem Schreibtisch, hatte die beiden Sessel, die vorher in der Ecke gestanden hatten, in der Mitte des Raumes platziert, dafür eine seltsame große Pflanze in der Ecke aufgestellt. Außerdem hing ein neues Bild an der Wand, ein Kunstdruck, wahrscheinlich nicht besonders wertvoll, aber sehr schön. Der Raum hatte zweifellos bereits jetzt gewonnen. DI Graybourne hatte Geschmack.

Sie kam hinter dem Schreibtisch hervor, als Kate, nachdem sie angeklopft hatte, zögernd den Raum betrat.

»Ah ... Detective Sergeant Linville, richtig?« Sie streckte ihr die Hand hin. Ihr Händedruck war kräftig. »Ich habe schon viel von Ihnen gehört.«

Kate nahm an, dass es nichts ausgesprochen Gutes gewesen war. Sie wusste nicht, was sie darauf erwidern sollte.

»Oh«, sagte sie und dachte gleich darauf: Wie bescheuert kann man denn sein?

Pamela deutete ein Lächeln an. »Ich weiß, dass es ein schlimmer Sommer war. Ein schlimmer Fall. Ein schlimmes Ende.«

»Es war sehr hart«, bestätigte Kate, obwohl hart nicht im

Mindesten der Begriff war, der den Geschehnissen vom August gerecht wurde.

»Am härtesten war es zweifellos für Sophia Lewis«, bemerkte Pamela. Kate wusste, dass sie sich nicht einmal gezielt hatte informieren müssen, um alles zu wissen, denn der Fall war wochenlang in den Schlagzeilen gewesen. Das ganze Land hatte geholfen, nach der Entführten zu suchen. Eine gelähmte Frau, die ihr Entführer nach eigenen Angaben lebend in einer Kiste vergraben hatte. Dann war er, nach einem Kampf mit Kate, in dessen Verlauf sie auf ihn geschossen hatte, gestorben. Man hatte die Frau, Sophia Lewis, bis zu diesem Tag nicht gefunden.

»Natürlich«, sagte Kate nun auf Pamelas Bemerkung hin. Sie musterte die andere unauffällig. Pamela war fast einen Kopf größer als sie, eine Frau von radikaler Einfachheit in ihrer Aufmachung. Sie trug einen grauen Hosenanzug und fast so praktische Schuhe wie Kate, dazu sehr kurz geschnittene dunkelblonde Haare, in die sich bereits eine Menge grauer Strähnen mischten. Keinerlei Make-up. Sie hätte unscheinbar sein können, aber sie war es nicht. Eine Frau von großer Präsenz. Sehr beeindruckend. Eine Frau, die Aufmerksamkeit erregte und Interesse weckte.

Ganz anders als ich, dachte Kate. Kein Wunder, dass sie den Posten bekommen hat. Wahrscheinlich ist sie hervorragend geeignet.

»Ich weiß, dass Sie von Scotland Yard hierher gewechselt sind, um mit Detective Chief Inspector Caleb Hale zusammenzuarbeiten«, sagte Pamela. »Aber er hat ja den Dienst quittiert. Nach den Geschehnissen im Sommer.«

»Ja.«

»Und sein Nachfolger, Detective Inspector Robert Stewart, wurde von einem Psychopathen erschossen«, fuhr

Pamela fort. »Nachdem Sie und er ohne jede Absicherung ein Haus betreten hatten, in dem sich ein Killer mit Geiseln verschanzt hatte.«

Kate schluckte die Bemerkung herunter, dass sie von der Geiselnahme nichts gewusst hatten. Zudem hätte sie darauf hinweisen können, dass sie sehr wohl gewarnt hatte – dass sich jedoch Robert Stewart als ihr Vorgesetzter mit seiner Bedenkenlosigkeit durchgesetzt hatte. Er hatte mit dem Leben dafür bezahlt. Kate mochte nichts Nachteiliges über den Toten sagen, daher schwieg sie.

Vielleicht ergab sich irgendwann ein Moment, in dem sie aufdecken konnte, wie es wirklich gewesen war.

Pamela musterte sie aus kühlen Augen. »Sergeant, ich möchte Ihnen nicht verhehlen, dass ich mit einer vorgefertigten Meinung über Sie meine Stelle hier antrete – auch wenn ich weiß, dass man das eigentlich vermeiden sollte. Und natürlich bin ich sehr gerne bereit, meine Meinung zu revidieren, aber ob ich das können werde, liegt vor allem an Ihnen.«

Kate schwieg erneut.

»Ich habe den Eindruck, dass Sie es mit den Vorschriften nicht allzu genau nehmen und gerne eigenmächtige Entscheidungen treffen«, fuhr Pamela fort. »Und wie Sie sicher erkannt haben, führt das nicht immer zu guten Verläufen ... Ich bin, ehrlich gesagt, ein wenig verwundert, dass Sie nach allem, was im Sommer geschehen ist, nicht vom Dienst suspendiert wurden und sich einem Disziplinarverfahren stellen müssen. Ich kann es mir nur mit der allgemeinen Überlastung der Polizei erklären. Und durch die spezielle Situation hier beim CID Scarborough, wo der Chief Inspector erst suspendiert wurde und dann von selbst den Dienst quittiert hat und sein Nachfolger erschossen wurde. Man hält an Ihnen fest, Sergeant, weil es andernfalls diese Abteilung schon fast nicht mehr geben würde.«

Klar, dachte Kate, obwohl ich im Grunde eine einzige Katastrophe bin.

Wut gemischt mit Traurigkeit stieg in ihr auf, beide Gefühle bemühte sie sich hinter einem unbewegten Gesichtsausdruck zu verbergen. Ein halbes Jahr war sie jetzt in Scarborough, nach langem innerem Ringen hatte sie London aufgegeben, ihre Stelle bei Scotland Yard, war mit Sack und Pack in ihre Geburtsstadt zurückgekehrt, getrieben von dem Gefühl, einen Neuanfang zu brauchen und ihn auch schaffen zu können, und gleich der erste Fall hatte dafür gesorgt, dass sie genau da war, wo sie im Yard gewesen war: misstrauisch beäugt von den Vorgesetzten, ohne Anerkennung für das, was sie geleistet hatte, nicht wirklich akzeptiert, bloß geduldet. Statt einen Neuanfang auf die Beine zu stellen, war es ihr im Handumdrehen gelungen, den alten Zustand zu etablieren. Sie hasste eigentlich die gerne zitierte Binsenweisheit, mit der andere Menschen denen, die den Wechsel wagten, den Schneid abzukaufen versuchten: Deine Probleme nimmst du sowieso immer mit!

Am Ende war da etwas dran.

»Ich habe Sie sehr genau im Blick, Sergeant«, sagte Pamela. »Das möchte ich Sie einfach wissen lassen. Ich dulde keine Alleingänge und nicht den geringsten Verstoß gegen eine Vorschrift oder eine großzügige Auslegung derselben. Wenn Sie sich daran halten, kommen wir miteinander zurecht.«

Unausgesprochen stand der Nachsatz im Raum: wenn nicht, bekommen Sie ein riesiges Problem.

»Ich hoffe, wir haben uns verstanden, Sergeant.«

»Das haben wir, Inspector.«

Pamela nickte. »In Ordnung. Dann gehen wir jetzt durch, was ansteht. Ich habe mich im Vorfeld natürlich eingehend kundig gemacht, würde aber auch gerne Ihre Einschätzung kennenlernen.«

Immerhin, dachte Kate, sie ist nicht unfair. Sie bezieht mich ein. Allerdings sind wir tatsächlich dünn besetzt. Mich auszugrenzen wäre schwierig.

In der nächsten halben Stunde gingen sie die aktuellen Fälle durch. Es gab viel Arbeit, aber es stand nichts an, was undurchschaubar gewesen wäre und ihnen Rätsel aufgab. Der spektakulärste Fall war der einer alten Dame, Patricia Walters, die ums Leben gekommen war, nachdem ihre Betreuerin ohne vorherige Absprache einfach verschwunden war. Sie hatte der alten Dame Essen und Trinken für einige Tage bereitgestellt, aber dann war diese auf der Treppe in ihrem Haus gestürzt und an den Folgen des Sturzes gestorben. Ihre Tochter, die sich wunderte, weil niemand mehr ans Telefon ging, kam aus Südengland angereist und fand ihre tote Mutter. Sie zeigte die Betreuerin wegen fahrlässiger Tötung an, und die Polizei hatte eine Fahndung eingeleitet, weil die junge Frau spurlos verschwunden blieb.

»Sie suchen jetzt am besten noch einmal die Tochter auf«, sagte Pamela. »Wir brauchen mehr Informationen über diese verschwundene Betreuerin. Mila Henderson. Die Tochter wohnt, wenn ich das richtig verstehe, derzeit im Haus ihrer Mutter hier in Scarborough.«

»Das ist auch meine Information«, sagte Kate. »In Ordnung. Ich mache mich gleich auf den Weg.«

Sie war froh, der forschen Pamela erst einmal zu entkommen. Obwohl es natürlich Schöneres gab, als der wahrscheinlich traumatisierten Tochter einer auf schreckliche Weise ums Leben gekommenen Frau gegenübersitzen zu müssen.

2

Eineinhalb Stunden später verließ Kate das Haus der Verstorbenen, das in der Nordbucht von Scarborough gelegen war und einen wunderschönen Meeresblick hatte. Sie war ein wenig ernüchtert: Die Tochter, Eleonore Walters, hatte nicht traumatisiert gewirkt, sondern vor allen Dingen rachedurstig, wobei es Kate klar war, dass eines mit dem anderen zusammenhängen konnte. Trotzdem hatte sie einmal zu oft betont, extra aus Southampton angereist zu sein und jetzt hier alles auflösen zu müssen. Waren das die vorherrschenden Gedanken, wenn man gerade seine Mutter verloren hatte? Die Betreuerin bezeichnete sie ausschließlich als *Schlampe*.

»Sie war relativ jung. Dreißig. Ausgebildete Altenpflegerin. Gute Referenzen. Schien mir sehr zuverlässig. So kann man sich täuschen. Wahrscheinlich macht sie sich irgendwo mit ihrem Freund eine gute Zeit und hat darüber alles vergessen!«

»Freund? Kannten Sie ihn?«

»Nein.«

»Sie wissen demnach auch gar nicht, ob Mila Henderson überhaupt einen Freund hat?«

Widerstrebend räumte Eleonore Walters ein, das tatsächlich nicht zu wissen. »Aber wie soll es denn sonst sein? Worüber vergessen die jungen Dinger denn ihre Pflicht – wenn nicht wegen irgendwelcher Typen, mit denen sie sich einlassen?«

»Nun ja, da gibt es schon einige Möglichkeiten.«

»Ich nehme an, sie hat sich irgendwo ein flottes Wochenende gemacht. Kam dann am Sonntagabend zurück und sah meine Mutter tot am Fuße der Treppe liegen. Wusste, dass eine Menge Ärger auf sie zukommt. Da hat sie das Weite gesucht. Es ist nichts mehr von ihr da. Ihr Zimmer ist leer. Keine Klamotten, keine Wäsche, keine Utensilien im Bad. Sie hat sich aus dem Staub gemacht.«

»Das ist eine Vermutung.«

»Ich habe der Schlampe sehr viel Geld bezahlt, wissen Sie. Meine Mutter war kein Pflegefall, wir hätten niemals von ihrer Versicherung eine Betreuung rund um die Uhr bezahlt bekommen. Aber meine Mutter war unsicher auf den Beinen und manchmal etwas durcheinander. Man durfte sie nicht allein lassen, die Gefahr eines Unfalls war zu groß. Wie man ja nun gesehen hat. Das Geld hat das kleine Miststück gerne eingesteckt. Davon sehe ich natürlich auch nichts wieder.«

Immerhin erbte die Tochter vermutlich das sehr schöne Haus. Kate fand es befremdlich, wie sehr sich diese Frau bei der Frage des Geldes aufhielt. Vielleicht verbarg sie dahinter ihren Schmerz.

Als sie Kate zur Tür begleitete, sagte sie: »Ich hoffe, Sie finden diese Person. Sie darf nicht einfach davonkommen.«

»Ich denke, wir finden sie«, sagte Kate. »Es ist äußerst schwierig, für immer unterzutauchen.«

Als Kate zu ihrem Auto zurücklief, ging der Regen gerade in Schnee über. Schon lag weißer Puderzucker auf Bogenlampen und Balustraden, der bislang unwirtliche Tag bekam einen weihnachtlichen Anstrich. Noch eine Woche bis zum Fest. Kate sank auf den Fahrersitz und blickte in den Flockenwirbel hinaus. Weihnachten war einfach eine so schreckliche Klippe im Jahr. Nicht für jeden. Aber für eine alleinstehende Frau von vierundvierzig Jahren, die ihr Leben ausschließlich mit einer Katze teilte. Jedes Jahr von Neuem die Frage, wie man die Feiertage hinter sich bringen sollte. Die sentimentale Musik im Radio überstehen, den Lichterglanz in der Innenstadt, die von Liebe und Zusammengehörigkeit erzählenden Fernsehfilme.

»Macht sich irgendjemand eigentlich Gedanken, was dieses Fest für Dauersingles bedeutet?«, fragte sie laut, obwohl sie niemand hörte. Oder weil sie niemand hörte. Denn sie würde sich eher die Zunge abbeißen, als andere wissen zu lassen, wie schlecht es ihr manchmal ging.

Sie ließ den Motor an und fuhr los.

Zehn Minuten später hielt sie vor dem unscheinbaren Gebäude, das auf dem South Cliff lag, in der dritten Reihe jedoch und daher ohne Sicht auf die Bucht und das Meer. Stille Straßen, eine kleine Parkanlage, an deren Wegen entlang Tafeln angebracht waren, die Hinweise und Erklärungen zu heimischen Seevögeln gaben. Überall standen Bänke, die jetzt weiß bedeckt waren vom Schnee. Das Haus selbst verriet zunächst nicht, dass sich hier eine Agentur für partnersuchende Singles befand; vermutlich deshalb, weil Diskretion ein Teil des Geschäftes war. Erst auf dem Klingelschild entdeckte Kate den Hinweis: *Trouvemoi.*

Sie hatte die Agentur im Internet gefunden und immer wieder überlegt, sich dort anzumelden. Am einfachsten wäre das natürlich online gewesen, aber sie hatte sich nicht entschließen können, hatte gezögert und gezaudert und die Entscheidung ständig vor sich hergeschoben. Nun war sie einfach direkt hierhergefahren.

Jetzt oder nie, dachte sie.

Sie litt unter dem Alleinleben, und sie hatte manchmal das Gefühl, es werde sich daran einfach nichts ändern, wenn sie ihr Geschick nicht selbst in die Hand nahm.

Die Wochenenden empfand sie inzwischen als tödlich, und am tödlichsten waren die Sonntage. Deutlich schlimmer als die Samstage, an denen Kate den Vormittag damit verbrachte, die notwendigsten Lebensmittel für die kommende Woche einzukaufen, sich mit Katzenfutter einzudecken oder irgendwelche sonstigen Dinge zu besorgen, die sie für Haus und Garten brauchte. Am Samstag hasteten die Menschen noch in der Stadt herum, und der Tag war von einer regen Geschäftigkeit erfüllt, die allerdings zum Abend hin abklang. Am Samstagabend merkte Kate immer schon, wie sich die Melancholie in ihr auszubreiten begann und sie sich fragte, warum nicht einfach jemand neben ihr auf dem Sofa sitzen, die fünfte Staffel irgendeiner spannenden Netflix-Serie mit ihr anschauen und dabei eine Pizza aus einem Pappkarton essen konnte. Der mit ihr in der Dunkelheit noch einmal zum Meer lief. Oder mit ihr zusammen etwas Genießbares zu kochen versuchte und die Küche in ein Schlachtfeld verwandelte.

Es waren diese Dinge, die Kate vor allem aus Büchern und Filmen, aus den Erzählungen anderer und aus einer eigenen, sehr kurzen Beziehung kannte und nach denen sie sich schmerzhaft sehnte. Danach, dass einfach jemand da war, mit dem man irgendetwas Unspektakuläres tun konnte. Der einen vor Notfallverabredungen mit Menschen schützte, bei denen man nach fünf Minuten erkannte, dass der gemeinsame Abend so zäh werden würde wie ein ausgekautes Kaugummi. Kate wusste zu gut, wie sich Verabredungen anfühlten, die man nur deshalb einging, um nicht allein zu sein und um den Ratschlägen zu folgen, die aus jedem Buchratgeber tönten: Tu etwas für dein Glück! Geh hinaus und nutze den Tag! Sitz nicht herum! Geh unter Menschen! Ergreife die Initiative!

Die Wirklichkeit sah komplizierter aus, als die meisten Ratgeber sie darstellten. Unter Menschen zu gehen konnte das Problem verschärfen. Manchmal war es weniger deprimierend, allein vor dem Fernseher zu sitzen und sich mit einem Glas Wein zu trösten, als sich in einem Restaurant mit einer penetranten Frohnatur zu treffen, die den ganzen Abend lang mit ihrem tollen Leben prahlte. Nie hätte man sich freiwillig mit ihr verabredet, wäre man nicht in einer verzweifelten Notlage. Kate zumindest kam ihr Alleinsein nie erbärmlicher vor als in solchen Momenten.

Trotzdem hatte sie gezögert, sich bei *Trouvemoi* anzumelden. In London war sie bei Parship gewesen und hatte etliche Dates absolviert, aber dort hatte sie nie die Sorge gehabt, dabei jemandem zu begegnen, den sie kannte. London war eine riesige Metropole, die Wahrscheinlichkeit war sehr gering gewesen, dass jemand aus ihrem beruflichen Umfeld mitbekam, was sie in ihrer Freizeit so trieb. In Scarborough sah das anders aus. Die Stadt war nicht besonders groß, man traf ständig auf Menschen, die man kannte. Kate wusste, dass es überhaupt keine Schande war, aktiv einen Partner zu suchen, und doch hatte sie Angst davor, dass es an ihrem Arbeitsplatz zum Thema wurde. Bei der Vorstellung, wie Pamela Graybourne sie spöttisch mustern würde, wenn sie erführe, dass Kate beim Speeddating mitmachte, wurde ihr ganz anders.

Jedoch ... wenn sie nicht weitersuchte, käme sie sich immer mehr vor wie ein Trauerkloß, der zu Hause herumsitzt und auf etwas wartet, das nie eintrifft. Und da Parship bislang nichts gebracht hatte, würde sie es diesmal anders versuchen. *Trouvemoi* gab Menschen die Gelegenheit, einander im wahren Leben bei der Ausübung gemeinsamer Interessen kennenzulernen. Vielleicht wäre das für sie die größere Chance.

Wenn sie jetzt hier nicht hinginge und sich anmeldete, tat sie es nie. Nicht dass sie glaubte, innerhalb der nächsten Woche, die noch bis Weihnachten blieb, den Mann fürs Leben zu finden. Aber selbst wenn sie sich für etwas anmeldete, das erst im Januar stattfinden würde, hätte sie das Gefühl, etwas auf den Weg gebracht, eine Entwicklung eingeleitet zu haben. Und dass dann vielleicht am nächsten Weihnachtsfest ... Sie drückte auf die Klingel.

Womöglich war gar niemand da. An einem Dienstagvormittag. Dann hätte sich alles sowieso erledigt.

Der Öffner summte, Kate drückte die Tür auf. Vor ihr lag ein Gang, an dessen Ende eine weitere Tür geöffnet wurde. Eine junge Frau streckte den Kopf hinaus. »Hallo«, sagte sie.

»Hallo«, sagte Kate. »Sind Sie von *Trouvemoi*?«

»Dalina Jennings. Mir gehört die Firma.« Sie streckte Kate die Hand hin. »Kommen Sie doch herein, bitte.«

Kate betrat die Wohnung. Ein schmaler Gang, drei große Zimmer, soweit sie das auf den ersten Blick erkannte. Eine ebenfalls recht große Küche. Im Flur stand ein Wäschekorb, in dem sich fleckige Tücher türmten. Dalina war ihrem Blick gefolgt.

»Wir hatten den Kochkurs gestern Abend. Mit anschließendem Dinner. Die Leiterin hätte heute früh hier sein müssen, um alles aufzuräumen, aber sie hat angerufen, weil es ihr nicht gut geht. Sehr seltsam, gestern war sie noch fit.« Dalina klang verärgert, auch wenn sie sich bemühte, es zu verbergen. »Ich müsste unbedingt eine weitere Kraft einstellen. Heute Nachmittag findet hier ein Kaffeetrinken für ältere Singles statt, und nun muss *ich* alles sauber machen, die Tische decken, die Spülmaschine ausräumen und ...« Sie unterbrach sich. »Aber Sie sind nicht hierhergekommen, um sich meinen Ärger mit meiner Mitarbeiterin anzuhören, Mrs. ...?«

»Linville. Kate Linville.«

»Kommen Sie.« Dalina ging voran in einen kleineren Raum, der gleich neben der Küche lag. Hier befanden sich Regale voller Ordner, ein großer Schreibtisch mit Bildschirm, zwei Sessel und an der Wand ein berühmtes Filmplakat: Leonardo DiCaprio und Kate Winslet am Bug der *Titanic*, eingetaucht in das rote Licht der Abendsonne. Suggeriert wurde die Vorstellung eines verliebten Paares, das eine strahlende Zukunft vor sich hat ... Kate fand das Bild eher unpassend, da man ja wusste, dass das Schiff kurz darauf untergehen und Leonardo sterben würde.

Andererseits, dachte sie, ist es vielleicht auch einfach realistisch. Wenn überhaupt ein gemeinsames Glück möglich ist, dann ist es von kurzer Dauer.

»Nehmen Sie Platz«, sagte Dalina. Sie setzte sich hinter ihren Schreibtisch und fuhr den Computer hoch. Kate beschlich das Gefühl, dass sie hier nicht mehr rauskam, ohne nicht mindestens ein Angebot gebucht zu haben. Die Frau erschien ihr äußerst geschäftstüchtig.

»Das sind ja wirklich sehr weitläufige Räumlichkeiten«, sagte sie, um überhaupt etwas zu sagen.

»Ja, einfach perfekt«, sagte Dalina. »Hier war zuvor ein Restaurant untergebracht. Daher die tolle Küche. Eignet sich wunderbar für das Singlekochen. Wissen Sie, viele versuchen es ja heutzutage über Tinder ... nach rechts wischen, nach links wischen ... Als ob man so schnell und nur aufgrund eines Fotos beurteilen könnte, wer zu einem passt und wer nicht. Ich habe auf eine vergleichsweise altmodische Schiene gesetzt. Meine Kunden treffen sich zu gemeinsamen Unternehmungen. Und ich kann Ihnen nur sagen, es funktioniert hervorragend.«

Warum finden sich die Menschen nicht mehr im Alltag?,

fragte sich Kate. Sie wusste zumindest, warum es bei ihr nicht klappte: Wo sollte sie jemanden kennenlernen? Eigentlich hätten nur der Beruf und Kollegen eine Möglichkeit geboten, aber da hatte sich nie etwas ergeben. Und wahrscheinlich war sie auch einfach zu schüchtern. Sie traute sich nicht, auf andere Menschen – Männer – offensiv zuzugehen.

»Also, Kate Linville«, sagte Dalina und gab den Namen in ihr System ein. »Verraten Sie mir Ihre Adresse und Ihr Geburtsdatum?«

Kate gab beides an und dachte, dass diese noch vergleichsweise junge Frau ihr Geschäft wirklich verstand. Sie befand sich gerade seit zwei Minuten in den Räumen der Agentur, da landete sie schon im Computer und wurde zur Kundin. Fast schneller, als man Luft holen konnte. Sie fühlte sich überfahren, zwang sich jedoch, ruhig zu bleiben.

Sei froh. Würde man dich nicht überfahren, würdest du dich wahrscheinlich schon wieder nicht entschließen.

»Was machen Sie beruflich?«, fragte Dalina.

Kate zuckte zusammen. Ihren Beruf hatte sie eigentlich nicht nennen wollen. Damit kam man ihr zu nah, damit erfuhr man zu viel über sie.

Dalina blickte sie fragend an.

Warum hatte sie sich bloß nicht rechtzeitig etwas überlegt? Kein Mensch musste minutenlang nachdenken, ehe ihm sein Beruf einfiel. Sie dachte an den Fall der abgängigen Altenbetreuerin, von dem sie gerade kam.

»Ich betreue alte Menschen«, sagte sie und fügte rasch hinzu: »Ich meine, ich organisiere ihre Betreuung.«

Ging es noch blöder? Sie hatte überhaupt keine Ahnung von diesem Gewerbe. Außerdem konnte das sehr leicht auffliegen. In einer sehr überschaubar großen Stadt. Warum hatte sie nicht einfach gesagt, dass sie ihren Beruf nicht nennen wollte? Was ging er diese Dalina Jennings überhaupt an? Wenn man sie ohne Berufsangabe nicht akzeptiert hätte, wäre sie eben wieder gegangen. Ihr Leben hing schließlich nicht von *Trouvemoi* ab.

Jemand mit etwas mehr Selbstsicherheit als ich, dachte sie, hätte einfach instinktiv gewusst, was zu tun ist.

»Ach, wie großartig«, sagte Dalina, »eine so wichtige Aufgabe, nicht wahr?«

Kate vermutete, dass sie das bei jedem Beruf sagte. Es gehörte zu ihrem Job, ihre Kunden in eine positive, optimistische Stimmung zu versetzen und erst einmal alles bei ihnen gut zu finden.

»Aber sicher sehr zeitaufwendig, nicht? Da ist es kein Wunder, dass die Möglichkeiten, einen Partner zu finden, auf der Strecke bleiben.«

»Hm ... ja ...«

»Nun, hier sind Sie jetzt auf jeden Fall richtig. Was glauben Sie, wie viele Menschen einander schon in diesen Räumen gefunden haben?«

Kate hätte eine genaue Zahl durchaus interessant gefunden, aber Dalina hielt sich, wohlweislich vermutlich, nicht mit Details auf.

»Was schwebt Ihnen denn vor? Wir bieten wirklich alles an. Und zwar für jede Form der Partnerorientierung. Darf ich fragen, sind Sie an einer heterosexuellen Beziehung interessiert?«

»Ja. Heterosexuell. Also ... ein Mann.« Ich stottere wie ein Schulmädchen, dachte sie.

»Es gibt Speeddating, Candle-Light-Dinner, Singlewanderungen, Singlewochenenden, Singlestädtereisen, Singlekochkurse ... Haben Sie sich schon etwas überlegt?«

Kate hatte vieles erwogen, war jedoch nicht zu einem Entschluss gelangt. Nur auf jeden Fall nicht sofort ein ganzes Wochenende oder gar eine Reise ... Nun dachte sie an die Wäsche draußen in dem Korb und daran, dass Dalina die Küche vom Vorabend aufräumen musste, und sie dachte: Warum nicht? Es ist egal, und das ist das Erste, worüber ich praktisch gestolpert bin.

»Ein Kochkurs«, sagte sie.

Dalina schien begeistert. Wahrscheinlich waren die Kochkurse besonders teuer.

»Genau dazu hätte ich Ihnen auch geraten. Unsere Kochkurse laufen über acht Wochen, jeweils am Montagabend ab sieben Uhr. Sechs bis acht Personen, gleiche Anzahl Männer wie Frauen. Das Gute ist, man sieht sich nicht nur einmal, sondern immer wieder. Es entsteht eine Gruppe, ein Zusammengehörigkeitsgefühl. Daraus entwickelt sich dann leicht auch mehr.«

»Ja, das klingt gut.«

»Der laufende Kochkurs endet nächsten Montag. Der neue beginnt am dreizehnten Januar.«

Dadurch hatte sie immerhin noch etwas Zeit.

»Ja. Dann nehme ich den.«

»Gut. Ich trage Sie ein. Die Leiterin, Anna Carter, wird Ihnen gefallen. Eine sehr kompetente, sympathische Person, die darüber hinaus fantastisch kochen kann. Können Sie eigentlich kochen?«

»Nein. Praktisch gar nicht.«

»Umso besser, dann schlagen Sie zwei Fliegen mit einer Klappe. Sie lernen, ein paar wirklich schöne Gerichte zuzubereiten, und finden dabei auch noch Ihren Prinzen.«

An das Vokabular in diesem Umfeld muss man sich wahrscheinlich gewöhnen, dachte Kate.

Dalina druckte im Handumdrehen den Vertrag aus, und Kate unterschrieb ihn trotz der stattlichen Gebühr, die sie würde bezahlen müssen, um kochen zu lernen und einen Prinzen zu finden. Das war jetzt alles so schnell gegangen, dass ihr fast schwindelig wurde.

Sie stand wieder auf der Straße, mitten im Flockenwirbel. Gut. Immerhin, sie war aktiv geworden. Niemand konnte ihr vorwerfen, dass sie nur herumsaß und jammerte. Sie ging das Problem an. Im Januar.

Dadurch hatte sie bereits mehr als nur einen guten Vorsatz für das neue Jahr: Sie hatte ihn nahezu schon in die Tat umgesetzt.

3

Carmen Rodriguez schob den Putzwagen durch die schmalen Gänge des *Crown Spa Hotel*. Wie immer verschluckte der dicke rote Plüschteppich alle Geräusche. Es waren nicht allzu viele Zimmer belegt, es war nicht die Jahreszeit, in der die Menschen in Scharen an die Küste strömten. Immerhin würden sie in der nächsten Woche über Weihnachten fast völlig ausgebucht sein. Das bedeutete natürlich mehr Arbeit. Aber auch mehr Trinkgeld.

Für diesen Tag war Carmen fertig. Seit dem frühen Morgen arbeitete sie, hatte dafür den Nachmittag frei. Sie hatte die Zimmer gestaubsaugt, die Betten gemacht, die Badezimmer geputzt, die Handtücher ausgewechselt. Sie mochte ihren Job. Wegen ihres Freundes war sie aus Spanien nach

England gekommen und hatte eine Arbeit in demselben Hotel gefunden, in dem auch er angestellt war. Er hatte den Vormittag über hinter der Rezeption gestanden, würde jetzt auch ein paar Stunden freihaben und erst am Abend wieder seinen Dienst antreten.

Carmen war an diesem Tag unruhig, weil ihre Kollegin und Freundin Diane nicht erschienen war. Diane mochte ihren Job im *Crown Spa* nicht besonders, war aber dennoch sehr zuverlässig. Wäre sie krank gewesen, hätte sie Bescheid gesagt. Sowohl bei der Hausdame, die ihre direkte Chefin war, als auch bei Carmen, ihrer Freundin. Aber die Hausdame war auf Carmen zugekommen und hatte sie gefragt, ob sie etwas von Diane gehört habe, und Carmen hatte dadurch erfahren, dass sich Diane tatsächlich auch bei der Chefin nicht gemeldet hatte. Das war absolut ungewöhnlich.

Carmen hatte ihr im Laufe des Vormittages schon etliche Nachrichten per WhatsApp geschickt, aber Diane rief sie nicht ab. Sie war am Vorabend zum letzten Mal um 18 Uhr online gewesen, danach nicht wieder.

Auch das war absolut ungewöhnlich.

Carmen räumte ihren Wagen und die Putzsachen in die Kammer, zog sich um, bürstete sorgfältig ihre Haare und startete dann noch einen telefonischen Versuch bei Diane zu Hause auf dem Festnetz. Auch das hatte sie schon einige Male probiert. Niemand meldete sich.

Sie schrie leise auf, als jemand sie von hinten umschlang und sie fest an sich presste.

»Hallo, Traumfrau!«, murmelte Liam an ihrem Ohr.

Normalerweise mochte sie es, dass er ihr bei jeder Gelegenheit zeigte, wie toll er sie fand, aber an diesem Tag war ihr gar nicht danach. Etwas unwillig befreite sie sich aus seiner Umarmung.

»Du hast mich erschreckt!«
»Ach, hör auf. Du bist doch sonst nicht so schreckhaft.«
»Diane ist verschwunden.«
»Wie ... verschwunden?«
»Sie ist heute nicht zur Arbeit gekommen.«
»Wahrscheinlich hat sie eine Erkältung oder so was.«
»Das hätte sie mir aber doch gesagt. Sie reagiert nicht auf meine Nachrichten. Sie geht nicht ans Telefon. Das ist wirklich seltsam.«

Liam mochte Diane nicht besonders, obwohl er zugeben musste, dass sie sehr attraktiv war. Aber ihre Verschlossenheit, die schüchterne Piepsstimme ... Er fragte sich immer, was Carmen bloß an ihr fand.

»Hier im Hotel hat sie sich auch nicht abgemeldet?«
»Nein.«
»Vielleicht liegt sie völlig verkatert im Bett«, meinte Liam und musste gleich darauf selbst lachen. Diane, die sich einen ansoff ... Wirklich eine verrückte Vorstellung.

»Ich würde gerne zu ihr hinfahren«, sagte Carmen.

Liam stöhnte auf. »Oh nein ... Ich dachte, wir machen irgendetwas Schönes zusammen ...«

»Sie ist meine Freundin, Liam. Ich kann mich jetzt auf nichts anderes konzentrieren.«

»Okay«, sagte Liam, »okay!« Er wusste, worauf das hinauslief: Nicht Carmen würde zu Diane fahren, sondern sie beide würden zu Diane fahren. Weil Carmen weder ein Auto noch einen Führerschein hatte.

Eine halbe Stunde später waren sie auf dem Weg nach Harwood Dale. Es schneite in immer dickeren Flocken, und die Gegend ringsum versank im Schnee. Zunehmend verschwommen zeichneten sich die kahlen Bäume am Horizont ab, alles wurde still, weiß, neblig. Zugedeckt.

»Lange her, dass wir hier so viel Schnee hatten«, meinte Liam. Ein paarmal rutschte der Wagen, und die Räder schienen die Haftung auf der Straße verloren zu haben, aber Liam fing das ab. Er war ein guter Autofahrer. An diesem Tag war Carmen dafür besonders dankbar.

Harwood Dale war ein Dorf, das man fast nicht als solches bezeichnen konnte. Es bestand aus völlig verstreut liegenden Gehöften und kleinen Häusern, am Rande schmaler Feldwege oder Schotterstraßen gelegen, die von der Hauptstraße abzweigten. Der Ort zählte etwas über hundert Einwohner. Er gehörte bereits zum North Yorkshire National Park, mit seiner grandiosen, wilden und sehr einsamen Landschaft.

Diane wohnte in einem einfachen Haus, aus braunen Steinen gebaut, mit einem gläsernen Wintergarten, das so zufällig in die Gegend geworfen schien wie alle Häuser hier. Im Erdgeschoss lebte ein älteres Ehepaar, das den ersten Stock nach dem Auszug der Kinder in eine eigene Wohnung umgebaut und vermietet hatte. Dort lebte Diane in winzigen Räumen unter der Dachschräge. Sie hatte keinen Balkon und keinen Zugang zum Garten, jedoch einen schönen Blick in die Weite ringsum. Der Blick konnte an manchen kalten farblosen Tagen im Winter allerdings auch sehr trostlos sein. Heute mochte es gehen. Der Schnee verzauberte die Eintönigkeit.

Was Carmen jedoch sofort stutzig machte: Dianes Auto stand nicht in der Einfahrt.

»Da steht es immer, wenn sie zu Hause ist!«, rief sie.

»Vielleicht in der Garage«, meinte Liam.

»Da steht das Auto der Hausbesitzer. Diane scheint nicht daheim zu sein.«

Trotzdem stiegen sie aus und klingelten bei Diane. Nichts regte sich. Carmen klingelte bei den Hausbesitzern, und kurz darauf öffnete eine ältere Dame die Tür. »Ach, Miss

Rodriguez. Guten Tag!« Sie kannte Carmen von deren Besuchen bei Diane.

»Guten Tag. Ich wollte mich nach Diane erkundigen. Sie ist heute nicht bei der Arbeit erschienen.«

Die ältere Dame blickte sie verwirrt an. »Ach, das ist seltsam. Sie ist nämlich gestern gar nicht nach Hause gekommen. Wir hören das ja sonst immer, weil der Fußboden knarrt, und wir hören auch, wenn sie duscht und die Läden schließt und öffnet. Außerdem ist ihr Auto ja nicht da. Deshalb dachte ich, sie hätte vielleicht bei Ihnen übernachtet. Aber offenbar …«

»Ich habe sie gestern Mittag zuletzt gesehen. Als wir uns im Hotel voneinander verabschiedeten.«

»Gestern Nachmittag war sie hier. Aber am Abend ist sie noch mal weggefahren.«

»Oh … wissen Sie wohin?«

»Sie fährt jeden Montagabend weg.«

»Aha …« Davon wusste Carmen nichts, aber ihr fiel ein, dass Diane in den letzten Wochen manchmal über mehrere Stunden nicht auf Nachrichten reagiert hatte. Sie hatte nicht darauf geachtet, aber möglicherweise war das immer am Montag gewesen.

Sie hat Geheimnisse vor mir, dachte sie gekränkt.

»Wissen Sie, wohin sie immer fährt?«, fragte sie.

»Na ja, uns erzählt sie ja auch nichts … Sie ist schon sehr verschlossen, nicht?«

Liam knurrte zustimmend.

»Ich dachte, dass es mit ihrem Freund zusammenhängt.«

Carmen war mehr als überrascht. »Ein Freund? Diane hat einen Freund?«

»Also, auf jeden Fall war einige Male ein Mann bei ihr. Der blieb auch über Nacht. Ich habe mich für sie gefreut.«

»Das gibt es doch nicht. Das hätte sie mir erzählt!«

Die alte Dame wirkte verunsichert. »Ich hoffe, ich habe nichts Falsches gesagt ...«

Carmen war wie vor den Kopf geschlagen.

»Das ist einfach unglaublich«, flüsterte sie.

Sie fuhren die Straße zurück, und Carmen schaffte es kaum, ihrer Verstörtheit Herr zu werden. Sie waren doch Freundinnen. Diane und sie.

Und dann sollte Diane sich einen Freund an Land gezogen und kein einziges Wort darüber verloren haben?

»Da stimmt etwas nicht!«, sagte sie.

Liam fand das alles nicht so bemerkenswert. »Die hat einen Typ getroffen. Warum denn nicht? Sie wollte abwarten, ob wirklich etwas draus wird, deshalb hat sie das erst mal für sich behalten.«

»Gegenüber ihrer besten Freundin?«

»So ist sie eben. Verschlossen.«

Carmen sah hinaus in den Schnee. »Ja, aber dass sie mir gar nichts sagt? Was ist das mit den Montagabenden?«

»Da hat sie eben ihren Freund immer getroffen.«

»Wieso gerade am Montag?«

»Keine Ahnung.«

»Und wo ist sie jetzt?«

»Die liegt mit dem im Bett. Die vögelt und ist glücklich. Gönn ihr das doch.«

»Es passt einfach nicht. Es passt nicht, dass sie nicht zur Arbeit kommt.«

»Sie zeigt menschliche Züge. Also, ich finde das ziemlich gut.«

Carmen blickte wieder hinaus. Sie schüttelte den Kopf. Liam mochte sagen, was er wollte, es passte einfach nicht.

»Moment mal!«, rief sie plötzlich. »Fahr mal langsamer!«
»Wieso denn?«
»Langsam. Da steht ein Auto.«
»Wo denn?«
»Auf dem Feldweg da. Dahinten. Ein Stück hinter der Parkbucht.«

Liam bremste, sein Wagen rutschte durch den Schnee. Vor ihnen und hinter ihnen befand sich glücklicherweise niemand.

»Ja, und?«, fragte er ungehalten.

Carmen presste ihr Gesicht gegen die Windschutzscheibe, auf der die Scheibenwischer gleichmäßig hin- und herglitten. »Das ist ein roter Renault, oder? Ich kann das so schwer erkennen, weil so viel Schnee draufliegt, aber es könnte sein, oder?«

»Ich weiß nicht. Und wenn? Das wird irgendein Bauer sein. Wahrscheinlich kontrolliert er seine Weidezäune oder so etwas Ähnliches.«

»Diane hat einen roten Renault. Fahr doch mal rüber!«

Liam murmelte irgendetwas vor sich hin, das nicht freundlich klang, aber er lenkte das Auto über die Landstraße in die Parkbucht hinein. Blieb dort jedoch am äußersten Rand stehen. »Tiefer fahre ich nicht rein. Und auf den Feldweg schon gar nicht. Mir ist hier schon zu viel Schnee, und der Untergrund ist total matschig. Ich komme da am Ende nicht mehr raus.«

Carmen hatte bereits die Tür geöffnet und stieg aus. Sie trug nicht ganz die richtigen Schuhe für das Wetter, aber das war jetzt nicht wichtig. Inzwischen erkannte sie deutlich, dass das Auto unter der Schneeschicht rot war. Warum hatten sie das auf der Hinfahrt nicht bemerkt? Der wirbelnde Schnee, und sie hatte auch nicht so angespannt nach draußen gesehen wie jetzt.

Sie hatte auf einmal ein ganz mulmiges Gefühl.

Die Parkbucht grenzte direkt an eine Schafweide, die von einer steinernen Mauer umschlossen war und zu der ein großes hölzernes Tor führte. Seitlich neben der Weide führte ein schmaler Weg in die Wiesen hinein, auf dessen anderer Seite sich die nächste Weide anschloss. Ein Stück weiter auf diesem Weg stand das Auto.

Aus irgendeinem Grund und obwohl es unzählige andere rote Renaults auf der Welt gab, war Carmen sicher, dass es sich um Dianes Auto handelte. Ihr wurde plötzlich fast schlecht.

Es gab keinen Grund, dass Diane hier parkte. Keinen Grund, der nicht irgendetwas Schreckliches bedeutete.

Sie drehte sich um. Liam war im Wagen sitzen geblieben. Typisch. Wollte keine nassen Füße bekommen, nicht frieren, und er hielt das alles sowieso für Unsinn.

Sie näherte sich dem Auto. Reifenspuren konnte sie nirgends sehen, der Schnee deckte alles zu.

»Diane?«, rief sie leise.

Natürlich bekam sie keine Antwort.

Der Schnee war schwer und klebte auf der Heck- und auf der Frontscheibe und auf den Seitenfenstern. Carmen tastete sich näher. Der Weg war schmal, man würde die Autotüren öffnen können, jedoch nicht weit.

Sie wischte das Fenster neben dem Fahrersitz frei und spähte mit angehaltenem Atem hinein.

Sie sah Diane. Sie saß hinter dem Steuer, und im ersten Moment hatte es den Anschein, als lehne sie sich entspannt zurück, was kaum sein konnte, denn warum sollte sie hier stehen, der Schneemenge auf ihrem Autodach nach zu urteilen schon seit Stunden, ohne Heizung, auf einem Feldweg, der sich irgendwo in der Ferne im schneeschweren Horizont verlor?

Und dann sah sie die Flecken. Rote Flecken und Spritzer. Überall. Auf der Windschutzscheibe, auf dem Armaturenbrett, auf den Sitzen, an der Decke ... Sie riss die Tür auf. Der Geruch nach Blut, der aus dem Wageninneren kam, war überwältigend. Sie blickte in Dianes starre, weit offene Augen.

»Oh Gott«, japste sie. »Oh Gott!«

Sie drehte sich um, schrie nach Liam, schrie um Hilfe, kreischte so laut, dass unweit ein Schwarm Vögel erschrocken aufstob. Liam erkannte die Dringlichkeit und kam angestolpert. Er schob Carmen zur Seite, schaute in das Auto.

»Fuck!«, murmelte er. »Fuck!«

»Liam«, wimmerte Carmen. Sie hatte es gewusst. Sie hatte einfach gewusst, dass etwas Schreckliches geschehen war. Aber wer tat denn so etwas? Wer tat das?

Liam zückte sein Handy. Er sah ziemlich blass um die Nase aus. »Ich rufe jetzt sofort die Polizei«, sagte er.

4

Anna wusste, dass Dalina stocksauer sein würde, wenn sie sie mit dem Aufräumen sitzen ließ, aber sie hatte es am Morgen einfach nicht geschafft, aufzustehen, sich anzuziehen und nach Scarborough zu fahren. Der Tag war kalt und dunkel, und schließlich begann es sogar zu schneien. Sie fühlte sich deprimiert – das tat sie immer zu dieser Jahreszeit –, und sie hatte ein schlechtes Gewissen. Das Bild hatte sie am Vorabend nicht einschlafen lassen: die Gestalt, die plötzlich auf der Straße stand, das Auto, das abrupt bremste. Anna war in zwei Dingen sicher: dass es sich bei der Person, die den Wagen stoppte, um einen Mann gehandelt hatte. Und dass am Steuer des Autos selbst eine Frau gesessen hatte. Möglicherweise Diane Bristow aus dem Kochkurs.

Aber wieso ließ sie einen wildfremden Mann bei sich einsteigen? In der Dunkelheit? In einer menschenleeren Gegend?

Wieso stand ihr Auto kurz darauf in einer Parkbucht am Rande einer Schafweide?

Ich hätte aussteigen müssen und nachsehen, dachte Anna. Entweder sie kannte den Typen, dann wäre ja alles in Ordnung gewesen, und ich müsste mir keine Gedanken machen. Oder diese Frau, wer auch immer sie ist, wäre wirklich so wahnsinnig gewesen und hätte einen Fremden bei sich einsteigen lassen und befand sich in ernsthaften Schwierigkeiten, dann hätte ich ihr helfen können.

Obwohl ... gegen jemanden, der womöglich bewaffnet war?

Sie hatte einfach Angst gehabt. Angst, auf dieser gottverlassenen Landstraße die schützende Sicherheit ihres Autos zu verlassen und nachzuschauen, ob vielleicht einer anderen Frau in nächster Nähe gerade etwas Schlimmes angetan wurde. Aber ihr waren auch in der Eile keine schlauen Einfälle gekommen. Sie hätte in die Parkbucht fahren, ihr Auto über die Zentralverriegelung verschließen und das Fenster einen Spalt öffnen können. Sie hätte rufen können. Nah heranfahren. Einen möglichen Täter hätte das zumindest verunsichert, und er wäre geflohen. Oder sie hätte ein Liebespaar aufgescheucht, das ihr zurief, sie solle sie verdammt noch mal in Ruhe lassen.

Wäre umso besser gewesen.

Stattdessen war sie einfach vorbeigefahren, hatte sich in ihrem Häuschen verbarrikadiert und sich im Bett vergraben. Versucht, sich einzureden, dass alles in Ordnung war und dass sie sich ganz grundlos Sorgen machte. Es war ihr nicht gelungen, die innere Stimme, die ihr gnadenlos zurief, dass sie ein Feigling war, zum Schweigen zu bringen.

Irgendwann in den Morgenstunden war sie endlich eingeschlafen und erst um halb neun aufgewacht. Zu der Zeit hätte sie schon in der Agentur sein müssen. Sie rief Dalina an und bemühte sich, ihre Stimme krank klingen zu lassen.

»Mir geht es überhaupt nicht gut. Ich glaube, ich habe mir irgendetwas eingefangen. Ich bleibe heute lieber im Bett.«

»Du warst doch gestern noch quietschgesund«, sagte Dalina, die Anna am Vortag vor dem Kochkurs kurz gesehen hatte. »Wie kannst du plötzlich sterbenskrank sein?«

Das war typisch Dalina, in ihrer zynischen, aggressiven Art. Anna hatte kein Wort von sterbenskrank gesagt.

»Irgendein Virus vielleicht. Ich habe jedenfalls wahnsinnige Kopfschmerzen, und auch die Knochen tun mir weh.«

Dalina seufzte laut und theatralisch. »Dann muss ich jetzt aufräumen. Mein Gott, bei mir türmt sich doch schon der Buchhaltungskram ... Meinst du, du bist zum Speeddating morgen wieder fit?«

»Bestimmt. Wenn ich mir jetzt Ruhe gönne.«

Dalina hatte grußlos aufgelegt.

Blöde Zicke, dachte Anna, du könntest dir für diese Dinge ja auch mal eine Putzfrau leisten. Wie kann man so unfassbar geizig sein?

Sie rief Sam an, ihren Freund, aber der meldete sich nicht. Er war sicher bereits mit dem ersten Klienten beschäftigt.

Sie hinterließ ihm eine Nachricht. »Ich bin zu Hause. Ruf mich bitte zurück.«

Dann machte sie sich einen Kaffee und nahm den Becher mit ins Bett. Sie starrte hinaus in das Flockentreiben. Vor ihren Augen sah sie immer nur das Auto in der Parkbucht. Und den Mann, der plötzlich auf der Straße gewesen war. Jeder Autofahrer hätte in diesem Moment automatisch gebremst. Diane (?) hatte natürlich nicht so schnell die Türen verriegeln können, sodass der Mann die Beifahrertür aufreißen und seinen ganzen Oberkörper nach drinnen schieben konnte. Anna erinnerte sich daran, was sie gedacht hatte: Wieso lässt sie den einsteigen?

Aber je öfter sie die Szene vor ihrem inneren Auge ablaufen ließ, umso klarer wurde ihr, dass die Frau vor ihr den Mann garantiert nicht freiwillig hatte einsteigen lassen. Er hatte es einfach getan, schnell wie der Blitz. Dann jedoch war sie weitergefahren. Hätte sie sich weigern können?

Vielleicht hatte er eine Waffe. Ein Messer, eine Pistole. Anna hatte nichts dergleichen gesehen, aber es war dunkel gewesen, und es war alles so schnell gegangen.

Sie fror, obwohl es eigentlich kuschelig warm unter ihrer Bettdecke war.

Am späteren Mittag rief Sam zurück.

»Alles klar bei dir?«, fragte er. »Müsstest du nicht bei *Trouvemoi* sein?«

»Ich habe Dalina gesagt, dass ich krank bin. Sam, ich fühle mich wirklich richtig elend. Ich habe, glaube ich, etwas sehr Schlimmes getan.«

»Was hast du denn getan?«, fragte Sam mit seiner ruhigen Coachstimme. Er konnte auch ganz normal reden, aber wenn jemand andeutete, ein Problem zu haben, bekam er irgendwie eine andere Stimmlage. Sam betrieb eine Praxis für Berufscoaching in Scarborough. Es war ein Reflex bei ihm, sofort zum Therapeuten zu werden, wenn jemand in seinem Umfeld besorgt oder verstört schien.

»Eigentlich habe ich eher etwas nicht getan«, sagte Anna und brach in Tränen aus.

Schließlich schaffte sie es, ihm von dem Vorabend zu berichten. Zum Glück blieb Sam ziemlich gelassen.

»Es kann so viele harmlose Erklärungen für diese Situation geben«, meinte er. »Die wahrscheinlichste ist die, dass die beiden einander kannten und an jener Stelle verabredet waren.«

»Das war im völligen Nichts!«

»Es war deiner Beschreibung nach nicht allzu weit hinter der Ortsgrenze von Scarborough. Er ist schon losgegangen, sie hat ihn aufgesammelt. Irgend so etwas.«

»Ich glaube, es war Diane. Aus meinem Singlekochkurs.«

»Ja, und wenn? Sie kann ja auch jemanden kennen, den sie mitnimmt!«

»Diane kennt kaum jemanden.«

»Aber sie kennt nicht niemanden, nehme ich an.«

»Ich habe einfach ein Scheißgefühl!«

»Pass auf«, sagte Sam, »du setzt dich jetzt ins Auto und fährst an der Stelle vorbei, an der du gestern zuletzt das Auto gesehen hast, und schaust einfach mal, ob es da noch steht.«

»Und wenn ja?«

»Dann fährst du in diese Parkbucht und spähst mal hinüber. Du musst nicht aussteigen, nur schauen. Ich denke aber, es ist weg.«

»Was aber auch nicht heißt, dass nichts passiert ist. Der Kerl kann sie ermordet haben und dann mit ihrem Auto abgehauen sein.«

Wenn sie das so aussprach, klang es tatsächlich weit hergeholt. Wie aus einem Film oder einem Buch. Oder wie aus *Crime Watch*, der Sendung, mit der im Fernsehen nach Verbrechern gefahndet wurde. Dabei handelte es sich allerdings um wahre Geschichten. Das gab es natürlich, ständig und überall. Das Verbrechen.

»Du vermutest ja, dass es diese Teilnehmerin aus deinem Kurs sein könnte. Ruf sie doch einfach mal an.«

Warum war sie denn nicht selbst darauf gekommen?

»Ja«, sagte sie. »Das mache ich sofort.«

»Ich habe jetzt gleich den nächsten Klienten«, sagte Sam. »Aber halte mich auf dem Laufenden, ja?«

Anna versprach, das zu tun. Sie verabschiedeten sich, dann suchte Anna in ihrem Smartphone die Datei mit den Adressen und Telefonnummern ihrer Kursteilnehmer. Sie wusste, dass Sams Tipps keine endgültige Beruhigung bringen würden. Es sei denn, sie erreichte Diane, und diese sagte ihr, dass sie gestern jemanden mitgenommen hatte und dass es keinerlei kritische Situation gegeben hatte. Ansonsten konnte es sein, dass es sich gar nicht um Diane gehandelt hatte, dann ging es um eine andere Frau, und dann hatte sie keinen Anhaltspunkt.

Diane hatte nur ihre Mobilnummer angegeben, die Anna nun wählte. Schnell sprang die Mailbox an, auf die Anna nun sprach. »Hallo, Diane, hier ist Anna. Ich wollte nur wissen, ob alles in Ordnung ist bei dir. Mache mir Sorgen ... Ruf mich doch bitte zurück, ja?«

Dass Diane gerade jetzt nicht an ihr Handy ging, musste noch nichts bedeuten.

Vielleicht sollte sie wirklich an der Stelle vorbeifahren. Bei genauerer Überlegung würde das am Ende nicht viele neue Erkenntnisse bringen, aber ihr immerhin das Gefühl geben, nicht nur daheim herumzusitzen und sich verrückt zu machen.

Sie duschte lange und ausgiebig, zog sich an und verließ ihr Haus. Es schneite unvermindert, die Welt versank unter der weißen Decke, der Horizont verschwamm in wirbelnden Flocken. Anna hoffte, dass ihr Auto anspringen würde, und ausnahmsweise machte es tatsächlich einmal keine Schwierigkeiten. Der Schotterweg bis zur Hauptstraße war nicht einfach zu bewältigen, mehrfach drehten die Räder durch, und einmal schienen sie sich sogar einzugraben und stecken zu bleiben. Anna fluchte leise vor sich hin, aber schließlich schaffte sie es, auf die Straße abzubiegen. Auch hier lag Schnee, aber zumindest waren im Tagesverlauf ein paar andere Autos vorbeigekommen und hatten Spuren hinterlassen.

Draußen zu sein tat Anna tatsächlich gut. Wahrscheinlich wäre es besser gewesen, am Morgen nach Scarborough zu fahren und dort bei *Trouvemoi* alles aufzuräumen. Sie hätte nicht stundenlang Gedanken gewälzt und sich immer schlimmere Dinge ausgemalt. Sie war womöglich wirklich albern. Überspannt. Etwas hysterisch …

Sie sah es schon von ferne. Genau dort, wo sich diese Parkbucht befand, die Weiden, der Weg. Überall Polizeiautos. Es wimmelte von Menschen. Ein Abschleppwagen kam gerade an. Die Straße war gesperrt.

Anna spürte, wie ihr Mund trocken wurde. So als habe sie einen Ballen Watte auf der Zunge.

Was, um Himmels willen, spielte sich dort gerade ab? Wieso an dieser Stelle? Polizei, ein Krankenwagen, ein Abschleppwagen. Ein Unfall? Zufällig an derselben Stelle …

Das konnte eigentlich kein Zufall sein …

Sie wäre am liebsten umgedreht und davongerast, aber es gab seitlich keine Wendemöglichkeit, und die schmale Straße und die Wetterverhältnisse ließen kein kompliziertes Manöver zu. Also fuhr sie weiter und bremste erst, als sie unmittelbar vor dem Absperrband angelangt war. Die Atmosphäre schien ihr unheimlich und seltsam unwirklich. Die vielen Menschen, die im immer dichter fallenden Schnee schattenhaft wirkten und sich wie Geister zu bewegen schienen. Die gedämpften Geräusche. Das diffuse Licht, nach dem bereits die ersten Schatten der frühen Dämmerung griffen.

Ein Albtraum, dachte sie. So muss es sein, wenn man sich durch einen Albtraum bewegte.

Ein Polizist trat an ihren Wagen heran, und sie brauchte einen Moment, um zu verstehen, dass er ihr bedeutete, das Fenster hinunterzulassen. Dann betätigte sie den Mechanismus. Feuchte Kälte flutete in das Innere des Autos. Der Polizist beugte sich zu ihr hinunter.

»Hier ist im Moment gesperrt«, sagte er. »Sie müssen leider zurückfahren.«

Sie schluckte. »Was ist denn passiert? Ein Unfall?«

»Ich kann noch keine Auskunft geben«, sagte der Mann freundlich.

Sie blickte zur Seite. Undeutlich konnte sie das rote Auto erkennen. Es stand jedoch nicht in der Parkbucht, wo sie es am Vorabend zuletzt gesehen hatte, sondern ein gutes Stück weiter weg auf dem Feldweg.

Wieso stand es *dort*? Wer hatte es dort geparkt? Wer fuhr am späten Abend ein Auto an diese Stelle?

Das alles ergab keinen Sinn.

»So viel Polizei«, hörte sie sich sagen. »Da ist irgendetwas Schreckliches geschehen, nicht wahr?«

»Ich muss Sie wirklich bitten umzukehren«, sagte der Polizist. »Sie können die äußere Ecke der Parkbucht zum Wenden benutzen, das müsste klappen.«

Anna begriff, dass sie keine Informationen bekommen würde. Es sei denn, sie erwähnte jetzt, dass sie am Vorabend eine Beobachtung gemacht hatte. Dann würde man sicher sofort einen Ermittler holen, sie würde befragt werden und dabei auch erfahren, was geschehen war. Den Bruchteil einer Sekunde lang fühlte sie das Bedürfnis, sich dem netten jungen Mann vor ihr zu öffnen, aber dann war der Augenblick auch schon wieder vorbei.

Und Sie fahren dann einfach weiter und legen sich daheim ins Bett?, würde der Inspector fragen. Sie beobachten, wie ein Mann auf einer nächtlichen Landstraße das Auto einer Frau buchstäblich kapert, und Sie tun einfach nichts? Nicht einmal die Polizei verständigen?

Sie musste abwarten und überlegen. Ändern konnte sie jetzt ja sowieso nichts mehr.

Sie vollführte ein kompliziertes und rutschiges Wendemanöver, dann fuhr sie die Straße wieder zurück nach Hause. Sam hatte gemeint, sie würde beruhigter sein nach ihrem Ausflug, aber nun war das genaue Gegenteil eingetreten. Sie war vollends verstört und verzweifelt.

Zweimal hielt sie an und versuchte, Diane auf dem Handy zu erreichen.

Die junge Frau meldete sich nicht.

5

»Diane Bristow«, sagte Pamela, »fünfundzwanzig Jahre alt. Sie wohnt in Harwood Dale.«

Sie standen in Pamelas Büro, Pamela und Kate, waren beide durchfroren und hatten nasse Schuhe, weil sie über eine Stunde lang draußen auf dem Feldweg zwischen Scarborough und Harwood Dale im Schnee herumgestapft waren. Kate sehnte sich danach, ihre feuchten Strümpfe wechseln zu können, aber vor dem Abend würde es nichts damit werden. Sie hatten einen Mordfall und vorläufig keinerlei Anhaltspunkte. Ein Auto auf einem Feldweg, darin die Leiche einer Frau. Getötet mit achtzehn Messerstichen, die wahllos über den Oberkörper verteilt gesetzt worden waren. Ein Stich war in den Hals gegangen und hatte die Schlagader getroffen, an dieser Wunde war sie laut dem ersten Befund des Gerichtsmediziners gestorben. Die anderen Verletzungen waren teilweise nicht allzu tief gegangen, aber es bestand die Möglichkeit, dass dennoch Organe verletzt worden waren. Das würde erst die Obduktion zeigen.

Gemeldet worden war der Fund der Toten von einem jungen Paar, Carmen Rodriguez und ihrem Freund Liam Elliott. Carmen Rodriguez arbeitete mit Diane zusammen als Zimmermädchen im *Crown Spa Hotel* und hatte sich an diesem Morgen über das Fehlen der Kollegin gewundert – da diese nirgends Bescheid gegeben hatte.

»Das sah ihr nicht ähnlich«, hatte sie gesagt, »das war so völlig ungewöhnlich, dass bei mir irgendwie der Alarm losging.«

Als vorläufigen Todeszeitpunkt hatte der Gerichtsmediziner den Vorabend angegeben, irgendwann zwischen acht und elf Uhr. Laut Carmen Rodriguez hatte Dianes Dienst im Hotel am Vortag mittags um zwölf Uhr geendet. Das hieß, sie musste abends noch einmal unterwegs gewesen sein. Carmen hatte von der Aussage der Vermieter berichtet, dass Diane jeden Montagabend fort gewesen sei. Und dass es neuerdings einen Mann in ihrem Leben gegeben habe.

»Aber sie hatte keinen Freund. Das hätte sie mir erzählt.«
»Ein Bruder? Cousin? Bekannter?«
»Also, Geschwister hat sie keine«, hatte Carmen gesagt. Die junge Frau war kreideweiß gewesen und schien unter Schock zu stehen, deshalb hatte Pamela auf eine weitere Befragung verzichtet und sie erst einmal nach Hause geschickt. Sie sah aus, als werde sie jeden Moment einfach umfallen.

»Etwas so Schlimmes habe ich noch nie gesehen«, wiederholte sie nur ständig. »Etwas so Schlimmes!«

»Wir müssen«, sagte Pamela nun, »mit den Kollegen im *Crown Spa* reden. Und mit den Vermietern. Es ist wichtig herauszufinden, wo Diane Bristow gestern Abend war.«

Im Auto hatten sie nichts gefunden, was Rückschlüsse zuließ. Keine Einkaufstaschen, keine Tickets, kein Kinobillett, nichts.

»Sie hat ja offenbar regelmäßig Kontakt mit einem Mann«, meinte Kate. »Den hat sie wahrscheinlich besucht. Jeden Montag.«

»Und ihre Freundin hat keine Ahnung?«

Kate zuckte mit den Schultern. »Manches erzählt man vielleicht auch der besten Freundin nicht. Selbst wenn die beste Freundin meint, sie bekäme alles berichtet. Es gibt auch einseitige Vertrauensverhältnisse.«

»Hm«, machte Pamela. »Wir müssen diesen Mann auftreiben. Ich vermute, dass er ein Schlüssel ist.«

»Was mich wirklich wundert«, sagte Kate, »ist die Stelle, an der ihr Auto parkte. Gestern Abend schneite es noch nicht, aber es hat in den letzten Tagen viel geregnet. Der Weg ist eine einzige Schlammpfütze. Da fährt man freiwillig nicht rein. Zumal er nirgendwohin führt.«

»Sie meinen, man kommt da auch nicht mehr so einfach raus?«

»Diese Wege sind tückisch zu dieser Jahreszeit – es sei denn, man hat einen Jeep oder einen Geländewagen. Oder einen Traktor. Und Diane Bristow wohnt hier. Sie wird das wissen.«

»Wenn sie einfach nur hätte anhalten wollen, zum Beispiel, um zu telefonieren, wäre sie in die Parkbucht gefahren.«

»Eben. Kein Grund, sich in den Matsch zu begeben und zu riskieren, dass man stecken bleibt. Apropos telefonieren: nirgendwo im Auto oder im Umkreis davon ein Handy. Heutzutage ist niemand mehr ohne unterwegs. Der Killer hat es wahrscheinlich mitgenommen und irgendwo entsorgt. Weil man darin Rückschlüsse hätte finden können? Weil sie ihn – oder sie – kannte?«

»Es ist Abend, es ist seit Stunden dunkel, und da draußen ist nichts«, sagte Pamela. »Wie konnte sie da ihrem Mörder begegnen?«

»Er war schon im Auto?«

»Eventuell eine Beziehungstat?«

»Das meinte ich, als ich von dem fehlenden Handy sprach.«

Pamela griff nach ihrem Mantel. Er war nass vom Schnee, die Wolle roch feucht. »Ich fahre ins Hotel. Sie fahren zum Wohnhaus. Wir brauchen Informationen zu Diane Bristow, und wir müssen wissen, wo sie gestern Abend war.«

Eine halbe Stunde später saß Kate im Wohnzimmer des Ehepaares Fowler und versuchte, den zwei geschockten älteren Leuten irgendwelche brauchbaren Hinweise zu entlocken. Das Wohnzimmer war gnadenlos überheizt und mit Möbeln vollkommen zugestellt. Kate hatte nach kürzester Zeit das Gefühl, hier drinnen langsam, aber unvermeidbar zu ersticken. Die Fowlers, so viel erkannte sie schnell, wussten nicht viel über die Frau, mit der sie das Haus geteilt hatten und die sie beide als sehr zurückhaltend, verschlossen und einzelgängerisch beschrieben.

»Diese Freundin war manchmal da«, sagte Mrs. Fowler. »Die Spanierin.«

»Carmen Rodriguez?«

»Ja.«

»Miss Rodriguez erzählte, Sie hätten einen Mann erwähnt, der Diane häufiger besucht hätte?«

»Ja, den gab es. Aber erst seit Kurzem.«

»Was heißt das ungefähr? Seit wann?«

Mrs. Fowler überlegte. »Seit Mitte November, denke ich.«

»Kennen Sie seinen Namen?«

»Nein. Sie hat uns einander leider nie vorgestellt.«

»Ihre Freundin Carmen hatte keine Ahnung.«

»Das wundert mich nicht«, sagte Mrs. Fowler. »So ist Diane eben.« Sie verbesserte sich: »So war Diane. Die erzählte einfach nichts von sich. Eine sehr seltsame Frau. Aber ich mochte sie. So still und bescheiden.«

»Wie sah der Mann aus? Alter, Größe, Haarfarbe?«

»Auffallend groß«, sagte Mr. Fowler. Es war erst das zweite Mal, dass er sich an dem Gespräch beteiligte. »Bestimmt ein Meter neunzig. Eher noch größer.«

»Schlank«, ergänzte seine Frau. »Aber kräftig. Dichte dunkle Haare.«

»Alter?«, ermunterte Kate.

»Mitte dreißig? Das könnte hinkommen.«

»Also an die zehn Jahre älter als Diane?«

»Ja. Ungefähr.«

»Und Sie hatten den Eindruck, die beiden waren ein Liebespaar? Oder könnte er auch ein entfernter Bekannter oder ein Verwandter gewesen sein?«

»Nein, die hatten eine Liebesbeziehung. Meiner Meinung nach. Ein paarmal sah ich ihnen nach, wenn sie das Haus verließen. Er legte den Arm um sie, versuchte sie zu küssen ...«

»Er *versuchte* es?«

»Nun ja ... Es schien jedenfalls so, als sei er derjenige, von dem die Zärtlichkeiten ausgingen. Und als sei sie ... irgendwie nicht so begeistert. Sie drehte immer den Kopf weg ...«

»Du hast aber viel beobachtet«, bemerkte Mr. Fowler erstaunt.

Seine Frau errötete leicht. »Ich habe ihnen nicht nachspioniert, wirklich nicht. Aber wenn ich in der Küche stehe, schaue ich nun mal auf den Weg, der von der Haustür zum Autostellplatz führt, und da sah ich sie öfter entlanggehen.«

»Hatten Sie den Eindruck, dass etwas nicht stimmte bei den beiden?«, fragte Kate. »Dass Diane unter Druck stand, vielleicht?«

»Ich weiß nicht ... Ich dachte, so ist sie halt. Schüchtern. Ich dachte, es ist ihr peinlich, dass er sie draußen küsst, wenn andere Leute es sehen können. Ich oder mein Mann zum Beispiel.«

»Ich verstehe. Aber Sie erinnern sich an nichts sonst, was Ihnen seltsam vorkam? Oder bedenklich? Lautes Streiten vielleicht?«

»Nein. Laut waren sie überhaupt nie. Nur ...«

»Ja?«

»Weil Sie fragen, ob mir etwas Seltsames auffiel: Ich dachte ein paarmal, dass es eigenartig ist, dass sie gar nicht ... glücklich wirkt. Strahlend. Weniger in sich gekehrt. Wissen Sie, sie wohnt seit vier Jahren hier bei uns, und nie gab es jemanden in ihrem Leben. Und plötzlich hat sie einen gut aussehenden Freund, der noch dazu recht verliebt wirkt, aber sie verändert sich nicht. Fast sogar schien sie mir ...«

»Ja?«

»Noch unentspannter als zuvor. Noch mehr in sich gekehrt. Grüblerisch ... Einfach nicht so, wie Menschen sind, wenn sie frisch verliebt sind.«

»Diane schien nicht glücklich mit diesem Mann zu sein?«

»Ich weiß es nicht. Vielleicht gab es ja sonst noch etwas in ihrem Leben, das sie bedrückte.«

»Aber dieser Zustand, dass sie noch weniger fröhlich schien als zuvor, setzte mit dem Auftauchen dieses Mannes in ihrem Leben ein?«

»Ja. Das würde ich schon so sagen. Zumindest soweit wir den Zeitpunkt seines Auftauchens in ihrem Leben kennen.«

»Das ist eine wichtige Information«, sagte Kate. In der Tat könnte der Umstand, dass Diane mit einem Mann zusammen gewesen war, der ihr möglicherweise leises Unbehagen eingeflößt hatte oder vor dem sie sich vielleicht sogar gefürchtet hatte, in einem Zusammenhang mit ihrer Ermordung stehen, aber solange sie keinen Hinweis auf die Identität des Freundes hatten, traten sie dennoch auf der Stelle. Weshalb hatte Diane diesen Mann nirgends erwähnt, auch nicht gegenüber ihrer Freundin und Arbeitskollegin?

Weil sie überhaupt nie über sich sprach?

Oder weil mit diesem Mann etwas nicht stimmte?

»Haben Sie irgendeine Ahnung, wo Diane Bristow gestern Abend unterwegs war?«, fragte sie. »Ihr Dienst im Hotel hatte mittags geendet.«

»Ja, sie war mittags auch nach Hause gekommen«, berichtete Mrs. Fowler. »Ich habe gesehen, wie sie in ihre Wohnung ging.«

»Wissen Sie, wann sie die Wohnung wieder verlassen hat?«

»Ja. Um halb sieben etwa. Ich saß im Wohnzimmer, ich habe sie nicht gesehen. Ich habe sie nur auf der Treppe gehört und dann den Motor ihres Autos. Aber das war ja jeden Montag so.«

»Das erwähnten Sie bereits gegenüber Miss Rodriguez. Seit wann fuhr Diane Bristow jeden Montagabend weg?«

»Seit Anfang November. Glaube ich.«

»Und seit Mitte November war der Freund da. Zumindest soweit Sie wissen.«

»Ja.«

»Aber Sie haben keine Ahnung, wohin sie ging?«

»Leider nicht. Sie hat ja nichts erzählt.«

Kate wusste, dass sie selbst als sehr verschlossen galt und dass dies mit ein Grund dafür war, dass sie sich so oft im Abseits fühlte, aber gegenüber jener Diane kam sie sich in diesem Moment wie eine Plaudertasche vor.

»Sie ging immer allein weg?«, vergewisserte sie sich.

»Also, gestern habe ich sie ja nicht gesehen. Aber ich glaube, dass sie nachmittags allein war. Und auch sonst ging sie allein weg, ja.«

»Wann kam sie immer zurück?«

»Gegen halb elf, Viertel vor elf.«

»Fiel Ihnen gestern auf, dass sie nicht kam?«

»Ja, schon. Wir hören sie ja. Wegen der knarrenden Fußböden und wenn Wasser läuft. Es blieb alles still, und heute früh sah ich auch, dass ihr Auto nicht da war.«

»Machten Sie sich Sorgen? Oder blieb sie manchmal über Nacht weg?«

Mrs. Fowler überlegte. »Sie blieb sehr selten weg. Drei- oder viermal in all den Jahren. Da fragte ich sie dann, und sie sagte, sie habe bei ihrer Freundin Carmen übernachtet. Deshalb dachte ich, das sei gestern auch der Fall gewesen. Oder sie habe bei ihrem Freund geschlafen.«

»Nun gut.« Kate stand auf. »Dann würde ich jetzt gerne noch Dianes Wohnung sehen. Haben Sie einen Schlüssel?«

»Natürlich!« Mrs. Fowler sprang eilfertig auf. Diese ganze Situation elektrisierte sie. Die Fowlers waren sichtlich geschockt, zugleich riss sie das Ereignis aus der völligen Belanglosigkeit ihres Alltags. Kate nahm an, dass diese Befragung haarklein an alle Bekannten von Mrs. Fowler überliefert werden würde.

Über eine schmale, steile Stiege gelangten sie in den ersten Stock. Auf den ersten Blick schien die Wohnung so wenig preiszugeben wie ihre Bewohnerin. Ursprünglich mussten das hier oben zwei Zimmer und ein Bad gewesen sein, recht klein und beengt durch die starke Dachschräge. In eines der Zimmer hatten die Fowlers eine winzige Küche eingebaut, und dies schien zudem das Wohn- und Esszimmer zu sein. In dem anderen Raum standen Dianes Bett und ein Schreibtisch. Ihre Kleider hingen hinter einem Vorhang, mit dem sie einen Teil der Schräge als Schrank abgetrennt hatte. Einen wirklichen Schrank konnte man nirgends aufstellen.

Es gehört schon Chuzpe dazu, das hier als Wohnung anzubieten, dachte Kate.

Aber immerhin, es hatte sich eine Abnehmerin gefunden.

»Ist es nicht hübsch hier?«, fragte Mrs. Fowler stolz.

Es war ein Ort, an dem man depressiv werden konnte, fand Kate, sagte es aber nicht. Sie streifte Handschuhe über, schaute sich um, hob ein paar Zeitschriften hoch, öffnete Schubladen. Nirgends ein Hinweis, der ihr verwertbar erschien. Die Wohnung würde noch genau durchsucht werden. Aber zunächst ergaben sich keinerlei neue Anhaltspunkte. Auch hier fand sich zumindest in diesen ersten Momenten kein Handy.

»Was wird denn jetzt mit dem Mietvertrag?«, fragte Mrs. Fowler.

»Das kann ich Ihnen nicht sagen«, erwiderte Kate. »Möglicherweise möchte ein Rechtsnachfolger in den Vertrag einsteigen, aber darauf sollten Sie sich nicht verlassen.«

Niemand, der noch irgendeine andere Chance hat, würde hier einziehen, dachte sie.

»Auf jeden Fall muss die Wohnung spurentechnisch noch ausgewertet werden. Sie dürfen sie vorläufig nicht betreten und nichts verändern.«

Mrs. Fowlers Gesichtsausdruck verriet, dass sie das als eine Zumutung empfand, jedoch nicht zu widersprechen wagte.

»Wissen Sie, ob Diane noch lebende Verwandte hat?«, fragte Kate. »Eltern oder Geschwister?«

»Geschwister hat sie keine«, sagte Mrs. Fowler. »Aber ich glaube, sie erwähnte ihre Mutter. Die hat sie auch manchmal besucht. In Whitby.«

Kate seufzte unhörbar. Eine Mutter. Der man die Nachricht vom Tod der Tochter würde überbringen müssen. Und nicht nur von deren Tod: von ihrer grausamen Ermordung. Nachts auf einem Feldweg in ihrem eigenen Auto regelrecht abgeschlachtet. In der Woche vor Weihnachten.

Kate hoffte, dass Pamela diesen Gang übernehmen würde. Auf jeden Fall musste es schnell geschehen, ehe erste Pressemeldungen auftauchten. Diese Frau, die gerade ihr einziges Kind verloren hatte, sollte das nicht aus der Zeitung erfahren.

Sie verabschiedete sich von den Fowlers und rief aus dem Auto im Büro an mit der Bitte, schnell ein Spurensicherungsteam in Dianes Wohnung zu schicken. Sie traute den Fowlers nicht. Zumindest Mrs. Fowler war sicher von Neugier getrieben und würde gar zu gerne herumstöbern.

Außerdem musste jemand ein Phantombild erstellen. Sie brauchten unbedingt eine Vorstellung von dem geheimnisvollen Freund, den es in Dianes Leben gegeben hatte und der trotzdem genau das zu sein schien: ein Phantom.

Kaum hatte sie das Gespräch beendet, meldete sich Pamela. Sie hatte im *Crown Spa Hotel* keine wesentlichen Erkenntnisse gewonnen, allerdings von einigen der Angestellten erfahren, dass Diane wohl sehr unglücklich in ihrem Beruf gewesen war. Sie hasste ihre Arbeit als Zimmermädchen und hatte öfter davon gesprochen, unbedingt etwas anderes finden zu wollen. Sie hatte als zuverlässig und bescheiden gegolten.

»Ich bin auf dem Weg zu ihrer Mutter in Whitby«, sagte Pamela. »Sergeant Bennett ist bei mir.«

Detective Sergeant Helen Bennett hatte eine Zusatzausbildung als Polizeipsychologin. Sie würde den Schock und den ersten fassungslosen Schmerz von Mrs. Bristow auffangen müssen.

»Sollte sie vernehmungsfähig sein«, sagte Kate, »dann fragen Sie nach dem ominösen Freund, den Diane seit Mitte November hatte. Und nach den Montagabenden.«

Pamela seufzte. »Vielleicht weiß es die Mutter. Irgendjemandem muss sich diese Diane doch anvertraut haben? Ich melde mich, Sergeant.«

Kate startete ihren Wagen und fuhr durch die langsam einsetzende, frühe winterliche Dunkelheit in Richtung ihres Zuhauses. Sie dachte über Diane Bristow nach. So viel Einsamkeit ging von dieser toten Frau aus. Es hatte Menschen gegeben in ihrem Leben, aber offenbar hatte sie sich ihnen nicht wirklich annähern können. Ihre Wohnung, ihr Leben, alles, was andere Menschen über sie erzählten, war von der Einsamkeit durchdrungen, als sei diese ein schwerer, unangenehmer Geruch, der sich überall ausbreitete und alles durchdrang.

Ich darf mich davon nicht vereinnahmen lassen, dachte Kate, aber sie spürte, dass sie bereits begann, sich zu identifizieren. Die Traurigkeit, die ihr aus Dianes vergangenem Leben entgegenschlug, war ihre eigene. Das war nicht gut, es zog sie hinunter, und es könnte ihre Objektivität, mit der sie jeden Fall betrachten musste, stören.

Tatsache aber war, dass sie durch diesen vorweihnachtlichen Nachmittag nach Hause fuhr, dass dort niemand auf sie wartete außer einer Katze und dass dieses schreckliche Fest vor der Tür stand und, fast noch schlimmer, der Jahreswechsel. Die Neujahrsdepression toppte alljährlich noch die von Weihnachten.

Und dann kam der Januar.

Es wird Zeit, dachte sie, es wird Zeit, dass sich etwas ändert in meinem Leben.

Es schneite gleichmütig und unvermindert weiter.

Warum haben mich meine Eltern so dick werden lassen? Schon als kleines Kind. Ich war das einzige Kind, und sie wollten bestimmt alles gut machen, aber leider konnte besonders meine Mutter mir nur schwer etwas abschlagen und gab meinen ständigen Bitten nach Süßigkeiten und fettigen Fast-Food-Gerichten viel zu oft nach.

Als ich in die Schule kam, hatte ich schon ein rundes Mopsgesicht und ein stattliches Doppelkinn, und meine speckigen Beine bogen sich an den Knien nach außen, weil sie zu viel Gewicht schleppen mussten. Ich trug nicht Jeans oder Shorts und coole Hoodies wie die anderen Jungen in der Klasse, sondern dehnbare Jogginghosen und dazu Pullover, die meine Großmutter strickte und die wirklich scheußliche Farben und Muster hatten – meine Großmutter besaß absolut keinen Geschmack – und deren einziger Vorteil darin bestand, dass sie riesig waren und ich deshalb problemlos in sie hineinpasste. Die Pullover sahen so schlimm aus und kratzten so furchtbar, dass ich den ganzen Winter über betete, der Sommer möge schnell kommen, weil ich sie dann nicht mehr tragen musste. Im Sommer hatte ich T-Shirts in der Größe von Müllsäcken an, aber ich sah nicht mehr so völlig absurd aus wie im Winter. Ich flehte meine Mutter an, dass sie mir Sweatshirts kaufte, in XXL meinetwegen, alles besser als diese gestrickten Ungetüme, aber es hieß immer, dann sei Granny gekränkt, und sie sei doch sowieso so traurig seit Grandpas Tod und habe zudem immer das schreckliche Asthma, und deshalb dürften wir ihr nicht wehtun. Und ich solle doch froh sein, etwas so Besonderes und Einzigartiges zum Anziehen zu besitzen.

Einzigartig!

Ein Kind, das sowieso schon ständig auffällt, weil es adipös ist, und dann zieht man ihm noch kreischend bunte Strickteile aus Polyacryl an ... Ich sah grotesk aus, einfach nur grotesk. Und ich war verzweifelt.

Muss ich erwähnen, dass es in der ersten Klasse schon mit dem Mobbing losging?

Kinder können grausam sein, das wissen wir alle. Wenn jemand anders ist, wenn sich jemand nicht in das allgemeine Bild einfügt und wenn derjenige noch dazu schwach ist und hilflos – dann reizt das jeden einzelnen grausamen Reflex, der in den kleinen Gehirnen wohnt. Sie wollen jemanden, auf den sie einschlagen, dem gegenüber sie sich stark fühlen können – und in fast jeder Klasse findet sich jemand. Jemand, dessen Eltern ärmer sind als die anderen und der deshalb uncoole Klamotten trägt. Jemand, der stottert oder lispelt oder permanent rot wird. Jemand, der in einer Situation der Vernachlässigung lebt, nichts zum Frühstück dabeihat und streng riecht, weil daheim niemand darauf achtet, dass er sich wäscht. All das weckt bei Kindern nicht die Spur von Mitleid. Sondern Hass und Verachtung und eine primitive Lust am Quälen.

Und eine bessere Vorlage als einen fetten Jungen, der keucht und schwitzt, wenn er nur den Schulhof überquert, gibt es gar nicht.

Natürlich nannten sie mich *Fatty*. Den Namen bekam ich in der Grundschule übergestülpt, und er blieb. Auch in der weiterführenden Schule hieß ich sofort wieder so. Es scheint der universelle Name für Kinder wie mich zu sein. Irgendwann begriff ich, dass ich ihn nicht loswerden würde. Ihn nicht und nicht die Gehässigkeiten der anderen.

Ich kam zu einer Schulpsychologin, weil ich nicht mehr schlafen konnte und morgens weinte, wenn es Zeit war, zur Schule zu gehen. Die Frau war nett, aber irgendwie hilflos. Sie versuchte, mein Selbstbewusstsein zu stärken, aber es gab nicht wirklich etwas, das man in die Waagschale hätte werfen können, damit ich mich etwas weniger als Komplettversager fühlte. Ich hatte ja nichts vorzuweisen, nur meine vielen Pfunde. Meine Schulnoten waren einigermaßen in Ordnung, aber irgendwie zählte das nicht.

Schließlich meinte die Psychologin – sehr clever –, das einzige Mittel für mich, um glücklicher zu werden, sei, dass ich abnehme.

»Wie denn?«, fragte ich ratlos.

Sie erarbeitete mit mir einen Ernährungsplan, der sicher vernünftig war, weil er viel Gemüse und Obst für mich vorsah, Kohlenhydrate und Süßigkeiten nahezu vollständig verbannte. Aber natürlich hielt ich ihn keine Woche lang durch. Ohne Essen, ohne viel zu viel Essen, ohne Schokolade schaffte ich es nicht durch den Tag. Meiner Mutter, die durchaus gewillt war, akribisch nach diesem Plan zu kochen, konnte ich immer wieder Süßigkeiten aus den Rippen leiern. Sie hatte Mitleid, sie konnte meine Tränen nicht ertragen.

Ich schaffte es nicht, mich gegen meine Klassenkameraden zu wehren, und die Wut in mir wurde zu einem immer größeren und schwereren Klumpen, von dem ich manchmal glaubte, er sei es eigentlich, der mich so schwer und dick machte.

Dieser schwere Klumpen Wut. Die Wehrlosigkeit, mit der ich Demütigungen hinnehmen musste. Ich steckte in diesem fetten Körper und in diesen grässlichen synthetischen Pullovern, und der Hass in mir wuchs mit jedem Tag.

Ich war elf Jahre alt, als ich meine Großmutter umbrachte.

MITTWOCH, 18. DEZEMBER

1

Am nächsten Morgen berichtete die *Yorkshire Post* von dem Mord und nannte sogar, zumindest angedeutet, den Namen des Opfers. Die fünfundzwanzigjährige Diane B., die einem entsetzlichen Verbrechen zum Opfer fiel.

Die Zahl der Stichverletzungen wurde mit achtunddreißig statt mit achtzehn angegeben, zudem spekulierte die *Post* über einen geheimnisvollen Fremden, mit dem sich Diane in den letzten Wochen getroffen haben sollte.

Lag die junge Frau mit ihrem Mörder im Bett?, fragte eine Schlagzeile, um Diane im nächsten Absatz ein gefährliches Doppelleben anzudichten.

Pamela pfefferte die Zeitung wütend in die Ecke. »Diese schwachsinnigen Spekulationen! Und woher, verdammt, haben die ihre Informationen? Den Namen? Die Umstände? Den Freund, den keiner kennt?«

Sie saßen zusammen in Pamelas Büro. Kate war an diesem Morgen eine Viertelstunde früher als sonst zum Dienst erschienen und hatte es dennoch nicht geschafft, vor ihrer Vorgesetzten einzutreffen.

Schläft die hier?, fragte sie sich genervt.

Auch Sergeant Helen Bennett war dabei, die Polizeipsychologin. Sie sah aus, als habe sie wenig oder sehr schlecht geschlafen. Kate vermutete, dass es wirklich kein Zuckerschlecken gewesen war, der alten Mrs. Bristow am Vortag die Nachricht vom Tod ihrer Tochter zu überbringen. Helen musste so etwas immer wieder tun, aber sie würde sich, wie sie Kate einmal anvertraut hatte, nie wirklich daran gewöhnen.

»Ich vermute«, sagte sie nun, »dass unter den Kollegen im Hotel eine undichte Stelle war. Carmen Rodriguez hat wahrscheinlich den ganzen gestrigen Nachmittag über nichts anderes getan, als jeden anzurufen, den sie kennt, und brühwarm von dem schrecklichen Ereignis zu berichten. Irgendjemand ist damit an die Presse gegangen, weil er da jemanden kennt. Und dass die es dann gnadenlos ausschmücken, wissen wir ja.«

»Dass die sich nie vorstellen können, wie es sich für die Angehörigen anfühlt«, sagte Pamela. »Die Anzahl der Messerstiche, die noch dazu falsch ist. Das gefährliche Doppelleben. Denen ist immer alles völlig egal.«

»Bis auf die Auflage«, sagte Kate. Sie ärgerte sich auch über die Presse, versuchte jedoch, auf eine sachliche Gesprächsebene zurückzufinden. »Was haben wir? Was hat das Gespräch mit der Mutter erbracht?«

»Leider nicht viel«, sagte Pamela. »Sie wusste nichts von dem Freund, und wohin ihre Tochter am Montagabend immer ging, konnte sie auch nicht sagen. Diane hat sie häufig am Sonntagnachmittag zum Kaffeetrinken besucht, aber wenig von sich erzählt. Nur Belanglosigkeiten aus ihrem Job.«

»Der Vater lebt nicht mehr?«

»Der ist schon vor vielen Jahren gestorben. Es gibt keine Verwandten.«

Kate dachte, dass es sich so ähnlich anhören würde, sollte man ihre Leiche einmal im Auto auf einem Feldweg finden – als Opfer eines Verbrechens. Keine Eltern mehr. Keine Geschwister. Keinen Mann und keine Kinder. Keine Verwandten.

Bei ihr würde die Presse nicht einmal ein gefährliches Doppelleben konstatieren können. Sie wäre eine noch unergiebigere Tote als Diane B.

Langweilig könnte man es auch nennen, dachte sie.

»Es wird uns nichts übrig bleiben«, fuhr Pamela fort, »als noch einmal alle Angestellten des *Crown Spa* zu befragen. Ich vermute nicht, dass jener Freund aus diesem Bereich kommt, das wüssten wir wahrscheinlich bereits. Aber vielleicht weiß jemand etwas. Hat sie mit dem Typen irgendwo gesehen ... So groß ist Scarborough doch nicht, als dass jemand nie gesehen wird.«

»Es sei denn, jemand geht praktisch nie raus«, sagte Kate.

»Montagabend«, sagte Helen. »Da zumindest ging sie raus.«

»Wie es scheint, sind die Vermieter bislang die einzigen Menschen, die den Freund gesehen haben«, sagte Pamela. »Bekommen wir da ein Phantombild?«

»Ist schon in Auftrag gegeben«, sagte Kate. »Und die Wohnung wurde gestern noch spurentechnisch untersucht. Nichts bisher, was uns weiterbringt. Es gibt einen Laptop, aber der ist noch nicht vollständig ausgewertet.«

»Heute Nachmittag rechne ich mit dem Obduktionsbefund«, sagte Pamela. »Allerdings kann ich mir auch da keine Sensation vorstellen, aber man muss ja hoffnungsvoll bleiben.«

Sie sahen einander an.

»Irgendetwas Neues von der flüchtigen Altenpflegerin?«, erkundigte sich Pamela.

Kate schüttelte den Kopf. »Die Tochter der Toten tobt. Könnte unangenehm werden, wenn wir nicht bald eine Festnahme vorzuweisen haben.«

»Mila Henderson könnte überall sein. Natürlich muss diese Frau zur Rechenschaft gezogen werden, aber höchstwahrscheinlich haben wir es tatsächlich mit einer Fahrlässigkeit zu tun. Der Fall um Diane Bristow hingegen ...«

»Ich tippe auf eine Beziehungstat«, sagte Helen. »Sergeant Linville hat ja berichtet, dass nach Aussage der Vermieter Diane nicht ganz so begeistert zu sein schien von ihrem Freund. Vielleicht hat sie Schluss mit ihm gemacht. Und das konnte er nicht akzeptieren.«

»Also«, sagte Pamela, »es bleibt dabei, wir müssen diesen Freund finden. Auf jeden Fall seine Identität klären. Er ist der Schlüssel.«

2

Anna wachte davon auf, dass ihr Handy beharrlich klingelte. Schlaftrunken hob sie den Kopf. Jenseits des Fensters hatte der Tag begonnen, und es schneite nicht mehr.

Anna tastete nach ihrem Handy, das neben dem Bett lag. Es war fast halb neun, und bei der Anruferin handelte es sich um ihre Chefin Dalina. Anna hatte am Nachmittag ein Speeddating zu betreuen und musste um zwei Uhr in der Firma sein, wie Dalina ihre Agentur immer nannte. Kein Grund, um diese Zeit Sturm zu läuten. Wahrscheinlich wollte sich Dalina vergewissern, dass sie nicht mehr krank war.

»Hallo?«, meldete sie sich. Ihre Stimme klang krächzend und verschlafen.

Dalina hingegen war hellwach. »Du liegst noch im Bett? Dann hast du auch noch keine Zeitung gelesen?«

»Nein. Wieso?«

»Etwas Unglaubliches ist passiert. Diane Bristow aus deinem Kochkurs ...«

»Ja?« Anna setzte sich steil auf. Sie fing an zu frieren. »Was ist mit ihr?«

»Sie ist tot. Ermordet.«

»Was?«

»Diane B. wird sie in der Zeitung genannt, fünfundzwanzig Jahre alt. Wohnt in Harwood Dale. Das muss sie sein.«

»Ja ... ja, das muss sie sein.« Anna wurde es ganz schlecht. Es gab nichts daran zu deuten.

»Wann ist es denn passiert?«, fragte sie, obwohl sie es genau wusste.

»Wohl irgendwann vorgestern am späten Abend. Auf einem Feldweg am Rande der Landstraße nach Harwood Dale raus. Ihr Auto stand dort, und sie saß darin. Mit achtunddreißig Messerstichen getötet!«

Anna fand, dass sich ihre eigene Stimme ganz merkwürdig anhörte. »Weiß man ... weiß man etwas über den Täter?«

»In der Zeitung steht, dass die Polizei völlig im Dunkeln tappt.«

»Wieso stand sie auf einem Feldweg?« Das war ihr ja so merkwürdig vorgekommen. Vielleicht gab es eine Erklärung.

»Das ist eben äußerst seltsam. Ein völlig verschlammter Weg. Warum ist sie da hineingefahren? Vielleicht musste sie pinkeln? Aber sie wäre fünf Minuten später zu Hause gewesen. Und wieso streift da gerade jemand herum, der Frauen überfällt und regelrecht abschlachtet?«

Sie hatte den Typen im Auto, hätte Anna am liebsten gesagt, und er hat sie vermutlich zum Anhalten gezwungen.

Sie sagte nichts. Auch Dalina mochte sie sich nicht offenbaren. Dalina war so stark. Sie würde Annas Feigheit überhaupt nicht verstehen.

»Es gibt da, laut der Zeitung, eine Parkbucht«, erklärte Dalina. »Aber da stand sie eben nicht. Sondern in dem Feldweg.«

Ein Fluchtversuch? Sie hatte es geschafft, den Typen irgendwie aus dem Auto zu stoßen, war dann aber in ihrer Panik in die völlig falsche Richtung losgefahren. Nicht weitergekommen. Er hatte sie schnell eingeholt. Wütend und rabiat.

Oh Gott, dachte Anna, oh Gott!

»Ich habe mir überlegt«, sagte Dalina, »dass es nach dem Kochkurs passiert sein muss. Dort war sie doch noch, oder?«

»Ja«, sagte Anna. Sie sah Diane so deutlich vor sich. Still war sie gewesen, wie immer. Und hilfsbereit. Am fleißigsten von allen hatte sie beim Tischdecken und beim Aufräumen geholfen. Wenig gesprochen. Mit Konzentration gekocht.

Und jetzt war sie tot.

Es war so völlig unvorstellbar.

»Ihr hattet ja fast denselben Heimweg«, fuhr Dalina fort, »aber du hast nichts gesehen?«

»Nein. Gar nichts.«

Ich habe gesehen, wie ein Mann sie zum Anhalten zwang. Wie er bei ihr einstieg. Dann sah ich das Auto in einer Parkbucht stehen. Ich hatte ein ganz dummes Gefühl. Aber ich bin vorbeigefahren und habe mich zu Hause ins Bett gelegt und mich um nichts weiter gekümmert.

»Weißt du«, sagte Dalina, »ich hatte ja überlegt, ob wir zur Polizei gehen sollten und sagen, dass Diane an dem Abend in unserem Singlekochkurs war, aber letztlich … was bringt es? Wir können nichts berichten, was die Ermittlungen voranbringen würden, aber wir hätten viele Fragen zu beantworten, und wir würden in der Presse erwähnt. Die Journalisten würden uns belagern, und die Firma würde in einem unguten Zusammenhang in den Medien erscheinen. Was meinst du?«

Nichts lag Anna ferner, als zur Polizei zu gehen. »Ich sehe das genauso«, stimmte sie zu.

»Ich weiß, wie Journalisten ticken«, fuhr Dalina fort. »Die schmücken alles gerne aus. Mit Sicherheit würde der eine oder andere darüber spekulieren, ob sie ihren Mörder beim Dating kennengelernt hat. Sprich: in meiner Firma. Das wäre eine ganz unglückliche Publicity.«

»Also, aus dem Kochkurs war es bestimmt keiner«, sagte Anna. Sie konnte das mit großer Sicherheit behaupten: Zum einen hätte es wirklich zu niemandem dort gepasst – wobei es natürlich fraglich blieb, zu wem es schon passte, ein Mörder zu sein, der im Blutrausch achtunddreißigmal auf sein Opfer einstach. Vor allem: woran man das bei einem Menschen erkannte.

Aber zudem hatte sie den Täter gesehen. Und ihr waren seine ungewöhnliche Größe und breite Statur aufgefallen. Die Physiognomie traf auf keinen der männlichen Teilnehmer des Singlekochkurses zu.

Insofern, beruhigte sie sich, würde es wirklich gar nichts bringen, wenn ich mit meiner Beobachtung zur Polizei ginge.

»Geht es dir eigentlich besser?«, fragte Dalina. »Machst du heute Nachmittag das Speeddating?«

Eigentlich fühlte sich Anna gar nicht gut und wäre lieber erneut im Bett geblieben, aber sie wusste, dass Dalina ihr den Kopf abreißen würde, wenn sie sich wieder krankmeldete.

Sie stöhnte leise. »Ja. Ich komme. Aber das Ganze macht mich ganz schön fertig.«

»Hilft nichts. Weitermachen. Zu Hause herumhängen macht es nur schlimmer«, sagte Dalina.

Sie beendeten das Gespräch. Unmittelbar darauf klingelte das Handy erneut. Diesmal war es Sam.

»Hast du heute schon die Zeitung gelesen?«

»Nein. Aber Dalina hat mir gerade Bescheid gesagt ...«

»Mir fiel sofort der Name ein, den du gestern genannt hattest. Diane Sowieso.«

»Bristow. Sie hieß Diane Bristow.«

»Ja, Diane B. schreibt die Zeitung. Die Straße nach Harwood Dale. Es muss dort sein, wo du das Auto zuletzt gesehen hast.« Sam schwieg einen Moment. »Gestern habe ich das ja noch nicht so ernst genommen«, sagte er dann. »Aber jetzt finde ich schon, dass du zur Polizei gehen solltest.«

»Was bringt das denn? Ich ...«

»Du hast den Täter gesehen. Den mutmaßlichen Täter.«

»Es war dunkel. Er trug eine Kapuze. Ich habe absolut nichts von seinem Gesicht sehen können.«

»Trotzdem. Die Polizei muss davon erfahren.«

»Das bringt doch jetzt nichts mehr«, sagte Anna und brach im nächsten Moment in Tränen aus.

»Pass auf«, sagte Sam, »was hältst du von einem Mittagessen mit mir zusammen? Du hast doch heute Nachmittag eine Veranstaltung und musst sowieso in die Stadt. Du kommst einfach früher, und wir treffen uns um ein Uhr bei *Gianni's*.«

»Okay«, sagte Anna. Sie würde keinen Bissen hinunterbringen, aber vielleicht würde sie sich besser fühlen, wenn Sam in ihrer Nähe war. Er hatte eine ruhige Art. Meist gelang es ihm, ihre Aufregung zu besänftigen.

Bei *Gianni's*, dem Nobelitaliener in der Victoria Road, herrschte selbst mittags Hochbetrieb, was aber in dieser Woche auch mit den vielen Weihnachtsessen zusammenhing, die Firmen oder auch Privatpersonen veranstalteten. Sam hatte im Erdgeschoss einen kleinen Tisch in der Ecke reserviert. Er hatte gute Beziehungen zum Besitzer, denn er wohnte selbst in der Victoria Road und kam oft zu einem schnellen Mittagessen herüber.

Er war schon da, als Anna, die zunächst keinen Parkplatz gefunden hatte, verspätet eintraf. Er stand auf und kam ihr entgegen, brachte ihren Mantel weg und schenkte ihr ein Glas Wein ein, nachdem sie sich gesetzt hatten. Normalerweise trank Anna mittags keinen Alkohol, aber heute war sie dankbar dafür. Der Alkohol würde einen sanften Schleier über die Wirklichkeit legen, die ihr zu intensiv und grell schien und an ihren Nerven zerrte. Das Gläserklirren ringsum war zu laut, das Stimmengewirr zu schrill, die Weihnachtsdekoration zu bunt und zu üppig, der Schnee draußen vor den Fenstern so weiß, dass er blendete. Und alle ringsum waren so schrecklich guter Stimmung. Dieses ständige Gelächter ... Redeten die Leute überhaupt miteinander? Oder lachten sie nur einfach unaufhörlich? Und worüber eigentlich? Hatten sie heute früh keine Zeitung gelesen? Wussten sie nicht, dass eine junge Frau auf furchtbare Weise ums Leben gebracht worden war?

Sam seinerseits hatte die *Yorkshire Post* dabei. »Man soll ja nicht alles glauben, was in der Zeitung steht«, sagte er. »Aber wenn es stimmt, was die hier schreiben, dann gab es einen Mann in Dianes Leben. Was mich wundert, weil sie doch in deinem Singlekochkurs war.«

»Einen Mann?« Anna griff nach der Zeitung. »Tatsache. Aber einen, den niemand in ihrem Umfeld kannte, steht hier.«

»Vielleicht war das ja auch kein Freund. Sondern nur irgendein Bekannter.«

»Seltsam. Sie erwähnte nichts von einem Freund oder Bekannten. Mir erschien sie sehr alleine.«

»Der Typ, den du in ihr Auto hast steigen sehen ... vielleicht war das dieser Bekannte. Deshalb hat sie ihn auch mitgenommen. Sie kannte den Mann.«

»Das habe ich ja auch schon vermutet. Nur die Art, wie er sie angehalten hat, war ... na ja, das war irgendwie aggressiv. Da stand nicht einer am Straßenrand und winkte. Er stand auf der Straße. Sie musste bremsen. Er riss die Beifahrertür auf. Ich weiß gar nicht, ob sie ihn aufgefordert hatte einzusteigen oder ob er es einfach tat. Es ging sehr schnell. Es hätte ein Überfall sein können. Aber vielleicht auch nicht.«

»Immerhin ist sie losgefahren«, sagte Sam. »Du warst hinter ihr. Sie hätte auch rausspringen und um Hilfe bitten können.«

»Das stimmt.«

Er lehnte sich vor. »Du solltest wirklich zur Polizei gehen, Anna. Deine Beobachtung kann von Bedeutung sein.«

»Das kann ich nicht. Sam, sie werden mich für den größten Feigling halten.«

»Unsinn. Was hättest du denn tun sollen? Aussteigen, als du das Auto in der Parkbucht gesehen hast? Am späten Abend auf einer einsamen Landstraße? Niemand erwartet das von dir.«

»Ich hätte sie retten können.«

»Oder du wärest jetzt auch tot.«

Sie schauderte. Der Kellner legte die Speisekarten auf den Tisch. Anna schob ihre von sich weg. Ihr Magen fühlte sich wie zugeschnürt an.

»Ich kann der Polizei nichts sagen, was sie weiterbringt. Ich habe nichts von dem Gesicht des Mannes gesehen. Mir fiel nur auf ...«

»Ja?«

»Er war sehr groß.«

»Größer als ich? Ich bin ja auch ziemlich groß.«

Sie nickte. »Einen Kopf etwa.«

»Dann war er überdurchschnittlich groß«, sagte Sam. »Und das wäre sicher ein Hinweis, für den die Polizei dankbar wäre.«

»Ich kann nicht. Sam ...«

Er legte seine Hand auf ihre. »Okay. Lassen wir das Thema, ja?«

»Ja.« Aber sie wusste, dass es damit nicht getan war. Das Thema war da, es saß mit ihnen am Tisch, auch wenn sie es jetzt zu ignorieren versuchten. Sam erzählte von seinem Vater, mit dem er am Vormittag telefoniert hatte, wobei sein Vater deprimierenderweise bis zum Schluss nicht begriffen hatte, wer ihn anrief. Sams Vater lebte in einem Pflegeheim in London und verursachte in seinem einzigen Sohn ständig das schlechte Gewissen, sich nicht genug um ihn zu kümmern. Sam versuchte, ihn wenigstens einmal im Monat zu besuchen, und hatte Anna schon öfter gebeten, ihn zu begleiten, aber Anna hatte immer Ausflüchte gefunden. Sie hatte Angst vor Pflegeheimen. Sie würde dort depressiv werden, noch depressiver, als sie es ohnehin schon war.

»Wäre es für dich in Ordnung, wenn ich am zweiten Weihnachtsfeiertag zu Dad fahren würde?«, fragte Sam. »Du wirst wahrscheinlich nicht mitkommen wollen?«

Anna hörte nur mit halbem Ohr hin. Sie dachte ständig an Diane. Nach allem, was sie vermasselt hatte, könnte sie jetzt zumindest noch einen Beitrag leisten, dass ihr Mörder gefasst wurde. Aber das würde dann auch vor Dalina seltsam aussehen, weil sie ausdrücklich gesagt hatte, nichts gesehen zu haben auf der Heimfahrt …

Ich habe alles falsch gemacht, dachte sie, und wieder senkte sich die große schwarze Wolke über sie, die sie immer heimsuchte, wenn sie intensiv über sich selbst und über ihr Verhalten nachdachte. Es ging immer schlecht aus für sie, wenn sie das tat.

»Hallo«, sagte Sam, »hörst du mir zu?«

Sie zuckte zusammen. »Entschuldige. Was hast du gesagt?«

»Egal. Wollen wir Weihnachten bei mir oder bei dir feiern?« Er lächelte.

Sie wusste, dass es schön sein würde. Sie würden zusammen kochen. Den Kamin anzünden. Sam würde Champagner besorgen. Sie war froh, dass sie Weihnachten nicht allein überstehen musste.

Es gab das Gute in ihrem Leben. Warum fokussierte sie immer das, was nicht gut war?

»Wo du möchtest«, sagte sie.

Er neigte sich vor und nahm ihre Hände.

»Du bist nicht schuld, Anna«, sagte er leise. »An dem, was mit Diane geschehen ist. Es ist nicht deine Schuld. Es ist die Schuld desjenigen, der das getan hat. Nicht deine.«

Sie fing schon wieder an zu weinen. Inmitten all der lauten, fröhlichen, lachenden Menschen. Inmitten von Gläserklirren, Besteckklappern, Weihnachtsmusik, lebhaftem Stimmengewirr saß sie nun und weinte still vor sich hin, während Sam ihre Hände hielt und sie gewähren ließ. Zum Glück war er nicht peinlich berührt. Zum Glück sagte er nicht, sie solle sich doch zusammenreißen.

Nicht ihre Schuld …

Er ahnte ja nicht, wie viel Schuld sie mit sich herumtrug.

3

Sie hatten eine Besprechung mit der ganzen Mannschaft gehabt, acht Beamtinnen und Beamte, die nun mit allen wesentlichen Erkenntnissen im Mordfall Bristow versorgt waren. Pamela hatte die Zusammenkunft sehr geschickt und effizient geleitet, wie Kate zugeben musste. Sie hatte eine perfekte Zusammenfassung der Geschehnisse und der ersten Erkenntnisse geliefert und auf Fragen präzise und klar geantwortet. Insgeheim hatte Kate gehofft, Pamela würde sich vielleicht als ein wenig überfordert oder nervös erweisen, aber davon war sie meilenweit entfernt. Ihr Vorgänger im Amt, der unglückliche Detective Inspector Robert Stewart, der während des schrecklichen Falls im Sommer erschossen worden war, hatte sich seiner Führungsposition nicht im Mindesten gewachsen gezeigt, was Kate als anstrengend und nervig empfunden hatte, aber zweifellos hatte es ihr eigenes Selbstbewusstsein gestärkt. Robert gegenüber hatte sie sich immer überlegen gefühlt. Das gelang ihr bei Pamela nicht, und sie wusste, dass das gut war und ihrer Zusammenarbeit diente, aber es führte auch sofort dazu, dass sie sich kleiner vorkam.

Was einfach nur erbärmlich ist, dachte sie.

Sie und Sergeant Helen Bennett waren mit Pamela in deren Büro zurückgekehrt, als Kates Handy klingelte. Sie kannte die Nummer nicht. Sie entfernte sich ein paar Schritte von den anderen und meldete sich mit gedämpfter Stimme.

»Kate Linville hier.«

»Hallo, Kate, hier ist Dalina«, erklang es fröhlich von der anderen Seite.

Kate wusste den Namen nicht gleich einzuordnen. »Dalina?«

»Ja, von *Trouvemoi*!«

Kate trat sofort einen weiteren Schritt zur Seite. Das brauchten die anderen wirklich nicht mitzubekommen.

»Ah ja, ich weiß. Dalina. Was gibt es?«

»Sie haben sich ja für das Singlekochen im Januar angemeldet. Aber in unserem derzeitigen Kurs ist ein Platz frei geworden, und ich wollte Ihnen anbieten, am kommenden Montag einfach reinzurutschen. Der Kurs ist komplett bezahlt, es kostet Sie nichts. Aber wir hätten dadurch wieder ein Gleichgewicht zwischen weiblichen und männlichen Teilnehmern, und Sie hätten eine Gratisschnupperstunde kurz vor dem Fest. Ist das nicht ein tolles Angebot?« In Dalinas Stimme schwang eine Euphorie, als biete sie mindestens ein Dinner mit der Queen an.

»Am Montag?«, fragte Kate zurück, während sie überlegte. So schnell ...

»Ab sieben Uhr.« Dalina senkte ihre Stimme und klang auf einmal nicht mehr fröhlich. »Sie haben ja sicher von dem furchtbaren Verbrechen gehört, nicht wahr? Dem Mord an Diane Bristow!«

Kate war sofort hellwach. Der Mord war in allen Zeitungen in der Region, nicht aber der vollständige Name des Opfers. Woher kannte Dalina ihn?

»Ja. Ich habe es gelesen«, sagte sie. »Schrecklich.«

»Sie war Teilnehmerin in unserem Kurs«, sagte Dalina. »Sie ist die Frau, deren Platz nun frei geworden ist.«

»Ach«, sagte Kate perplex.

»Ich hoffe, das stört Sie nicht? Sie sind nicht abergläubisch, oder?«

»Nein. Nein, natürlich nicht«, versicherte Kate. Sie überlegte. Es war unter diesen Umständen klar, dass sie am Montag teilnehmen musste, es bot sich die große Chance, mehr über Diane zu erfahren. Leider würde ihr allerdings auch nichts anderes übrig bleiben, als Pamela und Helen reinen Wein einzuschenken, was ihre Anmeldung bei *Trouvemoi* betraf. Sonst konnte sie Dalinas Anruf nicht erklären.

»Ich werde da sein«, versprach sie und beendete das Gespräch.

Pamela blickte sie fragend an. »Und? Neue Erkenntnisse?« Sie hatte zweifellos ein feines Gespür.

Kate seufzte. »In der Tat. Ich weiß jetzt, wohin Diane jeden Montagabend ging …«

»Und Sie haben sich also bei einem Singlekochkurs angemeldet?«, fragte Pamela mit hochgezogenen Augenbrauen, nachdem Kate die Zusammenhänge erläutert hatte. Ihre Tonlage klang nicht direkt verächtlich, aber auf eine Art und Weise konsterniert, als habe sich Kate gerade als eine Frau mit höchst eigenartigen Vorlieben und befremdlichen Angewohnheiten geoutet. Wenn man bedachte, dass sich fast die halbe Welt auf Datingplattformen tummelte, war das eine merkwürdige Einstellung, fand Kate.

»Ja«, sagte sie.

»Super Idee«, meinte Helen, die immer nett war und bestrebt, unangenehme Stimmungslagen aufzulösen.

Helen lebte auch allein, war aber, soweit Kate wusste, mit ihrem Leben zufrieden. Andererseits hatten sie nie darüber gesprochen. Vielleicht war sie bei Parship aktiv. Vielleicht fühlte sie sich manchmal einsam. Kate wusste, dass Menschen über nichts in ihrem Leben den Schleier des Verdeckens so sorgfältig breiteten wie über den Zustand der Einsamkeit. Eher bekannte man sich zu seinem Fußpilz als zu seiner Einsamkeit. Nur Loser waren einsam. Es war idiotisch, aber es schien sich nicht ändern zu lassen.

»In diesem Fall spielt es uns natürlich in die Hände«, sagte Pamela. »Sie müssen am kommenden Montag unbedingt dorthin gehen, Sergeant. Am besten undercover. Oder kennen die Ihren Beruf?«

»Nein.«

»Gut. Dann bleiben Sie erst einmal dabei. Man wird wesentlich offener mit Ihnen umgehen, allerdings müssen Sie beachten, dass relevante Erkenntnisse später vor Gericht Bestand haben müssen. Es ist eine Gratwanderung.«

»Natürlich«, sagte Kate.

»Ich werde allerdings schon vorher mit den Kursteilnehmern reden«, sagte Pamela. »Wir können mit dem Verfolgen dieser Fährte nicht bis Montag warten. Diane nimmt an einem Singlekochen teil und wird, höchstwahrscheinlich auf der abendlichen Heimfahrt von dort, umgebracht. Der Täter könnte unter den Teilnehmern sein.«

»Was sagen wir, woher wir von dem Kurs wissen?«, fragte Helen.

Pamela machte eine ungeduldige Handbewegung. »Wir sagen, wir haben etwas in ihren Unterlagen gefunden. Wenn wir mit der Untersuchung ihrer Wohnung und besonders ihres Laptops vollständig fertig sind, dürfte das sogar der Fall sein. Sie muss ja Geld überwiesen haben. Es wird einen Vertrag geben.«

Kate hatte ein ungutes Gefühl, wenn sie an ihren Undercovereinsatz dachte, aber Pamela hatte recht, er konnte ungeahnte Erkenntnisse ans Tageslicht bringen. Allerdings würde im Lauf der Ermittlungen klar werden, wer sie wirklich war, und dann konnte sie wahrscheinlich die Teilnahme an dem eigentlichen Kurs ab Januar vergessen.

Oder auch nicht: Immerhin konnte sie dann mit offenen Karten spielen.

Pamelas Telefon klingelte, und sie trat hinter den Schreibtisch, um das Gespräch entgegenzunehmen.

»Das ist ja unfassbar!«, sagte sie, nachdem sie eine Weile dem Gesprächsteilnehmer gelauscht hatte.

Kate und Helen blickten sie fragend an.

»Das war der Gerichtsmediziner«, erklärte Pamela, nachdem sie das Gespräch beendet hatte. »Die Obduktion selbst hat nicht allzu viel Neues ergeben. Todeszeitpunkt war wie geschätzt am Montagabend zwischen zehn und elf Uhr. Gestorben ist sie an der Stichwunde in den Hals. Andere Wunden waren teilweise nur oberflächlich, was aber wohl mit der Haltung des Angreifers in dem kleinen Auto zu tun hatte. Er ist mit massiver Gewalt vorgegangen, hatte aber wenig Spielraum. Diane hat sich heftig gewehrt, es gibt zahllose Abwehrspuren. Letztlich hatte sie natürlich gegen einen mit einem Messer bewaffneten Angreifer keine Chance.«

Bedrücktes Schweigen folgte ihren Worten. Alle stellten sich die schrecklichen letzten Lebensminuten der jungen Frau vor.

»Aber jetzt kommt es«, fuhr Pamela fort. »Außer den Fingerabdrücken des Opfers wurden weitere Fingerabdrücke in großer Menge im Auto gefunden, wahrscheinlich männlich, möglicherweise die des Täters. Und diese Fingerabdrücke sind, wie ein Abgleich ergeben hat, bereits in unserem System.«

»Wir haben einen Namen?«, fragte Helen mit großen Augen.

Pamela schüttelte den Kopf. »Leider nicht. Das wäre zu schön gewesen. Aber wir haben einen weiteren Tatort. Der Fall Alvin Malory. Erinnert sich eine von Ihnen?«

»Ja. Oh Gott«, sagte Helen.

Kate kramte in ihrem Gedächtnis. Der Name Alvin Malory sagte ihr etwas, aber sie wusste ihn nicht sofort einzuordnen.

»Ich hatte damals gerade beim CID Scarborough angefangen«, sagte Helen. »Allerdings noch nicht bei Detective Inspector Hale. Er war für den Fall zuständig.«

Pamela googelte bereits hektisch in ihrem Smartphone herum. »2010 war das«, sagte sie. »Es ging damals durch alle Medien.«

»Ein Fall von unfassbarer Brutalität«, sagte Helen. »Dieser sechzehnjährige Junge … Schüler noch … er wurde fast zu Tode gequält. In seinem Elternhaus. Man hat ihn buchstäblich zertreten. Und ihm am Ende Abflussreiniger eingeflößt.«

Kate entsann sich wieder. »Ja. Ich weiß. Ich erinnere mich, weil die Tat so unglaublich grausam war. Soviel ich weiß … man hat den oder die Täter nie gefunden?«

»Stimmt«, sagte Pamela. »Es gab eine Sonderkommission unter der Leitung von Caleb Hale. Es wurde in alle Richtungen ermittelt. Sogar der Vater stand kurzfristig unter Verdacht, aber das erhärtete sich nicht. Leider erhärtete sich wohl gar nichts.« Sie überflog die Online-Einträge, die sie zu dem Fall fand. »Das Opfer überlebte schwer verletzt, liegt aber seitdem im Wachkoma.«

»Und er ging damals noch zur Schule?«, fragte Kate.

Helen nickte. »Es gab Berichte, dass er dort gemobbt wurde. Alvin Malory war extrem übergewichtig, wurde viel gehänselt. Alle machten sich über ihn lustig. Aber auch unter seinen Mitschülern ergab sich keine Spur, die sich hätte weiterverfolgen lassen. Ich weiß noch, wie deprimiert damals alle von der Soko waren. Vor allem Caleb Hale. Er konnte es sich kaum verzeihen, dass er den Fall nicht lösen konnte.«

Caleb Hale und seine Depressionen. Caleb Hale und sein Alkohol. Kate wusste, wie sehr das alles mit seinem Beruf zusammenhing. Mit dem Leid, das er sah, und mit der Hilflosigkeit, die oft das Ende vom Lied war. Deshalb hatte er auch der Polizei den Rücken gekehrt. War im Spätsommer sang- und klanglos für immer aus dem Dienst geschieden. Er hatte das als die einzige Chance gesehen, sich selbst zu retten.

»Vieles hat damals die Ermittlungen erschwert«, sagte Pamela, die noch immer die Interneteinträge studierte. »Am Tag vor der Tat feierte Alvins Mutter ihren fünfundvierzigsten Geburtstag. Es waren etliche Gäste da, außerdem eine Cateringfirma. Haus und Garten voller Menschen. Entsprechend jede Menge Fingerabdrücke, DNA, Spuren. Das verkomplizierte alles.«

»Aber nun ...«, setzte Helen an.

Pamela nickte. »Nun haben wir übereinstimmende Fingerabdrücke an zwei verschiedenen Tatorten. Mit einem zeitlichen Abstand von fast neuneinhalb Jahren dazwischen. Und ohne die geringste Erkenntnis über einen Zusammenhang zwischen beiden Opfern. Wenn es den überhaupt gibt.«

»Gehen wir davon aus, dass die Fälle miteinander zu tun haben?«, fragte Helen.

Pamela runzelte die Stirn. »Ich versuche immer, möglichst von gar nichts auszugehen. Das kann die Sicht verstellen. Es gibt etliche Optionen, wir sollten offen für alles bleiben.« Sie nahm ihre Tasche. »Ich suche jetzt diese Singlevermittlungsagentur auf. Ich will die Namen der Kursteilnehmer wissen, und ich muss mit allen sprechen, die in irgendeiner Form mit diesem Kurs zu tun hatten. Sergeant Linville, Sie ...«

Kate wusste, was die Chefin ihr auftragen wollte. »Ich besuche Alvin Malorys Familie. Wir müssen dort noch einmal einsteigen, denke ich.«

Pamela nickte. »Aber machen Sie den Eltern nicht zu viel Hoffnung. Ich nehme an, der Gedanke, dass der Täter eines Tages noch gefasst wird, hält sie aufrecht. Aber wir wissen es nicht. Wir haben noch keine wirkliche Spur und sind Lichtjahre von jeder Erkenntnis entfernt.«

Kate nickte. Sie würde jetzt sofort die Unterlagen aus dem Fall Malory durchgehen, dann zu der Familie fahren. Sie behielt für sich, was sie dachte: Wir haben den Anfang des Anfangs einer Spur. Es ist wenig, aber es ist nicht nichts.

Der erste kleine Funken war auf sie übergesprungen.

4

Die Tragödie, die die Familie Malory heimgesucht hatte, wurde erkennbar, kaum dass sich die Haustür vor Kate öffnete: Im Gesicht der Frau, die ihr gegenüberstand, zeichnete sich das Grauen ab, das ihr Leben seit neun Jahren bestimmte. Es wirkte vor der Zeit gealtert, verhärmt. Tiefe Furchen hatten sich um Mund und Nase eingegraben. Die Augen waren geschwollen, man sah, dass die Frau viel und oft weinte. Ihre Aufmachung war schlampig, so als habe sie nicht die Zeit oder Energie, sich um sich selbst zu kümmern. Sie trug eine verbeulte Jogginghose, ein ausgeblichenes Sweatshirt, das irgendwann einmal dunkelblau gewesen sein dürfte, Fellpantoffeln mit Tigermuster an den Füßen. Ihre Haare waren mit einem Gummiband zurückgebunden.

»Ja?«, fragte sie nervös.

Kate zeigte ihren Ausweis. »Detective Sergeant Kate Linville. North Yorkshire Police.«

Sofort veränderten sich Haltung und Gesichtsausdruck. »Oh ... Sie haben ihn? Sie haben den Menschen, der meinem Jungen das angetan hat?«

Die endlose Hoffnung der Angehörigen eines Verbrechensopfers. Dass wenigstens Gerechtigkeit geübt wurde am Ende.

Kate schüttelte bedauernd den Kopf. »Nein. Leider nicht. Aber es hat sich eine neue Spur ergeben. Darf ich reinkommen?«

»Ja, natürlich.« Louise Malory trat zurück. Kate stand in dem engen Flur des kleinen Häuschens. Es roch nach verkochtem Essen. An einer Stelle wellte sich die Tapete, es schien Feuchtigkeit in den Wänden zu sein. Ein Haus, für dessen Erhalt niemand mehr etwas tat.

»Bitte kommen Sie mit«, sagte Louise und ging voran. Der Flur mündete direkt in ein Wohnzimmer. Zumindest war es wohl einmal ein solches gewesen. Jetzt war es der Aufenthaltsraum eines jungen Mannes, der seit neun Jahren im Wachkoma lag.

Den größten Teil des Raumes nahm ein Bett ein, ein riesiges hochtechnisiertes, offenkundig mit allen modernen Steuerungseinrichtungen ausgestattetes Pflegebett. Es musste ein Vermögen gekostet haben. Als hätte Kate laut gedacht, sagte Louise: »Ich habe einen Kredit auf das Haus aufgenommen. Für das Bett. Die Krankenversicherung hätte uns auch eines zur Verfügung gestellt, aber das wäre nicht so gut gewesen. Dies hier ist das beste.«

Es war das, was sie für ihr Kind noch tun konnte: ihm das Beste zu geben. Unter allen Opfern, die zu bringen sie imstande war.

In dem Bett lag Alvin Malory. Er lag auf der Decke, war mit einem weinroten Jogginganzug bekleidet. Er sah dick und aufgeschwemmt aus, aber sehr gepflegt. Sauber. Die Haare gewaschen und gebürstet, die Kleidung ohne Flecken. Die sehr helle Gesichtshaut schien rein und weich, wurde sicher regelmäßig eingecremt.

Seine Augen waren starr und weit offen und auf einen Punkt jenseits des Fensters gerichtet. Sie schienen blicklos. Nicht so, als ob er etwas sah.

Kate schluckte. »So liegt er immer?«

»Ja. Seit fast neuneinhalb Jahren. Seit dem Tag ...« Louise sprach nicht weiter. Der Tag, der alles verändert hatte.

»Was sagen die Ärzte? Gibt es eine Hoffnung, dass er aufwacht?«

Louise nickte. »Die gibt es wohl bei Wachkomapatienten, ja. Allerdings ist das nicht sicher. Und über die Zeit kann auch niemand etwas sagen.«

»Bekommt er irgendetwas mit?«

»Das weiß man alles nicht so genau. Ich glaube ja, dass er mit mir kommuniziert.«

»Woran stellen Sie das fest?«

»An seinen Augen. Sie sind nicht immer so starr wie jetzt. Manchmal ... oft ... ist Leben in ihnen. Nicht so wie in unseren Augen. Aber doch eine Veränderung. Eine Bewegung. Zumindest scheint es mir so.« Sie zuckte die Schultern. »Ich glaube, dass er denkt. Geschichten erzählt. Dass ganz viel an Gedanken, Gefühlen und Erinnerungen in seinem Kopf herumgeht. Aber ... das würden die Ärzte vielleicht einfach nur seltsam finden.«

»Ich denke, dass Sie mit Ihrem Eindruck recht haben«, sagte Kate sanft. Sie wollte die verhärmte traurige Frau nicht nur beruhigen. Sie dachte wirklich so. Dass Louise etwas empfand, das von ihrem Sohn ausging, was niemand sonst wahrnehmen konnte. Und das dennoch real war. Es gab so vieles zwischen Himmel und Erde, was nicht begründbar war.

»Er wird über eine Magensonde ernährt«, sagte Louise. »Jeden Tag kommt ein Physiotherapeut und bewegt ihn. Und ein Pfleger, der mir hilft, ihn zu waschen und anzuziehen. Das würde ich allein nicht schaffen. Aber sooft ich kann, massiere ich ihm Arme und Beine. Ich creme ihn ein. Ich rede mit ihm und lese ihm aus Büchern und aus der Zeitung vor. Ich bin den ganzen Tag so eng mit ihm zusammen.«

Sie schöpfte Trost aus diesem Umstand. Auch wenn ihr wahrscheinlich nichts mehr blieb, was auch nur entfernt an ein eigenes Leben erinnerte.

»Ihr Mann …?«, erkundigte sich Kate vorsichtig.

Louise verdrehte die Augen. »Halten Männer so etwas aus?« Sie machte eine Handbewegung, die alles umschrieb: den kleinen Raum mit dem gewaltigen Bett in der Mitte, die an die Seitenwände gerückten einstigen Wohnzimmermöbel, die Kartons überall voller Cremes und Salben, Einweghandschuhe, Desinfektionsmittel, Medikamente.

Der junge Mann mittendrin, der nicht leben konnte und nicht sterben.

»Mein Mann hat uns schon vor fünf Jahren verlassen. Er sagte, er könne es nicht mehr ertragen.«

Kate nickte. Sie verurteilte Alvins Vater nicht. Nicht jeder hielt aus, was Louise Malory aushielt.

»Er überweist Geld«, fügte Louise hinzu. Sie wollte gerecht sein. »Ich arbeite ja nicht mehr.«

Natürlich nicht. Dazu war kein Raum mehr in ihrem Dasein. Es war ja kaum Raum zum Atmen.

Kate betrachtete den lebendigen Toten in dem großen Bett und dachte, dass es das Schlimmste war, was Gewalttäter ihren Opfern antun konnten, schlimmer als Mord: sie zu lebenslangen Gefangenen in ihren eigenen Körpern zu machen. Wie in dem Fall, der sie im Sommer beschäftigt und fast zum Wahnsinn getrieben hatte, der sie bis heute nicht losließ: Sophia Lewis, die junge Lehrerin, die man durch einen über den Weg gespannten Draht zu einem fatalen Fahrradsturz gebracht hatte, der zu einer Querschnittslähmung führte ... Schlimmer hätte man die sportliche, bewegungshungrige Frau nicht treffen können. Später hatte man ihr allerdings tatsächlich noch Schlimmeres angetan, aber daran mochte Kate jetzt nicht denken.

»Können Sie mir kurz noch einmal den Tag schildern, an dem Ihr Sohn Opfer eines Verbrechens wurde?«, fragte sie.

Louise wies auf ein Sofa, und sie nahmen nebeneinander Platz. Eine Sitzgruppe, bei der man sich hätte gegenübersitzen können, gab es in diesem Zimmer nicht mehr.

»Wir wurden angerufen. Von unserem Nachbarn. Er hatte Alvin gefunden.«

»Isaac Fagan?« Kate hatte die Unterlagen, soweit es in der Kürze der Zeit ging, studiert.

»Ja. Er wohnte direkt nebenan. Inzwischen ist er leider verstorben. Er hatte etwas Seltsames hinter der Wohnzimmertür, die nach draußen führt, gesehen und vermutet, dass es sich um Alvin handelte. Er hatte Schaum vor dem Mund. Lag zusammengebrochen hinter der Tür.« Louise schluckte. »Er hob noch die Hand. Er ... flehte um Hilfe. Es war wohl seine letzte Bewegung, ehe er ins Koma fiel.«

Sie schwieg, Kate wartete. Sie wusste, wie schwer es für Louise war, an jenen Tag zurückzukehren.

»Isaac konnte ins Haus. Er hatte einen Schlüssel. Er fand Alvin reglos liegend vor und informierte den Rettungsdienst. Dann rief er uns in der Autowerkstatt an.«

»Ihrer eigenen Werkstatt?«

»Ja. Sie gehörte meinem Mann und mir. Wir hatten sie selbst aufgebaut, hatten inzwischen drei angestellte Mechaniker. Wir wurden damit nicht reich, wissen Sie, aber wir konnten uns dieses Häuschen leisten und ab und zu einen Urlaub.«

»Hatte sich Ihr Mann Feinde gemacht? Bei irgendjemandem? Einem Kunden? Einem Mitarbeiter?«

Louise schüttelte den Kopf. »Nein. Das hat ja der Ermittler damals auch immer wieder gefragt, und mein Mann und ich haben wirklich darüber nachgedacht. Aber wir kennen niemanden, der etwas gegen uns haben könnte. Wirklich nicht.«

»An jenem Tag … Es waren ja Ferien. Ihr Sohn war also daheim. Sie hatten ihn seit dem Morgen nicht mehr gesehen?«

»Nein. Manchmal kam ich mittags nach Hause, um für Alvin zu kochen. In den Ferien jedenfalls, wenn er nicht in der Schule aß. Mein Mann wollte es so, damit er nichts Unvernünftiges zu sich nahm.«

»Etwas Unvernünftiges?«

Louise zögerte. »Unser Sohn hatte … er war extrem übergewichtig. Er ist es jetzt noch, aber nicht mehr ganz so schlimm. Damals …« Sie griff zu einem gerahmten Bild, das neben ihr in einem Regal stand. »Das ist er. Alvin. Mit sechzehn Jahren. In dem Sommer, als es … passierte.«

Kate betrachtete das Foto. Der Junge, der ihr entgegenblickte, war tatsächlich in einem erschreckenden Ausmaß adipös. Ein aufgequollenes Gesicht, schmale Augen. Ein massiger Körper, Beine wie Baumstämme. Man konnte die Schmerzen in den Knien fast selbst spüren, die er gehabt haben musste. Er trug eine Jogginghose in Übergröße, dazu ein T-Shirt, das um seinen gewaltigen Bauch spannte.

»Er muss große Probleme gehabt haben«, sagte Kate.

Louise nickte. »Ja. Seit seiner frühen Kindheit. Er war immer übergewichtig. Er aß bei jeder Gelegenheit.«

»War er in Therapie?«

»Nicht nur einmal. Er war auch zweimal für längere Zeit in Abnehmkliniken, da fielen dann ein paar Kilo, aber die kehrten doppelt so schnell zurück. Es war einfach zum Verrücktwerden, es war ein vergeblicher Kampf.«

»Und da fand Ihr Mann es besser, Sie kochen ihm etwas, als dass er selbst irgendetwas in sich hineinstopfte«, vermutete Kate.

»Ja. Aber an jenem Tag ... Zwei unserer Leute waren im Urlaub. Es war unglaublich viel zu tun. Ich hatte keine Zeit, über Mittag heimzufahren. Ich ... habe Alvin nicht mehr bei Bewusstsein gesehen.«

»Es war der Tag nach Ihrem fünfundvierzigsten Geburtstag. Stimmt das?«

»Ja. Wir hatten viele Gäste gehabt. Es gab ein Büfett und jede Menge Getränke. Viele aus der Nachbarschaft waren da, dazu Kunden aus der Autowerkstatt, persönliche Freunde. Wir hatten ein Catering engagiert. Es war ein so schöner Tag. Der letzte schöne Tag meines Lebens.«

Kate konnte sich das gut vorstellen. Ebenso gut konnte sie sich die Verzweiflung von Caleb Hale vorstellen, der damals ermittelt hatte: Die Spurenlage musste natürlich ein Chaos gewesen sein.

»Mrs. Malory, nach meinen Unterlagen muss es bei Ihnen im Haus, zumindest hier unten, ziemlich wüst ausgesehen haben. Und Sie haben damals ausgesagt, das sei nicht auf die Party am Vortag zurückzuführen gewesen?«

»Ja, das waren bestimmt nicht unsere Gäste. Außerdem war am Morgen ja alles ordentlich gewesen, als mein Mann und ich weggingen. Nun lagen Zigarettenkippen auf dem Fußboden, es waren Löcher in Sessel- und Sofabezüge gebrannt. Bierlachen auf dem Flur, kaputte Glasflaschen, kaputte Blumenvasen. Scherben überall. Es stank nach Schnaps. Es war eindeutig randaliert worden.«

Kate rief sich den medizinischen Bericht ins Gedächtnis. »Alvin war sehr übel zugerichtet. Mehrere Rippenbrüche, eine schwere Gehirnerschütterung, ein Schädelbasisbruch, ein zertrümmerter Kiefer. Nasenbeinbruch. Ein Milzriss. Eine ausgekugelte Schulter. Das alles war auf massivste Gewalteinwirkung von außen zurückzuführen.«

»Ja. Es hieß, dass er schwer misshandelt worden sein musste. Vor allem wohl durch brutale Fußtritte.«

»Dann war da noch …«

»… der Abflussreiniger. Die Flasche hatte Isaac Fagan neben ihm auf dem Fußboden gefunden. Ich habe das erst gar nicht begriffen … ich meine, ich konnte mir nicht vorstellen …« Ihre Stimme erstarb.

Wer konnte sich so etwas auch vorstellen? Kate wusste, dass man Alvin den Abflussreiniger gewaltsam eingeflößt hatte. Schwere Verätzungen in der Speiseröhre und im Magen waren die Folge. Selbst wenn er aufwachte und wieder selbstständig essen konnte, würde er immer Probleme beim Schlucken und mit dem Magen haben.

Hass. So viel Hass.

Und die Malorys hatten keine Feinde.

Hatte Alvin Feinde gehabt?

»Nach möglichen Feinden Alvins sind Sie natürlich befragt worden?«

Louise nickte. »Wieder und wieder. Aber die Namen von

Feinden, also ... von Feinden, denen wir so etwas zutrauen würden, konnten wir nicht nennen. Das Problem war, er wurde ja gemobbt. Zeitlebens. Kindergarten, Schule. Von den Kindern, mit denen er auf der Straße spielen wollte. Insofern hätten wir jeden Klassenkameraden benennen können, jeden Mitschüler, auch aus höheren oder tieferen Klassen. Einfach jeden. Aber ... dieses Ausmaß der Gewalt ...«

»Wie sah das Mobbing denn aus?«

»Er wurde gehänselt und ausgegrenzt. Er wurde, soweit wir es wissen, nie tätlich angegriffen. Natürlich kann es sein, dass er nichts davon berichtet hat, aber es waren jedenfalls nie Spuren zu sehen. Auch die Lehrer seiner Schule hatten nie Derartiges berichtet.«

»Er ging in die Graham School?«

»Ja. Nach den Ferien wollte er auf das Sixth Form College wechseln und dort seinen A-Level machen. Dazu ... ist es nicht mehr gekommen.«

»Ausgrenzung, Hänseleien. Gab es Leute, die sich dabei besonders hervortaten? Also zumindest verbal aggressiver wurden als andere?«

Louise hob hilflos die Schultern. »Er erzählte so wenig. Er wollte mich immer schonen. Und seinem Vater wagte er es nicht zu sagen, weil der dann immer wütend wurde. Auf Alvin, nicht auf die anderen. Er sagte, Alvin solle endlich mit der ›Fresserei‹ aufhören, dann käme ja alles in Ordnung. Das sei einfach nur eine Frage des Willens, und er könne nicht verstehen, weshalb Alvin das nicht hinbekäme. Solche Sachen. Mein Mann machte es immer nur schlimmer. Alvin wurde immer stiller und bedrückter. Er hatte einfach überhaupt keine Freunde. Niemals kam jemand zu uns. In all den Jahren nicht. Sie wollten nichts mit ihm zu tun haben. Sie lachten hinter ihm her, weil er beim Gehen so watschelte.

Natürlich hatte er auch nicht die geringste Chance bei den Mädchen. Er war traurig. Immerzu traurig ...« Sie fing an zu weinen.

Kate betrachtete sie mitleidig. So ein schweres Leben – für die ganze Familie. »Lebt Ihr Mann noch in Scarborough?«

Louise wischte sich über die Augen. »Nein. Er hat die Werkstatt verkauft und ist nach Wales gezogen. Er baut Boote in der Cardigan Bay. Ich habe ihn seit Jahren nicht gesehen. Aber, wie gesagt, er überweist regelmäßig Geld.«

»Sagt Ihnen der Name Diane Bristow etwas?«

»Diane Bristow? Nein, den habe ich, glaube ich, nie gehört. Wer ist das?«

»Eine junge Frau. In Alvins Alter. Sie ist vorgestern Abend ermordet worden. In ihrem Auto, auf der Strecke zwischen Scarborough und Harwood Dale.«

Louise blickte sie entsetzt an. »Ach, dieser Fall? Ja, ich habe in der Zeitung davon gelesen. Natürlich, Diane B. Hat das irgendetwas mit dem Verbrechen an Alvin zu tun?«

»Das wissen wir noch nicht. Es gibt da einen Anhaltspunkt, über den ich jetzt jedoch noch nicht sprechen möchte. Könnte es sein, dass Diane eine Klassenkameradin von Alvin war? Oder er sie sonst irgendwo aus der Schule kannte? Oder ging er einem Hobby nach?«

Louise lächelte gequält. »Ein Hobby? Sie meinen, eines, das ihn unter Menschen gebracht hätte? Nein, Alvin wich Menschen aus, er erwartete nie etwas Gutes von ihnen. Sein Hobby waren seine Computerspiele.«

»Ich vermute, sein Computer wurde damals ausgewertet?«

»Ja. Es hat nichts ergeben.«

Kate erhob sich. »Wegen Diane Bristow werde ich mich an die Schulleitungen der Schulen wenden, die Ihr Sohn besucht hat. Danke, Mrs. Malory. Und verzeihen Sie die Störung.«

Auch Louise stand auf. »Das war keine Störung, Sergeant. Wissen Sie, ich gebe ja die Hoffnung nicht auf, dass derjenige, der meinem Sohn das hier angetan hat, gefunden und zur Rechenschaft gezogen wird. So schrecklich es ist, was mit dieser jungen Frau geschehen ist, aber vielleicht ergibt sich wirklich eine neue Spur?«

»Ich hoffe das sehr«, sagte Kate.

»Sie müssen mit dem Ermittler sprechen, der damals zuständig war«, sagte Louise. »Er hat sich ungeheuer engagiert. Er hat wirklich in jede Richtung gesucht und Berge an Informationen zusammengetragen. Ich fand ihn großartig, und er kann sicher alle Ihre Fragen noch viel besser beantworten als ich. Er hieß ... warten Sie, er hieß Caleb Hale. Detective Inspector Caleb Hale.«

»Ich weiß«, sagte Kate. »Ich kenne ihn. Ich werde ihn aufsuchen.«

Wie ich bereits erwähnte, war ich elf Jahre alt, als ich meine Großmutter umbrachte. Es war kein aktiver Mord, dazu war ich wahrscheinlich in diesem Alter gar nicht in der Lage. Es war eine Tötung durch Unterlassen. Obwohl … ein bisschen aktiv war es schon auch. Und es war so einfach. So erschreckend einfach.

Ich besuchte sie oft an den Wochenenden. Nicht dass ich es freiwillig getan hätte. Aber meine Eltern wünschten es, weil Granny seit dem Tod ihres Mannes so allein war. Sie lebte in einem kleinen Haus nahe dem Hafen von Grimsby. Lincolnshire. Sehr schön gelegen, aber das Haus war alt und heruntergewohnt. Eine Küche aus den Fünfzigerjahren mit einer Wachstuchdecke auf dem Tisch. Zu ihrem siebzigsten Geburtstag hatte Granny von meinen Eltern und von einigen Verwandten und Freunden, die alle zusammengelegt hatten, einen Wintergarten geschenkt bekommen. Ein scheußliches, verschnörkeltes weißes Teil mit großen Glaswänden und einem Glasdach, Typ viktorianisch. Das nun vor dem Wohnzimmer klebte und den ohnehin kleinen Garten noch kleiner machte. Bei sonnigem Wetter wurde es darin unerträglich heiß. Im Winter war es ungemütlich kalt. Granny hatte ihre Gartenmöbel hineingestellt und eine Palme in einem Keramiktopf. Sie saß täglich ihre Stunden in dem Wintergarten ab, schnaufend, wegen ihres Asthmas, in einer Art ärgerlichem Trotz, weil sie sich ein solches Teil so brennend gewünscht hatte und allen jahrelang damit auf die Nerven gegangen war.

Es war ein Samstag Anfang Juni, und schon als mein Vater mich vor Grannys Haus absetzte und sie zum Gartentor kam, um mich einzulassen, sah ich, dass es ihr nicht gut ging. Der warme Wind wirbelte die Pollen herum, und das verschärfte immer Grannys Asthma. Sie keuchte und hatte verquollene Augen. Wie üblich wirkte sie keineswegs erfreut, als sie mich sah. Ich fragte mich, wie so oft, weshalb ich eigentlich dauernd hierher musste. Meine Eltern behaupteten, Granny freue sich, könne es aber nicht zeigen. Ich glaube, sie versuchten durch mich ihr eigenes Schuldgefühl zu kompensieren. Sie hatten keine Lust, sich zu der Alten zu setzen und ihre nörgelige Art zu ertragen, aber zugleich hatten sie ein schlechtes Gewissen. Also wurde ich abkommandiert.

»Ich mag nicht«, sagte ich zu meinem Vater, während ich mich mühsam aus dem Auto quälte. Meine Mutter half mir immer beim Aussteigen, aber mein Vater sah einfach nur zu, wie ich meinen zu diesem Zeitpunkt bereits über hundert Kilo schweren Körper zu bewegen versuchte. Ich bemerkte die Verachtung in seinem Blick, die Abneigung. Er hätte gerne einen Sohn gehabt, auf den er stolz sein konnte, der mit ihm Sport machte, der viele Freunde hatte, der vielleicht in der Schule mal ein paar Noten verpatzte, aber insgesamt ein toller Typ war. Der manchmal über die Stränge schlug, weil er wild und jung und überbordend vor Kraft war. Ja, so hätte er mich gerne gehabt. Nicht einen, der nur mühsam aus einem Auto aussteigen konnte und dabei schnaufte wie eine Lokomotive. Ich wusste, dass mein Gesicht rot war und glänzte vor Schweiß.

»Bis morgen Abend!«, sagte mein Vater, gab Gas und brauste davon. Er hielt sich bei seiner Mutter auch nicht länger auf. Niemand, der es nicht musste, tat das.

Granny musterte mich aus zusammengekniffenen Augen. »Hast du schon wieder zugenommen?«

Wegen meiner Gelenkprobleme war ich am Vortag beim Arzt gewesen, und man hatte mich dort gewogen. Tatsächlich waren seit dem letzten Mal fünf Kilo dazugekommen, aber das würde ich meiner Großmutter nicht auf die Nase binden.

»Ich habe sogar etwas abgenommen«, behauptete ich frech. Granny schnaubte ungläubig. »Das sieht man aber gar nicht. Komm rein. Wir machen heute einen Diättag.«

Den hatte sie weiß Gott selbst nötig, sie war nicht so fett wie ich, aber auch ziemlich übergewichtig. Diättag bei ihr hasste ich, und das wusste sie. Ich war, obwohl noch ein Kind und ohne Lebenserfahrung oder psychologische Kenntnisse, zutiefst überzeugt, dass es ihr nicht um meine Gesundheit ging oder darum, dass ich ansehnlicher wurde und Freunde fand. Sie wollte mich quälen, mit ihren Diättagen – die aus scheußlicher Brennnesselsuppe bestanden –, mit den hässlichen Pullovern, mit ihren spitzen, anzüglichen Bemerkungen zu meiner Figur. Es machte ihr einfach Freude, sie war so. Zwei Jahre zuvor hatte ich meine Mutter einmal zu meinem Vater sagen hören, seine Mutter sei sadistisch veranlagt. Ich kannte das Wort damals nicht, fragte später einen Lehrer in der Schule, der es mir einigermaßen kindgerecht erklärte. Ich wusste sofort, dass meine Mutter recht hatte. Granny war ein böser Mensch, dem es Spaß machte, anderen wehzutun. Sie schöpfte Befriedigung daraus.

Warum sie so war? Keine Ahnung.

Jahre später, als ich anfing, mich selbst immer mehr zu reflektieren, fragte ich mich, ob ich diesen Zug von ihr geerbt hatte. Lag das Böse in den Genen? Oder war ich gar nicht böse? War ich nur jemand, der zu sehr, zu oft gequält worden war?

»Ich würde ja gerne am Wochenende auch mal eine Freundin einladen«, sagte Granny, »aber es wäre mir zu peinlich, dich vorzeigen zu müssen. Warum kannst du nicht ein normaler

Junge sein?« Sie sah mich an, Gehässigkeit im Blick, dann watschelte sie davon, in Richtung ihres Wintergartens. Sie schnaufte. Das Asthma machte ihr ganz schön zu schaffen.

Ich blinzelte die Tränen weg. Ich würde die zwei Tage überstehen, zum Glück hatte ich etwas zum Trösten dabei. Schokoriegel in rauen Mengen, drei Cheeseburger und mehrere Tüten Vanillemilch im Rucksack. Unter den Schulbüchern. Ich brachte an den Wochenenden bei Granny immer etwas zum Lernen mit. Ich lernte übrigens auch tatsächlich. Wenn ich schon fett war, so sollte man mich wenigstens nicht auch noch als einen Dummkopf bezeichnen können.

»Diese Jahreszeit macht mich wahnsinnig«, sagte Granny im Fortgehen. »Tausend Dinge blühen, und das macht mein Asthma immer schlimmer. Ich kann auf keinen Fall heute nach draußen. Ich bleibe im Wintergarten.«

Für den Rest des Tages würde sie vermutlich keinen Schritt mehr tun. Es war wirklich immer sterbenslangweilig mit ihr. Früher, als mein Großvater noch lebte, waren wir manchmal mit seinem Segelboot, der *Camelot*, die im Hafen von Grimsby lag, rausgefahren. Aber Granny konnte nicht segeln. Mein Vater benutzte das Boot noch manchmal, nahm mich jedoch nie mit. Er meinte, das Schiff würde untergehen mit mir an Bord ...

Ich verzog mich im Garten in den Schatten eines Apfelbaumes, der nie mehr als vier Äpfel trug, aber Grannys Ein und Alles war. Ich setzte mich ins Gras, packte meine Bücher und meine Vorräte aus. Eine Biene schwirrte dicht an meiner Nase vorbei. Es war etwas zu warm, aber ansonsten war es ein wundervoller Tag.

Ich dachte an meine Großmutter. Wie sie gejapst hatte.

Es fiel mir ziemlich schwer aufzustehen. Ich schaffte es, indem ich mich am Stamm des Apfelbaumes entlang hocharbeitete. Danach war ich etwas außer Atem.

Ich ging zum Haus, kam am Wintergarten vorbei. Granny saß in einem der Gartensessel. Sie strickte nicht, was ein Zeichen dafür war, dass es ihr tatsächlich nicht gut ging. Sonst verarbeitete sie nämlich fast rund um die Uhr ihre riesigen, geschmacklosen Wollknäuel.

Sie las auch nicht in einer ihrer Frauenzeitschriften. Stattdessen saß sie nur da und schien sich mit dem Atmen schwerzutun.

Ich trug offene Badelatschen, die ich leicht abstreifen konnte. So gelangte ich lautlos ins Haus.

Granny ließ ihr Asthmaspray immer an verschiedenen Orten stehen, was schon zu heftigen Vorhaltungen durch meinen Vater geführt hatte. Denn natürlich war sie im Ernstfall darauf angewiesen, es möglichst schnell zur Hand zu haben.

»Du solltest es ständig direkt bei dir tragen«, sagte mein Vater immer wieder. »Oder es muss zumindest eine Stelle im Haus geben, an der du es immer deponierst.«

Granny bekam das irgendwie nicht hin, aber tatsächlich befand es sich meistens in der Küche. Also schaute ich dort zuerst nach. Es war nirgends zu sehen. Auf dem Herd köchelte die Brennnesselsuppe vor sich hin. Ich fand, dass sie furchtbar roch. Ich öffnete ein paar Schranktüren, aber auch dort war nichts zu entdecken.

Das Haus war eingeschossig gebaut. Gleich neben der Küche befand sich das Bad. Auch hier: nichts. Dann das Schlafzimmer. Grannys breites Bett. Auf einem der Nachttische stand ein gerahmtes Bild meines Großvaters.

Auf dem anderen Nachttisch stand das Fläschchen mit dem Asthmaspray.

Ich nahm es an mich und ließ es tief in der ausgebeulten Tasche meiner Jogginghose verschwinden. Einen eigentlichen Plan hatte ich nicht. Rückblickend denke ich, dass ich in diesem

Moment eher hoffte, Granny würde auf der Suche nach dem Spray die Brennnesselsuppe vergessen, und ich käme irgendwie um das Mittagessen herum.

Ich tappte zurück in den Garten, setzte mich wieder an meinen Platz. Verzehrte erst einmal einen Cheeseburger. Der kurze Ausflug hatte mich viel Kraft gekostet. Auch mental.

Um die Mittagszeit erwartete ich, dass Granny nach mir rufen würde, damit wir in der Küche die furchtbare Suppe aßen. Ich war sehr müde und schläfrig vom vielen Essen und der Hitze. Kann sein, dass ich auch eine Weile geschlafen hatte. Jedenfalls war es fast zwei Uhr und noch immer kein Ruf wegen des Essens. Obwohl Granny auf Pünktlichkeit größten Wert legte.

Ich wuchtete mich also wieder in die Höhe und ging langsam in Richtung Wintergarten. Ich blickte hinein. Er war leer.

Ich betrat das Haus, diesmal mit meinen Schuhen.

»Granny?«, rief ich.

»Hier …« Ihre Stimme klang schwach.

Sie stand in der Küche und schaute sich suchend um. Sie sah ziemlich schlimm aus. Zugeschwollene Augen, eine stark gerötete glänzende Haut. Sie rang um Atem.

»Junge«, sagte sie. »Junge, ich brauche mein Spray …«

»Wo hattest du es denn zuletzt?«, fragte ich.

Ihre Lippen hatten eine bläuliche Farbe angenommen. »Ich dachte … hier …« Wieder blickte sie hektisch um sich. Ich entdeckte einen ersten Anflug von Panik in ihren Augen.

»Ich schau mal im Bad nach«, bot ich an. Ich schlurfte nach nebenan, tat so, als schaute ich mich gründlich um, öffnete Schränke und Schubladen. »Hier ist es nicht!«, rief ich.

Von ihr kam nur ein Japsen.

Ich ging ins Schlafzimmer. »Ich glaube, hier ist es auch nicht!«, rief ich.

Sie sollte ruhig ein bisschen leiden. Dafür, dass sie mich immer gequält hatte.

Dann kehrte ich in die Küche zurück. Granny war inzwischen auf einen der Stühle gesunken. Ihr Gesicht war nicht mehr so stark gerötet, sondern sah zunehmend fahl aus. Sie rang um Atem. »Ich ... ein Anfall ...«, presste sie hervor.

»Vielleicht ist das Spray im Wintergarten«, sagte ich. Sie protestierte kraftlos, aber ich tat so, als hörte ich sie nicht. Im Schneckentempo – ja, Granny, ich bin eben fett, wie du nie müde wirst zu betonen – humpelte ich in den Wintergarten, durchsuchte ihn gründlich und langsam. Aus der Küche klangen undefinierbare Laute.

Als ich zurückkam, lag Granny halb auf dem Tisch. Sie kämpfte um Luft, es klang laut und stöhnend und rasselnd. An ihren Schläfen traten die Adern hervor.

»Telefon«, stieß sie hervor. »Notarzt ...«

In diesem Moment wusste ich: Ich würde ihr nicht helfen. Ich war bereits zu weit gegangen, innerlich. Ich wollte nicht mehr umkehren. Ich konnte es nicht.

»Ich rufe den Notarzt«, sagte ich und schlurfte in Richtung Wohnzimmer. Es musste sie wahnsinnig machen zu sehen, wie langsam ich mich bewegte.

Im Wohnzimmer befand sich kein Telefon. Es war im Schlafzimmer, wie ich wusste, aber ich verlor durch die vergebliche Suche noch mehr Zeit.

»Wo ist denn das Telefon?«, rief ich.

Keine Antwort.

Ich kehrte in die Küche zurück. Granny lag neben dem Tisch auf dem Rücken. Ihr Rock war hochgerutscht, ich sah ihre dicken weißen Beine mit den Krampfadern. Sie hielt sie unnatürlich gespreizt. Ich näherte mich ihr vorsichtig.

»Granny?«

Ihre Augen standen offen und waren völlig starr. Ihre Lippen hatten eine violette Farbe angenommen. Um ihren Mund herum glänzte Speichel.

Sie atmete nicht mehr.

Trotzdem überprüfte ich das noch einmal, so wie ich es in einem Film gesehen hatte. Ich nahm eine silberne Schale aus dem Schrank und hielt sie dicht an ihren Mund. Das Silber blieb völlig rein, es beschlug nicht. Keine Atmung.

Granny war tot.

Ich musste unbedingt das Asthmaspray loswerden. Ich lief zur Gartentür, schätzte ab, ob ich es bis zum Hafen hinüberschaffen konnte. Die Flasche einfach im Meer zu versenken wäre optimal, aber für mich war die Strecke zu weit, das schaffte ich nicht. Zudem bestand das Risiko, dass ich jemandem begegnete, der sich später erinnerte. Hektisch blickte ich mich um, aber dann beschloss ich, dass es am wenigsten auffällig war, wenn das Spray im Haus blieb, an einem Platz, von dem jedoch klar war, dass ich es dort nicht hatte vermuten können.

Ich kehrte noch einmal ins Schlafzimmer zurück und legte die Flasche in Grannys Wäscheschublade. Irgendjemand würde sie dort finden. Ich würde beteuern, das ganze Haus abgesucht zu haben. Niemand konnte mir einen Vorwurf machen. Und mein Vater würde sagen, dass er Granny ja immer gewarnt hatte: Sie solle sich einen sicheren Ort für ihr Spray ausdenken, es nicht mal hier, mal dort abstellen ...

Ich griff nach dem Telefonhörer und wählte den Notruf. Es gelang mir, panisch und verzweifelt zu klingen – ich glaube, weil ich das irgendwie auch war. Ich war ja kein Monster. Das, was ich gerade getan hatte, schockierte mich.

Aber es befriedigte mich auch zutiefst.

»Meine Großmutter ... bitte ... Sie müssen schnell kommen ... Asthma ... Sie atmet nicht mehr. Ich glaube, sie ist tot!«

DONNERSTAG, 19. DEZEMBER

1

Anna hatte sich schon wieder krankgemeldet, und es reichte Dalina allmählich. Sie hatte nur Anna, und sie bezahlte sie gut – fand sie jedenfalls. Aber nicht fürs ständige Krankfeiern oder für eine Nervenkrise nach der anderen. An diesem Vormittag, nachdem sie die verworren und panisch klingende WhatsApp-Nachricht erhalten hatte – *Mir geht es echt schlecht, fühle mich fiebrig, Herzrasen, keine Ahnung, ich kann heute nicht kommen* –, beschloss sie, ihre Mitarbeiterin zu Hause aufzusuchen. In der komischen Hütte in Harwood Dale draußen. Wie konnte man so leben? Eigentlich sagte das alles über Annas Charakter aus. Keine normale junge Frau würde sich in diese Einöde zurückziehen. Und schließlich hatte sie einen Freund, Samuel Harris, und Dalina fragte sich, weshalb Anna nicht endlich zu ihm zog. In die Stadt, zu den Menschen. In das Leben. Aber vielleicht bevorzugte Sam die getrennten Wohnungen. Weil er Anna nicht rund um die Uhr ertrug, was Dalina nur zu gut verstanden hätte. Kein Mensch konnte Anna über längere Zeit ertragen. Mit ihren Depressionen, ihren Panikanfällen, ihren ewigen Katastrophenszenarien. Dalina fragte sich, weshalb sie Anna in die Firma geholt hatte. Aus alter Freundschaft. Weil Anna ihren Job verloren hatte. Weil sie nicht weiterwusste. Weil man half in einem solchen Fall. Aber Anna war für die Paarvermittlung so geeignet wie ein Pekinese, der vor lauter Falten im Gesicht immerzu kummervoll dreinblickte und niemandem Mut machte. Um Singles einander in die Arme zu führen, musste man Zuversicht verströmen, gute Laune, ein gesundes Schicksalsvertrauen. Anna war das Gegenteil von all dem. Sie hatte noch keine Falten, aber sie schaute ständig trübsinnig drein. Bedrückt und grüblerisch.

Und nun fehlte sie auch noch andauernd.

So ging das nicht weiter.

Es schneite nicht mehr, aber der Schnee lag glatt und weiß über der weiten Landschaft. Auf den Ästen der Bäume war er nicht liegen geblieben, deshalb sahen diese wieder wie Gerippe aus, dürr und schwarz und trostlos vor dem wolkenverhangenen Himmel. Von Osten her drohte erneuter Schneefall.

Dalina kam an der Stelle vorbei, an der das Verbrechen geschehen war. Sie blickte kurz hinüber: Das Auto war abgeschleppt worden, ein übrig gebliebenes polizeiliches Absperrband hing müde am Pfosten eines Weidezaunes.

An diesem trüben, verschneiten, windstillen Tag sah das Cottage, das Anna bewohnte, noch trostloser aus als sonst. Dalina ließ ihr Auto am Beginn des unbefestigten Weges, der zum Haus führte, stehen, denn sie war nicht sicher, ob sie durchkäme. Sie stapfte durch den Schnee, vergrub das Gesicht in ihrem Schal. Es war so elend kalt. Über ihr schrie kreischend eine Möwe.

Selbst die klang verzweifelt.

Anna öffnete, nachdem Dalina wiederholt und immer heftiger an die Tür gehämmert hatte. Sie sah erbärmlich aus, das musste Dalina zugeben. Sie steckte noch in ihrem Schlafanzug und hob abwechselnd ihre nackten Füße an, weil sie auf dem kalten Boden fror. Sie hatte aufgesprungene Lippen und wirre Haare, schien jedoch kein Fieber zu haben. Sie wirkte eher seelisch als körperlich krank, aber bei Anna lag das immer dicht beieinander.

»Kann ich reinkommen?«, fragte Dalina und drängte schon nach innen. Es war hier nicht viel wärmer als draußen. »Du liebe Güte, Anna, du solltest wirklich heizen!«

»Ja. Ich war nur ... Ich lag noch im Bett«, stammelte Anna. Sie tappte vor ihrer Freundin – und Chefin – her ins Wohnzimmer, wo ein kalter Ofen untätig herumstand. Daneben lagen ein paar Holzscheite, aber Anna hatte offenbar nicht die Energie gefunden, mit ihnen ein Feuer anzuzünden.

Dalina ließ sich auf das Sofa fallen. Ihren dicken Steppmantel behielt sie vorsichtshalber an.

»Anna, so geht es nicht«, sagte sie. »Du kannst heute nicht fehlen. Wir haben heute Abend den Stadtbummel mit den älteren Kunden. Du wolltest das betreuen.«

Anna sah aus, als würde sie bei der Vorstellung, am Abend mit einem Dutzend sechzig- bis siebzigjähriger paarungswilliger Singles durch die Stadt zu ziehen und Glühwein zu trinken, in Tränen ausbrechen.

»Ich bin krank, Dalina. Wirklich.«

»Was hast du denn? Du siehst total gesund aus!« Das stimmte nicht. Anna schien wirklich sehr elend. Andererseits war das bei ihr ja meistens der Fall.

»Ich glaube, ich habe Fieber.«

Dalina beugte sich vor und legte ihr die Hand auf die Stirn. »Nein. Hast du nicht.«

Anna kauerte auf dem Fußboden. Sie hielt beide Arme um ihre Beine geschlungen. »Mich macht das alles nervlich so fertig. Die Sache mit Diane.«

»Die lässt keinen von uns ungerührt. Trotzdem können wir ja nicht alle die nächsten Tage im Bett verbringen«, sagte Dalina. »Ich meine ... mich macht das alles auch nervös. Sehr nervös. Die Polizei weiß inzwischen – offenbar aus Dianes Unterlagen –, dass sie bei unserem Singlekochen war. Wenn das an die Medien dringt ... Schlechte Publicity können wir uns nicht leisten.«

Sie seufzte. »Die Ermittlerin war gestern bei mir«, fuhr sie fort. »Sie war bei jedem aus dem Kochkurs.«

»Bei mir auch«, sagte Anna.

»Und? Was hast du ihr erzählt?«

»Was sollte ich ihr schon erzählen? Ich kannte Diane ja kaum. Sie hat sich meine Adresse notiert. Ich habe ihr gesagt, dass ich manchmal auch bei Sam wohne. Seinen Namen und seine Adresse hat sie auch aufgeschrieben.« Anna zuckte mit den Schultern. »Mehr gab es nicht zu berichten.«

»Hat sie dir auch das Phantombild von Dianes ominösem Freund gezeigt? Es wurde nach den Angaben von Dianes Vermietern angefertigt.«

»Ja. Hat sie.«

»Und da ist dir nichts aufgefallen?«

Anna wandte das Gesicht zur Seite. Dalina war klar: Ihr war etwas aufgefallen.

»Er sah aus wie Logan«, sagte sie.

Anna wehrte sofort ab. »Nein. Nicht wirklich. Findest du?« Es war deutlich, dass ihr dieser Gedanke auch gekommen war.

»Ja. Eindeutig. Und es hieß ja auch, er soll auffallend groß sein. Logan ist fast zwei Meter groß, wie du weißt. Und dann ... die Augen. Die dicken Haare.«

»Aber Logan lebt seit endlosen Zeiten viel weiter im Süden Englands. In Bath.«

»Vielleicht ist er zurückgekommen.«

»Ich bin ihm auf Facebook gefolgt«, sagte Anna. »Da stand nichts davon, dass er zurückkehren würde.«

»Vielleicht wollte er das für sich behalten.«

»Und dann schließt er Freundschaft mit Diane Bristow?«

»Warum nicht?«

»Sie ist in meinem Kurs. Ein seltsamer Zufall.«

Dalina zuckte mit den Schultern. »Es gibt Zufälle.«

»Wenn er in Scarborough ist … warum sucht er uns dann nicht auf?«

»Keine Lust?«

»Ich glaube nicht, dass er es ist«, sagte Anna, aber sie klang nicht überzeugt.

»Die Polizei meint, dass Diane von ihrem Freund ermordet wurde. Also möglicherweise von Logan.«

»Warum sollte Logan seine Freundin ermorden?«

»Eifersucht? Vielleicht wollte sich Diane von ihm trennen. Immerhin war sie in einem Singlekochkurs. Sie suchte aktiv nach einem Partner, obwohl sie einen hatte.«

»Das kann ich sowieso alles nicht verstehen«, sagte Anna unglücklich.

»Auf jeden Fall«, sagte Dalina, »scheint Dianes Freund untergetaucht zu sein. Sonst hätte er sich längst bei der Polizei gemeldet. Er weiß ja, dass seine Freundin erstochen wurde. Da hilft man doch bei den Ermittlungen, macht eine Aussage, versucht, zur Klärung beizutragen. Es sei denn …«

»… man ist der Täter«, sagte Anna.

Sie sahen einander an.

»Es ist Logan«, sagte Dalina. »Und er hat eine Frau ermordet.«

Annas Lippen zitterten.

»Warum nur?«, flüsterte sie. »Warum?«

2

Auf dem Weg zum Haus von Caleb Hale klingelte Kates Handy. Sie nahm den Anruf über die Freisprechfunktion an.

»Colin?«, fragte sie.

»Hi, Kate. Wie geht's?« Colin klang wie immer bemüht cool, unbekümmert und lässig, aber Kate wusste längst, dass dies nur die Fassade darstellte, hinter der sich ein von Selbstzweifeln geplagter Mann versteckte, der es nicht schaffte, dem Bild, das er von sich selbst anstrebte, gerecht zu werden. Sie hatten einander vor Jahren bei einem Parship-Date kennengelernt, aber es war keine Liebesbeziehung daraus entstanden. Allerdings eine etwas skurrile Freundschaft zwischen zwei Menschen, die sich beide ein wenig verloren im Leben fühlten.

»Ganz gut, danke. Wir haben einen schwierigen Fall. Und das kurz vor Weihnachten. Alles sehr verwirrend.«

»Ich habe davon gelesen«, sagte Colin. Er wohnte noch immer in London, verfolgte aber die Kriminalfälle von North Yorkshire mit größter Hingabe. Wenn er Kate glühend um etwas beneidete, dann um ihren Beruf. Er selbst arbeitete als IT-Berater für eine Firma und langweilte sich mit jedem Tag mehr dabei. »Die erstochene Frau in dem Auto …«

»Ja. Schlimme Geschichte.«

»Ich rufe an wegen Weihnachten«, sagte Colin. Er hatte Weihnachten in den letzten beiden Jahren bei Kate verbracht. Er hatte niemanden, sie hatte niemanden. Kate fand Colin manchmal nervend, aber er hatte ihr zuverlässig einige Male über die schwierigste Zeit des Jahres hinweggeholfen. Sie mochte ihn.

»Es ist wegen Xenia«, sagte Colin. Er hatte die junge Frau aus Russland während Kates letztem Fall kennengelernt, und es hatte sich eine Beziehung zwischen beiden entwickelt. Xenia wartete noch auf ein Verfahren wegen eines lange zurückliegenden Deliktes; sie hatte geholfen, eine Kindstötung zu vertuschen, war aber in der Position einer Abhängigen gewesen und konnte mit einem milden Urteil rechnen. Sie war bei Colin in London eingezogen und dort gemeldet und durfte die Stadt nicht ohne Genehmigung verlassen.

Kate ahnte daher, was kam. »Du kommst dieses Weihnachten nicht?«

»Es ist so kompliziert. Weil Xenia eigentlich nicht wegdarf. Aber du könntest zu uns kommen. Wirklich.«

Kate wusste, dass er es so meinte, aber sie dachte, dass sie sich neben einem verliebten Paar, das sein erstes Weihnachtsfest zusammen feierte, nur als das fünfte Rad am Wagen fühlen würde.

»Nein, bleibt ihr mal unter euch. Ich komme schon zurecht.«

»Ich möchte nicht, dass du allein bist«, sagte Colin unglücklich.

»Ich finde jemanden«, behauptete Kate.

»Was ist mit Caleb Hale?«

»Bin gerade auf dem Weg zu ihm.«

»Wenn es nicht klappt, dann kommst du?«

»Wir werden sehen«, sagte Kate.

Calebs Haus befand sich in der Wheatcroft Avenue, hoch oben am South Cliff mit Meeresblick aus den oberen Fenstern. Eine wohlhabende Gegend, die eigentlich über den finanziellen Möglichkeiten selbst eines so hochrangigen Kriminalbeamten lag, wie es Caleb Hale vor seinem Ausscheiden aus dem Dienst gewesen war. Nachdem er den Dienst quittiert hatte, würde es mit seinen Einkommensverhältnissen kaum besser geworden sein. Kate wusste, dass das Haus seiner geschiedenen Frau gehörte, die aus einer reichen Familie stammte. Caleb zahlte seit der Scheidung Miete dafür, aber sicher fiel ihm das inzwischen sehr schwer. Kate hatte ihn seit vielen Wochen nicht gesehen, er hatte auf SMS-Nachrichten nicht reagiert, und sie hatte akzeptiert, dass er offenbar eine Zeit ganz für sich brauchte. Sie hatte keine Ahnung, wovon er lebte. Das große Haus würde er vermutlich nicht halten können.

Unter der Schneedecke wirkte die ganze Straße wie eine Märchenlandschaft aus der Zuckerbäckerei. Als Kate vor Calebs Haus hielt, sah sie, dass Rauch aus dem Schornstein stieg. Das bedeutete noch nicht unbedingt, dass Caleb gerade jetzt daheim war, aber zumindest war er vermutlich nicht längerfristig verreist. Kate hätte auch das für möglich gehalten. Er war nach allem, was im Sommer schiefgelaufen war, in einem katastrophalen psychischen Zustand gewesen. Seelischen Stress kompensierte er allerdings weniger, indem er weglief, als vielmehr mit seinem seit Jahren bewährten Allheilmittel: Alkohol. Unglücklicherweise war dieser mit verantwortlich für die Abwärtsspirale, in der sich Caleb Hale befand. Er versuchte, mithilfe des Alkohols sein Leben zu ertragen, aber natürlich zerstörte er es dadurch zugleich. Er fühlte sich in der Aussichtslosigkeit des Suchtkranken gefangen, und es machte Kate Angst zu erleben, dass er sich aufzugeben begann. Mit dem Wegfallen seiner Arbeit hatte sein Alltag die Struktur verloren – und Struktur hätte die einzige Chance auf Rettung dargestellt.

Der Gehweg zur Haustür wies eine unberührte Schneedecke auf, also hatte Caleb das Haus seit dem Vortag offenbar nicht verlassen. Kate betätigte die Klingel. Sie machte sich auf alles gefasst – auch darauf, dass er ihr sturzbetrunken gegenübertrat.

Aber tatsächlich sah er ganz normal aus, als er öffnete. Zumindest hatte sie ihn schon schlimmer erlebt. Er wirkte nicht verwahrlost und vergammelt. Er trug Jeans und ein altes Sweatshirt und hatte Staubflusen im Haar, aber das erweckte bloß den Anschein, als arbeite er gerade in irgendeiner nicht allzu sauberen Ecke seines Hauses, im Keller oder auf dem Dachboden.

»Ach, Kate«, sagte er. Es klang neutral. Weder erfreut noch verärgert.

»Hallo, Caleb. Lange nicht gesehen.«

»Stimmt. Mögen Sie hereinkommen?« Er machte einen Schritt zurück. Kate trat ein. Sofort sah sie die vielen Umzugskartons, die sich entlang der Wände stapelten.

»Sie ziehen um?«

»Ja. Ich kann mir die Miete nicht mehr leisten. Das Haus ist sowieso viel zu groß für mich.« Er klang lapidar, aber Kate spürte, dass ihm dieser Abschied naheging. Er hatte das Haus sehr geliebt.

Sie folgte ihm in das Wohnzimmer, in dem es chaotisch aussah: ebenfalls überall Kartons, die traurigen gelblichen Verfärbungen abgehängter Bilder an den Wänden, ein aufgerollter Teppich.

»Einen Kaffee?«, fragte er.

Sie nickte und beobachtete ihn, wie er an der Theke der offenen Küche den Kaffeeautomaten einschaltete. Unaufgefordert nahm sie an dem schönen, großen Esstisch Platz.

»Schon eine neue Wohnung gefunden?«

Er nickte. »In der Nordbucht. In einem dieser hohen Häuser in der *Queen's Parade*. Immerhin Meeresblick.«

Kate kannte die Straße. Trotz des noblen Namens war es eine eher heruntergewohnte Ecke. Ein paar neuere, aber vor allem viele alte, feuchte Häuser. Der Meeresblick allerdings war wunderschön.

»Warum nicht irgendwo ein kleines Häuschen mit Garten?«

»Ich bin kein Gärtner.« Er trug zwei Tassen mit Espresso zum Tisch und setzte sich ebenfalls. »Was führt Sie zu mir, Kate?«

Er hatte eindeutig nicht getrunken. Oder zumindest nicht so viel, dass man es gemerkt hätte. Seine Augen blickten klar.

»Unser neuster Fall …«

»Der Mord an der jungen Frau draußen in Harwood Dale?«

»Genau.«

»Ich verfolge das in der Presse. Musste an Sie denken. Irgendwelche Anhaltspunkte?«

»Wie man es nimmt. Es gibt eine merkwürdige Entwicklung …« Sie berichtete von den Fingerabdrücken im Auto, die sich ebenfalls an dem Tatort Alvin Malory gefunden hatten. Caleb hörte aufmerksam und mit steigendem Interesse zu.

»Das ist ja …« Er stand auf, fuhr sich durch die Haare, setzte sich wieder hin. Die Sache ging ihm sichtlich an die Nieren.

»Das war furchtbar damals«, sagte er, »ganz furchtbar.«

»Der ärztliche Befund liest sich in der Tat schrecklich.«

»Dieser Junge … Er war entsetzlich zugerichtet. Man hat sich regelrecht an ihm ausgetobt. Auf brutalste Art und Weise. Sie wissen, dass wir vieles zu sehen bekommen in unserem Beruf, aber das war wirklich besonders schrecklich.«

»Gab es im Laufe der Ermittlungen an irgendeiner Stelle einen konkreten Verdacht?«

»Nein. Wir haben in alle Richtungen ermittelt. Das Problem war ja auch, dass am Vortag dieser Geburtstag mit vielen Gästen in dem Haus stattgefunden hatte. Die Spurenlage war eine einzige Katastrophe.«

»Alvins Mutter erzählte mir, ihr Sohn sei zeitlebens gemobbt worden.«

Caleb nickte. »Wegen seiner Adipositas. Er hatte es wohl sehr schwer, aber wir sind auf keine Hinweise gestoßen, dass er jemals tätlich angegriffen wurde. Wir haben in seiner Grundschule wie auch in der weiterführenden Schule mit allen Lehrern gesprochen. Es gibt in der Graham School einen Vertrauenslehrer, der darin geschult ist, Mobbingfälle zu erkennen und darauf zu reagieren. Er sagte, dass Alvin ausgegrenzt wurde, dass man über ihn lachte, ihn manchmal nachäffte. Es gab Klassentreffen am Strand, zu denen er nicht eingeladen wurde. Die Tanzstunde war eine Tortur für ihn, denn natürlich fand er keine Partnerin. Es gab auch grobe Scherze, Mädchen, die sich mit ihm verabredeten, dann jedoch mit einem Rudel von Freundinnen am Treffpunkt auftauchten und ihn verspotteten. Solche Dinge bestimmten seinen Alltag, und mit Sicherheit hat er sehr gelitten. Aber wir haben keine Hinweise auf Gewalt gefunden. Schon gar nicht auf dieses Ausmaß an Gewalt. Der Abflussreiniger ...«

»Das ist völlig unfassbar.«

»Ich habe die Familie lange nicht mehr gesehen.«

Kate berichtete von ihrem Besuch bei den Malorys. Caleb schüttelte traurig den Kopf. »Eine einzige Tragödie. Ich ahnte damals schon, dass der Vater nicht lange durchhalten würde. Er hatte sowieso nie ein gutes Verhältnis zu seinem Sohn, der für ihn eine Enttäuschung darstellte. Und mit der

Art, wie Mrs. Malory den Jungen dann zu ihrem Lebensmittelpunkt machte, kam er schon gar nicht klar.«

»Verständlich«, sagte Kate. »Es ist kein Leben, was sie dort führt.«

Sie holte einen Computerausdruck aus ihrer Tasche und schob ihn Caleb über den Tisch zu. »Das ist ein Phantombild nach den Angaben der Vermieter von Diane Bristow. Mit diesem Mann war sie offenbar befreundet. Wir gehen davon aus, dass es seine Fingerabdrücke sind, die wir in ihrem Auto gefunden haben und die auch am Tatort von Alvin Malory sichergestellt wurden.«

»Sie halten ihn für den Täter?«

»Es ist zumindest eigenartig, dass er seit dem Verbrechen untergetaucht ist. Seine Freundin wird ermordet, und er, der uns durch Hinweise helfen könnte, verschwindet scheinbar vom Erdboden.«

»Spricht in der Tat gegen ihn.« Caleb betrachtete nachdenklich die Abbildung. »Es tut mir leid, das Bild löst nichts in mir aus. Ich glaube nicht, dass ich diesen Mann je gesehen habe.«

»Er soll auffallend groß sein. Über einen Meter neunzig.«

»Nein.« Caleb schob das Papier zurück. »Ich glaube, ich würde mich an einen überdurchschnittlich großen Mann mit einer solchen Haarmähne erinnern, wenn er mir bei meinen Ermittlungen untergekommen wäre.«

»Ja, vermutlich«, stimmte Kate enttäuscht zu. »Ich habe die Unterlagen von damals durchgesehen. Sie haben wirklich das gesamte Umfeld des Jungen durchkämmt.«

»Alles. Wie bereits gesagt vor allem die Schule. Sämtliche Klassen über und unter ihm. Das Umfeld der Eltern, Kunden der Autowerkstatt, Geschäftsfreunde. Nachbarn. Wir haben alle Chatverläufe in Alvins Computer untersucht.

Wir haben jeden angesprochen, der auf der Geburtstagsparty der Mutter war. Wir haben nichts und niemanden ausgelassen. Aber es erhärtete sich nichts. Einfach gar nichts. Es war zum Verzweifeln.«

»Das Seltsame ist, dass ich beim Sichten der Unterlagen von damals das Gefühl hatte, dass mich irgendetwas stört. Dass irgendetwas übersehen wurde.«

»Übersehen?«

»Ich habe irgendetwas vermisst. Aber es war nur der Schatten eines Gedankens, und nun erwische ich ihn nicht mehr.« Kate schüttelte den Kopf. »Kommt sicher wieder.«

Er nickte. Er wusste, dass es jetzt nichts nutzte nachzubohren.

»Was war Ihre Vermutung bei dem Fall?«, fragte Kate sachlich.

Caleb hob hilflos die Schultern. »Rache. Das war mein erster Gedanke. Wer macht so etwas mit einem anderen Menschen, wenn nicht aus Hass?«

»Dachten Sie an einen Täter? Oder an mehrere?«

»Schwer zu sagen. Alvin Malory war kein einfacher Gegner, jedenfalls nicht, was seine reine Masse anging. Fast hundertsiebzig Kilo niederzustrecken ist nicht so einfach. Andererseits könnte es aufgrund seiner Wesensstruktur auch sein, dass er sich nicht gewehrt hat. Das heißt, auch hier sind beide Möglichkeiten denkbar: ein Täter oder mehrere.«

»Der Name Diane Bristow tauchte nirgends auf?«

»Nein. Allerdings ist aufgrund ihres Alters nicht auszuschließen, dass sie zeitgleich mit Alvin auf dieselbe Schule ging wie er. Insofern könnte sie in einer der endlosen Namenslisten, die ich damals durchging, dabei gewesen sein, aber ich würde mich erinnern, wenn mich das irgendwie weitergebracht hätte.«

»Verstehe. DI Graybourne klärt heute, in welche Schule Diane ging und ob sich darüber eine Verbindung zu Alvin herstellen lässt.«

Er musterte sie aufmerksam. »Ja, ich habe von DI Graybourne gehört. Dass sie die Abteilung übernommen hat.«

»Kennen Sie sie?«

»Wir waren vor Jahren einmal zusammen bei einer einwöchigen Fortbildung. In Brighton. Graybourne fiel auf, weil sie sehr gut war. Sicher ist sie keine schlechte Wahl. Aber ich hätte lieber Sie an der Stelle gesehen, Kate.«

Kate trank ihren Espresso und erhob sich. »Das war nicht zu erwarten«, sagte sie. »Nach dem letzten Sommer.«

Auch Caleb stand auf. »Wohl nicht«, stimmte er zu, und dann schwiegen sie beide einen Moment lang und dachten an den Sommer, an den Schrecken, an das, was ihnen gelungen war, aber auch an das, was nicht gelungen war und wovon sie nie wirklich wissen würden, ob ein anderer Weg der bessere gewesen wäre. In ihrem Beruf konnten Fehlentscheidungen Katastrophen auslösen. Diese Tatsache war einer der Gründe gewesen, die dazu geführt hatten, dass Caleb seinen Beruf aufgab.

Kate brach als Erste das Schweigen. »Ziehen Sie noch vor Weihnachten um?«

»Am Montag«, sagte Caleb. Sie hätte gerne gefragt, wie er die Feiertage verbringen würde, aber dann wagte sie es nicht, weil die Absage ihr wehgetan hätte. Er würde natürlich mit dem Auspacken der Kisten beschäftigt sein, mit dem Hin- und Herrücken der Möbel. Er würde sehr viel zu tun haben.

Eine andere Frage stellte sie aber doch. Sie schleppte sie schon lange mit sich herum.

»Haben Sie ... haben Sie einen neuen Job gefunden?« Er

musste schließlich von irgendetwas leben. Da er gekündigt hatte, hatte er keine Abfindung bekommen.

»Ich arbeite im *Sailor's Inn*«, sagte Caleb, und es war in seiner Stimme zu hören, dass er sich bemühte, lapidar zu klingen.

Kate runzelte die Stirn. »Im *Sailor's Inn*? Das ist ein Pub.«

»Ich weiß.«

»Ist das ... geschickt?« Sie biss sich auf die Zunge. Sie hatte das Gefühl, eine Grenze überschritten zu haben.

Caleb lachte, wirkte dabei jedoch nicht fröhlich. »Zumindest verstehe ich etwas davon«, sagte er.

Und Kate ihrerseits verstand, weshalb er so lange nichts von sich hatte hören lassen: Er war nicht erpicht darauf gewesen, ihr von dieser Entwicklung in seinem Leben zu erzählen.

Caleb Hale als Barkeeper.

Ohne die Tragik dahinter wäre es komisch gewesen.

3

Als Kate bereits auf dem Rückweg zu ihrem Büro war, erreichte sie ein Anruf von Pamela.

»Können Sie bitte direkt nach Runswick Bay kommen? Zu den Runswick Bay Cottages. Hier ist etwas.« Damit legte sie bereits auf, sodass Kate jede weitere Frage auf den Lippen erstarb.

An diese Art muss ich mich erst noch gewöhnen, dachte sie und wendete das Auto.

Sie wusste sofort, um welches Haus es sich handelte, als sie sich den Bay Cottages näherte, denn es standen zwei Streifenwagen dort, zudem ein weiteres Auto, und es liefen einige Polizisten hin und her. Kate war lange nicht mehr in Runswick Bay gewesen, aber sie erinnerte sich, dass sie als Kind manchen Sonntagnachmittag im Sommer dort mit ihren Eltern verbracht hatte. Der Strand war besonders schön, herrlicher weicher, sehr weißer Sand. Jetzt war alles weiß vom Schnee, der allerdings auf den Straßen wegzutauen begann und schwarz glänzenden, nassen Asphalt sichtbar werden ließ. An den Straßenrändern färbte sich der Schnee in schmuddeliges Grau.

Pamela kam ihr entgegen. Sie trug Winterstiefel und einen weiten, wehenden Mantel. Einweghandschuhe an den Händen.

»Da sind Sie ja!« Es klang, als sei Kate immer und überall zu spät. »In einer dieser Ferienhütten ist eingebrochen worden. Der Besitzer hat vor einer Stunde die Polizei verständigt.«

Es musste mehr dahinterstecken, sonst wäre nicht die Mordkommission vor Ort.

»Ich war bei DCI Hale«, sagte Kate, unwillkürlich Calebs letzten Dienstgrad benutzend, den er gar nicht mehr innehatte. »Ich habe ihn nach seinen Ermittlungen im Fall Alvin Malory gefragt.«

Sie merkte, dass sie rechtfertigend klang. Nur weil sie einen kritischen Unterton bei Pamela zu hören geglaubt hatte. Sie musste robuster werden. Vielleicht hatte es Pamela gar nicht kritisch gemeint.

»Die Streifenkollegen haben uns verständigt«, sagte Pamela, ohne auf Kates Bemerkung einzugehen. »Auf den ersten Blick schien es ein normaler Einbruch zu sein. Der

Besitzer der Hütte kam heute hierher, weil er einige Küchenutensilien brauchte, von denen er meinte, sie seien hier. Als er aufschloss und eintrat, überraschte er einen Mann, der sich offenbar häuslich in dem Cottage niedergelassen hatte – heimlich. Der Mann ergriff sofort die Flucht durch eines der Fenster, von dem die Beamten inzwischen festgestellt haben, dass es zuvor aufgehebelt worden war. So ist der Eindringling wohl hineingekommen. Bei der Flucht blieb sein Rucksack zurück.«

Während Pamela sprach, ging sie zur Hütte zurück, und Kate folgte ihr. Sie betraten das niedrige Gebäude mit den gekalkten Wänden und der rot gestrichenen Tür. Innen sah es sauber, zweckmäßig und freundlich aus. Das klassische Cottage, in das sich im Sommer Paare oder kleine Familien einquartierten.

Die Spurensicherung war schon vor Ort. In der Mitte des Raumes stand ein Mann, bei dem es sich wohl um den Eigentümer handelte, denn er sagte ständig: »Vorsicht!« und »Müssen Sie alles umstellen?« Er wirkte nervös und gestresst.

»Mr. Balton«, sagte Pamela leise zu Kate. »Der Eigentümer des Cottage.«

Sie hob einen Rucksack hoch, der auf einem Stuhl stand. »Den haben die Kollegen hier vorgefunden und in Augenschein genommen. Dabei haben sie Folgendes entdeckt …« Sie zog eine Fotografie heraus, ein echtes Bild, wie es im Zeitalter der Smartphones so selten geworden war. Kate erkannte die Frau darauf sofort: Es war Diane Bristow.

»Ach!«, sagte sie überrascht.

Pamela drehte das Bild um. *Für Logan*, stand dort geschrieben, und dahinter waren drei kleine Kuss-Kreuzchen gezeichnet.

»Der flüchtige Freund?«, fragte Kate.

»Könnte sein. Seine Brieftasche mit seinen Papieren und sein Handy hat er offenbar mitnehmen können. Aber wir haben das Kündigungsschreiben einer Tankstelle an Mr. Logan Awbrey, wohnhaft in Bath, gefunden.«

»In Bath?«

»Ja. Nicht gerade um die Ecke. Wir werden die Kollegen dort um Unterstützung bitten.«

»Das wäre sinnvoll, ja.«

»Ich bin sehr gespannt auf die Ergebnisse der Spurensicherung. Wenn sich hier dieselben Fingerabdrücke finden wie in Dianes Auto und in ihrer Wohnung, dann ist das hier ihr geheimnisvoller Freund.«

»Der offenbar auf der Flucht ist.«

»Ja, sonst würde er sich kaum in Feriencottages verstecken. Und hätte sich ohnehin längst gemeldet.«

»Er könnte auch unschuldig sein«, sagte Kate, »aber glauben, dass er verdächtigt werden wird.«

»Möglich. Aber unwahrscheinlich.«

Sie verließen das Cottage.

»Konnte der Besitzer der Hütte Awbrey beschreiben?«, fragte Kate.

»Nicht sehr genau«, sagte Pamela. »Es war düster, und es ging alles sehr schnell. Ihm ist nur aufgefallen, dass es sich um einen ungewöhnlich großen Mann handelte. Über einen Meter neunzig auf jeden Fall. Zwei unserer Leute fragen in der Nachbarschaft herum. Ein Paar der Häuser sind ja ganzjährig bewohnt. Vielleicht hat jemand etwas gesehen.«

»Ungewöhnlich groß«, meinte Kate, »das deckt sich mit den Angaben von Diane Bristows Vermietern.«

»Kommen Sie«, sagte Pamela, »wir setzen uns kurz in mein Auto.«

Das Auto war sehr sauber. Auf dem Rücksitz lagen ein Paar rote High Heels.

Oho, dachte Kate.

Pamela lehnte sich im Fahrersitz zurück. »Irgendwie hakt es. Ich habe überprüft, ob sich Diane Bristow und Alvin Malory von der Schule her gekannt haben könnten, aber Diane ging in Whitby zur Schule und kam erst später nach Scarborough. Ich habe zudem mit allen Teilnehmern des Kochkurses gesprochen. Ebenso mit der Leiterin, Anna Carter, und mit der Inhaberin von *Trouvemoi*, Dalina Jennings. Anna Carter lebt, genau wie Diane Bristow, in Harwood Dale, gleich im ersten Haus, wenn man auf der Harwood Dale Road von Scalby kommt. Sie war also an jenem Abend etwa zur gleichen Zeit unterwegs wie Diane, beteuert jedoch, nichts Auffälliges bemerkt zu haben. Mit Diane Bristows Vermietern habe ich ebenfalls geredet. Noch einmal mit Dianes Mutter. Mit dem Personal im *Crown Spa Hotel*, vor allem mit ihrer Freundin Carmen.«

Anerkennend musste Kate zugeben, dass Pamela sehr tüchtig war. Diese Massen an Befragungen in so kurzer Zeit ... Sie konnte sich keine einzige Verschnaufpause gegönnt haben. Deshalb sah sie wohl auch so erschöpft aus.

»Nichts«, sagte sie, »kein brauchbares Ergebnis. Diese Diane muss wirklich äußerst introvertiert gewesen sein. Auch ihrer Freundin Carmen – ihre einzige Freundin, laut ihrer Mutter – hat sie kaum etwas von sich anvertraut. Und niemand, absolut niemand, außer den Vermietern, wusste etwas von einem Freund.«

»Vielleicht war er nicht ihr Freund im Sinne von Liebhaber. Sondern im Sinne von Kumpel?«

»Er hat oft bei ihr übernachtet, sagen die Vermieter.«

»Muss auch nichts bedeuten.«

»Aber dieses Foto? Für Logan. Die Küsse dahinter. Für einen Kumpel?«

»Auch das ist möglich«, meinte Kate. »Aber es spricht manches dafür, dass er ihr mehr bedeutete. Aus irgendeinem Grund stellte er jedoch zugleich ihr bestgehütetes Geheimnis dar.«

Pamela wechselte abrupt das Thema. »Sie waren also bei Caleb Hale?«

»Ja.«

»War er nüchtern?«

Kate zuckte zusammen. Sie wusste, dass jeder es wusste, aber Pamelas Direktheit erschreckte sie.

»War er«, sagte sie kühl.

»Aha. Glück gehabt.« Pamela grinste. »Und? Haben Sie ihm das Phantombild gezeigt? Konnte er etwas damit anfangen?«

»Nein. Ihm ist niemand untergekommen, der so aussah, als er im Fall Alvin Malory ermittelte. Ich werde ihm jetzt noch den Namen Logan Awbrey durchgeben. Vielleicht ist der ja irgendwo aufgetaucht. Das Schlimme ist, dass es damals keine Spur gab. Nichts.«

Pamela trommelte mit den Fingern auf dem Lenkrad herum. »Ja. Zum Verrücktwerden.«

»Und wir wissen bislang nur, dass die Fingerabdrücke des mutmaßlichen Mörders von Diane Bristow im Haus der Malorys gefunden wurden«, sagte Kate. »Das heißt nicht zwangsläufig, dass es sich in beiden Fällen um denselben Täter handelt. Dianes Mörder kann damals Gast bei der Geburtstagsfeier gewesen sein, aber gar nichts mit dem Verbrechen an Alvin Malory zu tun haben.«

Pamela schien ein wenig genervt. »Ja, natürlich. Alles kann möglich sein. Aber es ist ja nicht so, dass wir von

Anhaltspunkten förmlich überflutet werden, deshalb müssen wir uns auf das stützen, was wir haben. Ich gehe im Moment davon aus, dass wir Dianes Mörder haben, wenn wir den Täter im Falle Alvin haben, und umgekehrt. Ich muss mich auf etwas fokussieren, und in Ermangelung weiterer Erkenntnisse fokussiere ich mich jetzt auf diesen Sachverhalt.«

Kate hatte in ihrem beruflichen Leben oft die Erfahrung gemacht, dass eine zu starke Fokussierung auf eine einmal aufgestellte Theorie den Blick auf andere Möglichkeiten verbauen konnte, aber sie schluckte eine entsprechende Bemerkung rasch hinunter. Ihre Chefin hatte in einer Hinsicht recht: Sie stocherten im Nebel, und sie mussten sich an den wenigen Brocken festhalten, die dieser Fall ihnen zuwarf, sonst kamen sie keinen Schritt weiter.

»Und Sie gehen Montagabend zu dem Singlekochen?«, hakte Pamela nach. »Ich verspreche mir nicht zu viel davon, da ich mit den Teilnehmern ja bereits geredet habe, aber vielleicht bekommen Sie ja noch etwas heraus. Die Menschen sind manchmal offener, wenn sie es nicht mit der Polizei zu tun haben, und Sie sind ja vorläufig undercover.«

»Was mir nicht besonders gut gefällt«, sagte Kate, aber innerlich musste sie zugeben, dass sie sich ja selbst im Vorfeld bereits unter einer erfundenen beruflichen Identität angemeldet hatte. Was sich jetzt immerhin als gute Voraussetzung erwies.

»Ich verstehe ja gar nicht, weshalb Sie zu so etwas hingehen«, sagte Pamela. »Onlinedating, Singlekochkurs ... was immer es da noch so gibt. Ich glaube, das ist verlorene Zeit.«

Kate hasste es, mit ihrer Chefin über diesen Aspekt ihres Lebens sprechen zu müssen. Es war privat, es ging niemanden etwas an.

»Ich mache das zum ersten Mal«, erwiderte sie. Es war gelogen, aber es gab eine Grenze, was sie Pamela, die sie gerade erst kennengelernt hatte, anvertrauen musste. »Es geht mir um die Geselligkeit. Vielleicht schließt man einfach Freundschaft mit jemandem. Es muss ja nicht gleich die große Liebe sein.«

»Die große Liebe macht einen auch nicht immer glücklich«, sagte Pamela. »Manchmal ist das Gegenteil der Fall. Manchmal ist es besser, man begegnet ihr gar nicht erst.«

Das klang nach ziemlich viel Enttäuschung in ihrem Leben, aber Kate fragte nicht nach. Vielleicht war der starken Pamela Ähnliches passiert wie ihr, Kate, zwei Jahre zuvor, als sie dem Mann begegnet war, in den sie sich rückhaltlos und mit ganzem Herzen verliebt hatte. Sie hatte eine glückliche Zukunft vor sich gesehen, ein gemeinsames Leben, sie hatte sich gefühlt, als sei sie nach einer langen, einsamen Wanderung endlich am Ziel angekommen. Kurze Zeit später stellte sich heraus, dass er sie benutzt und ihr seine Gefühle nur vorgespielt hatte. Die Monate danach waren für Kate eine der dunkelsten Zeiten ihres Lebens gewesen.

Sie schwiegen beide einen Moment, beide in dem Gefühl, einander einen Schritt näher gekommen zu sein, aber nicht wirklich zu wissen, ob sie diese Nähe überhaupt wollten.

Pamelas Handy piepte und durchbrach das Unbehagen, das plötzlich entstanden war.

Sie hörte konzentriert zu, sagte nur ab und zu »Ja« und »Verstehe«. Von einem am Armaturenbrett befestigten Block riss sie einen Zettel ab und kritzelte etwas darauf. Als sie das Gespräch beendet hatte, reichte sie Kate den Zettel.

»Das waren eben die Kollegen in Bath. Schnelle Truppe. Sie waren bereits bei der Wohnung von Logan Awbrey. Erwartungsgemäß war niemand dort, aber sie konnten mit einer Nachbarin sprechen. Diese berichtete, dass Awbrey große Probleme mit dem Vermieter hatte, weil er im Rückstand mit der Miete war. Ende Oktober ist er dann von einem Tag auf den anderen verschwunden. Seine Möbel hat er zurückgelassen, überhaupt die meisten seiner Sachen. Ich habe hier die Telefonnummer des Vermieters aufgeschrieben. Die andere Nummer ist die einer Tankstelle, bei der Logan Awbrey an der Kasse gearbeitet hat. Von dort stammt die Kündigung, die wir gefunden haben. Am besten rufen Sie beide Nummern an, vielleicht ergeben sich Informationen. Sie sind in beiden Fällen von der Polizei Bath angekündigt worden.« Sie nickte Kate zu, was diese erleichtert zum Anlass nahm, das Auto zu verlassen. Sie setzte sich in ihren eigenen Wagen und zückte ihr Handy. Sie konnte den Auftrag gleich hier erledigen. Während sie wartete, dass sich der Vermieter meldete, betrachtete sie die Polizisten, die vor dem Cottage herumstanden, den mit Schneeresten bedeckten Strand, die dunklen Wellen des Meeres. Es herrschte Flut, später am Tag würde der Strand groß und weit werden und übersät sein mit Algen und Treibholz. Sie war lange nicht mehr hier gewesen. Sie beschloss, an einem der nächsten Wochenenden hier spazieren zu gehen.

Der Vermieter, Mr. Howell, meldete sich und schimpfte herum, weil ihm etliche Monatsmieten fehlten, die durch die Kaution nur zum Teil abgedeckt waren, und er auch noch die Kosten der Entrümpelung zu tragen hatte, denn sein Mieter hatte »seinen ganzen Schrott«, wie er es nannte, zurückgelassen, und so hatte er die Wohnung bislang nicht weitervermieten können. »Er hat im Mai seinen Job verloren. Erst hat er gar nichts davon gesagt. Dann blieb die Miete aus. Ich habe ihn angerufen. Er hat behauptet, er hätte bereits einen neuen Job. Aber das stimmte überhaupt nicht. Bei mir ging kein Geld mehr ein. Ich war zu gutmütig, ich habe mich zu lange hinhalten lassen. Dann habe ich gekündigt, und er hat gar nicht reagiert. Ich habe ihm mit gerichtlichen Schritten gedroht. Da ist er dann abgehauen. Bei Nacht und Nebel. Spurlos verschwunden.«

Er machte eine Pause, weil er Luft holen musste. Kate hakte schnell ein. »Das ist wirklich bedauerlich. Aber wir sind auch auf der Suche nach ihm, und vielleicht können Sie uns mit Hinweisen helfen.«

Mr. Howell regte sich sofort wieder auf. »Es wird Zeit. Es wird wirklich Zeit, dass sich die Polizei um solche Leute kümmert!«

»Wissen Sie etwas über sein Umfeld, Mr. Howell? Freunde? Bekannte? Hatte er eine Freundin? Wissen Sie, wohin er gegangen sein könnte? Zu wem?«

Mr. Howell schnaubte. »Ich weiß nichts. Ich will solche Dinge über meine Mieter auch gar nicht wissen. Es interessiert mich nicht. Er konnte eine feste Anstellung nachweisen, und damit war es gut.«

»Wissen Sie, warum er seinen Job verloren hat?«

»Keine Ahnung. Ich will einfach nur mein Geld. Wann, denken Sie, haben Sie ihn?«

Das hätte Kate auch gerne gewusst.

»Das kann ich Ihnen nicht sagen, Mr. Howell. Ich bitte Sie, mich zu kontaktieren, wenn Ihnen irgendetwas einfällt, was wichtig sein könnte. Wollen Sie meine Nummer notieren?«

Mr. Howell notierte widerwillig die Nummer und sagte dann: »Machen Sie Ihre Arbeit doch allein. Glauben Sie, mir hilft jemand?«

Dann legte er auf.

Netter Typ, dachte Kate. Sie rief bei der Tankstelle an, bei der Logan Awbrey gearbeitet hatte. Hier erwischte sie eine

Frau, die eine junge, fröhliche Stimme hatte und wesentlich freundlicher war als der frustrierte und zornige Mr. Howell. Die Kollegen der Somerset Police waren eine knappe Dreiviertelstunde zuvor schon bei ihr gewesen.

»Ja, der hat hier gearbeitet«, erklärte sie auf Kates Frage hin. »Wir sind eine Tankstelle mit einem angeschlossenen Imbiss. Logan hat an der Kasse gearbeitet, aber auch im Service. Wir arbeiten im Schichtsystem.«

»Ich habe gehört, ihm sei gekündigt worden?«

»Ja ...«, sagte die junge Frau zögernd.

»Weshalb?«

Ein Seufzen. »Ich hatte das Ihren Kollegen nicht gesagt, aber irgendwann erfahren Sie das ja doch. Er hat sich mehrfach aus der Kasse bedient. Es gab immer wieder Unstimmigkeiten bei den Abrechnungen, und irgendwann wurde er auf frischer Tat ertappt. Er wurde sofort fristlos gekündigt.«

»Aber angezeigt hat ihn niemand?«

»Nein. Der Chef mochte Logan eigentlich, er wollte ihn nicht in Schwierigkeiten bringen. Aber bei sich beschäftigen wollte er ihn natürlich auch nicht mehr.«

»War Logan Awbrey überhaupt ein beliebter Mensch?«

»Ja, er war immer freundlich. Nicht launisch oder gereizt oder so. Allerdings ...«

»Ja?«

»Er blieb immer etwas distanziert. Oder besser gesagt: oberflächlich. Ja, das trifft es. Nett und oberflächlich. Man konnte mit ihm Spaß haben, aber man erfuhr eigentlich nicht viel über ihn.«

Auf eine andere Art ähnlich wie Diane, dachte Kate. Die hatte auch nichts von sich preisgegeben. Was verband diese beiden jungen Menschen? Waren sie ein Liebespaar gewesen? Oder eher Komplizen?

Warum hatte Diane erstochen in ihrem Auto gelegen?
War Logan Awbrey ihr Mörder?

»Hat Logan jemals den Namen *Diane Bristow* erwähnt?«, fragte Kate.

Die junge Frau am anderen Ende der Leitung überlegte eine Weile. »Nein«, sagte sie dann. »Den Namen habe ich nie gehört.«

»Hat er sonst über Menschen, Dinge, Geschehnisse aus seiner Vergangenheit gesprochen?«

»Eigentlich nicht. Wenn ich es jetzt richtig überlege, dann weiß ich gar nichts von ihm. Und wahrscheinlich sonst auch niemand hier, denn ich habe die meiste Zeit mit ihm verbracht. Wir teilten häufig eine Schicht.«

»Aber über irgendetwas unterhält man sich dabei doch?«

»Ja. Aber das waren immer Dinge, die gerade aktuell waren. Er erzählte, was er sich kochte. Dass er einen tollen neuen und sehr teuren Wein entdeckt habe. Manchmal lästerte er über das Königshaus. Oder über die Regierung. Solche Sachen halt. Ich sagte ja, richtig kennenlernen konnte man ihn nicht.«

»Seit wann arbeitete er bei der Tankstelle? Und wissen Sie, was er vorher machte?«

»Er war hier seit Anfang 2018. Ich habe ihn mal gefragt, was er vorher gemacht hat, und er meinte: Dies und das. Ich glaube, er hielt sich mit Gelegenheitsjobs über Wasser, jedenfalls war das immer mein Eindruck.«

»Das heißt, Sie wissen gar nichts über seine Vergangenheit?«

»Nein. Nichts. Er erwähnte mal, dass er keine Geschwister hat. Das ist schon alles.«

»Sprach er über Yorkshire? Scarborough? Dass er Menschen aus dieser Gegend kennt?«

»Nein. Nie. Er schien eigentlich aus dem Nichts zu kommen.«

Und großartig nachgehakt hast du auch nicht, dachte Kate. Diese junge Frau war wie ihre Stimme: nett, fröhlich, oberflächlich, unbedarft.

»Sie sagten, dass sich Logan Awbrey wohl mehrfach aus der Kasse bedient hat. Seinem Vermieter gegenüber hatte er erhebliche Mietschulden. Es gab offenbar ein finanzielles Problem in seinem Leben. Wissen Sie davon etwas?«

»Er sprach auch darüber nicht. Aber ich glaube, er lebte einfach auf zu großem Fuß. Ich erwähnte ja schon die teuren Weine, die er immer kaufte. Er ging auch ab und zu in Restaurants, von denen ich nur träumen kann. Im Sommer 2018 machte er eine Reise nach Kuba. Das hätte ich mir nicht leisten können. Und wir verdienten dasselbe.«

Vielleicht war es nur das. Ein etwas großspuriges Leben. Vielleicht war es aber auch etwas Gefährlicheres. Wurde Logan Awbrey erpresst? Hatte er sich in kriminelle Machenschaften verstrickt? Hing Diane Bristows Tod mit Dingen dieser Art zusammen?

Sie bat die junge Frau, sich bei ihr zu melden, wenn ihr noch etwas einfiele, dann beendete sie das Gespräch. Einen Moment noch sah sie gedankenverloren den herumschwirrenden Polizisten und den Leuten von der Spurensicherung zu. Pamela war längst davongefahren.

Kate rangierte ihren Wagen mühsam aus der Parklücke. Sie würde jetzt sowohl Caleb Hale als auch Louise Malory, Alvins Mutter, noch einmal kontaktieren und mit dem neusten Hinweis konfrontieren: dem Namen Logan Awbrey. Vielleicht entfachte das einen Funken bei einem von ihnen.

Aus irgendeinem Grund glaubte Kate das jedoch nicht.

Wie ich erwartet hatte, brachte mich niemand mit dem qualvollen Tod meiner Großmutter in Verbindung. Meine Mutter fand irgendwann das Asthmaspray in der Wäscheschublade und regte sich entsetzlich auf.»Wir haben es ihr doch hundertmal gesagt! Sie soll dieses Ding bei sich tragen. Ständig. Sie hat es immer irgendwohin geräumt und musste dann auf die Suche gehen! Wer vermutet es denn in dieser Schublade?«

Ich beteuerte immer wieder mit Tränen in den Augen, dass ich alles abgesucht hatte und dass es die schlimmsten Momente meines Lebens gewesen waren.»Es war falsch, so lange nach dem Spray zu suchen«, weinte ich.»Ich hätte sofort den Notarzt rufen müssen.«

Meine Mutter war sofort bemüht, jeden Anflug eines Schuldgefühles im Keim zu ersticken.»Nein, mach dir um Gottes willen keine Vorwürfe! Du hast überhaupt nichts falsch gemacht. Es ist schlimm genug, dass du etwas so Furchtbares miterleben musstest. Es war leider Granny selbst, die viel zu leichtsinnig mit ihrem Problem umging.«

Selbst mein Vater tröstete mich dieses Mal.»Junge, du hast keine Schuld. Granny ist mehrfach von uns gewarnt worden. Diese Frau konnte einfach keine Ordnung halten. Das ist ihr nun zum Verhängnis geworden.«

In der Rolle des eigentlichen Opfers der Tragödie gefiel ich mir gut. Ich war elf Jahre alt, Augenzeuge des Todeskampfes meiner Großmutter gewesen und tat allen schrecklich leid. Ich stopfte an Süßigkeiten in mich rein, was ich nur finden konnte, und ich tat das in aller Offenheit, weil meine Mutter nichts zu sagen wagte. Es war eben meine Art, das Trauma irgendwie zu verarbeiten. Als mein Vater mich einmal wegen meines steigenden Konsums an Schokolade und Gummibärchen kritisierte, fiel meine Mutter ihm sofort scharf ins Wort: »Lass ihn. Er braucht das jetzt. Das ist seine Schutzschicht!«

»Also, Schutzschicht hat er mehr als genug«, meinte mein Vater und betrachtete meinen Körper mit einem eindeutigen Ausdruck von Abscheu im Blick.

»Ich möchte nicht, dass du so mit ihm sprichst!«, herrschte meine Mutter ihn an.

Daraufhin sagte mein Vater nichts mehr, aber er verbrachte von nun an immer weniger Zeit mit uns, seiner Familie. Er hatte das Segelboot von Granny geerbt, darüber hinaus einen Wohnwagen, der auf einem Campingplatz irgendwo in den Wäldern Lincolnshires stand. Ein paarmal nahm er uns dorthin mit, aber es war sehr langweilig. Mein Vater interessierte sich für die Flora und Fauna der Gegend, sammelte Pflanzen und fotografierte Tiere, aber ich wusste nichts mit mir anzufangen und quengelte die meiste Zeit herum. Mein Vater fuhr irgendwann nur noch alleine dorthin.

Ich war froh darüber.

Gleichzeitig fühlte ich mich zunehmend allein und verlassen. Was sich bei mir in einem inneren Frieren äußerte. Es konnte draußen so warm sein, wie es wollte: In meinem Inneren fröstelte ich ständig. Ich habe früh erkannt, dass Einsamkeit eine zutiefst kalte Empfindung ist.

Ich sehnte mich so sehr danach, irgendwo dazuzugehören. Zu meiner Klasse. Zu einem Verein. Der anerkannte und wertgeschätzte Teil einer Gemeinschaft zu sein. Und nicht immer nur verlacht und ausgestoßen. Und links liegen gelassen.

Und vor allem sehnte ich mich nach einem Freund. Oder einer Freundin. Nach dem einen Menschen, dem ich mich öffnen, mit dem ich alles teilen konnte. Ich hatte meine Mutter, die zu mir hielt, aber das war etwas anderes. Sie gehörte zu einer anderen Generation, manchmal war es, als sprächen wir jeder eine eigene Sprache. Und: Wie absolut uncool war es, nur die eigene Mutter als Freundin zu haben? Ich hasste es, sie zum Einkaufen oder sonst irgendwohin zu begleiten, aber ich tat es manchmal, um nicht ewig nur die Wände meines Zimmers anzustarren. Ich blieb dann jedoch im Auto sitzen, während sie ihren Erledigungen nachging. Ich hatte zu große Angst, dass mich ein Schulkamerad sehen könnte.

Ich war vierzehn Jahre alt, als Mila neu in unsere Klasse kam. Zusammen mit ihrer Mutter war sie einige Wochen vor Ostern von Sheffield in unsere Stadt umgezogen. Ihr Vater war an einer schweren Krankheit gestorben, die Mutter hatte eine Anstellung in der Stadtverwaltung gefunden. Mila war eher unscheinbar. Klein, scheu. Sie hatte große Augen in einem langen, schmalen Gesicht, und das gab ihr die Ausstrahlung einer furchtsamen Maus. Die Jungen fanden sie nichtssagend, den Mädchen war sie zu schüchtern, obwohl sie sich mit einer von ihnen, der ziemlich einfältigen Sue Haggan, tatsächlich ein wenig anfreundete. Oft blieb sie jedoch auch ganz für sich.

Ich witterte die Chance, endlich mit jemandem Freundschaft schließen zu können.

Von der Schule ging ich immer allein nach Hause, nicht im Pulk wie die anderen, und auch Mila war meist allein. Sie wohnte nicht direkt in meiner Nähe, aber zumindest ein Stück weit hatten wir denselben Weg. Ich nahm also all meinen Mut zusammen und sprach sie an: »Wollen wir zusammen gehen?«

Ein anderer hätte das sicher viel geschickter und selbstbewusster gemacht. Wäre neben sie getreten, hätte irgendein Gespräch angefangen, über einen Lehrer oder über den blöden

Trainer der Handballmannschaft, und dann wäre man einfach nebeneinanderher gelaufen. Ich kam wieder einmal plump und unbeholfen rüber und völlig verkrampft. Wollen wir zusammen gehen? Es klang wie in der ersten Klasse: Willst du mein Freund sein?

Auf letztere Frage hatte ich früher stets ein »Nein« geerntet, und ich rechnete auch diesmal fast schon damit. Aber, wie ich gehofft hatte, war Mila zu schüchtern und zu gut erzogen, um mich einfach abzuweisen. Sie war absolut nicht begeistert, das war unschwer zu spüren, aber sie war höflich, und sie mochte einen anderen Menschen nicht verletzen. Also nickte sie.

Von da an ging ich jeden Tag mit ihr.

Die anderen in der Klasse beobachteten das mit spöttischer Verwunderung, und schon deshalb wäre mich Mila wohl liebend gerne losgeworden, aber sie wusste nicht, wie sie das bewerkstelligen sollte, ohne mir wehzutun. Konsequent ging ich den Rückweg mit ihr, passte sie schließlich sogar morgens auf dem Hinweg an einer Straßenecke ab, um beide Wege mit ihr gehen zu können. Da ich mich eher langsam bewegte, war sie gezwungen, sich meinem Tempo anzupassen. Immerhin lief ich aber dadurch überhaupt. Sonst hatte mich meist meine Mutter gefahren. Nun bewegte ich mich selbst. Ich nahm dadurch tatsächlich etwas an Gewicht ab, aber nicht so viel, dass man es hätte sehen können.

Meine Mutter erzählte jedem, dass ich eine Freundin hätte, was bei den meisten Menschen ungläubiges Staunen hervorrief. Mila selbst hätte sich bestimmt nie als meine Freundin bezeichnet. Vielleicht eher als mein Opfer. Ihre wachsende Abneigung war geradezu greifbar. Ein paarmal gelang es ihr, mir auszuweichen und allein zu gehen. Morgens lief sie Umwege, und ich wartete umsonst an der Straßenecke. Ich spürte, wie wütend ich darüber wurde. Ich meine, so schlimm war ich schließlich auch nicht. Und bis auf die dämliche Sue hatte sie keine Freunde. Sie hätte sich freuen sollen, dass ich Zeit mit ihr verbringen wollte.

Ich erzählte ihr viel von mir. Von dem schrecklichen Tod meiner Großmutter zum Beispiel und dass ich alles getan hatte, um sie zu retten. Vergeblich.

»Das ist ja schlimm«, sagte Mila mitfühlend.

Ich berichtete auch von meiner Einsamkeit. Davon, wie es sich anfühlte, immer am Rand zu stehen. Ausgelacht zu werden. Wie es sich anfühlte, *Fatty* genannt zu werden.

Vorsichtig entgegnete Mila: »Aber da könntest du doch etwas machen. Also, gegen *Fatty*.«

Ich hasse es, wenn die Leute so etwas sagen. Sie finden, ich bin an allem Elend selbst schuld und ich müsste einfach nur abnehmen und alles wäre in bester Ordnung. Und das Abnehmen sei überdies auch ganz einfach. So eine dürre Person wie Mila versteht wahrscheinlich gar nicht, wie man so viel essen kann.

Sie kennt den Hunger nicht. Und nicht die Leere.

»Da kann ich gar nichts machen«, entgegnete ich scharf.

Etwas in meinem Blick musste sie erschreckt haben, denn sie gab sofort klein bei.

»Wie du meinst«, sagte sie einfach nur, und in ihrer Stimme, in ihren Augen lag, was sie dachte: Mach doch, was du willst. Ist ja deine Sache. Dein Leben.

Das tat unerwartet heftig weh. Wie konnte sie so gleichgültig sein? Natürlich, als sie gesagt hatte, ich könnte etwas machen, war es mir auch nicht recht gewesen. Aber das war eben nicht sensibel gewesen, ganz und gar nicht.

Ich ärgerte mich. Ich hatte Mila als sehr empathisch eingeschätzt, aber vielleicht war sie viel durchschnittlicher, als ich gedacht hatte?

Am nächsten Morgen wartete ich nicht an der Ecke auf sie, aber als ich sie später in der Schule traf, hatte ich das Gefühl, dass sie darüber erleichtert gewesen war. Als ich mich auf dem Heimweg ihr wieder anschloss, wirkte sie überrascht. Sie hatte wohl gehofft, ich sei ernsthaft verärgert und dies würde unsere aufkeimende Freundschaft beenden.

Ich verbarg meine Wut, die mich mit scharfen Krallen packte.

Am liebsten hätte ich ihr gesagt, dass sie unattraktiv und unscheinbar war, aber ich schluckte die Bemerkung hinunter. Mila war die einzige winzige Chance, die ich überhaupt hatte, um nicht mehr ständig allein sein zu müssen. Ich wollte sie nicht vor den Kopf stoßen.

Ich fuhr fort, sie zu begleiten und mich auch auf dem Schulhof zu ihr zu stellen, und ich ignorierte ihre Ausflüchte und ihre Versuche, mir auszuweichen. Irgendwann würde sie merken, dass wir recht gut zusammenpassten, sie brauchte offenbar einfach Zeit.

Es wurde Sommer, es wurde sehr warm, und das tägliche Gehen setzte mir immer mehr zu. Dazu kam, dass ich bei aller Beharrlichkeit natürlich frustriert war wegen Milas Verhalten. Ich kompensierte das auf die einzige Art, die ich kannte, um mit Trauer, Schmerz und Zurückweisung umzugehen: Ich aß mehr denn je.

Mila hatte im Juni Geburtstag. Leider veranstaltete sie keine Feier, wobei ich auch nicht ganz sicher gewesen wäre, ob sie mich eingeladen hätte. Sie und ihre Mutter würden ihren Großonkel James in Sheffield besuchen, hatte sie gesagt, und mit ihm einen Kuchen essen. Den Großonkel hatte sie schon öfter erwähnt. Sie hing sehr an ihm.

Ich überlegte, was ich ihr schenken könnte. Ich hatte zu Ostern Geld bekommen, und es tatsächlich geschafft, nicht alles in Süßigkeiten anzulegen, sondern etwas zu sparen. Damit ging ich nun zu einem Juwelier und kaufte ein dünnes Goldkettchen mit einem kleinen goldenen Herzen daran. Der Schmuck war sehr zart, so zart wie Mila selbst. Ich verpackte die Schachtel in rotes Papier. An ihrem Geburtstag gratulierte ich ihr morgens, was sie mit einem verkniffenen Lächeln entgegennahm. Nach der Schule begleitete ich sie bis nach Hause, was ich für gewöhnlich nicht tat, weil der Weg für mich einfach zu weit war. Der Tag war sehr warm, aber zum Glück war es bewölkt. Bei stechender Sonne hätte ich es nicht geschafft.

»Also, auf Wiedersehen«, sagte sie förmlich, als wir vor dem hässlichen Mehrfamilienhaus ankamen, in dem sie wohnte.

Ich lächelte. »Ich habe noch etwas für dich.« Ich zog das Päckchen hervor und reichte es ihr. »Für dich. Zum Geburtstag.«

Sie nahm es und packte es aus, aber sie wirkte gestresst und keineswegs freudig überrascht.

»Oh«, sagte sie, als sie das goldene Herz sah. Es klang neutral.

Ich wagte es. Ich strahlte sie an, machte einen Schritt auf sie zu, umarmte sie. Und küsste ihren Mund.

Sie erstarrte für eine Sekunde, dann riss sie sich los und wich zurück. Zum ersten Mal sah ich Wut in ihren Augen.

»Spinnst du?«, rief sie. »Du bist ja wohl verrückt geworden!«

»Nun, du hast heute Geburtstag, und wir ...«

»Es gibt kein *wir*, und das wird es auch nie geben«, sagte sie. Sie sprach leiser, aber ihr Zorn war sehr spürbar. Und ihre Entschlossenheit. »Ich will diese ... diese Freundschaft nicht. Ich will nicht jeden Tag mit dir zur Schule gehen. Und zurück. Ich will nicht, dass du dich auf dem Schulhof zu mir stellst. Ich will einfach, dass du mich in Ruhe lässt.«

Ich starrte sie entgeistert an. »Aber ... du hast doch sonst niemanden. Du hast doch nur mich.«

»Das stimmt nicht, denn ich wäre viel öfter mit Sue zusammen, wenn du nicht dauernd da wärst. Abgesehen davon: Ich habe lieber gar keine Freunde als dich!«, fuhr sie mich an. Nie hätte ich Mila eine solche Härte zugetraut. Irgendwie hatte mein unbeholfener Kuss einen Wutanfall in ihr freigesetzt. Später würde es ihr leidtun, da war ich sicher, aber in diesem Moment erlebte ich einen Dammbruch bei ihr.

»Du merkst genau, dass ich mich von dir bedrängt fühle. Und du ignorierst es einfach. Du setzt dich über jedes Signal hinweg, das ich dir gebe. Das ist krank. Das ist einfach nicht normal!«

Mir wurde schwindelig vor Entsetzen, und ich schloss für einen Moment die Augen. Ich hätte mich gerne irgendwo hingesetzt, aber es gab nirgends eine Gelegenheit. Ich tastete nach dem Gartenzaun, neben dem wir standen, hielt mich an einem seiner Eisenpfeiler fest.

»Hör auf«, flüsterte ich.

»Ich möchte nichts mehr mit dir zu tun haben«, sagte Mila fest. Sie reichte mir die Schachtel mit der Goldkette. »Hier. Es war nett gemeint, aber ich will das nicht.«

»Aber sie ist für dich. Nur für dich. Es gibt niemanden sonst, dem ich sie schenken könnte.«

»Ich will sie nicht«, beharrte Mila.

Ich nahm die Schachtel entgegen. Ich dachte daran, mit wie viel Liebe ich das goldene Herz für sie ausgesucht hatte. Tränen brannten in meinen Augen.

»Ist es … ist es wegen …« Ich konnte es kaum aussprechen. »Ist es … weil ich diese Figur habe?«

»Nein«, sagte Mila, aber ich war nicht sicher, ob sie ehrlich war.

»Warum dann?«, fragte ich.

Sie zögerte. »Ich fühle mich nicht wohl in deiner Gegenwart. Vielleicht weil du ständig Grenzen überschreitest.«

»Wann überschreite ich denn Grenzen?«

»Du merkst, dass jemand nicht mit dir zusammen sein will, und nötigst denjenigen dennoch dazu. Über Monate. Das ist unangenehm. Das macht mir Angst.«
»Angst?«
»Ja«, sagte sie heftig. »Angst. Ich habe Angst vor dir.«
»Das ist doch lächerlich«, sagte ich.
»Von mir aus. Finde mich lächerlich. Aber lass mich bitte in Ruhe.« Sie atmete tief. »Bitte«, wiederholte sie noch einmal mit Nachdruck.

Ich war so entsetzt, dass mir nichts mehr einfiel. Ich begriff, dass sie es ernst meinte und dass unsere Freundschaft ab dem heutigen Tag Geschichte war. Ich hatte das Gefühl, vor Verzweiflung nicht mehr atmen zu können.

»Bitte …«, sagte auch ich jetzt und vernahm dabei den flehenden Klang in meiner eigenen Stimme.

Sie drehte sich um und ging den Weg zur Haustür entlang, ohne sich noch einmal nach mir umzuschauen. Schloss die Tür auf, ließ sie hinter sich zufallen. Es war ziemlich laut. Es war wie eine Bekräftigung all dessen, was sie gesagt hatte.

Ich verstaute die Schachtel mit dem Goldkettchen in meiner Schultasche, dann machte ich mich schwerfällig auf den Heimweg. Ich schwitzte, und ich kämpfte ständig mit den Tränen. Aber während ich durch diesen schrecklichen, warmen, verhangenen Junitag stapfte, spürte ich, wie sich mein Schmerz langsam, mit jedem Schritt, den ich tat, wandelte. Diese brennende Verzweiflung, die Qual, die Schmach, die Ohnmacht, all diese Gefühle, die mir vertraut waren, seitdem ich auf der Welt war, und die von Mila in einer wahren Kaskade der Schrecklichkeit alle auf einmal entfacht worden waren, sie nahmen eine andere Gestalt an.

Es war die Gestalt des Hasses. Der Wut. Des Rachedurstes.
Es war die Gestalt eines mörderischen Zornes.

SONNTAG, 22. DEZEMBER

I

Am Sonntagabend fuhr Sam Anna nach Hause, und wie immer war es ein unglücklicher, verkrampfter Moment, als sie vor dem Cottage ankamen und sich voneinander verabschiedeten. Anna war am Freitagabend von Sam abgeholt worden und hatte das Wochenende in seiner Wohnung verbracht. Es war schön gewesen. Sie hatten noch ein paar kleine Geschenke in der Stadt besorgt, Anna vor allem für die Teilnehmer ihres Kochkurses und für Dalina, sie waren am Strand gewesen und hatten eine Wanderung auf dem Klippenpfad hoch über dem Meer unternommen. Sie hatten zusammen gekocht, einen französischen Rotwein getrunken, vor dem Kamin gesessen und geplaudert. Ferngesehen. Es war schön gewesen. Warm, vertraut. Unkompliziert. Soweit sich für Anna überhaupt jemals etwas unkompliziert anfühlte.

Sie hielten vor der Hütte. Kein Licht hinter den Fenstern, natürlich nicht. Es wartete niemand dort. Es würde kalt sein, Stunden dauern, ehe der Ofen im Wohnzimmer das Haus halbwegs erwärmt hätte. Über den dunklen Himmel jagten Wolken, ab und zu fiel Mondlicht zwischen ihnen hindurch, dann glitzerte der Schnee. Ein eisiger Wind blies über die Anhöhe.

Winternächte. Für Anna potenzierte sich in ihnen alle Trostlosigkeit des Lebens bis zur Unerträglichkeit.

Sam schaltete den Motor aus. »Soll ich noch mit reinkommen?«, fragte er.

Sie schüttelte den Kopf. »Nein. Ich schaffe das schon.«

Sanft legte er eine Hand auf ihren Arm. »Du musst doch eigentlich nichts schaffen, Anna. Ich merke doch, dass dir der Abend hier draußen allein auf der Seele liegt. Warum …?«

»Sam …«

»Dass du nicht in meine Wohnung ziehen möchtest, verstehe ich vollkommen. Mit der Praxis mittendrin.« Sam bewohnte eine recht große Wohnung, hatte einen Teil davon abgetrennt und zu seiner Praxis umfunktioniert. Es gab sein Büro, dann einen Raum, in dem die Coachings stattfanden, und einen kleinen Wartebereich. Die Klienten kamen zur Wohnungstür herein und mussten über den Gang an Küche und Wohnzimmer vorbei bis hin zu den hinteren Räumen gehen. Da Sam allein lebte, stellte es kein Problem für ihn dar, aber Anna würde, wenn sie dort einzöge, ständig auf Fremde stoßen. Es wäre für sie kein Ort, an dem sie nur in ein Badehandtuch gehüllt über den Gang gehen oder im Jogginganzug herumhängen könnte.

»Aber ich könnte mir woanders etwas mieten. Ich hätte schon längst Praxis und Wohnung trennen sollen. Ich habe das nur so belassen, weil ich, ehrlich gesagt, zu bequem war, es zu verändern. Aber im Grunde ist das kein Zustand.«

Anna seufzte. Sam sprach manchmal davon. Vom Zusammenleben. Es war nicht so, dass er sie bedrängt hätte. Aber seltsamerweise fühlte sich Anna dennoch unter Druck, und sie war inzwischen zu dem Schluss gelangt, dass der Stress in ihr selbst lag. Weil sie im Grunde das Alleinleben hasste. Sie war so oft traurig, melancholisch gestimmt, schwermütig, weil sie sich in dem kleinen Haus am Rande der Welt eben doch nicht wohlfühlte. Bei ihrem Einzug war es ihr als ein Zufluchtsort erschienen, ein Refugium fern der Welt. Es gab nur sie und die Weite und Stille dieser schönen Landschaft über dem Meer. Sie hatte geglaubt, ihre Seele werde hier zur Ruhe kommen und Trost finden. Inzwischen merkte sie, dass es nicht richtig funktionierte. Sie fühlte sich nicht ruhig und geborgen, sondern verlassen und aufgewühlt. Wenn sie den Job bei Dalina nicht hätte, den sie im Grunde hasste, wäre sie hier draußen wahrscheinlich längst in eine schwere Depression gefallen. Wobei sie sich auch so manchmal depressiv fühlte. Leer. Hoffnungslos.

Es wäre eine Lösung, zu Sam zu ziehen.

»Ich weiß nicht, was du noch willst«, hatte Dalina einmal gesagt. »Warum heiratet ihr nicht, bekommt Kinder und lebt als glückliche Familie?«

Weil Glück nicht so einfach ist, hätte Anna gerne erwidert, aber sie schluckte die Bemerkung hinunter, weil sie schon wusste, dass Dalina die Augen verdreht und etwas von »Man kann sich Probleme auch wirklich selbst stricken« gemurmelt hätte. Dalina dachte, sie müsste Anna von Sam überzeugen, aber so war es nicht. Wahrscheinlich hätte sie eher Anna überzeugen müssen, dass sie Nähe aushalten konnte. Anna war das Problem, nicht Sam. Was viel schlimmer war. Einen Mann hätte Anna austauschen können. Sich selbst nicht.

»Ich brauche Zeit«, sagte sie nun. Es war der Satz, den sie sagte, seitdem sie und Sam ein Paar waren.

»Glaubst du denn, es ändert sich etwas bei dir, während du auf die Zeit hoffst?«, fragte Sam.

Das war in der Tat eine gute Frage. Wenn sie nur wüsste, worin ihre Blockade bestand. Wie konnte man ein Mensch sein, der sich im Alleinleben unwohl fühlte, zugleich es aber nicht schaffte, mit einem geliebten Menschen in eine gemeinsame Wohnung zu ziehen? Das passte einfach nicht zusammen.

»Ich weiß es nicht«, sagte sie auf Sams Frage. Sie sah hinaus in die windige Nacht. Vielleicht war sie einfach innerlich kaputt. Dafür konnte Sam nichts. Was sie zerstört hatte, war geschehen, lange bevor sie einander kannten.

»Ich denke manchmal«, sagte er, »dass es vielleicht Dinge in deinem Leben gibt, mit denen du nicht zurechtkommst. Du sprichst fast nie über deine Vergangenheit, Anna. Ich weiß nur wenig. Ich weiß, wo du gewohnt hast als Kind, in welche Schule du gegangen bist. Dass deine Eltern nicht mehr leben. Dass du dein Studium abgebrochen hast, als sie starben. Dass dir dein letzter Job gekündigt wurde und dass du froh bist, bei Dalina etwas gefunden zu haben, auch wenn dir die Arbeit eigentlich nicht zusagt. Aber da muss doch mehr sein. Mehr Ereignisse, mehr Emotionen, mehr Freunde, mehr Männer, mehr Glück, mehr Traurigkeit … Über all das sprichst du nicht.«

Sie wandte sich ab, versuchte die Tränen zurückzuhalten. »Ich weiß. Ich kann nicht.«

»Okay«, sagte er. »Okay.«

Sie öffnete die Wagentür, zog ihre Tasche vom Rücksitz und stieg aus. »Bleib sitzen«, sagte sie, als Sam Anstalten machte, ebenfalls auszusteigen. Es war nicht bloß eine rücksichtsvolle Floskel. Sie wollte nicht, dass er mit zur Tür kam. Es machte alles schwerer.

»Sehen wir uns morgen?«, fragte er. »Vor oder nach deinem Kurs?«

»Ich melde mich deswegen.« Sie winkte ihm zu, stapfte durch den harschen Schnee zu ihrer Haustür. Unter ihren Füßen knirschte es. Der Wind blies so scharf, dass ihre Wangen brannten. An der Haustür drehte sie sich um und winkte. Er wartete natürlich, bis sie drinnen war. Sie schloss auf, trat ein, knipste das Licht an. Durch das kleine Fenster in der Haustür sah sie, dass Sam den Wagen wendete und davonfuhr. Die Schlusslichter waren noch eine Weile zu sehen, dann wurden auch sie von der Finsternis verschluckt.

Es war kalt im Haus, so wie sie es erwartet hatte. Oder fast sogar kälter. Irritiert drehte sie sich um, schaute den Flur entlang. Die Steinplatten. Der schwere gelbe Läufer darauf. Ein paar Schuhe, die entlang der Wand aufgereiht standen. Die Garderobe mit den Mänteln und Schals daran. Die weiß lackierte Holztreppe, die nach oben führte und so eng war, dass nie zwei Menschen nebeneinander hätten gehen können. Die Tür, hinter der es zum Keller hinunterging. Am Ende des Flures die Tür zum Wohnzimmer. Wie immer stand sie offen. Dahinter Dunkelheit. Von dort kam die Kälte. Nicht die abgestandene Kälte eines seit fast drei Tagen nicht geheizten Hauses. Sondern eine frische Kälte. Ein Luftzug.

Anna runzelte die Stirn. Hatte sie ein Fenster im Wohnzimmer offen gelassen?

Das wäre sehr merkwürdig, weil sie, gerade bevor sie für ein ganzes Wochenende von zu Hause fortging, jedes Fenster und die Haustür akribisch kontrollierte. Manchmal, wie sie fand, fast schon ein wenig zwanghaft. Sie war sich der völligen Abgeschiedenheit des Cottage sehr bewusst, und ihr war auch klar, dass im Umkreis längst jeder wusste, dass hier eine noch vergleichsweise junge Frau völlig allein lebte. Am Anfang, als sie hier eingezogen war, als sie sich nach ihrer

Kündigung wie ein angeschossenes Tier fühlte, das sich in Sicherheit bringen muss, war die Abgeschiedenheit genau das gewesen, was sie angezogen hatte. Geradezu magisch und unwiderstehlich, eine Zuflucht, ein Versteck, ein Ort, der ihr die Welt und die Menschen vom Leibe hielt. Sie hatte nicht bedacht, dass sich eine andere Angst einschleichen würde, dass ein Ort fern der Welt auch Gefahr bedeuten konnte. Man war vor den Menschen nicht sicher. Nirgends.

Vorsichtig bewegte sie sich auf die Wohnzimmertür zu, knipste das Licht an. Sie sah sofort, dass eines der beiden Fenster offen stand. Der Flügel bewegte sich im einströmenden Wind hin und her. Es war bitterkalt in dem Raum.

Sie lief auf das Fenster zu und wollte es schließen, entdeckte dabei das Loch, das in der Scheibe prangte. Sie begriff, was passiert war, und wollte es zugleich nicht wahrhaben: Jemand hatte die Scheibe eingeschlagen, dann hindurchgegriffen und das Fenster geöffnet.

Jemand war im Haus gewesen.

Sie knallte das Fenster zu, was an der scharfen Kälte, die nach innen drang, nichts änderte. Und nichts an ihrer Angst: Noch immer konnte hier jeder reinkommen.

Was hatte der Eindringling hier gewollt? Wenn man dem Cottage eines von außen ansah, dann die Tatsache, dass hier keine Reichtümer zu holen sein konnten. In einer so windschiefen Hütte wohnte niemand, der Geld hatte. Andererseits wurden Menschen wegen zehn Pfund beraubt oder ermordet. Ein Junkie, der Geld brauchte, überfiel womöglich auch eine ärmliche Hütte, schon deshalb, weil das bedeutend einfacher war, als in eine videoüberwachte Villa einzusteigen.

Sie hörte über sich ein Knarren und erstarrte. Irgendwie hatte sie gedacht, der Einbruch sei am Freitagabend oder am

Samstag erfolgt, und plötzlich wurde ihr klar, dass das keinesfalls so sein musste: Es konnte in der letzten Stunde passiert sein.

Und es konnte sein, dass der Täter noch im Haus war.

Ihr Handy befand sich in ihrer Handtasche, die sie gleich neben der Haustür abgestellt hatte. Sie musste sofort Sam anrufen. Er konnte noch nicht allzu weit sein, er musste gleich umkehren. Oder sollte sie direkt die Polizei verständigen?

Sie brauchte ein paar Momente, ehe sie es wagte, ihren Standort, der ihr zumindest eine gewisse Übersicht gab, zu verlassen und sich in den möglicherweise gefahrenträchtigen Flur hinauszuwagen. Aber dann lief sie los. Sie schnappte sich ihre Handtasche, wühlte hektisch darin herum. Wo war nur das Handy? Sie sollte sich von dieser riesigen Tasche trennen, nie fand sie etwas darin, weder ihren Geldbeutel noch ihre Schlüssel, gar nichts. Und nicht das Handy.

Hinter ihr wieder ein Knarren. Und dann eine Stimme. »Anna?«

Sie sprang auf und fuhr herum, immer noch ohne Telefon in der Hand.

Ein Mann stand auf der Treppe. Er war oben im Haus gewesen. Wie lange schon? Wie lange kauerte er dort im Dunkeln und wartete auf sie?

Reflexartig riss sie die Haustür auf, wollte hinausrennen in die Nacht, sich irgendwo in Sicherheit bringen.

»Bleib«, sagte der Mann. »Bitte. Ich tu dir doch nichts. Ich wusste nur nicht, wohin ich gehen sollte. Ich wollte dich nicht erschrecken.«

Jetzt erkannte sie die Stimme. Und sie erkannte auch den Mann. Trotz des Dämmerlichtes auf der Treppe und trotz all der Jahre, die vergangen waren.

»Logan?«, fragte sie fassungslos.

2

Sie saßen im Wohnzimmer, dicht gedrängt an dem gusseisernen Ofen, in dem Logan ein Feuer entzündet hatte, das nur sehr langsam ein wenig Wärme in den völlig ausgekühlten Raum brachte. In das Loch in der Fensterscheibe hatten sie zusammengeknülltes Zeitungspapier gestopft und einen dicken Wollschal davorgehängt. Dennoch konnte man es nur in unmittelbarer Nähe des Ofens aushalten. Anna hatte heißen Tee gemacht und ausgiebig Rum hineingeschüttet. Beide hielten sie nun die dicken Becher umklammert und genossen das warme Brennen in der Kehle.

»Die Polizei sucht dich«, sagte Anna. Ihre Angst war vergangen, aber sie blieb angespannt und wachsam. Es war Logan, der gute, alte Logan, den sie schon als Teenager gekannt hatte. Aber nach Logan lief eine Fahndung wegen Mordverdacht.

Sie saß in einem abgelegenen Haus neben einem mordverdächtigen Mann. Es war keine Situation, die sich gut anfühlte.

»Ich brauche Hilfe, Anna«, sagte Logan. Er sah schlecht aus, abgemagert, seine Kleidung war dreckig. Er selbst hatte jedoch geduscht, in Annas Bad, wie er eingeräumt hatte. Er war seit Samstagvormittag hier. Er war völlig erschöpft und hatte zwölf Stunden geschlafen, dann in der Küche den Inhalt etlicher Konservendosen warm gemacht und verschlungen. Geduscht. Begonnen, sich wieder halbwegs wie ein Mensch zu fühlen. Und dann oben im Schlafzimmer gewartet, dass Anna nach Hause kam.

»Es tut mir sehr leid wegen der kaputten Glasscheibe«, sagte er. »Ich bezahle das natürlich. Falls ich irgendwann wieder Geld habe.«

Also vermutlich nie, weil du für lange Zeit erst mal ins Gefängnis gehst, hätte Anna fast erwidert, aber sie verkniff sich diese Bemerkung. Es klang so böse. Und Logan wirkte so völlig fertig.

Stattdessen sagte sie: »Es war nicht ungefährlich, hierherzukommen und zu warten. Mein Freund hätte mit reinkommen können.«

»Ich wusste keinen Ausweg mehr. Anna, ich bin komplett am Ende. Ich bin auf der Flucht, ich habe kein Geld mehr, kein Dach über dem Kopf. Ich war in einer Hütte in Runswick Bay untergekrochen, aber der Besitzer entdeckte mich, und ich konnte in letzter Sekunde fliehen. Mein Rucksack blieb zurück. Kurz danach musste ich mein Auto stehen lassen, der Tank war leer. Ich konnte das Benzin nicht mehr bezahlen, außerdem wäre es zu riskant, mich an einer Tankstelle blicken zu lassen. Mein Bild ist überall. Dank des Inhaltes meines Rucksacks weiß die Polizei jetzt, wer ich bin, sie haben inzwischen ein richtiges Foto, nicht mehr nur das Phantombild. Ich hatte nichts mehr zu essen, und ich drohte da draußen zu erfrieren. Du warst ... Du bist mein letzter Ausweg.«

»Woher wusstest du, dass ich hier wohne?«

»Ich bin schon länger in der Gegend. Ich hatte mir ein Zimmer in Scarborough gemietet. Habe dich und Dalina ausfindig gemacht und herausgefunden, wo ihr wohnt. Dalina wirbt ja überall mit ihrer Singleagentur. Ich war dort, habe gesehen, dass du da auch arbeitest. Bin dir gefolgt, dann wusste ich, wo du wohnst.«

»Warum hast du Dalina und mich nicht einfach angesprochen?«

Er schaute an ihr vorbei. »Mir fehlte der Mut. Das, worüber ich mit euch sprechen wollte, dazu fehlte mir der Mut.«

»Worüber wolltest du denn sprechen?«

Er winkte ab. »Nicht jetzt. Wir sind beide ... nicht in der Verfassung.«

»Ich habe dich gesehen«, sagte Anna. »An jenem Abend. Als du das Auto von Diane angehalten hast und bei ihr eingestiegen bist.«

Er sah sie überrascht an. »Das warst du? Das Auto hinter uns?«

»Ja. Ich habe dich aber nicht erkannt. Ich fand nur, dass die Szene irgendwie seltsam und bedrohlich schien.«

»Bei der Polizei hast du nichts gesagt, oder? Jedenfalls war nichts in den Medien.«

Sie schüttelte den Kopf. »Nein. Ich habe das Auto dann noch in der Parkbucht stehen sehen, bin aber weitergefahren. Ich hatte ein furchtbar schlechtes Gewissen, weil ich so ein ungutes Gefühl hatte, aber nichts getan habe. Dann hörte ich noch von dem Mord an Diane. Ich kam mir vor wie der letzte Feigling. Ich ... ich wagte nicht, zur Polizei zu gehen.«

»Das würde auch nichts mehr ändern. Sie halten mich so oder so für den Täter.«

»Logan, wieso ...?«

Er sah sie an. Seine Augen waren gerötet, schienen zu brennen. »Ich war es nicht, Anna. Ich schwöre es. Ich habe Diane nicht umgebracht!«

»Aber was war das ... an jenem Abend?«

Er hob hilflos beide Arme. »Ich wollte mit ihr reden. Sie hat nicht mehr auf meine Nachrichten reagiert. Sie ging nicht mehr ans Telefon. Sie wollte sich von mir trennen.«

»Ihr hattet eine Beziehung?«

»Ja. Seit einigen Wochen.«

»Woher kanntest du sie?«

»Ich habe sie vor Dalinas Agentur kennengelernt, als ich dort herumlungerte ... Ich wollte Dalina ja eigentlich ansprechen, aber ich wagte es nicht. Jedenfalls traf ich dort eines Abends auf Diane. Es war nach diesem Kochkurs. Alle hatten sich schon zerstreut, aber sie war noch da, weil ihr Auto nicht ansprang. Es war dunkel und kalt, und sie war ziemlich verzweifelt. Ich habe ihr dann Starthilfe mit einem Überbrückungskabel gegeben. Sie war sehr dankbar und hat mich zwei Abende später zu einem Abendessen eingeladen. Na ja ... sie war allein. Ich war allein. Ich fand sie sympathisch und attraktiv ... wir wurden ein Paar.«

Und du brauchtest auch jemanden, der dich ein Stück weit mit durchzog, dachte Anna. Kaum Geld, in Scarborough gelandet, ohne Plan, wie üblich. Und dann ein nettes, zuverlässiges Mädchen wie Diane. Wer weiß, ob es die große Liebe war.

Aber sie war vielleicht nicht objektiv genug, das zu beurteilen. Sie war so verliebt gewesen in Logan, schrecklich verliebt. Früher, als sie beide jung gewesen waren. Sie hatte ihn durch Dalina kennengelernt, hatte ihn angehimmelt und sich nach ihm verzehrt und sich in Tagträumen eine wundervolle Zukunft mit ihm ausgemalt. Logan hatte ihre Gefühle nicht einmal bemerkt, wie ihr irgendwann klar geworden war. Geschweige denn selbst Gefühle für sie entwickelt. Er war in Leidenschaft für Dalina entbrannt. Anna hätte sich ihm nackt zu Füßen werfen können, er hätte nicht reagiert.

Dann waren sie alle fortgegangen von Scarborough, für viele Jahre, und der Kontakt zu Logan war abgerissen.

Bis jetzt.

»Warum bist du überhaupt zurückgekommen?«, fragte sie.

Er zuckte mit den Schultern. »Lief nicht mehr in Bath. Job verloren. Wohnung gekündigt. Ich wollte es hier versuchen. In der Heimat.«

Das war so typisch Logan. Die Dinge liefen immer schief bei ihm. Er war ein gut aussehender Mann mit einem einnehmenden Wesen, deshalb reagierten die meisten Menschen sehr aufgeschlossen auf ihn und brachten ihm Vertrauen entgegen. Bis sie herausfanden, dass er ziemlich selten große Lust auf jede Art von Arbeit hatte – milde formuliert. Dafür einen ausgeprägten Hang zum teuren, luxuriösen Leben. Er wollte auf großem Fuß leben, sich dafür aber nicht anstrengen. Über kurz oder lang brachte ihn das immer wieder in die Bredouille.

»Ich wollte mir hier Arbeit suchen. Habe bis dahin von meinem letzten Geld gelebt. Das ist jetzt aufgebraucht. Ich habe nichts mehr. Gar nichts mehr. Bis auf die Klamotten, die ich am Leib trage.«

Und deshalb war es auch eine Katastrophe, als Diane Schluss machen wollte, dachte Anna.

»An jenem Abend …?«, sagte sie.

»Ich wollte unbedingt mit ihr reden. Sie hatte mir ein paar Tage zuvor gesagt, dass Schluss sei. Von da an war sie nicht mehr zu sprechen. Ich habe dann am vergangenen Montagabend vor Dalinas Agentur auf sie gewartet. Ich wusste ja, dass sie beim Kochkurs ist. Aber sie kam inmitten der anderen nach draußen, es ergab sich einfach keine Gelegenheit. Also bin ich losgefahren, ziemlich gerast, um ehrlich zu sein. Ich wusste ja, welchen Weg sie nimmt. Ich bin über Scalby gefahren und war mir sehr sicher, dass ich vor ihr an der Kreuzung sein würde. Sie fuhr im Dunkeln immer äußerst langsam – aus Angst, ihr könnte ein Tier vor das Auto laufen. Ich habe dann auf sie gewartet.«

»Du hast ihren Wagen geradezu geentert«, sagte Anna. »Sie hatte überhaupt keine andere Wahl, als zu bremsen.«

»Was hätte ich tun sollen? Ich war auch zweimal bei ihr daheim, aber sie hat nicht geöffnet.«

»Du hättest das einfach respektieren können.«

»Ich ... ach«, sagte er unbestimmt.

Wie sie geahnt hatte. Völlig abgebrannt und ohne einen Plan. Er hatte Diane gebraucht.

Er fuhr fort: »Sie hielt dann ziemlich bald in dieser Parkbucht an und forderte mich auf auszusteigen. Ich versuchte, sie umzustimmen. Uns noch eine Chance zu geben. Ich redete mit Engelszungen auf sie ein, aber sie schüttelte nur immer wieder den Kopf. Sagte, ich solle bitte aussteigen. Und irgendwann tat ich das. Ich stieg aus.«

»Und dann?«

»Ich lief zu meinem Auto zurück. Das parkte ja unweit jener Weggabelung. Ich lief eine knappe Viertelstunde. Dann fuhr ich in mein kleines Zimmer zurück und ging ins Bett.«

»Und als du ausstiegst – da lebte Diane noch?«

»Ja, natürlich. Sie war völlig unversehrt. Anna, du musst mir das wirklich glauben. Ich habe ihr überhaupt nichts getan. Ich wollte nur mit ihr reden. Ich wollte, dass sie unsere Gefühle nicht einfach wegwirft. Aber als ich merkte, dass es aussichtslos ist, habe ich aufgegeben.«

»Sie wurde mit zahlreichen Messerstichen im Körper am nächsten Tag aufgefunden.«

»Ich weiß. Und als ich davon hörte, war mir sofort klar, dass ich unter den Verdächtigen ganz vorne rangieren würde. Zumindest ihre Vermieter wussten von uns, aber ich konnte auch nicht ausschließen, dass sie es ihrer Mutter oder sonst irgendjemandem erzählt hatte. Und ich war ja in dem Auto gewesen. Ich hatte auch bemerkt, dass jemand direkt hinter

uns war – nur wusste ich nicht, dass du das warst. Ich musste davon ausgehen, dass man mich gesehen hatte. Meine Fingerabdrücke waren natürlich auf dem Autotürgriff, zudem innen im Auto. Ich habe sofort meine Habseligkeiten geschnappt und bin in Runswick Bay untergetaucht.«
»Warum, wenn du unschuldig bist?«
»Zu riskant«, sagte er. »In der Situation.«
»Was mich so wundert«, sagte Anna, »ist, dass du ja sagst, ihr standet in der Parkbucht. Da habe ich euch auch gesehen. Aber gefunden wurde Dianes Auto ein Stück weiter auf dem Feldweg. Festgefahren. Warum sollte sie dort hineinfahren? In dieses Schlammloch? Was wollte sie denn da?«
»Das ist mir völlig schleierhaft«, sagte Logan. »Ich habe das ja auch gelesen. Und ich weiß definitiv, dass sie in der Parkbucht stand, als ich ausstieg. Statt nach rechts zurück auf die Straße muss sie nach links in den Feldweg gefahren sein. Das ergibt überhaupt keinen Sinn.«
»Eine völlig verworrene Geschichte«, sagte Anna. Nachdenklich sah sie ihn an. »Warum wollte Diane denn eigentlich Schluss machen? Immerhin ist sie ja auf Partnersuche, sonst wäre sie nicht bei Dalina angemeldet.«
»Ich weiß es nicht«, sagte Logan. »Sie meinte, ihre Gefühle reichten nicht aus.«
Er schaute Anna dabei nicht an. Instinktiv wusste sie sofort, dass er ihr nicht die ganze Wahrheit sagte.
Er verschwieg den entscheidenden Teil.

MONTAG, 23. DEZEMBER

I

Kate wollte gerade ihr Haus verlassen, um zu dem Kochkurs aufzubrechen, als ihr Handy klingelte. Sie fluchte, nicht weil sie es eilig hatte, sondern weil ihre Nerven verrücktspielten. Nichts bereute sie inzwischen so sehr wie ihre Anmeldung bei *Trouvemoi*. Morgen würde sie den Kollegen berichten müssen, und das ganze Revier würde sich lustig machen. Sie hätte auch gleich ein Plakat vor sich hertragen können, auf dem stand, dass sie auf Partnersuche war.

»Ja?«, meldete sie sich gereizt.

»Sergeant Linville? Hier ist Eleonore Walters. Die Tochter von Patricia Walters.«

Auch das noch.

»Ja, Mrs. Walters. Was gibt es?«

»Was es gibt? Das wollte ich Sie fragen! Geschieht eigentlich noch irgendetwas in dem Fall meiner ermordeten Mutter?«

»Mrs. Walters, es handelt sich nicht um einen Mord, aber womöglich um eine fahrlässige Tötung, und wie ich Ihnen sagte, die Fahndung nach Mila Henderson läuft. Wir sind alle bemüht...«

Eleonore fiel ihr ins Wort: »Was heißt bemüht? Wenn Sie sich bemühten, wäre dieses kleine Dreckstück doch längst gefasst. Sie kann sich doch gar nicht so lange verstecken, sie hat kein Geld, keine Freunde, wo soll sie denn hin?«

»Woher wissen Sie, dass sie keine Freunde hat?«

Eleonore schien für einen Augenblick aus dem Konzept gebracht. »Ich weiß zumindest, dass sie keine Familie hat. Und meine Mutter hatte einmal erwähnt, dass sie sich nie verabredet.«

»Trotzdem kann es Freunde oder Bekannte geben, bei denen sie sich aufhält. Aber sie kann nicht ewig untergetaucht leben. Wir kriegen sie. Verlassen Sie sich darauf.«

»Ich glaube, dass der Fall meiner Mutter zweitrangig ist, seitdem diese junge Frau erstochen auf dem Feldweg aufgefunden wurde. Sie sind nur noch daran interessiert, diesen Täter zu finden. Weil es sich bei dem Opfer eben um eine junge Frau handelt. Bei meiner Mutter denken Sie wahrscheinlich, dass sie ja sowieso bald gestorben wäre, da ist das alles nicht so schlimm.«

»Mrs. Walters, ich wäre Ihnen sehr dankbar, wenn Sie mit Ihren Unterstellungen, was mein Denken und meine Bewertung der Situation angeht, etwas zurückhaltender wären«, sagte Kate scharf. »Wir sind im Fall Ihrer Mutter ebenso bemüht wie in jedem anderen Fall, der in unsere Zuständigkeit fällt. Aber tatsächlich können wir nicht zaubern.«

Eleonore schnappte hörbar nach Luft und legte dann wortlos den Hörer auf.

Dumme Kuh, dachte Kate.

Sie streichelte Messy, die Katze, die sich bereits in Erwartung eines gemütlichen Fernsehabends auf dem Sofa zusammengerollt hatte und sie indigniert musterte, weil sie schon

Stiefel und Mantel anhatte: Messy war es nicht gewöhnt, dass Kate abends wegging.

»Ich weiß«, sagte Kate, »es tut mir leid.«

Messy maunzte.

Auf der Fahrt durch die Stadt dachte Kate über die Erkenntnisse der letzten Tage nach. Manches hatte sich bestätigt, nichts hatte aber auf einen Durchbruch hingedeutet.

Zwischen Alvin Malory und Diane Bristow hatte sich keine Verbindung herstellen lassen. Die Ergebnisse der Spurensicherung hatten ergeben, dass es sich bei dem Mann, der illegal in dem Cottage in Runswick Bay gehaust hatte, um denselben Mann handelte, dessen Fingerabdrücke auch in Diane Bristows Auto und Wohnung und im Haus der Familie Malory neun Jahre zuvor gefunden worden waren. Am Freitagabend hatte sich ein Mann gemeldet, der Logan Awbrey auf dem Fahndungsbild erkannt hatte und aussagte, an ihn ein Zimmer in seiner Wohnung in der Fußgängerzone in Scarborough vermietet zu haben. Awbrey sei aber seit einigen Tagen verschwunden und habe seine Miete nicht bezahlt. Beamte waren am Samstag dort gewesen, man hatte jedoch nichts gefunden, was Aufschluss über Logan Awbreys derzeitigen Aufenthaltsort gegeben hätte. Die Fingerabdrücke waren jedoch erneut identisch gewesen. Es war nun völlig klar, dass der Mann, nach dem sie suchten, Logan Awbrey war und dass er im dringenden Verdacht stand, seine Freundin Diane Bristow getötet zu haben.

Kate war noch einmal bei Louise Malory gewesen und hatte sie mit dem Namen Logan Awbrey konfrontiert, und Louise hatte so angespannt nachgedacht, dass man ihr den verzweifelten Wunsch nach einer blitzhaften Erkenntnis ansah, aber nach einer Weile hatte sie resigniert den Kopf geschüttelt. »Ich habe den Namen nie gehört. Es tut mir so leid. Ich wünschte ...« Sie biss sich auf die Lippe, es war ja nur zu klar, was sie wünschte. Hinter ihr sah Kate den erstarrten Alvin in seinem Bett liegen. Die Luft in dem Zimmer war warm und stickig. Das zerstörte Leben einer ganzen Familie.

»Ich werde auch meinen Ex-Mann fragen«, sagte Louise, aber schon dem Klang ihrer Stimme war zu entnehmen gewesen, dass sie sich wenig Hoffnung machte. Ein Logan Awbrey war den Malorys nicht bekannt.

Und doch ist er in ihrem Haus gewesen, dachte Kate, er war unzweifelhaft da.

Sie hatte auch Caleb angerufen und ihm den Namen genannt, aber auch er hatte nichts damit anfangen können. Im Zuge seiner damaligen Ermittlungen war niemand aufgetaucht, der so hieß, da war er sicher.

»Wissen Sie«, hatte er gesagt, »ich hatte mich irgendwann damit abgefunden, dass der oder die Täter nicht aus dem Umfeld der Familie Malory kamen. Dass es ein zufälliges Verbrechen war. Zufällige Täter, zufällige Opfer. Und Sie wissen ja ...«

Sie wusste. Nichts war schlimmer als eine Zufallskonstellation in derartigen Fällen. Man stocherte völlig im Nebel. Es gab keine Verbindung zwischen Tätern und Opfern. Es gab keinen Anhaltspunkt.

Meist half dann – wenn überhaupt – auch wieder nur der Zufall. So wie jetzt. Viele Jahre später stieß man in einem anderen Fall auf Fingerabdrücke vom damaligen Tatort.

Ob es zu einem Ergebnis führen würde, blieb zweifelhaft. Aber es war zumindest ein Anhaltspunkt. Ein Name. Ein Gesicht.

Ein Täter?

Sie dachte über Logan Awbrey nach. Diane Bristows Freund, von dessen Existenz kaum jemand etwas gewusst hatte. Hätten nicht Dianes Vermieter, die im selben Haus wie sie wohnten, von ihm berichtet, es hätte niemand etwas erfahren. Nicht einmal Dianes Mutter hatte eine Ahnung gehabt. Auch nicht ihre beste Freundin Carmen.

»Warum hast du ihn versteckt, Diane?«, fragte Kate laut. »Warst du dir unsicher? Wolltest du nicht Gott und der Welt den neuen Mann an deiner Seite präsentieren, weil du ahntest, dass es schiefgehen würde? Deine Gefühle für ihn waren nicht so, wie sie sein sollten. Aber du hast dich eingelassen. Warum?«

Im Grunde konnte sie es verstehen. Man ließ sich ein, wenn man lange genug allein gewesen war. Man ließ sich ein, weil man sich sagte, dass man, verflixt noch mal, einfach irgendwann über den eigenen Schatten springen musste. Weil ein wohlmeinender Bekanntenkreis lange genug schon zur völligen Verunsicherung beigetragen hatte. Man war ja entweder zu wählerisch, oder man wollte sich einen Mann backen lassen, oder man war zu schüchtern, oder ... man wollte vielleicht in Wahrheit gar nicht? Man sollte einfach mal etwas wagen. Also packte man den Stier am besten bei den Hörnern, man ließ sich mit einem Mann ein, der attraktiv war und nett und der einem durchaus gefiel, aber die Gefühle wollten sich nicht einstellen. Und man fragte sich verzweifelt, was nur, um Himmels willen, nicht stimmte. In Wahrheit passten man selbst und dieser Mann einfach nicht zusammen, aber man war inzwischen so darin geschult, den Fehler bei sich zu suchen, dass man die Tatsachen nicht hinnehmen konnte.

War es das gewesen bei Diane? Ein Unbehagen, das sie hatte zurückhaltend sein lassen? Noch zurückhaltender als sonst?

Oder war da mehr gewesen? War Logan in ein wirklich scheußliches Verbrechen verwickelt gewesen? Jahre zuvor. Hatte Diane etwas darüber herausgefunden? Hatte sie dafür mit dem Leben bezahlt?

Sie war vor dem Gebäude angekommen, in dem sich die Agentur befand. Helles Licht fiel aus allen Fenstern im Erdgeschoss. Durch den unvorhergesehenen Anruf – und weil sie langsam gefahren war – kam Kate ein paar Minuten zu spät. Sicher waren alle bereits da.

Im Rückspiegel musterte sie kurz ihr Gesicht. Es sah angespannt aus. Warum wurde sie immer so schmallippig, wenn sie sich gestresst fühlte? Sie versuchte zu lächeln, aber das sah noch schlimmer aus. Völlig unecht.

Ich bin beruflich hier, sagte sie sich, ich mache einfach meinen Job.

Sie stieg aus und holte tief Luft.

2

Es war schon Zeit fürs Abendessen, als Mila in die Wohnung ihres Großonkels zurückkehrte. Sie war lange in der Stadt unterwegs gewesen, zwischen den vielen Menschen fühlte sie sich etwas sicherer. Sie hatte für James einen Pullover gekauft, weil sie ja irgendein Weihnachtsgeschenk brauchte, wenn er schon nett genug war, sie zu beherbergen. Aber das Geld auszugeben hatte ihr beinahe körperlich wehgetan. Ihr Konto war fast leer, es wurde immer fraglicher, wie lange sie würde durchhalten können. Solange sie bei James wohnte, litt sie keine Not, aber das konnte kaum die Lösung für den Rest ihres Lebens sein. Sie musste wieder selbstständig werden, musste arbeiten. Geld verdienen. Leben.

Zur Polizei gehen? Sie hatte keine Ahnung, was sie erwartete, nachdem Patricia Walters durch ihre Schuld ums Leben gekommen war. Sie hatte in der Zeitung von dem Tod der alten Frau gelesen und auch davon, dass nach ihr selbst gesucht wurde. Es kam sicherlich eine Anklage auf sie zu. Fahrlässige Tötung vielleicht? Sie hatte keine Ahnung, aber vielleicht war es besser, als eine aussichtslose Flucht anzutreten. Die wahrscheinlich nie enden würde.

James hatte ihr Geld gegeben, damit sie für das Abendessen einkaufte.

»Bring auch eine gute Flasche Wein mit«, hatte er gesagt. Zweifellos genoss er es, Gesellschaft zu haben. Der Sozialdienst brachte ihm täglich eine warme Mahlzeit, ansonsten war sein Kühlschrank ziemlich trostlos gewesen. Ein paar angebrochene Marmeladengläser, in einem wuchs bereits Schimmel. Seitdem Mila da war, entwickelte er Appetit und hatte wieder Lust auf gute Dinge. Seine Rente war gering, aber da er so bescheiden lebte, hatte sich doch ein kleines Guthaben angesammelt. Er hatte Mila seine Bankkarte gegeben und gesagt, sie solle einfach abheben, was sie brauche. Mila hatte gesehen, dass er dreitausend Pfund besaß. In ihren Augen ein Vermögen. Als sie das Geld für die Lebensmittel abhob, war sie kurz versucht gewesen, fünfhundert Pfund für sich mitzunehmen, aber dann hatte sie es doch nicht fertiggebracht. James vertraute ihr. Sie durfte das nicht ausnutzen.

Sie hatte Wein gekauft, dazu ein paar fertige Salate, ein Baguette, verschiedene Käsesorten, Weintrauben und Oliven. Sie selbst hatte kaum Hunger, aber James würde glücklich sein. Er würde sich auch über den Pullover freuen. Und vor allem darüber, an Weihnachten nicht allein sein zu müssen.

Mila hatte den Bus genommen und stieg nun an der trostlosen Hochhaussiedlung aus, in der James wohnte. Sie hatte Sheffield nie besonders schön gefunden, aber hier war es einfach nur schrecklich. Früher hatte sie mit ihren Eltern, später nur noch mit ihrer Mutter, manchmal Onkel James besucht, und jedes Mal hatte sich ihre Mutter über die Wohngegend, die hässlichen Häuser mokiert.

»Furchtbar. Diese riesigen Blocks. Die winzigen Balkone. Wie kann man so wohnen?«

Mila fand nicht, dass es bei ihnen daheim damals so viel schöner gewesen war. Das Mietshaus mit den heruntergewohnten Wohnungen darin, die seit Jahrzehnten nicht renoviert worden waren. Tropfende Wasserhähne, lose Bodendielen, zugige Fenster. Feuchtigkeit in den Wänden. Aber immerhin war ihr Haus von einem verwilderten Garten umgeben gewesen. Im Frühsommer hatte er fast betäubend nach Flieder gerochen.

Sie musste durch eine kleine Grünanlage gehen, um den Wohnblock zu erreichen, in dem James wohnte, und seit Tagen fühlte sie sich auf diesem Stück des Weges sehr unwohl. An hellen Sommerabenden wimmelte es hier sicher von Menschen, spielten Kinder und lungerten Jugendliche herum, rauchten und kickten Bierdosen über das Gras. Aber an diesen Winterabenden, Schneematsch an den Wegesrändern, Nässe überall, war niemand draußen. Von drei Bogenlampen, die den Weg beleuchten sollten, waren zwei kaputt. Dadurch gab es kaum Licht, alles blieb dunkel und schattig. Im Schein der verbliebenen Lampe sah Mila den feinen Nieselregen, der gerade eingesetzt hatte. Es schneite nicht mehr, aber der Regen war eisig. Er schmerzte im Gesicht. Kein Wunder, dass an einem solchen Abend jeder, wenn er irgend konnte, in seinem Wohnzimmer blieb.

Immerhin waren im Haus viele Fenster erleuchtet, die meisten auch mit Kerzen, Lichterbögen und Weihnachtsbaumketten geschmückt. Unterhalb eines Balkons hing ein aufblasbarer Weihnachtsmann und kletterte gerade nach oben. Ein anderer Balkon war mit bunten Lichtern geschmückt, die ständig an- und ausgingen, und das in immer neuen Farben. Mila hielt sich an diesem Anblick fest.

Alles gut, sagte sie sich, alles gut.

Es war niemand da. Kein Verfolger. Vor ihr nicht, hinter ihr nicht. Und auch seitlich in den Büschen lauerte niemand. Kurz dachte sie, dass es wirklich niemand mitbekommen würde, wenn sie jetzt jemand überfiele ... Aber sie wischte den Gedanken schnell zur Seite.

Nutzte nichts. Machte sie nur verrückt.

Sie erreichte die Haustür, schloss auf, trat ein, lehnte sich von innen aufatmend an die Tür. Es war alles gut gegangen. Aber würde ihr weiteres Leben so aussehen? Von Angst geplagt, immer auf der Flucht, von jedem Geräusch erschreckt ...

So kann es nicht bleiben, dachte sie, so kann ich nicht leben.

Könnte sie nur irgendeinen Ausweg sehen.

Sie fuhr mit dem Fahrstuhl nach oben. James wohnte im fünften Stock, aber er selbst verließ seine Wohnung praktisch gar nicht mehr.

»Wo sollte ich hingehen mit diesem Ding?«, hatte er am Vorabend gesagt und auf den Rollator gewiesen, mit dessen Hilfe er sich in seiner kleinen Wohnung bewegte. »Und alleine macht es sowieso keinen Spaß.« Dann hatte er gelächelt. »Vielleicht können wir im Frühling zusammen einen Ausflug machen? Das wäre schön.«

Mila hatte mühsam ihr Erschrecken verborgen. Dachte er, sie wäre im Frühling noch da? Bis dahin musste sie längst eine andere Lösung haben, bis dahin musste alles in Ordnung sein. Aber als sie nun im Aufzug stand, dachte sie: Was sollte denn bis dahin anders sein? Ich hänge hoffnungslos in der Situation fest. Ich habe das Glück, dass James mich offenbar für lange Zeit beherbergen würde und dass er es gerne tut. Ohne ihn wäre ich völlig aufgeschmissen.

Sie wischte sich die Tränen, die plötzlich hervorgeschossen waren, aus den Augen. James sollte sie nicht weinen sehen. Einmal, am ersten Abend, hatte sie zu schluchzen begonnen, und sie erinnerte sich, wie bestürzt und hilflos James reagiert hatte. Er gehörte zu den Männern, die sich von weinenden Frauen völlig überfordert fühlten.

Als sie die Wohnung betrat, sah sie, dass er schon auf sie wartete. Er hatte den Tisch im Wohnzimmer gedeckt und Kerzen angezündet.

»Hast du an den Wein gedacht?«, fragte er, und sie nickte und schaffte es sogar, ihn anzulächeln.

»Ja. Klar. Französischer Rotwein. Der Verkäufer hat ihn empfohlen.«

Sie richtete die Salate und den Käse auf kleinen Tellern und Platten an, gab die Oliven und die Trauben in zwei Schüsseln, schnitt das Baguette in Scheiben. Sie hatte seit dem Frühstück nichts gegessen. Sie merkte, dass sie tatsächlich ein wenig Hunger verspürte. Zum ersten Mal seit Tagen. Ein Hauch von Entspannung.

Vielleicht, wenn ich hier einfach eine Weile aushalte, dachte sie, dann wächst Gras über alles.

»Mich ruft ja eigentlich nie jemand an«, sagte James und

schnitt sich genießerisch ein großes Stück Käse ab. »Aber heute gleich zweimal.«

»So?«, fragte Mila, eher desinteressiert. Der Wein tat ihr gut. Er benebelte sie ein wenig. Die Welt sah gleich freundlicher aus. »Wer war es denn?«

»Mich hat schon einmal der Pfarrer angerufen«, sagte James. »An meinem achtzigsten Geburtstag.«

»Aber heute hast du ja nicht Geburtstag«, sagte Mila. »Erst im März.«

James lächelte. »Ja. Im Frühling.«

»Wer hat denn dann aber heute angerufen?«

»Das war ja das Merkwürdige. Es hat sich niemand gemeldet.«

Sie ließ die Gabel sinken, die sie gerade zum Mund hatte führen wollen. »Wie?«

»Ja, der andere hat nichts gesagt. Ich habe ihn atmen gehört, aber er hat nichts gesagt. Ich habe gefragt, wer da ist, aber es kam keine Antwort.«

Mila hatte das Gefühl, dass der Stuhl schwankte, auf dem sie saß. »Da war jemand und hat nichts gesagt?«

»Genau. Seltsam, oder?«

»Wie hast du dich gemeldet? Mit deinem Namen?« Mila fand, dass ihre eigene Stimme fremd klang, aber James schien es nicht zu bemerken.

»Beim ersten Mal habe ich nur Hallo gesagt. Aber beim zweiten Mal, als der andere wieder dauernd nicht gesprochen hat, habe ich gesagt: Hier ist James Henderson. Wer ist da, und was wollen Sie?« James klang stolz. Er war markant aufgetreten gegenüber dem, der sich einen dummen Telefonscherz mit ihm erlaubt hatte.

Mila wurde ganz schlecht. »Du hast deinen Namen gesagt?«, wiederholte sie, obwohl es ja klar war.

»Ja. Warum auch nicht?«

Zwei Anrufe. Jemand hatte die Telefonnummer von James Henderson ausfindig gemacht. Hatte sich telefonisch noch einmal vergewissert.

Kannte derjenige auch die Adresse? Es war sehr wahrscheinlich.

»Wann war das?«, fragte sie. Ihre Stimme war ein Hauch.

»Gar nicht so lange, bevor du nach Hause gekommen bist.« James fiel nun auch auf, dass etwas nicht stimmte. »Du bist ja ganz blass. Ist etwas nicht in Ordnung?«

Sie erhob sich. Ihre Beine zitterten. »Ich sollte nicht hierbleiben, James.«

»Was?«

»Ich sollte nicht hierbleiben. Es ist zu gefährlich.«

»Weil irgendwelche Schuljungen mir einen Telefonstreich gespielt haben?« James blickte fassungslos drein.

»Das waren keine Schuljungen, Onkel James.«

»Woher willst du das denn wissen?«

Sie sah sich panisch im Zimmer um, als erwarte sie, dass jeden Moment jemand aus einer Ecke gestürzt kam. »Ich weiß es nicht. Aber es ist zu riskant.«

Auch James erhob sich nun, blieb auf den Tisch gestützt stehen. »Mila! Vor wem oder was bist du auf der Flucht?«

»Es ist besser, wenn du nichts weißt, James. Es ist … es ist eine furchtbare Situation, und ich habe sie noch schlimmer gemacht. Ich … ich muss wirklich weg. Heute Abend noch.«

»Heute Abend noch? Wo willst du denn hin?«

»Ich weiß nicht. Könntest du mir ein bisschen Geld leihen? Du bekommst es zurück.«

»Du kannst Geld haben, Mila, aber ich verstehe das alles nicht. Ich meine …« Er schüttelte verwirrt den Kopf. »Wir wollten doch Weihnachten zusammen feiern«, sagte er schließlich. Er sah todtraurig aus.

Sie ging um den Tisch herum und umarmte ihn. »Ich komme wieder, Onkel James. Und wenn das alles ausgestanden ist, schauen wir, ob ich in deine Nähe ziehen kann.«

Wenn das alles ausgestanden ist? Also nie, oder?

»Ich verstehe überhaupt nichts«, sagte James. »Wer war das denn heute am Telefon?« Ihm war anzusehen, dass er nichts so sehr bereute wie den Umstand, die beiden seltsamen Anrufe erwähnt zu haben.

»Es ist besser, du weißt nichts«, sagte Mila noch einmal. Sie ließ ihn los. »Ich packe meine Sachen.« Es würde schnell gehen. Sie hatte ja fast nichts dabei. »Kann ich etwas Geld haben?«

»Ich habe etwa hundert Pfund in bar in der Wohnung. Die kannst du haben.«

»Das ist großartig. Danke.« Weit würde sie damit nicht kommen, aber sie wusste, wie viel Geld das für ihren Großonkel war. Nun kamen ihr doch die Tränen, und diesmal versuchte sie gar nicht erst, sie zurückzuhalten. »Danke, James. Für alles.«

»Danke, dass du da warst. Bitte halte mich auf dem Laufenden, ja? Bitte melde dich wieder!« Er sah so unglücklich aus, dass es ihr fast das Herz zerbrach. Aber sie hatte keine Zeit, ihn zu trösten, sich um ihn zu kümmern. Ihm gut zuzureden. Sie musste weg. Alle ihre Sinne signalisierten Gefahr.

Es brauchte drei oder vier Handgriffe, und ihre kleine Reisetasche war gepackt. James' Geld steckte in ihrem Portemonnaie. Den Pullover, den sie ihm hatte zu Weihnachten schenken wollen, legte sie auf sein Bett.

James macht einen letzten Versuch. »Warum denn jetzt? Es ist dunkel und kalt. Wo willst du denn die Nacht verbringen?«

»Ich finde etwas. Irgendein Motel. Oder ein B&B.« Nur weg von hier.

Sie war schon fast draußen, da drehte sie sich noch einmal um zu dem alten Mann, der ihr verwirrt und bestürzt nachsah. »Noch etwas, Onkel James: Mach niemandem die Tür auf.«

»Aber der Pflegedienst? Die Leute mit dem Essen?«

»Da kennst du ja die Uhrzeiten. Aber ansonsten: Bitte öffne nicht. Bitte. Versprich es mir.«

»Ja, gut«, murmelte James.

Sie hoffte, dass er den Ernst der Lage verstand.

Dann zog sie die Tür hinter sich zu.

DIENSTAG, 24. DEZEMBER

1

Normalerweise sind es immer die Menschen mit Hund, die einen schrecklichen Fund machen: eine Leiche oder zumindest die Überreste davon. Oder ein Kleidungsstück, ein Fahrrad, eine Tasche – Dinge, die jemandem gehören, der vermisst wird und dessen grausames Schicksal anhand der gefundenen Gegenstände wahrscheinlicher wird und sich meist kurz darauf auch bestätigt.

Am Morgen dieses 24. Dezember machte Lucy Regan aus Sleaford in Lincolnshire einen schrecklichen Fund – obwohl sie tatsächlich ohne ihren Hund unterwegs war. Sie hatte Hera, die sie vor Jahren als abgemagerten Straßenhund aus Athen mitgebracht und der sie den hochtrabenden Namen der Götterkönigin verliehen hatte, bewegen wollen, sie zu begleiten, aber die alte Hündin mit der inzwischen eisgrauen Schnauze und den trüben Augen mochte nicht. Bei kaltem Wetter verließ sie nicht mehr gerne das Haus, drehte höchstens eine Runde im Garten und zog sich dann wieder in ihr Körbchen am Kamin zurück.

Fred, Lucys Mann, wollte auch nicht mitkommen, daher zog sie allein los. Der 24. Dezember. Sie genoss die Stille dieses Wintermorgens. Der Schnee war zu dreckigen Klumpen am Straßenrand geworden, aber als Lucy in den Feldweg einbog, der am Ende der Siedlung in die Wildnis führte, wurde es schöner, der Schnee war hier noch weiß, und Raureif hatte die Wiesen und das wilde Gestrüpp entlang des River Slea mit Silber überzogen. Allerdings würde das alles nicht zum Schlittenfahren reichen, nicht für eine Schneeballschlacht und nicht dafür, einen Schneemann zu bauen. Heute im Laufe des Nachmittags würden Lucys und Freds vier Kinder eintrudeln, mit ihren Partnern und ihren Kindern, und das große alte Haus, das Lucy festlich geschmückt hatte, würde voller Leben und Stimmen und Gelächter sein. Zwischendurch würde es auch Tränen geben und Streit, aber Lucy nahm das nicht tragisch. Es gehörte einfach dazu. Wie der Weihnachtsbaum, die Bescherung am frühen Morgen, das üppige Mittagessen und die Weihnachtsansprache der Queen am Nachmittag des 25. Dezember.

Weil die nächsten Tage turbulent sein würden, genoss Lucy ihren stillen Spaziergang an diesem Morgen. Am Himmel ballten sich die Wolken, das gefrorene Gras knirschte unter ihren Füßen. Irgendwo schrien ein paar Moorhühner. Sonst war es ruhig. Und voller Frieden.

Sie blieb stehen und überlegte, ob sie den kleinen Pfad direkt am Fluss entlanggehen sollte. Es gab einen breiteren Weg oberhalb des Flusses, den die meisten Spaziergänger üblicherweise wählten. Der Pfad gleich am Ufer war sehr schmal, stellenweise gefährlich abschüssig und von Weidenbäumen zugewachsen. Es war ausgesprochen schwierig, dort voranzukommen. Aber zugleich war es so unglaublich idyllisch dort, weil man unmittelbar am Wasser war und weil man den langen Zweigen der Weiden zuschauen konnte, die tief in der Strömung badeten. Es war verzaubert dort, fand Lucy.

Sie nahm den Pfad.

Schon nach kurzer Zeit wurde ihr klar, dass es ein Fehler gewesen war. Noch dazu in dieser Jahreszeit. Der Pfad war stellenweise vom Wasser unterspült worden und abgesunken, er war rutschig und glatt, und immer wieder versperrten wuchernde Dornenranken den ohnehin kaum vorhandenen Weg. Da fast niemand mehr hier entlangging, hatte sich der Wald sein Gebiet zurückerobert. Lucy kämpfte sich durch das Dickicht, griff immer wieder haltsuchend nach Zweigen und Ästen, weil sie mehrmals fast ins Wasser gerutscht wäre. Wie hatte sie nur so leichtsinnig sein können? Wenn ihr hier etwas zustieße, würde es dauern, bis man sie fand. Und wenn sie sich jetzt etwas brach, einen Fußknöchel oder ein Handgelenk, dann war Weihnachten gelaufen.

Blöde Kuh, sagte Lucy zu sich selbst.

Sie blieb stehen und schaute zurück. Sie überlegte, ob sie umkehren sollte, aber das Wegstück hinter ihr sah so schlimm aus wie das, das noch vor ihr lag. Sie wusste, dass es einige Meter vor ihr eine Schneise durch den Wald gab, die den Abhang hinauf zu dem regulären Weg führte. Wenn sie die erreichte, konnte sie den Pfad verlassen. Es würde nicht ganz leicht sein, den Abhang hinaufzukommen, aber vielleicht wäre das besser, als den gefährlichen Rückweg anzutreten.

Konnte man so dumm sein?

Inzwischen hatte der friedliche Spaziergang nichts Friedliches mehr an sich. Lucys Herz raste, sie war verschwitzt, und sie hatte zittrige Knie. Sie hätte gerne laut und kräftig geflucht, aber sie unterdrückte diesen Drang. Nicht an Weihnachten. Sie musste jetzt ruhig bleiben, die Nerven behalten und einen Ausweg aus ihrer Lage suchen.

Sah man davon ab, dass sie ständig in der Gefahr schwebte, ins Wasser zu stürzen, war es wirklich idyllisch hier unten. Der Fluss wirkte tief und dunkel an diesem Tag. Er verlor sich am Horizont zwischen den schneeschweren Wolken. Die vielen Weidenbäume entlang des Ufers schienen wie aus mattem Silber. Ein wundervoller Wintertag. Lucy wurde wieder einmal von einem Gefühl der Dankbarkeit für ihre Heimat überwältigt. Wie schön war es, in Sleaford zu leben, in diesem kleinen Ort mitten in Lincolnshire, in dem irgendwie die Zeit stehen geblieben zu sein schien. Als ob das Böse in der Welt hier keinen Zutritt hätte, so kam es Lucy manchmal vor. Sie und Fred hatten vor Jahrzehnten das Paradies gefunden. Es hatte sich durch all die Zeit bewahrt.

Sie tappte vorsichtig voran, schob Zweige zur Seite, balancierte über Wurzeln, wich Löchern im Boden aus. Es ging jetzt etwas besser, aber sie hütete sich, leichtsinnig zu werden. Einmal rutschte der Lehm, auf dem sie gerade stand, nach unten weg, aber sie hielt sich rechtzeitig an einem Baumstamm fest. Sie würde ein Dankgebet sprechen, wenn sie dieses Abenteuer überstand.

Sie sah die Stelle, an der die Schneise durch den Wald auf den Pfad mündete. Ihre Kinder waren hier früher hinunter zum Fluss gelaufen. Inzwischen stand oben ein Warnschild. Das Ufer sei völlig unbefestigt und unsicher, man solle bitte oben auf dem Weg bleiben. Wahrscheinlich hielten sich die meisten daran.

Oder nicht?

Lucy erkannte den aufgewühlten Boden direkt unterhalb der Schneise erst, als sie schon recht dicht davorstand. Aus der Ferne hatte sie den Eindruck gehabt, dass sich hier oberirdisch wachsende Wurzeln kunstvoll ineinander verschlangen, aber nun sah sie, dass das hier keine Wurzeln waren, sondern zerwühlte und aufgetürmte Erde. Erst dachte sie, hier sei jemand den Abhang hinuntergekommen und habe alles ins Rutschen gebracht, aber tatsächlich schien das hier nicht das Ergebnis eines Erdrutsches zu sein. Jemand hatte gewühlt und gegraben. Vermutlich ein Tier oder mehrere Tiere. Wildschweine? Füchse?

Sie musste um die aufgewühlte Stelle herum, um den Weg nach oben antreten zu können, und das schien alles andere als einfach zu sein. Erneut brach Lucy der Schweiß aus.

Wie konnte man sich in eine so idiotische Lage bringen?

Sie sah ein Bein und dachte: Wie absurd!

Das Bein ragte aus der Erde. Wahrscheinlich eine Wurzel, die wie ein Bein aussah.

Lucy lachte. Es klang schrill durch den stillen Morgen.

So weit war sie schon. Sie hielt Wurzeln für Beine.

Warum hatten die Füchse oder Wildschweine oder wer auch immer hier eigentlich so wild gegraben?

Aus den Augenwinkeln entdeckte sie einen Gegenstand, der direkt unten am Wasser zwischen ein paar Dornenzweigen eingeklemmt hing. Es war ein Schuh.

Ohne Zweifel.

Lucy hielt sich krampfhaft am Zweig einer Weide fest und versuchte, nicht hysterisch zu werden. Ein Schuh unweit von etwas, das sie für ein Bein gehalten hatte, war kein gutes Zeichen. Es sprach dafür, dass das Bein tatsächlich ein Bein war und keine Wurzel. Hinzu kam: Wenn dort ein Schuh lag, dann handelte es sich bei dem Bein auch nicht um das Bein eines Tieres, eines Rehes zum Beispiel. Rehe trugen keine Schuhe. Andere Tiere des Waldes auch nicht.

Eigentlich trugen nur Menschen Schuhe.

Lucy schob sich langsam näher. Sie wäre am liebsten einfach umgekehrt und weggerannt, aber zumindest das Rennen verbot sich hier von selbst. Und eigentlich auch das Umdrehen. Sie musste jetzt hinauf auf den befestigten Weg. Und dazu musste sie noch näher an die ... Stelle heran.

Sie blickte starr über das Bein hinweg. Sie wollte es nicht sehen. Sie wollte einfach gar nichts sehen, um Himmels willen.

Aber sie sah es. Als sie direkt davorstand und stehen bleiben musste, weil sie nicht einfach weitergehen konnte, weil sie überlegen musste, wie sie es schaffen sollte, an all dem da vor ihr, an diesem aufgetürmten Erdreich, vorbeizukommen. Sie sah das Bein. Es war ein menschliches Bein. Sie sah einen Arm, dessen Hand abgefault oder abgenagt worden war. Sie sah Stoff. Ein Kleid ... irgendetwas?

Die Tiere des Waldes hatten hier einen toten Menschen ausgegraben.

Lucy schrie. Ihr Schrei wurde hundertfach beantwortet von den aufgeschreckten Wasservögeln und schien hoch hinaufgetragen zu werden in die Wolken.

Es war, als schrien sie alle vor Entsetzen. Weil etwas Furchtbares hier passiert war, hier in Lucys Paradies.

2

Kate hatte am Morgen bei Eleonore Walters angerufen und gefragt, ob sie noch einmal kurz vorbeikommen könnte, und Eleonore hatte in der für sie typischen unfreundlichen Art geantwortet: »Nun ja. Ich muss wohl froh sein, wenn die Polizei überhaupt etwas tut, oder?«

Kate nahm das als Zustimmung und legte schweigend auf.

Der Vorabend beim Singlekochen hatte ihr keine neuen Erkenntnisse gebracht, aber insgesamt war es ein überraschend netter Abend gewesen. Kate hatte erstaunt festgestellt, dass es durchaus Spaß machte, mit anderen Menschen gemeinsam zu kochen.

Anna Carter, die Leiterin des Kurses, hatte sehr müde ausgesehen, war aber freundlich gewesen und hatte alle Schritte des für diesen Abend geplanten Weihnachtsmenüs geduldig erklärt. Ein ziemlich lauter, sehr selbstsicherer Mann, der sich als Burt Gilligan vorgestellt hatte, hatte mit Kate zusammen die Möhren geschnippelt und dabei über Anna gelästert.

»Total neurotische Person. Immer niedergeschlagen. Man denkt ständig, sie bricht gleich in Tränen aus. Ich frage mich, wie ihr Freund es mit ihr aushält. Ein attraktiver Typ. Der könnte auch andere haben.«

Kate hatte sich bemüht, das Gespräch auf Diane Bristow zu lenken, und Burt gab bereitwillig Auskunft. Diane hatte, ähnlich wie Anna, bedrückt und in sich gekehrt auf ihn gewirkt.

»Ich kannte sie ja erst seit Anfang November. Insofern weiß ich natürlich nicht, ob sie einfach immer schon so war ... ein melancholischer Typ eben. Aber für mich schien ihre Verschlossenheit auch mit einer Last zusammenzuhängen, die sie mit sich herumtrug.«

»Gab es dafür konkrete Anhaltspunkte?«

Burt schüttelte den Kopf. »Es war nur so ein Gefühl.«

»Könnte es mit diesem Mann zu tun gehabt haben? Diesem unter Verschluss gehaltenen Freund, nach dem jetzt gesucht wird?«

»Keine Ahnung. Von dem wusste ich ja nichts. Im Nachhinein ... es kann natürlich sein. Es kann aber alles sein. Ich würde sagen, ihr lag etwas auf der Seele. Aber was das war ... ich weiß es nicht.«

An diesem Morgen dachte Kate, dass sie wirklich dabei waren, sich in dem Fall festzufahren – im Schlamm stecken zu bleiben wie das Auto, das Diane Bristow unverständlicherweise in einen matschigen Feldweg manövriert hatte.

Es war unwahrscheinlich, dass sich über die Weihnachtstage etwas wirklich Neues ergeben würde, daher beschloss Kate, noch einmal im Fall Mila Henderson zu recherchieren und sich dann in ihr Weihnachtsfest zu stürzen, von dem sie zumindest eines wusste nach all den Jahren: Es ging dann, trotz allem, ziemlich schnell vorbei.

Eleonore Walters bat sie ins Wohnzimmer, bot aber weder einen Kaffee noch ein Glas Wasser an. Inzwischen stand ein geschmückter Tannenbaum vor dem Fenster. Eleonore sagte, sie wolle trotz des schrecklichen Todes ihrer Mutter das Fest feiern.

»Natürlich unter völlig anderen Umständen als gedacht. Ich hätte nie geglaubt, dass ich gleichzeitig eine Beerdigung würde vorbereiten müssen!«

Wie üblich klang in Eleonores Worten und in ihrer Stimme eher der Ärger über die Zumutung der Situation als echte Trauer über den Verlust ihrer Mutter an, aber Kate wusste, dass das täuschen konnte. Wenn Menschen versuchten, ihre Gefühle zu verbergen, manchmal sogar vor sich selbst, dann flüchteten sie in die seltsamsten Verhaltensweisen.

»Wann wird das Begräbnis Ihrer Mutter stattfinden?«

»Ich weiß es noch nicht. Sie wollte ja verbrannt werden. Ich warte noch auf Nachricht vom Krematorium.« Eleonore verdrehte die Augen. »Weihnachten macht das alles nicht besser. Es verzögert alles.«

»Es tut mir wirklich sehr leid, was mit Ihrer Mutter passiert ist, Mrs. Walters.«

Eleonore schnaubte. »Dann finden Sie diese Mila. Damit wäre mir mehr geholfen als mit Ihren Beileidsbekundungen.«

»Mrs. Walters, es ist nicht so, dass wir eine flüchtige Mörderin suchen. Mila Henderson hat möglicherweise leichtfertig und pflichtvergessen gehandelt, aber sie ist weit von jedem Vorsatz entfernt. Sie wird sich verantworten müssen, aber es werden ihretwegen nicht Hundertschaften in Bewegung gesetzt.«

»Ach!«, sagte Eleonore empört.

Ehe sie zu einer längeren Rede ansetzen konnte, sagte Kate schnell: »Mrs. Walters, Sie sagten bei unserem letzten Gespräch, Mila Henderson habe keine Freunde, niemanden, mit dem sie Kontakt hält. Soweit Ihre Mutter wusste. Das bedeutet, wir haben keinen Anhaltspunkt dafür, dass sie sich mit jemandem verabredet haben könnte.«

»Nein.«

»Also wissen wir im Grunde überhaupt nicht, warum sie verschwunden ist. Fakt ist nur, dass eine dreißigjährige Frau von einem Moment zum anderen spurlos verschwunden ist.«

Man konnte die tote Mrs. Walters nicht mehr fragen, was vor Milas Verschwinden gewesen war. Ein Streit? Vielleicht hatte Mila sogar gesagt, wohin sie gehen wollte.

»Wenn sich Mila ordnungsgemäß abgemeldet hätte«, sagte Kate, »was wir als Möglichkeit ja nicht völlig ausschließen können – hätte sich Ihre Mutter dann mit Ihnen in Verbindung gesetzt? Oder hätte sie niemandem etwas gesagt und gedacht, sie kommt für ein paar Tage schon allein zurecht?«

»Sie hätte sie nicht einfach so gehen lassen. Meine Mutter war wirklich sehr hilfsbedürftig. Sie hätte ihr nicht einfach gesagt, dass sie über das ganze Wochenende wegbleiben darf. Wenn Mila ganz dringend weggemusst hätte, dann hätte meine Mutter mich angerufen und mich gebeten, in der Zeit zu ihr zu kommen.«

»Mila Henderson wusste, dass man Ihre Mutter im Grunde keinen Tag allein lassen durfte?«

»Natürlich wusste sie das. Meine Mutter konnte sich allein kaum durch das Haus bewegen. Sie war nicht in der Lage, für sich selbst zu sorgen, und es war klar, dass es gefährlich war, wenn sie es doch versuchte.«

»Haben Sie mal überlegt«, fragte Kate, »dass Mila auch etwas zugestoßen sein könnte?«

Eleonore runzelte die Stirn. »Sie meinen … so wie dieser Frau, die in dem Auto gefunden wurde?«

»Ich will nur sagen, dass es auch eine Möglichkeit ist. Sie kann leichtfertig weggelaufen sein. Aber genauso gut kann auch etwas passiert sein. Wir müssen auch unter diesem Aspekt nach ihr suchen.«

»Ich weiß nicht …«, murmelte Eleonore, aber sie wirkte etwas verunsichert. Es fiel ihr sichtlich nicht leicht, sich von dem Feindbild, in das sie sich seit Tagen hineinsteigerte, zu verabschieden.

»Ich finde allein hinaus«, sagte Kate und wandte sich zum Gehen. »Frohe Weihnachten.«

Sie atmete tief durch, als sie auf der Straße stand. Ein Instinkt sagte ihr, dass Mila Henderson vermutlich nicht einfach abgehauen war, sondern dass Ernsteres dahintersteckte und dass sie dringend gefunden werden musste. Sie würde versuchen, das Umfeld der jungen Frau ausfindig zu machen. Irgendeines musste es geben. Sie hatte sich – da hatte Eleonore tatsächlich recht – in den letzten Tagen zu wenig mit dieser Geschichte beschäftigt, weil der scheußliche Mord an Diane Bristow alle Aufmerksamkeit auf sich gezogen hatte.

Zwei Frauen. Die eine fünfundzwanzig, die andere dreißig Jahre alt.

Aber sie verwarf den Gedanken, dass die beiden Fälle zusammenhängen könnten. Es war eine Möglichkeit, aber keine wirklich naheliegende. Zumindest gab es bislang keinerlei Anhaltspunkte für diese Annahme.

Kate zog fröstelnd die Schultern zusammen. Sie fror wegen des Windes, aber sie fror auch innerlich.

Sie musste jetzt etwas für sich tun.

Sie beschloss, einen Weihnachtsbaum zu kaufen.

3

Anna war am Vorabend gleich nach dem Kochkurs zu Sam gefahren, der erfreut auf ihre Ankündigung reagiert hatte, von diesem Montagabend an über die Feiertage bei ihm zu wohnen. Er wollte am 26. Dezember seinen Vater in London besuchen, aber bis dahin konnten sie zusammen sein. Anna wusste, dass er hoffte, sie würde ihn endlich einmal begleiten, aber sie sah sich weniger denn je dazu in der Lage. Sie fühlte sich entsetzlich angespannt. Logan war noch immer in ihrem Haus und hatte keine Ahnung, wohin er gehen könnte, und Anna siedelte hauptsächlich deshalb zu Sam um, damit dieser nicht plötzlich bei ihr aufkreuzte und dabei über Logan stolperte. Wie hätte sie das erklären sollen? Sam würde ihn auch sofort als den Mann erkennen, nach dem die Polizei im Mordfall Diane Bristow unter Hochdruck fahndete und dessen Bild und Name in allen Zeitungen war. Es würde Sam mehr als irritieren, dass Anna einem polizeilich gesuchten mutmaßlichen Gewaltverbrecher Unterschlupf gewährte.

Sollte sie ihm alles erzählen? Auf sein Verständnis hoffen? Wir sind alte Freunde. Ich war mal hoffnungslos in ihn verliebt. Leider liebte er nur Dalina. Wir haben viel, sehr viel, miteinander erlebt. Er schwört, dass er Diane nicht ermordet hat. Und irgendwie ... glaube ich ihm.

Sie merkte selbst, wie sich das anhörte. Nicht so, dass es Sam überzeugen würde. Vermutlich wäre er völlig entsetzt. Und es war mehr als fraglich, ob er sich davon würde abhalten lassen, sofort die Polizei zu verständigen.

Sam durfte von Logan nichts erfahren, und Logan musste verschwinden.

Ich bin nicht für ihn verantwortlich, dachte sie an diesem Morgen, nachdem sie und Sam gefrühstückt hatten und Sam losgezogen war, um letzte Einkäufe zu erledigen. Er hatte gedrängt, dass sie mitkam, aber sie hatte bohrende Kopfschmerzen – ihre übliche Reaktion auf starke Spannungszustände.

»Ich räume die Küche auf«, sagte sie, »geh du einfach ohne mich.«

Er musterte sie besorgt. »Du siehst gar nicht gut aus.«

Sie rang sich ein Lächeln ab. »Der Kurs gestern war anstrengend. Weihnachten ist anstrengend. Mir geht es bald besser.«

»Also, um Weihnachten musst du dich nicht kümmern. Ich werde alles erledigen. Ich besorge jetzt erst einmal einen Baum. Leg dich doch einfach aufs Sofa und versuche noch ein bisschen zu schlafen.«

Sie hatte ihm versprochen, es zu versuchen. Aber als er nun weg war, wurde ihr klar, dass an Schlaf nicht zu denken war. Obwohl sie sich völlig erschöpft fühlte. Aber es war eine Erschöpfung, in der es untergründig brodelte von Emotionen und in der sie keine Ruhe finden würde. Es war diese Müdigkeit, dieses Gefühl, restlos ausgelaugt zu sein, was sie auf den Gedanken brachte: Ich bin nicht verantwortlich. Ich bin, verdammt noch mal, für Logan nicht verantwortlich.

Der Gedanke hatte etwas so Befreiendes, dass sogar die Kopfschmerzen für einen Moment nachließen.

Sie war so schrecklich verliebt in ihn gewesen. Immer bereit, alles für ihn zu tun – nur um ein Lächeln geschenkt zu bekommen, einen Moment ungeteilter Aufmerksamkeit, einen anerkennenden Blick. Irgendetwas. Und immer wieder war sie nur auf diese gleichgültige Freundlichkeit gestoßen, ja, er fand sie nett, sie war Anna, der Kumpel. Anna, die ihm jede Bitte erfüllte. Anna, die da war, wenn er jemanden brauchte. Zum Reden, zum Jammern. Denn er verzehrte sich nach Dalina, die ihrerseits seine Anbetung genoss und ihm immer wieder weit genug entgegenkam, um ihn am Aufgeben zu hindern. Aber keinen Schritt darüber hinaus. Sie ließ ihn regelmäßig am langen Arm verhungern, um ihn, wenn er sich nach endlosen Gesprächssitzungen mit Anna aufgerafft hatte, sich endgültig von dieser unerwiderten Liebe loszureißen, mit einem einzigen Fingerschnippen zurückzurufen. Er war ihr verfallen. Sie genoss es, ohne ihn wirklich haben zu wollen.

Während sich Anna wie die eigentliche Verliererin in dem Spiel fühlte.

Und im Grunde wiederholte sich die Situation gerade. Logan steckte randtief im Schlamassel. Und wen suchte er auf? Anna. Brachte sie in Gefahr. Nutzte sie aus. Verhielt sich vollkommen rücksichtslos und ging davon aus, dass sie schon mitmachen würde.

So wie sie immer mitgemacht hatte.

Aber sie war nicht mehr Anna, das Mäuschen. Sie war eine erwachsene Frau. Sie hatte einen Job und einen attraktiven Freund. Sie hatte sich Logan vor Jahren aus dem Herzen gerissen.

Er konnte auf sie nicht mehr zählen.

Sollte er doch zu Dalina gehen. Die natürlich keinen Moment lang so blöd sein würde, irgendetwas für ihn zu riskieren.

Sie hatte am Vorabend gleich nach dem Kurs, zweimal versucht, Logan zu erreichen. Obwohl auf der Flucht, hatte er ja zumindest sein Handy gerettet, und sie hatte seine Nummer abgespeichert. Sie hatte eigentlich nur wissen wollen, ob alles in Ordnung war. Er tat Anna leid, aber sie wehrte sich gegen dieses Gefühl. In seine misslichen Situationen hatte sich Logan noch immer ganz allein hineinmanövriert.

Er hatte sich am Vorabend nicht gemeldet, auch nicht zu sehr später Stunde, als Sam bereits geschlafen und Anna sich mit ihrem Handy ins Bad geschlichen und es noch einmal probiert hatte. Sie ließ es bis zum Ende klingeln, aber niemand reagierte. Konnte es sein, dass er schon schlief? So tief schlief?

Oder war er so müde, so deprimiert, so lustlos, dass er sein klingelndes Handy anstarrte und sich einfach nicht aufraffen konnte, sich zu melden?

Jetzt, an diesem Morgen, probierte sie es erneut. Diesmal hatte sie nicht vor, ihn bloß zu fragen, ob alles in Ordnung sei. Diesmal wollte sie ihm sagen, dass er weg sein musste, wenn sie nach Weihnachten in ihr Haus zurückkehrte. Diese Frist, über die Feiertage, wollte sie ihm setzen, aber bis dahin brauchte er einen Plan, und sie wollte ihn nicht mehr antreffen.

Sie wählte seine Nummer. Erneut meldete sich niemand.

Sie begann ihn immer unmöglicher zu finden. Er mochte verzweifelt und tief deprimiert sein, aber so wie er verhielt man sich einfach nicht. Er war in ihr Haus eingebrochen, und sie hatte ihm dennoch Unterschlupf gewährt. Er durfte ihren Kühlschrank plündern und sich am Ofen in ihrem Wohnzimmer wärmen. Sie war einen Tag früher als geplant bei ihrem Freund eingezogen, damit dieser ihnen nicht in die Quere kam und Logan unentdeckt blieb. Sie tat eine Menge für ihn, womit sie sich zudem strafbar machte. Das Mindeste, was er tun konnte, war, ans Telefon zu gehen, wenn sie anrief, selbst wenn er keine Lust hatte. Sie hatten sich wechselseitig gespeichert, er musste ihre Nummer sehen und erkennen.

Sie versuchte es noch ein paarmal, rief dann sogar auf ihrem Festnetz an, obwohl sie Logan eingeschärft hatte, sich an diesem Apparat keinesfalls zu melden. Erwartungsgemäß tat er das auch nicht.

Allmählich fand Anna das seltsam. Dass er am Vorabend nicht erreichbar gewesen war, mochte erklärbar sein, vielleicht war er wirklich sehr früh schlafen gegangen und hatte sein Handy deshalb sogar abgeschaltet. Aber jetzt, am nächsten Morgen, am helllichten Tag … Irgendetwas stimmte nicht.

Sie schickte ihm eine WhatsApp-Nachricht: *Logan, melde dich bitte bei mir. Andernfalls komme ich jetzt und sehe nach, was los ist!*

Die Nachricht wurde nicht abgerufen.

Anna schlüpfte entschlossen in ihre Stiefel und zog ihren Mantel an. Nahm ihren Auto- und ihren Haustürschlüssel aus der Handtasche. Sie würde jetzt nachsehen. Und wenn Logan keine sehr gute Erklärung für sein Verhalten hatte, konnte er sofort verschwinden.

Ihr Haus lag friedlich und still im fahlen Licht dieses Wintertags. Es kam kein Rauch aus dem Schornstein, was bedeutete, dass in dem gusseisernen Ofen im Wohnzimmer kein Feuer brannte. Das war merkwürdig. Wie hielt Logan die Kälte aus?

Oder lag er noch immer im Bett? Es war nach elf Uhr.

Auf dem Feldweg, der zum Haus führte, und auf dem unbefestigten Vorplatz lag kein Schnee mehr. Es hatten sich große, hässliche braune Pfützen gebildet, deren Ränder gefroren waren. Die Felder ringsum waren noch von einer dünnen Schneeschicht bedeckt. Der Wind, der über die Hügel kam, war gnadenlos. Anna stieg aus und trat direkt in eine Pfütze, spürte, wie das eisige Wasser in ihre Wildlederstiefel drang. Die falschen Schuhe, aber auch der falsche Vorplatz. Hätte sie Geld, sie würde hier alles schön pflastern lassen. Einen Zaun ringsum ziehen, einen Garten anlegen. Aber mit dem jämmerlichen Gehalt, das sie bei Dalina bekam, konnte sie sich keine großen Sprünge erlauben. Es reichte für die Miete und zum Leben.

Ihren unangenehm nassen Fuß ignorierend, lief sie zur Haustür und wollte sie gerade aufschließen, als sie feststellte, dass sie gar nicht richtig geschlossen war. Sie war nur angelehnt.

Anna runzelte die Stirn. Das war wirklich mehr als seltsam. Logan befand sich auf der Flucht und hatte Angst. Er würde nicht in einem Haus kampieren, ohne die Tür richtig zu verschließen. Oder war er längst weg? War er weitergezogen, wollte Anna nicht länger zur Last fallen, reagierte deshalb auch nicht auf ihre Anrufe? Hatte vergessen, die Tür hinter sich zuzumachen?

Sie spürte einen Schmerz, der ihr vertraut vorkam, eine altbekannte Enttäuschung. Sie hatte ihn fortschicken wollen, aber bei dem Gedanken, dass er tatsächlich fort sein könnte, fühlte sie eine plötzliche, unerwartet heftige Traurigkeit. Logan, ihr Logan.

So darfst du nicht denken, sagte sie sich, so darfst du nicht fühlen.

Nicht nur wegen Sam. Sondern vor allem, weil es mit Logan keine Chance gab. Nie gegeben hatte und nie geben würde.

Vorsichtig schob sie die Tür auf. Kalte, abgestandene Luft schlug ihr entgegen. Und noch etwas anderes ... irgendein anderer Geruch ...

Sie sah Logan auf dem Boden liegen. Seine große Gestalt füllte fast den ganzen Flur aus, bedeckte vollständig den gelben Läufer und zum Teil auch die Steinfliesen. Er lag der Länge nach ausgestreckt auf dem Bauch. Seine Beine wirkten verdreht, sein Pullover war hochgerutscht, ließ ein Stück der Haut seines Rückens sehen. Einen Arm hatte er nach vorn ausgestreckt – als versuche er, etwas zu erreichen oder sich vorwärtszuschieben.

Er lag völlig starr und unbeweglich.

Anna sank neben ihm auf den Boden. »Logan!« Sie berührte seinen Kopf, strich über seinen Rücken. »Logan!«

Es gab nicht die geringste Reaktion.

Vorsichtig versuchte sie ihn umzudrehen. Sein Körper fühlte sich eiskalt an, wie hart gefroren und völlig unbeweglich. Annas Verstand weigerte sich einen Moment lang, etwas zu begreifen, was eigentlich längst klar war: Der Mann vor ihr lebte nicht mehr. Seit wann? Sein Körper befand sich im Zustand der Totenstarre. Anna entsann sich, dass diese etwa zwei Stunden nach dem Sterben einsetzte und mindestens vierundzwanzig Stunden lang anhielt, manchmal länger. Das bedeutete, Logan konnte seit dem Vorabend tot sein. Seit sie vergeblich versucht hatte, ihn zu erreichen.

Es gelang ihr nicht, den schweren Körper umzudrehen, aber als sie die Hand unter seiner Brust wieder hervorzog, war sie rot und klebrig, und sie begriff, dass sie in Logans Blut gegriffen hatte. Jemand hatte ihn ... erschossen? Erstochen? Oder war er einfach gestürzt?

So wie er dalag, konnte er nicht die Treppe hinuntergefallen sein, er war höchstens über seine eigenen Füße gestolpert. Blutete man dann aber so heftig, brach man sich nicht eher das Genick? Es sah eindeutig nicht nach einem Genickbruch aus.

Sie sprang auf die Füße. Aus der Tasche ihrer Jeans zog sie ihr Handy, blickte auf ihre Finger, die das Nummernverzeichnis aufzurufen versuchten und dabei haltlos zitterten. Überdies voller Blut waren.

Es klappte nicht. Das Blut glitschte über die Tastatur, das Touchsystem reagierte nicht. Anna stolperte in die Küche. In der Spüle stapelte sich benutztes Geschirr, eine leere Dose Tomatensuppe stand auf dem Tisch. Ihr Kopf verarbeitete die Bilder und stellte eine Folgerung her: Er hatte sich etwas zu essen gemacht. Gestern Abend, nachdem sie gegangen war. Er hatte gegessen. Er hatte das Geschirr in die Spüle geräumt. Bevor er dazu gekommen war, es zu spülen, war ... etwas Schreckliches passiert.

Sie ließ Wasser über ihre Hände laufen. Die rote Farbe, die hinunterrann, vermischte sich im Spülbecken mit dem Rot der Tomatensuppe. Fast gleichgültig sah sie dem Rinnsal hinterher. Logans Blut.

Sie trocknete ihre Hände ab. Sie waren jetzt ruhiger, zitterten nicht mehr so. Auch Anna selbst fühlte sich ruhiger, spürte aber, dass es keine echte Ruhe war. Es war, als habe sich eine Glocke über sie gestülpt, die sie abtrennte von der Welt, von dem toten Mann im Flur, von ihrem eigenen Entsetzen.

Sie säuberte auch das blutverschmierte Handy mit dem Küchenhandtuch, dann rief sie Sams Nummer auf. Ihre Finger waren jetzt sauber und trocken.

Sam meldete sich nach dem vierten Klingeln. Sie konnte im Hintergrund Autolärm und Stimmen hören, er musste irgendwo mitten in der Stadt sein. Ein krasser Kontrast zu der völligen Stille ihres Hauses, zu dieser unordentlichen Küche, durch deren Tür sie die Beine des toten Logan im Flur liegen sah.

»Sam?« Sie empfand ihre eigene Stimme als fremd. Sehr hoch und schrill. Ihr Schock schwang darin mit.

»Anna? Ich habe gerade den Weihnachtsbaum gekauft. Er ist riesig. Ich fürchte, er passt kaum ins Zimmer, aber er ist toll. Du müsstest mir nur nachher helfen, ihn in die Wohnung ...«

»Sam, du musst sofort herkommen. Bitte. Sofort.«

»Wohin? Nach Hause?«

»Zu mir. Nach Harwood Dale. Bitte, ganz schnell!«

»Okay. Was machst du denn dort? Anna, ich muss noch den Baum ins Auto laden, dann ...«

Sie sah ihn vor sich. Wie er dastand, zwischen all den Bäumen und Menschen. Einen riesigen Tannenbaum mit einer Hand umklammernd, in der anderen das Handy. Irgendwie überfordert.

»Lass den Baum! Komm sofort!«

»Anna, ich kann den hier nicht einfach fallen lassen. Pass auf, ich beeile mich, ja? Was ist denn passiert?«

»Komm einfach«, sagte sie und legte auf.

Die Zeit, bis Sam eintraf, verbrachte Anna in der Küche, weil sie sich nicht mehr überwinden konnte, in den Flur zu dem toten Logan hinauszugehen. Obwohl das jetzt keineswegs von vorrangiger Bedeutung war, räumte sie akribisch die Küche auf, spülte das Geschirr, schrubbte alle Flächen, räumte Gläser und Besteck ordentlich in die Schränke und fegte den Steinfußboden. Zwischendurch ging ihr auf, dass sie genau das tat, was man mit Sicherheit am Tatort eines Verbrechens nicht tun sollte, nämlich alles schön sauber zu machen, aber sie hatte ohnehin nicht vor, die Polizei zu verständigen. Zu diesem Schluss war sie zumindest gelangt, während sie heißes Wasser in Mengen und viel Spülmittel über ihre Hände rinnen ließ, als könnte noch etwas von Logans Blut in den feinsten Rillen ihrer Haut kleben. Die Polizei durfte nichts erfahren. Sie hatte einem Mann, der wegen Mordes von der Polizei gesucht wurde, Unterschlupf gewährt. Sie könnte sich vielleicht darauf berufen, dass sie alte Jugendfreunde waren. Aber wenn sie das tat … eines käme zum anderen … Es ging einfach nicht.

Keine Polizei.

Aber wohin mit dem Toten?

Diese Situation ist völlig surreal, dachte sie.

Nach einer gefühlten Ewigkeit sah sie, wie Sams Auto sich auf der Landstraße näherte und in den Feldweg, der zu ihrem Haus führte, einbog. Aus dem Kofferraum ragte eine Tanne, an deren Ende ein rotes Warnfähnchen befestigt war. Er hatte tatsächlich den Baum verstaut, deshalb hatte es so lang gedauert. Für einen Moment verspürte Anna heftige Wut – was war an »Komm bitte sofort« so schwer zu verstehen? –, aber dann dachte sie, dass er den Baum, den er bereits gekauft hatte, wohl wirklich nicht einfach mitten in der Stadt hatte stehen lassen können. Und er konnte ja nicht wissen, wie dringend es wirklich war. Vielleicht dachte er an einen Wasserrohrbruch oder etwas Ähnliches.

Das Auto hielt, und Sam stieg aus. Anna wollte ihn nicht unvorbereitet lassen und riss das Küchenfenster auf.

»Sam?«

»Anna! Was ist denn?«

»Sam, ich bin in der Küche«, erklärte sie überflüssigerweise. Er kannte das Haus schließlich. »Bitte erschrick nicht. Im Flur liegt ein toter Mann.«

»Was?«

»Ja. Ich glaube, er wurde ermordet.«

Sam starrte sie an, als zweifle er an ihrem Verstand. »In deinem Flur liegt ein ermordeter Mann?«

»Ja.«

»Aber ... wieso?«

»Ich weiß es nicht. Jemand muss ihn ermordet haben.«

Sam schien einen Moment lang höchst unschlüssig, ob er das Haus überhaupt betreten sollte.

»Du bist sicher?«, vergewisserte er sich.

»Natürlich.«

Er schien zutiefst irritiert und perplex, was Anna ihm nicht verdenken konnte.

»Wer ist der Mann?«, fragte er.

Während sie spülte und wischte, hatte Anna auch über ihre weitere Strategie nachgedacht. Zuerst hatte sie vorgehabt, Sam gegenüber die Ahnungslose zu spielen. Sie sei nach Hause gefahren, um andere Stiefel zu holen, die für die Witterung besser geeignet wären, habe die Haustür nur angelehnt vorgefunden, sei vorsichtig eingetreten und habe vor einem Toten gestanden. Sie habe keine Ahnung, um wen es sich handele und wie er ins Haus gekommen sei. Geschweige denn, wer ihn getötet habe.

Aber dann war ihr klar geworden, dass Sam in diesem Fall sofort die Polizei anrufen würde und dass sie keinerlei Argumente hatte, weshalb er es nicht tun sollte. Schon so würde es schwierig sein, ihn davon abzuhalten. Sie musste ihm, zumindest teilweise, reinen Wein einschenken.

»Es ist Logan«, sagte sie. Noch immer lehnte sie am Küchenfenster, und Sam stand vor dem Haus. Gewissermaßen zwischen ihnen, im Gang, lag Logan.

»Wer ist Logan?«

»Logan Awbrey.«

»Wer ist …?«, setzte Sam erneut an, doch dann dämmerte es ihm. »Logan Awbrey? Ich habe den Namen in der Zeitung gelesen. Das ist der Mann, der diese … der die Frau aus deinem Kurs umgebracht hat?«

»Diane. Ja.«

»Und der liegt tot in deinem Flur?«

Anna brach plötzlich in Tränen aus. Die Situation war grotesk und furchtbar, und sie spürte, dass sich in ihrem Leben etwas verändern würde und dass es keine gute Veränderung sein würde.

»Ich komme jetzt rein«, sagte Sam entschlossen.

4

Es gab gar nicht mehr allzu viele Bäume oben auf dem St. Nicholas Cliff zu kaufen. Die meisten Menschen hatten ihre Häuser seit Wochen geschmückt, und dazu gehörte, dass längst blinkende und funkelnde Weihnachtsbäume in den Wohnzimmern standen. Aber ein paar Exemplare waren noch vorhanden, und es kamen an diesem 24. Dezember auch noch etliche Leute zusammen, um im letzten Moment die ultimative Weihnachtsstimmung in ihre Häuser zu bringen.

Kate hatte sich für einen eher kleinen Baum entschieden, den sie auf einen Tisch würde stellen müssen, damit er im Zimmer optisch nicht unterging, aber sie fand, dass sie für sich allein nicht ein riesiges Teil brauchte, das sie ja sowieso in einigen Tagen wieder entsorgen musste. Sie stellte fest, dass der Baum trotzdem nicht so einfach im Kofferraum ihres Wagens zu verstauen war. Während sie sich noch mit ihm abkämpfte, vernahm sie hinter sich eine Stimme.

»Kate? Sind Sie das?«

Sie drehte sich um. Ihre Hände brannten, so oft hatte sie sich jetzt schon an den Nadeln gepikst.

Hinter ihr stand ein Mann, den sie in der ersten Sekunde nicht einordnen konnte, aber dann wusste sie es: Burt Gilligan. Aus dem Kurs vom Vorabend.

Er hatte ihre kurze Verwirrung bemerkt. »Möhren«, sagte er. »Wir haben zusammen die Möhren geschnippelt.«

»Ja. Natürlich. Entschuldigung. Ich bin zu sehr mit dem Baum beschäftigt. Er ist wirklich mickrig, aber irgendwie kriege ich ihn nicht ins Auto.«

Burt wies hinter sich zu einem Auto, an dem ein deutlich größerer Baum lehnte. »Ich habe dasselbe Problem. Wollen wir erst zusammen versuchen, Ihren zu verladen, und dann meinen?«

»Geht zu zweit bestimmt besser«, meinte Kate und dachte, dass das ein großartiger Klischeesatz für die Teilnehmer eines Kochkurses zur Partnersuche war. Die ganze Situation war ein Klischee. Dalina hätte ihre Freude daran gehabt und sicher gleich ein Plakat mit diesem Motiv drucken lassen.

Zu zweit schafften sie es tatsächlich, Kates Baum unterzubringen. Die Spitze ragte ein winziges Stück hinaus, nicht weit genug, als dass Kate eine Markierung anbringen müsste. Anschließend gingen sie zu Burts Auto hinüber. Sein Baum war deutlich größer und noch viel schwerer zu handhaben.

»Ich weiß auch nicht, warum ich einen so großen Baum gekauft habe«, meinte Burt. »Ich bin sowieso allein an Weihnachten. Weshalb dachte ich, dass ich etwas so Gigantisches im Wohnzimmer brauche?«

Mit vereinten Kräften verstauten sie schließlich den Baum. Sein unteres Ende befand sich auf dem Beifahrersitz, der Stamm lief über die umgelegten Rücklehnen, und die Spitze ragte weit zum Kofferraum hinaus. Burt hatte ein rotes Tuch mitgebracht, das er dort festband.

»So schaffe ich das nach Hause«, sagte er.

Etwas unschlüssig standen sie einander gegenüber.

»Also dann«, sagte Burt. »Frohe Weihnachten.«

»Frohe Weihnachten«, sagte Kate.

»Werden Sie mit Ihrer Familie zusammen feiern?«, fragte Burt.

Kate schüttelte den Kopf. »Ich habe eigentlich gar keine Familie mehr. Ich mache es mir allein gemütlich. Mit meiner Katze.« Sie grinste. »Alleinstehende Frauen haben immer Katzen.«

»Katzen sind großartig«, meinte Burt. »Ich hätte allerdings noch lieber einen Hund. Aber der wäre zu viel allein.«

»Was machen Sie denn beruflich?«

»Ich bin Makler.«

Aus irgendeinem Grund überraschte das Kate. »Makler? Ein Makler beim Singlekochen?«

»Wieso nicht?«

»Na ja ... ich denke, Sie lernen schon beruflich unheimlich viele Leute kennen. Auch Frauen.«

Er zuckte mit den Schultern. »Klar. Und, ehrlich gesagt, viele interessieren sich auch für mich.«

Es klang etwas angeberisch. Burt Gilligan litt ganz sicher nicht unter einem Mangel an Selbstbewusstsein.

»Aber seit meiner Scheidung vor acht Jahren hat sich nichts ergeben, was umgekehrt auch mich interessiert hätte«, fuhr er fort.

»Es ist schwierig«, meinte Kate.

Intelligenter Gesprächsbeitrag, dachte sie resigniert.

Burt grinste. »Stimmt. Aber man sollte jede Gelegenheit beim Schopf ergreifen, finde ich. Hätten Sie heute Abend Lust, mit mir essen zu gehen? Bei *Gianni's*?«

Kate war perplex. Ein Mann wollte mit ihr essen gehen? Sie hatte ein Date? Plötzlich, am Vorabend des Weihnachtsfestes?

»Oh ... gerne. Ja. Ich habe nichts anderes vor.« Sie hatte den Eindruck, dass sie stotterte. Typisch. Das passierte ihr meistens, wenn ein Mann sie jenseits beruflicher Themen ansprach.

Burt nickte zufrieden. »Um acht Uhr? Ich reserviere einen Tisch.«

Sie nickte. »Okay. Gerne. Ich werde da sein.«

Immerhin. Sie fühlte sich ein wenig beschwingt, als sie ins Auto stieg und vorsichtig zurücksetzte. Durch den Baum sah sie kaum etwas. Weihnachten würde doch nicht ganz so trostlos sein. Sie hatte immer noch niemanden, mit dem sie morgen früh Geschenke auspacken, zu Mittag essen und in die Kerzen des Baumes blicken konnte, aber sie hatte jemanden für heute Abend, und das war viel mehr, als sie sich noch eine Stunde früher hätte ausmalen können. Burt war nicht der Mann, in den sie sich blitzartig verliebt hätte, aber er war ganz nett, und außerdem musste ja vielleicht auch nicht mehr daraus werden. Es ging um heute. Manchmal ergab es keinen Sinn, zu sehr über morgen nachzudenken.

Sie war schon fast daheim, als ihr Handy klingelte. Ihr erster Impuls war, es zu ignorieren. Sie wollte jetzt mit niemandem reden, sie wollte nach Hause, schnell den Baum ausladen, ihn ins Wohnzimmer stellen und dann ins Büro fahren, schauen, was noch anlag ... Aber ein Blick auf das Display zeigte ihr, dass es ihre Chefin war, die anrief. Sie meldete sich über die Freisprechanlage.

»Ja? Sergeant Linville hier?«

»Sergeant?« Pamela klang verändert. Nicht so kühl wie sonst. Irgendwie aufgeregter. Emotionaler. »Sergeant, können Sie bitte gleich ins Präsidium kommen?«

Kates Herz begann zu klopfen. Ein Durchbruch? War Logan Awbrey gefasst? Oder gab es irgendeine bahnbrechende Erkenntnis?

»Was ist passiert?«

»Sophia Lewis wurde gefunden«, sagte Pamela.

Sie raste ins Büro, mit nicht vollständig geschlossenem Kofferraum, aus dem die Tannenbaumspitze ragte, aber das war ihr gleichgültig. Herz und Puls jagten.

Sophia Lewis wurde gefunden.

Der Fall aus dem letzten Sommer. Eine junge Frau, die das Opfer eines Psychopathen und seiner wirren Rachefantasien geworden war. Er hatte ein Attentat auf sie verübt, bei dem sie schwer verletzt und zu einem Leben im Rollstuhl verurteilt worden war, aber als ob das nicht genügte, hatte er sie später aus dem Krankenhaus entführt und verschleppt. Kate und Caleb hatten in einem waghalsigen Manöver versucht, ihr Leben zu retten, nachdem ihr Entführer gedroht hatte, sie lebendig zu begraben. Die Rettung war nicht gelungen, der Täter war an einer Schussverletzung gestorben, ehe er das Versteck seines Opfers hatte preisgeben können. Kate war bis zum heutigen Tag überzeugt, dass er so oder so nie geredet hätte, aber natürlich blieb die Frage im Raum stehen, ob man ihn nicht doch zum Kooperieren hätte bringen können, wenn Kate und Caleb nicht eigenmächtig vorgegangen wären und dadurch eine Situation geschaffen hätten, in der Kate schießen musste, um ihr eigenes Leben zu retten. Für Caleb war diese Geschichte der endgültige Anlass gewesen, sich aus seinem Beruf als Polizist zu verabschieden. Kate hatte sich durch die Wochen danach gekämpft, war sich der Blicke der Kollegen auf den Gängen im Präsidium bewusst gewesen sowie der Tatsache, dass sie größere Karrierepläne vorerst vergessen konnte. Das hatte der Chief Superintendent durchblicken lassen. Oder eher gesagt: Er hatte sie das sehr deutlich wissen lassen.

Wochenlang hatten Hundertschaften der Polizei nach Sophia Lewis gesucht, nach dem mutmaßlichen Versteck unter der Erde. In einem verzweifelten Wettlauf gegen die Zeit, denn es war immer klar, wie gering Sophias Überlebenschancen in einem unterirdischen Versteck waren. Der Sommer war vergangen, und der Herbst hatte begonnen, doch das Versteck hatte man nicht gefunden. Die Suche war eingestellt worden, weil irgendwann jeder wusste, dass es keine Hoffnung mehr gab.

Und nun hatte man sie gefunden. Ganz sicher nicht lebend. Aber man würde den Fall endlich abschließen können. Kate wusste nur zu gut, dass das manchmal alles war, was blieb: dass man aufhören durfte zu hoffen. Zu suchen. Zu warten. Dass es ein Ende gab, wie schrecklich es auch sein mochte.

Im Präsidium herrschte weit weniger Betriebsamkeit als sonst. Manche hatten sich schon in die Weihnachtstage verabschiedet, waren zu Verwandtenbesuchen aufgebrochen oder hasteten durch die Geschäfte auf der Suche nach Last-Minute-Geschenken. Aus irgendeinem Raum dudelte Weihnachtsmusik. Im Eingang blinkten die bunten elektrischen Lichter eines Weihnachtsbaumes.

Pamela war in ihrem Büro, als Kate, ohne anzuklopfen, hineinstürmte. Sie blickte indigniert auf. »Schön, dass Sie kommen. Ich hatte Sie eigentlich schon heute Morgen hier erwartet.«

»Ich war bei Eleonore Walters«, erklärte Kate. »Der Fall Mila Henderson scheint etwas komplizierter als gedacht ...« Sie unterschlug den Kauf des Weihnachtsbaumes. Den hätte sie natürlich während der Dienststunden eigentlich nicht tätigen dürfen.

»So. Aha.« Der Fall Walters interessierte Pamela offensichtlich kein bisschen. »Setzen Sie sich, Sergeant. Es geht um Sophia Lewis.«

Kate setzte sich. Sie hatte weder Mantel noch Schal abgelegt. »Sie wurde gefunden?«

»Ja. Tot natürlich.«

Natürlich. Sie hatte es gewusst. Dennoch gab es ihr einen Stich. Immer war da noch ein Rest Hoffnung gewesen. Ein winziger, unrealistischer Rest.

»Wo?«, fragte sie.

Pamela blickte in ihre Unterlagen. »Der Ort heißt Sleaford. Kaum mehr als ein Dorf. In Lincolnshire.«

»Erreichbar von ...«

»Nottingham. Ja. In knapp einer Stunde Fahrzeit.«

Von Nottingham aus war Ian Slade damals mit seinem Opfer aufgebrochen. Aufgrund der gesamten Abläufe hatte man berechnen können, wie weit er äußerstenfalls mit Sophia hatte fahren können. Sleaford lag offenbar innerhalb des Radius.

»Eine ältere Frau hat sie heute früh gefunden«, fuhr Pamela fort. »Sie ging direkt am Ufer des River Slea spazieren. Auf einem unbefestigten Pfad, vor dessen Betreten wohl schon seit Längerem gewarnt wird. An einer Stelle hatten wilde Tiere offensichtlich etwas ausgegraben. Sie schaute näher hin und entdeckte, dass es sich um einen menschlichen Leichnam handelte.«

Kate spürte, wie es in ihren Ohren zu rauschen begann. Er hatte sie vergraben. Er hatte getan, was er angedroht hatte.

»Und ... es ist sicher ...?«, fragte sie. Ihre Stimme klang wie aus weiter Ferne.

»Es ist Sophia Lewis.« Pamela nickte. »Es wurden ein Schuh und Teile der Kleidung, die sie trug, gefunden. Aufgrund der Bilder, die seinerzeit anlässlich der Suche nachgestellt wurden, handelt es sich einwandfrei um Stücke von damals. Die DNA-Analyse ist noch nicht fertig, aber ich gehe davon aus, dass sie die endgültige Bestätigung bringen wird.«

Es war, als breche ein Trauma auf, das sie stets sorgfältig unter Verschluss hielt, und gebe ihr ein paar Sekunden lang das Gefühl, dass die Welt schwanke.

Sophia Lewis gefunden. Aber er hatte es wahr gemacht. Ian Slade. Er hatte sie vergraben.

Kate hörte ihre eigene Stimme wie aus weiter Ferne. »Die Holzkiste ... Er wollte sie in einer Holzkiste lebendig begraben.«

Pamela schüttelte den Kopf. »Da war keine Kiste.«

»Nicht?«

»Nein. Und es wird Sie beruhigen, Sergeant, das zu hören: Er hat sie erschossen. Unzweifelhaft. Er hat sie nicht lebend begraben. Er hat sie vermutlich dort am Flussufer erschossen und dann vergraben.«

Für einen Moment herrschte ein vollkommenes Schweigen im Raum, so still, als hätten beide Frauen sogar zu atmen aufgehört. Die Weihnachtsmusik aus einem der anderen Zimmer klang jetzt schrill und aufdringlich. Aus dem Augenwinkel nahm Kate wahr, dass es draußen zu regnen begann, kein Schnee, aber ein kristallener Eisregen. Es würde sehr glatt werden auf den Straßen.

Als sie wieder atmen konnte, sagte sie: »Das bedeutet ... das heißt ...«

Sie wagte nicht, es auszusprechen. Sie misstraute ihrem eigenen Gedanken, wollte sich schützen vor der Enttäuschung.

Aber Pamela wusste, was sie hatte sagen wollen. »Ja. Es entlastet vermutlich Ihr Gewissen, auch wenn es nichts daran ändert, dass Sie sich gegen alle Vorschriften verhalten haben. Als Sie und DCI Hale versuchten, Ian Slade auszutricksen und ihm zu Sophia Lewis' Versteck zu folgen, war sie bereits tot. Insofern war es gleichgültig – was immer Sie getan hätten, Sie hätten sie nicht retten können.«

Was immer Sie getan hätten, Sie hätten sie nicht retten können.

Kate neigte nicht zu Kreislaufproblemen, aber nun wurde ihr plötzlich schwindelig.

»Oh Gott«, sagte sie. »Oh Gott.«

»Sie sollten vielleicht jetzt nach Hause gehen«, sagte Pamela. »Das alles ist sicher sehr schwierig zu verarbeiten. Hier passiert heute ohnehin nichts mehr. Wegen des Ergebnisses der DNA halte ich Sie auf dem Laufenden.«

»Ja. Vielen Dank. Danke.« Sie stand auf und nahm ihre Tasche, die sie neben sich auf den Boden hatte fallen lassen.

»Frohe Weihnachten«, sagte Pamela und lächelte.

Nach einem Moment der Überraschung lächelte Kate zaghaft zurück. »Frohe Weihnachten«, sagte sie.

5

Eisregen hatte eingesetzt, der Wind war stärker geworden, und sie saßen noch immer in dem kleinen Haus in der Einöde, in dem eiskalten Wohnzimmer mit dem kaputten Fenster. Sam wirkte schockiert, vor allem weil Anna ihn anflehte, auf keinen Fall die Polizei zu verständigen. Genau das zu tun war sein erster Gedanke gewesen, aber Anna wäre erneut fast in Tränen ausgebrochen.

»Tu das nicht. Sam, bitte. Keine Polizei!«

Er hatte sie fassungslos angeblickt. »In deinem Haus liegt ein toter Mann, der wegen Mordverdacht gesucht wird, und du willst nicht die Polizei rufen?«

»Komm rein. Komm. Ich erklär dir alles!«

Sam war über den Toten hinweggeturnt, weil Logan den Flur in nahezu voller Länge und Breite ausfüllte.

»Du bist sicher, dass er tot ist?«

»Er ist völlig starr. Und unter ihm ist ganz viel Blut.«

»Blut?«

»Ich glaube, er ist erstochen worden.«

»Hier in deinem Haus?«

»Ja. Offenbar, oder?«

Im Wohnzimmer entdeckte Sam das notdürftig abgedeckte kaputte Fenster. »Aha«, sagte er, »da ist er wohl eingebrochen. Ich vermute, er wollte sich hier verstecken. Aber wer hat ihn dann hier umgebracht?«
»Er ist seit Samstag hier«, sagte Anna leise. »Sonntagabend war er da, als ich kam.«
»Als ich dich hier abgesetzt habe? Da war er im Haus?«
»Ja.«
Sam wurde blass vor Schrecken. »Ich wusste, ich hätte mit reinkommen sollen. Das nächste Mal lasse ich mich nicht mehr abwimmeln, Anna. Das Haus hier liegt einfach zu abseits. Das ist gefährlich.«
»Sam, Logan war keine Gefahr für mich. Wir kennen uns schon lange. Er ist nur hierhergekommen, weil er Hilfe erhoffte.«
Sam wirkte mit jeder Minute schockierter. »Ihr seid alte Freunde? Du und dieser ... Mörder?«
»Er schwört, dass er Diane nicht umgebracht hat.«
Sam setzte sich auf das Sofa und schaute Anna an, als habe sie den Verstand verloren. »Er schwört das? Ja, das würde ich auch tun, wenn ich auf der Flucht vor der Polizei wäre und bei dir Unterschlupf suchte ...« Er überlegte kurz und sagte dann: »Du kennst also beide in diesem Drama. Täter und Opfer.«
»Ja. Aber Diane kenne ich erst seit Anfang November. Und nicht wirklich gut. Logan kenne ich, seitdem wir beide Teenager waren.«
»Und wann hattest du ihn zuletzt gesehen?«
»Vor ... acht, neun Jahren vielleicht.«
Er stand auf, zu nervös, um sitzen zu bleiben. »Inzwischen ist er vielleicht auf die schiefe Bahn geraten. Woher willst du denn wissen, wie sein Leben seitdem verlaufen ist?«

»Vielleicht ist er aber auch unschuldig.«

»Dann findet die Polizei das heraus. Jetzt ist er jedenfalls tot. Und wie es aussieht, ist er keines natürlichen Todes gestorben. Anna, wir müssen die Polizei rufen. Was willst du denn sonst machen?«

»Ich weiß es nicht.«

»Was ich nicht verstehe«, sagte Sam, »was ich wirklich nicht verstehe, ist, weshalb du mir nichts gesagt hast. Du musst seit Tagen wissen, dass es sich bei dem gesuchten mutmaßlichen Täter um deinen alten Freund handelt. Sein Bild war ja überall, dann auch der Name. Du triffst hier im Haus auf ihn – auf einen Mann, der unter Mordverdacht steht und gegen den ein Haftbefehl läuft. Du gewährst ihm Unterschlupf. Und von all dem verrätst du nicht einmal mir ein Sterbenswörtchen?«

»Weil du sofort zur Polizei gegangen wärest«, sagte Anna und fing nun tatsächlich wieder an zu weinen. Das alles war ein einziger Albtraum. Durch die Tür sah man Logans ausgestreckte Arme und ein Stück von seinem Kopf. Sein Haar hob sich tiefschwarz von dem hellen Teppich ab.

»Natürlich wäre ich sofort zur Polizei gegangen«, sagte Sam. »Und jetzt werde ich das auch tun. Anna, bitte. Sei vernünftig.«

»Sie werden mir vorwerfen, dass ich ihn hier beherbergt habe.«

»Er ist ein alter Freund. Du warst überfordert.«

»Und wenn sie behaupten, ich habe ihn umgebracht?«

»Ich bitte dich, warum solltest du das denn tun? Außerdem ist er ein Riese. Du hättest das gar nicht geschafft.«

»Keine Polizei, Sam. Bitte!«

Er trat an sie heran, umfasste ihre Schultern. »Was ist los, Anna? Warum hast du solche Angst?«

Sie schüttelte den Kopf. »Bitte, Sam. Keine Polizei.«
Er ließ sie los und trat zurück. Er sah erschöpft aus und – Anna erkannte es mit Schrecken – verärgert. Er wurde langsam zornig. Die Situation war grotesk und überforderte auch ihn, eigentlich hätte er das längst in professionelle Hände abgegeben. Anna ahnte, dass er sie nicht verstand und dass er verletzt war. Sie hatte ihn nicht eingeweiht. Und auch jetzt verbarg sie irgendetwas vor ihm.

»Was ist los, Anna? Da ist doch noch irgendetwas? Was ist mit diesem Logan – und mit dir?«

Sie wandte sich weinend ab. Sie konnte förmlich spüren, dass er sie am liebsten geschüttelt hätte.

»Verdammt, Anna, warum hast du mich denn dann angerufen? Nur um mich im Ungewissen zu lassen, mich aber gleichzeitig in einen riesigen Schlamassel zu ziehen?«

Sie versuchte zu sprechen. Es gelang ihr erst im dritten Anlauf. »Wir ... müssen ihn ... hier wegbringen.«

»Was meinst du damit?«

»Ihn irgendwo verstecken.«

Sam wirkte allmählich nur noch verzweifelt. »Wir sollen ihn jetzt ins Auto laden und irgendwo verscharren? Meinst du das? Gott, Anna, was verlangst du von mir?«

Sie sah ihn an. »Bitte. Bitte hilf mir.«

»Wovor hast du solche Angst?«

»Bitte.«

Er fuhr sich mit einer heftigen Bewegung durch die Haare. Er sah aus, als sei er in einen Wirbelsturm geraten. Anna nahm an, dass er sich auch so fühlte.

»Nein«, sagte er. »Nein, auf so etwas lasse ich mich nicht ein. Ich verstehe es einfach nicht. Hör zu, Anna, was du da vorhast, musst du allein machen. Ich bin da raus.«

Er wollte aus dem Wohnzimmer stürmen, blieb aber

stehen, weil er so einfach nicht an dem toten Logan im Flur vorbeikam. Anna packte seine Arme.

»Bitte. Geh nicht weg. Ich schaffe das nicht allein. Ich schaffe das nicht!«

»Das ist auch nicht zu schaffen. Das ist einfach nur verrückt.« Er wollte weiter, aber sie hing wie ein Gewicht an ihm.

»Bitte. Bitte, Sam.«

»Sag mir, warum. Verdammt, sag es mir, Anna. Warum keine Polizei?«

»Ich erkläre dir das. Ich verspreche es. Wirklich. Aber bitte ... hilf mir jetzt. Wir haben nicht so viel Zeit. Wenn irgendjemand hier auftaucht ... Bitte, Sam.«

Er wandte sich zu ihr um.

»Es ist vollkommen wahnsinnig«, sagte er, aber sie spürte, dass sein Widerstand brach.

Er würde ihr helfen.

Aber er würde danach eine Erklärung verlangen.

Sam war dagegen, den toten Logan ins Meer zu werfen, weil er dann über kurz oder lang angespült würde und er keine Ahnung hatte, wie weit man ihn anhand irgendwelcher anhaftender Spuren noch mit Annas Haus und dadurch mit Anna selbst in Verbindung bringen konnte. Zwar vermutete er, dass das Wasser alles vernichten würde, aber er war nicht sicher.

»Nach allem, was man hört und liest, haben die ja heute Methoden ... Es wäre besser, man findet ihn nicht.«

»Ja, in Ordnung«, piepste Anna. Sie saß fast teilnahmslos in der Ecke, sie hatte die Verantwortung für das weitere Geschehen an Sam abgegeben und zog sich völlig in sich selbst zurück. Sam wirkte überfordert, hatte aber wohl den Eindruck, dass einer von ihnen beiden handlungsfähig bleiben musste, weil sie die Situation nicht auf sich beruhen lassen konnten.

»Ich meine, du bist dir darüber im Klaren, was wir hier tun?«, vergewisserte er sich. »Wenn wir jetzt tatsächlich nicht die Polizei rufen, sondern stattdessen die ... Leiche beseitigen, wird es später sehr schwierig zu beweisen, dass wir mit seinem Tod nichts zu tun haben. Er kann gefunden werden, ganz gleich, wie gut wir ihn verstecken. Und dann wird es Faserspuren geben und andere Dinge. Unter Umständen stellen sie die Verbindung zu dir her. Was willst du dann sagen, weshalb du das alles hier nicht gemeldet hast?«

»Sie würden mich schon jetzt verdächtigen.«

»Nein. Du warst ja außerdem bei mir. Das kann ich bezeugen.«

»Ich könnte ihn am Montag umgebracht haben. Bevor ich zum Kurs und dann zu dir gefahren bin.«

»Ich nehme an, dass man den Todeszeitpunkt ermitteln kann, und da waren wir zusammen.«

»Und wenn man ihn nicht so genau ermitteln kann? Ich war seit Sonntagabend hier allein mit ihm.«

Es war noch eine Weile hin und her gegangen, aber schließlich hatte Sam eingelenkt, doch Anna fürchtete die ganze Zeit über, dass er abspringen würde. Es war eine Zumutung, sie zog ihn in etwas hinein ... Aber was sollte sie tun, sie war völlig ratlos und nur noch verängstigt.

Sam ging nach draußen, kehrte kurz darauf zurück. »Ich habe mir dein Auto noch mal angeschaut, Anna. Da passt er nicht rein, es ist einfach zu kurz. Wir müssen meins nehmen. Aber da muss erst der Weihnachtsbaum raus. Hilfst du mir?«

Sie nickte und folgte ihm nach draußen. Es regnete noch immer, harte, kleine Kristalle. Sie zogen und schoben den

Weihnachtsbaum aus Sams Auto. Er war wirklich riesig. Anna fragte sich, wie sie ihn später die Treppe hoch in seine Wohnung bekommen sollten. Und war er nicht höher als die Zimmerdecke? Aber vielleicht würden sie ohnehin nicht mehr Weihnachten feiern. Mit geschmücktem Baum und allem Drum und Dran. Allein der Gedanke daran kam ihr schon fast absurd vor.

Sam bestand darauf, dass sie den Baum hinter das Haus schafften, falls irgendjemand vorbeikäme, der Anna frohe Weihnachten wünschen wollte und sich über einen quer im Hof liegenden Baum wundern würde.

»Wir sollten kein Aufsehen erregen. Es sollte hier alles unauffällig erscheinen.«

Sie waren vom Regen völlig durchnässt und zugleich schweißgebadet, als sie den monumentalen Tannenbaum endlich hinter dem Cottage abgelegt hatten. Sie kehrten ins Haus zurück, und Sam sah sich nach einer Decke um. Sie mussten Logan in irgendetwas einwickeln, sonst hinterließen sie eine blutige Schleifspur zum Auto, und auch die Polster des Autos selbst wären dann voller Blut. Der Läufer, der den Fußboden im Flur bedeckte und auf dem Logan lag, war zu schmal und zu fest. Anna holte schließlich eine alte Wolldecke. Sie versuchten, sie unter Logan zu schieben, was sich als äußerst schwierig herausstellte, weil Logan sehr schwer und kaum zu bewegen war. Beide hatten sie blutige Hände, nachdem sie unter seinem Bauch herumgetastet hatten.

Als es Sam endlich gelang, Logan umzudrehen, sahen sie, dass sein ganzer vorderer Oberkörper voller Blut war. Sam zuckte zurück. »Um Gottes willen.«

Es war alles verschmiert und angetrocknet, und dennoch war ersichtlich, dass Logan durch zahlreiche Messerstiche getötet worden sein musste. Jemand hatte wie ein Verrückter auf ihn eingestochen.

»Wie bei Diane«, sagte Anna. »So muss Diane ausgesehen haben.«

»Letzte Chance, die Polizei zu rufen«, sagte Sam. »Ich glaube nicht, dass dir irgendein Beamter diese Tat zutraut, Anna. Mit Sicherheit hat Logan sich gewehrt. Wie hättest du das denn schaffen sollen?«

Sie war sofort wieder die verkörperte Abwehr. »Nein, es geht einfach nicht. Nein!«

»Okay. Wir wickeln ihn jetzt irgendwie in diese Decke, und dann schleifen wir ihn raus. Ich fürchte, er ist zu schwer, um ihn zu tragen. Versuchen wir, ihn noch einmal zu drehen.«

Irgendwie gelang es ihnen, Logan so in die Decke einzuwickeln, dass sie ihn nach draußen ziehen konnten. Inzwischen hatten sie beide kaum noch Kraft. Anna lief der Schweiß in Strömen über das Gesicht. Obwohl eisige Kälte durch die Haustür kam, war ihr so warm, dass sie am liebsten alles ausgezogen hätte. Ein Blick an sich hinunter zeigte ihr, dass sie das sowieso würde tun müssen: Sie war voller Blut.

Genau wie Sam. Auch er sah abenteuerlich aus und keuchte vor Anstrengung. Er hatte Logans Arme gegriffen, die aus der Decke herausragten, und ging voran, rückwärts, in kleinen Schritten. Immer wieder drehte er sich um und warf einen kurzen Blick in Richtung Straße. Sollte jemand in den Feldweg einbiegen, müssten sie schleunigst den Rückweg ins Haus antreten, denn die Situation ließe sich kaum erklären. Aber auch von der Landstraße aus waren sie gut sichtbar, jeder, der an dem Feldweg vorbeifahren und einen kurzen Blick zur Seite werfen würde, könnte sie sehen. Sam hoffte, dass man aus der Ferne glauben würde, zwei Leute zu beobachten, die einfach einen großen Gegenstand transportierten. Nicht einen ermordeten Mann.

Die Dunkelheit brach herein, als sie Logan endlich im Auto verstaut hatten. Es regnete unvermindert, und es war schwerer gewesen als irgendetwas, das Anna je im Leben hatte vollbringen müssen. Logan nahm im Auto ziemlich genau den Platz ein, den zuvor der Weihnachtsbaum gehabt hatte, aber zumindest ragte er nicht nach hinten hinaus. Sein Kopf lag auf dem Beifahrersitz, die Arme waren nach vorne gestreckt. Sein übriger Körper und die Beine reichten bis zur Heckklappe und erstreckten sich über zwei umgelegte Sitzlehnen. Die Decke war um ihn drapiert, aber man sah seine Füße und seine Arme.

»Ich hoffe nur, dass wir nicht zufällig in eine Polizeikontrolle geraten«, sagte Sam. »Das, was wir hier tun, können wir keinem normalen Menschen erklären.«

»Wir müssen uns umziehen«, sagte Anna. »Wir sind voller Blut. Sonst haben wir ein Problem, wenn wir jemandem begegnen.«

»Wir haben so oder so ein Problem«, murmelte Sam, aber er verschloss sein Auto und folgte Anna ins Haus. Irgendwann früh am Morgen war er beschwingt aufgebrochen, einen Baum, gutes Essen und letzte Geschenke einzukaufen. Anna dachte, dass er sich wie in einem schlechten Film fühlen musste.

Mit dem Flur, der voller Blut war, musste etwas geschehen. Sie rollten den Läufer zusammen, der nicht allzu groß, aber ziemlich schwer war, und stießen ihn hinter die Tür, von der aus steinerne Stiegen hinunter in den Keller führten. Sie würden sich später um ihn kümmern, im Moment fehlte beiden die Energie. Die letzte Kraft, die sie noch hatten, brauchten sie, um den toten Logan zu entsorgen.

Anna holte einen Eimer und einen Schrubber und wischte die letzten Blutspritzer von den Steinfliesen, und danach sah der Flur schon wieder ziemlich normal aus. Sie gingen nach oben, zogen ihre blutverschmierte Kleidung aus und stopften sie in den Wäschekorb im Bad. Beide hätten sie gerne geduscht, aber das hätte Zeit gekostet. Im Auto auf dem Hof vor ihrem Haus lag ein Toter. Sie mussten sich beeilen.

Sam hatte immer wieder auch Wochenenden bei Anna verbracht und hatte zum Glück ein Paar Jeans und einen Pullover bei ihr im Schrank. Sie zogen sich um und boten wieder einen sauberen Anblick, aber jeder stellte für sich im Gesicht des anderen den Schrecken und die Anstrengung der letzten Stunden fest. Sie sahen beide verstört, abgekämpft und vollkommen fertig aus.

Für einen Augenblick setzten sie sich auf Annas Bett und legten die Arme umeinander.

»Wo ist sein Handy?«, fragte Anna leise.

»Er hatte ein Handy?«

»Ja. Wir haben noch die Nummern getauscht. Ich habe mehrfach versucht, ihn darüber zu erreichen.«

»Dann sollten wir es finden«, meinte Sam. »Ehe es irgendjemandem, schlimmstenfalls der Polizei, in die Hände fällt.«

Sie suchten das ganze Haus ab, aber das Handy war nirgends zu entdecken. Sam fluchte leise. »Kann sein, er trägt es noch irgendwo am Körper. Wir müssen nachher noch mal nachschauen.«

»Okay«, flüsterte Anna. Sie waren wieder oben in ihrem Schlafzimmer angelangt, ließen einen letzten Blick umherschweifen. Nichts.

»Wir müssen los«, sagte Sam unruhig.

Im selben Moment glitt das Licht zweier Scheinwerfer über die Zimmerdecke, und dann vernahmen sie auch schon den Motor eines Autos.

Anna hielt den Atem an. »Da kommt jemand«, sagte sie.

6

Über zunehmend glatte Straßen war Kate nach Hause gerutscht. Schon von unterwegs hatte sie zweimal versucht, Caleb Hale zu erreichen, aber er ging nicht an sein Handy. Sie hielt an und schrieb ihm eine WhatsApp-Nachricht: *Bitte rufen Sie mich zurück. Ich habe eine wichtige Neuigkeit!*

Aber bis sie daheim ankam, war die Nachricht noch immer nicht abgerufen. Sie versuchte es noch einmal telefonisch. Ohne Erfolg.

Was macht der denn bloß?, fragte sie sich gereizt.

Mit einiger Mühe schaffte sie ihren Baum ins Wohnzimmer und befestigte ihn in dem Weihnachtsbaumständer. Sie holte die Kiste mit dem Schmuck aus dem Schrank im einstigen Elternschlafzimmer und hängte Kugeln und kleine Figuren auf, aber sie tat es mechanisch und geistesabwesend. Sie musste immerzu an Sophia Lewis denken und daran, dass Caleb es erfahren musste. So schnell wie möglich.

Endlich klingelte ihr Handy, und sie hoffte schon, er rufe zurück, aber es war Pamela, die sich meldete.

»Meine letzte Amtshandlung vor Weihnachten«, sagte sie. »Das Auto von Logan Awbrey wurde gefunden. Gar nicht so weit von Ihnen. Am Rande von Scalby.«

»Was heißen könnte, er ist noch in der Gegend«, sagte Kate. »Wodurch fiel es auf?«

»Ein Anwohner hat auf der Wache angerufen. Der Wagen blockiert teilweise seine Ausfahrt. Er konnte noch rein- und rausfahren, aber ziemlich mühsam. Als das Auto ewig nicht verschwand, hat er bei uns angerufen.«

»Seit wann steht das Auto dort?«, fragte Kate.

»Ihm fiel es am Samstagvormittag auf, als er zum Einkaufen wegfuhr. Freitagabend war es noch nicht da, da kamen er und seine Frau spät von einer Weihnachtsfeier zurück und hatten kein Problem bei der Einfahrt.«

»Dann war er zumindest in der Nacht von Freitag auf Samstag und Samstagfrüh noch in der Gegend. Seitdem muss er sich mit öffentlichen Verkehrsmitteln durchschlagen, was riskant ist, da sein Gesicht in den Zeitungen ist. Insofern vermute ich eher, er versteckt sich irgendwo.«

»Ja, es gibt genug leer stehende Ferienhäuser um diese Jahreszeit«, stimmte Pamela zu. »Er ist ja schon einmal in eines eingebrochen. Er könnte natürlich auch ein Auto gestohlen haben, aber bislang ist nichts gemeldet. Übrigens war der Tank seines Autos leer, er ist mit dem letzten Tropfen zu diesem Abstellplatz gerollt. Entweder hat er kein Geld mehr, oder er traut sich nicht an eine Tankstelle.«

»Seine Lage wird schwieriger«, murmelte Kate.

»Er kann nicht mehr lange durchhalten«, stimmte Pamela zu. »Nicht ohne Unterstützung. Er stammt aus der Gegend. Vielleicht hat er noch Kontakte.«

»Er wird wegen Mordverdacht gesucht. Für die meisten Bekannten hört da die Freundschaft auf«, sagte Kate.

»Hoffen wir es«, stimmte Pamela zu. »Ich halte Sie auf dem Laufenden. Und nun endgültig: frohe Weihnachten, Sergeant. Wir sehen uns Freitagvormittag im Büro. Ab

Freitagmittag habe ich dann frei. Ich verreise über das Wochenende.«

Seltsam, dass sie nicht über Weihnachten verreiste. Sondern direkt danach. Aber natürlich stand es Kate nicht zu, eine entsprechende Frage zu stellen. »Frohe Weihnachten«, sagte sie daher nur. »Bis Freitag.« Sie beendete das Gespräch, versuchte es gleich darauf noch einmal bei Caleb. Wieder lief der Anruf ins Leere.

Wahrscheinlich arbeitet er heute, dachte sie, und in dem Pub hört er es einfach nicht.

Es wurde draußen bereits dunkel. Halb fünf. Sie hatte noch Zeit, ehe sie Burt Gilligan bei *Gianni's* treffen würde.

»Ich muss noch mal weg«, sagte sie zu Messy. »Bis später!« Die Katze lag friedlich schlafend auf dem Sofa und blinzelte nur kurz mit einem Auge. Kate ließ das Licht für sie brennen und verließ das Haus.

Auf dem kurzen Weg zum Auto wäre sie zweimal fast hingefallen. Es war wirklich glatt geworden, und eigentlich hätte sie daheimbleiben müssen. Der Weg zum Restaurant später würde schwierig genug werden. Sie musste sehr vorsichtig fahren.

Es waren bereits Streufahrzeuge im Einsatz, und Kate schaffte den Weg zum Hafen hinunter besser, als sie gedacht hatte. Vor dem *Sailor's Inn* parkten etliche Autos, aber sie fand nach einigem Suchen einen Parkplatz. Schon von draußen hörte sie, dass es in dem Pub hoch herging. Viele Leute gingen am 24. Dezember aus und feierten fröhlich, besinnlich wurde es dann am 25. Dezember. Kate verbrachte normalerweise beide Tage zu Hause.

In dem Pub war es sehr warm, sehr voll, sehr laut. Weihnachtsmusik dudelte aus einem Lautsprecher. Die meisten Leute trugen Papierhüte und schienen ziemlich betrunken.

Es herrschte eine fröhliche und ausgelassene Atmosphäre. Kate drängte sich durch die Menge in Richtung Bartheke. Irgendjemand hielt ihren Arm fest und fragte, ob sie nicht mitfeiern wollte, aber sie machte sich los. Sie wollte einfach nur Caleb finden. Sich mit ihm in einen ruhigen Winkel zurückziehen und ihm von Sophia Lewis erzählen. Sie brannte darauf, sein Gesicht zu sehen.

An der Bar war er nicht, aber es gelang Kate nach einer Weile, den Barkeeper, der mit den Bestellungen kaum hinterherkam, auf sich aufmerksam zu machen.

»Caleb Hale!« Sie musste schreien, um Stimmengewirr und Musik zu übertönen. »Ist er hier irgendwo?«

Die Miene des jungen Mannes hinter der Theke verfinsterte sich augenblicklich. »Hale? Sind Sie eine Freundin von ihm?«

»Ja.«

»Dann sagen Sie ihm, er kann froh sein, wenn er seinen Job hier behält! Ich bin sauwütend auf ihn. Das können Sie ihm auch sagen!«

»Wieso denn? Was ist denn passiert?«

Der Barkeeper kam dicht mit seinem Gesicht an ihres. Sie konnte seinen Atem riechen. Vanille. Untypisch an diesem Ort.

»Ich mache seinen verdammten Job heute Abend, das ist passiert. Er ist zum Dienst nicht erschienen, da hat der Chef schließlich mich angerufen. Sie sehen ja, was hier los ist. Ich hatte heute frei, wäre jetzt mit Frau und Kindern daheim. Meine Frau ist außer sich, ich habe ein verdammt beschissenes Weihnachten vor mir. Weil Hale ... keine Ahnung. Der pennt oder ist besoffen oder hat sich ins Meer gestürzt. Letzteres wäre mir am liebsten!«

Der junge Mann war zweifellos verärgert.

Kate begann sich Sorgen zu machen. Sie hatte Caleb Hale nie als pflichtvergessen erlebt, bei all den Problemen, die er mit sich herumtrug.

»Wissen Sie zufällig seine neue Adresse?«, fragte sie.

Der Barkeeper musterte sie misstrauisch. »Ich denke, Sie kennen ihn?«

»Ja, aber er ist gerade umgezogen. Queen's Parade. Ich weiß die Hausnummer nicht.«

»Ich auch nicht«, sagte der Barkeeper und ließ sie einfach stehen.

Sie fand das Haus in der Queen's Parade schließlich, weil sie das Auto erkannte, das davorstand. Calebs Auto. Es war nachlässig geparkt, eines der Hinterräder klemmte zwischen Bordstein und Straße und sah aus, als würde es diesen Zustand nicht mehr lange unbeschadet aushalten. Kate hielt direkt dahinter an und blickte an der Hausfassade hinauf. Im zweiten Stock brannte Licht, alle anderen Fenster waren dunkel. Sie hoffte, dass es sich um Calebs neue Wohnung handelte. Immerhin wäre er dann wohl zu Hause.

Die anderen Wohnungen schienen teilweise leer zu stehen, zumindest erkannte Kate im Licht der Straßenlaternen, dass sich in den Zimmern hinter den Fenstern keine Möbel befanden. Bei einem Fenster hatte die Scheibe einen hässlichen Sprung. Das ganze Haus wirkte recht heruntergekommen, aber es war klar, dass Caleb bei seinem Job in der Bar nicht allzu viel verdiente. Mehr als das hier konnte er sich sicher nicht leisten.

Die Haustür war einfach aufzudrücken, und Kate betrat das Treppenhaus. Sie betätigte den Lichtschalter, erwartete halb, dass das Licht nicht funktionieren würde, wurde jedoch positiv überrascht: Überall leuchteten kleine Lampen auf und erhellten die schöne hölzerne Treppe mit dem geschnitzten Geländer und den Stuck an der Decke. Kate rief sich ins Gedächtnis, dass die Häuser entlang der Queen's Parade einst durchaus imposant gewesen waren, aufwendig gebaut und wunderschön gelegen mit dem herrlichen Meeresblick. Aber Rezession und steigende Arbeitslosigkeit hatten den Norden Englands schwer gebeutelt, und Scarborough war davon nicht verschont geblieben. Es hatte kaum noch zahlungskräftige Mieter gegeben, und die Besitzer der Häuser hatten in die Instandhaltung nicht mehr investieren können. Die einst so schönen Gebäude verkamen. Der Glanz früherer Zeiten war noch sichtbar, aber hinter all der Schäbigkeit wirkte er traurig und wie etwas, das hoffnungslos vorbei war.

Kate stieg die Treppe in den zweiten Stock hinauf. Es gab vier Türen auf dem Flur mit dem schönen Parkettboden, und nach Kates Vorstellung musste es die äußerste auf der linken Seite sein. Wenn die erleuchteten Fenster, die sie gesehen hatte, zu Caleb gehörten.

Es gab eine Klingel, aber kein Namensschild, und so klingelte sie einfach auf gut Glück. Nur wenige Sekunden später wurde geöffnet. Vor ihr stand Caleb.

Kate war so erleichtert, dass ihr fast die Tränen in die Augen schossen. »Ach, Gott sei Dank. Ich habe Sie gefunden. Hören Sie denn nie Ihre Mailbox ab?«

Er trug Jeans, ein ziemlich schmutziges, ehemals weißes T-Shirt und war barfuß. Er sah aus wie jemand, der gerade seine neue Wohnung einräumt und sich zwischen Kisten und kreuz und quer stehenden Möbeln bewegt.

Er schien nüchtern zu sein.

Kate sandte ein kurzes Dankgebet zum Himmel. Er war nicht deshalb der Arbeit ferngeblieben, weil er sturzbetrunken in der Ecke lag, sondern er hatte über dem Räumen die Zeit vergessen.

»Mailbox?«, fragte er jetzt, in einem Ton, als müsse er erst überlegen, was Kate mit diesem Begriff meinte. »Ach ja, ich habe den ganzen Tag mein Handy nicht gehört. Ehrlich gesagt, ich weiß gerade nicht einmal, wo es ist. Hier herrscht das völlige Chaos. Möchten Sie trotzdem reinkommen?«

»Gerne. Es gibt Neuigkeiten.« Kate trat in die winzige Diele, in der sich Kisten bis zur Decke stapelten. Es war gut, dass sie so dünn war, sonst wäre sie kaum vorbeigekommen. »Oje. Hier ist noch ziemlich viel zu tun, oder?«

»Es ist eine Katastrophe. Sie werden es gleich sehen. Ich gehe mal voran.« Caleb bahnte sich einen Weg durch die Kisten, Kate folgte ihm. »Das war hier oben früher eine einzige große Wohnung. Irgendein Miethai in den Achtzigerjahren kam dann auf die Idee, vier kleine Wohnungen daraus zu machen, in denen man jetzt kaum Platz hat. Andererseits könnte ich mir etwas Größeres kaum leisten.«

Sie waren im Wohnzimmer angekommen. Zumindest vermutete Kate, dass es das war. Es war komplett ausgefüllt von Calebs schönem großem Esstisch, der ein elegantes Schmuckstück in seiner offenen Küche in dem Haus hoch auf dem Kliff gewesen war. Für diese Wohnung war er mindestens drei Nummern zu groß. Er reichte mit allen vier Seiten so nah an die Wände heran, dass nicht einmal die Stühle mehr Platz hatten. Die hatten die Möbelpacker daher oben auf der Tischplatte abgestellt. Der Raum war somit ein einziger Tisch.

»Oh«, sagte Kate.

Caleb nickte. »Gelungen, nicht wahr? Wenn man sich an der linken Seite vorbeischiebt, gelangt man zur Küchentür, aber das ist nicht ganz einfach. Und auf der anderen Seite des Raumes geht es zum Balkon. Von dort hat man den wunderbaren Blick, der mich für diese Wohnung so eingenommen hat. Aber es ist jetzt zu dunkel, man ahnt das Meer eher, als dass man es sieht. Außerdem ist die Balkontür schwer erreichbar.«

»Sie haben hier nicht ausgemessen vor dem Umzug?«, vermutete Kate.

Caleb schüttelte den Kopf. »Unfassbar dumm, oder? Ich kam irgendwie gar nicht auf die Idee. Der Tisch sah in meinem alten Haus nicht so groß aus, ich habe nicht gezweifelt, dass er ...« Er schüttelte den Kopf. »Ich werde ihn abholen lassen müssen und mir dann etwas Kleineres bei Ikea kaufen. Sie können den Tisch nicht zufällig brauchen?«

»Er ist leider für mein kleines Esszimmer auch zu groß. Versuchen Sie ihn doch zu verkaufen. Er ist wirklich schön.«

»Mal sehen«, sagte Caleb. Er schaute den Tisch an, dieses Stück aus seinem alten Leben, das in das neue Leben nicht passte, und Kate ahnte, dass ihm gerade zu Bewusstsein kam, dass der Bruch, den er vollzogen hatte, als er den Dienst quittierte, größer und weitreichender war, als er zunächst gedacht hatte. Und viel mehr Konsequenzen nach sich zog als geahnt.

»Ich war im *Sailor's Inn*«, sagte sie. »Sie hätten dort jetzt Dienst.«

Er seufzte. »Oh, Scheiße. Das habe ich komplett vergessen.«

»Der Typ, der Sie vertritt, ist ziemlich sauer.«

»Verständlich. Aber ich mache mir keine Sorgen. Der Besitzer ist mir ewig dankbar, weil ich ihm geholfen habe, als er und die Bar von einer Motorradgang bedroht und erpresst wurden. Das war noch, bevor ich zur Mordkommission kam. Ich habe etwas gut bei ihm.«

»Ein Glück«, sagte Kate. Und dann platzte sie heraus: »Man hat Sophia Lewis gefunden. Deshalb bin ich hier.«

Sie saßen jeder auf einer Umzugskiste in der überfüllten Eingangsdiele, unter dem grellen, gnadenlosen Licht einer an der Decke befestigten Glühbirne, die zur Verhörlampe im einstigen Ostblock getaugt hätte.

Kate hatte Caleb die ganze Geschichte erzählt, und er hatte ungläubig zugehört, hatte sich schließlich bis zur Küche gekämpft und war mit zwei Gläsern und einer Flasche Whisky zurückgekehrt. Sie hatten vergeblich nach irgendetwas Ausschau gehalten, wohin sie sich setzen konnten, und schließlich hatten sie sich zwei Bücherkisten von den Stapeln geholt und sich nebeneinander unter die schreckliche Lampe gesetzt. Dort schenkte Caleb beide Gläser randvoll ein und drückte Kate eines davon in die Hand. Sie dachte daran, dass sie noch fahren musste, aber schließlich leerte sie ihr Glas doch in einem Zug, denn auch sie hatte den Eindruck, irgendetwas für ihre Nerven zu brauchen.

Danach war ihr etwas komisch zumute.

Egal.

Sie wusste, dass Caleb unter dem Fall Sophia Lewis zusammengebrochen war. Und das, obwohl er nicht einmal in seine Zuständigkeit fiel. Sophias unklares Schicksal und die Frage, wie weit Kate und Caleb einen fatalen Fehler gemacht hatten, waren nicht der einzige Grund für seinen Rückzug aus dem Polizeidienst gewesen, aber der Tropfen, der das Fass hatte überlaufen lassen. Caleb hatte danach seinen Mut verloren und, was schwerer wog, vollständig das Vertrauen in seine eigenen Fähigkeiten. Er fühlte sich der Verantwortung seines Berufs nicht mehr gewachsen. Fehler, die er machte, konnten katastrophale Folgen für andere Menschen nach sich ziehen. Caleb führte seine Alkoholsucht auf den Druck seiner Tätigkeit zurück.

»Wir hätten sie nicht retten können«, sagte Kate. »Ganz gleich, was wir getan, was wir entschieden hätten. Sie war bereits tot. Sie war nicht zu retten.«

»Ich frage mich, warum er das getan hat«, sagte Caleb. Er blickte in sein Whiskyglas, als könne er die Antwort darin finden. »Ian Slade. Warum hat er sie erschossen? Ein Akt der Gnade? Es war weniger brutal, als sie lebendig zu begraben.«

Kate dachte an Ian Slade zurück. In all ihren vielen Dienstjahren als Polizistin war sie nie einem so bösen Menschen begegnet. Ian Slade hatte sie schaudern lassen. In seinen Augen war nichts gewesen als vollkommene Kälte.

»Ich glaube, er wollte ihr Sterben erleben«, sagte Kate. »Er brauchte das. Er wollte es aktiv herbeiführen, den Moment bestimmen. In seinem perversen Denken hätte es bedeutet, Macht abzugeben, wenn er Sophia dort irgendwo in der Wildnis begraben ihrem Schicksal überlassen hätte. Er wollte ihr Schicksal sein, bis zur letzten Sekunde. Dadurch hat er sich sogar zu einem Gnadenakt hinreißen lassen.«

»Unfassbar«, murmelte Caleb. »Unfassbar.«

Er sah nicht erlöst aus. Kate hatte das auch nicht erwartet. Die Wunden gingen zu tief, sie heilten nicht im Verlauf weniger Minuten.

Sie schwiegen beide, füllten ihre Gläser von Neuem, leerten sie. Kate hatte kaum etwas gegessen an diesem Tag. Sie war bereits nicht mehr fahrtüchtig.

Mist, dachte sie verschwommen.

Es gab im Grunde nichts mehr zu sagen. Beide würden sie während der nächsten Tage und Wochen verinnerlichen müssen, dass eine Schuld von ihnen genommen worden war, aber das Rad der Ereignisse würde sich nicht zurückdrehen lassen: Kate würde jede Hoffnung auf eine Beförderung für die kommenden Jahre begraben können. Und Caleb würde nicht in seinen Beruf zurückkehren. Sein Schritt war unwiderruflich. Mit den Konsequenzen all dessen, was im Sommer geschehen war, würden sie beide weiterleben müssen.

Schließlich sagte Kate: »Ich sollte jetzt gehen. Ich wollte Ihnen ja eigentlich nur diese Nachricht überbringen.«

Er schrak zusammen. »Nicht. Gehen Sie jetzt bitte nicht. Ich glaube, ich werde hier«, er sah sich in dem Chaos um, das ihn umgab, »ich werde hier verrückt.«

»Sie sollten etwas essen«, sagte Kate. »Kann man in der Küche etwas kochen?«

»Nicht wirklich. Da stehen auch überall Kisten. Ich habe viel zu viele Sachen für diese Wohnung.«

»Ich werde mal nachsehen«, sagte Kate und stand auf. Sofort wurde ihr schwindlig. Leicht schwankend, schlängelte sie sich an dem Esstisch vorbei in die Küche. Tatsächlich standen auf dem Herd, auf dem Kühlschrank, auf der Arbeitsfläche Stapel von Kisten. Immerhin ließ sich die Tür des Kühlschranks öffnen, zumindest einen Spaltbreit. Allerdings herrschte gähnende Leere im Inneren, bis auf einen Becher Joghurt. Kate zog ihn hinaus und stellte fest, dass der Inhalt fast sechs Wochen zuvor abgelaufen war. Sie wollte den Becher entsorgen, aber auch auf dem Mülleimer standen Kisten. Da jeglicher Raum im Wohnzimmer durch den Tisch ausgefüllt war und weder Schränke noch Regale aufgestellt werden konnten, ergab sich für Caleb auch vorläufig keine Möglichkeit, die Kisten auszupacken.

Sie ging in die Diele zurück, wo Caleb düster in die Whiskyflasche starrte.

»Caleb, Sie … müssen schnell den Tisch abholen lassen. Sonst kommen Sie hier nicht voran.«

»Blöderweise ist jetzt erst einmal Weihnachten«, murmelte Caleb. »Es dauert, bis jemand diesen Tisch abholen kann.«

»Gibt es noch einen Raum? Sie müssten die Kisten aus der Küche wegschaffen, damit Sie dort kochen können. Oder sich wenigstens einen Kaffee machen.«

»Das Schlafzimmer. Aber …« Er stand auf. »Schauen Sie selbst.«

In das Schlafzimmer gelangte man durch eine zweite Tür aus der Diele. Kate zuckte sofort zurück: Der Raum sah nicht besser aus als das Zimmer nebenan. Nur war es statt mit einem Tisch vollständig mit einem Bett ausgefüllt. Es gab keinen Platz für irgendetwas sonst. An der Wand lehnten ein paar hohe, schmale Bretter, weiß lackiert.

»Ihr Kleiderschrank?«

»Ja. Den ich nicht zusammenbauen kann, weil ja kein Platz ist.« Er zuckte resigniert mit den Schultern. »Sonst gibt es nur noch das Bad. Aber das ist auch voller Kisten.«

»Hier ist es wirklich schwierig im Moment«, meinte Kate. Sie hatte etwas Mühe, sich zu konzentrieren. Sie trank wenig Alkohol, sie war ihn nicht gewöhnt. »Möchten Sie über Weihnachten mit zu mir kommen?«

Er schüttelte den Kopf. »Nein. Ich muss jetzt hier durch.«

Sie standen nebeneinander in der Tür und betrachteten das überdimensionale Bett, das vermutlich im alten Haus so normal und unauffällig gewirkt hatte wie der Tisch und das jetzt ein irgendwie schräges Licht auf den Bewohner der Wohnung warf. Kate wusste, dass dieser Bereich in Calebs Leben immer schon problematisch gewesen war. Schnelle, kurze, heftige Affären mit zu jungen Frauen. Nichts, was blieb. Nichts, was ihn von seiner Einsamkeit befreit hätte. Dafür hatte er den Alkohol.

»V… vielleicht sollten Sie noch ins *Sailor's Inn* gehen«, meinte sie. »Dort sind Sie unter Menschen.«

»Genau das will ich gerade nicht sein«, sagte er. »Ich will hier sein, aber nicht allein.«

»Caleb …«

Er stellte sein Glas ab und wandte sich ihr zu. Irgendetwas in seinem Blick hatte sich verändert.

»Bleibst du heute Nacht hier?«, flüsterte er.

7

Es war Dalina, die vor dem Cottage neben Sams Auto anhielt und ausstieg. Anna und Sam sahen es aus dem oberen Fenster.

»Verdammt«, flüsterte Sam, »was will die denn hier?«

Anna wusste, dass er Dalina nicht mochte. Er war ihr ein paarmal begegnet, wenn er Anna von einem Kurs abholte, und einmal hatte Dalina sie beide zu einem Abendessen in ihr Haus eingeladen. Das vorherrschende Thema an dem Abend war *Dalina* gewesen. Sie hatte so ausgiebig von sich und ihren Erfolgen erzählt, dass ihr nicht aufgefallen war, dass weder Anna noch Sam zu Wort kamen und schließlich nur schweigend ihr Essen löffelten. Sam hatte ständig unauffällig auf seine Uhr gespäht, um sofort aufbrechen zu können, wenn die Höflichkeit es zuließ. Später hatte er gesagt, dies sei einer der schlimmsten Abende seines Lebens gewesen, und er verstehe nun, weshalb Anna so ungern in die Agentur ging.

»Und mit dieser Frau bist du seit Teenagerjahren befreundet?«, hatte er ungläubig gefragt.

Anna hatte unglücklich genickt. »Ja. Sie war so ... stark. Mit ihr zusammen habe ich mich sicher gefühlt. Man hat tolle Dinge erlebt. Sie ließ sich von niemandem etwas vorschreiben. Sie war einfach ... so, wie ich immer gerne gewesen wäre.«

»Sie ist unerträglich ichbezogen«, hatte Sam geantwortet. »Narzisstin durch und durch. Was du für Stärke hältst, ist in Wahrheit der Ausdruck einer Störung. Und es wird mit Sicherheit schlimmer, je älter sie wird.«

Sie hätte gerne geglaubt, dass er übertrieb, aber leider sprach er aus, was sie dachte. Das machte sie in ihren eigenen Augen noch mehr zu einer Verliererin. Nur eine schwache Person war mit jemandem wie Dalina befreundet. Und nur ein Mensch, der gar keine andere Chance mehr hatte, würde für sie arbeiten.

»Ich weiß auch nicht, was sie will«, meinte sie nun. »Aber ich fürchte, wir müssen aufmachen. Sie sieht ja unsere Autos auf dem Hof.«

»Und in meines darf sie auf keinen Fall hineinblicken«, murmelte Sam. Er sah noch gestresster als zuvor aus. Ganz sicher bereute er inzwischen nahezu jeden einzelnen Moment des Tages.

Dalina klopfte kräftig an die Tür, und Anna eilte die Treppe hinunter, um zu öffnen. Sie warf noch einen schnellen Blick in den Flur: alles gut. Sie hatte sorgfältig genug gewischt.

Dalina drängte sofort herein, kaum hatte Anna geöffnet. »Gott, ist das kalt draußen. So nass und widerlich. Die Straßen sind ganz schön glatt!« Sie schüttelte sich, dann stellte sie fest: »Hier drinnen ist es aber auch nicht viel besser. Hast du den Ofen nicht an? Warum sitzt du hier in der Kälte? Wo ist Sam? Sein Auto steht draußen.«

Es war typisch Dalina. Schoss eine Frage nach der anderen ab, ohne den anderen zu Wort kommen zu lassen.

Als sie innehielt, sagte Anna: »Ein Fenster im Wohnzimmer ist kaputt. Es ergibt kaum Sinn zu heizen. Und Sam ist oben.«

Sam kam gerade die Treppe hinunter. »Hallo, Dalina«, sagte er.

»Ach, hallo, Sam. Ich war gerade bei dir vor der Wohnung, weil ich dachte, ihr seid dort. Aber da war niemand, also bin ich hierhergefahren. Wollt ihr Weihnachten in dieser Kälte verbringen?«

»Wir fahren zu mir zurück«, sagte Sam. »Anna hatte hier nur etwas vergessen.«

»Aha, verstehe. Ich wollte Anna ein Geschenk bringen und euch beiden frohe Weihnachten wünschen.« Dalina kramte in ihrer Umhängetasche und zog ein etwas zerdrücktes Päckchen hervor, das sie Anna reichte. »Hier. Eine Kleinigkeit. Für dich.«

Anna nahm das Geschenk und lächelte gequält. »Oh, vielen Dank. Wie ärgerlich, mein Geschenk für dich ist in Sams Wohnung.«

»Dann gibst du es mir später. Oder wir fahren zusammen zu Sam und trinken dort noch ein Glas Wein zusammen?« Selbst für Dalinas Verhältnisse war das eine unverfrorene Art, sich am 24. Dezember abends noch bei anderen Leuten einzuladen. Anna vermutete, dass das von Anfang an ihr Vorhaben gewesen war. Deshalb das Geschenk. Dalina war allein. Und offenbar waren ihr nur Anna und Sam eingefallen.

Unglücklicherweise würden sie aber jetzt nicht direkt nach Hause fahren. Sie mussten erst noch einen toten Mann entsorgen.

»Dalina, sei mir nicht böse, aber ich kann mit niemandem mehr ein Glas Wein trinken«, sagte Anna. »Ich habe Kopfschmerzen und irgendwie das Gefühl, dass ich mich erkältet habe. Ich würde gerne gleich ins Bett gehen.«

Dalina musterte sie misstrauisch. »Du siehst aber gar nicht krank aus!«

»Ich fühle mich krank.«

»Na gut, war auch nur so eine Idee.« Dalina wirkte verärgert, sah aber ein, dass sie nicht weiterkam. »Na ja, dann schöne Weihnachten euch beiden!«

»Schöne Weihnachten«, sagte Sam. Er öffnete die Haustür. »Ich begleite dich noch hinaus.«

Anna sah, dass er mit Dalina bis zu deren Auto ging, sich dabei immer zwischen der Besucherin und seinem eigenen Wagen bewegte. Tatsächlich gelang es ihm, Dalina auf Abstand zu halten.

Als sie eingestiegen war und losfuhr, eilte er zum Haus zurück. Es regnete noch immer, sein Gesicht war nass. »Wir sollten uns beeilen. Bevor noch mehr Leute hier erscheinen. Ich will diesen Logan nicht länger in meinem Auto haben.«

Sie fuhren durch die spätabendlichen Hochmoore, auf den schmalsten und abgelegensten Landstraßen, die sie finden konnten, und als ihnen seit über einer Stunde kein anderes Auto mehr entgegengekommen war, wagten sie es, stehen zu bleiben. Ein paarmal waren sie gerutscht und hatten den Atem angehalten: Ein Unfall war genau das, was ihnen jetzt nicht passieren durfte. Anna, die ganz in einer Ecke auf dem Rücksitz kauerte, hatte immer wieder ihr Handy gecheckt und dabei festgestellt, dass sie streckenweise kein Netz hatten. Wenn ihnen etwas zustieß, hatten sie nicht nur das Problem mit dem Toten im Auto, sondern sie würden hier nicht einmal Hilfe für sich selbst herbeitelefonieren können. Eine Nacht im Auto in den Hochmooren, bei eisigen Temperaturen, in Gesellschaft des toten Logan – Anna hätte sich kaum einen größeren Horror vorstellen können.

»Das gibt uns auf der anderen Seite etwas Sicherheit«, meinte Sam. »Außer uns ist keiner so verrückt, hier herumzufahren.«

Die Stelle, an der sie anhielten, schien geeignet. Die Straße war hier etwas ausgebuchtet, um entgegenkommenden Fahrzeugen die Möglichkeit zu geben auszuweichen. Rechts und links erstreckten sich Wiesen, aber dort, wo Sam nun parkte, ging es zunächst einen tiefen Abhang hinunter.

»Wenn wir ihn dort hinunterrollen?«, fragte Sam.

»Ich weiß nicht«, sagte Anna zaghaft.

Sam stieg aus, ging um das Auto herum und leuchtete mit einer Taschenlampe den Hang hinunter. »Gebüsch«, sagte er. »Da unten ist ziemlich viel Gebüsch. Ich glaube nicht, dass ihn dort jemand findet.«

Auch Anna stieg aus. Sie schauderte vor der Kälte und Nässe. Vor der Dunkelheit und der Stille. Vor dem Grauen, das sich ihres Lebens bemächtigt hatte.

Sie spähte den Hang hinunter, folgte dem Strahl der Taschenlampe. Sie sah niedriges, vom Wind zerzaustes Gestrüpp, das sich in eine kleine Mulde presste.

»Ganz schön flach«, meinte sie. »Dadrin verschwindet er doch gar nicht richtig, oder?«

»Ich glaube doch. Und wer sollte ihn da sehen? Zu dieser Jahreszeit hält hier oben niemand. Der Hang ist zu steil, um ihn hinunterzuklettern. Und bis der Sommer kommt ...« Er schwieg. Anna ahnte, was er hatte sagen wollen: Bis zum Sommer wäre von Logan vielleicht schon gar nicht mehr so viel übrig.

»Das ist doch alles Wahnsinn«, sagte sie.

Sam wandte ihr sein Gesicht zu. Sie konnte seine Augen erkennen. Sie sah, dass er wütend war.

»Ja«, sagte er heftig, »natürlich ist das Wahnsinn. Das einzig Vernünftige wäre gewesen, die Polizei zu rufen. Aber du bist ja fast durchgedreht bei dieser Vorstellung.«

»Ich weiß. Ich ...«

»Und jetzt«, sagte Sam, »müssen wir die Sache durchziehen. Alles andere würde Fragen mit sich bringen, die wir kaum beantworten könnten. Wir sind zu weit gegangen, Anna. Wir können nicht mehr umkehren.«

Sie nickte. Er hatte recht. Jetzt wäre es schlimmer, als wenn sie gleich etwas gesagt hätten. Und da wäre es schon schlimm gewesen.

»Hilf mir«, sagte Sam und wandte sich zum Auto.

Es kostete sie beide ihre letzten Kräfte, den in die Decke gewickelten Toten aus dem Auto zu ziehen. Entweder wurde Logan immer schwerer, oder sie wurden immer schwächer. Es war fast, als sträube sich Logan dagegen, ins Freie gezogen und in einem Gebüsch irgendwo in den Hochmooren von Yorkshire entsorgt zu werden.

Das hast du auch nicht verdient, dachte Anna, so etwas hätte nicht passieren dürfen.

Als sie ihn endlich aus dem Auto geschafft hatten, rollten sie ihn an den Rand des Abhangs. Sie wickelten ihn dabei aus der Decke, weil Sam Sorge hatte, die Decke könnte Aufmerksamkeit auf sich ziehen.

»Sie ist groß und von heller Farbe«, meinte er. »Sie könnte vielleicht doch jemandem auffallen.«

Logan war in dunkelblaue Jeans und in einen schwarzen Pullover gekleidet. Sam meinte, dass er eher mit der Umgebung verschmelzen würde.

Kurz durchsuchten sie ihn noch nach seinem Handy, fanden es jedoch nicht.

Hatte der Täter es mitgenommen?, fragte sich Anna beklommen. Ihre Anrufe waren darauf registriert. Eine ungute Vorstellung, dass damit die Verbindung zwischen ihnen jederzeit nachvollziehbar war.

Sie stießen Logan über den Rand. Er rollte den Hang hinunter, entschwand ihren Blicken. Sam leuchtete mit der Taschenlampe hinterher.

»Er ist von den Büschen aufgefangen worden. Er liegt zuoberst.«

Es war ein Rätsel, weshalb dieser große, schwere Mann nicht durch die Büsche gebrochen war und von ihren Zweigen bedeckt wurde, aber tatsächlich lag er gut sichtbar obenauf.

»Scheiße!« Sam drückte Anna die Taschenlampe in die Hand. »Leuchte mir den Weg. Ich klettere runter.«

»Aber das ist zu gefährlich, du ...«

»Hast du eine bessere Idee?«, schnauzte er sie an.

Sie wagte nichts mehr zu sagen. Er war wütend. Und sie konnte ihn verstehen.

Klettern war etwas zu viel gesagt, Sam rutschte mehr, als dass er kletterte. Zwischen Schneeresten, nassen Gräsern und aufgeweichter Erde fanden seine Füße kaum Halt. Er war ziemlich schnell unten, zog und zerrte dort an Logan herum. Die Äste des flachen Gestrüpps zeigten sich erstaunlich zäh, sie hielten Logans toten Körper fast so sicher wie eine dicht gewebte Hängematte. Anna umklammerte die ganze Zeit über die Lampe, obwohl ihre Hände allmählich so einfroren, dass sie kaum noch ein Gefühl in ihnen spürte. Sie hatte vergessen, Handschuhe mitzunehmen. Und einen Schal. Eine Mütze. Der eiskalte Regen traf sie erbarmungslos.

Durchhalten, flüsterte sie sich zu, du musst durchhalten.

Endlich war es Sam gelungen, Logan so weit unter das Gebüsch zu zerren, dass man ihn von oben kaum noch sah. Zumindest war nicht zu erkennen, dass es sich bei dem, was dort unten lag, um einen Menschen handelte. Ob das bei Tageslicht auch so sein würde, wusste Anna nicht. Man konnte nur hoffen, dass Logan nicht gefunden wurde. Und wenn doch – dass niemand seine Spur würde zurückverfolgen können.

Sam machte sich an den Aufstieg, was sich äußerst schwierig gestaltete. Immer wieder verlor er auf dem schlammigen Boden den Halt und rutschte ein großes Stück zurück. Er versuchte, Grasbüschel, Ranken, Felsbrocken zu ergreifen, um sich daran hochzuziehen, aber häufig gaben sie nach oder glitten ihm einfach durch die Finger. Anna hörte ihn keuchen. Er musste am Ende seiner Kräfte sein. Neben der Angst, der Kälte, dem eigenen Entsetzen spürte sie heftige Schuldgefühle: Sie hätte ihn niemals in diese Geschichte mit hineinziehen dürfen.

Als er endlich oben ankam, fiel er zu Boden, blieb sekundenlang auf der kalten Erde liegen. Sein Atem ging stoßweise. Zweimal versuchte er aufzustehen, fiel wieder zurück. Als er endlich auf die Füße kam, sagte er nur: »Lass uns verschwinden.«

Anna steuerte den Wagen, weil Sam zu entkräftet war. Sie fühlte sich ein wenig befreiter, weil kein Toter mehr im Auto lag. Aber sie wusste, dass sie nicht am Ende der Geschichte angelangt waren. Sam würde wissen wollen, warum sie solche Angst vor der Polizei hatte. Er würde für all das eine Erklärung verlangen. Und was sollte sie ihm sagen?

Nachdem sie die blutverschmierte Decke, in der Logan eingewickelt gewesen war, unterwegs hinter eine Hecke geworfen hatten, fuhren sie direkt weiter zu Sams Wohnung. In einer wortlosen Verständigung waren sie übereingekommen, den Weihnachtsbaum hinter Annas Haus liegen zu lassen, weil keiner von ihnen noch die Kraft hatte, irgendetwas zu tun, schon gar nicht, einen riesigen Tannenbaum zu transportieren. Zu Hause angekommen, verschwand Sam sofort im Bad und nahm eine heiße Dusche. Als er zurückkam, sah Anna die Kratzer auf seinen Wangen und die tiefen blutigen Spuren auf Händen und Armen, die von seinem Kampf mit den stacheligen Zweigen des Gebüschs herrührten. Er sah zu Tode erschöpft aus.

»Zwei ermordete Menschen«, sagte er. »Diane und dieser Logan. Es gibt einen Zusammenhang, und du kennst ihn, und er macht dir Angst. Anna, ich habe jetzt absolut keine Kraft mehr, aber morgen früh will ich alles wissen. Verstanden? Es war unsere Absprache, und du wirst mir alles erzählen.«

Sie nickte.

MITTWOCH, 25. DEZEMBER

1

Sie wachte auf und wusste einen Moment lang nicht, wo sie war und was geschehen war, aber die gnädige Benommenheit hielt nur ein paar wenige Sekunden lang an. Dann standen die Geschehnisse glasklar vor ihren Augen, sie setzte sich ruckartig auf und schnappte nach Luft.
　Sie lag in Calebs Bett.
　Es herrschte tiefe Dunkelheit jenseits der Fenster, und Kate dachte, es sei noch Abend, aber dann fand sie ihr Handy, das auf dem Fußboden halb unter dem Bett lag, und das Display zeigte ihr, dass der neue Tag längst begonnen hatte: Es war halb sieben Uhr am Morgen. Am Weihnachtsmorgen.
　Kate vernahm gleichmäßige Atemzüge neben sich. Ihre Augen hatten sich so weit an die Dunkelheit gewöhnt, dass sie Caleb erkennen konnte. Er lag auf dem Rücken, hatte die Arme hinter seinem Kopf liegen, in einer Geste der Ergebenheit und des völligen Vertrauens. Er schlief tief.
　Kate spürte leichte Kopfschmerzen und entsann sich, den Whisky zu schnell und noch dazu auf nahezu nüchternen Magen getrunken zu haben. Es war nicht so, dass sie sich an

die Ereignisse des Abends nicht mehr hätte erinnern können, aber alles schien ihr ein wenig verschwommen zu sein. Nur so hatte es geschehen können ...

Sie hatten miteinander geschlafen. Sie und Caleb.

Wenn sie etwas in ihrem Leben mit dem Begriff *vergeblich* versehen und abgehakt hatte, dann dies: die Hoffnung, Caleb könnte irgendwann einmal etwas anderes in ihr sehen als eine fähige Kollegin, einen Menschen, der ihm etwas bedeutete, an dem er hing.

Die Hoffnung, sie könnte für ihn eine Frau sein, die er begehrte.

Und nun war es tatsächlich geschehen, und wenn man Kate gefragt hätte, wie es für sie gewesen war, so hätte sie erwidert: »Es waren die besten Stunden meines Lebens.« Aber zugleich war sie einfach nur entsetzt. Über sich und über Caleb. Weil sie beide der Stimmung eines Augenblicks nachgegeben und zuvor zu viel getrunken hatten und weil sie genau wusste, dass Caleb es bedauern und dass Reue noch das schwächste seiner Gefühle sein würde. Vor allem würde er Angst haben. Dass Kate es missverstanden haben könnte, dass sie sich mehr erhoffte, dass sie echte Gefühle vermutete, wo auf seiner Seite Einsamkeit, Zukunftsangst, Selbstzweifel gewesen waren. Er hatte einen Menschen gebraucht am gestrigen Abend. Kate machte sich nichts vor: Jede Frau, die aus irgendwelchen Gründen in seine grauenhafte neue Wohnung gestolpert wäre, hätte er versucht in sein Bett zu bekommen. Wobei er in nahezu allen denkbaren Fällen erfolgreich gewesen wäre.

Sie musste weg. So schnell sie konnte und vor allem ehe er aufwachte. Sie wollte die aufkeimende Furcht in seinen Augen nicht sehen, sie wollte nicht das Gestammel hören, mit dem er ihr klarzumachen versuchte, dass sie in der Nacht nicht den Grundstein für eine ernsthafte Beziehung gelegt hatten. Sie wusste es, aber sie mochte es von ihm nicht hören. Nicht auf die Art, auf die er es sagen würde. Weil er sie mochte. Weil er ihr mit Sicherheit nicht wehtun wollte. Die Situation würde unerträglich sein.

Möglichst lautlos tastete sie auf dem Fußboden neben dem Bett herum, dort, wo sie auch ihr Handy gefunden hatte, und sie bekam einige Teile zu greifen, von denen sie hoffte, dass es sich um ihre Kleidungsstücke handelte. Damit huschte sie ins Bad. Sie verzichtete auf eine Dusche, zum einen weil es zu laut gewesen wäre, zum anderen hätte sie zuvor auch etliche Kisten aus der Kabine räumen müssen. Immerhin hatte sie ihre Klamotten komplett zusammen und zog sich nun in Windeseile an. Sie musterte ihr Gesicht im Spiegel: Sie sah verstört aus, aber nicht so müde und verquollen wie sonst am frühen Morgen. Irgendwie ... frisch und wach.

»Ogottogottogott«, murmelte sie und musste unwillkürlich ganz kurz lächeln. Ihr Körper fühlte sich an, als zerfließe er, und ihr Herz auch, und genau da lauerte die Gefahr.

Hör mit dem blöden Grinsen auf, befahl sie sich.

Sie fand weder Kamm noch Bürste und entwirrte daher mit den Fingern mehr schlecht als recht ihre Haare. Dann schlich sie aus dem Bad. Mit der Taschenlampe an ihrem Handy leuchtete sie sich den Weg durch das Labyrinth der gestapelten Kisten bis zur Wohnungstür. Sie atmete tief durch, als sie draußen stand.

Caleb hatte offensichtlich nichts gemerkt.

Die Frontscheibe ihres Autos war vereist, sie verlor kostbare zehn Minuten beim Freikratzen. Der Morgen war vollkommen still. Bis auf die Möwen an einem Himmel, der sich nur langsam aus der Finsternis zu schälen begann. Und bis auf das leise Seufzen, mit dem die Wellen des Meeres über den Strand flossen. In den Häusern ringsum brannte nirgends ein Licht. Ein Weihnachtsmorgen, der noch nicht begonnen hatte.

Sie fuhr durch die ausgestorbenen Straßen und überlegte, was sie fühlte. Eine Mischung aus Ungläubigkeit und Staunen. Und irgendwie auch Glück. Sie war zumindest nicht unglücklich.

»Ich weiß es einfach nicht«, sagte sie zu ihrem Spiegelbild im Rückspiegel.

Genau in dem Moment, als sie daheim in die Einfahrt vor ihrem Haus einbog, fiel ihr siedend heiß Burt Gilligan ein.

Mist, den hatte sie völlig vergessen. Er war am Vorabend um acht Uhr bei *Gianni's* gewesen und hatte vermutlich endlos gewartet. Unter den mitleidigen Blicken der Kellner. Kate, die selbst schon einige Male bei Dates versetzt worden war, wusste, wie schrecklich sich das anfühlte. Sie fand es unmöglich, zu einer Verabredung nicht zu erscheinen, ohne abzusagen, und war immer sicher gewesen, dass sie selbst das nie jemandem antun würde. Und jetzt war es ihr passiert. Einfach so.

»Du bist nicht mehr ganz normal«, sagte sie zu sich.

Weder hatte sie Burts Handynummer, noch besaß er ihre, was die Situation nicht leichter machte. Sie wusste auch nicht, wo er wohnte. Als Teilnehmer des Kurses, aus dem Diane stammte, waren seine Daten jedoch sicher im Präsidium festgehalten worden.

Später, dachte sie, später kümmere ich mich darum.

Sie schloss die Haustür auf. Messy kam lautstark maunzend auf sie zu. Kate kniete nieder und streichelte sie.

»Frohe Weihnachten, Messy«, sagte sie, »und entschuldige. Mein Leben scheint im Moment etwas durcheinanderzulaufen.«

Im Wohnzimmer schaltete sie die Kerzen an dem Weihnachtsbaum an und drehte die Heizung hoch. Sie ging in die Küche, füllte Messys Schüsseln und machte sich selbst einen Kaffee. Mit dem Kaffeebecher ging sie nach oben ins Bad, zog sich aus, betrachtete ihren Körper im Spiegel, lächelte schon wieder.

Verliebe dich nicht, um Gottes willen, sagte sie zu sich selbst.

Sie duschte lange und heiß, zog dann frische Sachen an. Mit noch nassen Haaren ging sie wieder hinunter. Das Haus fühlte sich warm und sicher an. Sonst hatte sie es oft als den Ort ihrer Einsamkeit empfunden, an diesem Morgen war dieses Gefühl völlig verschwunden.

Und zudem wollte sich die übliche Weihnachtsfrustration einfach nicht einstellen.

Eigentlich sprangen alle Alarmzeichen an.

Sie musste jetzt irgendwas Sinnvolles tun, möglichst nicht an die vergangene Nacht und an Caleb denken. Sie musste unbedingt Kontakt zu Burt aufnehmen und sich entschuldigen. Natürlich konnte sie ihm unmöglich die Wahrheit sagen. Ihr Auto war nicht angesprungen? Sie hatte bei der Glätte eine Panne gehabt? Dann hätte sie zumindest im Restaurant anrufen und Bescheid sagen können.

Es war einfach nur peinlich und schrecklich, aber sie hoffte, dass ihr im entscheidenden Moment irgendetwas einfallen würde. Eine Freundschaft mit Burt konnte sie aber vermutlich vergessen. Auf eine zweite Verabredung würde er sich kaum einlassen.

Sie überlegte, ins Präsidium zu fahren und nach den Adressen zu stöbern, aber dann schreckte sie doch davor zurück. Die Notbesetzung, die dort herumsaß, würde sie in Gespräche verwickeln, zudem fürchtete sie die Frage, warum sie denn am Weihnachtsmorgen nicht zu Hause bei der Familie sei (welche Familie?), sondern offenbar arbeitete ... und das alles wollte sie nicht erklären. Die Wahrheit schon gar nicht sagen.

Schließlich dachte sie, dass sie zu Anna fahren könnte. Sie erinnerte sich, dass Pamela gesagt hatte, Anna wohne in Harwood Dale, in demselben Ort wie Diane Bristow. *Gleich im ersten Haus, wenn man auf der Harwood Dale Road von Scalby kommt,* hatte Pamela gesagt. Müsste zu finden sein. Das Gute war, dass Anna sie bislang nur als Kursteilnehmerin kannte, nicht als Polizistin. Sie konnte von dem Malheur mit Burt berichten – unter Nichterwähnung der Geschichte mit Caleb –, und vielleicht lud Anna sie auf einen Tee ein, und sie brachte noch irgendetwas in Erfahrung. Über Diane und deren unbekannten Freund.

Natürlich war der Weihnachtsmorgen nicht der beste Zeitpunkt für einen Überraschungsbesuch, aber wenn es gar nicht passte, würde Anna ihr eben nur schnell Burts Adresse durch die Tür reichen.

Sie zog Stiefel und Mantel wieder an und lief zum Auto. Inzwischen wurde der Morgen ein wenig heller. In etlichen Häusern brannte jetzt Licht. Überall in der Stadt fieberten die Kinder ihren Geschenken entgegen. Später würde es Unmengen zu essen geben, und bis zum Abend konnte sich niemand mehr rühren. Kate hatte keine Ahnung, was sie heute essen würde, aber sie hatte keinen Hunger, und sie war nicht traurig.

Sie schwebte durch diesen Tag. Ja, genauso fühlte es sich an. Als schwebe sie.

Annas Auto parkte vor dem Haus, also war sie wahrscheinlich daheim. Als Kate ausstieg und direkt vor der windschiefen Hütte – die man kaum als Haus bezeichnen konnte – stand, dachte sie, dass hier alles nach Verfall aussäh, nach Provisorium, irgendwie fast nach Lieblosigkeit. Der gefrorene Schlamm im Hof, die wenigen flachen Nadelhölzer ringsum. Nirgends ein paar Blumentöpfe, die im Sommer bepflanzt wurden, nichts, was man sich als eine Terrasse mit ein paar Gartenmöbeln darauf vorstellen konnte. Auf dem Dach des Hauses fehlten etliche Ziegel, die Farbe auf der Haustür war abgeblättert. Die Fenster sahen aus, als dringe der Wind durch alle Ritzen. Ringsum schrien Vögel, und die dunkle, winterlich karge Weite dehnte sich scheinbar unendlich aus. Vielleicht war es im Sommer besser. Aber die Anmutung eines Unterschlupfes statt eines Zuhauses blieb sicher auch dann bestehen.

Anna schien sich auf dieses Haus nicht wirklich einzulassen.

Aber vielleicht, dachte Kate, interpretiere ich zu viel.

Sie klopfte an die Tür, aber alles blieb still. Kate klopfte noch einmal, diesmal kräftiger. Die Tür ging auf.

Allerdings hatte sie niemand geöffnet. Sie war nicht abgeschlossen gewesen und hing so schwach im Schloss, dass sie auf Kates Klopfen hin einfach aufgesprungen war.

Kate schob den Kopf hinein. Es war eiskalt, dunkel und völlig still im Haus.

»Anna?«

Keine Antwort. Es schien nicht so, als sei jemand zu Hause. Die Verlassenheit dröhnte geradezu zwischen den Wänden.

Wo war Anna? Burt Gilligan hatte einen Freund erwähnt. Gut möglich, dass Anna Weihnachten bei ihm verbrachte.

Aber wieso war die Haustür nicht verschlossen?

Kate runzelte die Stirn. Sie wusste, dass manche Leute auf dem Land nie abschlossen, nicht einmal, wenn sie weggingen, aber das waren eher die Älteren, die mit einem völlig irrationalen Gottvertrauen herumliefen und damit allerdings erstaunlich gut durchkamen.

Aber Anna? Die hätte sie nicht so eingeschätzt.

Kate zog sich wieder zurück, schloss die Tür. Sie ging um das Haus herum. Dort lag ein großer Tannenbaum.

Das fand Kate sehr eigenartig, denn es handelte sich nicht um einen alten, vertrockneten Baum ohne Nadeln, von dem man hätte annehmen können, dass er nach dem letzten Weihnachtsfest entsorgt und dann hier vergessen worden war. Es war ein frischer, schöner Tannenbaum. Er musste für dieses Weihnachten gekauft worden sein. Wieso lag er dann hinter dem Haus? Wie weggeworfen, eilig, wie etwas, das man nicht mehr brauchte. Warum kaufte jemand einen so großen, sicherlich teuren Baum und kippte ihn dann achtlos in den Garten?

Kate sah sich um, und ihr Blick blieb an den Fenstern im Erdgeschoss hängen. Es handelte sich um Sprossenfenster, und bei einem von ihnen fehlte eine der kleinen quadratischen Scheiben. Stattdessen steckte ein zusammengeknäultes Tuch oder eine Decke darin, was die schlimmste Kälte abhalten sollte.

Kate spürte ein Kribbeln am ganzen Körper, eine vertraute Reaktion, wann immer sie witterte, dass irgendetwas nicht stimmte.

Sie versuchte sich zu beschwichtigen: Es gab sicher viele harmlose Erklärungen. Eine wäre, dass das Fenster versehentlich kaputtgegangen war – kein Wunder bei dem Allgemeinzustand dieser Bruchbude –, und daraufhin hatten Anna und ihr Freund beschlossen, das Weihnachtsfest bei ihm zu feiern. Sie hatten keine Lust gehabt, den riesigen Baum erneut zu verladen ... oder vielleicht hatte der Freund sowieso schon einen ... Die Haustür hatte Anna in der Eile versehentlich offen gelassen.

Dennoch beschloss Kate, nun doch in das Haus hineinzugehen. Als Polizistin war sie nicht berechtigt, aber selbst wenn sie nur eine Teilnehmerin aus Annas Kurs gewesen wäre, was sie offiziell war, würde sie in einem solchen Fall aus reiner Freundschaft nachsehen.

Sie umrundete das Haus erneut und stieß die Tür auf.

»Anna?«

Stille. Sie blickte in einen schmalen Flur, an dessen Wänden ein paar Schuhe aufgereiht standen. Rechter Hand befand sich die Küche. Sie war sauber und gut aufgeräumt, allerdings hatte niemand den Müll hinausgetragen. Aus dem offenen Eimer ragten leere Konservendosen hinaus, und ein unangenehmer Geruch waberte in der Luft.

Kate ging zum Ende des Flurs und betrat das Wohnzimmer, ein niedriger, kleiner Raum mit einem Sofa, einem Esstisch mit zwei Stühlen, einem Bücherregal. Auf dem Regal stand die gerahmte Fotografie eines sehr gut aussehenden Mannes, der freundlich in die Kamera lachte. Der attraktive Freund höchstwahrscheinlich. Von dem Burt Gilligan sich fragte, wie er es mit der neurotischen Anna aushielt.

Kate öffnete die Klappe des gusseisernen Ofens in der Ecke: kalte Asche. Hier hatte schon länger niemand mehr geheizt.

Dann untersuchte sie die kaputte Fensterscheibe, konnte den Grund dafür, warum sie kaputtgegangen war, jedoch nicht ermitteln. Die gezackten Ränder standen noch, was dafür sprach, dass etwas gegen das Glas geflogen war, ein Stein, ein Ball. Etwas seltsam in dieser Gegend, in der es keine spielenden Kinder gab, und warum ein Steinewerfer über die unwirtlichen Felder hinter dem Haus wandern sollte, schien auch unklar.

Wieder war da das Kribbeln, Kates Rücken hinauf, in ihre Schultern, in ihren Nacken. Jemand könnte die Scheibe auch gezielt eingeschlagen haben, um das Fenster zu öffnen. Das Haus sah nicht gerade aus wie ein Magnet für Einbrecher, aber Kate wusste, dass Menschen schon für zehn Pfund oder weniger irgendwo einbrachen. Manche mordeten für diese Beträge sogar. Und Anna lebte hier sehr abgeschieden.

Kate lief die Treppe hinauf. Oben gab es ein Schlafzimmer und ein Bad, beide winzig unter den tiefgezogenen schrägen Dachwänden. Das Schlafzimmer sah halbwegs aufgeräumt aus, das Bad auch. Der Wäschekorb quoll über, so wie unten der Mülleimer.

Aber die Tatsache, dass sie es mit dem Müll und der Wäsche nicht so genau nahm, war kein Zeichen dafür, dass etwas nicht stimmte.

Das kaputte Fenster? Die offene Haustür? Der Baum?

Kate ging wieder hinunter und öffnete die Tapetentür unter der Treppe. Dahinter führte eine Treppe in den Keller, die aber nicht begehbar war, weil ein zusammengeknäulter Teppich, den man hinter die Tür gestopft hatte, den Weg versperrte. Kate betätigte einen Lichtschalter. Das grelle Licht zeigte, dass die Treppe unten in einem quadratischen, gemauerten Raum endete, der offensichtlich bereits den gesamten Keller darstellte, jedenfalls entdeckte Kate nirgends eine weiterführende Tür. Sie sah ein holzgezimmertes Regal, auf dem ein paar Konserven standen. Ansonsten gab es nichts, was auffällig gewirkt hätte. Es roch etwas modrig, was in einem Kellerraum ohne Fenster nicht weiter verwunderlich war.

Kate schloss die Tür und überlegte, wie sie weiter verfahren sollte, da klingelte ihr Handy. Sie erwartete, dass es Caleb wäre, und ihr Herz begann etwas schneller zu schlagen, aber dann sah sie auf dem Display, dass es Pamela war, die anrief. Sehr seltsam, am Morgen des 25. Dezember.

Sie meldete sich. »Sergeant Linville. DI Graybourne, was gibt es?«

Pamela klang gestresst. »Tut mir leid, Sergeant, dass ich Sie an Weihnachten anrufe. Ich hoffe, ich hole Sie nicht aus dem Bett?«

Das wäre in diesem Fall Caleb Hales Bett gewesen, was Kate im Zusammenhang mit einem Anruf ihrer Chefin recht apart gefunden hätte. Stattdessen stand sie in Anna Carters Haus und bekam eine Gänsehaut nach der anderen.

»Nein, keineswegs. Ich bin schon lange wach.« Das stimmte jedenfalls.

»Sergeant, ich habe einen Anruf von den Kollegen der South Yorkshire Police bekommen. Es gibt einen Mordfall in Sheffield. Ein alter Mann in seiner Wohnung. Normalerweise hätte das nichts mit uns zu tun, aber der Nachname des Mannes ist Henderson. Wie der Name dieser vermissten jungen Frau, Mila Henderson. Könnte trotzdem ein Zufall sein, aber Nachbarn haben in den letzten Tagen eine junge Frau bemerkt, die offenbar für kurze Zeit bei ihm gewohnt hat. Die Beschreibung trifft auf Mila Henderson zu.«

»Oh ...«, sagte Kate langsam. Ihr ungutes Gefühl im Fall Mila Henderson schien sich zu bewahrheiten.

»Die Kollegen in Sheffield versuchen gerade zu klären, ob es sich bei dem toten James Henderson um einen Verwandten Mila Hendersons handelt«, fuhr Pamela fort. »Wenn es sich bestätigt, dann können wir mit hoher Wahrscheinlichkeit davon ausgehen, dass sie sich die letzten Tage bei ihm aufgehalten hat. Dass er ermordet wurde, macht den Fall sehr brisant. Es ist dann mehr als fraglich, ob wir es wirklich einfach mit einer Frau zu tun haben, die ihre Pflichten vernachlässigt hat und sich jetzt nicht nach Hause traut.«

»Ich fürchte das auch«, stimmte Kate zu. Ich fürchte seit geraumer Zeit, dass da mehr ist, dachte sie, sagte es aber nicht.

»Ich würde den Tatort gerne selbst in Augenschein nehmen«, sagte Pamela. »Hätten Sie Zeit, mit nach Sheffield zu kommen?«

Da Caleb allem Anschein nach nicht vorhatte, sie mit Anrufen zu bestürmen und zu bitten, den Weihnachtstag mit ihm zu verbringen, konnte sie genauso gut arbeiten. War vielleicht das Beste.

»Ja klar«, sagte sie.

2

James Henderson war in einer Plastikwanne ertränkt worden, ein furchtbarer Tod, gegen den sich der alte, gehbehinderte Mann nicht hatte zur Wehr setzen können. Die Wanne, noch immer halb gefüllt mit Wasser, stand in der Küche, der Tote lag daneben. Die Beamten der South Yorkshire Police hatten am Tatort nichts verändert, aber ein Rechtsmediziner hatte die Leiche bereits untersucht, als Pamela und Kate eintrafen. Kate hatte Pamela mit ihrem Auto abgeholt. Pamela hatte frierend auf der Straße mitten in Scarborough vor einem älteren Mehrfamilienhaus gestanden. Wenn sie unglücklich über den vermassten Weihnachtstag war, so zeigte sie es nicht.

Vor den großen Wohnblocks am Rande von Sheffield sahen sie sofort die vielen Polizeiautos und Absperrbänder und fanden dadurch ohne Schwierigkeiten den Weg zum Tatort. Es hatten sich trotz Weihnachten eine Menge Menschen vor dem Haus und auch im Treppenhaus versammelt. Das, was hier passierte, war spannender als das Auspacken der Geschenke und das Zubereiten des Truthahns. Ein Mord in ihrer Mitte. Sie kamen sich vor, als seien sie plötzlich mitten in einem Fernsehkrimi gelandet.

Pamela und Kate bahnten sich ihren Weg nach oben. Der Aufzug war gesperrt, daher mussten sie die Treppen benutzen. Im fünften Stock angekommen, wurden sie von einem Beamten in Empfang genommen, der sich als Detective Inspector Brian Burden von der South Yorkshire Police vorstellte.

»Kommen Sie«, sagte er, »der Tote liegt in der Küche. Kein schöner Anblick. Aber das gehört ja leider zu unserem Beruf.«

Die ganze Wohnung wirkte heruntergewohnt und ärmlich, und die Küche sah aus, als sei die Zeit stehen geblieben. Ein altmodischer Herd, ein uralter Brotkasten, ein Plastiktisch aus den Fünfzigerjahren des vergangenen Jahrhunderts, zwei Stühle dazu, aus deren plastiküberzogener Sitzfläche die Füllung quoll. Ein Tauchsieder, bei dessen Anblick man unwillkürlich an Wohnungsbrände dachte. Eine Kaffeekanne aus Emaille.

Und zwischen all dem lag James Henderson auf dem mit großen Wasserlachen bedeckten hellen PVC-Fußboden, ein dünner, alter Mann in einer viel zu weiten Cordhose und einem schönen neuen Pullover, zusammengekrümmt wie ein Embryo. An seinem rechten Fuß trug er einen ausgetretenen Filzschlappen, der andere Schuh lag unter dem kleinen

Tisch. James Hendersons spärliche Haare standen wirr vom Kopf ab. Er wirkte eher wie jemand, der gestürzt war und nun hilflos auf dem Boden lag, nicht wie jemand, der nicht mehr lebte.

Neben ihm stand eine Plastikwanne mit Wasser. In der Ecke ein Rollator.

Kates Herz krampfte sich zusammen, sie musste schlucken. Für einen Moment wurde ihr schwindelig, und sie tastete nach der Wand, um sich abzustützen. Fast sechs Jahre zuvor war ihr eigener Vater ermordet worden, nachts, in der Küche seines Hauses. Das Haus, in dem Kate jetzt wohnte. Die Nachbarin hatte ihn gefunden. Kate hatte die Szenerie des Tatorts nie selbst gesehen, auch nicht als Fotografie, das hatte Caleb Hale, der damals die Ermittlungen leitete, verhindert, und sie war ihm bis heute dafür dankbar. Auch ihr Vater war alt und wehrlos gewesen.

Sie schluckte krampfhaft die Magensäure hinunter, die ihr die Speiseröhre hinaufstieg. Zum Glück hatte sie an diesem Tag noch nichts gegessen, sie hätte es jetzt möglicherweise wieder von sich gegeben. Pamela warf ihr einen scharfen Blick zu. »Sergeant? Alles in Ordnung?«

Sie riss sich zusammen, verdrängte gewaltsam das Bild ihres Vaters, das sich über die eigentliche Szenerie immer wieder vor ihre Augen schieben wollte. Sie war hier, um zu arbeiten. Ihre eigene Geschichte hatte in diesem Moment, in diesem Raum nichts verloren.

»Alles okay«, sagte sie. Sie ahnte, dass sie sehr blass geworden war, aber zum Glück fragte Pamela nicht weiter nach.

»Unser Mediziner hat eindeutig Tod durch Ertrinken festgestellt«, sagte Burden. »Mutmaßlich wurde Hendersons Kopf lange unter das Wasser gedrückt. Allem Anschein nach passierte das übrigens mehrfach, erst am Ende hielt der Täter ihn so lange unter Wasser, dass er starb.«

»Dafür ist eine Menge Kraft nötig«, meinte Pamela.

Burden nickte. »Ja, in der Tat. Auch wenn Henderson alt und gebrechlich war, er hat sich mit Sicherheit massiv zur Wehr gesetzt. Die Küche schwimmt ja auch, wie man sieht. Das war ein schwerer Kampf.«

»Glauben Sie, es waren mehrere Täter?«, fragte Pamela.

Burden wiegte nachdenklich den Kopf. »Entweder mehrere Täter. Oder jemand, der sehr stark ist.«

»Wer hat ihn gefunden?«, erkundigte sich Kate.

»Der Dienst, der das Essen bringt, erschien heute früh«, erläuterte Burden. »Normalerweise kommen die am späten Vormittag, aber da heute Weihnachten ist … Henderson öffnete nicht. Erst dachte der Mitarbeiter, er sei über Weihnachten verreist, aber Henderson war noch nie verreist, außerdem hatte er ja das Essen nicht abbestellt. Der Mitarbeiter klingelte in der Wohnung nebenan. Das junge Paar dort hat dann den Hausmeister verständigt. Der öffnete die Wohnung. Und … na ja.«

»Was meint der Mediziner, wie lang er tot ist?«, fragte Kate.

»Auf jeden Fall schon seit gestern«, erklärte Burden. »Irgendwann gestern Mittag. Um halb elf vormittags hat er jedenfalls noch gelebt. Da bekam er sein Essen geliefert, und alles war in Ordnung. Ziemlich kurz darauf ist es wohl passiert.«

»Und Sie meinen, die vermisste Mila Henderson könnte sich hier aufgehalten haben?« Der Name Henderson war extrem häufig. Kate wusste, dass es sich sehr gut um eine zufällige Namensgleichheit handeln konnte. Trotzdem hatte sie das starke Gefühl, dass es einen Zusammenhang gab.

Burden nickte. »Zwei Personen hier aus dem Haus haben berichtet, dass in den letzten Tagen eine junge Frau bei Henderson gewohnt hat. Sie sind ihr ein paarmal im Treppenhaus begegnet. Die Beschreibung deckt sich mit der von Ihnen gesuchten jungen Frau.«

»Ich würde diesen Leuten gerne ein Bild von Mila Henderson zeigen«, sagte Pamela.

Burden winkte einen uniformierten jungen Beamten heran, der in der Wohnungstür lehnte. »Costing, Sie begleiten DI Graybourne zu den beiden Zeugen. Es geht um eine Abstimmung mit einem Foto.«

Pamela und der junge Mann verließen die Wohnung.

Kate betrachtete weiterhin die Szenerie. Dieses Stillleben, das die Geschichte eines schrecklichen Sterbens erzählte.

»Was ist mit Fingerabdrücken?«, fragte sie.

»Wir sind noch nicht mit allem durch«, sagte Burden. »Es gibt Fingerabdrücke in der Wohnung, die nicht Henderson zuzuordnen sind. Vor allem der Sozialdienst kommt infrage, das müssen wir abgleichen. Und Hendersons junge Besucherin – um wen auch immer es sich bei ihr handelt. Auf der Wanne befinden sich nur Hendersons Spuren. Er hat die Griffe umklammert, vermutlich bei dem verzweifelten Versuch, sich zu befreien. Ansonsten haben wir dort keine gefunden. Ich würde stark vermuten, dass der Täter Handschuhe trug.«

»Wenn Henderson nicht einfach ertränkt, sondern zuvor immer wieder untergetaucht wurde, könnte es sich um eine Art Folterung handeln?«, fragte Kate.

»Das ist gut möglich.«

»Entweder um ihn zu quälen. Oder um eine Information zu bekommen.«

Burden zuckte mit den Schultern. »Wir wissen praktisch gar nichts.«

»Haben die Nachbarn etwas darüber gesagt, wie lange sich die junge Frau hier aufgehalten hat?«

»Beide sind sicher, dass sie sie bereits Anfang letzter Woche hier gesehen haben. Natürlich schließt das nicht aus, dass sie schon früher hier war. Meine Leute sind noch mitten in der Hausbefragung.«

Kate nickte nachdenklich. »Sie verlässt Scarborough. Ohne jede Vorankündigung. Kehrt nicht zurück. Wenn es sich bei James Henderson um einen Verwandten handelt, könnte sie tatsächlich hier untergeschlüpft sein. Warum?«

»Soweit ich gelesen habe«, sagte Burden, »ist die alte Dame, die sie betreut hat, schwer gestürzt und verstorben, weil Mila Henderson nicht im Haus war. Man geht doch bei Ihnen davon aus, dass sie deswegen nicht zurückkehrt? Weil sie ein Verfahren erwartet.«

»Das kann sein. Aber die Frage bleibt, weshalb ist sie überhaupt weggegangen? Hat sie irgendetwas oder irgendjemand vertrieben?«

»Sie meinen eine Art Flucht?«

»Sie war mutmaßlich hier. Jetzt ist sie weg. Ihr Gastgeber liegt ermordet in der Küche. Für mich hört es sich inzwischen nicht mehr so an, als suchten wir nach einer jungen Frau, die einfach pflichtvergessen war und sich später den Konsequenzen nicht stellen möchte«, erklärte Kate.

Pamela kehrte zurück, im Schlepptau eine junge Frau in Leggings und Pullover, mit lila gefärbten Haaren und einem Nasenpiercing. Ihre Augen waren so intensiv mit Kajal umrandet, dass es den Eindruck machte, als könne sie kaum dazwischen hervorschauen. Auf dem Arm trug sie ein kleines Kind, das völlig teilnahmslos dreinblickte.

»Sergeant, das ist Bonnie Wallister«, sagte Pamela. »Sie hat Mila Henderson eindeutig auf einem Foto als die Frau identifiziert, die mindestens eine Woche lang hier gewohnt hat.«

Bonnie nickte eifrig. Man sah ihr an, dass dies ein Weihnachtsmorgen nach ihrem Geschmack war. »Das war die Frau auf dem Bild. Ich bin ihr mehrfach im Treppenhaus begegnet.«

»Haben Sie auch mit ihr gesprochen?«

Bonnie schüttelte bedauernd den Kopf. »Wir haben einander gegrüßt. Mehr nicht. Ich dachte immer, dass sie ganz schön komisch ist.«

»Inwiefern?«, hakte Kate sofort nach.

Bonnie gab einen verächtlichen Laut von sich. »Die war so was von verklemmt. Die konnte einem überhaupt nicht in die Augen schauen. Immer hielt sie den Kopf gesenkt und huschte an einem vorbei, piepste ein Hallo, sah zu, dass sie schnell weiterkam ... Irgendwie seltsam. Bloß keinen Kontakt mit irgendjemandem.«

»Wie wirkte sie auf Sie?«

Bonnie starrte Kate an. »Wie?«

»Na ja, was dachten Sie sich? Dass sie einfach schüchtern ist? Oder unbedingt für sich bleiben möchte? Dass sie etwas zu verbergen hat ... irgendwie ordnet man ein solches Verhalten doch ein?«

Bonnie schien angestrengt nachzudenken. Zweifellos wollte sie die richtige Antwort geben. »Ehrlich gesagt, ich dachte immer, die ist doof«, sagte sie schließlich. »Aber im Nachhinein ...«

Alle sahen sie gespannt an.

»Sie hatte Angst«, sagte Bonnie. »Ich glaube, sie wäre am liebsten unsichtbar gewesen. Sie hätte sich gerne irgendwo verkrochen, wo außer ihr keine Menschenseele ist. Ja«, sie nickte bekräftigend, überzeugt von dem, was sie sagte. »Sie hatte eine Scheißangst!«

Kate und Pamela saßen in Kates Auto, das auf dem Parkplatz vor den Hochhäusern stand. Sie hatten dem Spurensicherungsteam, das noch überall in der Wohnung arbeitete, nicht länger im Weg sein wollen. Mit Burden hatten sie vereinbart, in engem Kontakt zu bleiben.

»Eine eigenartige Regelmäßigkeit«, meinte Pamela. »Immer wenn diese Mila Henderson von irgendwo verschwindet, findet sich hinterher ein toter alter Mensch.«

»Da ist trotzdem keine Linie«, widersprach Kate. »Patricia Walters ist gestürzt. Weil sie allein im Haus herumtappte. Selbst ihre Tochter vermutet nichts anderes. James Henderson hingegen wurde zu Tode gequält.«

»Der Tod von Patricia Walters schien von Anfang an klar«, sagte Pamela nachdenklich. »Aber woher wissen wir, dass sie nicht jemand die Treppe hinuntergestoßen hat?«

»Das wissen wir nicht«, stimmte Kate zu. »Aber der Arzt, der den Totenschein ausgestellt hat …«

Pamela unterbrach sie. »Ich weiß. Er ging ganz klar von einem Unglück aus. Weil es so plausibel war. Patricia Walters war schwer gehbehindert. Eigentlich durfte sie die Treppe nicht allein gehen. Ihre Betreuerin hatte sie im Stich gelassen, sie hatte Hunger und Durst. Also machte sie sich auf den Weg, und natürlich ging es schief. Mit tragischem Ausgang. Niemand hat diesen Hergang infrage gestellt, auch wir nicht.«

»Uns hätte man gar nicht informiert«, sagte Kate, »wenn die Tochter nicht unbedingt die Betreuerin verhaftet und vor Gericht gestellt würde sehen wollen.«

»Es war nie ein Spurensicherungsteam dort im Haus«, sagte Pamela.

»Und jetzt ergibt es nicht mehr viel Sinn. Die Tochter wohnt im Moment dort und räumt Dinge hin und her, mistet aus. Da gewinnen wir keine klaren Erkenntnisse mehr.«

»Wenn wir annehmen, dass Patricia Walters' Tod kein Unglück war«, sagte Pamela, »dann gibt es zwei Möglichkeiten: Entweder es war ein Unbekannter, und dann stellt sich die Frage, wie kam er ins Haus? Wir sollten noch einmal Leute hinschicken, die nach Einbruchspuren suchen. Derartiges mag der Tochter entgangen sein. Übrigens: Wie kam der Unbekannte in Hendersons Wohnung?«

»Er hat geklingelt«, sagte Kate. »Henderson dürfte unbefangen geöffnet haben. Vor allem wenn der Täter, wie Burden vermutet, kurz nach dem Essensdienst kam. Vielleicht dachte er, die haben etwas vergessen.«

»Okay. Und nun die Variante: Mila war die Täterin.«

»Mila hat erst Patricia Walters die Treppe hinuntergestoßen und dann ihren Verwandten, nachdem sie eine Woche lang friedlich bei ihm gewohnt hat, brutal ertränkt?«, fragte Kate zweifelnd. »Warum? Und hatte sie die Kraft?«

»Sie mag Mittäter gehabt haben.«

»Wie passt das zu ihrer Angst? Von der die Hausbewohnerin sehr überzeugend sprach.«

»Auf jeden Fall ist es doch seltsam, oder? Eine tote alte Frau. Ein toter alter Mann. Immer war Mila zuvor dort. Immer ist sie danach spurlos verschwunden. Denn in diese Wohnung hier kehrt sie unter Garantie nicht mehr zurück. Die haben nichts von ihr gefunden ... Sie ist auf und davon. Wie bereits in Scarborough.«

»Weil sie auf der Flucht ist?«, mutmaßte Kate. »Und ihr Verfolger ist ihr dicht auf den Fersen?«

»Oder weil sie die Täterin ist«, sagte Pamela.

Die beiden Frauen sahen einander an. »Wir suchen entweder eine gefährliche Killerin«, sagte Pamela, »oder ...«

»... oder eine Frau, die in Lebensgefahr schwebt«, vollendete Kate. »Wir müssen uns Mila Hendersons Umfeld vornehmen. Verwandte, Freunde. Wo könnte sie als Nächstes Unterschlupf suchen? Unter Umständen ist nämlich auch diese Person in großer Gefahr.«

Pamela nickte. »Lassen Sie uns zurückfahren. Hier ergibt sich für uns im Augenblick nichts mehr.«

Kate ließ den Motor an. »Ich brauche übrigens noch eine Telefonnummer«, sagte sie beiläufig. »Von einem Teilnehmer des Kochkurses. Burt Gilligan.«

»Wieso?«

»Ein Gedanke, den ich klären will. Führt wahrscheinlich nirgendwohin.«

Pamela zog ihr Notebook aus der Tasche. »Ich habe alle Adressen und Telefonnummern hier. Ich maile Ihnen die Nummer.«

»Danke. Haben Sie auch die Telefonnummer von Anna Carter?«

»Ja.«

»Die brauche ich auch. Und die Adresse ihres Freundes.«

Pamela warf ihr einen prüfenden Blick zu. »Sie halten mich aber auf dem Laufenden, Sergeant?«

»Natürlich«, beruhigte Kate.

Sie fuhren durch den stillen Tag. In fast allen Häusern brannten die Weihnachtsbeleuchtungen, aber was bei Dunkelheit festlich und schön aussehen würde, wirkte im mühsamen Licht eines Tages, der weder wirklich hell noch dunkel war, eher trübsinnig. Kate dachte an den Abend, der sie erwartete. Sie dachte an den Abend zuvor und spürte die

Sehnsucht als einen feinen Schmerz. Sie hatte auf keinen Fall leiden wollen, aber womöglich hatte sie das schon gar nicht mehr unter Kontrolle.

Als sie Pamela abgesetzt hatte, blieb sie noch einen Moment lang am Straßenrand stehen und checkte schnell ihr Handy. Die Mail von Pamela war da, mit den Telefonnummern von Burt und Anna sowie der Adresse eines Samuel Harris aus Scarborough. Dazu zwei weitere eher unwichtige berufliche Mails. Eine WhatsApp von Colin, der ihr frohe Weihnachten wünschte und ein Selfie schickte, das ihn mit seiner Verlobten Xenia vor einem bombastisch geschmückten Tannenbaum zeigte.

Sonst nichts.

Sie hatte es geahnt: Caleb Hale hatte sich nicht gemeldet.

Nach dem Vorfall mit dem Goldkettchen mied mich Mila, wo sie nur konnte. Wir liefen nicht mehr zusammen zur Schule, denn Mila hatte zum Geburtstag ein Fahrrad bekommen und rauschte damit einfach an mir vorbei, wenn ich an der gewohnten Ecke auf sie wartete. Auch nach der Schule hatte ich keine Chance, sie einzuholen. Ich hätte selbst ein Fahrrad gebraucht, aber angesichts meines Gewichtes war an diesen Sport nicht zu denken, und ich mochte mir auch nicht ausmalen, wie ich auf einem solchen Gerät ausgesehen hätte. Ich war so frustriert, dass ich mehr denn je aß und noch einmal zehn Kilo zulegte. Der Hausarzt unserer Familie redete mir sehr ernsthaft ins Gewissen, aber abgesehen davon, dass ich eine ziemlich heftige Wut auf ihn entwickelte, tat sich nichts. Was glaubte er? Dass seine Belehrungen neue Erkenntnisse für mich enthielten? Dass ich ohne ihn nicht gewusst hätte, wie schlecht die Adipositas für mein gesamtes System war? Für die Organe, die Gelenke, den Kreislauf. Glaubte er, ich würde nach einem solchen Vortrag nach Hause gehen und sagen: »Ach, wie seltsam, das wusste ich ja gar nicht, es ist tatsächlich ziemlich ungesund, wie ich lebe. Du liebe Güte, hätte mir das nur jemand eher gesagt! Nun, jetzt werde ich das ändern. Keine Süßigkeiten mehr, nichts. Ab heute werde ich schlank!«

Verdammt, wenn ich es gekonnt hätte, wenn ich es nur irgendwie gekonnt hätte, ich hätte alles getan, mich in einen attraktiven Prinzen zu verwandeln, dem die Mädchen in Scharen hinterherliefen und mit dem jeder gerne befreundet sein wollte.

Aber es funktionierte nicht. Ich unternahm halbherzige Versuche, Diäten zu starten, versuchte es mit Kohlsuppe, mit abscheulich schmeckenden Shakes aus der Apotheke, mit Proteinen, ohne Kohlehydrate, ohne Fett … und immer scheiterte ich nach kurzer Zeit, obwohl meine Mutter mich nach Kräften unterstützte. Sie kaufte all die verrückten Besonderheiten, die ewige Schlankheit versprachen, und wurde auch nicht müde, mir die faden Gerichte zu kochen, die ich noch essen durfte. Immer wieder von Neuem hatte sie Vertrauen in mich, immer wieder von Neuem enttäuschte ich sie. Mein Vater begleitete dies alles inzwischen schweigend. Er glaubte keine Sekunde lang, dass ich es schaffen würde. Leider behielt er damit immer wieder recht.

Ein paarmal gelang es mir, Mila auf dem Schulhof in irgendeiner Ecke zu erwischen und mich so vor sie zu stellen, dass sie nicht entkommen konnte.

»Ich hätte dich nicht einfach küssen dürfen«, sagte ich. »Ich habe dich erschreckt. Ich war zu stürmisch.«

»Du hast mich nicht erschreckt«, sagte sie. »Aber ich will es einfach nicht. Nicht mit dir. Ich will keine Freundschaft und schon gar keine Beziehung mit dir.«

Jedes ihrer Worte war eine Ohrfeige.

»Ich habe mich doch entschuldigt«, sagte ich.

»Ja. Okay. Aber ich will trotzdem nicht. Ich wollte es nie.«

»Ach, du wolltest es nie?« Ich wurde ziemlich ärgerlich. »Du bist doch immer gemeinsam mit mir zur Schule gegangen. Und zurück. Du hast dich jeden Morgen mit mir getroffen. Du hast mir das Gefühl gegeben, dass du Interesse an mir hast.«

»Du verdrehst alles«, sagte sie. »Ich war einfach nur höflich. Leider bin ich so erzogen. Es ist eindeutig nicht immer von Vorteil.«

Sie wollte an mir vorbei, aber in meiner Verzweiflung hielt ich ihren Arm fest.

»Und wenn ich abnehme?«, fragte ich. »Wirklich, für dich würde ich es tun. Für dich würde ich es schaffen.«

Sie versuchte meinen Arm abzuschütteln, aber es gelang ihr nicht. Mein Griff war zu fest.

»Es ist mir egal, ob du abnimmst oder nicht«, sagte sie. »Ich will dich einfach nicht. Bitte respektiere das endlich. Und lass meinen Arm los!«

Inzwischen schauten ein paar Leute zu uns hinüber. Widerwillig ließ ich sie los.

»Du wirst allein bleiben«, prophezeite ich ihr. »Dein ganzes Leben lang. Du machst Menschen Hoffnung und lässt sie dann fallen. Damit macht man sich sehr unbeliebt. Andere mögen so jemanden nicht.«

»Ich habe dir niemals Hoffnung gemacht!«, fauchte sie mich an.

Die Tatsache, dass sie sich so heftig verteidigte, bewies in meinen Augen ihr schlechtes Gewissen.

»Das alles wird sehr schlimm für dich ausgehen«, sagte ich.

Sie rannte davon. Ich fing mitleidige und hämische Blicke aus einer Gruppe von Schülern auf, die in der Nähe standen.

»Fatty glaubt ernsthaft, irgendein Mädchen würde sich für ihn interessieren«, sagte einer von ihnen. »So einen schlechten Geschmack hat keine Frau.«

Höhnisches Gelächter. Ich tat so, als hätte ich nichts gehört, aber ich spürte, dass mein Gesicht zu brennen begann. Ich wusste überhaupt nicht mehr, wen ich am meisten hasste: Mila, meine kaltherzigen Mitschüler, das Leben selbst, mich. Wahrscheinlich alles gleichermaßen. In mir brodelte ein einziges Konglomerat aus Verzweiflung, Schmerz und Hass, ein überwältigendes, explosives Gemisch. Ich merkte, dass sich der Hass am besten anfühlte, er war ein Katalysator für all die anderen Emotionen.

Ich begann ihn auszubauen, um den Schmerz zu ersticken.

Nach einem langen, heißen Sommer, in dessen Verlauf ich fünfzehn wurde – ein Tag, den ich wie üblich nur mit meinen Eltern feierte und mit einer großen Sahnetorte, über die mein Vater anzügliche Bemerkungen machte –, kehrte ich nach den Ferien in die Schule zurück. Dicker denn je, hasserfüllter denn je.

Mila war nicht mehr da.

Zuerst dachte ich, sie sei krank, aber als sie am vierten Tag noch immer nicht auftauchte, sprach ich unsere Klassenlehrerin an. »Was ist denn mit Mila los? Ist sie krank?«

Madame du Lavandou – wir hatten sie auch in Französisch, ich fand sie grässlich, aber auch bei den anderen war sie nicht besonders beliebt – musterte mich kühl. Es gelang ihr immer nur sehr schlecht, ihren Widerwillen gegen mich zu verbergen.

»Nein, Mila ist nicht krank. Ihre Mutter und sie sind von hier weggezogen.«

»Was?« Ich war völlig entsetzt. Mila weggezogen? Einfach so, ohne mir etwas zu sagen? Das konnte nicht wahr sein.

»Nie im Leben«, sagte ich.

Madame du Lavandou schenkte mir nicht die Spur eines Lächelns. »Du kannst es glauben oder auch nicht. Tatsache ist, Mila kommt nicht zurück.«

»Sie hätte mir etwas gesagt«, beharrte ich.

»Sie hat niemandem in der Klasse etwas gesagt«, sagte Madame du Lavandou.

»Wieso nicht?«

»Das kannst du dir doch wahrscheinlich selbst denken.«

Ich verstand nicht, was sie meinte. »Sie wissen aber, wohin sie gegangen ist?«

»Ich wurde gebeten, nicht darüber zu sprechen.«

»Warum ... Ich verstehe nicht ... Wieso sind sie überhaupt weggezogen?«

»Ein gutes berufliches Angebot für die Mutter«, sagte Madame du Lavandou, und um mir zu zeigen, dass unser Gespräch beendet war, fing sie an, in irgendwelchen Heften auf dem Schreibtisch zu blättern.

»Aber ... Madame ... könnten Sie mir nicht ...?«

Sie schüttelte den Kopf. »Nein. Ich kann nicht. Mrs. Henderson, Milas Mutter, hat lange mit mir gesprochen. Mila fühlt sich, seitdem sie hier ist, von dir verfolgt und bedrängt. Sie hat dir deutlich zu verstehen gegeben, dass sie deine Freundschaft nicht haben will, und schon gar nicht will sie in eine tiefere Beziehung mit dir treten. Du hast das immer wieder ignoriert, hast sie ständig belästigt. Sie ist froh, dass sie die Chance hatte, von hier wegzugehen, und ausdrücklich soll niemand erfahren, wo sie jetzt leben.«

In meinen Ohren rauschte das Blut. »Ich habe sie nicht belästigt.«

Madame du Lavandou blickte mich mitleidlos und ohne jedes Verständnis an. »Natürlich hast du das. Ich schenke in dieser Hinsicht Mila und ihrer Mutter vollen Glauben. Du tust dich sehr schwer, Freunde zu finden, genau genommen: Es ist ein Ding der Unmöglichkeit für dich. Mila ist ein freundliches, schüchternes und sehr höfliches Mädchen. Diese Eigenschaften hast du wahrgenommen und für dich genutzt. Mila war zu wohlerzogen, dich sofort mit aller Entschiedenheit abzuweisen, und du warst entschlossen, auf Zwischentöne nicht zu reagieren. Wahrscheinlich hast du dir irgendwann selbst eingeredet, dass sie etwas an dir findet, aber glaube mir: Das ist nicht der Fall.«

»Das ... können Sie nicht wissen ...«

»Ich kenne dich. Und ich kenne andere wie dich. Typen, die mit Zurückweisung nicht umgehen können. Unglücklicherweise wirst gerade du jedoch ständig zurückgewiesen. Bei Mila hast du dir eine ganze Weile vormachen können, es würde diesmal anders laufen, allerdings auch nur deshalb, weil du all ihre vorsichtigen Signale immer sofort verdrängt hast. Jetzt kommst du nicht zurecht, weil klar ist, dass sie dich wirklich nicht will. Sei sicher: Ich werde ihren Aufenthaltsort nicht preisgeben. Ich würde nicht ausschließen ...« Sie stockte.

»Ja?«, fragte ich. Betäubt. Getroffen. Fassungslos.

»Ich würde nicht ausschließen, dass du eine Gefahr für Mila darstellst«, sagte Madame du Lavandou.

Ich sah sie entgeistert an. Was redete sie denn da?

Aber tatsächlich hatte sie den Nagel auf den Kopf getroffen, und es dauerte gar nicht so lange, da begriff ich es: Ich stellte eine Gefahr dar für Mila.

Das war der Moment, in dem ich begann, Jagd auf sie zu machen.

TEIL 2

DONNERSTAG, 26. DEZEMBER

I

Sue Raymond war wütend, aber sie versuchte, sich selbst zu beschwichtigen, um sich nicht in einen zu großen Zorn hineinzusteigern. Sie wusste, dass sie dazu neigte, auch wenn es um Wayne ging, den sie eigentlich liebte.
Gerade wenn es um Wayne ging.
Am 24. Dezember waren sie abends mit seinen Eltern zum Essen ausgegangen, und den 25. Dezember hatten sie als kleine Familie ganz unter sich verbracht: sie selbst, Wayne und die kleine Ruby, die an Weihnachten auf den Tag genau ein halbes Jahr alt war. Sie hatten um den Tannenbaum gesessen und Geschenke ausgepackt, Sue und Wayne hatten jeder am Morgen schon ein Glas Sekt getrunken und dazu Lachsbrötchen gegessen, und mittags gab es Truthahn und Röstkartoffeln und wieder Sekt, und nachmittags hatten sie die Weihnachtsansprache der Queen im Fernsehen geschaut und dazu Plumpudding gegessen, obwohl ihnen schon schlecht gewesen war von all der Völlerei. Die elektrischen Kerzen am Baum brannten den ganzen Tag, und Ruby brabbelte vergnügt vor sich hin, aber spätestens ab der Weihnachtsansprache verbarg Wayne kaum noch seine schlechte

Laune. Die seit dem frühen Morgen lauerte. Ihm lag Weihnachten nicht besonders, und wenn das Familienleben zu intensiv wurde, begann er, nervös zu werden. Irgendwie war er noch über den Weihnachtstag gekommen, aber heute hatte er in aller Frühe verkündet, mit den Jungs in die Hütte zu fahren – was, wie Sue vermutete, keineswegs ein spontaner Entschluss, sondern von langer Hand geplant war.

»Ein paar Tage nur wir Männer«, hatte er gesagt und dabei ausgesehen wie jemand, der am liebsten in der nächsten Sekunde die Flucht ergriffen hätte.

Bei den Jungs handelte es sich um drei Freunde aus Waynes Schulzeit, mit denen er durch dick und dünn ging und die allesamt Sue ein Dorn im Auge waren, weil Wayne in ihrer Gesellschaft zu viel trank, zu schnell Auto fuhr und sich in Nachtclubs der anrüchigen Sorte herumtrieb. Dicht am Rotlichtmilieu. Sue hasste es, wenn er dorthin ging. Allerdings sprach er diesmal von der Hütte. Ein Blockhaus in den Yorkshire Dales, das dem Vater eines der Freunde gehörte. Sue machte sich nichts vor: Auch dort würde Wayne zusammen mit seinen Freunden saufen bis zur Besinnungslosigkeit, aber wenigstens gab es weit und breit keine Kneipen oder Clubs. Sie würden Karten spielen, trinken, schlafen. Und sich dabei wie wilde Kerle fühlen, die den Gefahren der Natur trotzten, ungeachtet der Tatsache, dass man eine komfortable, geräumige Hütte mit gut gefülltem Weinkeller, mit einem großen Kamin und weichen Betten kaum mit einem Survivaltraining in der Wildnis gleichsetzen konnte. Genauso stellten sie es aber dar.

Wie kann man sich selbst so viel Blödsinn einreden, dachte sie wütend, und das dann auch noch glauben!

Sie hatte versucht, Wayne zu bewegen, das »Abenteuer« wenigstens um einen Tag zu verschieben.

»Es ist immer noch Weihnachten«, hatte sie gesagt und zu ihrem Schrecken bemerkt, dass die Tränen bereits in den Augen brannten. »Da ist man doch mit der Familie zusammen!«

»Heute ist Boxing Day«, sagte Wayne. »Nicht direkt Weihnachten.«

»Der gehört sehr wohl zu Weihnachten!«

»Mensch, Sue, mach mich nicht wahnsinnig. Ich habe jetzt zwei Tage Weihnachten gefeiert, mehr verkrafte ich einfach nicht. Der Tannenbaum, die Musik, das ganze Getue ... Irgendwann muss Schluss sein!«

Dann hatte er seine Sachen gepackt, hatte Ruby, die vor Vergnügen quietschte, durch die Luft geschwenkt und Sue einen flüchtigen Kuss gegeben. »Ciao, ihr Süßen. Sonntag bin ich wieder da!« Und schon war er zur Tür hinaus. Sue hörte, wie der Motor seines SUVs startete. Wayne hatte sich das Protzauto zu seinem Geburtstag im September selbst geschenkt. Den Kredit dafür würde er in den nächsten Jahren abstottern.

Sue nahm Ruby auf den Arm und schaukelte sie hin und her, während sie versuchte, ihre Tränen zu unterdrücken und ihre Wut im Keim zu ersticken. Wenn Wayne unerreichbar – kein Handyempfang – in den Dales einer Art Junggesellenleben frönte und sie in der Zeit vor Wut kochte, ging das immer schlecht für sie aus, nicht für ihn. Er bekam es nicht mit, und sie arbeitete sich völlig daran ab. Am Schluss war sie absolut fertig, ohne dass es irgendetwas änderte oder brachte. Ihm die Ehe vor die Füße knallen, mit Ruby zusammen einfach weg sein, wenn er zurückkam – das wäre es! Aber wohin sollte sie gehen? Und wollte sie wirklich das Ende? Wayne war ihre Jugendliebe, und häufig fand sie das Zusammensein mit ihm auch schön. Wie auch den

Status, eine verheiratete Frau mit Kind und eigenem Häuschen zu sein. Okay, das Haus mussten sie natürlich auch noch abzahlen, länger als den SUV, ungefähr bis kurz vor dem Sterbebett, aber es war ihr Haus, ihr Garten. Ihr Leben. Sie wollte keine gescheiterte, geschiedene, getrennt lebende, alleinerziehende Mutter in einer Etagenwohnung sein.

Sie legte Ruby in ihr Bett, wo diese zum Glück sofort einschlief, und machte sich daran, das Wohnzimmer und die Küche aufzuräumen. Sie sammelte Geschenkpapier ein, zerkleinerte Pappkartons, trennte das Plastik, sortierte alles draußen in die Tonnen neben der Garage. Sie räumte das Geschirr in die Spülmaschine, wischte die Arbeitsflächen, steckte fleckige Tischtücher und Servietten in die Waschmaschine. Sie entfachte ein Feuer im Kamin. Der Tag war kalt und dunkel, aber sie würde es sich gemütlich machen, für sich und Ruby, und zum Teufel mit Wayne.

Es war noch Gemüse vom Vortag übrig, das aber nicht mehr appetitlich aussah, also sammelte sie es in einem Korb, um es in der Biotonne zu entsorgen. Sie fröstelte auf dem Weg zur Garage. Der Morgennebel lastete schwer über der Siedlung, er fühlte sich klamm und kühl an. Sue wollte gerade so schnell wie möglich ins Haus zurücksprinten, da bemerkte sie eine Gestalt, die am Gartentor stand. Sie stand einfach da und betrachtete das Haus. Sue kniff die Augen zusammen. Eine Frau.

»Ja, bitte?«, rief sie. Am Boxing Day wurden traditionell kleine Geldgeschenke an diesen und jenen verteilt, vielleicht sammelte diese Frau für irgendeinen guten Zweck.

»Sue?«, fragte die Frau zurück. Ihre Stimme klang heiser und leise.

Sue trat zu ihr hin, beide Arme zum Schutz gegen die Kälte um den Leib geschlungen. Irgendwie kam ihr die andere bekannt vor, aber sie vermochte sie nirgends einzuordnen.

»Kennen wir uns?«, fragte sie.

»Ich bin es«, sagte die Frau. Sue bemerkte jetzt, dass sie dunkle Schatten unter den Augen hatte. Sie sah aus, als habe sie seit vielen Nächten nicht mehr geschlafen. Unter dem dicken Mantel konnte man erahnen, wie dünn sie war. »Mila Henderson. Wir kennen uns aus der Schule.«

»Mila?«, fragte Sue ungläubig. Es waren fünfzehn Jahre vergangen, seitdem sie einander zuletzt gesehen hatten. Damals waren sie beide Teenager gewesen und für kurze Zeit zusammen in die Schule und in eine Klasse gegangen. Bis Mila dann plötzlich wegzog und man nichts mehr von ihr hörte.

Mila bebte. Sue erkannte, dass sie trotz des Mantels vor Kälte zitterte.

»Möchtest du ins Haus kommen?«, fragte sie.

Mila hatte einen großen Becher heißen Tee getrunken und erzählt, weshalb sie hier war, dann hatte Sue ihr das Bett im Gästezimmer bezogen, und Mila hatte sich hingelegt. Sie war innerhalb weniger Augenblicke eingeschlafen.

Sue kehrte ins Wohnzimmer zurück, blickte nachdenklich zum Fenster hinaus. War es richtig, dass sie eine ihr inzwischen fremde Frau eingelassen hatte und dass die nun oben in ihrem Gästezimmer schlief? Aber sie war in einem erbärmlichen Zustand und halb erfroren. Sie hatte sie nicht wegschicken können. Schon gar nicht an Weihnachten.

Sue war mit Mila befreundet gewesen, allerdings nicht allzu eng. Mila war etwas eigenbrötlerisch veranlagt, zudem war sie nur ein halbes Jahr in der Klasse gewesen, ehe sie mit ihrer Mutter weggezogen war. Aber ein paarmal hatten sie sich nachmittags getroffen, waren zusammen Eis essen gegangen oder shoppen. Sie hatten sich gut verstanden, aber dann war Mila fort gewesen, urplötzlich nach den großen Ferien, und hatte sich nie wieder gemeldet. Wenn sie ehrlich war, so hatte Sue sie eigentlich inzwischen fast vergessen.

Und nun stand Mila plötzlich vor ihr, nach all den Jahren, hungrig und frierend, und erzählte eine etwas abenteuerliche Geschichte: Sie war als Betreuerin bei einer alten Frau in Scarborough angestellt gewesen, hatte sich jedoch mit deren Tochter hoffnungslos überworfen und war von einem Tag auf den anderen auf die Straße gesetzt worden. Auf dem Konto kaum Geld, in der Reisetasche nur ihre notwendigsten Habseligkeiten.

»Kann ich für ein paar Tage bei dir bleiben?«, hatte sie mit weit aufgerissenen Augen gefragt. »Ich weiß einfach nicht, wohin ich gehen soll. Ich habe eine Woche lang bei einem Onkel gewohnt, aber länger konnte er mich nicht beherbergen.«

Warum nicht, hätte Sue fast gefragt, schluckte die Bemerkung aber hinunter. Es klang so unfreundlich.

»Klar kannst du bleiben«, hatte sie gesagt, und es hatte einfacher geklungen, als ihr zumute war. Milas Geschichte kam ihr seltsam vor: Konnte man denn jemanden einfach so rauswerfen? Aus einem Arbeitsverhältnis entlassen, von einem Tag zum anderen, ohne nicht noch mindestens einen Monatslohn zahlen zu müssen?

Irgendetwas stimmt da nicht, dachte Sue, während sie so am Fenster stand und hinausblickte, irgendwie ist das alles sehr merkwürdig.

Andererseits ging es Mila wirklich sichtbar schlecht. Sie hatte abgekämpft und verwahrlost gewirkt.

»Ich habe drei Nächte draußen verbracht«, hatte sie gesagt, »auf Bänken in Busbahnhöfen. Es war kalt und schrecklich, und ich hatte Angst.«

Das konnte Sue gut nachvollziehen. Es klang furchtbar.

»Wie hast du mich ausfindig gemacht?«, fragte sie.

»Über Facebook. Daher wusste ich, dass du in Richmond lebst. Und du hast ja ziemlich oft dein Haus gepostet, und ein paarmal konnte man auch das Straßenschild sehen. Es war nicht schwierig.«

Sue hatte gedacht, dass Wayne, der ewige Nörgler, tatsächlich manchmal recht hatte. Er hatte immer gesagt, dass sie im Internet zu viel preisgab und zu viel postete, Fotos von sich, Wayne, dem Baby, dem Haus, dem Auto, der Straße, dem Garten. Seht alle mein tolles Leben! Seht, wie weit ich es gebracht habe! Dies der Welt kundzutun, war so wichtig gewesen, dass sie wahrscheinlich wirklich zu unvorsichtig gewesen war. Auf jeden Fall hatte eine alte Bekannte von früher sie ohne jedes Problem ausfindig machen können.

Immerhin war es nun tatsächlich gut, dass Wayne nicht zu Hause war. Er hätte ein Riesentheater veranstaltet, das tat er immer bei Gästen, wenn es sich nicht um seine Freunde handelte. Er würde meckern und maulen und ständig fragen, wann Mila denn wieder ginge, und er würde die arme Frau unwirsch und unhöflich behandeln. Insofern war klar, dass Mila höchstens bis Sonntag bleiben konnte. Sie musste weg sein, ehe Wayne nach Hause kam.

Sue entsann sich, dass Mila schon damals in der Schulzeit keinen Vater mehr gehabt hatte, aber zumindest eine Mutter.

»Warum kannst du nicht zu ihr gehen?«, hatte sie gefragt, aber Mila hatte den Kopf geschüttelt. »Sie lebt in den Staaten. Kalifornien. Sie hat wieder geheiratet.« Dann fügte sie hinzu: »Einen Kotzbrocken.«

»Aber was willst du dann machen? Ich meine, du kannst

natürlich einige Tage hierbleiben, aber ... es ist ja keine Dauerlösung ...«

»Mir wird etwas einfallen«, behauptete Mila. Sue konnte sich nicht vorstellen, was das sein sollte, aber das war ja schließlich nicht ihr Problem.

Irgendwie wurde sie einfach das ungute Gefühl nicht los. Wieder musste sie an Wayne denken, der immer sagte, man könne über nahezu jeden Menschen etwas herausfinden, wenn man ihn googelte. Und wenn es nur ein Hinweis auf dessen Einträge bei Facebook, Instagram oder LinkedIn war. Seiner Ansicht nach gab es fast niemanden mehr, der nicht irgendwo im Web auftauchte.

Die Gelegenheit war günstig, da Mila schlief. Auch Ruby gab gerade Ruhe. Sue huschte zur Sofaecke, wo ihr Laptop lag, klappte ihn auf und fuhr ihn hoch. Sie gab den Namen Mila Henderson ein und zuckte gleich darauf zurück vor Überraschung: Mila blinkte ihr aus etlichen Einträgen und mit Fotos entgegen. Genau genommen handelte es sich immer um dasselbe Bild. Eindeutig Mila.

Sue öffnete den ersten Eintrag.

Sie schluckte. Sie hatte ja geahnt, dass etwas nicht stimmte. Mila wurde von der Polizei gesucht.

2

Seitdem sie den toten Logan entsorgt hatten, war die Atmosphäre zwischen ihnen verändert. In feinen Nuancen nur, aber Anna spürte genau, dass Sam auf Distanz ging. Er war umgänglich wie immer, aber dennoch war es anders als zuvor. Der Abend, an dem sie Logan in die Hochmoore geschafft hatten, hatte ihn überfordert, er war vollkommen fertig danach gewesen, körperlich und seelisch. Während sich Anna die ganze Nacht schlaflos und von schrecklichen Bildern verfolgt herumgewälzt hatte, war er ins Bett gefallen und im Bruchteil von Sekunden eingeschlafen.

Wer hatte Logan das angetan?

Und war es wirklich die richtige Entscheidung gewesen, die Polizei nicht zu rufen?

Aber das eigentlich Schlimme war, dass sie ihm nicht erzählt hatte, weshalb und wovor sie solche Angst hatte. Obwohl sie es ihm versprochen hatte, ehe er ihr half, Logan in die Hochmoore zu schaffen. Am Weihnachtsmorgen hatte er sich ihr gegenüber an den Frühstückstisch gesetzt, eine Kaffeetasse in der Hand, und hatte sie sehr ernst angeblickt.

»Und?«

Sie war in Tränen ausgebrochen. »Ich kann es nicht, Sam. Ich kann einfach nicht darüber reden.«

»Du hattest es mir versprochen, Anna!«

»Ich weiß.« Sie schluchzte.

»Anna, das geht so nicht. Du ziehst mich in eine unglaubliche Geschichte, und dann verweigerst du jede Erklärung. Ist dir klar, dass man sich so nicht verhält? Niemandem gegenüber?«

»Ich weiß.« Sie war seinem Blick ausgewichen.

Sam hatte den ganzen Weihnachtstag in seinem Arbeitszimmer verbracht, Rechnungen schreibend, wie er sagte, und es war klar, dass er wütend war. Wie üblich zeigte er das nicht unmittelbar – Sam schrie nie oder tobte –, aber er zog sich zurück, und es war, als lasse er eine Klappe herunter, die zwischen ihm und Anna stand. Anna schlich durch die Wohnung, hundeelend, in eine Decke gehüllt, weil sie sich den ganzen Tag über nicht aufraffen konnte, sich anzuziehen. Sie landete schließlich im Wohnzimmer und zappte sich durch die Fernsehprogramme, ohne etwas zu finden, das sie auch nur ansatzweise fesselte. Das Wohnzimmer sah trostlos aus, ohne Geschenke, ohne Baum. Der Baum, das Riesenungetüm, das Sam so überschwänglich ausgesucht hatte, lag hinter ihrem Haus in Harwood Dale und würde dort irgendwann verrotten. In hundert Jahren, oder wie lange brauchten Bäume dafür?

Anna musste erneut weinen, weil sie an den Baum dachte, der so schön gewesen war und nun einfach weggeworfen wurde.

Wie Logan. Der schöne Logan. Der tot in einem Gebüsch in den Hochmooren lag. So unwürdig. Wie ein Sack Müll.

Abends kochte Sam immerhin ein Essen und machte eine Flasche Wein auf, und Anna zündete ein paar Kerzen an. Sie stocherten beide in dem Essen herum, dann verzog sich Sam wieder in sein Zimmer, und Anna ging ins Bett, nahm eine Tablette und fand so wenigstens endlich etwas Schlaf.

Am nächsten Morgen brach Sam zu seinem Vater nach London auf. Zum ersten Mal unterließ er beim Abschied die Frage, ob Anna nicht vielleicht doch mitkommen wolle. Er verbarg kaum seine Erleichterung, die spannungsgeladene Atmosphäre der Wohnung und die verstörte Anna für zwei Tage verlassen zu können.

»Mach es dir hier gemütlich«, sagte er. »Den Umständen entsprechend zumindest. Ich denke, es ist besser, wenn du hierbleibst. Dein Haus ist kaum bewohnbar, ehe wir nicht die Glasscheibe erneuern lassen können.«

»Wann kommst du wieder?«

»In ein, zwei Tagen«, sagte er unbestimmt.

Sie weinte, nachdem er abgefahren war. Sie fühlte sich plötzlich sehr allein. So trostlos das Weihnachtsfest verlaufen war, sie waren immerhin noch zu zweit gewesen. Zu zweit auch mit dem, was sie getan hatten. Jetzt hatte sie das Gefühl, als sei Sam irgendwie ausgestiegen. Er hatte ihr in der akuten Notlage geholfen, aber eigentlich war Logan nicht seine Sache. Das alles, was plötzlich in ihrem Leben passierte, eine ermordete Frau, ein Freund, der als Tatverdächtiger gesucht wurde und dann selber tot war und versteckt werden musste – das alles war nicht Sams Sache. Und er wollte es auch nicht dazu machen. Er hatte das nicht ausgesprochen, aber Anna hatte gemeint, es zu spüren. Was immer jetzt kam, zumindest in den nächsten Tagen würde sie es allein durchstehen müssen.

Irgendwie schaffte sie es, zu duschen und sich anzuziehen. Im Badezimmerspiegel blickte sie ein bleiches Gesicht an. Sie sah entsetzlich aus. Genauso wie sie sich fühlte.

Sie hatte, seitdem sie Logan tot in ihrem Hausflur gefunden hatte, kaum etwas gegessen und erkannte nun, dass sie sich nicht noch weiter schwächen sollte. Sie machte sich in der Küche einen Tee und kaute dazu lustlos auf ein paar Weihnachtsplätzchen herum, die sie in einem der Schränke fand. Keine wirkliche Mahlzeit, aber besser als nichts. Während sie überlegte, wie, um alles in der Welt, sie den Tag, der vor ihr lag, herumbringen sollte, klingelte es plötzlich an der Haustür.

Vor Schreck wäre Anna fast der Teebecher aus den Händen gefallen. Im ersten Moment dachte sie, dass das nur die Polizei sein konnte. Man hatte Logan gefunden. Man hatte die Spur zu ihr zurückverfolgen können. Man sah in ihr die Hauptverdächtige. Und nun kamen sie, um sie abzuholen.

Oder hatte jemand sie und Sam beobachtet? Und sie nun angezeigt?

Dann jedoch entspannte sie sich ein wenig. Hätte jemand sie beobachtet, wäre die Polizei schon viel früher erschienen.

Und sollte man Logan gefunden haben – wer würde so schnell die Spur zu ihr und weiter hierher zu Sams Wohnung finden?

Sie erwog, nicht zu öffnen, aber dann dachte sie, dass sie sich hier nicht vergraben konnte, bis Sam zurückkam. Sie ging zur Wohnungstür, betätigte den Türöffner und hörte, wie unten die Eingangstür aufgedrückt wurde. Sie erkannte die Frau, die die Treppe hinaufkam: Kate hieß sie. Der Nachname fiel ihr nicht ein. Sie war im Singlekochkurs, und sie war am Montag für Diane eingesprungen.

Kate lächelte etwas schüchtern. »Entschuldigen Sie, Anna. Ich weiß, es ist der zweite Weihnachtsfeiertag. Ich musste Sie nur aufsuchen, weil ich mir Sorgen gemacht habe.«

»Sorgen?«, fragte Anna aufgeschreckt. Ihr Herz ging sofort wieder schneller, obwohl sie sich sagte, dass das ganz unvernünftig war. Woher sollte diese Frau etwas von Logan wissen?

»Ja.« Kate war oben angekommen und blieb stehen. Sie hatte rote Wangen von der Kälte. »Es ist nur ... ich war gestern bei Ihnen zu Hause.«

Anna trat einen Schritt zurück. »Kommen Sie doch rein.« Es musste nicht jeder hören, was Kate bei ihr zu Hause gesucht und womöglich vorgefunden hatte.

Keinen toten Mann, beruhigte sie sich, der war gestern schon nicht mehr da.

Sie führte Kate in die Küche und bot ihr einen Tee an, obwohl sie sie am liebsten sofort wieder losgeworden wäre. Aber sie musste wissen, worum es ging.

»Warum haben Sie mich nicht angerufen? Und woher wussten Sie, wo ich wohne? Woher wussten Sie von meinem Freund und dass er hier wohnt?«

Kate, die sich sichtlich dankbar die Hände an dem warmen Becher wärmte, zuckte die Schultern. »Ihren Freund und dass er hier wohnt, hatte jemand aus dem Kurs erwähnt. Ebenso Ihre Adresse. Ich glaube, es war Burt Gilligan. Anrufen ... Ich wollte mich einfach persönlich vergewissern, dass alles bei Ihnen in Ordnung ist.«

»Warum sollte es das nicht sein?«

»Ich war, wie gesagt, gestern bei Ihnen. Ich brauchte eine Telefonnummer von einem Kursteilnehmer, aber Sie waren nicht zu Hause.«

»Nein. Ich verbringe Weihnachten mit meinem Freund.«

»Ja, natürlich. Ich war irritiert ... hinter Ihrem Haus lag ein neuer Weihnachtsbaum. Und die Scheibe eines Fensters war eingeschlagen.«

Anna starrte sie an. *Wieso schnüffelst du um mein Haus herum? Was hattest du auf der Rückseite zu suchen?*

Sie war nicht in der Lage, sich pampige Fragen zu leisten. Wer wusste, was diese Kate alles wahrgenommen hatte und was sich hinter ihrem freundlichen Lächeln verbarg?

Also rang sich auch Anna ein Lächeln ab. »Ach so. Ja, wir wollten Weihnachten ursprünglich bei mir feiern. Deshalb hatten wir den Baum schon dort. Aber dann ging die Fensterscheibe kaputt. Die Fenster sind uralt, wissen Sie. Ein

Windstoß, und sie brach in sich zusammen. Wahrscheinlich war schon ein Haarriss darin.«

Du redest zu viel und zu aufgeregt, ermahnte sie sich.

»Na ja, wir bekamen jetzt natürlich keinen Glaser«, schloss sie. »Deshalb siedelten wir hierher um. Und irgendwie waren wir zu erschöpft, den Baum zu transportieren.« Sie lachte, unnatürlich und schrill. »Mein Freund hat ja einen viel zu großen Baum gekauft. Wir waren beide überfordert.«

»Wie gut«, sagte Kate, »dann ist ja alles ganz harmlos. Übrigens, Ihre Haustür ist nicht abgeschlossen. Sie ging auf, als ich anklopfte.«

»Was?«

»Ja. Wahrscheinlich ein Versehen.«

»Natürlich. Ein Versehen.« Sie hatten Logan ins Auto geschafft. Sie hatten sich umgezogen. Sie hatten nach Logans Handy gesucht und es nicht gefunden. Sie hatten Dalina abgewimmelt. Sie waren losgefahren, beide völlig erledigt, angespannt und nahe an der Panik. Sie erinnerte sich tatsächlich nicht, die Haustür abgeschlossen zu haben. Verdammt, hatte Kate sich umgesehen?

Sie musterte sie ausgiebig, blickte aber in eine völlig neutrale Miene. Sie dachte an den blutverschmierten Teppich, der sich oben auf der Kellertreppe knäulte, und an die ebenfalls blutige Kleidung, die sie einfach in den Wäschekorb im Bad gestopft hatten.

Aber würde diese Frau so arglos dreinblicken, wenn sie das alles gefunden hätte?

»Waren Sie im Haus?«, fragte sie so beiläufig wie möglich.

Kate schüttelte den Kopf. »Ich fand nur, Sie sollten es wissen. Und ich habe mir einfach ein bisschen Sorgen gemacht.«

Du solltest eben deine Nase nicht in anderer Leute Angelegenheiten stecken, dachte Anna aggressiv. Aber eigentlich war sie dankbar. Gott und die Welt konnten durch ihr Haus spazieren und belastendes Material aller Art finden. Sie musste sofort dorthin.

»Würde es Ihnen etwas ausmachen, mich nach Harwood Dale zu fahren?«, fragte sie. »Ich habe ja mein Auto nicht hier, und mein Freund ist heute nach London gefahren und besucht seinen Vater im Altersheim.«

»Kein Problem«, sagte Kate bereitwillig und stellte ihre Teetasse ab.

Die beiden Frauen verließen die Wohnung. Auf der Fahrt sprachen sie wenig, aber Anna hatte das Gefühl, dass Kate sich eine Menge Gedanken machte. Irgendwie kam es ihr vor, als sei diese Frau nicht so harmlos, wie sie sich gab. Sie machte immer ein so unbefangenes Gesicht, aber zugleich lag eine Eindringlichkeit in ihrem Blick, die Anna verstörend fand. Sie traute ihr nicht, fand jedoch keine logische Erklärung dafür. Es war nur ein Gefühl ... Vielleicht lag sie völlig daneben damit.

Als sie vor dem Cottage ankamen, bot Kate an, mit hineinzukommen, falls Anna Angst hatte, allein in das Haus zu gehen, das fast zwei Tage lang offen gestanden hatte, aber Anna wehrte sofort ab. »Nein, nein, keinesfalls. Sie haben schon genug Zeit geopfert. Vielen Dank, dass Sie mich gefahren haben. Von jetzt an komme ich zurecht.«

»Sicher?«

»Sicher.« Anna blieb standhaft. Das hätte ihr noch gefehlt: diese Person jetzt im Haus zu haben.

Sie sah Kates Auto nach, bis es wieder auf die Landstraße bog, dann erst stieß sie die Haustür auf. Verflixt noch mal, sie hatte tatsächlich vergessen abzuschließen.

Im Haus war es erwartungsgemäß eisig kalt und äußerst ungemütlich. Anna fragte sich einen Moment lang, ob es ihr je wieder gelingen würde, hier ein heimatliches Gefühl zu entwickeln. Logan hatte tot in diesem Flur gelegen. Das Bild würde sie immer vor sich sehen.

Schließlich riss sie sich zusammen und lief nach oben, ging ins Bad. Sie nahm die blutverschmierten Kleidungsstücke aus dem Wäschekorb und brachte sie hinunter in die Küche, wo die Waschmaschine stand. Sie kippte Unmengen Waschpulver in den Behälter. Auch das war ein Fehler gewesen, genauso wie das Offenlassen der Haustür. Sie hätte die Sachen sofort waschen sollen. Blut ging ohnehin schwer heraus, und nun war es auch noch zwei Tage lang eingetrocknet ... Eine Weile sah sie durch das Sichtfenster der Maschine den Sachen zu, wie sie herumgewirbelt wurden und schließlich völlig in dem dicken weißen Schaum verschwanden. Sollten sie später nicht sauber sein, würde sie sie entsorgen müssen. Zu gefährlich, sie dann noch im Haus zu haben.

Als Nächstes musste sie sich des Teppichs entledigen. Ihn konnte sie nicht waschen, und sie vermutete, dass auch mit einem Teppichreiniger rostbraune Spuren zurückblieben. Nach allem, was sie in Kriminalromanen gelesen hatte, verfügte die Polizei heutzutage über Methoden, mit denen auch kleinste Partikel der Überreste einer Bluttat ans Tageslicht gebracht werden konnten. Es blieb ihr nichts anderes übrig, als den Teppich in ihr Auto zu schaffen. Sie würde ihn irgendwo in den Hochmooren entsorgen. Genau wie Logan.

Begleitet von dem Gefühl, dass sich ihr Leben mehr und mehr in einen bizarren Albtraum verwandelte, zerrte sie den Teppich von den obersten Stufen der Kellertreppe zurück in den Flur. Es war Schwerstarbeit. Schon zu zweit hatten sie sich damit abgekämpft, und jetzt war Anna ganz allein damit. Der Teppich war halbwegs zusammengerollt gewesen, aber kaum hatte sie ihn im Flur, entrollte er sich. Er war über und über blutverschmiert. Wenn Anna noch Zweifel gehabt hatte, so waren sie jetzt ausgeräumt: Sie musste ihn loswerden.

Sie rollte ihn keuchend und unter Aufbietung aller Kräfte wieder zusammen, denn nur so würde sie ihn in ihr Auto bekommen, und versuchte ihn mit einer Paketschnur als Rolle zu fixieren, was zweimal misslang. Erst beim dritten Mal schaffte sie es, einen Knoten zu schlingen, bevor sich der Teppich erneut entrollen konnte. Minutenlang blieb sie einfach auf dem Fußboden sitzen, schweißgebadet.

Endlich raffte sie sich auf. Sie würde den Teppich jetzt Schritt für Schritt den Flur entlang-, auf den Hof hinaus- und in ihr Auto schleifen, und von irgendwoher würde ihr die Kraft dafür zuteilwerden. Und dann wäre der Teppich weg, und die Kleidungsstücke wären sauber, und Logan war sowieso weg ... und dann würde sie alles vergessen, und die Zeit würde darüber hingehen, und am Ende verblasste auch die Erinnerung. Das tat sie immer. Irgendwann nahm sie die verschwommenen Konturen der Unwirklichkeit an.

Keuchend zerrte sie den Teppich den Flur entlang, zog die Haustür auf, schleifte den Teppich hinaus in den Matsch, denn ob er noch schmutziger wurde, war jetzt egal, und dass er ihr Auto verdrecken würde, spielte auch keine Rolle mehr.

Sie hielt kurz inne und wischte sich den Schweiß von der Stirn, da ließ eine Stimme sie zusammenfahren.

»Anna! Nicht erschrecken. Ich bin zurückgekommen.«

Sie schoss herum. Vor ihr stand Kate Linville. Ihr Auto parkte ein Stück hinter ihr auf dem Weg. Sie war umgedreht und wiedergekommen, und Anna war so beschäftigt gewesen, dass sie sie nicht gehört hatte.

Sie hatte den Teppich vor Schreck losgelassen. Die Paketschnur riss, die Teppichenden schnellten auseinander. Der

Teppich breitete sich auf dem Hof aus. Unverkennbar verschmiert mit Lachen von Blut.

Kate und Anna starrten beide darauf, dann schrie Anna plötzlich: »Warum sind Sie zurückgekommen? Warum spionieren Sie mir hinterher?«

»Ich habe gespürt, dass Sie in Problemen stecken«, sagte Kate. »Und ich habe mir Sorgen gemacht. Das kaputte Fenster. Sie ganz allein hier draußen ...«

»Ich kann sehr gut auf mich selbst aufpassen«, fauchte Anna.

Kate wies auf den Teppich. »Das ist Blut. Eine erhebliche Menge. Woher kommt das? Und wohin wollten Sie mit dem Teppich?«

»In die Reinigung.«

»Am zweiten Weihnachtsfeiertag?«

Die beiden Frauen blickten einander an. Schließlich fing Anna an zu weinen. Sie stand ganz still, ließ beide Arme hängen, und die Tränen liefen ihr über das Gesicht. Sie schien weder die schneidende Kälte zu spüren noch den schlammigen Boden, der unter ihren Füßen taute und ihre Stiefel durchweichte. Sie stand nur da und weinte und sah knochig und verhärmt aus vor lauter Erschöpfung.

»Was ist los, Anna?«, fragte Kate. »Wollen Sie es mir nicht erzählen?«

Anna weinte und weinte.

Kate strich ihr sanft über den Arm. Dann zog sie ihren Ausweis hervor, hielt ihn in die Höhe. »Ich bin Polizistin, Anna. Detective Sergeant Linville, North Yorkshire Police. Sie sollten mir sagen, was es mit diesem Teppich auf sich hat. Mit dem Blut. Anna, was geht hier vor?«

Anna betrachtete den Ausweis. Es schien sie nicht zu erschüttern, dass die Altenpflegerin Kate Linville in Wahrheit eine Kriminalbeamtin war. Gar nichts schien sie mehr zu erschüttern. Es war, als fehle ihr die Kraft, sich zu wundern oder sich aufzuregen, sich zu entrüsten oder sich zu erschrecken. Sie hatte alle Reserven verbraucht. Nicht erst an diesem Tag durch den Kampf mit dem Teppich. Sie war schon lange am Ende ihrer Kräfte. Aber jetzt war der Moment, in dem sie aufgab.

»Es wird leichter, wenn Sie sich mir öffnen«, sagte Kate. »Glauben Sie mir. Und ich helfe Ihnen, einen Weg zu finden.«

Anna nickte.

3

Der zweite Weihnachtsfeiertag hielt Pamela Graybourne nicht davon ab zu arbeiten. Die Kollegen der South Yorkshire Police hatten trotz der spärlichen Feiertagsnotbesetzung einiges in Erfahrung gebracht. Inspector Burden teilte Pamela bereitwillig alle Erkenntnisse mit. Er fand den Fall um den ertränkten James Henderson und die verschwundene junge Frau, die zuvor bei ihm gewohnt hatte, äußerst verwirrend und war dankbar, dass sich die Kollegen aus dem Norden interessierten und ebenfalls einsetzten.

Er rief Pamela, die sich in ihr Büro begeben hatte, am Vormittag an. Es waren an diesem Tag kaum Beamte im Präsidium, nur wenige hatten das Pech gehabt, für diesen Tag eingeteilt zu werden.

Burden kam ohne Umschweife zur Sache.

»Ich habe eine Mitarbeiterin mit der Recherche beauftragt, und sie hat einiges herausgefunden – was wirklich nicht einfach war, da man ja an Weihnachten kaum jemanden antrifft, der Auskunft geben kann. Aber so viel steht nun fest: Mila Henderson ist die Großnichte von James Henderson. Er ist ein Onkel ihres verstorbenen Vaters.«

Pamela kritzelte ein paar Notizen auf ein Blatt Papier, das vor ihr lag.

»Also«, fuhr Burden fort, »wie gesagt, Mila Hendersons Vater lebt schon lange nicht mehr. Die Mutter hat vor vier Jahren England verlassen und ist mit ihrem neuen Ehemann, einem Amerikaner, in die Staaten ausgewandert. Sie wohnt jetzt in Kalifornien. Mila hat eine Ausbildung zur Altenpflegerin gemacht ...«

»Wo?«, unterbrach Pamela.

»In London. Zuvor hat sie mit ihrer Mutter in Liverpool gewohnt, dort hat sie auch die Schule beendet. Davor waren sie in Leeds, allerdings nicht einmal ein halbes Jahr lang. Davor Sheffield.«

Die Mitarbeiterin von Burden muss wirklich phänomenal sein, dachte Pamela, all diese Erkenntnisse zu gewinnen an zwei Tagen, in denen das ganze Land im Weihnachtsrausch versinkt und, wenn überhaupt, an allen möglichen Stellen höchstens Notbesetzungen anzutreffen sind.

»Das sind die Eckdaten«, sagte Burden. »Leider wissen wir nicht, wo sie überall gearbeitet hat, nachdem ihre Ausbildung abgeschlossen war. Irgendwann ist sie wohl jedenfalls bei der alten Dame in Scarborough gelandet, die nun nicht mehr lebt.«

»Ja ...«, sagte Pamela langsam. »Die nun nicht mehr lebt ...« Sie fügte hinzu: »Wie hat Ihre Mitarbeiterin den schulischen Werdegang herausgebracht?«

Burden zögerte einen Moment. »Behalten Sie es für sich«, sagte er dann, »diese Polizistin ist fantastisch vernetzt mit Leuten, die alle möglichen Zugriffe haben, Sie wissen schon, Meldeämter und dergleichen, und die sie auch an Feiertagen kontaktieren kann. Nicht immer ist diese Recherche so ganz im Rahmen des Erlaubten, aber manchmal heiligt der Zweck die Mittel, nicht wahr? Sie hat dann im Internet Artikel zu Abschlussfeiern der verschiedenen Schulen durchkämmt und ist auf Mila gestoßen. Solche Wege eben.«

Pamela dachte, dass die Frau vermutlich die ganze Nacht hindurch am PC gesessen haben musste. Großartig. Burden war zu beneiden.

»Vor dem Schulabschluss in Liverpool hat Mila Henderson, wie gesagt, kurze Zeit in Leeds gelebt«, fuhr Burden fort, »und wir konnten sogar die Schule in Erfahrung bringen. Von da an hört es allerdings mit den durchschlagenden Erkenntnissen auf.«

»Es ist eine Menge. Wirklich.«

»Es gibt da noch eine Sache …«, sagte Burden zögernd, »aber es ist natürlich völlig unklar, ob sie in irgendeinem Zusammenhang mit unserem Fall steht.«

»Ja?«

»Ich habe mich erinnert, als ich den Namen der Schule hörte, in die Mila Henderson in Leeds ging. Es gab dort vor zweieinhalb Jahren ein scheußliches Verbrechen an einer Lehrerin.«

»Das muss in den Bereich meiner Behörde gefallen sein. Allerdings war ich damals ja noch nicht hier.«

»Eine Französin. Isabelle du Lavandou. Sie unterrichtete an der Grammar School in Leeds, allerdings habe ich keine Ahnung, ob sie eine Lehrerin von Mila Henderson war. Sie ging an dem Wochenende des Spring Bank Holiday 2017 in den Hochmooren wandern. Allein. Das tat sie wohl öfter, schon seit Jahren. Meistens an solch langen Wochenenden. Sie übernachtete in Hütten. Diesmal kehrte sie jedoch am letzten Abend nicht nach Hause zurück. Ihr Mann verständigte schließlich die Polizei. Wochenlang wurde die Gegend, in der sie unterwegs gewesen war, durchkämmt.«

Pamela begann sich dunkel zu erinnern. Der Fall war in der Presse gewesen.

»Schließlich fand man sie«, sagte Burden. »In einer Wanderhütte, die völlig abseits der Route lag, die sie geplant hatte. Sie war ermordet worden, mit zahlreichen Messerstichen. Ihr Körper wies Spuren schwerer Folterungen auf. Der Täter muss sie mindestens zwei Tage und zwei Nächte in seiner Gewalt gehabt und misshandelt haben.«

»Ein Sexualdelikt?«

»Keine Spuren einer Vergewaltigung. Was nicht ausschließt, dass die Quälereien eine sexuelle Komponente hatten.«

»Es muss nichts mit Mila Henderson zu tun haben«, sagte Pamela.

»Das stimmt«, sagte Burden. »Aber es handelt sich um ein Ereignis, das zumindest mit der Schule zu tun hat, in die Mila Henderson ging. Ich wollte es Ihnen einfach berichten. Wahrscheinlich lohnt es sich nicht, dem nachzugehen. Für mich ist es eher dahin gehend von Interesse, dass wir auf diese Weise den Namen einer Lehrerin kennen, die dort vermutlich zu Milas Zeit auch schon unterrichtet hat. Und deren Mann wahrscheinlich noch lebt. In Anbetracht der Tatsache, dass wir am heutigen Tag sonst nichts herausbekommen werden ...«

»Ich danke Ihnen, Inspector«, sagte Pamela. »Ich weiß, was Sie meinen. Ich werde überlegen, was ich mit dieser Information mache.«

Am Mittag beschloss sie, nach Leeds zu fahren und den Mann von Isabelle du Lavandou aufzusuchen. Zur gleichen Zeit erschien Kate auf dem Revier, begleitet von einer gespenstisch bleichen Anna Carter. Pamela, die den beiden auf dem Gang begegnete, zog fragend die Augenbrauen hoch, aber Kate bedeutete ihr mit Blicken, dass dies nicht der Moment für ein informierendes Gespräch war. Pamela verstand: Sie würde später erfahren, was los war.

Über das Telefonverzeichnis im Internet fand sie die Adresse der Lavandous. Es gab den Namen nur einmal. Jean-Michel du Lavandou. Er musste es sein.

Sie zögerte kurz. Den sicher noch immer trauernden Witwer ausgerechnet an Weihnachten unangekündigt aufzusuchen war nicht besonders feinfühlig, und vermutlich handelte es sich ihrerseits um blanken Aktionismus. Sie hielten so wenig in den Händen, Weihnachten lähmte alles zusätzlich, und irgendwie musste es jedoch weitergehen. Lavandou konnte ihr ja die Tür vor der Nase zuschlagen, wenn er sich allzu sehr belästigt fühlte.

Ihr Telefon schaltete sie aus. Sie hatte eigentlich heute frei. Sie war privat unterwegs.

In Leeds herrschte Feiertagsruhe, wenig Verkehr. Dank ihres Navigationsgerätes fand Pamela die angegebene Adresse sehr schnell. Ein kleines, einstöckiges Haus am Stadtrand. Es begann gerade wieder zu regnen, als Pamela ausstieg. Sie zog die Kapuze ihres Anoraks über den Kopf und hastete über die Straße.

Monsieur du Lavandou hatte nirgends Weihnachtsbeleuchtung angebracht, zumindest nicht so, dass sie von außen zu sehen gewesen wäre. Vielleicht stand ihm nach der Katastrophe, in die sein Leben zweieinhalb Jahre zuvor unversehens gestürzt war, der Sinn nicht mehr danach. Das Haus wirkte dunkel und verlassen, und Pamela begann sich schon mit dem Gedanken abzufinden, dass Lavandou nicht daheim war. Aber dann hörte sie Schritte hinter der Tür, nachdem sie geklingelt hatte, es wurde geöffnet, und sie stand einem großen, dunkelhaarigen, sehr gut aussehenden Mann gegenüber.

»Ja, bitte?«, fragte er. Er klang nicht unfreundlich. Sein Englisch war von einem starken französischen Akzent gefärbt.

Pamela zückte ihren Ausweis. »Detective Inspector Pamela Graybourne, North Yorkshire Police. Sind Sie Jean-Michel du Lavandou?«

»Ja, der bin ich. Geht es um meine Frau?«

Bei Menschen, in deren Umfeld es ein ungeklärtes Verbrechen gab, erzeugte das Auftauchen der Polizei immer Hoffnung, das wusste Pamela. In diesem Fall tappte sie eigentlich völlig im Dunkeln, und wahrscheinlich würde sich weder im Fall Mila Henderson noch im Fall Isabelle du Lavandou irgendetwas ergeben, was ihr für diesen Mann sehr leidtat. Trotzdem, sie musste nach dem wenigen greifen, was sie überhaupt hatte.

»Es geht um eine junge Frau, nach der wir suchen und die möglicherweise eine Schülerin Ihrer Frau war.«

Jean-Michel schien ein wenig in sich zusammenzufallen. »Dann sind Sie bei den Ermittlungen wegen des Mordes an meiner Frau nicht weitergekommen?«

»Ich kenne den Stand der Ermittlungen bei den Kollegen hier in Leeds nicht«, sagte Pamela. »Ich komme vom CID Scarborough.«

»Ich weiß nicht, ob ich Ihnen helfen kann«, sagte Jean-Michel.

»Dürfte ich reinkommen? Ich weiß, der zweite Weihnachtsfeiertag ist ein ziemlich unmöglicher Termin, aber …«

Lavandou trat einen Schritt zurück. »Nein. Verzeihen Sie. Kommen Sie rein. Für mich ist das kein besonderer Tag.« Er fügte hinzu: »Nicht mehr.«

Das Wohnzimmer war genauso wenig geschmückt wie der Garten oder die Fenster. Ein gemütlicher Raum, sehr schlicht eingerichtet mit zwei Sofas und einem Teetisch und Bücherregalen an den Wänden. Die Lavandous mussten sehr belesene Menschen sein. Bücher schienen ein wesentlicher Teil ihres Lebensinhaltes zu sein.

»Nehmen Sie doch bitte Platz«, sagte Jean-Michel. »Kann ich Ihnen einen Kaffee anbieten?«

»Sehr gerne.«

Während er in der Küche verschwand, schaute sich Pamela genauer um und entdeckte die gerahmte Fotografie einer Frau im Regal. Vermutlich Isabelle du Lavandou. Sie stand auf und trat näher. Isabelle sah sehr klug aus, scharfsinnig, kühl. Eine Frau, die sagte, was sie dachte, die nicht lange um die Dinge herumredete. Hatte sie sich Feinde gemacht? Oder war sie das zufällige Opfer eines gestörten Typen geworden, der da draußen in den Dales herumstreifte und hoffte, auf einsame Wanderinnen zu stoßen?

»Das ist Isabelle«, sagte eine Stimme hinter ihr. Jean-Michel stand in der Tür, ein kleines Tablett mit Kaffeetassen darauf in der Hand. »Das Bild entstand wenige Wochen vor ihrem Tod.«

»War sie bei ihren Schülern beliebt?«, fragte Pamela.

»Das haben mich Ihre Kollegen auch gefragt. Was soll ich sagen, ich glaube, sie war nicht die beliebteste Lehrerin der Schule, sicher nicht. Isabelle konnte sehr direkt sein, sie sagte jedem ihre Meinung, auch wenn die nicht angenehm war für den anderen. Sicher gab es Schüler, die ihre spitzen Bemerkungen fürchteten. Und Kollegen, denen es ebenso ging.

Aber das, was man ihr angetan hat ... das ging über jedes Maß hinaus. Das tut man nicht, nur weil einem jemand mal etwas zu schroff die Meinung gesagt hat. Ich kann mir das nicht vorstellen.«

»Was vermuteten die Ermittler?«

»Die haben im Umfeld gesucht, aber eigentlich glaubten sie an eine Zufallsbegegnung. Ein Psychopath, der vielleicht schon mehrere Überfälle getätigt hatte. Sie war im falschen Moment am falschen Ort ... Ich habe ihr oft gesagt, dass es zu gefährlich ist, so allein in der Einöde herumzuwandern, aber ...« Er zuckte mit den Schultern. »Isabelle war nicht die Frau, die sich etwas sagen ließ.«

»Gab es Überfälle ähnlicher Art in der Gegend?«

»Nein. Aber der Inspector meinte, es könne sich trotzdem um einen Wiederholungstäter handeln. Er könne in anderen Teilen des Landes aktiv gewesen sein.«

»Ihre Frau wurde gefoltert. Nicht vergewaltigt.«

»Ja. Trotzdem könnte es sich um eine Sexualstraftat handeln. Meinte jedenfalls der Inspector.«

Pamela ahnte, was die Kollegen angenommen hatten: ein durchgeknallter Typ, der über Frauen herfiel, wenn er sie an entlegenen Orten erwischte. Der nicht immer nach demselben Muster vorging und dadurch noch weniger zu schnappen war. Der Fall Isabelle du Lavandou war nicht zu den Akten, aber doch zunächst beiseitegelegt worden. Man hoffte auf eine plötzlich auftretende heiße Spur. Wenn diese nicht kam, würde der Fall wohl nie geklärt werden – wie viele Fälle dieser Art.

»Hat Ihre Frau je den Namen *Mila Henderson* erwähnt?«, fragte sie.

Jean-Michel ordnete die Tassen auf dem Tisch, aber ihm war anzusehen, dass er gleichzeitig angestrengt nachdachte. »Ich glaube nicht, nein. Zumindest erinnere ich mich nicht.«

»Darf ich fragen, was Sie beruflich machen?«

»Ich bin Professor an der University of York. Für Französisch und Geschichte.«

»Verstehe. Sie und Ihre Frau hatten also kein gemeinsames berufliches Umfeld.«

»Nein. Und meine Frau erzählte auch nicht so viel. Was an mir lag. Mich interessierten die Schulgeschichten nicht besonders.« Er sah sie gespannt an. »Hat diese Mila Henderson etwas mit der Ermordung meiner Frau zu tun? Eine Schülerin?«

»Vermutlich nicht«, sagte Pamela.

»Oben im Zimmer meiner Frau«, sagte Jean-Michel, »gibt es Jahrbücher. Aller Klassen, in denen sie unterrichtet hat. Wenn Sie wollen, können Sie die durchgehen.«

»Das wäre großartig«, sagte Pamela dankbar.

Jean-Michel brachte ihr den Stapel an Jahrbüchern nach unten, und die nächste Stunde verbrachte Pamela damit, sie akribisch zu durchforsten. Unmengen an Gesichtern, Steckbriefen, Lieblingsfächern, Lieblingslehrern, Zukunftsträumen, Freundschaften, Schulerlebnissen … Irgendwann schwirrte ihr der Kopf. Jean-Michel hatte sich zurückgezogen, eine große Kanne Kaffee und einen Teller mit Weihnachtsplätzchen zurückgelassen. Pamela stellte fest, dass Isabelle tatsächlich nicht zu den wirklich beliebten Lehrern gezählt hatte. Sie wurde nur zweimal als Lieblingslehrerin genannt, und dies von zwei Mädchen, bei denen es sich den Namen nach ebenfalls um Französinnen zu handeln schien. Dieser Umstand hatte wohl eine gewisse Nähe hergestellt.

Nach einer Dreiviertelstunde wurde Pamela fündig:

ein Foto von Mila Henderson.

Es war eindeutig ihre Mila. Sie sah viel jünger aus als auf ihrem aktuellen Foto, aber dennoch war sie es ... unverkennbar. Ein scheues, etwas unscheinbares, sympathisches Mädchen. Ein sanftes Gesicht. Absolut nicht der Typ einer Killerin, aber Pamela wusste, dass das täuschen konnte. Gerade die sanften, die zu oft einsteckten, schluckten, sich anpassten – gerade die drehten manchmal komplett durch. Obwohl das bei Mila tatsächlich schwer vorstellbar schien. Sie mochte Probleme mit der Selbstbehauptung haben, wirkte aber dennoch gefestigt und in sich ruhend. Sie sah nicht aus wie ein Mensch mit schwerwiegenden psychischen Problemen.

Isabelle du Lavandou war die Klassenlehrerin von Mila gewesen.

Auch Mila nannte sie nicht als ihre Lieblingslehrerin. Gab des Weiteren eine Popgruppe als Lieblingsmusik an, die Pamela nicht kannte, und ein Lieblingsbuch, dessen Titel Pamela ebenfalls nichts sagte. Sie wollte Krankenschwester werden und in London leben. Von diesem Wunsch hatte sie sich als Altenpflegerin zwar etwas entfernt, war jedoch in derselben Kategorie eines pflegenden Berufes geblieben. Scarborough statt London: Das Leben würfelte eben nach seinem eigenen Gesetz.

Alles sehr unauffällig.

Was sie bisher wussten, war, dass Mila Henderson im Alter von vierzehn Jahren in der Grammar School in Leeds eine Klassenlehrerin gehabt hatte, die jemand Jahre später in den einsamen Yorkshire Dales ermordet hatte. Mila ihrerseits war auf der Flucht und hatte an ihren Aufenthaltsorten jeweils einen toten Menschen hinterlassen, zwei insgesamt. Wobei es sich bei der Frau im ersten Fall um ein Unglück handeln konnte, während der Mann im zweiten Fall mit Sicherheit ermordet worden war.

Ließen sich daraus irgendwelche Schlüsse ziehen? Pamela seufzte. Nicht befriedigend, das alles. Ein bisschen viele Tote im Umfeld von Mila Henderson. Aber kein erkennbarer Zusammenhang.

Mila gab Sue Haggan als ihre beste Freundin an. Pamela fand sie auf derselben Seite ein Stück weiter unten. Ein rundes, nettes Gesicht, blonde Haare. Ein eher einfaches Mädchen. Freundlich. Ganz sicher kein intellektueller Überflieger.

Es war der einzige Name, den sie im Moment hatte. Wer immer zu Mila Hendersons Bekanntenkreis zählte, sie kannte niemanden. Es war sehr wahrscheinlich, dass es weitaus aktuellere Freundschaften gab – aus Milas Schulabschlusszeit in Liverpool und aus den Jahren ihrer Ausbildung. Aber im Moment kam sie an diesen Stellen nicht weiter, und so musste sie nehmen, was sie hatte.

Sue Haggan.

Mila war eindeutig auf der Flucht, und sie brauchte Unterschlupfmöglichkeiten. Verwandte, Freunde. Außer dem alten Onkel in Sheffield schien es keine anderen Angehörigen in England zu geben, die Mutter in Kalifornien war viel zu weit weg, und Mila wurde gesucht, konnte also nicht einfach in ein Flugzeug steigen und das Land verlassen. Sie musste sich auf der Insel durchschlagen.

»Freunde«, sagte Pamela laut. »Sue Haggan.«

Sie würde Inspector Burden anrufen und ihn bitten, seine geniale Mitarbeiterin auf Sue Haggan anzusetzen. Möglicherweise hatte sie geheiratet und hieß inzwischen anders. Aber es müsste möglich sein, ihren Wohnort zu ermitteln.

Ein winziger Faden in einem dicken, verworrenen Knäuel, dachte Pamela.

Sie erhob sich und verließ das Wohnzimmer, das Jahrbuch unter dem Arm. Lavandou hatte sie gehört und kam aus der Küche. »Sind Sie weitergekommen?«, fragte er.

Sie nickte. »Ja. Möglicherweise. Dürfte ich dieses Jahrbuch mitnehmen? Sie bekommen es auf jeden Fall später zurück.«

Er winkte ab. »Natürlich, behalten Sie es.« Er zögerte und fügte dann hinzu: »Inspector, gibt es eine Chance, dass das Verbrechen an meiner Frau noch aufgeklärt wird? Dass der Täter zur Rechenschaft gezogen wird?«

Sie sah ihn an, seine Traurigkeit war fast greifbar, sie spürte, dass seinem Leben die Freude fehlte.

»Ich behalte das im Auge«, sagte sie. »Ich verspreche es Ihnen.«

4

Anna hatte die Stelle, an der sie den toten Logan abgeladen hatten, nur vage beschreiben können, aber am frühen Abend wurden die Suchtrupps, die Kate in Bewegung gesetzt hatte, fündig, trotz der Dunkelheit. Ihnen fiel der kleine Parkplatz am Rande eines Höhenweges innerhalb des von Anna benannten Areals auf, vor allem die dort befindlichen Reifenspuren. Sie leuchteten die Gegend mit starken Lampen ab, und schließlich rief einer der Leute: »Ich glaube, da unten ist etwas!«

Kate, die mit Anna in ihrem Büro saß, erfuhr durch einen Anruf davon.

»Alles klar«, sagte sie, legte den Hörer auf und wandte sich Anna zu. »Sie haben ihn. Es wird nun eine genaue Untersuchung geben. Dass durch dieses Verbringen an einen Ort im Freien und durch das gründliche Reinigen des Tatorts in Ihrem Haus alles sehr viel schwieriger geworden ist, muss ich vermutlich nicht betonen.«

Anna nickte. Sie saß wie ein Häufchen Elend auf dem Stuhl gegenüber von Kates Schreibtisch, völlig in sich zusammengesunken. Sie hatte sich geweigert, ihren Mantel abzulegen, und schmiegte sich in den Wollstoff, als sei dies der letzte Halt auf Erden für sie. Sie sah erschöpft aus.

Schließlich hatte sie alles erzählt. Der späte Abend, an dem sie gesehen hatte, wie ein fremder Mann in das Auto einer vor ihr herfahrenden Frau drängte. Dass sie später herausgefunden hatte, dass es sich bei der Frau um Diane, bei dem Mann um Logan, einen Jugendfreund, gehandelt hatte. Dianes Ermordung. Ihre tiefe Scham, weil sie einfach vorbeigefahren war, obwohl sie ein ungutes Gefühl gehabt hatte. Wie sie Logan in ihrem Haus angetroffen hatte. Ein verstörter, verzweifelter Logan, der ihr schwor, mit Dianes Tod nichts zu tun zu haben. Dass sie ihm Unterkunft gewährt hatte. Und dass er tot in ihrem Hausflur gelegen hatte, als sie am Tag vor Weihnachten noch einmal nach Harwood Dale gefahren war, beunruhigt, weil sie ihn telefonisch nicht mehr erreichte.

»Und da lag er dann. Tot. Erstochen. Es war so schockierend. Ich war so entsetzt. Ich habe sofort Sam angerufen, der war gerade in der Stadt und kaufte den Weihnachtsbaum. Er kam dann. Deshalb liegt der Baum jetzt dort draußen ...«

»Und Ihr Freund – Samuel Harris – kam auch nicht auf die Idee, dass es das Beste sein könnte, sofort die Polizei zu verständigen?«, fragte Kate.

Anna nickte. »Doch. Natürlich. Aber ich hielt ihn davon ab.«

»Warum, Anna? Warum?«

Anna blickte nach unten. »Ich hatte Angst. Dass ich verdächtig sein könnte.«

»Diesen Zwei-Meter-Mann mal eben im Hausflur ermordet zu haben? Ich bitte Sie!«

Anna schwieg.

»Ich verstehe das alles nicht«, sagte Kate. »Ihr gesamtes Verhalten ist mir schleierhaft. Eine Frau wird erstochen in ihrem Auto am Rande eines Feldwegs aufgefunden. Sie haben am Vorabend eine hochinteressante Beobachtung gemacht, müssen zu diesem Zeitpunkt doch geglaubt haben, den Täter – von dem Sie noch nicht wussten, dass es sich um Logan Awbrey handelt – gesehen zu haben. Und melden sich nicht bei der Polizei? Sagen nicht einmal etwas, als in Ihrem Umfeld, dem Singlekochkurs, ermittelt wird und Sie auch direkt befragt werden. Wieso?«

»Ich habe mich so geschämt. Weil ich an dem Abend einfach weitergefahren bin.«

»Ich verstehe, dass Sie sich damit nicht allzu heldenhaft fühlten. Aber es war doch kein Vergehen. Niemand hätte Ihnen einen Vorwurf gemacht. Ihre Angst wäre verständlich gewesen.«

»Ich hätte Sam anrufen und ihn bitten können, noch einmal mit mir zu der Stelle zu fahren.«

»Ja, hätten Sie. Sie hätten auch direkt die Polizei anrufen können und erklären, dass Sie eine seltsame Beobachtung gemacht haben. Aber manchmal reagiert man eben im entscheidenden Moment nicht richtig. Ist sich unsicher, will keine Pferde scheu machen, will nicht als hysterisch dastehen. Hat Angst. Was auch immer. Das ist menschlich. Das ist nichts Besonderes. Und es ist nicht schlimm.«

Anna erwiderte nichts.

»Aber von irgendeinem Moment an mussten Sie doch wissen, dass Ihr Schweigen nicht mehr vertretbar war. Inzwischen war der Name des Mannes ermittelt, mit dem Diane Bristow liiert war. Logan Awbrey. Sie kennen den Mann. Er ist ein Jugendfreund von Ihnen. Und noch immer sagen Sie kein Wort?«

Anna schwieg. Was sollte sie darauf antworten?

»Sie haben sich ziemlich in Schwierigkeiten gebracht. Das wissen Sie, oder?«, sagte Kate.

Anna nickte. Ohne aufzusehen, murmelte sie: »Deshalb konnte ich ja irgendwann nicht mehr umkehren. Was hätte ich denn sagen sollen, weshalb Logan bei mir im Haus war? Weshalb ich ihn dort wohnen ließ? Er wurde polizeilich gesucht, sein Name stand in der Zeitung. Und ich hatte nicht gemeldet, dass ich ihn kannte.«

»Da schaffen Sie seinen toten Körper lieber mitten in der Nacht in die Hochmoore und verstecken ihn in einem Gebüsch. Wusste Samuel Harris übrigens, dass Sie Logan kannten?«

»Nein, zunächst nicht. Ich hatte ihm nichts erzählt. Ich hatte ihm auch nicht gesagt, dass er bei mir aufgekreuzt war und ich ihn bei mir wohnen ließ. Sam erfuhr von all dem erst, als ich ihn anrief, weil Logan tot war.«

»Hatten Sie ihm von der Beobachtung an jenem ersten Abend erzählt?«

»Ja. Schon da riet er mir, zur Polizei zu gehen. Aber ich wollte nicht.«

»Ich wundere mich, dass Harris Ihnen geholfen hat, einen ermordeten Mann beiseitezuschaffen«, sagte Kate.

Anna zuckte mit den Schultern. »Ich habe ihm gesagt, dass ich Angst habe, in Verdacht zu geraten. Eben weil ich so viel verschwiegen hatte. Ich war in Tränen aufgelöst und, wie ich fürchte, ziemlich hysterisch. Er half mir eben. Er liebt mich.« Sie schwieg kurz und fügte dann ängstlich hinzu: »Wird er Schwierigkeiten bekommen?«

Kate nickte. »Ja.«

Anna sank in sich zusammen.

Kate war verärgert, diese Frau vor ihr hatte nur gelogen und versucht, alles zu verschleiern, hatte wichtige Informationen zurückgehalten, einen flüchtigen mutmaßlichen Täter bei sich versteckt, und sie hatte die Fahndung nach einem Mann weiterlaufen lassen, von dem sie längst wusste, dass er tot in einem Gebüsch in den Mooren lag. Der Mann war in ihrem eigenen Haus ermordet worden, was auch sie selbst in Gefahr gebracht hatte.

Kate bemühte sich, einigermaßen freundlich zu bleiben. Sie hatte Anna ermutigt, sich ihr zu öffnen, sie wollte ihr jetzt nicht das Gefühl geben, diesen Schritt sogleich bitter bereuen zu müssen. Aber es fiel ihr schwer, ihre steigende Gereiztheit zu verbergen. Sie wären mit allem so viel schneller gewesen, wenn Anna mit offenen Karten gespielt hätte. Und überdies hatte sich eine neue Situation ergeben, über die sie früher hätten Bescheid wissen können: Der mutmaßliche Täter war selbst zum Opfer geworden. Nicht zwingend, aber möglicherweise deutete dieser Umstand darauf hin, dass er tatsächlich kein Täter war, sondern dass das alles noch eine ganz andere Dimension hatte. Logan und Diane, das Liebespaar, beide auf dieselbe Art ermordet.

Wir fangen wieder von vorn an, dachte Kate resigniert.

»Anna, Sie sagten, dass es sich bei Logan Awbrey um einen Jugendfreund von Ihnen handelte. Nun sind Sie auch schon lange mit Dalina Jennings, Ihrer heutigen Chefin, befreundet. Darf ich annehmen, dass also auch Mrs. Jennings Logan Awbrey kannte?«

Anna nickte unglücklich. Jetzt schwärzte sie auch noch ihre Arbeitgeberin an. »Ja«, flüsterte sie. Sie räusperte sich und wiederholte: »Ja. Wir kennen uns alle seit unserer Jugend.«

»Aber auch Mrs. Jennings hielt es nicht für nötig, uns diesen Umstand mitzuteilen, als der Name von Logan Awbrey schließlich im Umlauf war?«

»Es war ja nicht so, dass sie irgendeine konkrete Angabe hätte machen können«, verteidigte Anna ihre Chefin. »Sie hätte nur sagen können, dass sie ihn kennt. Aber sie hatte ihn auch seit vielen Jahren nicht mehr gesehen und keine Ahnung, dass er zurück in Scarborough war. Sie wollte einfach nicht, dass ihre Agentur in irgendetwas reingezogen wird. Ihre Aussage hätte Sie nicht weitergebracht, bestimmt nicht.«

»Das zu beurteilen müssen Sie bitte mir überlassen«, sagte Kate. Sie überlegte. »Sie haben Awbrey auch seit Jahren nicht gesehen?«, fragte sie. »Und keinen Kontakt gehabt?«

Anna schüttelte den Kopf. »Ich wusste über Facebook, dass er in Bath lebte. Ich habe ihn aber nicht kontaktiert. Ich wusste nicht, dass er zurück war.«

»Als er an jenem Abend in das Auto von Diane Bristow stieg, haben Sie ihn also nicht erkannt?«

»Nein. Es war dunkel, und er trug eine Kapuze tief ins Gesicht gezogen. Vielleicht hätte mir die Größe auffallen können, aber ich habe die Verbindung trotzdem nicht hergestellt. Wie gesagt, ich wusste ja nicht, dass er in der Gegend war.«

»Hat er Ihnen erzählt, weshalb er zurückgekommen war?«
Anna zuckte mit den Schultern. »Kein bestimmter Grund. Lief nicht so gut in Bath. Da kam er zurück.«

»Und meldet sich weder bei Ihnen noch bei Dalina Jennings? Den beiden langjährigen Freundinnen?«

»Wir waren ja eigentlich alle keine Freunde mehr. Wir wussten ja nichts mehr voneinander. Wir meldeten uns nicht einmal an Weihnachten beieinander. Oder an Geburtstagen.«

»Warum?«

»Wie – warum?«

»Na ja, das ist doch seltsam. Sie waren Freunde. Jahrelang. Dann geht einer nach Bath, und der Kontakt bricht völlig ab? Nichts ist heutzutage leichter, als Kontakt zu halten. E-Mail, WhatsApp, alles Mögliche. Warum dieser komplette Abbruch?«

»Es war einfach so«, sagte Anna.

Kate hatte den sicheren Eindruck, dass sie nicht die Wahrheit sagte. Da war etwas. Aber sie wollte anscheinend nicht darüber sprechen.

»Sie sagten, er hat Diane Bristow kennengelernt, als er vor Dalina Jennings' Agentur eigentlich auf Dalina wartete. Also wollte er doch den Kontakt?«

»Ja. Vermutlich.«

Kate stützte sich mit beiden Armen auf den Tisch und neigte sich vor. Sie sah Anna sehr ernst an. »Anna, da stimmt doch etwas nicht. Logan Awbrey kommt nach Jahren zurück. Meldet sich bei seinen Jugendfreundinnen aber nicht direkt, lungert stattdessen an dem Ort herum, an dem beide arbeiten. Will sie treffen, ist aber irgendwie unentschlossen. Ambivalent. Traut sich nicht so recht. Da muss doch irgendetwas vorgefallen sein? Zwischen Ihnen dreien?«

»Wir haben uns einfach lange nicht gesehen«, murmelte Anna.

»Das reicht mir nicht als Erklärung.«

Anna schwieg. Kate hatte nicht den Eindruck, an diesem Tag noch viel bewegen zu können. Sie würde jetzt noch Pamela anrufen und auf den neusten Stand bringen. Am nächsten Tag würden sie mit den Befragungen fortfahren.

»Nun gut, dann machen wir morgen weiter«, sagte sie. »Auch Mrs. Jennings wird sich äußern müssen. Ich fahre Sie jetzt in die Wohnung Ihres Freundes. Ihr Haus ist von der Spurensicherung gesperrt.«

»Okay«, sagte Anna.

»Haben Sie Ihren Freund inzwischen erreicht? Wann kommt er aus London zurück?«

»Ich habe ihm eine SMS geschickt, aber er hat noch nicht geantwortet. Er kommt morgen oder übermorgen zurück.«

»Gut. Er wird mir auch ein paar gute Erklärungen geben müssen.«

Anna atmete schwer. Kate ahnte, was in ihr vorging: Sie hatte ihren Freund in einen Riesenschlamassel gezogen, den dieser vorhergesehen und gegen den er sich gesträubt hatte. Der Beziehung würde die Entwicklung der Dinge ganz sicher nicht guttun. Wenn sie ihr überhaupt standhielt.

Entschlossen stand Kate auf. Sie war müde und wach gleichzeitig, erschöpft und unter Strom. Deprimiert und angespornt.

Es würde nicht leicht sein, in der nächsten Nacht Schlaf zu finden.

»Gehen wir«, sagte sie.

5

Sie sah Calebs Auto vor ihrem Haus stehen, und obwohl sie die ganze Zeit über angstvoll gedacht hatte, er werde sich nie wieder bei ihr melden, war sie in diesem Moment über sein Auftauchen alles andere als glücklich. Sie wusste, dass sie abgekämpft und müde aussah, sie war hungrig, ihr war kalt, und sie fühlte sich nicht bereit, es ausgerechnet jetzt mit dem nächsten Problem aufzunehmen. Pamela hatte sie telefonisch von den neusten Entwicklungen unterrichtet. Jetzt wollte sie eigentlich nur noch etwas essen und dann sofort schlafen.

Sie fuhr in ihre Einfahrt, hielt und stieg aus. Caleb stand vor ihrer Haustür.

»Endlich. Ich warte schon ewig!«

»Warum wartest du nicht in deinem Auto?«

»Da wurde es auch zu kalt. Und zu langweilig. Deshalb habe ich mich sinnloserweise wieder vor die Haustür gestellt.« Er sah ebenfalls ziemlich erschöpft aus, wie Kate im Näherkommen erkannte. Und verfroren. »Wo warst du denn?«

»Ich habe gearbeitet.«

»Heute ist Weihnachten!«

»Ich weiß.« Sie trat neben ihn und schloss die Haustür auf. Messy schoss ihnen entgegen und sprang Caleb förmlich in die Arme. Sie liebte ihn abgöttisch, was Kate immer ein wenig frustrierte. Schließlich war es ihre Katze.

Es war warm im Haus, und aus dem Wohnzimmer drang der Schein der Weihnachtsbaumkerzen. Es hätte sich friedlich und schön anfühlen können – zwei Menschen, die nach Hause kamen und einen gemütlichen Abend zusammen verbringen würden. Aber die Atmosphäre war angespannt und verkrampft. Kein guter Abend, kein guter Moment.

Kate blieb im Gang stehen. »Was willst du?«, fragte sie.

Er schaute sie erstaunt an. »Was ich will?«

»Ja. Warum bist du hier?«

»Ich dachte ...« Er sprach den Satz nicht zu Ende, fragte stattdessen unvermittelt: »Warum bist du einfach verschwunden?«

»Wann?«, fragte Kate, obwohl sie natürlich wusste, was er meinte.

»Gestern. Gestern Morgen. Du warst weg.«

Sie zog ihren Mantel und ihre Stiefel aus. »Muss ich das erklären?«

»Nach allem, was war ... ich finde schon.«

»Was war denn?«

Ihre Kratzbürstigkeit irritierte ihn. »Das fragst du?«

»Ja. Das frage ich. Was war? Du hattest wieder einmal einen One-Night-Stand. Nach allem, was man von dir weiß, ist das dein liebstes Hobby. Diesmal war ich das Objekt. Zufall. Ich kam halt gerade vorbei. Mehr war nicht. Mehr wird nicht sein.«

»Kate ...«

»Das ist alles, was ich zu sagen habe«, sagte sie.

Ihre Schutzmauer aus Feindseligkeit und Schroffheit machte ihn hilflos. »Habe ich irgendetwas falsch gemacht?«, fragte er.

»Nein. Die Situation war falsch. Caleb, wir hatten vorgestern Abend beide zu viel getrunken. Das war alles. Lass es einfach dabei.«

»Ich war nicht betrunken.«

»Aber ich.«

Sie sahen einander einen Moment lang schweigend an.

»Soll ich gehen?«, fragte Caleb dann.

Plötzlich hatte sie das Gefühl, dass es ihr das Herz brechen würde, wenn er jetzt da draußen in der Dunkelheit verschwände. So wie es ihr das Herz brechen würde, wenn sie sich jetzt in diesem Moment irgendwelche Gefühle zugestand. Sie hatte es einmal getan, damals bei David: Sie hatte sich rückhaltlos geöffnet, hatte sich der Liebe hingegeben – und war noch nie in ihrem Leben so bitter enttäuscht worden. Caleb war wahrscheinlich noch gefährlicher als David. Nicht weil er der schlechtere Mensch gewesen wäre, aber weil er nicht beziehungsfähig war. Jede potenzielle Partnerin konnte an ihm nur scheitern, und Kate wollte keine Schmerzen mehr. Nicht wenn sie es irgendwie verhindern konnte.

»Ich muss jetzt unbedingt etwas essen«, sagte sie, »ich hatte seit dem Frühstück nichts mehr. Da du dir ja in deiner Wohnung nichts kochen und dich nicht mal an einen Tisch setzen kannst, kannst du hier etwas essen.«

»Na ja, das ist immerhin besser, als sich allein eine Pizza zu bestellen«, meinte Caleb leicht resigniert. Er folgte Kate in die Küche, wo sie in allen Schränken zu stöbern begann. Ihre Vorratshaltung war legendär schlecht, aber schließlich fand sie eine Packung Spaghetti und eine Dose mit Tomaten und setzte sofort Wasser auf dem Herd auf.

»Ist das okay?«, fragte sie.

»Perfekt«, sagte Caleb.

Sie aßen in dem kleinen Esszimmer neben der Küche. Kate stellte eine Kerze auf den Tisch und öffnete eine Flasche Rotwein. Die Stimmung entspannte sich.

Schließlich saß da Caleb vor ihr. Er war ihr Freund seit Jahren. Es war alles gut. Sie waren einfach leichtsinnig gewesen, aber sie waren dabei, zu ihrer vertrauten Form der Beziehung zurückzufinden.

Während des Essens berichtete sie ihm von den neusten Ereignissen. Er hörte konzentriert zu, und obwohl der Fall ihr im Moment an die Nieren ging, war Kate froh, dass sie dadurch ein neutrales Thema gefunden hatten.

»Das ändert vieles, oder?«, fragte Caleb. »Der mutmaßliche Täter selbst ein Opfer. Auf dieselbe Art getötet wie sein vermeintliches Opfer. Logan und Diane.«

»Ein Paar, das sich, wenn meine Informationen stimmen, erst seit etwa sechs Wochen kannte«, meinte Kate. »Eine lange dramatische Vorgeschichte können die beiden nicht haben.«

»Er hat sie jemandem ausgespannt?«

»Der dann austickte und erst sie, dann ihn förmlich abschlachtete? In Dianes Leben gab es niemanden. Da sind sich alle einig. Sie lebte alleine und zurückgezogen und ging ihrem Job im *Crown Spa* nach. Ein Job, den sie nicht mochte, dem sie aber zuverlässig nachkam. Man kann sich kaum ein unspektakuläreres Dasein vorstellen als ihres.«

»Oder eines, in dem die Dinge sehr im Verborgenen abliefen. Dass es Logan Awbrey in ihrem Leben gab, wusste auch niemand.«

»Es ist eine Sache, über sechs Wochen zu verheimlichen, dass es da jemanden gibt, mit dem man sich ab und zu trifft. Aber jemand, der sie tötet, weil sie ihn verlässt – da ist mehr dahinter. Das ist eine größere Sache. Könnte sie die so vollständig verborgen haben?«

Caleb zuckte die Schultern. »Denkbar natürlich, trotz allem. Aber schwer vorstellbar. Und sie nahm an einer Veranstaltung zur Partnervermittlung teil. Hätte sie das getan, wenn es jemanden gegeben hätte?«

»Vielleicht gab es jemanden. Von dem sie sich unbedingt trennen wollte, der das jedoch nicht akzeptierte.«

»Du musst Dianes Leben auseinandernehmen«, sagte Caleb. »Irgendwo ist ein Anhaltspunkt. Irgendwo muss er sein.«

»Oder das Leben von Logan Awbrey«, sagte Kate. »Der Mann, dessen Fingerabdrücke am Tatort des Verbrechens an Alvin Malory waren. Irgendwie glaube ich, dass Logan der Schlüssel ist. Oder zumindest die Stelle, an der ich vielleicht ein Stück weiter vordringen kann.«

»Die Aussage dieser Anna Carter gibt aber nichts her?«

»Leider nicht, weil sie die Wahrheit verheimlicht. Oder zumindest Wesentliches zurückhält. Caleb, ich spüre, dass da etwas nicht stimmt. Diese seltsamen Freunde, die irgendwie keine mehr sind, aber niemand kann dafür eine Erklärung abgeben. Warum kehrte Logan Awbrey nach Scarborough zurück? Warum nahm er nicht direkten Kontakt zu zwei Jugendfreundinnen auf? Schlich um diese Agentur herum, lernte eine weitere Frau kennen, und bald darauf ist die tot und er selbst auch. Beide Freundinnen vertuschen hier etwas in großem Stil ... Wie hängt das alles zusammen?«

»Ein Dschungel«, sagte Caleb, »wie oft hatte ich das. Dieses Gefühl, vor einem völlig undurchdringlichen Dschungel zu stehen.«

»Ja, und doch gibt es eine klare Geschichte irgendwo inmitten des Dickichts«, sagte Kate. »Vielleicht eine ganz einfache Geschichte. Der erste Faden. Wenn ich endlich den ersten Faden zu fassen bekäme!«

Sie räumten den Tisch ab, machten sich jeder noch einen Espresso und nahmen ihn mit hinüber ins Wohnzimmer zu Kates Weihnachtsbaum. Kate blickte durch den Baum hindurch, als sehe sie ihn gar nicht. »Wer hat Alvin Malory angegriffen und fast getötet? Und warum? Und welche Rolle spielt Logan Awbrey dabei?«

»Möglicherweise gar keine.«

»Er war dort. Definitiv. Obwohl ihn niemand aus der Familie kennt.«

»Die Eltern kennen ihn nicht«, sagte Caleb. »Alvin mag ihn gekannt haben. Aber den können wir nicht fragen.«

»Es wurde alles durchforstet. Alle Kontakte. Das ganze Leben der Familie Malory.«

»Du kennst die endlosen Namenslisten. Die Befragungsprotokolle. Das Umfeld der Familie wurde akribisch durchsucht, wirklich alles. Die Eltern waren ja auch überaus kooperativ. Sie haben mir jeden Menschen genannt, der ihnen nur einfiel. Aus ihrem beruflichen und privaten Bereich. Wir haben jeden befragt. Wir haben Alvins Schule geradezu auf den Kopf gestellt. Ich glaube nicht, dass uns irgendjemand entgangen ist.«

»Jetzt, da wir die Verbindung zwischen Anna Carter und Dalina Jennings mit Logan kennen, müssten wir auch noch mal schauen, ob die beiden eine schulische Verbindung mit Alvin hatten.«

»Sie können nicht in derselben Klasse gewesen sein«, sagte Caleb. »Sie sind um einige Jahre älter als er.«

»Du kamst damals zu dem Schluss, dass es sich um eine Zufallstat handelte?«, fragte Kate.

Caleb nickte. »Ja. Weil einfach nichts anderes zu erklären war. Alvin Malory war ein Mobbingopfer, sein Leben lang, aber er wurde nicht gehasst, er wurde nicht in einer Art verfolgt, die auch nur annähernd an die Gewalttat herankam, der er letztlich dann zum Opfer fiel. Er war übermäßig dick und hat Spott und Hohn auf sich gezogen. Leider. Aber nirgends, wirklich nirgends, sind wir auf jemanden gestoßen, der einen echten Hass auf ihn mit sich herumtrug. Den allermeisten Menschen in seinem Umfeld war er völlig gleichgültig. Schlimm genug. Und dann gab es solche, die haben ihn geärgert. Einfach weil er sich anbot. Aber nichts darüber hinaus.«

»Und dann kommt irgendjemand einfach vorbei, dringt in dieses Haus ein oder klingelt und wird eingelassen ... und quält den dicken Jungen, den er dort antrifft, fast zu Tode? Klingt das logisch?«

»Nein«, räumte Caleb ein. »Aber etwas Logischeres war nicht zu finden.«

»Eine ganz einfache Geschichte«, nahm Kate den Gedanken auf, den sie zuvor bereits formuliert hatte. »Wahrscheinlich eine einfache, banale Geschichte. Zugepackt mit Unmengen an unerheblichem Wirrwarr. Wie immer.«

Sie stand auf. »Ich hatte mir die Namenslisten ja ausgedruckt. Ich hole sie.«

»Aber es ist doch Weihnachten«, sagte Caleb, doch Kate war schon aus dem Zimmer. Als sie zurückkam, brachte sie einen dicken Packen Papier mit.

»Namen, Adressen, Telefonnummern von Menschen, die in irgendeiner Form mit der Familie Malory zu tun hatten.«

»Ja. Und jeder wurde befragt. Kate, wir hatten uns wirklich reingehängt in den Fall Alvin Malory. Das ganze Team. Die Geschichte ging uns allen sehr nah. Wir haben Überstunden ohne Ende geschoben. Wir wollten den Typen drankriegen, der das verbrochen hat. Aber jeder winzige Anhaltspunkt endete in einer Sackgasse.«

Kate betrachtete die Listen. »Schon beim ersten Mal«, sagte sie, »als ich das alles hier durchsah, hatte ich das Gefühl, dass etwas fehlt. Irgendetwas. Ich komme nur nicht darauf ...«

Caleb nickte. »Ja. Das hast du gleich gesagt. Aber da fehlt nichts.«

Kate schien ihn gar nicht zu hören. Sie schaute immer noch auf die Papiere, aber ihr Blick war nach innen gerichtet. Caleb kannte diesen Blick bei ihr, diese totale Konzentration, dieses Ausklammern der Außenwelt, das Vertiefen in sich und in ihre Intuition. Ihre intuitiven Fähigkeiten waren ihr größtes Kapital, aber der Weg, sie zu finden, zu greifen, aus dem Unterbewusstsein nach oben zu holen, war nicht immer einfach. Kate wirkte oft erschöpfter als andere Menschen, und Caleb dachte manchmal, dass es damit zusammenhing: mit diesem ausgeprägten Innenleben, das sie genauso steuern und ordnen musste wie die Außenwelt und mit dem sie immer von Neuem versuchen musste, den schwierigen Kontakt zu halten.

Sie schaute hoch, nahm ihn wieder wahr. »Was hast du vorhin gesagt? Dass es besser ist, hier bei mir zu essen, als dir allein eine Pizza zu bestellen?«

»Ja«, sagte Caleb, nicht einmal allzu verwundert. Er kannte ihre schwer durchschaubaren Gedankengänge, die sich aber am Ende immer als logische Überlegung herausstellten.

»Das ist es«, sagte Kate. »Das fehlt mir hier. Unter den ganzen Kontakten und Telefonlisten – da ist kein einziger Pizzalieferdienst dabei!«

Caleb nickte. »Das war sogar mir damals aufgefallen. Ungewöhnlich heutzutage. Aber Mrs. Malory erklärte mir, dass sie eben genau auf diese Art des Essens immer vollständig verzichtet haben. Wegen Alvin, um nicht alles schlimmer zu machen. Mrs. Malory hat extrem gesund gekocht, nur frische Zutaten und so weiter. Schon ihr Mann hätte nichts anderes zugelassen.«

»Und wieso nahm Alvin dann nicht ab?«

»Weil er sich auf dem Schulweg oder wann immer er in der Stadt war, mit Süßigkeiten eindeckte. Er versteckte das

Zeug in seinem Zimmer, teilweise unter seiner Matratze. Im Kleiderschrank, überall. Der Vater erzählte das damals voller Wut trotz allem, was geschehen war. Er durchsuchte manchmal das Zimmer seines Sohnes in dessen Abwesenheit und förderte diese Dinge zutage. Er warf dann alles in den Müll, aber natürlich hörte Alvin nicht auf, sich Nachschub zu beschaffen. Er konnte wohl gar nicht anders.«

»Caleb«, sagte Kate, »Alvin war ja, wenn er nicht in der Schule war, immer alleine zu Hause. Die Eltern hatten beide mehr als genug in der Autowerkstatt zu tun. Mittags aß er in der Mensa, wahrscheinlich nicht viel, um nicht noch mehr verspottet zu werden. In den Ferien kochte ihm seine Mutter manchmal etwas, sicher etwas Gesundes. Und dann begnügte er sich bis zum Abend, wenn er erneut etwas Vernünftiges unter Aufsicht seiner Eltern bekam, mit Schokoriegeln und Lutschbonbons? Im Leben nicht!«

»Wir haben die Handyverbindungen der ganzen Familie ausgewertet. Ebenso das Festnetz. Da war nichts.«

Kate stützte den Kopf in die Hände. »Ich bin mir einfach sicher, dass er sich Pizza bestellt hat. Burger. Nudelgerichte. In Massen. Wahrscheinlich täglich. Hundertachtundsechzig Kilo kommen nicht nur von ein paar Süßigkeiten unter der Matratze.«

»Selbst wenn wir das annehmen«, sagte Caleb, »muss der Lieferdienst – oder mehrere Lieferdienste – nichts mit dem Angriff auf ihn zu tun haben.«

»Natürlich nicht. Aber es wäre eine Kontaktspur, die bislang unentdeckt geblieben ist. Es könnte sich um einen sehr regelmäßigen Kontakt handeln, von dem niemand etwas wusste. Jemand, den Alvin nahezu jeden Tag gesehen hat oder zumindest ein paarmal in der Woche. Und der wusste, dass er meist allein zu Hause war.«

»Hm«, machte Caleb.
»Wenn er ein zweites Handy hatte?«, fragte Kate.
»Alvin?«
»Ja. Irgendein Prepaidding. Es sollte ja niemand hinter sein Treiben kommen.«
»Aber das hätten wir gefunden. Das Haus wurde auf den Kopf gestellt. Da Alvin nicht ahnen konnte, dass er sich im Wachkoma wiederfinden würde, hat er ein solches Teil – wenn es das überhaupt gibt – sicher nicht unauffindbar versteckt.«
»Er sicher nicht«, stimmte Kate zu. »Aber vielleicht seine Mutter?«
»Seine Mutter?«
»Vielleicht war sie eingeweiht. Jemand musste die Kartons und die Styroporbehälter entsorgen – außerhalb von Haus und Garten. Alvin dürfte zudem eine Menge Geld gebraucht haben für sein in der Summe bestimmt recht kostspieliges Hobby. Mehr als einem Schüler, der nicht aus einer reichen Familie stammt, für gewöhnlich zusteht. Eigentlich kann das ohne Hilfe nicht funktioniert haben.«
»Seine Mutter hätte aktiv zu seinem Unglück beigetragen?«
»Weil es nicht anders ging. Er war abhängig vom Essen. Süchtig. Es mag nicht gut für ihn gewesen sein, ihm Geld zu geben, aber ihn im Stich zu lassen wäre vielleicht schlimmer gewesen. Es haben schon Mütter ihren Kindern Geld für harte Drogen oder Alkohol gegeben, weil es anders nicht ging.«
»Aber warum verschweigt sie es der Polizei? Sie, die nichts mehr ersehnt, als dass der Schuldige gefunden wird?«
»Sie verschweigt es wahrscheinlich vor allem vor ihrem Mann. Der nie ein gutes Haar an Alvin gelassen hat, immer genörgelt, kritisiert, geschimpft hat. Selbst in dieser Situa-

tion will Mrs. Malory vielleicht nicht, dass ihr Mann erfährt, wie das ganze Ausmaß von Alvins Essstörung aussah. Dass er Binge-Eating betrieben hat, und zwar täglich. Sie will nicht, dass Alvins Vater noch schlechter von seinem Sohn denkt, als er es ohnehin schon tut. Sie verschweigt den Lieferdienst und lässt das Handy verschwinden.«

»Eine nicht völlig unwahrscheinliche Theorie«, musste Caleb zugeben.

»Sie sagt sich, dass die Wahrscheinlichkeit, dass dort der Täter zu finden ist, gering ist und dass sie daher nichts wirklich Brisantes unterschlägt. Zumindest ist es ihr mehr wert, als Alvins Geheimnis an den Mann zu verraten, der ihn zeitlebens mit Verachtung und spitzen Bemerkungen verfolgt hat: seinen Vater.«

»Guter Gedankengang, Kate«, sagte Caleb. »Ich vermute, du suchst morgen Mrs. Malory auf?«

»Ja.«

Er stellte seine Espressotasse auf den Sofatisch und stand auf. »Ich fahre jetzt nach Hause. Danke für das Essen, Kate. Danke für den Abend.«

Sie erhob sich ebenfalls und begleitete ihn zur Tür. Dort drehte er sich zu ihr um. »Du warst kein One-Night-Stand, Kate. Nicht, was mich betrifft.«

»Gute Nacht, Caleb«, sagte sie.

Sie sah ihm nach, wie er durch die dunkle, neblige Nacht zu seinem Auto ging. Die Lichter flammten auf, als er den automatischen Türentriegler betätigte. Sie wünschte plötzlich, er würde sich noch einmal zu ihr umdrehen, aber er warf ihr keinen weiteren Blick zu.

Als sie die Tür schloss, fiel ihr ein, dass sie Burt Gilligan noch immer nicht angerufen hatte.

6

Am späteren Abend rief Sam endlich zurück, nachdem Anna ihm noch ungefähr acht dringliche Nachrichten auf seine Mailbox gesprochen hatte. Er klang müde. »Was gibt es denn? Du hast ja immer wieder angerufen?«

Sie war so entnervt, dass sie in Tränen ausbrach. »Wo warst du? Wieso bist du nicht ans Telefon gegangen?«

»Ich war bei meinem Vater. Anna, ich hatte das Handy abgestellt. Ich wollte ausnahmsweise nicht erreichbar sein und mich ein paar Stunden lang wirklich auf meinen Vater konzentrieren, dem es übrigens ziemlich schlecht geht. Was ist denn los?«

»Sie wissen es, Sam. Die Polizei. Dass Logan tot ist und dass wir ihn versteckt haben.«

»Wie bitte?«

Anna weinte heftiger. »Kate war bei mir. Die Neue aus meinem Kurs. Sie hatte Dianes Platz eingenommen. Sie ist Polizistin, Sam. Ich wusste das nicht.«

»Verdammt«, sagte Sam, »die haben einen Maulwurf eingeschleust, oder wie?«

»Sie war bei meinem Haus. Sie hat gesehen, dass das Fenster eingeschlagen war und dass der Weihnachtsbaum dort herumlag. Und ich hatte vergessen, die Haustür abzuschließen. Das ist ihr auch aufgefallen.«

»Wieso schnüffelt sie da herum?«

»Weil sie bei der Polizei ist.«

»Aber trotzdem. Wieso … na ja, egal. Und du hast ihr dann alles erzählt?« Seine Stimme hörte sich an, als bekäme er gerade Kopfweh, was Anna ihm nicht verdenken konnte.

»Sie stand plötzlich hinter mir. Als ich den blutigen Teppich in mein Auto zu schleifen versuchte.«

Sie konnte ihn leise seufzen hören. »Warum hast du denn damit nicht gewartet, bis ich zurück bin?«

»Weil ich Angst hatte. Mir wurde plötzlich klar, wie leichtsinnig wir waren. Den Teppich im Haus zu lassen, unsere blutverschmierte Kleidung ... Und dann war die Haustür offen. Jeder hätte darüber stolpern können.«

»Okay. Und was hast du ihr erzählt?«

»Wie es war. Einfach, wie es war.«

»Mein Gott, Anna, jetzt stecken wir aber in gewaltigen Schwierigkeiten«, sagte Sam geschockt. »Wir haben uns strafbar gemacht.«

»Es tut mir leid, Sam. Ehrlich. Aber wir haben nichts wirklich Schlimmes getan, oder? Wir haben Logan ja nicht umgebracht. Wir haben nur falsch reagiert, als wir ihn fanden.«

»Und genau das wird der Polizei sehr seltsam vorkommen. Wenn wir so komplett arglos und unschuldig sind, warum rufen wir dann nicht einfach bei ihnen an? Himmel noch mal, Anna, du hast uns da wirklich in eine ganz fatale Lage gebracht.«

Er klang sehr wütend. Am meisten war er es wahrscheinlich auf sich selbst. Weil er sich hatte überreden lassen, diese verrückte Nacht-und-Nebel-Aktion in den Hochmooren durchzuführen – wider seinen Instinkt, sein besseres Wissen, seine Ahnung, dass nichts Gutes daraus werden konnte.

»Kannst du früher zurückkommen?«, fragte sie mit Piepsstimme.

Durch die Leitung konnte sie förmlich spüren, wie wenig Lust er hatte, sie zu sehen, und das war ein völlig neues Gefühl. Immer war sie diejenige gewesen, die sich entzog: die am getrennten Wohnen festhielt, die Abstand suchte, die von Freiräumen und eigenen Bereichen redete. Jetzt, zum ersten Mal seitdem sie ihn kannte, veränderte sich etwas. Er war nicht mehr der Sam, der trotz all ihrer Macken und Neurosen immer liebevoll blieb und ihr signalisierte, dass er sein Leben mit ihr verbringen wollte. Er war verärgert, genervt. Und irgendwie schien es sich nicht um eine vorübergehende Stimmung zu handeln, ohne dass Anna hätte sagen können, woran sie das festmachte. Sie spürte es einfach. Sie war zu weit gegangen. Mit dieser ganzen Geschichte hatte sie eine Grenze überschritten.

Sam schien nicht mehr sicher, dass er sie wollte. Die Entfremdung hatte begonnen, als er den toten Logan in ihrem Flur hatte liegen sehen, und sie hatte sich fortgesetzt, als er bei eisiger Kälte und tiefster Finsternis einen Abhang hinunterklettern musste, um einen Toten in einem Gebüsch zu verstecken. Sie hatte sich endgültig vertieft, als Anna sich geweigert hatte, die ganze Geschichte zu erzählen, ihm endlich reinen Wein einzuschenken. Und nun war sie noch einen Schritt weitergegangen und hatte die Polizei ins Spiel gebracht. Das Ganze nahm immer größere Dimensionen an und wurde immer unbeherrschbarer, und Sam überlegte wahrscheinlich, ob er überhaupt weiterhin mit einem Menschen zusammen sein wollte, der das eigene Leben nicht in den Griff bekam und andere gnadenlos mit hinunterzog.

Sie weinte noch heftiger, denn eines hatte sie nie geglaubt: dass sie ihn würde verlieren können.

»Also, heute Abend komme ich bestimmt nicht mehr nach Hause«, sagte Sam. »Ich bin todmüde. Ich will jetzt in mein Hotel und ins Bett.« Er seufzte wieder, tief und inbrünstig. »Ich wollte eigentlich erst am Samstag zurückfahren.«

»Die Polizei weiß, dass du in London bist und morgen oder übermorgen zurückkommst. Du sollst dich dann melden.«

»Ja. Großartig. Immerhin bleibt mir noch etwas Zeit, um zu überlegen, was ich sage, warum ich mich auf diesen Irrsinn eingelassen habe.«

»Sam, es tut mir so leid.«

»Mir tut es auch leid«, sagte Sam und legte auf.

Anna blieb einfach mitten im Wohnzimmer sitzen und weinte, bis sie nicht mehr konnte, dann schließlich stand sie mühsam auf, schleppte sich ins Bad und betrachtete die Frau, die sie aus dem Spiegel anblickte. Eine Frau mit rot verquollenen Augen, die in der tiefsten Krise ihres Lebens steckte.

Am nächsten Tag würden die Befragungen weitergehen. Diese kleine, dünne Kate Linville war eine zähe Person, das hatte Anna schon begriffen. Sie würde sich nicht abspeisen lassen. Sie glaubte all die Gründe nicht, die Anna angeführt hatte, um zu erklären, weshalb sie Logan fortgeschafft hatte, anstatt die Polizei zu rufen. Sie witterte etwas Größeres dahinter, und sie würde nicht ablassen, es herauszufinden. Wahrscheinlich würden noch Kollegen dabei sein. Man würde sie in die Mangel nehmen …

Ich stehe das nicht durch. Ich stehe das nicht durch. Ich stehe das nicht durch.

Sie würde Dinge sagen, die sie auf keinen Fall sagen durfte. Weil ihre Nerven sie durch keine halbe Stunde im Gespräch mit der Polizei tragen würden.

Am besten wäre es, sie wäre am nächsten Morgen nicht mehr da.

Aber wohin sollte sie gehen? Ihr Haus war von der Polizei gewissermaßen beschlagnahmt worden. Die Kälte und Leere dort würden sie zudem jetzt vollends zermürben. Das Haus war kein Zufluchtsort mehr. Es war zu einem Ort des Schreckens geworden.

Könnte sie nur zu Sam. Dem einzigen Halt in ihrem Leben. Er würde sie vielleicht nicht retten können, aber er würde ihr das Gefühl geben, dass sie nicht völlig ausgeliefert war. Dass es jemanden gab, der an ihrer Seite stand und der sie auffing, wenn sie fiel.

Er wollte am Samstag zurückkommen, aber angesichts der Umstände käme er vielleicht schon morgen, aber auch das war zu spät. Sie wäre vielleicht gar nicht hier, sondern in der Befragung auf dem Polizeirevier. Seit Stunden. Längst zusammengebrochen. Sam würde ebenfalls dorthin beordert werden. Es war mehr als fraglich, ob sie zuvor noch die Gelegenheit für ein Gespräch unter vier Augen finden würden.

Sie musste nach London. Sie musste ihn sehen und mit ihm reden.

Sie hatte keine Ahnung, in welchem Hotel er abgestiegen war, und sie ahnte, dass es wenig Sinn ergab, ihn deswegen anzurufen. Er war an einem Treffen im Augenblick nicht interessiert.

Sie wusste nicht einmal, wie die genaue Adresse des Altenheimes lautete, in dem Sams Vater wohnte – oh Gott, wie oft hatte er sie gebeten, ihn zu begleiten –, aber sie entsann sich, dass er einmal erwähnt hatte, dass es mitten in London, unweit des Shepherd's Bush Green lag. Reichte das? Wie viele Alten- und Pflegeheime gab es mutmaßlich in der Gegend?

Das würde sich zeigen. Hauptsache, sie war erst einmal weg. Sie brauchte Abstand. Ruhe. Sie musste überlegen. Hier in der Wohnung, die sich ohne Sam schmerzhaft leer anfühlte, konnte sie nicht bleiben. Sie würde diese Nacht nicht überstehen. Sie würde losfahren, Richtung London, und dann weitersehen.

Eine innere Stimme sagte Anna, dass das keineswegs ein guter Plan war und dass sie ihre Lage nicht verbesserte, wenn Kate Linville morgen vor der Tür stand und sie wäre verschwunden. Dennoch zog sie ihren Mantel an, nahm ihre Handtasche, wählte die Nummer des Taxidienstes und bat, ihr sofort einen Wagen zu schicken. Sie verließ die Wohnung, lief die Treppen hinunter und trat auf die nächtliche Straße hinaus. Kurz hatte sie gefürchtet, dort sei vielleicht ein Polizist postiert, aber die Straße war leer und still, kein Mensch war zu sehen. Anna fröstelte in der Kälte und Feuchtigkeit.

Was hatte sie nur mit ihrem Leben gemacht? Wie hatte es an diesen Punkt kommen können? Sie stand am späten Abend auf der Straße und wartete auf ein Taxi, das sie zu ihrem von der Polizei gesperrten Haus bringen würde, damit sie dort ihr Auto holen konnte, das ebenfalls konfisziert war, um nach London zu fahren und Hilfe bei dem Mann zu suchen, der ihr die prekärste Situation seines Lebens verdankte.

Ihr wollten schon wieder die Tränen kommen, aber sie schluckte sie mit einiger Mühe hinunter. Sie hatte eine lange Fahrt vor sich, und sie sah ohnehin nicht gut bei Dunkelheit. Sie sollte nicht noch mehr heulen, als sie es an diesem Abend schon getan hatte.

Das Taxi kam. Der Fahrer, ein wortkarger Inder, kommentierte ihren Wunsch, am Abend des zweiten Weihnachtsfeiertages in die völlige Einöde gefahren zu werden, mit keinem Wort, und sie war ihm dafür dankbar. Einen redseligen Fahrer, der Fragen stellte, hätte sie jetzt nicht ertragen. Und sie hätte auch keine Antworten gewusst.

Sie ließ sich vorn an der Straße absetzen und nicht bis zum Haus bringen, weil sie nicht wusste, ob es überall Absperrbänder der Polizei gab, die den Fahrer verwundert hätten. Sie zahlte und stapfte dann den schlammigen Weg entlang. Jede Menge Reifenspuren ... Die Polizei war am Nachmittag offenbar mit etlichen Einsatzfahrzeugen hier gewesen. Das Haus war Schauplatz eines Mordes gewesen, des Mordes an Logan Awbrey. Immer noch eine bizarre, völlig verrückte Vorstellung. Wer brachte Logan um?

Und warum?

Es blieb rätselhaft und verworren.

Ihr Haus sah dunkel und abweisend aus, genauso wie sie es empfand. Ihr Auto stand da, wo sie es abgestellt hatte. Erst auf dem Weg zum Haus und nachdem das Taxi schon wieder fort war, war Anna eingefallen, dass es durchaus auch von der Polizei abgeschleppt worden sein konnte. Dann wäre sie von hier nicht mehr weggekommen. Aber es war da, es klebten allerdings Siegel über den Türschlössern. Auch die Haustür war versiegelt.

Sie nahm ihren Autoschlüssel aus der Handtasche, durchstieß das Siegel und schloss die Fahrertür auf. Höchstwahrscheinlich machte sie sich gerade schon wieder strafbar.

Aber darauf kam es eigentlich schon gar nicht mehr an.

Meine Mutter sprach immer wieder von einer Magen-OP, und ich hasste sie dafür. Es ging um ein Magenband. Sie hatte eine Fernsehreportage zu diesem Thema gesehen, und seitdem erschien ihr dies als der Schlüssel zur Lösung all meiner Probleme. Etwas vereinfacht erklärt, wird dabei ein Teil des Magens abgebunden und sozusagen stillgelegt, und der verbleibende Teil nimmt natürlich viel weniger Nahrung auf. Man erreicht sehr schnell ein komplettes Sättigungsgefühl und isst dadurch weniger und nimmt auf diese Weise ab. So weit die Theorie. Ob das in der Praxis auch so einfach funktionieren würde, konnte niemand sagen. Die Operation barg etliche Risiken, aber auch das Leben danach mit dem abgebundenen Magenteil konnte mit unerwarteten Komplikationen aufwarten. Es handelte sich um einen massiven Eingriff in das Gesamtsystem. Es gab Ärzte, die sehr davor warnten. Andere sahen die Rettung darin und argumentierten, dass das Leben in extremer Fettleibigkeit auf die Dauer das weit größere Risiko darstellte.

Wie üblich hielt sich mein Vater aus der Diskussion weitgehend heraus. Er merkte nur einmal an, dass er nicht verstehe, wieso ich nicht mit meiner Willenskraft abnehmen könnte – wieso ich erst verrückte Umbauarbeiten in meinem Körper brauchte. Damit machte er mir natürlich wieder klar, wie wenig er von mir hielt.

Meine Mutter hingegen forcierte die Diskussion um die OP immer wieder. Weshalb ich sie deswegen hasste: Obwohl sie immerhin einen Weg aufzeigte, brachte sie mich damit auch in die Klemme, weil ich letztlich eine Entscheidung würde treffen müssen. Konnte sie mich nicht einfach akzeptieren, wie ich war? Ihre Suche nach Wegen war ja auch eine Kritik an mir, da war sie eigentlich nicht besser als mein Vater. Nur dass mein Vater direkt und offen war und sie sich hinter Fürsorglichkeit und Bemühen um mich versteckte. Tatsächlich löste die Art meines Vaters weniger Wut in mir aus als die Tücke meiner Mutter.

Wo war denn wirklich ihr Verständnis? Wo versuchte sie denn einmal, die Ursachen für meine Fresssucht zu finden? Ihr ging es doch nur um die Bekämpfung der Symptome. Über mich selbst machte sie sich doch keinerlei Gedanken. Woran lag es, dass ich ständig Befriedigung im Essen suchte?

Bei uns im Badezimmer gab es einen Schrank, in dem meine Mutter Medikamente aufbewahrte. Aspirin und so etwas, aber auch deutlich härtere Sachen – aus Phasen, in denen einer von uns einmal richtig krank gewesen war. Da sie nie etwas wegwarf, hatten wir eine stattliche Sammlung vorzuweisen. Ich wählte fürs Erste ein paar interessante Packungen aus und nahm sie an mich. Cortison, das mein Vater wegen einer schmerzhaften Gelenkkapselentzündung in der Schulter über einen längeren Zeitraum hatte einnehmen müssen. Verschiedene Antibiotika aus Zeiten, in denen sich meine Mutter mit hartnäckiger Bronchitis herumschlug. Riesige Kapseln, von denen ich keine Ahnung hatte, wofür oder wogegen sie helfen sollten. Schnupfenspray. Irgendetwas gegen Magenschleimhautentzündung. Und, und, und. Schon erstaunlich, was man im Laufe der Jahre alles so einnimmt.

Zum Glück merkte niemand, dass einzelne Dinge fehlten. Dafür war der Schrank zu unaufgeräumt und chaotisch.

Ich begann mir einen Spaß daraus zu machen, das Zeug heimlich in das Essen meiner Mutter zu mischen, wann immer mein Vater nicht da war und wir allein aßen. Ich pulverisierte

Tabletten oder schüttete die winzig kleinen Kügelchen aus den großen Kapseln hinaus. Oder nahm etwas vom flüssigen Nasenspray. Meist gelang es mir gut, etwas in ihrem Teller unterzubringen, weil sie während des Essens immer wieder aufstand, um irgendetwas aus der Küche zu holen. Meine Mutter nahm die Rolle des ausgebeuteten Opfers in ihrer Familie nur zu gern an. Rannte und holte und brachte, wischte sich über die Stirn ... Und seufzte zwischendurch tief.

Niemand konnte so theatralisch seufzen wie meine Mutter.

Damit ich mit meinen Aggressionen irgendwie fertigwerden konnte, bekam sie also bei jeder Gelegenheit einen schönen Medikamentencocktail verabreicht. Ich freute mich diebisch, wenn ich zusah, wie sie arglos das Essen in sich hineinlöffelte. Anfangs zeigte sie noch keine Reaktion, aber dann geschah es doch, dass sie über ein allgemeines Unwohlsein klagte.

»Ich weiß gar nicht, was in der letzten Zeit mit mir los ist. Mir ist dauernd schwindelig und irgendwie übel.«

»Du solltest mal zum Arzt gehen«, sagte ich mitfühlend.

»Ich habe doch keine Zeit«, erwiderte sie erwartungsgemäß.

»Aber du siehst gar nicht gut aus«, sagte ich. Was stimmte. Sie hatte einen Schweißfilm auf der Stirn, obwohl ringsum eine kühle Temperatur herrschte.

»Ich kann mir das nicht erklären«, murmelte sie.

Irgendwann ging sie tatsächlich zum Arzt, der aber nichts feststellen konnte. Sie musste Vitamintabletten und Aufbaupräparate nehmen, doch das nutzte auch nicht viel. Sie klagte oft über Magenschmerzen. Ein paar Wochen lang hatte das Weiß ihrer Augen eine seltsam gelbliche Färbung. Wahrscheinlich hing ihre Leber ganz schön in den Seilen. Bei all der Entgiftungsarbeit ...

Meine Mutter leiden zu sehen kompensierte ein wenig mein eigenes Elend, aber natürlich wurde ich deshalb nicht in eine andere Situation katapultiert. Ich blieb ausgegrenzt, ich wurde weiterhin verachtet und bestenfalls bemitleidet. Niemand mochte etwas mit mir zu tun haben. Ich war Fatty. Man sah entweder über mich hinweg, oder man verspottete mich – mit Worten oder mit Blicken.

Etwas anderes gab es nicht für mich.

Und ich vermisste Mila. Sie hatte sich scheußlich und gemein mir gegenüber benommen, aber irgendwie war sie Teil meines Alltags gewesen. Ich hatte mich den Tagträumen hingegeben, in denen ich mir eine wunderbare gemeinsame Zukunft ausmalte, und irgendwie hatte ich immer geglaubt, dass dies auch eines Tages Realität sein würde. Einfach weil wir füreinander bestimmt waren und weil Mila das irgendwann auch begreifen würde. Absolut nicht auf dem Schirm hatte ich die Möglichkeit gehabt, dass Mila verschwinden könnte. Sich buchstäblich in Luft auflösen würde.

Ich sprach eines Tages sogar ihre Freundin Sue an, weil ich dachte, sie wüsste doch bestimmt, wohin Mila und ihre Mutter gezogen waren.

»Ich weiß es nicht«, erwiderte Sue jedoch. Sie sah dabei einen Moment lang tatsächlich etwas enttäuscht aus, sodass ich ziemlich sicher war, dass dies eine ehrliche Auskunft war. Mila hatte ihr nichts gesagt. Um kein Risiko einzugehen, hatte sie sogar diese Freundschaft geopfert. Es schnürte mir fast die Luft ab: So unbedingt also hatte sie verhindern wollen, dass ich ihre Fährte aufnahm.

Ein paar Sekunden lang fühlte ich mich mit Sue fast in einer Art Komplizenschaft verbunden. Wir beide, verlassen von derselben Frau. Es war ein schönes Gefühl – Zusammengehörigkeit, Trauer, zwei Menschen, denen genau dasselbe im selben Moment zugestoßen war. Aber Sue zerstörte das Gefühl keine halbe Minute später. Sie sah plötzlich nicht mehr frustriert aus, sondern wütend.

»Deinetwegen ist sie geflohen!«, stieß sie hervor. Angewidert. »Sie hat es nicht mehr ausgehalten. Deine Nachstellungen, deine Aufdringlichkeit. Sie hatte Angst vor dir!«

»Angst?«, fragte ich, ehrlich erstaunt. Wieso hatte sie Angst vor dem Mann, der sie liebte?

»Sie hat mir oft gesagt, dass du ihr Angst machst. Dass du nicht ganz richtig im Kopf bist. Dass du etwas an dir hast, was völlig gestört ist. Sie hat sich absolut unwohl in deiner Nähe gefühlt. Sie sagte einmal ...« Sue stockte.

»Ja?«, fragte ich, obwohl ich so entsetzt war, dass ich kaum noch richtig atmen konnte. Was, um Himmels willen, erzählte Sue denn da? Das war Blödsinn, absoluter Blödsinn. Wahrscheinlich war sie neidisch. Weil Mila geliebt wurde, von einem Mann. Während sich für Sue, meines Wissens, niemand interessierte.

»Sie sagte einmal, dass sie glaubt, es passiert noch etwas Schlimmes«, sagte Sue. »Dass du ihr etwas antust. Du hättest so einen komischen Blick, meinte sie. Wie jemand, der schlimme Dinge tut, wenn er zurückgewiesen wird.«

»Das stimmt nicht«, flüsterte ich. Ich hatte laut sprechen wollen, aber meine Stimme hatte sich in ein leises, raues Organ verwandelt. »Das hat sie nie gesagt.«

»Oh doch«, sagte Sue kalt. »Und weißt du was: Sie hatte recht. Ich verstehe, dass sie weggegangen ist, und ich glaube, es war das Beste, was sie tun konnte. Sich in Sicherheit zu bringen.«

»Hör auf«, krächzte ich.

Sie grinste. Von unserer sekundenlangen Zusammengehörigkeit war nichts geblieben, wahrscheinlich hatte sowieso nur ich sie empfunden. »Du bist fett und unattraktiv, Fatty, und dass du überhaupt glauben konntest, dass ein Mädchen wie Mila sich für dich interessiert, ist ein Witz. Aber weißt du: Dein Aussehen wäre gar nicht das Schlimmste. Wenn du dafür einen tollen Charakter hättest und ein richtig netter Kerl wärest. Aber Mila hat völlig recht: Mit dir stimmt etwas nicht. Du hast einen Sprung in der Schüssel, und um dich werden Frauen einen Bogen machen, solange du lebst. Weil man es merkt. Man merkt es, wenn man in deine Augen schaut.«

Ich war fassungslos über ihre Worte. Wie konnte sie es wagen, so mit mir zu sprechen? Wie konnte sie es wagen, mir derartige Unverschämtheiten einfach ins Gesicht zu schleudern? Tief in meinem Magen begann sich dieses Kribbeln auszubreiten, dieses brennend heiße Gefühl, mit dem immer der Hass begann, die Wut, diese mörderische Wut. Ich weiß nicht, was passiert wäre, wenn Sue und ich allein gewesen wären. Aber wir befanden uns in der Schule, in einer Ecke auf einem der langen Gänge, und waren umgeben von Menschen. Leider konnte ich ihr nicht in ihr dummes Gesicht schlagen. Leider konnte ich etliche Dinge nicht mit ihr tun, die ich gerne getan hätte.

So sagte ich nur: »Man sieht sich immer zweimal im Leben, Sue. Glaube nicht, dass ich dir diese Szene heute vergesse. Es wird dir noch leidtun.«

Sie grinste mich nur frech an und ging dann hocherhobenen Hauptes davon. Ich hatte eine weitere Niederlage erlitten, und ich wusste immer noch nicht, wohin Mila verschwunden war.

Madame du Lavandou wusste es, vielleicht noch der eine oder andere aus dem Lehrerkollegium, aber keiner von ihnen würde es mir sagen. Wobei ich auf Madame du Lavandou ähnlich wütend war wie auf Sue. Auch sie hatte mich unverschämt behandelt. Ich würde ihr das nicht vergessen. Ich hoffte, dass mir das Schicksal eine Gelegenheit zuspielen würde, um es ihr gründlich heimzahlen zu können.

Ich verbrachte viel Zeit im Internet, klapperte Städte und Schulen ab, versuchte an Namens- und Veranstaltungslisten heranzukommen, suchte Mila, wahlweise ihre Mutter. Ich wusste, dass sie diesen Großonkel in Sheffield hatte, daher richtete sich mein Hauptaugenmerk auf diese Region, aber Sheffield war groß und umgeben von zahllosen Vororten. Und sie konnten überall sein, im ganzen Land. Sie könnten sogar Großbritannien verlassen haben – eine Vorstellung, bei der mir regelmäßig ganz schlecht wurde, die ich dann aber immer wieder verdrängte. So böse würde mir das Schicksal nicht mitspielen. Aber auch so steckte ich bei meiner Suche ziemlich fest. Über die Melderegister war nichts zu erfahren, auch nicht über Telefonverzeichnisse. Mila und ihre Mutter hatten jegliche Angaben sperren lassen. Was hatten sie als Begründung angegeben? Dass ihnen ein gefährlicher Psychopath folgte?

Mir war klar, dass ich Ruhe, Geduld und einen langen Atem brauchte, aber dass ich Mila eines Tages aufstöbern würde. Kein Mensch kann sich für immer verstecken, jeder hinterlässt Spuren, im Zeitalter des Internets sowieso. Die Zeit bis dahin könnte ich allerdings sinnvoll nutzen: Ich könnte schlank werden.

Das klingt jetzt seltsam, als sei der Wunsch, schlank zu werden, im Zusammenhang mit Mila und meiner Suche nach ihr zum ersten Mal in mir erwacht. Das stimmt natürlich nicht. Die Sehnsucht nach einem schlanken, schönen Körper, nach Beweglichkeit, nach allem, was sich dadurch in meinem Leben ändern würde, war ja mein Lebensthema seit der Kindheit. Unter nichts litt ich so wie unter meinem Körper. Ich hatte mich durch Diäten gequält, Ärzte aufgesucht, meine Sommerferien in Spezialkliniken verbracht statt wie andere am Strand und im Wasser. Und trotzdem war es diesmal etwas anderes. Ich kann es nur schwer beschreiben. Als ich daran dachte, Mila zu suchen, sie zu finden und ihr schlank gegenüberzustehen, spürte ich, dass mich plötzlich eine Kraft durchflutete, die ich so noch nie gespürt hatte. Immer wenn ich neue Pläne gefasst hatte abzunehmen, hatte ich zugleich Mutlosigkeit gefühlt, Stress, Traurigkeit, hatte mich wie vor einem unüberwindlichen Berg gesehen, den ich niemals würde bezwingen können. Irgendwie war mir jedes Mal im tiefsten Inneren bereits klar gewesen, dass ich scheitern würde und dass ich es mir eigentlich schenken konnte, überhaupt erst anzufangen. Und das war diesmal anders. Ich war durchdrungen von Entschlossenheit. Von Kraft.

Das visionäre Bild, wie ich Mila gegenübertrat, schlank und stark, und wie sie mich fassungslos, voller Staunen und Freude anblickte, löste einen Schub an Energie, Entschlossenheit und Zuversicht in mir aus.

Ich würde das schaffen.

Natürlich. Ich würde keine OP brauchen, kein Magenband, keine Klinik mehr, keine Psychologen. Ich wusste es. Ich war noch nie so sicher gewesen.

Ich würde mein Leben verändern.

FREITAG, 27. DEZEMBER

1

Kate wusste, dass die Uhrzeit für einen unerwarteten Besuch unhöflich war, aber sie hatte noch so viel an diesem Tag zu tun, dass sie nicht den halben Vormittag verstreichen lassen konnte, ehe sie mit dem wichtigsten Punkt begann. Sie vermutete jedoch, dass Louise Malory wach war. Die Versorgung ihres Sohnes zwang sie sicher jeden Morgen sehr früh aus dem Bett.

Auf dem Weg durch die Stadt führte Kate zwei Telefongespräche. Sie rief Anna an, um ihr zu sagen, dass sie um zehn Uhr bei ihr sein würde. Sie geriet jedoch nur auf die Mailbox und hinterließ dort ihre Nachricht. Vielleicht schlief Anna noch. Der gestrige Tag war sicher äußerst erschöpfend für sie gewesen.

Danach wählte sie endlich die Nummer von Burt Gilligan. Vor diesem Anruf graute es ihr. Sie hatte sich nicht nur unmöglich benommen, sie hatte auch viel zu viel Zeit verstreichen lassen, ehe sie sich nun meldete. Wahrscheinlich knallte er sofort den Hörer auf, und sie könnte es ihm nicht verdenken.

Er nahm beim zweiten Klingeln ab. »Hallo?«

»Hallo. Hier ist Kate. Kate Linville.«
Ein sekundenlanges Schweigen folgte.
»Guten Morgen«, sagte Burt dann. Es klang sehr reserviert.
Kate holte tief Luft. »Burt, es tut mir sehr leid. Es ist mir etwas dazwischengekommen an dem Abend, aber ich hätte natürlich bei *Gianni's* anrufen müssen. Bitte verzeihen Sie mir.«
»Schon in Ordnung«, sagte Burt. Er wirkte sehr gekränkt.
»Wir hatten vergessen, unsere Telefonnummern auszutauschen«, sagte Kate. »Es war etwas schwierig, an Ihre Nummer zu kommen. Deshalb rufe ich jetzt erst an.«
»Es ist wirklich in Ordnung«, wiederholte Burt.
»Ich würde es gerne wiedergutmachen«, sagte Kate. »Würden Sie einem Treffen bei *Gianni's* noch eine Chance geben? Heute Abend? Und diesmal lade ich Sie ein.«
Er zögerte. »Kate …«
»Bitte. Es ist mir wichtig.«
»In Ordnung«, sagte Burt. »Neuer Anlauf. Um acht Uhr?«
»Ich reserviere einen Tisch. Ich freue mich. Danke, Burt.«
Sie beendete das Gespräch. Für ihre Verhältnisse war sie ungewöhnlich aktiv gewesen, sie hatte ein Date mit einem Mann organisiert. Wenn auch eines, das auf Wiedergutmachung ausgerichtet war. Sie nahm nicht an, dass sich mehr daraus entwickeln würde.

Im Haus der Familie Malory brannte Licht, daher wagte es Kate zu klingeln. Louise öffnete fast sofort. Sie hielt eine Medikamentenpackung in der Hand und wirkte trotz der frühen Stunde schon so abgekämpft wie andere Menschen nach einem langen Tag.

»Ach, Sergeant«, sagte sie. »Gibt es Neuigkeiten?«
»Es hat sich eine wichtige Frage ergeben«, sagte Kate. »Darf ich reinkommen?«

»Ja, bitte«, Louise machte einen Schritt zurück, und Kate betrat das Haus. Wie schon bei ihrem ersten Besuch roch es schlecht – stickig, zu warm, ungelüftet, nach Krankheit. Feucht. Kate nahm an, dass der Schimmel im Haus war. Louise kümmerte sich um praktisch nichts mehr als um ihren Sohn, und selbst wenn das Haus unter ihr wegfaulte, würde sie es kaum wahrnehmen.

Alvin lag in seinem Bett, genau in derselben Haltung wie beim ersten Mal. Er trug nur einen andersfarbigen Jogginganzug. Sein Blick ging ins Leere. Wie immer, seit neun Jahren.

In der Ecke stand ein kleiner Weihnachtsbaum mit bunten Kugeln und elektrischen Kerzen. Louise war Kates Blick gefolgt. »Ich weiß ja nicht, was er wahrnimmt«, sagte sie. »Vielleicht weiß er, dass Weihnachten ist. Vielleicht freut er sich über den Baum.«

»Es ist bestimmt gut, für eine lebendige Umgebung zu sorgen«, sagte Kate sanft. »Denn es mag tatsächlich viel mehr in ihm vorgehen, als irgendjemand ahnt.«

Louise nickte dankbar.

»Mögen Sie einen Kaffee?«, fragte sie.

»Das wäre sehr gut.«

Louise verschwand in der Küche. Kate trat dicht an Alvins Bett heran. Sie betrachtete den jungen Mann, dessen Leben im Alter von sechzehn Jahren geendet hatte. Heute war er fünfundzwanzig und verbrachte sein Dasein auf dieser seltsamen unwirklichen Linie zwischen Leben und Tod.

»Was denkst du?«, fragte Kate. »Was geht in dir vor? Kannst du uns hören? Wenn ja, dann weißt du, dass ich denjenigen suche, der dir das angetan hat. Kennst du seinen Namen?«

Starrer Blick und Atmen. Starrer Blick und Atmen.

»Logan Awbrey«, sagte Kate.

Keinerlei Reaktion.

Louise kam mit den Kaffeetassen, und die beiden Frauen nahmen auf dem Sofa gegenüber dem Bett Platz.

»Mrs. Malory, ich habe noch einmal nachgedacht«, sagte Kate. »Und ich bin mir fast sicher, dass Sie damals Inspector Hale nicht alle Kontaktdaten Ihrer Familie ausgehändigt haben.«

Ein kurzes Blinzeln in Louises Augen. »Wie meinen Sie das? Natürlich haben wir alle Kontakte benannt. Es gab und gibt nichts, was mir, und auch meinem Mann, wichtiger wäre, als dass der gefasst wird, der unserem Sohn so viel Leid zugefügt hat!«

»Mich wundert etwas sehr«, sagte Kate. Sie blickte Louise fest in die Augen. »Nämlich dass es auf Ihren Listen nicht einen einzigen Lieferservice gibt. Für Essen. Pizza, Nudelgerichte, Burger. Indisches Essen. Chinesisches. Was weiß ich.«

Sie wusste sofort, dass sie ins Schwarze getroffen hatte. Louise richtete ihren Blick auf ihre Tasse, und auf ihren Wangen erschienen rote Flecken.

»Ein Lieferservice?«, wiederholte sie. Es klang, als sei ihr kaum klar, womit sie es dabei zu tun hatte.

»Es ist seltsam, wenn eine Familie nie einen solchen Dienst in Anspruch nimmt.«

»Mein Mann wollte das nicht. Wegen Alvin. Das habe ich Inspector Hale auch gesagt.«

»Louise, Ihr Sohn wog damals fast einhundertsiebzig Kilo. Und das, obwohl Sie alles taten, um vernünftig und ausgewogen zu kochen. Er muss sich also noch irgendwo anders nebenher ernährt haben.«

»Ja, er hortete Süßigkeiten. Er kaufte sie auf seinen Schulwegen. Schokolade, Bonbons, gezuckerte Gummibärchen –

in rauen Mengen. Er versteckte diese Dinge unter seiner Matratze.«

»Reicht nicht«, sagte Kate. »Nicht für ein so dramatisches Übergewicht.«

Louise blickte zur Seite.

Kate berührte ihren Arm. »Louise, ich nehme an, dass Sie Ihren Sohn schützen wollen. Aber möglicherweise schützen Sie damit den Täter.«

Louise schaute sie nicht an. »Mein Mann hat ihm das Leben so schwer gemacht. Er durfte es nicht erfahren. Es war schlimm genug, dass er bei seinen Stichproben immer wieder diese vielen Süßigkeiten fand. Er wurde dann giftig, anzüglich, verletzend, zynisch. Er hat Alvin mehr als einmal zum Weinen gebracht. Wenn er gewusst hätte, was sich Alvin nebenher bestellt ... er wäre völlig ausgeflippt.«

»Sie haben Alvin Geld gegeben?«

»Ja. In bar. Ich habe das in kleinen Beträgen von unserem Konto abgehoben. So, dass mein Mann nichts merkte. Unseren Nachbarn, Mr. Fagan, der alles mitbekam, habe ich gebeten, nichts zu sagen.«

»Ich vermute, es existiert ein zweites Handy neben dem eigentlichen Handy Ihres Sohnes?«

Louise nickte.

»Sie haben es damals verschwinden lassen?«

»Ich wollte Alvin schützen. Natürlich, er hätte die Angriffe seines Vaters nicht mehr mitbekommen. Aber ich ... ich wollte ihn einfach nicht verraten. Ich wollte nicht, dass sein Vater noch schlechter von ihm denkt. Können Sie das verstehen?«

»Ja«, sagte Kate. »Ich verstehe das. Aber es war trotzdem nicht klug von Ihnen.«

Endlich blickte Louise sie wieder an. »Glauben Sie denn wirklich, dass sich dort eine Spur findet?«

»Ich weiß es nicht. Aber ich glaube nicht, dass es sich bei dem Überfall auf Ihren Sohn um eine Zufallstat handelt. Ich glaube, dass das jemand war, der ihn kannte. Der auch über die Situation in Ihrer Familie Bescheid wusste – zum Beispiel, dass Alvin tagsüber meist völlig allein im Haus war. Dass er sich schwer bewegen konnte. Dass er sich kaum wehren würde, weil er vom Typ her kein Mensch ist, der sich wehrt. Ein regelmäßiger Essenslieferant könnte alle diese Erkenntnisse leicht gewonnen haben.«

»Aber warum?«, fragte Louise. »Warum sollte so jemand das tun?«

»Louise, was Ihrem Sohn angetan wurde, ist kaum nachvollziehbar. Es gibt nur zwei Möglichkeiten: Entweder hat Alvin durch irgendetwas eine Menge Hass auf sich gezogen. Oder jemand suchte einfach ein Opfer. Und er bot sich an.«

Louise traten die Tränen in die Augen. Sie stützte den Kopf in die Hände und begann lautlos zu weinen.

»Kann ich das Handy haben?«, fragte Kate.

Louise stand auf und verließ das Zimmer. Es dauerte eine ganze Weile, bis sie zurückkam. Sie weinte nicht mehr, aber ihr Gesicht war noch nass von Tränen. Sie brachte ein Handy und ein Ladekabel.

»Hier. Der Akku ist leer, aber Sie können das Gerät aufladen. Die Nummern sind gespeichert. Unter den Namen der Lieferdienste, die er nutzte. Es waren fünf Stück. Ob es die aber noch alle gibt, weiß ich nicht. Das alles liegt ja neun Jahre zurück.«

Kate stand auf und nahm Handy und Kabel. »Danke, Louise. Ich sehe mir das an. Die Spur könnte auch ins Nichts führen, und dann wird niemand außer uns beiden etwas davon erfahren.«

»Danke«, flüsterte Louise.

Kate zögerte einen Moment, dann sagte sie vorsichtig: »Louise, ich hatte vorhin kurz erwähnt, dass Alvin möglicherweise durch irgendetwas, das er getan hat, den Hass eines anderen Menschen auf sich gezogen haben könnte. Wenn ich das richtig verstanden habe, wurde Alvin im Zusammenhang mit den Ermittlungen immer als Opfer gesehen – Opfer der schlimmen Tat natürlich, aber auch als Opfer zeit seines Lebens. Opfer von Hänseleien, Opfer von Ausgrenzung, Opfer von verächtlichen Blicken, anzüglichen Bemerkungen, Opfer von Einsamkeit. Eigentlich Opfer auf allen Ebenen des Lebens. Es wurde nie in Erwägung gezogen, dass er auch Täter sein könnte.«

»Täter?«, fragte Louise stirnrunzelnd.

»Auslöser könnte ja durchaus seine Rolle als Opfer gewesen sein. Aber wäre es denkbar, dass er einem anderen etwas Schlimmes angetan hat? Ein Verrat, eine Denunziation, irgendetwas. Er könnte jemandem eine Chance in der Schule vermasselt haben oder eine Beziehung oder irgendetwas. Um sich zu wehren, um einmal im Leben zurückzuschlagen. Aber möglicherweise hat das einem anderen sehr aussichtsreiche Pläne zerstört, eine ganze Lebensplanung umgeworfen. Eine Dimension angenommen, die vielleicht sogar über dem lag, was Alvin eigentlich erreichen wollte.«

»Wie meinen Sie das?«, flüsterte Louise. »Alvin als Täter?« Sie schien völlig fassungslos.

»Er könnte sich gewehrt haben. Und die Sache hat eine Eigendynamik bekommen, die einem anderen Menschen mehr zerstört hat, als Alvin beabsichtigte.«

Louise richtete sich zu ihrer vollen Größe auf. Der Kummer hatte sie über die Jahre klein gemacht, zu einer Frau, die in sich zusammengesunken war. Jetzt konnte Kate für einen Moment etwas von der großen, schlanken und attraktiven Frau ahnen, die Louise einmal gewesen sein musste.

»Nie im Leben«, sagte sie. »Nie im Leben hat Alvin einem anderen Menschen Leid zugefügt. Das ist undenkbar. Alvin ist ein guter, sanfter und wohlmeinender Mensch. Obwohl ihm so viel angetan wurde, hat er nie böse über andere gesprochen. Er konnte keiner Fliege etwas zuleide tun. Er hatte keine hasserfüllten, rachsüchtigen Gedanken. Das war ihm völlig fremd. Nein, Sergeant Linville, hier sind Sie auf dem Holzweg. Alvin ist das Opfer. Verdrehen Sie das nicht. Er ist nicht der Täter.«

Die beiden Frauen sahen einander ein paar Augenblicke lang schweigend an.

»Ich muss in jede Richtung denken«, sagte Kate dann.

Louise schüttelte den Kopf. »In dieser Richtung verschwenden Sie Ihre Zeit.«

»Auf Wiedersehen«, sagte Kate. »Ich halte Sie über alles Weitere auf dem Laufenden.«

Louise begleitete sie zur Haustür. Kate trat hinaus in die Kälte. Es war ein trüber und feuchter Tag, aber nach der Atmosphäre in dem Wohnzimmer erschien er Kate als paradiesisch. Frisch und weit und voller Möglichkeiten. Wahrscheinlich ließ Louise ihren Sohn nie aus den Augen. Wahrscheinlich wusste sie schon gar nicht mehr, wie sich ein Spaziergang am Meer anfühlte, wie Regentropfen auf der Haut und Sommerwind im Haar. Von dem komatösen Zustand Alvins war sie gar nicht weit entfernt.

Kate stieg in ihr Auto und hängte das Handy, das Louise Malory ihr gegeben hatte, sogleich an das Ladegerät. Ihr eigenes Handy klingelte in dem Moment, als sie losfahren wollte. Es war Pamela.

»Es sind mehrere Autopsieergebnisse heute früh eingetroffen«, sagte sie ohne Umschweife, sogar ohne einen Guten Morgen zu wünschen. Sie klang eilig. »Einmal Sophia Lewis. Der DNA-Abgleich hat die letzte Gewissheit erbracht: Bei der in Sleaford gefundenen Frau handelt es sich um Sophia Lewis. Sie wurde durch zwei Schüsse, die Herz und Lunge verletzt haben, getötet. Sie muss auf der Stelle tot gewesen sein.«

»Ein schwacher Trost«, sagte Kate. »Aber ein Trost.«

»Zum Zweiten«, fuhr Pamela fort, »die Ergebnisse von Logan Awbrey. Ihm wurden insgesamt zwölf Stichverletzungen in den Oberkörper zugefügt. Zwei davon waren mit Sicherheit tödlich. Die Stiche wurden mit großer Gewalt durchgeführt. Und jetzt kommt es: Die Tatwaffe war dieselbe wie bei Diane Bristow.«

»Bingo«, sagte Kate. »Derselbe Täter.«

»Mit großer Wahrscheinlichkeit. Ja.«

»Dann hat Logan Awbrey Anna gegenüber möglicherweise die Wahrheit gesagt. Diane lebte noch, als er das Auto verließ.«

»Kurz darauf muss ein anderer dort aufgetaucht sein«, sagte Pamela. »Am späten Abend in dieser gottverlassenen Gegend. Es klingt so völlig unwahrscheinlich. Wäre Awbrey nicht selbst zum Opfer geworden, würde ich mir eine solche Variante niemals einreden lassen.«

»Jemand kommt zufällig vorbei. Sieht ein Auto dort stehen. Hält an, vielleicht sogar zunächst, um zu helfen. Und dann eskaliert die Situation.«

»Er ersticht die Frau, die er in dem Auto vorfindet, und wenige Tage später auch noch ihren Freund. Oder Ex-

Freund. Das klingt nicht nach jemandem, der zufällig vorbeikam. Sondern nach jemandem, der Diane und Logan kannte.«

»Anna Carter«, sagte Kate, »kannte beide. Und sie war in ihrer Jugend unsterblich in Logan Awbrey verliebt. Das hat sie in ihrer Vernehmung gestern ausgesagt. Awbrey hat in ihr jedoch immer nur den guten Kumpel gesehen.«

»Anna Carter kehrt um und tötet Diane, weil sie, entgegen ihren Behauptungen, wusste, dass Logan Awbrey in der Gegend war und dass Diane eine Beziehung zu ihm hatte«, sagte Pamela, aber es klangen deutliche Zweifel in ihrer Stimme an. »Und dann bringt sie Logan um, weil der sich trotz allem weigert, mit ihr etwas anzufangen. Klingt ziemlich weit hergeholt.«

»Vor allem, was Logan Awbrey betrifft«, meinte Kate. »Dieser zwei Meter große Mann, daneben die kleine zierliche Anna. Awbrey wurde nicht im Schlaf erstochen, sondern im Hausflur, dicht hinter der Tür. Vermutlich aufrecht stehend und im Vollbesitz seiner nicht unerheblichen Körperkräfte. Und da schafft es Anna, ihm zwölf Stichwunden mit größter Gewalt zuzufügen? Er kann sich auch kaum gewehrt haben, zumindest sind weder in Annas Gesicht noch auf ihren Händen Spuren zu sehen, die auf einen Abwehrkampf hindeuten.«

»Kaum vorstellbar.«

»Gibt es Näheres zum Todeszeitpunkt?«, fragte Kate.

»Montagabend. Zwischen siebzehn und einundzwanzig Uhr.«

»Da war Anna im Kochkurs. Und danach bei ihrem Freund.«

»Um siebzehn Uhr schon beim Kurs?«

»Um Vorbereitungen zu treffen. Aber dafür gibt es keine Zeugen.«

»Was ist mit dem Freund?«, fragte Pamela. »Samuel Harris. Er hat ihr immerhin geholfen, den Leichnam in die Hochmoore zu schaffen. Könnte er ihr schon bei der Tat selbst geholfen haben?«

»Warum sollte er das tun?«

»Weil Awbrey ein Rivale war.«

»Und Diane? Außerdem, warum haben die dann über zwölf Stunden gewartet, ehe sie den Körper fortschafften? Oder gibt die Autopsie da auch andere Zeitabläufe an?«

»Nein. Mit Sicherheit lag der Körper nicht seit Montag da draußen.«

»Sie ermorden zusammen einen Mann und lassen ihn eine Nacht und fast einen Tag im Hausflur liegen und bringen ihn dann erst fort?«

»Sie standen unter Schock. Das war nicht geplant.«

»Aber sie hatten ein Messer dabei, und mit diesem hatten sie zuvor Diane Bristow ermordet. Klingt insgesamt zu abgebrüht für zwei Menschen, die dann plötzlich in eine Schockstarre fallen. Nein, ich glaube zwar, dass Anna Carter Entscheidendes zurückhält, aber ich glaube, dass der Ablauf dieser Geschichte so stimmt, wie sie ihn erzählt. Sie hat Logan Awbrey am späten Vormittag des 24. Dezember gefunden und dann ihren Freund angerufen. Insoweit ist sie aufrichtig.«

»Sie haben Anna Carter vernommen«, sagte Pamela, »Sie haben da sicher das bessere Gespür. Apropos: Wo sind Sie gerade? Auf dem Weg zu Carter?«

Kate mochte zu diesem Zeitpunkt noch nichts von ihrem neuen Gedankengang erwähnen, Alvin Malory betreffend.

»Ja«, sagte sie daher einfach. »Ich werde sie aber wahrscheinlich wieder mit ins Präsidium nehmen.«

»In Ordnung. Ich verlasse mich auf Ihr Gespür für geschickte Befragungen. Ich gehe jetzt mit einem Team von der Spurensicherung zum Haus von Patricia Walters. Es muss festgestellt werden, ob ein Einbruch vorliegt.«

»Viel Glück«, sagte Kate. »Mit der Tochter. Die macht jedem das Leben schwer.«

»Werde ich schon überstehen«, sagte Pamela und legte den Hörer auf.

2

Es war noch immer nicht einmal neun Uhr, als Kate vor Sam Harris' Wohnung ankam, aus dem Auto stieg und klingelte. Nichts rührte sich. Sie klingelte ein zweites und drittes Mal, aber es blieb still.

Es sah so aus, als sei Anna Carter nicht daheim.

Sie konnte früh zum Einkaufen gegangen sein oder einen Spaziergang am Meer machen, aber irgendwie glaubte Kate das nicht. Anna war am Vortag so verstört gewesen, so aufgewühlt und tief verzweifelt, dass man sie sich weder am Strand entlangstapfend vorstellen konnte noch beim Einkauf von Lebensmitteln. Wahrscheinlicher war, dass sie Essen und Trinken völlig vergaß und sich zusammengerollt auf dem Sofa ihrem Kummer hingab.

Kate zückte ihr Handy, um es noch einmal telefonisch bei Anna zu versuchen, aber im selben Moment wurde auch bei ihr angerufen. Das Display zeigte Sergeant Helen Bennett an.

»Sergeant Bennett?«

»Sergeant Linville, Samuel Harris hat angerufen. Er weiß, dass Anna Carter gestanden hat, zusammen mit ihm die Leiche von Logan Awbrey fortgeschafft zu haben. Er ist jetzt noch bei seinem Vater in London, wird aber morgen zurückkehren und sich bei uns melden.«

»Okay. Sonst noch etwas?«

Helen seufzte. »Die Leiterin des Teams, das draußen in Harwood Dale die Spuren im Haus von Anna Carter sichert, hat ebenfalls angerufen. Sie teilt mit, dass Anna Carters Auto verschwunden ist.«

»Was?«, rief Kate.

»Ja. Es war gestern noch da, war natürlich gesichert worden und ist heute früh verschwunden.«

»Gesichert?«

»Schlösser versiegelt. Es ist ein sehr altes Modell, keine automatische Türöffnung.«

»An eine Wegfahrkralle hat man nicht gedacht?«

»Nein. Es ging wohl niemand davon aus, dass …«

»Verstehe. Okay. Danke für die Nachricht.« Kate war wütend, aber sehr viel mehr auf sich selbst als auf irgendjemand anderen. Sie hätte selbst auf die Sicherung des Autos bestehen sollen, sie hatte Anna erlebt. Die Frau war in einem desolaten Zustand gewesen, dazu getrennt von ihrem Freund. Kate hätte erkennen müssen, dass sie möglicherweise die Flucht ergriff. Sie hätte sie gar nicht ohne Aufsicht lassen dürfen. Aber was hätte sie tun sollen? Es gab keinen hinreichenden Grund, sie vorläufig festzunehmen. Höchstens unter dem Verdacht, Logan Awbrey ermordet zu haben, was Kate aber so absurd vorkam, dass sie es gar nicht in Erwägung gezogen hatte.

»Blöd gelaufen!«, sagte sie laut, aber da sie völlig allein auf der Victoria Road stand, hörte sie niemand. Sie wählte noch einmal Annas Mobilnummer, aber erwartungsgemäß meldete sich nach einer Weile nur die Mailbox. Anna war weg und wollte nicht erreicht werden. Die Wahrscheinlichkeit war groß, dass sie ihren Freund zu treffen versuchte. Kate hoffte, dass Samuel Harris vernünftig genug war, Anna zur Umkehr zu überreden. Immerhin hatte er sich selbst bereits gemeldet. Er schien begriffen zu haben, dass er sich den Problemen, die er angerichtet hatte, stellen musste.

Sie stieg wieder ins Auto und fuhr in Richtung Präsidium. Sie würde jetzt erst einmal die verschiedenen Lieferdienste kontaktieren, die in Alvins geheimem Handy gespeichert waren …

Es war nicht viel los in den Büros. Viele nutzten die Weihnachtswoche für einen Kurzurlaub und hatten sich den Freitag freigenommen. Im Eingangsbereich blinkte noch immer der Weihnachtsbaum. Wie jedes Jahr fand Kate, dass all der Schmuck, die Bäume, die Beleuchtungen bereits am Tag danach fehl am Platz und traurig wirkten.

Sie schaute kurz in Pamelas Büro, aber es war ebenfalls leer. Pamela hatte zu Eleonore Walters gewollt. Wahrscheinlich würde sie von dort direkt in ihr Wochenende aufbrechen.

Kate drehte in ihrem eigenen Büro die Heizung hoch, holte sich einen Kaffee vom Automaten auf dem Gang und überprüfte dann die Namen und Telefonnummern der Lieferdienste, die sie vorfand. Fünf Lieferdienste, so hatte Louise gesagt, hatte Alvin benutzt. Da sie bezahlt hatte, nahm Kate an, dass sie gewusst hätte, wenn es mehr als diese gewesen wären.

Zwei der Lieferdienste stellten sich beim Googeln als nicht mehr existent heraus. Unter Umständen musste man die damaligen Betreiber ausfindig machen, aber das konnte mühselig werden. Die übrigen drei Betriebe gab es noch. Bei einem von ihnen, einem indischen Restaurant, bestellte auch Kate gerne hin und wieder ihr Abendessen.

Da es wenig Sinn ergab, die Bestellhotlines anzurufen, schon gar nicht zu dieser Tageszeit, ließ Kate von Helen die Namen, Adressen und Telefonnummern der Besitzer ermitteln. In einem Fall handelte es sich um eine landesweite Kette, was länger dauern würde, aber die beiden anderen Kontaktdaten, die zu Restaurants gehörten, brachte Helen schnell. Kate rief die Nummern an und erreichte zwei Männer, wobei einer so klang, als habe sie ihn aus dem Bett und aus dem Tiefschlaf geholt.

»Sergeant Kate Linville hier«, sagte sie, »North Yorkshire Police. Ich brauche dringend eine Auskunft.«

Die Erwähnung der Polizei sorgte zumindest dafür, dass beide Männer, die zunächst äußerst mürrisch und unwillig geklungen hatten, deutlich zugänglicher wurden.

»Es geht um Ihre Fahrer«, sagte Kate, »die die Ware ausgeliefert haben. Im Zeitraum der Jahre 2009 und 2010.«

Beide Männer stöhnten an dieser Stelle entsetzt auf. »Das ist ja ewig her!«, rief der eine, während der andere direkt erklärte, aus dieser Zeit keine Unterlagen mehr zu haben. »Was weiß ich denn, wer damals für mich gearbeitet hat?«

»Als Unternehmer müssen Sie die entsprechenden Unterlagen zehn Jahre lang aufbewahren«, erklärte Kate freundlich. »Das wissen Sie ja sicher.«

Beide erklärten sich schließlich bereit, zumindest nachzusehen. Es war deutlich herauszuhören, dass Kate ihnen gerade gründlich den Tag verdorben hatte.

»Ich werde in zwei Stunden bei Ihnen vorbeikommen«, sagte Kate. »Um mich auszuweisen und Einblick in Ihre

Mitarbeiterliste zu nehmen. Soll ich zu Ihnen nach Hause oder in die Geschäftsräume kommen?«

Der eine wollte sie zu Hause empfangen, der andere in seinem Büro. Kate hoffte, dass nicht allzu viele Hilfskräfte schwarz beschäftigt worden waren. Dann hätte sie schlechte Karten.

Helen erschien mit dem dritten Namen und einer Adresse. Dafür, dass sie eigentlich als Polizeipsychologin arbeitete, war sie unglaublich gut darin, die verschiedensten Aufgaben zu bewältigen, die ihr aufgrund der ständigen Unterbesetzung zugeschoben wurden. Sie arbeitete schnell und gut. Kate bewunderte sie vor allem für die Gelassenheit, mit der sie ständig an Stellen einsprang, für die sie eigentlich überqualifiziert war. Sie hätte sich mehr als einmal beschweren können, aber das tat sie nicht. Sie war ein großartiger Teamplayer und sich für nichts zu schade. Kate fand, dass Pamela wie schon davor der letzte Chef, Robert Stewart, dies als viel zu selbstverständlich hinnahm.

»Phil Sullivan. Er ist für die Lieferdienste von *Biggestpizza* in Scarborough und bis hinauf nach Whitby verantwortlich. Sein Büro befindet sich glücklicherweise hier in Scarborough, in der Fußgängerzone.«

Kate griff den Zettel mit Name und Adresse. »Ob er allerdings heute da ist …«

Helen nickte. »Ich habe angerufen. Er ist da.«

»Helen, Sie sind großartig«, sagte Kate, stand auf und nahm ihre Tasche. »Wirklich. Unbezahlbar.«

Helen errötete. »Ich mache nur meine Arbeit.«

»Sie machen weit mehr als das. Ich fahre jetzt gleich zu Mr. Sullivan. Später klappere ich die beiden anderen ab. Was wir mit denen machen, die gar nicht mehr existieren, weiß ich noch nicht. Ich hoffe, ich werde vorher fündig.«

»Was genau suchen Sie?«, fragte Helen.

Kate zuckte mit den Schultern. »Das kann ich nicht einmal wirklich sagen. Einen Namen. Einen Namen, der mich weiterbringt.«

Auf dem Weg nach unten versuchte sie noch einmal, Anna Carter telefonisch zu erreichen, aber wiederum sprang nur die Mailbox an. Kate telefonierte mit unterdrückter Kennung, Anna wusste also nicht, dass es die Polizei war, die ihr hinterhertelefonierte. Aber sie vermutete es, und wahrscheinlich ging sie deshalb einfach gar nicht an ihr Telefon.

Sie stieg ins Auto und hatte kaum den Motor angelassen, als ihr Handy klingelte. Kurz hoffte sie, es wäre eine einsichtige Anna Carter, aber es meldete sich erneut Pamela.

»Ich bin im Haus der verstorbenen Mrs. Walters«, sagte sie. »Die Spurensicherung hat im Keller ein eingeschlagenes Fenster gefunden. Es führt zu einem Abstellraum, den die Tochter noch nicht betreten hatte, seit sie hier ist, daher hat sie es nicht bemerkt. Natürlich könnte es sich um ein Fenster handeln, das schon lange kaputt ist.«

»Glaube ich nicht«, meinte Kate. Sie überlegte. »Wenn jemand in das Haus eingedrungen ist und den Tod der alten Mrs. Walters verursacht hat, so entlastet dieser Umstand aber auf jeden Fall Mila Henderson. Sie lebte in dem Haus. Sie hätte kein Fenster einschlagen müssen, um hineinzukommen.«

»Das ist richtig«, sagte Pamela widerwillig. Sie hatte das Bild von Mila, die auf der Flucht war und dabei eine blutige Spur hinter sich herzog, favorisiert, aber tatsächlich passten dabei einige Dinge noch nicht zusammen.

»Wir haben in dieser Sache voreilig agiert«, fuhr Pamela nun fort. »Genauer gesagt, wir haben gar nicht agiert. Wir haben unbesehen die Vermutung der Tochter übernommen und nicht an ein Verbrechen gedacht.«

»Es war nicht ersichtlich. Aber wir hätten offener für andere Möglichkeiten sein sollen«, räumte Kate ein. Als Eleonore Walters den Tod ihrer Mutter und das Pflichtversäumnis von Mila bei der Polizei gemeldet hatte, war Pamela noch gar nicht da gewesen. Kate hatte sich auf eine falsche Fährte drängen lassen und sie nicht infrage gestellt. Sie fand es anständig von Pamela, dass sie darauf nicht hinwies.

»Die Spurensicherung untersucht jetzt das ganze Haus«, sagte Pamela, »aber wir haben es natürlich mit einem gründlich kontaminierten Tatort zu tun. Unwahrscheinlich, dass sie noch etwas finden, das verwertbar ist, aber wir müssen es versuchen.«

Kate seufzte. Schlechter konnte die Situation Patricia Walters betreffend kaum sein.

»Ich verabschiede mich dann jetzt ins Wochenende«, sagte Pamela. »Die Fäden laufen von nun an bei Ihnen zusammen, Kate. Ich bin wahrscheinlich nicht erreichbar. Sie kommen klar?«

»Ja.«

»In Ordnung. Wir sehen uns am Montag.« Pamela legte in ihrer üblichen brüsken Art auf, und Kate war dankbar, dass sie nicht auf Anna Carter zu sprechen gekommen war. Sie hätte nach dem Stand der Vernehmung fragen können, und dann spätestens hätte Kate ihre Chefin informieren müssen, dass Anna verschwunden war. Weil Kate sie nicht festgesetzt hatte … Zusammen mit der Geschichte um Mila hätte Pamela zu dem Schluss gelangen können, dass Kate nicht allzu umsichtig agierte.

Sie schlug mit der Faust auf ihr Lenkrad. »Mist, Mist, Mist!«, rief sie.

Sie war nicht aufmerksam genug gewesen. Sie hatte in den letzten Wochen eher darüber nachgedacht, wie sie Weihnachten überstehen sollte, als über ihre Arbeit. Das war nicht gut, es war sogar fatal. Das durfte ihr im nächsten Jahr nicht passieren. Unwahrscheinlich, dass sich ihr Leben bis dahin geändert hatte. Obwohl ... Caleb war bei ihr aufgetaucht. Verletzt über ihr wortloses Verschwinden. Er hatte betont, dass es sich nicht um einen One-Night-Stand handelte ...

Aber sie spürte es. Sie wusste es einfach. Er mochte jetzt denken, was er wollte, vorhaben, was er wollte: Er konnte Beziehung nicht. Da war ein Defizit in seinem Leben, in seinem Charakter. Er wünschte es sich wahrscheinlich anders, aber er war nicht fähig dazu. Würden sie und er ein Paar, stünden sie nach kürzester Zeit vor massiven Problemen. Er würde sich gefangen fühlen, und sie würde sein Fortstreben spüren. Beide wären sie irgendwann verzweifelt.

Sie riss sich zusammen. Sie dachte schon wieder über ihr Beziehungsleben nach. Dafür war jetzt absolut kein Raum.

Sie parkte am Nicholas Cliff und lief von dort in die Fußgängerzone. Es war noch nicht viel los, die meisten Geschäfte hatten noch nicht geöffnet. Das Wetter lud nicht zum Bummeln ein. Es waren eher Menschen zu sehen, die an diesem Tag arbeiten mussten und ihren Büros zustrebten. Ein paar Möwen zankten sich um ein Stück Brot, das jemand weggeworfen hatte. Vom Meer her drang das Tuten eines Frachters melancholisch durch den Nebel.

Phil Sullivans Büro befand sich über einer Modeboutique, deren Schaufenster weihnachtlich geschmückt waren. Kate klingelte bei dem Schild, das mit »P. S.« beschriftet war, und unmittelbar darauf summte der Öffner. Kate trat in einen engen Hausflur, von dem aus eine steile Treppe nach oben führte.

»Kommen Sie hier hoch!«, rief eine Stimme. Kate stieg die Treppe hinauf. Oben wartete ein etwa fünfzigjähriger Mann auf sie, der ihr die Hand entgegenstreckte, sich mit »Ich bin Phil Sullivan« vorstellte und Kate in sein Büro hineinzog. Alles gleichzeitig. Er strahlte eine ungeheure Nervosität aus. Der Prototyp des Workaholics, der keinen Moment innehalten kann.

»Detective Sergeant Kate Linville«, sagte Kate und zückte ihren Ausweis.

Phil Sullivan warf nur einen flüchtigen Blick darauf. »Ja, Ihre Kollegin hat Sie angekündigt. Es geht um die Leute, die für *Biggestpizza* den Lieferservice gemacht haben. 2009 und 2010. Richtig?«

»Ja«, bestätigte Kate. Phil verlor offenbar niemals Zeit. Er verschwand hinter dem Computerbildschirm auf seinem Schreibtisch und sagte: »Setzen Sie sich doch. Ich habe die gewünschten Informationen bereits herausgesucht.«

Kate nahm auf einem braunen Ledersessel Platz. Der Raum war groß und ausschließlich funktional eingerichtet. Regale und Schränke entlang den Wänden. Der Schreibtisch. Ein Fernseher in der Ecke. Der Besuchersessel, ein weiterer zusammengeklappter Stuhl unter dem Fenster, für den Fall, dass es zwei Besucher gab. Keine Pflanze, keine Bilder. Kein Weihnachtsschmuck, was Kate angenehm fand. Diesen für ein paar Tage im Jahr aufzuhängen wäre Phil Sullivan sicher auch als extreme Zeitverschwendung erschienen.

Aus dem Fenster sah man auf das Dach des gegenüberliegenden Hauses. Auf dem Schornstein drängten sich einige frierende Möwen.

Der Drucker unter dem Schreibtisch begann zu arbeiten.

»Ich drucke Ihnen die Namenslisten aus«, sagte Sullivan. »Fast niemand von diesen Leuten arbeitet allerdings heute noch für uns. Das ist ein ziemliches Kommen und Gehen.«

»Sagt Ihnen der Name *Alvin Malory* etwas?«, fragte Kate.

Sullivan runzelte die Stirn. »Nein. Hat er bei uns gearbeitet?«

»Nein. Er war Kunde. Ein Schüler. Er wurde vor neun Jahren im Haus seiner Eltern überfallen und so schwer gefoltert, dass er seitdem im Wachkoma liegt.«

Sullivan nickte. »Jetzt erinnere ich mich. Die Geschichte war wochenlang Gesprächsthema hier in Scarborough. Die Zeitungen haben immer wieder darüber berichtet. Ziemlich furchtbar das alles. Und das Opfer war Kunde bei uns?«

»Bei etlichen Lieferdiensten, aber auch bei Ihnen, ja. Er litt unter schwerer Adipositas, hat praktisch täglich bestellt. Wir überprüfen die Leute, die ihm das Essen ins Haus gebracht haben.«

»Neun Jahre später?«

»Leider haben sich erst jetzt Erkenntnisse ergeben, die diesen Schritt notwendig machen«, antwortete Kate ausweichend.

»Sie meinen, der Täter könnte ein Pizzalieferant gewesen sein?«, fragte Sullivan, Ungläubigkeit schwang in seiner Stimme.

»Wir meinen noch gar nichts, Mr. Sullivan. Wir loten eine Möglichkeit von vielen aus.«

Er reichte ihr ein Bündel Papiere. »Hier. Unsere Leute von damals. Von keinem kann ich mir vorstellen, dass er oder sie eine solche Tat begeht.«

»Das muss auch keineswegs der Fall sein«, erklärte Kate, stand auf und nahm die Listen an sich. »Vielen Dank für Ihre schnelle und unkomplizierte Unterstützung. Noch etwas: Wenn uns ein Name auffällt, ist es dann möglich festzustellen, ob diese Person Alvin Malory beliefert hat und an welchen Tagen?«

Sullivan wirkte alles andere als begeistert. »Irgendwie habe ich diese Frage befürchtet ... Ja, es wäre wohl noch möglich. Aber es wäre sehr mühsam und zeitaufwendig.«

»Danke, Mr. Sullivan. Ich hoffe, ich kann Ihnen diese Mühe ersparen.« Das war nicht wirklich ehrlich. Natürlich hoffte Kate, etwas zu finden. Und fast zwangsläufig würde das dann zum nächsten Schritt führen.

Sullivan begleitete sie zur Tür, verabschiedete sich kurz und eilte, wie Kate vermutete, gestresst an seinen Schreibtisch zurück. Sie lief die Treppe hinunter und durch die noch immer sehr stille Fußgängerzone zurück zu ihrem Auto. Sie ließ sich hinter das Steuer fallen und vertiefte sich in die Papiere. Sie konnte das genauso gut hier machen wie in ihrem Büro.

Es waren unendlich viele Namen. Viele davon verrieten die indische oder pakistanische Herkunft des Trägers. Auch arabisch klingende Namen waren dabei sowie solche, die chinesisch oder japanisch sein könnten. Das Arbeiten für Lieferdienste war für viele Menschen, die neu ins Land kamen, die klassische Übergangslösung, ehe sie sich orientiert und eine richtige Arbeit gefunden hatten. Natürlich waren auch welche dabei, die aus England sein konnten, wenn sie sich auch in der Minderzahl befanden. Hinter jedem Namen stand eine Telefonnummer, dahinter dann das Datum der Einstellung. Bei den meisten war zudem das Ende ihrer Zeit bei *Biggestpizza* vermerkt. Gerade bei den englischen Namen ging es oft nur um ein paar Wochen, in denen die Leute dabei gewesen waren, häufig kehrten sie in Abständen dann wieder für einige Wochen zurück. Kate vermutete, dass es sich um Schüler der oberen Klassen handelte. Würde sie deren Arbeitszeiten mit den Schulferienzeiten von damals vergleichen, käme sie wahrscheinlich auf eine Übereinstimmung. Schüler und Studenten, die sich etwas Geld verdienen wollten.

Das Frustrierende am Überfliegen der vielen Namen war, dass Kate nicht wusste, ob derjenige, den sie suchte, überhaupt bei einem Lieferdienst zu finden war. Zudem hielt sie vorläufig nur die Unterlagen eines von fünf Diensten in den Händen. Zwei von den fünfen gab es nicht mehr, und wahrscheinlich würden sich dort keine Namen mehr rekonstruieren lassen. Und vor allem: Selbst wenn sich der Täter in einer der Namenslisten verbarg, die sie zu fassen bekommen würde, woran sollte sie ihn erkennen? Wie wahrscheinlich war es, dass sie den Namen kannte?

»Es ist Stochern im Nebel«, sagte sie laut in die Stille ihres Autos hinein. »Phil Sullivan würde es als schiere Zeitverschwendung beschreiben, und ich fürchte, er hätte recht.«

Deprimiert blickte sie hinaus, auf eine Reihe ihr gegenüber parkender Autos. Sie war so elektrisiert gewesen von ihrem Plan. Jetzt erkannte sie, wie unwahrscheinlich es war, dass sie auf diesem Weg zu einem Durchbruch gelangen würde.

Okay. Es half nichts. Weitermachen. Sie würde durch diese Listen gehen und durch jede weitere, die sie bekam, und wenn sich dabei nichts ergab, so würde sie doch zumindest das Gefühl haben, alle Möglichkeiten ausgeschöpft zu haben.

Sie senkte den Blick wieder auf die Papiere. Und hielt plötzlich den Atem an.

»Das gibt's doch nicht!«, sagte sie.

3

Anna fragte sich, wieso sie sich das alles so einfach hatte vorstellen können. Nach London fahren und ein Altenheim ausfindig machen, dessen Namen sie nicht kannte, von dem sie nur wusste, dass es sich in Shepherd's Bush befand, nahe dem Shepherd's Bush Green. Wie sollte sie das überhaupt bewerkstelligen?

Sie war über sechs Stunden unterwegs gewesen, länger, als man üblicherweise für die Strecke von Scarborough nach London brauchte, aber Dunkelheit und zeitweise dichter Nebel hatten sie sehr vorsichtig und langsam fahren lassen. Gegen fünf Uhr früh hatte sie die Londoner Außenbezirke erreicht und war am Tiefpunkt ihrer Energie angekommen. In einem kleinen Ort, in dem sich noch nichts und niemand regte, war sie auf einen großen leeren Parkplatz in einem Gewerbegebiet gefahren, hatte angehalten und sich auf der Rückbank ihres Autos zusammengerollt, um ein oder zwei Stunden zu schlafen. Ihre Augen brannten vor Müdigkeit, sie war völlig erschöpft. Innerlich zugleich voller Unruhe.

Es gelang ihr tatsächlich, für eine halbe Stunde einzuschlafen, aber dann wurde sie von der Kälte und von ihrer unbequemen Haltung wieder wach. Eine Weile hatte das Auto noch die Wärme der Heizung gespeichert, aber recht schnell kroch die Kälte nach innen, feucht und unangenehm. Das Auto war klein und der Rücksitz kurz. Anna musste mit extrem angewinkelten Beinen liegen, hatte ihre Knie fast direkt vor ihrem Mund. Als sie sich aufrichtete, stieß sie einen leisen Schmerzenslaut aus: Ihre Glieder hatten sich völlig verkrampft, jeder Knochen tat weh. Von Erholung konnte keine Rede sein. Sie fühlte sich elender als vor dem kurzen Schlaf.

Ringsum herrschte noch nächtliche Dunkelheit, bis auf das weißliche Licht einiger Laternen. Auf ihrem Handy sah Anna, dass es Viertel vor sechs war.

Sie verließ das Auto und kauerte sich hinter eines der Gebäude, pinkelte auf einen schmalen Grasstreifen. Selten hatte sie sich so verlassen gefühlt. Sie humpelte zum Auto zurück, setzte sich hinter das Steuer, lehnte sich zurück. Draußen wurde es langsam Tag.

Was, um Gottes willen, tat sie hier?

Sie war weggelaufen. Wie immer. Wie seit Jahren. Sie lief und lief und lief und hoffte, an irgendeinem Ort die Ruhe vor ihren eigenen Gedanken zu finden, vor Bildern und vor Erinnerungen. Aber sie fand den Ort nicht. Sie hatte ihn nicht einmal bei Sam finden können. Er hatte ihr Wärme und Sicherheit angeboten, aber sie hatte nichts davon annehmen können. Sie hatte sich von ihm begleiten, stützen, trösten, auffangen lassen, aber sie hatte ihn nicht wirklich angenommen. Sie konnte es nicht, weil das bedeutet hätte, stehen zu bleiben, und davor hatte sie Angst.

Und wenn sie Sam jetzt tatsächlich aufstöberte, in dem Altenheim, in dem er sich um seinen alten Vater zu kümmern versuchte – was würde es bringen? Sie würde Sam überfordern. Und selbst nichts gewinnen.

Sie verbarg das Gesicht in den Händen.

Niemand hatte ihr je helfen können. Die Therapeuten nicht, die Medikamente nicht. Es war alles immer nur eine kurzfristige Betäubung gewesen. Dann waren die Bilder wieder da gewesen, grell und scharf. Und was hatte sie erreicht, indem sie ständig weglief, die Erinnerungen zu verdrängen suchte? Sie hatte die Beziehung zu einem Mann, der sie liebte, beschädigt, wahrscheinlich so nachhaltig, dass sie sich nicht erholen würde. Sie arbeitete für Dalina, die sie im Grunde ihres Herzens nicht ausstehen konnte. Sie hasste auch die Tätigkeit selbst. Sie wohnte in einem Haus, das alt und verkommen war und den Eindruck vermittelte, beim nächsten größeren Sturm in sich zusammenzustürzen. Sie hatte sich dort noch keinen Augenblick lang zu Hause gefühlt.

Sie durfte nicht länger weglaufen.

Großartige Erkenntnis, dachte sie, nachdem man gerade aus einer polizeilichen Ermittlung bis fast nach London geflohen ist und sich in größte Schwierigkeiten gebracht hat.

Ihr wurde allmählich so frostig, dass sie den Motor anließ und die Heizung auf volle Kraft stellte. Dann fuhr sie los, sah sich in dem Kaff, dessen Namen sie noch immer nicht kannte, nach einem Coffeeshop um. Sie fand tatsächlich einen kleinen *McDonald's*, der geöffnet hatte, stieg aus und holte sich einen großen Becher schwarzen Kaffee und einen Schokomuffin. Der Typ hinter dem Tresen schaute sie misstrauisch an. Wahrscheinlich sah sie furchtbar aus, die Haare wirr und ungekämmt, der Mantel zerknittert, die Augen noch immer geschwollen vom Weinen. Es kümmerte sie nicht. Mochte er über sie denken, was er wollte.

Als sie gerade wieder in ihr Auto gestiegen war, klingelte ihr Handy. Einen Moment lang hoffte sie, es könnte Sam sein, aber der Anrufer hatte keine Kennung. Vermutlich Kate Linville, die Frau aus dem Kochkurs, die sich als Detective Sergeant entpuppt hatte. Anna zögerte. Es wäre das Richtigste, sich zu melden, zu bekennen, dass sie in einer Art Kurzschlusshandlung nach London geflohen war. Dass sie aber zurückkehren und alles erzählen wollte.

Wollte sie das?

Das Klingeln verstummte.

Auf der Straße begann sich allererstes Leben zu regen. Ein paar Autos. Ein paar Fußgänger. Viel war nicht los, so kurz nach Weihnachten, so kurz vor Silvester. Nur wenige Menschen arbeiteten an diesem Tag. Eine bleierne Schwere schien über allem zu liegen, aber vielleicht rührte sie von dem schlechten Wetter her. Davon, dass man bereits wusste, der Tag würde nicht wirklich hell werden. Vielleicht rührte sie von dem Übermaß an Feiertagen her. Zu viel Zeit, zu viel Essen, zu viele Geschenke. Zu viel Innehalten.

Sie fragte sich, ob sie den Mut haben würde, den Schritt zu tun, von dem sie wusste, dass er der einzig richtige war.

4

Dalina sah verquollen und übernächtigt aus, als sie die Tür ihres kleinen Reihenhauses oberhalb der Nordbucht öffnete. Sie hatte von dort aus einen ähnlich schönen Blick wie Caleb aus seiner neuen Wohnung, aber die Gegend war gepflegter, die Häuser hübsch und gut erhalten. Kleine, malerische Vorgärten, in denen im Sommer Rosen blühten. Jetzt tummelten sich illuminierte Rentiere und Nikoläuse dort. Allerdings nicht bei Dalina. Ihr Vorgarten war leer. Von Weihnachtsstimmung keine Spur.

»Mrs. Jennings, guten Morgen«, sagte Kate. Sie hielt ihr den Ausweis vor die Nase. »Detective Sergeant Kate Linville. North Yorkshire Police.«

Dalina befand sich noch sichtlich im Halbschlaf, obwohl es inzwischen zehn Uhr war. Sie starrte erst den Ausweis an, dann Kate. Langsam dämmerte ihr, dass sie die Frau kannte, die vor ihr auf dem Plattenweg stand.

»Mrs. Linville? Sind Sie nicht …?«

»Ich war für den Januarkochkurs angemeldet. Und bin Anfang der Woche im letzten Kurs für Diane Bristow eingesprungen.«

Dalina versuchte sich zu konzentrieren. »Ja, aber … Sagten Sie nicht, Sie arbeiten als Altenpflegerin?«

»Ja.«

»Oh, aber …« Nun wurden Dalinas Augen schmal. Sie begann deutlich wacher zu werden. »Ach so. Sie waren sozusagen undercover unterwegs. Haben sich als Altenpflegerin in meine Firma eingeschlichen, in Wahrheit als Polizistin die Situation ausspioniert. Ist so etwas erlaubt?«

»Als ich mich für den Januarkurs angemeldet habe, gab es den Fall Diane Bristow noch gar nicht«, erwiderte Kate. »Und natürlich ist es absolut meine Sache, welche Fakten zu meiner Person ich preisgebe und welche nicht.«

Gleich darauf ärgerte sie sich. Wieso rechtfertigte sie sich gegenüber dieser verschlafenen Kupplerin? Dalina war unverkennbar ein anderes Kaliber als ihre Freundin Anna. Angriffslustig und offensiv.

»Was wollen Sie?«, fragte Dalina kalt und zog den Gürtel des Bademantels, den sie trug, enger um ihre Taille.

»Kann ich reinkommen? Ich habe ein paar Fragen.«

»Fragen wozu?«

»Zu dem Fall Alvin Malory«, sagte Kate und beobachtete Dalina genau. Sie meinte, ein kurzes Zucken der Augenlider zu sehen, ansonsten hatte sich Dalina gut unter Kontrolle. Vielleicht gab es auch nichts zu verbergen.

»In Ordnung«, sagte Dalina widerwillig. »Kommen Sie rein. Es ist aber nicht aufgeräumt.«

»Das stört mich kein bisschen«, versicherte Kate und trat ins Haus.

Dalina führte sie in ihr Wohnzimmer. Auch hier keine Weihnachtsstimmung, weder Tannenbaum noch Kerzen, dafür leere Weinflaschen auf dem Tisch und einige Gläser mit Lippenstiftspuren am Rand, die überall im Raum verteilt standen. Es roch nach kaltem Zigarettenrauch und nach Schweiß, gemischt mit dem Duft eines schweren Parfüms.

»Oh, Sie hatten Besuch«, sagte Kate.

»Nein«, sagte Dalina.

Ein Weihnachten ganz allein, mit viel zu viel Alkohol und Zigaretten vor dem Fernseher.

Ist eine weitverbreitete Krankheit, dachte Kate, diese elende Einsamkeit.

»Nehmen Sie Platz«, sagte Dalina. Kate setzte sich auf das Sofa. Dalina blieb stehen.

Kate zog ein Blatt ihrer vielen Listen von *Biggestpizza* aus der Tasche.

»Ich habe Ihren Namen entdeckt«, sagte sie. »Sie haben in den Jahren 2009 und 2010 als Auslieferungsfahrerin für den Pizzaservice *Biggestpizza* gearbeitet.«

Dalina zuckte mit den Schultern. »Ja. Und?«

»Sie waren damals achtzehn, neunzehn Jahre alt?«

»Ja. 2010 schloss ich die Schule ab. Ich hatte zuvor während der Ferien bei *Biggestpizza* gejobbt. Ist das verboten?«

»Nein. Sie hörten dann bei *Biggestpizza* auf?«

»Ich zog nach Manchester. Ich habe dort studiert.«

»Was denn?«

»Betriebswirtschaft. Ich habe das aber nicht zu Ende gemacht.«

»Wann haben Sie das Studium abgebrochen?«

»2012. Ich bekam das Angebot, in eine Partnervermittlungsagentur in Manchester einzusteigen. Als Mitarbeiterin. Das habe ich zwei Jahre gemacht, dann kam ich nach Scarborough zurück und machte mich selbstständig.« Dalina bekam einen lauernden Blick. »Worum geht es hier eigentlich? Warum fragen Sie mich über eine Zeit aus, die ewig zurückliegt?«

»Die Zeit mag ewig zurückliegen, wie Sie sagen, aber es gibt Menschen, für die dauern die Geschehnisse von damals in ihren Auswirkungen bis heute an. Sagt Ihnen der Name *Alvin Malory* etwas?«

Dalina war eine äußerst beherrschte Person, aber für eine Sekunde konnte sie ihre Gesichtszüge nicht unter Kontrolle halten. Erneut zuckten ihre Augenlider. Die Lippen presste sie kurz aufeinander. Dann blickte sie auch schon wieder völlig ungerührt drein.

»Nein. Müsste er das?«

»Laut meiner Liste hier haben Sie Alvin Malory, der damals fünfzehn, dann sechzehn Jahre alt war, regelmäßig beliefert. Er war Stammkunde bei *Biggestpizza*.« Mit dieser Aussage pokerte Kate. Sie wusste zwar, dass Dalina für den Pizzadienst gearbeitet hatte, aber ob sie Alvin beliefert hatte, ging aus der Aufstellung nicht hervor. Sie hatte Phil Sullivan angerufen und gebeten, dies zu ermitteln, und er hatte versprochen, sich darum zu kümmern. Bislang fehlte Kate diese Information, aber sie war nahezu sicher, dass Dalina und Alvin Kontakt gehabt hatten.

»Ich kann mich nicht an jeden meiner Kunden von damals erinnern«, sagte Dalina. »Es waren wirklich sehr viele. Wir haben ja bis weit in die Umgebung von Scarborough geliefert. Und es ist lange her.«

Kate fand, dass sie ein wenig nervös wirkte.

»Trotzdem wäre es erstaunlich, wenn Sie sich an Alvin Malory nicht erinnern würden«, sagte Kate. »Denn der Name ging monatelang durch alle Zeitungen. Landesweit. Seinetwegen wurde die größte Sonderermittlungsgruppe aller Zeiten hier in Scarborough eingesetzt. Der Junge war im Juli 2010 im Haus seiner Eltern überfallen und schwer misshandelt worden. Zuletzt flößten die Täter ihm Abflussreiniger ein. Es ist ein Wunder, dass Alvin überlebt hat. Er liegt seitdem im Wachkoma.«

»Ich erinnere mich«, sagte Dalina widerwillig. Sie wusste wohl, dass es kaum Sinn hatte zu behaupten, von dieser Geschichte nie gehört zu haben. »Schrecklich. Ja.«

»Sie erinnern sich an den Fall? Oder auch daran, Alvin Malory beliefert zu haben?«

»Ja, es fällt mir wieder ein. Ab und zu habe ich ihn beliefert. Er bestellte große Mengen.«

»Er war schwer adipös.«

»Ja. Das stimmt.« Dalina, in dem Glauben, Kate hätte die Beweise ohnehin in der Hand, änderte ihre Strategie und wurde entgegenkommend. »Armer Kerl. Er bestellte manchmal zwei XXL-Menüs auf einmal. Ich dachte, das macht deine Lage doch nur schlimmer. Aber es war nicht mein Job, die Leute vom Bestellen und vom Essen abzuhalten. Im Gegenteil. Also habe ich einfach ausgeliefert.«

»Natürlich.« Kate wechselte jäh das Thema. »Sie kennen einen gewissen Logan Awbrey?«

Dalina schien kurz zu überlegen, wie viel Kate wohl wusste und ob Abstreiten sinnvoll wäre, aber dann entschied sie sich für die Wahrheit. »Ja. Von früher.«

»Aus Ihrer Jugend?«

»Ja.«

»Gingen Sie zusammen zur Schule?«

Dalina schüttelte den Kopf. »Nein. Er ist ein paar Jahre älter als ich. Ich habe ihn mal in einem Nachtclub kennengelernt, und von da an klebte er an mir. Es gibt ja diese Männer, die man nicht mehr loswird, wenn man einmal ein bisschen mit ihnen geflirtet hat. Sie wissen schon …«

Kate wusste es nicht, an ihr hatte noch nie ein Mann geklebt, allerdings ging sie auch nicht in Nachtclubs und flirtete. Sie war nicht der Typ dafür.

»Wie alt waren Sie, als Sie ihn kennenlernten?«

Dalina zögerte. »Vierzehn«, sagte sie dann.

»Mit vierzehn gingen Sie schon in Nachtclubs?«

»Ich kannte den Türsteher. Er drückte manchmal ein Auge zu.«

»Verstehe. Und Logan Awbrey und Sie wurden Freunde?«

»Er war haltlos verliebt in mich. Ich aber nicht in ihn. Freundschaft kann man das eigentlich nicht nennen.«

»Durch Sie lernte er Ihre Freundin Anna Carter kennen. Anna bezeichnet ihn und sich in der Tat als Freunde.«

Dalina kniff erneut die Augen zusammen. Sie sah dann immer aus wie ein lauerndes wildes Tier. Kate nahm an, dass diese Frau gefährlich sein konnte, wenn man ihr zu nahe kam. »Sie haben mit Anna gesprochen?«

»Ausgiebig. Logan Awbrey, der verdächtig war, Diane Bristow getötet zu haben, hatte bei ihr Unterschlupf gefunden. Wussten Sie davon?«

Dalina wirkte überrascht. »Nein! Anna hat ihn bei sich versteckt?«

»Ja. Unglücklicherweise wurde er dort in ihrem Haus während ihrer Abwesenheit ermordet.«

»Was?« Dalina schien ziemlich perplex, aber Kate wusste, dass das auch täuschen konnte. Manche Leute waren überragende Schauspieler, gerade dann, wenn es darum ging, völlige Unwissenheit vorzugaukeln. Dalina hatte mit Sicherheit gute Nerven und verfügte über genug Selbstbeherrschung.

»Ja. Jemand hat Logan Awbrey auf dieselbe Art ermordet wie seine Freundin Diane. Mit zahlreichen Messerstichen. Die Tatwaffe ist identisch.«

»Oh Gott«, sagte Dalina. »Logan ist tot?«

»Ja. Sie wussten von irgendeinem Zeitpunkt an vermutlich, dass er der Mann war, nach dem wir im Mordfall Bristow fahndeten, stimmt's? Sein Bild war ja überall in der Presse.«

Dalina sank auf den nächststehenden Sessel. »Ich wusste es. Oder ich vermutete es zumindest. Ja. Und später tauchte ja auch sein Name auf.«

»Meine Kollegin DI Graybourne hatte Sie vernommen und aufgefordert, sich zu melden, wenn sich Erkenntnisse für Sie ergeben. Warum riefen Sie uns nicht an, nachdem Ihnen klar war, dass Sie den Gesuchten kannten?«

Dalina hob hilflos die Schultern. »Was hätte es genützt? Ich hatte ihn ewig nicht gesehen. Wir hatten jahrelang keinen Kontakt. Ich hätte nichts sagen können, was die Polizei weitergebracht hätte.«

»Es wäre dennoch Ihre Pflicht gewesen. Was wir dann damit machen, ist unsere Sache. Aber auch Ihre Freundin Anna sagte nichts. Ich finde das sehr eigenartig.«

»Anna hatte, soweit ich weiß, auch keinen Kontakt mehr zu ihm.«

»Trotzdem. Da wird eine Teilnehmerin aus einem Singlekochkurs Ihrer Agentur ermordet. Sie kennen diese Frau. Anna Carter ist sogar die Kursleiterin, kennt sie noch besser. Der Mann, nach dem in diesem Zusammenhang gefahndet wird, erinnert Sie beide in der Beschreibung an Ihren ehemaligen Jugendfreund Logan Awbrey. Kurz darauf wird sogar namentlich nach ihm gefahndet. Und keine von Ihnen beiden sagt ein einziges Wort. Warum, Mrs. Jennings? Warum haben Sie beide verbissen geschwiegen?«

»Ich sagte es schon. Es gab nichts zu sagen.«

»Es gab zu sagen, dass Sie einen mutmaßlichen Mörder kennen. Naturgemäß Dinge über ihn wissen. Alles hätte uns weiterbringen können. Es ist sehr ungewöhnlich, Mrs. Jennings, in einem solchen Fall zu schweigen. Es sei denn ...«

»Ja?«, fragte Dalina. Hellwach und aufmerksam. Angespannt. Wieder musste Kate an eine lauernde Raubkatze denken.

»Es sei denn, da wird Größeres vertuscht«, sagte Kate.

»Wie meinen Sie das denn?«

»Die Fingerabdrücke von Logan Awbrey wurden damals im Haus der Familie Malory gefunden. Nach der Tat. Sie konnten nur niemandem zugeordnet werden. Erst durch seine Fingerabdrücke im Auto von Diane Bristow, die wir später auch mit Fingerabdrücken in Awbreys Untermietzimmer in Scarborough abgeglichen haben, wurde klar, wem sie gehören. Letzte Gewissheit ergab die Überprüfung an dem Leichnam von Logan Awbrey. Es steht ohne Frage fest, dass er in Malorys Haus war.«

»Ja, und? Was habe ich damit zu tun?«

»Das Ganze erscheint mir nicht wie ein Zufall.«

»Ich fahre Pizza aus und beliefere auch Alvin Malory. Und Logan Awbrey, der nicht mein Freund war, sondern ein zeitweise eher lästiger Verehrer, war irgendwann dort im Haus. Ich verstehe nicht, was Sie von mir wollen!«

»Logan Awbrey hat nicht für *Biggestpizza* gearbeitet. Aber vielleicht für einen anderen Lieferservice. Ich werde das herausfinden, aber Sie können mir Zeit sparen, wenn Sie mir sagen, was Sie wissen. Könnte es sein, dass auch Logan Awbrey die Familie Malory beliefert hat?«

Dalina zuckte mit den Schultern. »Keine Ahnung. Klar kann das sein. Aber so viel hatte ich mit Logan nie zu tun. Er himmelte mich an und ging mir auf die Nerven. Wir haben nicht allzu viel Zeit miteinander verbracht.«

»Wie stand er zu Anna?«

»Keine Ahnung.«

»Sie drei waren doch Freunde. Und Sie haben von gar nichts eine Ahnung?«

»Wir waren nicht so eng. Ich weiß nicht, wer Ihnen das von der Freundschaft erzählt hat. Wir kannten einander. Aber wir waren nicht oft zusammen.«

»Sie und Anna auch nicht?«

»Nein. Sie ist nicht direkt meine Freundin.«

»Immerhin haben Sie ihr einen Job gegeben.«

»Weil ich gutmütig bin. Weil sie heulend dasaß. Sie hatte ihre Arbeit verloren und war drei Monate lang in einer psychiatrischen Klinik gewesen. Nun hatte sie keine Ahnung, wie es mit ihr weitergehen sollte. Also habe ich gesagt, okay, du kannst für mich arbeiten. Obwohl sie wirklich nicht besonders geeignet ist für diese Tätigkeit – mit ihren ewigen Depressionen und der Trauermiene, mit der sie ständig herumläuft. Immerhin kann sie ziemlich gut kochen, das ist praktisch für die Kochkurse, die sich übrigens größter Beliebtheit erfreuen. Was nicht an Anna liegt. Sondern daran, dass Kochen ohnehin ziemlich in Mode ist.«

»Anna Carter war in einer psychiatrischen Klinik?«, fragte Kate.

Dalina nickte. »Zweimal sogar. Einmal nach dem Tod ihrer Eltern. Und dann später wieder, als sie Schwierigkeiten an ihrem Arbeitsplatz hatte. Sie arbeitete für einen Immobilienmakler, und wenn Sie mich fragen, dafür ist sie noch ungeeigneter als für die Paarvermittlung.«

»Wann starben ihre Eltern?«

»Da war sie mitten im Studium. Sie studierte Anglistik und Romanistik. Keine Ahnung, was sie damit dann machen wollte. Jedenfalls, ihre Eltern unternahmen eine große USA-Rundreise. Wochenlang. Einer der Programmpunkte war ein Hubschrauberrundflug über den Grand Canyon in Kalifornien. Der Hubschrauber stürzte ab. Es gab keine Überlebenden.«

»Sehr schockierend.«

»Ja. Das hat Anna völlig aus dem Gleichgewicht gebracht. Für immer, schätze ich, sie ist seitdem ein depressives Wrack. Sie hat aufgehört zu studieren, hat herumgehangen, hat sich die Arme geritzt und solche Sachen … Kommilitonen konnten sie schließlich überreden, sich in Behandlung zu begeben, sie war wohl echt selbstmordgefährdet. So landete sie in der Klinik.«

»Standen Sie damals in Kontakt?«

»Unregelmäßig. Ich studierte wie gesagt in Manchester. Sie war unten in Southampton. Aber nach dieser Sache rief sie mich an. Also wusste ich Bescheid.«

»Und danach …?«

»Sie nahm ihr Studium nie wieder auf. Jobbte mal hier, mal da. Landete schließlich bei einem Immobilienmakler in Norwich. Kriegte das wohl nicht auf die Reihe, konnte dem Leistungsdruck nicht standhalten. Also war dann wieder Klinik angesagt, diesmal wegen schweren Burn-outs. Als sie da wieder rauskam, kreuzte sie bei mir auf.«

»Ich verstehe. Wann und wo lernte sie ihren Freund kennen? Samuel Harris?«

Dalina machte ein verächtliches Gesicht. »Das Schlimmste

an Anna ist ihr ewiges Gejammere. Und ihre Undankbarkeit. Sam ist ja Coach. Schwerpunkt Berufsberatung. Sie hat ihn aufgesucht, weil sie hier bei mir, in diesem Job, schon wieder unglücklich war. Es passte ihr schon wieder nicht. Sie wollte sich beraten lassen, welche Wege es geben könnte. Hat aber offenbar nichts genutzt. Schließlich ist sie immer noch hier. Na ja, dafür hat sie einen attraktiven Kerl an Land gezogen. Wie der es mit ihr aushält, ist mir zwar schleierhaft, aber nun gut ... ist ja seine Sache.«

Kate warf einen Blick auf die Liste in ihrer Hand und wechselte abrupt das Thema.

»Kurz nach dem Überfall auf Alvin Malory haben Sie aufgehört, für *Biggestpizza* zu arbeiten. Für immer.«

»Ja. Ich fing mit dem Studium in Manchester an. Habe ich doch gesagt«, erwiderte Dalina ungeduldig.

»Sie haben drei Tage nach dem Verbrechen bei *Biggestpizza* aufgehört. Also am 29. Juli 2010. Die Universitäten beginnen immer erst Anfang Oktober.«

»Meine Güte, ich weiß die Daten doch heute nicht mehr auswendig. Das alles ist ewig her!«

»Sie hätten noch wochenlang arbeiten können«, sagte Kate.

»Vielleicht wollte ich verreisen. Höchstwahrscheinlich sogar. Ist doch normal nach dem Schulabschluss, oder?« Dalinas Augen funkelten wütend. »Was versuchen Sie mir eigentlich zu unterstellen?«, fragte sie.

»Wie gut kannten Sie Alvin Malory?«

»Wie man jemanden kennt, den man häufig beliefert. Nicht näher. Aber ich kannte ihn eben.«

»Waren Sie jemals bei ihm im Haus? Oder haben Sie die Lieferungen immer an der Tür übergeben?«

Kate konnte förmlich sehen, wie es in Dalinas Kopf ratterte. Es war deutlich, dass sie gerade in Windeseile abwog, was ihre Antworten bedeuten und welche Konsequenzen sie nach sich ziehen könnten.

»Ich war ein paarmal im Haus«, sagte sie schließlich.

»Weshalb? Das ist eher unüblich, oder?«

Dalina zuckte mit den Schultern. »Er ist eine Zeit lang an einem Rollator gegangen. Es war irgendetwas mit seinen Gelenken. Da habe ich ihm die Tüten und Behälter in die Küche getragen. Sonst nichts.«

»Hatten Sie je private Gespräche?«

»Nie. Ich hatte es ja auch immer eilig.«

»Obwohl Alvin Malory ja eher nachmittags bestellte. Am späteren Nachmittag, vermute ich. Ab wie viel Uhr lieferte *Biggestpizza*?«

Dalina blickte sehr genervt drein. »Ab vier Uhr.«

»Und das war vermutlich Alvins Zeit.«

»Ja.«

»Und da hatten Sie es schon so eilig? Das Bestellaufgebot war schon so groß?«

»Ab sechs Uhr lief es richtig an. Ich musste zurück. Außerdem gab es nichts mit Alvin Malory zu bereden. Ein dicker, trauriger Junge. Er tat mir leid, aber was, um Himmels willen, hätte ich mit ihm besprechen sollen?«

»Wissen Sie, ob er Feinde hatte? Ob es Menschen gab, mit denen er sich überworfen hatte?«

»Nein. Ich weiß und wusste gar nichts über ihn.«

Kate nickte. »Mrs. Jennings, würden Sie mich auf das Revier begleiten? Wir brauchen Ihre Fingerabdrücke.«

»Wieso das denn?«

»Reine Routine.«

Dalina sah aus, als überlege sie, dieses Ansinnen rundweg abzulehnen, aber ihr war wahrscheinlich klar, dass sie wenig Chancen hatte und ihre Lage damit nicht verbessern würde.

»Darf ich mich noch anziehen?«, fragte sie spitz. »Oder wollen Sie mich gleich im Bademantel in die nächste Zelle stecken?«

»Von Zelle ist gar keine Rede«, entgegnete Kate freundlich. »Und natürlich sollten Sie sich zuerst anziehen.«

Dalina verließ das Wohnzimmer, wobei sie irgendetwas vor sich hin murmelte, wovon Kate nur die Worte *Polizeistaat* und *Willkür* verstand. Sie sah sich in dem trostlosen Zimmer um, nachdem die Bewohnerin verschwunden war, aber es gab nichts, was ihr hätte weiterhelfen können. Alles wies in erster Linie darauf hin, dass Dalina zu viel Alkohol trank. Eine erfolgreiche Frau, die jedoch unglücklich war und nicht den Platz fand, den sie in ihrem Leben suchte.

Aber hatte sie deshalb etwas mit einem furchtbaren Verbrechen zu tun, das neun Jahre zurücklag?

Es ist kein Zufall, dachte Kate wieder, es kann kein Zufall sein! Logan Awbreys Fingerabdrücke in Alvins Haus. Seine Freundin oder jedenfalls die Frau, nach der er sich verzehrt, liefert dort regelmäßig Essen hin. Awbrey wird Jahre später ermordet. Es musste einen Zusammenhang geben!

Allerdings durfte sie sich nicht zu sehr darauf verlassen. Am Ende konnte nahezu alles ein Zufall sein. Kate wusste das.

Und diese Dalina war nervenstark. Wenn da etwas war, so würde es schwierig bis unmöglich sein, ihr eine Information zu entlocken. Sie würde stundenlange Verhöre durchstehen. Ganz anders als Anna, die bereits nach fünf Minuten ein Nervenbündel war. Anna war eine Nuss, die man knacken konnte.

Aber Anna hatte sich abgeseilt, und vorläufig wusste niemand, wo sie sich aufhielt.

Ich hätte früher wissen müssen, dass sie mehrfach in der Psychiatrie war, dachte Kate. Hochgradig depressiv und labil.

Man hätte sie keine Nacht mehr aus den Augen lassen dürfen.

Schritte auf der Treppe. Dalina steckte den Kopf zur Tür hinein. Sie hatte sich die Haare gebürstet, war aber ungeschminkt geblieben. Der Pullover, den sie trug, wirkte verfilzt.

»Können wir gehen? Ich habe ja heute noch ein paar andere Dinge vor.«

»Gerne«, sagte Kate. Sie schob die Liste mit Sullivans Angestellten wieder in ihre Tasche, griff dafür den Autoschlüssel. »Gehen wir.«

5

Pamelas Handy klingelte, als sie sich auf der Höhe von Thornaby befand. Sie hatte die Küste hinter sich gelassen und war in das Landesinnere abgebogen. Es begann gerade zu schneien, allerdings waren die Flocken ziemlich wässrig, und es blieb kaum Schnee liegen. Die Straße lag wie ein schwarzes, nass glänzendes Band vor ihr. Kein Sonnenstrahl drang durch die tief hängenden Wolken. Die Bäume am Horizont erinnerten an dunkle Scherenschnitte. Ein melancholischer Tag.

Pamela fühlte sich angespannt. Sie hatte ihre Lieblings-CD eingeschoben und hörte Lewis Capaldi. *Grace*. Sie sang mit, blickte zwischendurch in den Rückspiegel und betrachtete ihr Gesicht, prüfte, ob ihr anzusehen war, dass sie, wie immer, nicht nur Vorfreude, sondern auch Angst empfand.

»I'm not ready to be just another of your mistakes«, sang sie, als ihr Handy schrillte.

Ein Seitenblick zeigte ihr, dass es Inspector Burden war, der anrief, der Kollege von der South Yorkshire Police. Mordfall James Henderson.

Kurz war sie versucht, ihn einfach zu ignorieren. Sie hatte sich schließlich freigenommen. Aber dann siegte doch ihr Pflichtgefühl. Sie drehte die Musik ab und meldete sich.

»Inspector Burden? Hier ist DI Graybourne.«

»Ja, hallo, DI Graybourne, ich dachte, ich rufe Sie gleich an.« Burden hatte sie offenbar voll als Partnerin in der Henderson-Sache angenommen. »Sie hatten doch gestern angefragt wegen Sue Haggan, der Schulfreundin von Mila Henderson.«

»Ja. Richtig. Mein Gedanke war, dass Mila Henderson bei ihr Unterschlupf suchen könnte. Haben Sie etwas über sie in Erfahrung gebracht?«

»Ja. Ziemlich simpel sogar. Über Facebook. Sie ist verheiratet, heißt heute Sue Raymond und wohnt in Richmond. Ich habe sogar die genaue Adresse.«

»Richmond? Ich fahre in der Nähe vorbei. Bin gerade auf dem Weg nach Carlisle.«

Falls Burden sich wunderte, warum jemand um diese Jahreszeit in eine kleine Stadt dicht vor der schottischen Grenze fuhr, so zeigte er es jedenfalls nicht. »Ach, das ist praktisch. Hätten Sie Zeit, kurz vorbeizuschauen?«

Pamela fuhr in eine Parkbucht und hielt an.

Hatte sie Zeit? Eigentlich nicht. Andererseits – vielleicht wäre es gar nicht schlecht, auch einmal zu spät zu kommen. Sonst kam immer, immer Leo zu spät, und sie saß stundenlang wartend in dem kleinen Gastraum des Hotels, trank einen Kaffee nach dem anderen und schlug sich mit der

Angst herum, er könnte in letzter Sekunde noch absagen. Was schon vorgekommen war und was sich anfühlte wie sterben.

»Ich notiere mal die Adresse«, sagte sie zu Inspector Burden, »und dann schau ich, ob es geht.«

Burden diktierte die Adresse, dann wünschte er ein schönes Wochenende und verabschiedete sich.

Ja, gut delegiert, dachte Pamela, aber sie musste einräumen, dass Mila Henderson ihr Fall war und dass sich Burden bislang als ausgesprochen hilfreich erwiesen hatte.

Sie gab Sue Raymonds Adresse in ihr Navi ein. Der Abstecher würde sie viel Zeit kosten. In Middleton würde sie statt in die North Pennines in südliche Richtung abbiegen und gute vierzig Minuten bis Richmond brauchen. Das Gespräch mit Sue würde hoffentlich schnell gehen. Blieben vierzig Minuten zurück, ehe sie auf ihrer alten Strecke war.

Mindestens eineinhalb Stunden.

Sie hatte auf Leo schon bis zu vier Stunden gewartet.

Allerdings – sollte sich Mila Henderson tatsächlich bei ihrer einstigen Schulfreundin aufhalten, würde die ganze Angelegenheit nicht so einfach über die Bühne gehen. Sie musste Kollegen herbeitelefonieren, Mila würde vorläufig festgenommen und vernommen werden ...

»Ach, zu blöd!«, sagte sie laut.

Es dauerte noch eine Weile, ehe sie die Abzweigung bei Middleton erreichte und sich entscheiden musste, aber als sie dort ankam, bog sie widerwillig und wütend Richtung Richmond ab. Sie hatte frei, aber sie war die Chefin, und sie war ehrgeizig ... sie würde dort jetzt vorbeifahren und das Beste hoffen. Den Vorschriften zufolge hätte sie den Abstecher allerdings auf der Dienststelle melden müssen – niemand durfte beruflich irgendwohin gehen, zu einer Überprüfung oder Befragung, ohne dass die Kollegen Bescheid wussten, wo sich derjenige zu welchem Zeitpunkt aufhielt. Unter Sicherheitsgesichtspunkten war dies unumgänglich notwendig. Trotzdem verzichtete Pamela darauf. Sie wollte niemandem erklären, weshalb sie gerade in dieser Gegend war, sie wollte sich hinterher nicht erneut melden und Bericht abgeben. Sie wollte einfach kurz mit Sue Raymond sprechen, hoffentlich nichts Bemerkenswertes dabei feststellen und dann so schnell wie möglich weiter.

Sie erreichte Richmond knappe vierzig Minuten später und wurde von ihrem Navigator quer durch die Stadt gelotst, ehe sie die Siedlung am Stadtrand erreichte, in der die Raymonds wohnten. Alle Häuser und Vorgärten sahen weitgehend identisch aus. Es waren die typischen kleinen Einfamilienhäuser für junge Familien. In den meisten Gärten standen Schaukeln und Klettergerüste. Im Sommer spielten sicher Scharen von Kindern in den verkehrsberuhigten Straßen, sausten auf ihren Fahrrädern herum und malten Hüpfkästchen auf den Asphalt. Währenddessen grillten die Väter auf den Terrassen, und die Mütter bereiteten die Salate zu … Pamela musste grinsen, als sie sich bei diesen klischeehaften Bildern ertappte. Es waren zudem Gedanken, die Sehnsucht weckten. Eine solche Siedlung, spielende Kinder, grillende Väter und sie selbst in der Küche, für alle sorgend – das würde sich in ihrem Leben nicht mehr ereignen. Als sie jung gewesen war, hätte sie die Vorstellung davon auch weit von sich gewiesen. Auch jetzt war sie nicht sicher, ob sie das wirklich wollte. Und dennoch war da irgendein Schmerz, eine Traurigkeit, die sich nicht so leicht zur Seite wischen ließ. Ihr Leben war nicht schlecht. Sie war beruflich weit vorangekommen, und sie wusste, dass sie die Leiter noch weiter hinaufklettern würde. Darauf war sie stolz, und daraus schöpfte sie Kraft und Selbstvertrauen. Dennoch gab es da etwas ... einen Mangel in ihrem Leben. Alles war gut, aber etwas fehlte, und manchmal plusterte sich das Defizit viel stärker auf als all die Dinge, die in Ordnung waren.

Hör auf, darüber nachzudenken, befahl sie sich.

Sue Raymonds Haus war das letzte in einer Sackgasse, am oberen Ende des Wendehammers gelegen, und dadurch mit etwas mehr Abstand zu den anderen Häusern, als es sonst in der Siedlung der Fall war. Im Vorgarten stand ein Rentier, das einen Schlitten zog, aber die Beleuchtung war nicht eingeschaltet. Auch im Haus selbst brannte kein Licht, zumindest nicht in den Räumen, die zur Straße hinausgingen. In der Einfahrt stand kein Auto, aber das besagte nichts, da es eine Garage gab, deren Tor verschlossen war.

Pamela ließ ihr Auto im Wendehammer stehen und lief den Gartenweg entlang zur Haustür. Sie klingelte und wartete. Nichts rührte sich.

Weil niemand zu Hause war? Oder weil Mila sich hier aufhielt und man deshalb so tat, als sei niemand da?

Pamela klingelte ein zweites und drittes Mal. Als sie sich schließlich umdrehen und wieder gehen wollte, vernahm sie Schritte jenseits der Tür. Dann wurde geöffnet.

Eine Frau stand auf der Schwelle. Sie starrte Pamela an. Sie war geisterhaft bleich, hatte wirre Haare und gerötete Augen.

»Ja, bitte?«, fragte sie mit leiser Stimme.

»Mrs. Raymond?«, fragte Pamela und zückte gleichzeitig ihren Ausweis. »DI Graybourne von der North Yorkshire Police.«

»Ja?«

»Sie sind Mrs. Raymond?«

»Ja.«

»Kennen Sie eine Mila Henderson? Aus Ihrer Schulzeit?«

»Ja«, piepste Sue. Bislang hatte sie kaum etwas anderes gesagt als dieses Wort.

»Mrs. Raymond, ich habe eigentlich nur eine Frage. Hat sich Mila Henderson in der letzten Zeit bei Ihnen gemeldet, oder war sie vielleicht sogar bei Ihnen? Die Polizei hat einige sehr dringende Fragen an sie.«

Sue wollte etwas sagen, brachte stattdessen aber nur ein Krächzen hervor und räusperte sich. »Nein. Nein, ich habe nichts von ihr gehört.«

»Und sie war auch nicht hier?«

»Nein.« Sue stand wie eine Statue in der Tür. Sie schien Pamela keinesfalls ins Haus bitten zu wollen. Eigentlich war auch alles geklärt.

Eigentlich.

Irgendwie hatte Pamela ein seltsames Gefühl. Diese Sue wirkte völlig verstört, sah übermüdet aus und agierte wie ein ferngesteuerter Roboter. Ihre Hände kneteten sich unablässig ineinander. Pamela sah einen feuchten Schweißfilm auf ihrer weißen Stirn.

»Mrs. Raymond, ist alles in Ordnung?«

»Ja«, sagte Sue. »Ja.« Es klang absolut nicht so, als sei das wahr.

»Sie sehen krank aus. Ist wirklich alles in Ordnung?«

»Ja!«, sagte Sue und warf ihr einen flehentlichen Blick zu.

»Ist Ihr Mann zu Hause?«

»Nein. Er ist ... er ist über das Wochenende mit Freunden verreist. Er kommt am Sonntag zurück.«

»Sie sind ganz allein?«

»Meine Tochter ...«, stieß Sue hervor. »Meine Tochter ist da. Sie ist sechs Monate alt.«

Eine Frau und ein Baby. Und die Frau war ein einziges Nervenbündel und darüber hinaus vollkommen am Ende ihrer Kräfte.

»Sie wirken so beunruhigt«, sagte Pamela. »Ich komme gerne hinein und trinke einen Tee mit Ihnen, und Sie erzählen mir vielleicht ein bisschen über Mila Henderson.«

Eine Katastrophe für ihren Zeitplan, aber mit dieser Frau stimmte irgendetwas nicht.

»Nein!«, sagte Sue. Es klang schrill. »Mein Baby ... sie ist endlich eingeschlafen. Wenn sie aufwacht ... Sie war die ganze Nacht wach ...«

Vielleicht war Sue einfach deshalb am Ende ihrer Kräfte. Ein Tag und Nacht schreiendes Baby, durchwachte Nächte. Der Mann, der sie mit dem Problem alleinließ und seinem Vergnügen nachging.

»Ich verstehe«, sagte Pamela beruhigend. Sie zog ihre Karte aus der Tasche und reichte sie Sue.

»Bitte melden Sie sich bei mir, wenn Mila Henderson mit Ihnen Kontakt aufnimmt. Lassen Sie sie nicht ohne Weiteres in Ihr Haus. Seien Sie einfach vorsichtig und verständigen Sie mich. In Ordnung?«

»In Ordnung«, hauchte Sue und nahm die Karte. Ihre Hand zitterte.

»Auf Wiedersehen«, sagte Pamela.

Sue antwortete nicht, sondern schloss die Tür.

Pamela schüttelte den Kopf, ging zu ihrem Auto zurück und ließ den Motor an. Sie verließ die Straße und die Siedlung und befand sich bald wieder in der Innenstadt von Richmond. Vor einem Coffeeshop wurde gerade ein Parkplatz frei, also hielt sie an, stieg aus, holte sich einen großen Cappuccino und setzte sich damit wieder in ihr Auto. Sie betrachtete die vorüberhastenden Menschen. Beschäftigt mit den Wochenendeinkäufen oder damit, ihre Weihnachtsgeschenke umzutauschen. Der Schneefall, der vorübergehend ausgesetzt hatte, begann erneut. Die Flocken waren jetzt dicker. Hier in der Stadt blieb nichts liegen, aber Felder und Wälder würden weiß sein bis zum Abend. Sie dachte an das kleine Hotel, das auf sie wartete. Das gemütliche Zimmer. Ein Abendessen bei Kerzenlicht. Aber immer wieder schob sich das Bild von Sue Raymond davor.

So unfassbar bleich. Verstört. Zittrig.

Einfach nur eine junge Mutter mit Schlafdefizit?

Pamela nahm einen großen Schluck von ihrem Kaffee, verbrannte sich den Mund und fluchte. »Verdammt!« Ihre Wut richtete sich nicht nur auf den zu heißen Kaffee, sondern auch auf die Lage, in die sie sich gebracht hatte. Seit Monaten hatte sie sich auf dieses Wochenende gefreut. Und jetzt war sie dabei, es zu vermasseln, weil sie der Fall, an dem sie gerade arbeitete, ausgerechnet an diesem Freitagnachmittag mit plötzlicher Dringlichkeit einzuholen begann. Oder weil sie sich einbildete, dass er es tat?

Diese Sue ging ihr nicht aus dem Kopf. Die Frau hatte völlig neben sich gestanden. Pamela hatte ein Gefühl, das sie nicht loswurde: Sue hatte Angst ausgestrahlt. Wahnsinnige Angst. Und dann dieser Eindruck, dass sie wie ferngesteuert wirkte.

Wie ein Roboter, hatte Pamela gedacht.

Und wenn Mila doch im Haus war? Wenn sie gedroht hatte? Wenn sie Sue unter Druck setzte?

Sue hatte ein sechs Monate altes Baby. Mila musste nur neben dem Kinderbett stehen bleiben, eine Waffe, möglicherweise ein Messer, in der Hand. Sue würde alles tun, unliebsame Besucher keinesfalls ins Haus zu lassen, sie stattdessen schnell wegzuschicken. Und natürlich würde sie behaupten, dass alles in Ordnung sei. In Wirklichkeit wäre sie voller Panik und Verzweiflung, genauso wie sie Pamela empfunden hatte.

Wenn Mila Henderson die Mörderin von Patricia Walters und James Henderson war, dann handelte es sich bei ihr um eine hochgefährliche Person, und dann schwebten Sue Raymond und ihr Baby in Lebensgefahr.

Pamela wusste, dass sie als Polizistin in einer solchen Situation nicht ungerührt in ihr Liebeswochenende aufbrechen konnte.

Sie trank den Kaffee aus und schickte eine WhatsApp Nachricht an Leo: *Verspäte mich evtl. etwas ... Freu mich so sehr auf dich. Pam.* Sie setzte ein Herz dahinter. Dann ließ sie den Motor an und startete den Wagen.

Zehn Minuten später stand sie wieder im Wendehammer der kleinen Siedlungsstraße und stieg aus. Ihr Haar und ihr Mantel waren schneebedeckt, bis sie die Haustür erreichte. Sie klingelte. Noch immer hatte sie niemanden verständigt. Tatsächlich hatte sie bei diesem zweiten Versuch gar nicht daran gedacht. Ihr wurde bewusst, dass sie nicht nur gegen die Vorschriften handelte, sondern sich zudem in eine wirklich brenzlige Lage brachte. Während sie noch in ihrer Tasche nach dem Handy suchte, um in ihrem Büro anzurufen, ging bereits die Tür auf. Sue stand auf der Schwelle. Sie sah so verheerend aus wie zuvor.

»Inspector ...«, sagte sie. Ihre Stimme krächzte.

»Mrs. Raymond, ja, ich bin noch einmal zurückgekommen«, sagte Pamela und gab die Suche nach ihrem Handy auf. Sie musste jetzt einfach auf sich selbst vertrauen. »Ich habe mir überlegt, dass ich doch gerne noch ein paar Worte mit Ihnen über Mila Henderson gewechselt hätte. Dürfte ich kurz hineinkommen?«

Sue trat zur Seite. »Ja. Bitte.«

Pamela hatte mit mehr Widerstand gerechnet. Sie zögerte einen Moment. »Ich werde sehr leise sein, um Ihr Baby nicht zu stören.«

»Ja«, sagte Sue. Ihr Gesicht war starr, ihre Hautfarbe wächsern.

Pamela trat in den schmalen Hausflur. Ihr fiel ein unangenehmer Geruch auf, den sie nicht wirklich einordnen konnte. Vergammeltes Essen? Urin? Exkremente? Letzteres traf es am besten. Babywindeln, die schon lange nicht mehr entsorgt wurden?

Entweder war diese Frau so übermüdet und überfordert, dass ihr Haus langsam verwahrloste.

Oder hier stimmte etwas ganz und gar nicht.

»Bitte«, sagte Sue. Sie klang monoton. »Hier ist das Wohnzimmer.«

Pamela erblickte einen Weihnachtsbaum, eine helle Sitzgruppe, Kinderspielzeug in einer Ecke, einen überdimensionalen Fernseher, einen Tisch, auf dem ein Teller mit Weihnachtsplätzchen stand. Vor einem der Fenster bewegte sich sacht ein Mobile mit Engelfiguren und Christbaumkugeln daran. Alles sah geordnet aus, gepflegt, liebevoll dekoriert. Nicht so, als entglitte Sue Raymond vor lauter Stress gerade ihr Leben. Das Wohnzimmer passte nicht zu dem Geruch im Haus.

Pamela trat ein. Sie wandte sich halb zu Sue um und sagte: »Wissen Sie, Mila Henderson ist ...«

Weiter kam sie nicht. Sie nahm den Schatten, der jenseits der Tür an die Wand gepresst gewartet hatte, noch aus den Augenwinkeln wahr, aber sie konnte nicht mehr reagieren. Ein Schlag traf sie an der Stirn, ein kreischender Schmerz raste durch ihren Kopf, die Wirbelsäule hinunter und fraß sich im Bruchteil von Sekunden durch ihren ganzen Körper.

Sie dachte: Ich sterbe. Jetzt.

Dann wurde es dunkel, und sie verlor das Bewusstsein.

6

Nur langsam kam sie zu sich und hatte zunächst keinerlei Erinnerung an das, was geschehen war. Ihr ganzer Körper schmerzte, jeder Knochen und jeder Muskel, aber am allerschlimmsten ihr Kopf. Es war, als werde immer wieder mit einem Hammer gegen ihre Schläfen geschlagen, ein harter, rhythmischer Schmerz, der gnadenlos jede Sekunde erneut in einer Welle der Qual durch ihr Gehirn jagte. Es war kalt und dunkel. Es roch komisch, nicht wirklich schlecht, aber seltsam und so, dass sie es nicht einordnen konnte.

Wo befand sie sich?

Und was war passiert?

Irgendetwas Nasses, Klebriges benetzte ihr Gesicht, und Pamela wollte die Hand heben und ihre Wangen, ihre Nase, ihren Mund berühren, wollte das, was sich so unangenehm anfühlte, abwischen, aber sie konnte keine Hand, keinen Arm bewegen. Nur langsam registrierte sie, dass ihre Hände hinter ihrem Rücken zusammengebunden waren. Es musste an den schlimmen Kopfschmerzen liegen, weshalb sie so schleppend dachte. Als sei ihr Verstand so sehr mit dem Schmerz beschäftigt, dass er einfach nicht denken konnte, zumindest nur sehr schwerfällig.

Es war furchtbar kalt, und das, worauf sie lag, war so hart. Pamela blinzelte heftig mit den Augen, die sich verquollen anfühlten. Es gab einen schmalen Fensterspalt in dem Raum, direkt unter der Decke, wie sie nun sah, und durch ihn fiel ein Hauch von Licht nach innen. Wobei der Begriff Licht übertrieben war: Es handelte sich einfach um einen dünnen Streifen diffuser Dämmerung. Gegenstände konnte sie nur schattenhaft wahrnehmen: Regale, die bis zur Decke reichten und auf denen irgendwelche Dinge standen, die sie nicht erkennen konnte. Sie selbst schien auf dem Fußboden zu liegen. Glatte Fliesen, eisig, ohne jede Isolierung gegen die Winterkälte. Sie entsann sich plötzlich, dass es geschneit hatte. Es war sehr kalt gewesen draußen. Jetzt befand sie sich in einem Innenraum, aber er war nicht geheizt.

»Oh Gott«, murmelte sie leise. Ihr Mund war trocken, er hätte mit Watte oder mit Sägespänen gefüllt sein können.

Sie versuchte sich aufzurichten, aber es gelang ihr nur millimeterweise, weil der Kopf so wehtat. Alles tat weh, aber der Kopf war einfach zu schlimm. Bestimmt hatte sie eine Gehirnerschütterung. Einen Schädelbruch? Ihr kam plötzlich die Erinnerung an einen Schatten, einen Schatten hinter einer Wand ... das war das Letzte, was sie gesehen hatte. Dann wurde es dunkel.

Davor aber war der Schmerz gewesen ... ein furchtbarer Schmerz ... Sie schloss die Augen, sah eine Stange auf ihr Gesicht zukommen. Eine Stange aus Metall oder Eisen ... Jemand hatte hinter einer Wand gelauert und ihr eine Eisenstange gegen die Stirn geschmettert.

Ihr Denkvermögen nahm an Fahrt auf. Richmond, sie war in Richmond. Sie hatte diese Frau aufgesucht ... wie hieß sie noch? Sue. Sue Raymond. Die Frau mit dem Baby. Die Schulfreundin von Mila Henderson.

Als ihr der Name von Mila Henderson in den Sinn kam, stürzten auf einmal all die anderen Erinnerungen über sie herein, sturzflutartig, als sei von einem Moment zum anderen der Damm gebrochen, der sie bislang zurückgehalten hatte. Die Fahrt in das lang ersehnte Wochenende. Leo. Der Anruf von Inspector Burden. Ihre Bereitschaft, einen Abstecher nach Richmond zu machen und zu prüfen, ob Sue Raymond Mila Henderson Unterschlupf gewährte. Sues seltsames Auftreten, die Angst, die sie ausgestrahlt hatte ... Sie war umgekehrt, um noch einmal nachzusehen. Sie war ins Haus gegangen. Sue hatte ihr beim ersten Besuch den Eintritt verwehrt. Beim zweiten Mal hatte sie sie sofort hineingelassen. Eine Falle natürlich. Mila war im Haus. Sie hatte die Kontrolle. Als Pamela erneut aufkreuzte, hatte sie gewusst, dass die Polizistin nicht aufgeben würde. Dass sie irgendwie aufmerksam geworden war, dass sie Kollegen herbeitelefonieren würde.

Sie musste ausgeschaltet werden.

Und Sue spielte mit. Unfreiwillig. Sie war halb wahnsinnig vor Angst wegen ihres Babys. Sie war bereit, alles zu tun, wenn Mila nur das Baby in Ruhe ließ.

Und sie, Pamela, hatte gegen alle Regeln verstoßen. Sie hatte niemandem gesagt, was sie vorhatte. Ihre engste Mitarbeiterin, Sergeant Linville, hatte keine Ahnung, was los war. Auch sonst niemand in der Abteilung. Vor Montagfrüh würde niemandem auffallen, dass sie verschwunden war.

Inspector Burden von der South Yorkshire Police war der Einzige, der Bescheid wusste. Aber er war mit den anderen nicht vernetzt. Er würde lange Zeit nicht bemerken, dass etwas nicht stimmte. Es sei denn, er versuchte herauszufinden, was sie bei Sue in Erfahrung gebracht hatte. Aber womöglich ging er, wenn er nichts von ihr hörte, einfach davon aus, dass die Spur nichts erbracht hatte.

Auf jeden Fall würde er sie wahrscheinlich auch nicht vor Montag kontaktieren. Wenn überhaupt.

Leo. Leo würde natürlich heute schon merken, dass sie nicht kam.

Und dann? Nie im Leben würde er sich an ihre Kollegen wenden. Er würde sich an überhaupt niemanden wenden, panisch, wie er war, dass die Beziehung auffliegen könnte.

Was würde er vermuten? In ihrer letzten Nachricht hatte sie ihm geschrieben, dass sie etwas später kam. Sie hatte ein Herz dahinter gesetzt. Er würde kaum glauben, dass sie es sich einfach anders überlegt hatte, dass sie die Beziehung nicht mehr wollte. Oder doch? Ende November hatten sie einen Streit am Telefon gehabt. Sie hatte gewusst, dass sie die gesamte Vorweihnachtszeit und Weihnachten selbst würde allein verbringen müssen, ohne ein Treffen, und diese Vorstellung hatte sie an einem regnerischen Wochenende zu Tränen gebracht. Damit hatte sie sich das Wochenende direkt nach Weihnachten erkämpft. Es war ein aggressives Gespräch gewesen, und sie hatte gespürt, wie sehr ihn ihre Tränen nervten. Er hätte am liebsten aufgelegt, wäre der Situation entflohen. Nur seine Höflichkeit hatte ihn daran gehindert. Aber vielleicht dachte er nun, dass sie es leid war. Das Alleinsein, das Warten. Eine Beziehung zu haben und doch Single zu sein. Einsame Abende, endlose Wochenenden, aber zugleich blockiert, jemanden zu finden, der ihr mehr zu geben bereit wäre.

Würde er ihr das zutrauen? Dass sie einfach nicht erschien und ihm damit wortlos zu verstehen gab, dass es vorbei war? Der Typ war sie nicht. Sie nahm nie den bequemen, feigen Weg. Sie hätte genügend Mumm, ihm gegenüberzutreten und sich mit klaren Worten zu verabschieden.

Aber womöglich würde er darüber so genau gar nicht nachdenken. Am Ende war er einfach froh. Dass es vorbei war. Dass er keine Schuldgefühle seiner Frau gegenüber mehr haben musste und dass es keine Auseinandersetzungen mit der Geliebten mehr gab. Er wäre froh, dass sie es beendete. Denn er hätte von sich aus nie diesen Schritt getan. Er scheute konfliktträchtige Situationen wie der Teufel das Weihwasser.

Auf jeden Fall konnte sie auf Leo auch nicht bauen, und das machte ihre Lage äußerst prekär.

Sie hatte es inzwischen geschafft, sich unter leisem Stöhnen in eine sitzende Position aufzurichten. Ihre Augen gewöhnten sich immer mehr an die Dunkelheit, obwohl auch sie schmerzten und pochten. Sie erkannte, dass es Lebensmittel waren, die auf den Regalen standen. Cornflakespackungen, Flaschen mit Orangensaft, Gläschen mit Babynahrung. Offenbar eine Speisekammer. Wahrscheinlich im Keller gelegen, mit einem Lichtschacht davor.

Pamela merkte, wie durstig sie war, aber es würde ein langwieriges Unterfangen sein, mit den eng hinter dem Rücken gefesselten Händen an eine Flasche mit Orangensaft zu kommen und diese zu öffnen. Ehe sie verdurstete, würde sie es versuchen, für den Moment wollte sie ihre Kräfte sparen. Es wäre absurd, mitten in einer gut gefüllten Speisekammer zu verhungern und zu verdursten. Ein fast noch größerer Feind im Moment schien ihr jedoch die Kälte. Sie fror erbärmlich. Sie blickte sich um nach etwas, das sie wärmen könnte, eine Decke, ein paar Kissen, aber da war nichts. Ihr fiel nun auch auf, dass man ihr ihren Wintermantel ausgezogen hatte, den sie noch getragen hatte, als sie das Wohnzimmer betrat. Sie war in Jeans und schwarzem Rollkragenpullover, der aus flauschiger Wolle bestand, dennoch nichts ausrichten konnte gegen diese erbärmliche Kälte. Immerhin hatte man ihr ihre Stiefel gelassen.

Sie fragte sich, ob sie allein im Haus war. Mila konnte nicht wissen, dass Pamela niemanden informiert hatte. Sie musste mit dem Eintreffen weiterer Beamter rechnen. Am Ende hatte sie das Weite gesucht. Mit Sue und dem Baby? In Pamelas Auto?

Sie entdeckte ihre Handtasche, die nur ein paar Schritte entfernt von ihr lag, und einen Moment lang keimte die Hoffnung in ihr auf, dass sich ihr Handy noch darin befand. Dann sagte sie sich, dass Mila vermutlich kaum so dumm sein würde. Dennoch kroch sie zu der Tasche hin. Ihre Hände konnte sie nicht benutzen, aber es gelang ihr, die Tasche, die mit einem Magneten schloss, mit dem Kinn aufzudrücken. Obwohl sie den Inhalt kaum zu erkennen vermochte, sah sie, dass die Tasche rabiat durchwühlt worden war. Mit den Zähnen zog sie das Jahrbuch heraus, das Lavandou ihr überlassen hatte. Offenbar hatte es Mila nicht interessiert. Sie ließ es neben sich auf den Fußboden fallen. Dann drehte sie sich um, hatte die Tasche jetzt hinter sich liegen. Mit den gefesselten Händen griff sie, so gut es nur ging, hinein, tastete einzelne Gegenstände ab. Ihre Brieftasche war noch da, das Päckchen mit Papiertaschentüchern, das Glasfläschchen mit den Globuli, die sie nahm, wenn sich eine Erkältung ankündigte. Einige Papiere, das Futteral mit ihrer Lesebrille darin, ein paar lose herumkullernde Geldmünzen. Aber wie sie geahnt hatte: Das Handy war weg. Ebenso der Autoschlüssel.

Sie wünschte, sie könnte sich mit einem der Taschentücher ihr klebriges Gesicht sauber wischen, aber solange sie es nicht schaffte, ihre Hände freizubekommen, hatte sie keine Möglichkeit. Inzwischen war ihr klar, dass es sich um Blut handelte, was da überall auf den Wangen, der Stirn, in den Augenwinkeln, auf den Lippen klebte. Sicher sah sie ausgesprochen abenteuerlich aus. Der Schlag gegen den Kopf musste ihr eine heftige Platzwunde zugefügt haben. Immerhin hatte sie den Eindruck, dass sie inzwischen nicht mehr blutete.

»Okay«, sagte sie laut. Es tat ihr gut, ihre eigene Stimme zu hören. »Wie sieht meine Lage aus?«

Ihre Lage sah im Moment nicht allzu gut aus, aber auch nicht vollkommen hoffnungslos. Ihr fiel ein, was Sue gesagt hatte: Am Sonntag würde ihr Mann nach Hause kommen. Falls Mila mit Sue, dem Baby und Pamelas Auto das Weite gesucht hatte, würde ihrem Mann zumindest nichts passieren. Er würde das Haus nach seiner Frau und seinem Kind absuchen, und Pamela würde so laut schreien, wie sie konnte. Er würde sie aus ihrem Gefängnis befreien, und sie konnte sofort die Fahndung nach dem Wagen veranlassen. Der Vorsprung Milas und ihrer Geiseln würde allerdings erheblich sein: Es war Freitagnachmittag. Bis Sues Mann nach Hause kam, wahrscheinlich Sonntagabend, hatte Mila achtundvierzig Stunden Zeit, in alle Himmelsrichtungen zu entkommen.

Oder Mila und ihre Geiseln hielten sich noch im Haus auf. Das wäre die deutlich schlechtere Option, weil Sues Mann dann am Sonntag ebenfalls in die Falle tappen und festgesetzt würde. Dann wurde es richtig brenzlig.

Pamela hielt den Atem an und lauschte in das Haus, das sie über sich vermutete. Genauso gut war es natürlich möglich, dass sie sich im Erdgeschoss neben der Küche befand. In jedem Fall konnte sie keinen Laut hören. Es war totenstill. Würde das Baby nicht hin und wieder schreien? Aber vielleicht hörte man das im Keller nicht.

Ihr fiel der widerliche Geruch im Hausflur ein, für den sie bis jetzt keine echte Erklärung hatte. Hier in diesem Vorratsraum roch es hingegen zwar etwas muffig und abgestanden, aber nicht schlecht.

Pamela wusste nicht, womit sie gefesselt war, hoffte, dass es sich nicht um Kabelbinder handelte. Dann gab es keine Möglichkeit, sich zu befreien. Allerdings fühlte sich das Material auf der Haut eher rau an, wie ein Strick oder ein dicker Bindfaden. Sie robbte von ihrer nutzlosen Tasche weg und schob sich mit dem Rücken an den Holzpfeiler eines der Regale. Sie hob die Hände leicht an und begann, ihre Fesseln an dem Holz hoch und runter zu reiben. Vielleicht hatte sie Glück. Vielleicht konnte sie zumindest ihre Hände befreien. Das brachte sie noch nicht aus ihrem Gefängnis heraus, aber sie konnte essen und trinken und wäre nicht vollkommen wehrlos, falls Mila doch plötzlich noch erschien.

Sie wusste, sie hatte sich wie eine verdammte Anfängerin verhalten, schlimmer eigentlich. Die meisten Anfänger achteten akribisch auf die Befolgung aller Regeln, es waren eher die Älteren, die manchmal fünfe gerade sein ließen, weil sie jahrelange Erfahrung einbrachten, was oft weit wichtiger war als das Gelernte aus Büchern.

Den Fehler, den sie gemacht hatte, beging man allerdings nie, ganz gleich, welchen Dienstgrad man erreicht hatte. Sie hatte gewusst, dass sich Mila Henderson möglicherweise in diesem Haus aufhielt. Deshalb war sie ja hierhergegangen. Sie hatte gewusst, dass Mila im Verdacht stand, zwei Menschen kaltblütig ermordet zu haben. Sie hatte das sogar weit mehr angenommen als Sergeant Linville, die ständig dagegengehalten hatte. Was Pamela anging, so hatte sie auch das zerbrochene Fenster in Patricia Walters' Haus nicht überzeugt. Klar hätte Mila nicht einbrechen müssen. Aber wusste man denn, ob die eingeschlagene Scheibe etwas mit ihr zu tun hatte? Es konnte sich um alles Mögliche handeln, um eine Mutprobe irgendwelcher dummer Jungen, um einen Fußball, der falsch geflogen war. Aber gerade weil sie so überzeugt von Mila Hendersons Gefährlichkeit war, hätte sie niemals hierhergehen dürfen, ohne Bescheid zu geben. Niemals.

Sie hielt kurz inne in dem Versuch, ihre Fesseln zu lösen, und versuchte, eine etwas bequemere Sitzposition auf den harten Steinen zu finden, was sich als aussichtslos erwies. Ebenso wenig konnte sie der vernichtenden Kälte ausweichen. Sie würde eine schlimme Blasenentzündung bekommen, aber vermutlich wäre das bei all dem noch ihr geringstes Problem.

Seufzend hob sie die Handgelenke und setzte an, den Strick weiterhin an dem Holzpfahl zu reiben. Da erklang plötzlich ein furchtbarer Schrei. Ein lauter, gequälter Schrei, ähnlich dem eines sterbenden Tieres. Und dann schrie jemand: »Nein! Nein! Nein, bitte nicht! Tu das nicht! Bitte! Nein!«

Pamela erstarrte.

Es war Sue, die da schrie. Sue war noch im Haus. Ihre Gegnerin auch. Und Sue war in höchster Not.

Während im Keller eine Polizistin saß, die nicht eingreifen konnte.

Sie zerrte an ihren Fesseln. Es hätte nicht viel gefehlt, und sie hätte auch geschrien. Sie konnte nichts machen. Sie konnte, verdammt noch mal, nichts machen.

Sue schrie erneut. Ein heiseres, verzweifeltes Brüllen.

Mila würde nicht fliehen mit ihren Geiseln. Mila würde sie hinrichten.

Und offenbar hatte sie soeben damit begonnen.

7

Als Anna Scarborough erreichte, war es sechs Uhr am Abend und schon stockdunkel. Sie hatte sich etliche Stunden in dem Londoner Vorort aufgehalten, von dem sie noch immer nicht wusste, wie er hieß, aber das spielte auch gar keine Rolle. Sie hatte im Auto gesessen, sich noch zweimal einen Kaffee geholt, hatte hinausgeblickt und ihr Leben wieder und wieder überdacht, und das Ergebnis ihres Grübelns war immer nur düster gewesen, schwarz, vernichtend. Am späten Vormittag war sie endlich wieder Richtung Norden aufgebrochen, hatte aber zwei lange Pausen auf Rastplätzen eingelegt. Einmal war es ihr sogar gelungen, etwas zu schlafen.

Bei ihrem Aufbruch hatte es gerade zu regnen begonnen. Auf halber Strecke war der Regen in Schnee übergegangen. Früh brach die Dunkelheit herein. Anna fuhr sehr langsam. Die Sicht war schlecht.

Ihr Handy hatte immer wieder geklingelt. Ein paarmal mit unterdrückter Nummer. Ganz sicher Sergeant Linville. Aber auch Dalina hatte es mehrfach versucht, hatte zudem etliche WhatsApp-Nachrichten geschickt.

Anna passierte das Ortsschild von Scarborough in dichtem Schneefall. Erst jetzt begann sie zu überlegen, wohin sie fahren sollte. Nach Harwood Dale, in ihr von der Polizei abgesperrtes, eiskaltes Haus?

In Sams Wohnung? Möglicherweise war er inzwischen daheim. Verärgert und gestresst.

Sie fuhr an den Straßenrand und hielt an. Kaum dass sich die Scheibenwischer nicht mehr bewegten, war die Windschutzscheibe sofort von dickem Schnee bedeckt. Sie zog ihr Handy heraus, rief die Seite mit den Adresslisten ihrer Mitglieder aus den Kochkursen auf. In dem gerade abgeschlossenen Kurs war Kate nicht zu finden, da sie im letzten Moment eingesprungen war, aber Anna fand sie in der Liste des Kurses, der im Januar beginnen sollte. Kate Linville. Sie wohnte in Scalby, einem Vorort von Scarborough. Anna schaute auf die Uhr. Kurz nach sechs, Freitagabend. Kate war sicher nicht mehr auf dem Revier. Und dort wollte Anna auch um keinen Preis hin. In diese bedrohliche Polizeiatmosphäre ... Sie würde Kate daheim aufsuchen. Sie würde ihr alles erzählen.

Sie wollte ihr Handy gerade wieder auf den Beifahrersitz legen, da ploppte eine WhatsApp-Nachricht auf. Sie kam von Dalina. Es war die fünfte oder sechste.

Anna, verdammt, es ist ernst. Wo steckst du? Warum reagierst du nicht? Wir müssen unbedingt reden. DRINGEND! Bitte ruf mich an oder, noch besser, schreib mir, wo du bist. Ich komme dann sofort. Es ist wichtig. Sehr!!!

Dalina würde sehen können, dass Anna die Nachricht geöffnet und gelesen hatte, und sie würde toben, weil trotzdem keine Reaktion kam. Anna dachte nicht im Traum daran, in dieser Situation ausgerechnet Dalina aufzusuchen. Sie wusste genau, was diese von ihr wollte. Und sie würde sich dem nicht aussetzen.

Sie gab Kates Adresse in Google ein und startete die Navigation. Sie hörte, dass weitere WhatsApp-Nachrichten eintrafen, eine nach der anderen. Sie schaute nicht nach, hätte aber gewettet, dass sie von Dalina kamen, die bemerkt hatte, dass Anna die letzte Nachricht abgerufen hatte, aber offenbar nicht reagieren würde. Sollte sie doch durchdrehen am anderen Ende. Sollte sie mit Drohungen um sich werfen, Anna kündigen, sie beschimpfen – es berührte sie nicht mehr. Sie hatte aufgehört zu weinen. Es waren sowieso keine

Tränen mehr in ihr. Eine seltsame Ruhe bemächtigte sich ihrer, während sie durch das dunkle, verschneite Scarborough fuhr. Die Welt versank im Schnee.

Anna hatte nichts mehr zu verlieren.

Sie hätte nie gedacht, dass sich diese Erkenntnis so gut anfühlte.

Sie kam an Sams Wohnung vorbei und blickte zu den Fenstern hinauf. Alles dunkel. Auch sein Auto stand nicht an der Straße. Er war nicht daheim. Entweder er blieb trotz allem wie geplant bis zum Samstag in London. Oder aber er befand sich bereits auf dem Revier. Was dann allerdings bedeuten könnte, dass Kate nicht zu Hause war.

Das würde sie jetzt herausfinden.

Als sie Kates Haus erreichte, sah sie erleuchtete Fenster und ein zugeschneites Auto in der Einfahrt. Sie parkte direkt am Gartenzaun und stieg aus. Ihre Stiefel versanken im Schnee. Sie blickte nach oben, in den faszinierenden Wirbel aus Milliarden von Flocken vor dem dunklen Abendhimmel.

Dann straffte sie ihre Schultern und ging auf die Haustür zu.

Kate stand im Schlafzimmer und überlegte, was sie zu der Verabredung mit Burt anziehen sollte. Das Problem war, dass sie so selten privat ausging – nahezu nie –, dass ihr dafür fast vollständig die Garderobe fehlte. Eigentlich gab es nur das blaue Kleid, das sie sich während der unseligen Affäre mit David Chapman gekauft hatte – dem Mann, den sie aus ganzem Herzen geliebt, der sie jedoch nach Strich und Faden ausgenutzt und hintergangen hatte. Sie hatte das Kleid nie wieder getragen, weil es mit allzu schmerzhaften Erinnerungen verbunden war. Jetzt nahm sie es aus dem Schrank.

Warum nicht?

Sie zog es an. Es war sehr kurz und sehr eng, aber eigentlich sah sie ganz gut darin aus. Ungewohnt. Eine schwarze Strumpfhose dazu und schwarze Stiefel, dann wäre sie absolut passend gekleidet.

Sie durchwühlte gerade mit steigender Verzweiflung eine Schublade nach einer Strumpfhose ohne Laufmasche, als es an ihrer Haustür klingelte.

Vielleicht Burt? Der sie wegen des Wetters abholen, nicht allein fahren lassen wollte? Kate verdrehte genervt die Augen. Sie war es nicht gewöhnt, von Männern umsorgt zu werden, und irgendwie mochte sie es auch nicht. Es brachte die eigenen Ablaufpläne durcheinander. Jetzt, beispielsweise, war sie noch nicht fertig angezogen.

Auf bloßen Füßen lief sie ins Bad hinüber, dessen Fenster direkt über der Haustür lag. Sie riss es auf und lehnte sich hinaus. Dicke Schneeflocken landeten sofort auf ihrem Gesicht.

»Ich bin noch nicht fertig!«, rief sie.

Eine Gestalt trat von der Haustür weg, einen Schritt zurück auf den Plattenweg. »Kate ... Sergeant Linville? Ich bin es!«

Kate erkannte die Stimme sofort. »Anna?«

»Ja.«

»Moment. Ich bin gleich da.« Sie knallte das Fenster zu und rannte barfuß und mit nackten Beinen, darüber das lächerlich kurze Kleid, das sich mit jedem Schritt weiter nach oben schob, die Treppe hinunter. Anna würde sie keine Sekunde warten lassen. Bei der Frau wusste man nicht, wie schnell sie es sich wieder anders überlegte und dann weg wäre.

Sie riss die Haustür auf. Anna stand vor ihr.

»Kommen Sie rein«, sagte Kate, »ich habe den ganzen Tag hinter Ihnen hertelefoniert.«

»Ich weiß«, sagte Anna. Sie trat in den Flur. Schnee tropfte aus ihren Haaren. Kate nahm ihr den Mantel ab und schob sie ins Wohnzimmer, in dem der elektrische Kamin brannte und die Kerzen am Weihnachtsbaum leuchteten.

»Setzen Sie sich. Möchten Sie einen Tee?«

»Ja, bitte«, sagte Anna. Sie wirkte erstaunlich ruhig. Nicht mehr so nervös, weinerlich, getrieben, wie Kate sie noch einen Tag zuvor erlebt hatte. Sondern wie in ihr eigenes Inneres zurückgezogen und dadurch friedlicher. Abgewandt von der Welt und ihren Katastrophen.

Anna setzte sich auf das Sofa und streichelte Messy, die neben ihr lag und sofort laut zu schnurren begann. Kate lief in die Küche und setzte Teewasser auf. An der Terrassentür standen die Holzschuhe, die sie im Sommer manchmal zur Gartenarbeit anzog. In die schlüpfte sie jetzt, auch wenn sie dadurch noch abenteuerlicher aussah. Unwichtig. Jetzt ging es um Anna.

Sie hängte zwei Teebeutel in zwei Becher, goss das Wasser darüber, stellte alles zusammen mit Milch und Zucker auf ein Tablett und ging wieder ins Wohnzimmer. Messy lag inzwischen auf Annas Schoß. Die Katze strahlte Behagen, Wärme und Frieden aus. Kate hegte schon lange die Überzeugung, dass es möglich sein müsste, Tiere bei Verhören zuzulassen. Sehr viele Menschen entspannten sich sichtbar in der Gegenwart von Tieren. Tiere vermochten Blockaden zu lösen, Dämme brechen zu lassen. Es war wie mit nackten Füßen auf der Erde stehen oder einen Baum umarmen oder Schneeflocken auf dem Gesicht spüren. Es war nur noch viel besser. Es war die Verbindung mit dem Ursprung. Mit dem, was zählte.

»Anna, ich bin froh, dass Sie den Weg zu mir gefunden haben«, sagte Kate. Sie wusste, dass sie eigentlich mit ihr hätte zum Revier hinüberfahren müssen, anstatt dieses Gespräch nun hier in ihrem Wohnzimmer neben dem Weihnachtsbaum zu führen. Ihr Instinkt aber sagte ihr, dass der Faden reißen würde, wenn sie sich jetzt anzog, Anna in ihr Auto verfrachtete und sie ins Polizeirevier schleppte. Sie dort in ein unpersönliches, kaltes Zimmer setzte, dessen Heizung sich an diesem Freitagabend erst warmlaufen musste, um dann ein Gespräch unter korrekten Bedingungen zu führen.

Also würden sie hierbleiben. Mit Tee, Kaminfeuer und einer Katze.

»Wo waren Sie heute?«, fragte sie sachlich.

»In London. In der Nähe zumindest.«

»In der Nähe von London? Sie wollten Mr. Harris aufsuchen, nehme ich an?«

»Ja. Aber ich weiß ja gar nicht, wo sich das Heim, in dem sein Vater lebt, eigentlich befindet. Und außerdem ...«

»Ja?«

»Es passte nicht. Ich muss erst etwas klären.«

»Mit mir?«

»Ja.«

»In Ordnung.«

Anna betrachtete ihre Hände, die den Becher mit dem Tee umklammerten.

»Hat sich Sam gemeldet?«

»Ja. Er kommt morgen.«

»Verstehe«, sagte Anna. Sam war nicht aus der Welt, natürlich nicht. Er meldete sich nur bei ihr nicht.

»Ich habe heute mit Dalina Jennings gesprochen«, wechselte Kate das Thema. »Ich weiß, dass sie für einen Pizzaservice arbeitete, der Alvin Malory belieferte. Der Junge, der überfallen wurde und seitdem im Wachkoma liegt.«

Anna nickte. »Ich weiß.«

»Wir haben noch nicht alles überprüfen können, und Mrs. Jennings war nicht sehr kooperativ. Wissen Sie, ob Logan Awbrey auch für einen Pizzaservice gearbeitet hat?«

Anna schüttelte den Kopf. »Hat er nicht. Ich auch nicht. Nur Dalina.«

»Verstehe. Dann ist es umso seltsamer. Logan Awbreys Fingerabdrücke waren im Haus der Malorys gefunden worden. Direkt nach der Tat. Erst nach dem Verbrechen an Diane Bristow jedoch konnten sie ihm zugeordnet werden. Anna, Logan muss dort bei den Malorys gewesen sein. Im Haus.«

»Ja«, sagte Anna. Ihre rechte Hand lag jetzt auf Messys Körper. Sie schien sich an der Katze förmlich festzuhalten. »Ja. Er war in dem Haus. Dalina auch. Und ich auch.«

Kate neigte sich vor. Sie hielt den Atem an. »Wann?«

»Am 26. Juli 2010.«

»Das ist der Tag, an dem ...«

»Ja.«

»Anna, ich muss Sie darauf aufmerksam machen, dass Sie das Recht auf einen Anwalt haben.« Es zerriss Kate fast, dies aussprechen zu müssen. Sie war Sekunden von einem Geständnis entfernt. Wenn Anna jetzt einen Anwalt verlangte, war die Sache gelaufen. Das Verbrechen an Alvin Malory konnte nicht nachgewiesen werden, ein Geständnis war die einzige Chance, und einem Anwalt wäre das ziemlich schnell klar. Er würde alles tun, seine Mandantin von einer Aussage abzuhalten.

Aber Anna schüttelte den Kopf. »Ich möchte keinen Anwalt. Ich möchte Ihnen erzählen, was passiert ist.«

»Okay«, sagte Kate. Sosehr sie befürchtete, Annas Bereitschaft zu reden womöglich durch Formalitäten aufzuhalten, so sinnlos wäre es jetzt, ohne jede Vorbereitung in ein Geständnis zu stolpern. Die Sache musste vor Gericht bestehen können.

Sanft sagte sie: »Ich lege jetzt mein Smartphone hier auf den Tisch, okay? Ich schalte das Aufnahmegerät ein. Wir zeichnen das Gespräch auf. Ist das in Ordnung?«

»Ja.«

Anna schien bereit, in alles einzuwilligen, wenn sie nur endlich reden konnte.

Kate legte ihr Smartphone auf den Sofatisch und schaltete das Aufnahmegerät ein. Sie nannte den Ort, das Datum und die Uhrzeit sowie ihren Namen und Dienstgrad und Annas Namen. Sie machte Anna auf ihre Rechte aufmerksam und fragte sie erneut wegen eines Anwalts. Anna bestätigte, dass sie keinen haben wolle.

»Mrs. Carter verzichtet ausdrücklich auf einen Rechtsbeistand«, wiederholte Kate. Dann fuhr sie fort: »Mrs. Carter, Sie sagten, Sie, Mrs. Dalina Jennings und Mr. Logan Awbrey seien am 26. Juli 2010 im Haus der Familie Malory in Scarborough gewesen. Können Sie mir schildern, was Sie dort wollten? Und was dort geschah?«

»Ja«, sagte Anna.

MONTAG, 26. JULI 2010

I

Es war so entsetzlich heiß. Über dreißig Grad im Schatten, und obwohl wir direkt am Meer waren, ging kaum ein Lufthauch. Schon am Morgen im Frühstücksfernsehen hatten sie verkündet, dass die sehr warme Luft, die seit Tagen über den Britischen Inseln das Wetter bestimmte, heute noch einmal zulegen würde. Man riet den Leuten, möglichst im Schatten zu bleiben und sich, falls sie doch in die Sonne gingen, gut und mit hohem Lichtschutzfaktor einzucremen. Die meisten Engländer sind sehr hellhäutig und plagen sich ein Leben lang mit dem Wunsch herum, einmal eine so wunderbar glatte braune Haut zu haben wie die Südfranzosen. Was sie zu radikalen Sonnenbädern verleitet, wenn sich der britische Sommer plötzlich einmal zu Mittelmeertemperaturen aufschwingt. Sie werden dabei nur nie braun. Sondern feuerrot. Und bekommen noch mehr Sommersprossen.

Wir hingen am Strand in der Südbucht herum, unterhalb des Scarborough Spa. Es war Ebbe, wir saßen auf kleinen, flachen Felsen, die das Meer zunächst feucht und glänzend zurückgelassen hatte, die aber inzwischen getrocknet waren. Um uns herum versickerte das letzte Wasser in kleinen Sandkuhlen. Dazwischen Algen, Muscheln und winzige Krebse. Wir saßen in der prallen Sonne, weil Dalina braun werden wollte, wofür sie allerdings auch der Typ war. Ich hingegen versuchte mich mit einem langärmeligen T-Shirt und einem Strohhut, so gut es ging, zu schützen und cremte mich immer wieder von Neuem ein. Ich wäre gerne in den Schatten gegangen, aber wenn Dalina beschlossen hatte, dass wir in der Sonne saßen, war Widerspruch sinnlos. Es waren nicht so viele Touristen am Strand wie sonst. Die meisten hatten inzwischen den Schatten aufgesucht oder badeten in der Ferne im Meer, das sich weit zurückgezogen hatte.

»Gott, ist das öde«, stöhnte Dalina, »ich frage mich, warum ich keine Eltern mit viel Geld habe. Ich meine, wir haben unseren Schulabschluss gemacht, wäre das nicht eine Reise wert? St. Tropez oder Monte Carlo. Ich gäbe alles darum, jetzt dort zu sein!«

»Hier ist es aber mindestens genauso warm«, meinte Logan. Er saß direkt neben Dalina und himmelte sie an. Was mir sehr wehtat, aber ich versuchte, es nicht zu nah an mich heranzulassen. Ich wusste, dass er sich nach ihr verzehrte, aber auch, dass sie sich nichts aus ihm machte. Sie spielte mit ihm und ließ ihn dann wieder über Wochen fallen, ignorierte ihn völlig. Dann kam er zu mir. Ich hörte ihm stundenlang zu und tröstete ihn. Ich war seine Schulter zum Anlehnen. Insgesamt verbrachte er mit mir mehr Zeit als mit Dalina, und das richtete mich immer wieder auf.

Er war älter als wir, schon lange mit der Schule fertig und schlug sich mit Gelegenheitsjobs durch. Schon deshalb wäre er nie ernsthaft für Dalina infrage gekommen. Für sie musste ein Mann »etwas darstellen« und vor allem richtig viel Geld verdienen. Wenn sie über Logan in dessen Abwesenheit sprach, nannte sie ihn *Loser*.

Dalina und ich waren im Frühsommer mit der Schule fertig geworden. Für mich hätte dieser heiße Sommer zu Hause, die Schule hinter mir, das Studium im Herbst lockend, nicht schöner sein können, aber Dalina jammerte nur herum. Hier sei einfach nichts los. Immer wieder fing sie von St. Tropez an. Von den Stränden, den Bars, den Clubs, den Schiffen der Reichen, die dort vor Anker lagen. Sie arbeitete wieder bei *Biggestpizza*, einem Pizzalieferservice. Von dem Geld wollte sie im nächsten Jahr nach Südfrankreich, wie sie sagte. An diesem Nachmittag hatte sie frei. Was ihre Stimmung aber noch schlechter machte.

Für Dalina war Langeweile das Schlimmste. Sie wäre eher mit einer schweren Krankheit oder einem Unfall zurechtgekommen, aber nicht damit, dass gar nichts passierte. Sie war völlig außerstande, sich mit sich selbst zu beschäftigen, in sich selbst etwas zu finden, das sie erfüllte. Ich hingegen konnte stundenlang über den Klippenpfad wandern und träumen oder meinen Gedanken nachhängen, ich empfand Glück, wenn ich barfuß entlang der Brandung lief. Ich konnte lesen oder nachdenken oder einfach über das Meer schauen. Genau genommen empfand ich eigentlich nie Langeweile. Auch nicht dieses Getriebensein, diese ständige Suche nach anderen Menschen und danach, dass sie mich irgendwie ablenkten. Ich glaube, Dalina hat gar kein Innenleben. Sie lebt ausschließlich nach außen. Und wenn da nichts passiert, ist sie aufgeschmissen. Sie weiß dann absolut nichts mit sich anzufangen.

Das Schlimme ist, dass sie dadurch aggressiv wird. Zunächst gereizt und ungeduldig, dann immer angriffslustiger. Wir beide, Logan und ich, hatten in solchen Momenten Angst vor ihr. Logan, weil er so vernarrt in sie war und darunter litt, wenn sie ihn noch schlechter behandelte als sonst.

Und ich, weil ich so empfindsam bin. Dalina wusste ihre Pfeilspitzen gut zu platzieren. Sie kannte meine Schwachstellen, meine Unsicherheiten und Komplexe. Auf diese zielte sie, wenn ihr sonst nichts mehr einfiel. Und leider zog ich mir jeden Schuh an, den mir ein anderer Mensch hinwarf. Ich war mir meiner so unsicher, dass ich im Innersten jedem recht gab, der seine Finger auf einen meiner zahlreichen wunden Punkte legte.

Logan hatte eine Kühltasche mit Bier dabei. Zwei Dosen hatte er schon getrunken, ein Wahnsinn bei dieser Hitze. Sein Gesicht hatte eine ungesunde rote Farbe und glänzte vor Schweiß. Seine Augen blickten etwas glasig drein.

»Magst du ein Bier, Dalina?«, fragte er zum wiederholten Mal. Für Logan war Alkohol immer ein unfehlbares Mittel gegen Langeweile.

Bislang hatte Dalina vernünftigerweise abgelehnt, aber nun seufzte sie tief und genervt. »Okay. Gib her. Ich sterbe hier sonst noch, so trostlos ist es!«

Schon bald waren beide ziemlich gut abgefüllt, wobei die Sonne die Wirkung potenzierte. Logan sah, ich muss das leider sagen, immer mehr wie ein Hund aus, der winselnd vor einer Hündin sitzt und sich kaum noch beherrschen kann. Dalina hingegen geriet in eine etwas bessere Stimmung, zumindest begann sie sich Gedanken zu machen, was man mit dem Tag anfangen könnte, anstatt nur zu jammern.

»Irgendwo irgendwen aufmischen«, schlug sie vor, wobei sie es im Unklaren ließ, was sie mit aufmischen genau meinte.

»In der Brandung laufen«, sagte ich, aber Dalina lachte laut auf, und Logan stimmte beflissen ein.

»Kannst du ja machen. Passt zu einem stillen Mäuschen wie dir!«

Aus Dalinas Mund klang der Begriff *still* wie ein Schimpfwort, und wie üblich zog ich sofort den Kopf ein und fühlte mich irgendwie minderwertig.

»Soll ich euch mal den dicksten Menschen der Welt zeigen?«, fragte sie nach einer Weile angestrengten Überlegens und einer weiteren halben Dose Bier.

»Den dicksten Menschen der Welt?«, fragte Logan ehrfürchtig. Er tat immer so, als hauten ihn Dalinas Vorschläge geradezu aus den Socken. Er war so furchtbar bestrebt, ihr zu gefallen. Mir, als der Beobachtenden, war klar, dass er sie genau damit langweilte – und das war ja das Schlimmste, was man tun konnte.

Dalina sprang auf. Sie stand noch erstaunlich sicher auf ihren Beinen. »Ja! Kommt mit. Ihr werdet es nicht glauben!«

Logan erhob sich. Er schwankte ziemlich, fand aber irgendwann sein Gleichgewicht. »Cool! Ich bin dabei!«

Auch ich stand auf. Ich war als Einzige nüchtern. Ich fand Dalinas Vorschlag völlig idiotisch. Einen dicken Menschen anschauen? Wie würde sich das für diesen anfühlen? Und dazu: Welchen Lustgewinn, um Himmels willen, konnte man aus einer so dämlichen Beschäftigung ziehen?

Heute wünschte ich sehnlichst, ich hätte mich an dieser Stelle ausgeklinkt. Hätte die beiden ziehen lassen und wäre meiner Wege gegangen. Warum folgte ich ihnen, nichts Gutes ahnend? Ich war in Logan verliebt, ja, aber hatte ohnehin keine Chance. Aber ich wollte auch dazugehören. Teil der kleinen Gruppe sein und bleiben.

Und dann nahm das Unheil seinen Lauf.

Die Malorys wohnten in der Nordbucht, ganz in der Nähe des Cross Lane Hospital. Eine Siedlung, in der ein Haus dem anderen glich. Sehr liebevoll alles und gepflegt. Hübsche Häuser, hübsche kleine Gärten. Der von den Malorys sah allerdings ein wenig verwildert aus. Das Gras zu hoch, und die Büsche wucherten ungehemmt in alle Richtungen. Durch den Gartenzaun zwängten sich dicke Büschel Löwenzahnblätter auf die Straße hinaus. Trotzdem hatte das alles keine verwahrloste Anmutung. Es unterschied sich nur von den anderen Gärten, in denen die Leute das Gras entlang der Blumenrabatten offenbar mit der Nagelschere schnitten.

Die Siedlung lag still und verschlafen in der Hitze des Tages. Es war inzwischen früher Nachmittag und so heiß, dass man nur schwer atmen konnte.

»Malory heißen die?«, fragte Logan, als wir vor dem Haus standen. Er trug noch immer die Kühltasche mit dem Bier. Dalina hatte uns gerade den Namen des dicksten Jungen der Welt genannt: Alvin Malory. »Ich glaube, die kenne ich nicht.«

»Du kannst ja nicht jeden kennen«, sagte Dalina.

Im Bus hierher hatte sie uns erzählt, dass sie ihn regelmäßig mit Essen belieferte. Er bestellte meist zwei XXL-Menüs, die aus Burgern, Pommes und riesigen Colabechern bestanden. Dazu eine Familienpizza in Übergröße. »Das frisst der einfach so weg. An einem einzigen Nachmittag.«

»Wahnsinn!«, sagte Logan.

Dalina hatte gekichert. »Es ist ihm immer peinlich. Dann tut er so, als seien seine Eltern da und er habe das für alle bestellt. Aber ich weiß, dass sie nicht da sind. Sie haben eine Autowerkstatt, drüben neben dem Lidl-Markt an der A64. Da sind sie den ganzen Tag. Ich weiß das, weil ich da lustigerweise auch manchmal etwas hinliefere. Allerdings normale Portionen.«

Als wir jetzt vor dem unauffälligen Haus mit der grünen Tür standen, spürte ich, dass das meine letzte Chance war auszusteigen. Zu erklären, dass ich keine Lust hatte, jemanden zu besuchen, den ich gar nicht kannte, dass es mir zu heiß war oder dass ich meiner Mutter versprochen hatte, noch mit ihr zum Einkaufen zu fahren. Irgendetwas. Ich hatte das intuitive Gefühl, dass es besser wäre zu gehen. Vielleicht wäre es den beiden anderen auch ganz egal gewesen. Logan hatte ohnehin nur Augen für Dalina. Und Dalina verströmte ihre Aggressivität wie einen unangenehmen Geruch. Die Aggressivität des Gelangweiltseins. Häufig genug hatte ich sie abbekommen. Diesmal jedoch richtete sie sich nicht auf mich. Sie hatte diesen dicken Jungen ins Visier genommen. Vermutlich hätte ich mich wirklich auf und davon machen können, ohne dass es sie besonders interessiert hätte.

Aber ich hatte nicht den Mut. Meine Angst, dann für immer ausgeschlossen zu sein, war zu groß.

Dalina klingelte.

Es verging ziemlich viel Zeit, und ich hegte schon die Hoffnung, es sei niemand zu Hause, doch dann öffnete sich die Haustür. Der Junge, der vor uns stand, war tatsächlich sehr übergewichtig. Ein verquollenes Gesicht, ein großer Bauch, über dem ein T-Shirt mit einer verwaschenen, nicht mehr lesbaren Aufschrift spannte. Seine Beine steckten in einer lilafarbenen Jogginghose, deren sichtlich synthetischer Stoff mich allein durch den Anblick schaudern ließ. Wie hielt er das aus bei dieser Hitze?

»Hi, Alvin«, sagte Dalina.

Er wirkte verunsichert. »Ich habe nichts bestellt. Also, ich habe heute woanders bestellt.«

»Kein Problem«, sagte Dalina. »Ich wollte dich einfach mal so besuchen. Du sitzt ja immer nur zu Hause herum, und ich dachte, du brauchst vielleicht etwas Abwechslung.«

Sie lächelte ihn an. Sie sah aus wie ein Haifisch, der seine Beute umkreist.

Alvin wirkte keineswegs erfreut, hatte aber wohl das Gefühl, höflich sein zu müssen. Ich glaube, er spürte, dass nichts Gutes von Dalina ausging.

Dalina drängte ihn kurz entschlossen zur Seite und stand auch schon im Haus. »Willst du uns nicht etwas anbieten? Bei der Hitze? Das sind übrigens meine Freunde. Logan und Anna.«

»Hi«, sagte Logan. Er sah wirklich furchtbar aus. Die Hitze und der Alkohol setzten ihm schwer zu. Von seiner Attraktivität war nicht mehr viel übrig.

»Hi«, sagte Alvin. Es war deutlich, dass er uns nicht im Haus haben wollte, aber nicht wusste, wie er es verhindern sollte.

»Meine Eltern sind nicht da«, sagte er schwach.

Dalina lachte. »Du bist doch ein großer Junge, oder? Du darfst doch schon Freunde empfangen, wenn Mum und Dad nicht daheim sind, oder?«

Wir waren natürlich keine Freunde. Dalina hatte ihm ein paarmal Essen geliefert. Und mich und Logan kannte er überhaupt nicht.

Dalina spähte in die Küche. Auf dem Tisch lag ein Stück Papier. »Oh, der Lieferzettel deines heutigen Essens? Dann ist deine Lieferung schon gekommen. Mal sehen ... hm. Indisch. Eine ganz schöne Menge. Nur für dich?«

Alvin sagte nichts. Jetzt betrat auch Logan das Haus. Ich folgte. Keiner von uns war dazu aufgefordert worden. Aber Dalina war klar, sie hatte freie Bahn. Alvins Eltern waren bei der Arbeit, und sie wusste jetzt, dass der Lieferdienst schon da gewesen war. Auf absehbare Zeit würde Alvin mit uns allein sein.

Dalina begab sich durch den schmalen Hausflur ins Wohnzimmer. Alvin schlappte hinterher. Er hatte diesen seltsamen Gang sehr dicker Menschen, bei denen die Oberschenkel wie ausgekugelt wirken. Weil sie zu sehr aneinanderrieben.

Im Wohnzimmer, in dem auffallend viele schöne Blumensträuße in Vasen standen, ließ sich Dalina auf ein Sofa fallen und schaute sich um. »Nett hier. Etwas dunkel. Und altmodisch, oder? Können sich deine Eltern keine neuen Möbel leisten?«

»Wir haben nicht so viel Geld«, murmelte Alvin.

Logan drängte nun auch ins Wohnzimmer. »Voll krass«, sagte er, und es war nicht klar, was er damit meinte. Er wusste es wahrscheinlich selbst nicht.

»Da ist ja eine Minibar!«, schrie Dalina.

Auf einem Teewagen standen etliche Flaschen. Gin, ein Portwein, ein Whisky, ein paar Obstbrände. Genau das, was Logan und Dalina jetzt keinesfalls mehr zu sich nehmen sollten.

»Wollt ihr nicht lieber ein Wasser?«, fragte Alvin. Er warf mir einen hilfesuchenden Blick zu. Ich stand hinter ihm, noch im Flur. Er merkte wohl, dass ich nicht betrunken war. Ich wich diesem Blick aus. Was sollte ich auch machen?

Ja, das ist die Frage, die ich mir bis heute stelle. Was hätte ich machen sollen? Was hätte ich tun können, als die Situation mehr und mehr eskalierte? Weglaufen? Die Polizei holen? Dalina und Logan, die irgendwann nicht mehr Herr ihrer Sinne waren, Einhalt gebieten?

Hätten sie auf mich gehört?

Was soll ich sagen, wie es weiterging? Die Bilder sind für immer eingebrannt in meinem Gedächtnis und sind dennoch unscharf. Wohl deshalb, weil ich mich gegen sie stemme, wann immer sie vor meinem inneren Auge auftauchen. Ich will sie nicht mehr sehen, ich will mich ihrer auch nicht erinnern. Dennoch sind sie Teil meines Lebens geworden und tauchen immer wieder auf, nachts in meinen Träumen, aber auch am Tag, ganz plötzlich, in Momenten, in denen ich nicht damit rechne.

Dalina, die Gin und Whisky aus den Flaschen trinkt wie Wasser.

Logan, der es ihr nachmacht, obwohl er bereits so blau ist, dass er schwankt.

Dalina, die sich eine Zigarette anzündet und die Asche achtlos auf den Boden rieseln lässt.

Logan, der natürlich ebenfalls raucht, seine Zigarette dann jedoch auf dem Bezug des Sofas ausdrückt.

Alvin dazwischen, hilflos protestierend. »Das könnt ihr doch nicht machen! Hört auf, bitte!«

Logan, in einem Sessel liegend, die Füße mit den Straßenschuhen auf einem anderen Sessel, wie er eine ganze Flasche Himbeergeist einfach über den Boden kippt, mit den Worten: »Was ist denn das für ein Scheißfusel, da muss ich kotzen!«

Logan, der einen Arm voller Bierflaschen aus dem Kühlschrank in der Küche holt, sie teilweise leer trinkt, das restliche Bier im Zimmer verschüttet und die Flaschenhälse am Tisch zerschlägt.

Dalina, die schrill lacht.

Alvin, der mit den Tränen kämpft.

Und der irgendwann fragt: »Bitte, was wollt ihr?«

Was Dalina sofort in einem übertriebenen Singsang nachäfft: »Was wollt ihr? Was wollt ihr? Was wollt ihr?«

»Bitte«, sagt Alvin, »bitte geht jetzt!« Er versucht, Entschlossenheit in seine Stimme zu legen, Autorität. Natürlich gelingt ihm das nicht. Er wirkt wie ein verzweifeltes Kind, das darum bettelt, dass ihm keiner wehtut. Er wirkt wie ein Opfer.

Das reizt die beiden anderen. Es ist spürbar. Je mehr Alvin bittet und bettelt, je mehr seine Augen in Tränen schwimmen, desto angriffslustiger werden seine Gegner.

»Bitte, bitte«, singt Dalina, »bitte, bitte geht jetzt!«

»Bitte, bitte«, lallt Logan.

»Mach mal, dass der noch mal bitte sagt!«, verlangt Dalina.

Logan erhebt sich aus seinem Sessel und bleibt wackelig stehen. Er hat einen ziemlich verschwommenen Blick. Er kapiert aber noch, was Dalina sagt, und er kann sich auf seinen Füßen halten. Er baut sich vor Alvin auf. Logan ist sehr groß, fast zwei Meter. Alvin ist deutlich kleiner. Allerdings wesentlich dicker.

»Sag bitte, bitte«, sagt Logan, »los, du fette Sau, sag es!«

Ein Rest an Würde zwingt Alvin, diesem Ansinnen nicht nachzukommen. Er presst die Lippen aufeinander. Er schweigt. Aber er weint jetzt haltlos.

»Du sollst *bitte, bitte* sagen«, wiederholt Logan. »Hast du mich nicht verstanden?«

Alvin weint. Er sagt nichts.

»Lässt du dir das bieten, Logan?«, fragt Dalina. Sie hat auch eine Menge getrunken, aber man merkt das ihrer Sprache nicht an. Man sieht es bei ihr auch nicht. Sie wirkt klar.

»Das lass ich mir nich bieten«, sagt Logan. Er holt aus und landet schnell hintereinander mehrere harte Faustschläge in Alvins Bauch. Alvin klappt zusammen und sinkt auf die Knie, fällt auf den Boden. Er erbricht sich auf den Teppich.

»Scheiße!«, schreit Logan. »Die fette Sau kotzt!«

Voller Wut tritt er zu, wohin er auch trifft. Bauch, Rücken, Rippen, Kopf. Alvin versucht sich zusammenzurollen und irgendwie seinen Körper zu schützen. Er ist viel zu massig, als dass ihm das wirklich gelingt. Er wälzt sich in seinem Erbrochenen herum, attackiert von den wilden, wütenden Fußtritten eines Gegners, der nicht mehr wirklich weiß, was er tut. Der ihn töten wird, wenn keiner dazwischengeht. Logan tritt wie ein Besessener, mit der ganzen furchtbaren Kraft eines fast zwei Meter großen jungen Mannes.

»Hör auf!«, schreie ich.

Ich kenne ihn so nicht. Ich habe Logan niemals zuvor gewalttätig erlebt. Sein ganzes Wesen, seine Ausstrahlung hätten das nie vermuten lassen. Es muss der Alkohol sein. In Verbindung mit den Hormonen. Er ist immer stark sexualisiert in Dalinas Gegenwart. Er ist vollkommen verrückt nach ihr. Er würde morden, wenn sie es verlangt.

Schließlich sagt Dalina: »Hör auf, Logan.« Es klingt wie ein Kommando, das jemand seinem Hund gibt. Sitz! Platz! Komm her!

Logan lässt augenblicklich von Alvin ab, der regungslos liegen bleibt.

»Wir brauchen alle einen Schluck Wasser«, befindet Dalina.

Ich eigentlich nicht. Aber ich folge ihr und Logan in die Küche, völlig benommen. Ich werfe dabei einen Blick zurück in das Wohnzimmer. Es sieht fürchterlich aus. Überall Zigarettenkippen und Asche. Schwarze Löcher in den Sofa- und Sesselbezügen. Halb leere Flaschen, teilweise kaputt, auf dem Boden liegend, ihr Inhalt sickert langsam hinaus. Der gläserne Rahmen eines Fotos im Regal ist zu Bruch gegangen, die Scherben verteilen sich auf dem Teppich. Blumen auf dem Boden, umgekippte Vasen. Sofakissen fliegen überall herum. Wie lange haben wir dort gewütet – gesoffen, geraucht, Dinge umhergeschmissen? Ich habe in diesem Moment jegliches Zeitgefühl verloren. Später rekonstruiere ich, dass es etwa eine Stunde gewesen sein muss. Eine Stunde an einem sehr heißen Tag, an dem drei junge Menschen nicht wussten, was sie mit ihrer Freizeit anfangen sollten. Denn ja, ich gehöre dazu. Auch wenn ich nur dabeistand. Das ist genauso schlimm.

Vielleicht sogar schlimmer.

2

In der Küche trank Dalina Wasser direkt aus dem Wasserhahn, und sie forderte Logan auf, dasselbe zu tun. Natürlich befolgte Logan ihre Anweisung. Immer wenn er aufhören wollte, drängte sie ihn weiterzumachen. Sie hatte zuvor drinnen im Wohnzimmer getrunken, gejohlt, geschrien und gesungen, aber wie mir schon zuvor aufgefallen war: Sie wirkte bei all dem erstaunlich nüchtern. Und jetzt, nach ein paar Schlucken Wasser, ganz besonders. Sie wusste genau, dass wir uns alle gerade in erhebliche Schwierigkeiten gebracht hatten.

Ich konnte ihr ansehen, dass sie fieberhaft nachdachte.

Logan sah, nachdem er gut einen Liter Wasser getrunken hatte, ein wenig menschlicher aus. Sein Gesicht war noch immer unnatürlich gerötet, aber seine Augen wirkten eine Spur klarer.

»Gott, ist mir schlecht«, sagte er. Auch seine Sprechweise hatte sich verbessert. Nicht mehr so verschwommen und schleppend. Allerdings machte er tatsächlich den Eindruck, als sei ihm speiübel.

»Pass bloß auf«, sagte Dalina scharf, »dass du nicht kotzt. Wir sollten nicht noch mehr DNA hinterlassen!«

Logan kapierte nicht. »DNA?«

»Wir haben aus den Flaschen getrunken und alles Mögliche angefasst.«

»Stimmt«, sagte Logan.

»Allerdings«, meinte Dalina, »ist niemand von uns irgendwo registriert, oder? Polizeilich erfasst, meine ich? Mit Fingerabdrücken und allem Drum und Dran.«

Logan und ich schüttelten beide den Kopf.

»Das ist schon mal gut«, befand Dalina. »Unsere Fingerabdrücke nützen ihnen nur etwas, wenn sie uns im System haben. Und hier werden sie Massen an Fingerabdrücken finden. Alvins Mutter hatte gestern Geburtstag mit sehr viel Besuch.« Sie wies auf die vielen Gläser, die überall in der Küche standen. Platten und Teller mit sauber abgedeckten Resten. Körbe mit Besteck. Tatsächlich. Mir war das bis zu diesem Moment nicht aufgefallen. Es sah aus wie am Tag nach einem größeren Fest. Jetzt verstand ich auch die vielen Blumen im Wohnzimmer.

»Woher weißt du, dass die Mutter Geburtstag hatte?«, fragte Logan.

»Alvin hat es mir letzte Woche erzählt. Bei einer der Lieferungen.«

Sie betrachtete Logan, als warte sie darauf, dass er den Fehler fand. Oder das Problem. Aber er schaute sie nur hingerissen an und kämpfte dabei mit seiner Übelkeit.

Mir hingegen war klar, wo der Haken lag.

»Alvin kennt dich«, sagte ich. »Und von uns kennt er die Gesichter und zumindest die Vornamen.«

»Ach, du Scheiße«, stöhnte Logan.

»Ja, blöd«, sagte Dalina. Ich wusste, dass es ihr schwer zu schaffen machte, derart die Kontrolle verloren zu haben. Dalina hatte einen Hang dazu, gefährliche Dinge zu tun, aber sie behielt das mögliche Ende der Entwicklung dabei immer im Blick. Auch wenn man glaubte, dass sie rücksichtslos tat, was ihr Spaß machte, kalkulierte sie die Gefahren dabei durchaus ein und wog ab, wie weit sie gehen konnte. Diesmal hatte sie die Risiken aus den Augen verloren. Sie hatte ein wenig Spaß haben wollen, und zwar auf Kosten des dicken Alvin, aber sie hatte nicht vorgehabt, dass wir alle bei der Polizei landeten. Die Situation war eskaliert. Vielleicht wären wir mit einem blauen Auge davongekommen, wenn es bei den leer getrunkenen oder ausgeschütteten Flaschen, den kaputten Vasen und befleckten Teppichen, den Zigarettenlöchern in den Bezügen geblieben wäre, wobei sie und ich uns die Begeisterung unserer Eltern angesichts der Schadensersatzrechnungen nur zu gut vorstellen konnten. Logan immerhin lebte schon selbstständig, wäre aber, chronisch klamm, wie er war, sehr ins Schleudern gekommen, hätte er die Dinge bezahlen müssen, die er angerichtet hatte. Aber spätestens seitdem er Alvin zu Boden geschlagen und dann völlig entfesselt auf ihn eingetreten hatte, war die ganze Sache nicht mehr als ein dummer Streich ein paar betrunkener junger Leute abzutun. Nun ging es um Körperverletzung.

»Wollen wir mal schauen, wie es Alvin geht?«, fragte Logan. Er war schneeweiß im Gesicht.

»Ja, okay«, stimmte Dalina zu.

Wir begaben uns wieder in das Wohnzimmer hinüber. Alvin lag nicht mehr an der Stelle, an der wir ihn verlassen hatten. Er war bis zu der Glastür gekrochen, die auf die Terrasse hinausführte. Allerdings hatten ihn da dann offenbar die Kräfte verlassen, denn er lag regungslos auf dem Teppich, eine Masse Mensch, die aber eindeutig atmete. Regelrecht pumpte. Er bekam schlecht Luft.

Das ganze Zimmer stank bestialisch. Nach Alvins Erbrochenem, nach Alkohol und nach Zigaretten.

»Er lebt«, sagte Logan erleichtert.

Dalina trat dicht an Alvin heran, einen Ausdruck des Ekels auf dem Gesicht.

»He, Alvin«, sagte sie betont munter. »Komm, steh auf. War doch nur ein Scherz. Sorry. Ist ein bisschen zu weit gegangen. Alles klar bei dir?«

Alvin hob mühsam den Kopf. Es war eindeutig gar nichts klar bei ihm. Sein Gesicht musste etliche Tritte abbekommen haben, denn seine Oberlippe war aufgeplatzt und blutete, sein rechtes Auge schwoll gerade zu, und aus seinem rechten Ohr sickerte ein dünner Blutfaden. Seine Augen verdrehten sich plötzlich nach oben, rutschten dann jedoch wieder in ihre normale Position. Ich gab einen leisen Laut des Erschreckens von mir. Es war durchaus möglich, dass Alvin eine schlimme innere Kopfverletzung davongetragen hatte.

Auch Dalina hatte es bemerkt. »Alles klar?«, fragte sie noch mal.

Alvin setzte zweimal an, etwas zu sagen. Beim dritten Mal brachte er endlich ein paar undeutliche Worte heraus. »Luft.« Und: »Nicht atmen ...«

»Du atmest aber doch«, sagte Dalina aufmunternd. In ihrem Gesicht las ich jedoch den Schrecken.

»Wir müssen den Notarzt rufen«, sagte ich. Alvin war eindeutig schwer verletzt. Wie gefährlich das war, konnte ich nicht beurteilen, aber es sah gar nicht gut aus.

»Bist du verrückt?«, fragte Dalina.

Alvins Kopf war wieder auf den Boden gesunken.

»Wir können ins Gefängnis kommen«, sagte Logan. Er vermittelte tatsächlich den Eindruck, schlagartig nüchtern geworden zu sein.

Bei schwerer Körperverletzung war uns das Gefängnis sicher. Zumindest Logan. Deshalb hatte er auch die meiste Angst. Er hatte Alvin geschlagen und getreten. Aber Dalina war die Initiatorin der ganzen Sache gewesen. Sie könnte wegen Anstiftung drankommen. Ich selbst war nur hinterhergetrottet und hatte zugeschaut. Was war das? Unterlassene Hilfeleistung?

Dalina und Logan warfen einander einen langen Blick zu. Mich beachteten sie gar nicht.

»Ich gehe keinesfalls ins Gefängnis«, sagte Dalina.

»Ich auch nicht«, stimmte Logan zu.

Das hättet ihr euch früher überlegen müssen, schrie ich innerlich. Aber ich brachte kein Wort heraus.

»Wollen wir ihn mal umdrehen?«, fragte Logan.

»Okay«, stimmte Dalina zu.

Mit vereinten Kräften drehten sie Alvin auf den Rücken. Er wimmerte vor Schmerzen. Als er auf dem Rücken lag, sah man, dass sein ganzer Oberkörper mit seinem Erbrochenen verschmiert war. Noch immer blutete er aus dem Ohr. Er rang nach Luft.

»Wahrscheinlich ein paar gebrochene Rippen«, meinte Logan.

»Das Blut im Ohr gefällt mir nicht«, sagte Dalina.

»Bitte«, flehte ich, »wir müssen einen Notarzt holen.«

»Nein!«, sagte Dalina scharf. »Dann sind wir alle dran. Du übrigens auch. Du hast danebengestanden!«

»Aber wir können ihn nicht sterben lassen«, sagte ich panisch.

Dalina erwiderte nichts. Aber ich sah, was sie dachte: Das wäre die Lösung aller Probleme.

Sie wandte sich an Logan. »Such etwas!«

Logan verstand nicht. »Was soll ich suchen?«

»Sei nicht so verdammt begriffsstutzig!«, fauchte Dalina.

Bei Logan fiel der Groschen. In sein Gesicht malte sich blankes Entsetzen. »Das ... können wir nicht tun.«

»Und was wäre dein Vorschlag? Knast?«

Er schwieg.

»Wir haben keine Alternative«, sagte Dalina.

Logan schaute sich im Zimmer um. Er machte eine Kopfbewegung hin zum Kamin. »Das Kaminbesteck ...«

»Wäre eine Möglichkeit«, meinte Dalina, wirkte aber unschlüssig. Die Vorstellung, Alvin jetzt mit dem eisernen Schürhaken oder der Schaufel zu erschlagen, überforderte sie eindeutig. Vorhin waren sie und Logan wie in einem Rausch gewesen, besonders Logan. Wäre Dalina nicht eingeschritten, hätte er Alvin vermutlich zu Tode getreten. Wahrscheinlich bereute sie ihr Eingreifen inzwischen. Denn jetzt waren beide ernüchtert und klar und sahen sich in einer prekären Lage, aus der es nur einen einzigen Ausweg gab – jedenfalls aus ihrer Sicht und wenn sie ungeschoren davonkommen wollten.

»Ich habe da vielleicht eine Idee«, sagte Logan und verließ das Zimmer.

Dalina und ich blieben bei Alvin, der sich nicht rührte und wie ein gestrandeter Wal vor der Terrassentür lag.

»Bitte, Dalina«, sagte ich verzweifelt. »Macht es nicht noch schlimmer. Bitte, lass mich den Notarzt rufen!«

»Das zerstört unser Leben«, sagte Dalina. »Unser aller Leben.«

»Was ihr jetzt vorhabt, zerstört es auch«, sagte ich.

Sie schüttelte den Kopf. »Die Hauptsache ist, dass wir nicht im Gefängnis landen. Und irgendwann vergessen wir das alles sowieso.«

»Warum nur?«, fragte ich. »Warum habt ihr das getan?«

Sie zuckte mit den Schultern. »Der Tag war so scheißlangweilig.«

Während ich sie noch fassungslos anstarrte, kehrte Logan ins Wohnzimmer zurück. Er hatte eine grüne Flasche in der Hand. Im ersten Moment dachte ich, es handele sich um eine Bierflasche, und er wolle aus unverständlichen Gründen sein Besäufnis fortsetzen. Aber dann erkannte ich den schwarzen Totenkopf und das Wort *Danger*!

»Was ist das, um Gottes willen?«

»Abflussreiniger«, sagte Logan.

»Okay«, sagte Dalina.

Mir wurde schlecht. »Das könnt ihr nicht machen!«

»Weniger blutig als mit der Schaufel«, sagte Logan.

Er und Dalina knieten neben Alvin auf dem Boden nieder, wie ein eingespieltes Team, das einer vertrauten Handlung nachging.

»Ich halte ihm den Mund auf«, sagte Dalina. Sie wirkte ungemein entschlossen. Sie wusste, dass sie bereits mit einem Fuß im Gefängnis stand, und es gab immer nur einen einzigen Menschen auf der Welt, dessen Interessen sie im Blick hatte, und der war sie selbst. Dafür ging sie über Leichen. Diesmal buchstäblich.

Die Flasche hatte einen Kindersicherungsverschluss, und Logan mühte sich eine ganze Weile damit ab, sie zu öffnen. Endlich gelang es ihm. Dalina griff in Alvins Mund und drückte den Kiefer auseinander. Sie blickte angewidert drein, zögerte aber keine Sekunde, das zu tun, was ihrer Ansicht nach getan werden musste.

Logan ließ das hochgiftige Gebräu in Alvins Rachen fließen. Alvin begann sich instinktiv zu wehren. Er warf den Kopf zur Seite und hustete heftig, strampelte mit Armen und Beinen. Ein Teil des Abflussreinigers landete auf dem Teppich.

»Du musst ihn festhalten«, schnauzte Logan.

»Versuch ich ja«, gab Dalina zurück. Sie schaute mich an. »Anna, halt seine Beine fest.«

Ich trat sofort einen Schritt zurück, völlig entsetzt. »Das kann ich nicht. Auf keinen Fall!«

Sie warf mir einen verächtlichen Blick zu, entschied aber offenbar, dass es zu lange dauern würde, sich jetzt mit mir auseinanderzusetzen. Sie wandte sich wieder Alvin zu.

»Mach schnell, Logan. Kipp die ganze Flasche rein. Beeil dich. Da drüben ist jemand.«

»Was?«, fragte Logan entsetzt.

»Ein alter Mann. Er arbeitet in seinem Garten. Er schaut nicht rüber. Aber wir sollten weg sein, bevor er es doch tut.«

Ich drehte mich weg, als Dalina Alvin erneut die Kiefer auseinanderdrückte und Logan mit einem diesmal sehr entschlossenen Schwung den Inhalt der Giftflasche in den geöffneten Mund kippte. Alvin gab gurgelnde Laute von sich, prustete und hustete und begann sich wieder zu wehren.

»Der ist noch ganz schön lebendig«, keuchte Logan.

Das Letzte, was ich wahrnahm, war, dass Logan Alvin den Mund zuhielt und ihn zugleich mit seinem eigenen Gewicht beschwerte. Alvin klang, als ersticke er. Er konnte nicht anders, als zu schlucken – und das Zeug verätzte seine Mundschleimhaut, seine Speiseröhre, seine Atemwege, seinen Magen. Er würde auf eine fürchterliche, qualvolle und schmerzhafte Art sterben.

Ich verbarg mein Gesicht in meinen Händen. Ich kam mir vor, als wäre ich mitten in der Hölle gelandet.

»Er bewegt sich nicht mehr«, sagte Logan.

»Ist er tot?«, fragte Dalina.

Es dauerte einen Moment, dann hörte ich Logan sagen: »Er atmet noch. Schwach.«

»Okay. Wir müssen hier weg«, entschied Dalina. »Er überlebt das nicht. Lasst uns, so gut es geht, ein paar Spuren beseitigen.«

Sie und Logan rissen Küchenpapiere ab, ließen Wasser darüberlaufen und begannen alle Flaschen abzuwischen, Türgriffe, Arbeitsflächen in der Küche. Den Wasserhahn. Die leere Giftflasche.

»So, das muss reichen«, sagte Dalina. Sie spähte zur Gartentür hinaus. »Der Alte werkelt da immer noch herum.«

»Hier sind mit Sicherheit noch Spuren von uns«, sagte Logan.

»Ich habe es dir doch erklärt«, sagte Dalina ungeduldig. »Sie können die niemandem zuordnen. Hier sind Hunderte von Spuren.«

Wir alle schwiegen für einen Moment. Mein Blick streifte scheu den reglos auf dem Boden liegenden Alvin. Immerhin sah es nicht nach einem furchtbaren Todeskampf aus. Er war entweder bewusstlos oder schon tot.

Logan griff seine Kühltasche. Ansonsten hatten wir nichts mitgebracht. Wir verließen nacheinander das Haus. Die Straße war menschenleer, genauso wie vorhin, als wir gekommen waren. Natürlich wusste man nie, wer hinter den Gardinen nach draußen spähte. Wir hielten unsere Köpfe tief gesenkt und hofften, dass uns niemand aus dem Haus der Malorys herauskommen sah. Und dass uns niemand hatte hineingehen sehen. Wir waren jetzt drei junge Leute, die eine Straße entlangschlenderten. Scheinbar gelassen, langsam, der Hitze des Tages angemessen.

»Bewegt euch so normal wie möglich«, hatte Dalina uns zugeflüstert. »Keine Hektik. Nichts, was auffällt.«

Ein einziges Mal drehte ich mich um. Das Haus lag friedlich im Licht der Sonne. Die Strahlen ließen die Fensterscheiben blitzen. Nichts deutete auf den Schrecken hin, den wir dort verbreitet hatten.

Nichts würde Alvins Eltern einen Hinweis darauf geben, was sie erwartete, wenn sie heimkehrten.

Ich wusste, dass keiner von uns diesen Tag jemals vergessen würde, wie Dalina gesagt hatte. Auch sie nicht.

Er würde unser aller Leben von nun an bestimmen. Nichts konnte mehr normal sein. Oder schön. Oder friedvoll.

Nichts würde uns von unserer Tat befreien.

SAMSTAG, 28. DEZEMBER

1

Es war noch nicht einmal sieben Uhr an diesem Samstagmorgen, als Kate in Begleitung zweier uniformierter Beamter vor dem Haus von Dalina Jennings stand und wartete, dass ihrem Klingeln geöffnet wurde. Im Haus war alles still. Nirgends brannte ein Licht, was allerdings an diesem Wochentag und um diese Uhrzeit nicht ganz ungewöhnlich war. Seltsamer schien, dass nirgends Rollläden hinuntergezogen oder Läden geschlossen waren. Irgendwie hatte man nicht den Eindruck, als hätten sich die Bewohner am Vorabend schlafen gelegt und schlummerten jetzt noch friedlich in ihren Betten.

Kate versuchte durch das Wohnzimmerfenster, das sich gleich neben der Haustür befand, etwas zu erkennen. Das Zimmer lag im Dunkeln, aber die nahestehende Straßenlaterne warf etwas von ihrem Lichtschein in das Innere. Kate konnte schattenhaft die Möbel erkennen, den Tisch, die Sessel, das Sofa. Ein Bild an der Wand. Die Flaschen standen noch überall dort, wo sie auch am Vortag bei Kates Besuch gestanden hatten, die Gläser, die Aschenbecher. Nichts hatte sich verändert.

»Sergeant, was machen wir?«, fragte einer der Beamten. Er sah verfroren und übernächtigt aus. Es behagte ihm sichtlich nicht, in der eisigen Kälte und in der Dunkelheit vor diesem stummen Haus herumzustehen.

Kate überlegte. Sie hatte keinen Haftbefehl, der wäre zwischen Annas Geständnis am Vorabend und dem heutigen frühen Morgen kaum zu ergattern gewesen. Sie wollte eine vorläufige Festnahme tätigen, von der sie wusste, dass sie auf wackeligen Füßen stand. Sie würde sie mit Fluchtgefahr begründen, brauchte aber in den nächsten Stunden unbedingt einen kooperativen Haftrichter, der einen Haftbefehl ausstellen würde. Dalina würde einen Anwalt verlangen und alles abstreiten.

Aber Kate war zutiefst überzeugt, dass Anna die Wahrheit gesagt hatte.

»Wir können in das Haus nicht rein«, meinte nun der andere Beamte. »Ohne Haftbefehl und Durchsuchungsbeschluss.«

»Wir haben nichts«, sagte der andere und blickte Kate vorwurfsvoll an.

Kate klingelte noch einmal.

Es rührte sich nichts.

Die Eingangstür des Nachbarhauses öffnete sich, und eine ältere Dame in einem verblichenen geblümten Morgenmantel trat einen Schritt hinaus. »Möchten Sie zu Mrs. Jennings?«

Kate zückte ihren Ausweis. »Ja. Detective Sergeant Linville, North Yorkshire Police. Wissen Sie, ob Mrs. Jennings zu Hause ist?«

Die ältere Dame betrachtete den Ausweis ehrfürchtig. »Oh ... Polizei ... Ich bin Mrs. Mitchell.«

»Guten Morgen, Mrs. Mitchell. Tut uns leid, dass wir so

früh stören. Wir müssen dringend mit Mrs. Jennings sprechen.«

»Die ist gestern am frühen Nachmittag weggefahren. Und meiner Ansicht nach ist sie nicht zurückgekommen.« Mrs. Mitchell verzog missbilligend das Gesicht. »Ich höre es nämlich immer, wenn sie da ist, wissen Sie. Sie ist leider ziemlich laut. Sie hat den ganzen Abend den Fernseher in voller Lautstärke laufen, dazu Musik. Bis spät in die Nacht. Außer sie ist in ihrer Agentur. Dann habe ich Ruhe.«

»Und gestern Abend war nichts zu hören?«

»Totenstille. Aber in der Agentur ist sie vermutlich nicht gewesen, oder? Zwischen den Jahren läuft da doch nichts.«

»Hm.« Kate blickte an der Fassade von Dalinas Haus empor. »Schließt Mrs. Jennings für gewöhnlich die Läden? Nachts?«

»Im Winter schon. Sie ist ja sehr sparsam. Geschlossene Läden machen sich bei den Heizkosten durchaus bemerkbar.«

Das Haus wirkte verlassen. Kate wusste: Dalina Jennings war auf und davon. Sie hatte am Vortag ihre Fingerabdrücke abgegeben und sich dann von einem Polizisten nach Hause fahren lassen. Anna hatte berichtet, dass sie sie immer wieder auf dem Handy zu erreichen versucht hatte.

Und nun war sie fort.

»Warum sehen Sie nicht in der Garage nach?«, fragte Mrs. Mitchell. »Sie ist nie verschlossen.«

Kate hob das Tor an und blickte hinein. Der Raum war leer.

»Ich wusste, dass sie nicht da ist«, stellte Mrs. Mitchell fest.

Kate nickte. Dalina war weg. Aber es hätte am Vortag keine Handhabe gegeben, sie festzuhalten.

»Und jetzt?«, fragte einer der Beamten und blies warmen Atem in seine kalten Hände. Er hatte seine Handschuhe daheim vergessen.

»Wir fahren zu den Räumen von *Trouvemoi*. Um nichts auszulassen, aber ich bin mir sicher, sie ist nicht dort. Dafür ist sie zu clever.«

»Was ist denn eigentlich los?«, fragte Mrs. Mitchell. »Weshalb suchen Sie sie?«

»Eine Routineüberprüfung«, sagte Kate ausweichend.

Mehr brauchte die neugierige Frau von nebenan sowieso nicht zu wissen.

Annas Geständnis war eine Sache. Wie weit es ausreichen würde, Dalina Jennings der Anstiftung zur schweren Körperverletzung an Alvin Malory anzuklagen, blieb fraglich.

Es war aber nicht das eigentliche Problem, das Kate an diesem Morgen so früh auf die Beine getrieben hatte. Sie glaubte jetzt zu wissen, wer Diane Bristow und Logan Awbrey ermordet hatte.

Und ihr war klar, dass andere Menschen in Lebensgefahr schwebten, wenn es ihr nicht gelang, Dalina zu finden.

So schnell wie möglich.

2

Pamela hätte es nicht für möglich gehalten, aber tatsächlich war sie irgendwann eingeschlafen. Völlig erschöpft von dem stundenlangen Versuch, sich ihrer Fesseln zu entledigen. Sie saß in der eisigen Kälte dieser kleinen Kammer an den

Regalpfosten gelehnt, der schmerzhaft gegen ihre Schulterblätter drückte, und hätte nie geglaubt, dass man in dieser Position Schlaf finden könnte. Der Raum war irgendwann stockdunkel gewesen, weil von draußen durch das schmale Fenster kein Licht mehr nach innen drang. Die frühe winterliche Dämmerung war in die Nacht übergegangen. Und Pamela kämpfte nach wie vor mit ihren Fesseln.

Als sie nun aufwachte, war es schon wieder heller. Der neue Tag war angebrochen, trotzdem war es noch immer eiskalt. Pamela bewegte vorsichtig ihren Kopf. Sie gab einen leisen Schmerzenslaut von sich: Ihre Schultern, ihr Nacken hatten sich in der unbequemen Lage und in der Kälte völlig verspannt. Und auch sonst schmerzte jeder Muskel in ihrem Körper. Sie musste unbedingt aufstehen und sich bewegen, auch wenn sie das Gefühl hatte, völlig eingefroren zu sein. Langsam schob sie sich mit dem Rücken an dem Regalpfosten entlang nach oben. Es gab ein ratschendes Geräusch, und die Fesseln an ihren Händen lösten sich auf.

Vorsichtig zog Pamela ihre Arme nach vorne, was stechende Schmerzen in beiden Schultern hervorrief, und betrachtete verwundert ihre Hände. Um jedes Handgelenk schlang sich noch der Strick, mit dem man sie zusammengebunden hatte. Sie musste gestern um Haaresbreite von dem Moment entfernt gewesen sein, an dem sie die Fessel durchgescheuert hatte. Und war kurz davor eingeschlafen.

Zu blöd. Aber wie auch immer: Sie war frei.

Sie stand auf, ignorierte die Schmerzen, die durch ihren Körper schossen, und humpelte zum Fenster. Sie war nicht groß genug, um hindurchsehen zu können, aber es gab eine Kiste mit Kartoffeln, die sie umkippte und auf die sie stieg. Es war noch nicht wirklich hell draußen, aber sie erkannte Schnee, Bäume, einen Zaun. Zweierlei wurde ihr klar: Sie befand sich in einer Art Souterrain. Vermutlich also tatsächlich im Keller, aber das Haus mochte in einer leichten Hanglage gebaut sein, sodass der Keller zur rückwärtigen Seite hin fast ebenerdig wurde. Denn das hier war eindeutig der Garten. An seinem Ende schien ein Wald zu beginnen, aber rechts und links musste es andere Gärten geben und Häuser. Und Menschen. Dummerweise hielten die sich zu dieser Jahreszeit höchstens zu Spaziergängen draußen auf, mähten weder den Rasen noch veranstalteten sie Grillfeiern im Freien.

Pamela versuchte das Fenster zu öffnen. Es gab einen Griff, der jedoch wahrscheinlich seit Jahren nicht mehr geöffnet worden war, er schien völlig eingerostet. Pamela kämpfte heftig damit, gab aber schließlich auf. Vorläufig. Sie sah ein, dass ihre Hände von der langen Fesselung noch schlecht durchblutet waren, zudem tat ihr einfach alles im Körper weh. Sie war hungrig und erschöpft und völlig durchfroren. Sie würde etwas essen und trinken, ihre Handgelenke gründlich massieren und es dann erneut mit dem Fenster versuchen.

Sie entdeckte einen Lichtschalter neben der Tür und knipste ihn an. Grelles Licht strahlte von einer Glühbirne, die an der Decke hing. Pamela schloss geblendet die Augen. Dann rüttelte sie kurz an der Tür, aber natürlich war sie verschlossen. Sie lauschte in das Haus hinein. Seit den fürchterlichen Schreien von Sue am Vorabend hatte sie keinen Laut mehr gehört. Die Schreie waren entsetzlich gewesen, jedoch so unvermittelt verstummt, wie sie erklungen waren. Seitdem hatte sich nichts mehr gerührt.

»Sue?«, rief Pamela. »Mila?«

Natürlich kam keine Antwort.

Immerhin gab es tatsächlich ausreichend Nahrung in der Kammer. Pamela schraubte eine Flasche Orangensaft auf und trank sie fast aus. Sie fand eine Packung mit Schnittbrot, öffnete sie und verschlang eine Scheibe. Danach fühlte sie sich bereits besser. Sie spürte, dass sie demnächst auf die Toilette würde gehen müssen, aber sie sah einen Eimer unter einem der Regale stehen. Den konnte sie benutzen.

Ihr fiel der widerliche Geruch oben im Haus ein. Hatte auch Sue einen Eimer benutzen müssen? War sie zeitweise gefesselt gewesen? Das würde erklären, weshalb Pamela den Eindruck gehabt hatte, Exkremente zu riechen.

Sie musste hier raus. Sie musste unbedingt etwas unternehmen. Wenn Sue überhaupt noch lebte, schwebte sie in akuter Gefahr. Und wer wusste, wen Mila als Nächstes im Visier hatte.

Mit frischen Kräften bemühte sich Pamela, das Fenster zu öffnen. Zweimal gab sie ermattet auf, versuchte es dann jedoch ein drittes Mal. Und schließlich, mit einem Ächzen und Knirschen, ließ sich der Griff bewegen. Das Fenster ging auf. Kalte, nasse Schneeluft strömte sofort nach drinnen. Es war ausgeschlossen, dass Pamela hier hinausklettern konnte, es passte nicht einmal ihr Kopf durch den schmalen Spalt. Aber sie schrie, so laut sie konnte. »Hallo? Hört mich jemand? Kann mich irgendjemand hören? Ich brauche Hilfe! Bitte helfen Sie mir!«

Sie lauschte. Ein Vogel gab einen schrillen Laut von sich, sonst blieb alles still. Stiller als still. Es herrschte die fast unnatürliche Ruhe nach schwerem Schneefall, wenn der Schnee alles zudeckt, alles dämpft. Es drang nicht ein einziges Geräusch an Pamelas Ohr, dabei war die Stadt in nicht allzu weiter Ferne. Sie konnte weder Autos hören noch Schritte oder Stimmen. Allerdings befanden sie sich in einer reinen Wohnsiedlung, eher am Rande gelegen. Trotzdem, hier wohnten überall Menschen.

Sie schrie erneut. Und noch einmal.

Nichts.

Um den Raum nicht noch kälter werden zu lassen, schloss sie das Fenster und sprang von der Kiste hinunter. Sie fror so, dass sie hätte heulen können. Sie würde alle paar Minuten das Fenster öffnen und um Hilfe rufen. Sollte Mila noch im Haus sein, würde sie das natürlich hören. Ihr wäre dann klar, dass sich Pamela der Fesseln hatte entledigen können. Ob sie auftauchte? Das wäre eine Chance. Aber wahrscheinlich würde sie dieses Risiko nicht eingehen. Sie wusste, dass Pamela nicht rauskonnte. Allerdings konnte sie Gott und die Welt zusammenschreien.

Pamela vermutete jedoch eher, dass Mila gar nicht mehr da war. Sie war entweder mit Sue und dem Baby geflohen. Oder sie hatte beide zurückgelassen. Pamela wagte nicht näher darüber nachzudenken, in welchem Zustand sich Sue befand. Offenbar nicht in einem, der es ihr erlaubt hätte, Hilfe zu holen.

Sie versuchte noch einige Male, durch lautes Schreien auf sich aufmerksam zu machen, aber es kam keine Reaktion. Sie gab endlich dem Druck ihrer Blase nach und benutzte den Eimer, deckte ihn anschließend mit einer Obstpalette ab. Essen und Trinken hatte sie genug, für den Moment war die Kälte das Schlimmste.

Und die Ungewissheit.

Sie durchsuchte nun, da sie Licht hatte, noch einmal gründlich ihre Handtasche, stieß aber auf nichts, was ihr nützlich sein konnte. Sie fand einen Kugelschreiber und machte ein paar Versuche, damit das Schloss der Tür zu öffnen, aber sie blieb erfolglos. Es sah so aus, dass sie auf Sues Mann am Sonntagabend warten musste.

»Verdammte Scheiße!«, brach es aus ihr heraus.

Sie setzte sich auf den Boden, zog die Beine eng an den Körper, schlang beide Arme darum. Sie klapperte mit den Zähnen, so sehr fror sie.

Wie hatte sie so dumm sein können, so leichtsinnig.

Das war vielleicht das Schlimmste von allem: dass sie sich ganz allein in diese Lage manövriert hatte.

3

Caleb hatte das Problem mit seinem übergroßen Esstisch dadurch gelöst, dass er ihn auf der einen Seite völlig an die Wand geschoben hatte. Dafür hatten auf der anderen Seite drei Stühle Platz, die nebeneinander aufgereiht standen. Man konnte einander nun allerdings nicht gegenübersitzen, und es gab auch nirgends Platz für einen Sessel oder ein Sofa. Dafür konnte man halbwegs ungehindert in die Küche gelangen. Hier stapelten sich in einer Ecke noch immer die Umzugskisten zu einem Turm, aber andere waren offenbar ausgeräumt worden, denn der Herd war frei, es war ein kleines Stück Arbeitsfläche entstanden, und auf dem Kühlschrank stand der chromblitzende Kaffeeautomat. Caleb konnte sich einen Kaffee machen und eine Mahlzeit kochen. Kate empfand das als einen beruhigenden Fortschritt, auch wenn die Wohnung ansonsten noch immer äußerst ungemütlich war. Die Heizung gluckerte und rauschte, verbreitete jedoch wenig Wärme. Caleb trug nicht umsonst einen dicken Wollpullover und einen zweimal um den Hals geschlungenen Schal. Er wirkte verfroren und deprimiert, was

Kate nicht wunderte. Das einzig Schöne an der Wohnung war der Balkon mit der gemauerten Brüstung, auf der der Schnee lag. Und der Blick über das Meer. Es war anthrazitfarben wie dunkles Blei an diesem Tag, der Himmel darüber hatte dieselbe Farbe, und die Möwen schossen kreischend unter den tief hängenden Wolken entlang. Der düstere Wintertag hatte seinen eigenen Reiz, aber er wirkte nicht aufheiternd. Calebs sichtlich angeschlagene Gemütslage vermochte er nicht zu verbessern.

Es war zehn Uhr am Vormittag, als Kate geklingelt hatte, Caleb war zum Glück wach. Er bat Kate in sein Wohnzimmer und ging dann in die Küche, kehrte mit zwei Tassen Espresso zurück.

»Wenigstens kann ich heute etwas anderes anbieten als Whisky«, sagte er und stellte die Tassen auf den Tisch. »Setz dich. Gibt es etwas Neues?«

Sie nickte. »Vielleicht brauchen wir danach doch etwas Stärkeres. Halt dich fest: Ich habe ein Geständnis im Fall Alvin Malory.«

Caleb blickte sie fassungslos an. »Was?«

Sie nickte und setzte sich an den riesigen Tisch. Ihre Finger schlossen sich um die kleine Espressotasse. Immerhin eine Wärmequelle.

Dann berichtete sie, was Anna ihr am Abend erzählt hatte.

»Wahnsinn«, sagte Caleb, als sie geendet hatte, »Wahnsinn. Du hast den Fall gelöst. Fast im Handumdrehen. An dem wir uns damals so die Zähne ausgebissen haben.«

Kate schüttelte den Kopf. »Ohne ein Geständnis hätte ich ihn nicht gelöst. Er war nicht lösbar. Ich hatte das Glück, dass Anna Carter nicht die Nerven hatte, meine Befragungen durchzustehen. Mit Dalina hingegen wäre ich nie weitergekommen.«

»Konntet ihr ihre Fingerabdrücke identifizieren?«

»Ja. Sie sind am Tatort damals gespeichert worden. Aber da sie regelmäßig Essen dorthin lieferte, es – zumindest nach eigenen Angaben – manchmal auch bis ins Haus brachte, hätte das für eine Überführung nicht gereicht.«

»Es war sehr klug, dieser Lieferservicegeschichte nachzugehen«, sagte Caleb. »Ich habe mich damals abspeisen lassen. Als Alvins Mutter mir sagte, sie würden eben nie etwas bestellen, habe ich das so hingenommen. Du hingegen hast dich in diesen Punkt verbissen. Und das war richtig.«

»Hätte mir nichts gebracht, wären nicht Logan Awbreys Fingerabdrücke am Tatort gewesen. Und in der Ermittlung um Diane Bristows Tod aufgetaucht. Dann wäre Dalinas Name in der Liste des Lieferservice ein Name wie hundert andere gewesen, mehr nicht. Ich hatte neue Spuren, die du damals nicht hattest.«

»Stell dein Licht nicht unter den Scheffel«, sagte Caleb, »du hast das grandios gemacht. Egal, welche neuen Spuren es gab.«

Sie lächelte.

Er schaute sie an. Es schwang so viel Ungesagtes in diesem Augenblick, dass beide kurz den Atem anhielten.

Dann räusperte sich Kate. »Es gibt ein Problem. Dalina Jennings ist verschwunden.«

»Nachdem sie ihre Fingerabdrücke abgegeben hat?«

»Ja. Sie durfte danach natürlich wieder gehen. Nach Anna Carters Geständnis in der vergangenen Nacht waren wir heute früh bei ihr, um sie vorläufig festzunehmen. Sie öffnete nicht. Das Auto fehlte, und die Nachbarin hat sie gestern Nachmittag davonfahren sehen. In ihrer Agentur ist ebenfalls niemand.«

»Sie könnte auch einfach jemanden besuchen. Eltern, Freunde ...«

»Ich hatte ihr gesagt, dass sie sich zur Verfügung halten muss, allerdings ist sie nicht unbedingt der Typ, der derartigen Ansagen folgt. Außerdem waren massenhaft Nachrichten von ihr auf Annas Handy. Dalina hatte eindeutig Angst, dass Anna reden könnte, und wollte sie unbedingt treffen.«

»Sie ist geflohen, meinst du?«

Kate zuckte mit den Schultern. »Seit gestern Abend denke ich verstärkt über den Mord an Logan Awbrey nach. Naheliegend wäre ein Racheakt des Opfers – aber Alvin Malory liegt seit Jahren im Wachkoma. Er kann sich aus eigener Kraft nicht einmal umdrehen, geschweige denn zwei Menschen umbringen. Seine Mutter? Natürlich hätte sie auch ein Motiv, aber woher sollte sie die Täter kennen? Und warum die völlig unbeteiligte Diane umbringen? Ebenso der Vater. Außerdem – ich traue es beiden nicht wirklich zu.«

»Ich auch nicht«, pflichtete Caleb ihr bei. Er wusste, worauf sie hinauswollte. »Du denkst jetzt ...«

»Ich denke jetzt, das Motiv ist möglicherweise gar nicht Rache.«

»Sondern Angst?«

»Wir wissen bis heute nicht, weshalb Logan Awbrey plötzlich wieder in Scarborough aufgetaucht ist. Möglicherweise quälte ihn sein Gewissen. Vielleicht hatte er Albträume ... was weiß ich. Und weißt du, was gut sein kann? Dass er Diane Bristow die ganze Geschichte erzählt hat.«

»Das würde er nicht tun!«

»Warum nicht? In einem schwachen Moment. Alkohol, eine sentimentale Stimmung, sein Gewissen, das ihm seit Jahren zu schaffen macht ... er legt eine Beichte ab. Es würde zu dem passen, was Beobachter berichtet haben: dass Diane zunehmend bedrückt wirkte, seitdem sie mit Logan zusammen war. Nicht wie eine strahlende, verliebte Frau. Sondern in sich gekehrt und grüblerisch. Was sich sofort erklären lässt, wenn wir annehmen, ihr neuer Freund hat ihr erzählt, was damals geschehen ist.«

»Damit wurde Diane zu einer großen Gefahr für Dalina. Aber woher soll sie davon gewusst haben?«

Kate schüttelte den Kopf. »Ich weiß es nicht. Aber immerhin war Diane Klientin bei *Trouvemoi*. Sie mag etwas erwähnt haben.«

»Gegenüber der Haupttäterin?«

»Oder Logan hat etwas gesagt? Wir haben nur Dalinas Aussage dafür, dass es zwischen den beiden zu keinem Kontakt kam. Das kann völlig anders gewesen sein.«

»Daraufhin …«

»… sieht Dalina nur noch einen Weg: Sie muss zuerst Diane ausschalten. Denn die wirkt so verstört, dass man damit rechnen muss, dass sie sich irgendwann irgendjemandem anvertraut.«

»Sie folgt ihr an jenem Abend und sieht, wie Logan Awbrey bei ihr einsteigt.«

»Der, wie Anna berichtete, die zerbrochene Beziehung kitten wollte. Das war für Dalina natürlich ungeplant, aber sie blieb dran.«

»Und dann stimmt es, was Logan gegenüber Anna Carter hoch und heilig schwor: dass Diane Bristow noch unversehrt war, als er sie in jener Parkbucht zurückließ und zu seinem Auto zurückkehrte. Dass der Überfall auf sie erst stattfand, als sie allein war.« Caleb nickte nachdenklich. »Und dann tauchte Dalina auf«, fuhr er fort. »Die Diane natürlich auch arglos in ihr Auto ließ.«

»Anna hat von Scheinwerfern berichtet, die sie in jener Nacht in der Ferne sah, nachdem sie an der Parkbucht vorbeigefahren war. Das kann Dalina gewesen sein.«

»Traust du ihr eine solche Tat zu?«

Kate nickte. »Ja.«

»Und dann Logan ...«

»Der war natürlich auch eine Gefahr. Allein schon deshalb, weil er des Mordes an Diane verdächtig und auf der Flucht war. Er würde irgendwann alles zugeben, um wenigstens aus der Sache mit Diane herauszukommen. Sie konnte ihn nicht leben lassen.«

»Keine Kleinigkeit, diesen hünenhaften Mann mit Messerstichen zu ermorden.«

»Nein. Aber auch er war arglos ihr gegenüber. Dalina hatte in beiden Fällen das Überraschungsmoment voll auf ihrer Seite. Beide Opfer dürften absolut fassungslos gewesen sein, als sie plötzlich ein Messer in der Hand hielt.«

»Wo ist Anna Carter jetzt?«, fragte Caleb alarmiert.

Kate nickte. Sie hatte dieselbe Sorge. »Dalina weiß nicht, dass Anna bereits gestanden hat, daher ist Anna in größter Gefahr. Dalina hat gestern alles darangesetzt, sie zu treffen. Die Fahrt nach London könnte Annas Leben gerettet haben. Und jetzt ist sie vorläufig festgenommen. Nicht schön, aber sicher. Und nach Dalina läuft eine Fahndung.«

»Gott sei Dank«, sagte Caleb.

»Vor dem Haus der Malorys ist ein Beamter postiert. Genau genommen stellt Alvin seit Jahren eine riesige Gefahr für Dalina und die anderen dar. Wenn er aufwacht, sind sie geliefert. Bislang hat Dalina offenbar gehofft, dass das nie passiert, aber es könnte sein, dass sie jetzt nicht mehr bereit ist, irgendetwas dem Zufall zu überlassen. Alvin braucht polizeilichen Schutz, bis wir sie haben.«

»Ja. Du hast recht damit, so vorsichtig zu sein.«

»Bei all dem bin ich sehr froh, dass der Fall Alvin Malory gelöst ist«, sagte Kate. »Dass die Eltern vielleicht doch so etwas wie Frieden finden. Nach all der Zeit. Wobei es sie erneut treffen wird. Diese ... Belanglosigkeit, die der Tat zugrunde liegt.«

»Ich habe es ja schon mal gesagt«, sagte Caleb. »Dass es vielleicht um eine ganz banale Geschichte geht. Nichts Kompliziertes, nichts Verwickeltes. Nicht Rache und Vergeltung, nicht Eifersucht, nicht einmal Gier und Raub. Viel unspektakulärer. Drei junge Leute haben sich gelangweilt. An einem heißen Tag im Sommer in Scarborough. Es gibt keinen tieferen Grund. Es gibt nur die Langeweile.«

Sie sahen einander an, dachten an Alvin Malory, der reglos in seinem Krankenbett im Wohnzimmer seines Elternhauses lag, unfähig zu sprechen, sich zu bewegen, sich zu verständigen. Vielleicht fähig zu denken, zu fühlen, zu träumen, aber das wussten sie nicht. Sie dachten an seine Mutter, diese verhärmte Frau, deren Leben nur noch um ihren Sohn kreiste, die ein eigenes Leben nicht mehr kannte, vielleicht nicht einmal mehr wollte. Das Haus, das vor sich hin bröckelte. An den Vater, der sich in eine andere Ecke des Landes verzogen hatte, weil er mit dem, was seiner Familie zugestoßen war, nicht fertigwurde.

Drei Menschen, deren Leben zerstört worden war.

Weil sich drei junge Leute gelangweilt hatten.

»Okay«, sagte Caleb. »Wie sieht es aus? Machst du einen Spaziergang am Strand mit mir? Ich wüsste zwar noch etwas Besseres, was wir jetzt an diesem nasskalten Tag tun könnten, aber damit darf ich dir wahrscheinlich nicht mal andeutungsweise kommen?«

Einen Moment lang dachte Kate, wie schön es wäre, wenn

sie leichteren Herzens und freieren Sinnes wäre und jetzt ohne Vorbehalte und ohne an ein Später zu denken, mit Caleb ins Bett springen könnte, in seiner Umarmung versinken, in der Wärme zweier Körper, zweier gegeneinander pochender Herzen, in der Verschlingung von Armen und Beinen und Seelen.

Was sie lähmte, war die Angst. Es gelang ihr nicht, sie beiseitezuschieben. Sie sehnte sich seit Jahren nach ihm, ohne dass er ihr etwas anderes als Freundschaft entgegengebracht hätte. Erst als sie beide betrunken und er überdies völlig verzweifelt gewesen war, hatte er sie plötzlich als Frau entdeckt, nicht nur als begabte Polizistin und guten Kumpel. Aber Kate hielt das nicht für echt. Er spielte ihr nichts vor, da war sie sicher, aber er machte sich nicht klar, dass er sich in einer Ausnahmesituation befand. Nach seinem Ausscheiden bei der Polizei, nach seinem Umzug in die schreckliche Wohnung. Er griff nach Kate, wie er früher nach dem Whisky gegriffen hatte – ein Problem, das er im Moment einigermaßen unter Kontrolle hatte, soweit Kate das beurteilen konnte. Aber die Zeiten würden sich ändern. Er würde sich in der Wohnung einleben und in seinem Job an der Bar. Und ihm würden die schönen jungen Frauen mit den langen blonden Haaren wieder auffallen, die es ihm schon immer angetan hatten. Er konnte immer noch jede haben, die er wollte. Sie sah ihn an und nahm resigniert wahr, wie gut er aussah, unrasiert, den Schal um den Hals, den traurigen Ausdruck in den Augen.

Er war der Typ, den jede Frau retten wollte.

Sie stand auf. »Tut mir leid. Ich kann nicht mal spazieren gehen. Ich muss den Haftrichter erreichen. Wegen eines Haftbefehls für Dalina. Und wegen Anna. Sonst kann ich sie nicht länger festhalten, und du weißt, das wäre extrem gefährlich für sie. Heute ist Samstag, zudem zwischen den Jahren, das wird nicht ganz leicht.«

Auch Caleb erhob sich. »Kate ...«

»Und wir müssen Dalina Jennings finden. So schnell wie möglich.«

»Du bist seit Tagen praktisch ständig im Einsatz. Selbst an Weihnachten. Gib uns eine Stunde. Oder zwei.« Er griff nach ihrer Hand, aber sie zog sie zurück.

»Caleb ...«

»Kate, warum denn nicht? Was hast du denn gegen mich?«

»Nichts.«

»Aber ...«

»Ich muss arbeiten. Ich habe einfach keine Zeit.«

Er lächelte bitter. »Als ob du andernfalls bleiben würdest«, sagte er.

4

Pamela hatte nicht aufgehört, alle zehn Minuten an die Fensterklappe zu gehen und um Hilfe zu rufen. Da sich im Haus nichts rührte und niemand sie am Rufen zu hindern versuchte, ging sie inzwischen davon aus, dass sie zurückgelassen worden war.

Es musste inzwischen schon Mittag sein. Es schneite nicht mehr, aber die Wolken hingen noch tief, es würde sicher weiteren Schneefall geben. Erneut stieß sie das Fenster auf, ignorierte die Kälte und rief in der Hoffnung, dass irgendjemand sie hörte: »Ist da jemand? Hallo? Hört mich jemand?«

Sie wollte schon resignieren und sich zurückziehen, da hörte sie ein Knirschen. Schritte? Es klang, als käme jemand durch den Schnee.

»Hallo?«, rief sie erneut. »Ich bin hier. Am Kellerfenster!«

Die Schritte verharrten, dann erklangen sie erneut. Pamela gewahrte ein Paar kleine Winterstiefel, Jeans. Dann beugte sich jemand herab. Ein Gesicht tauchte auf. Ein Mädchen. Es mochte etwa zehn Jahre alt sein.

»Hallo«, sagte das Mädchen.

Pamelas Hoffnung, doch noch einen Menschen zu sehen, war so gering gewesen, dass sie das Kind einen Moment lang einfach nur stumm anblickte. Schließlich fasste sie sich. »Hallo. Wo kommst du her?«

Das Mädchen wies hinter sich. »Ich wohne zwei Häuser weiter. Ich wollte einen Schneemann im Garten bauen, da habe ich jemanden rufen gehört. Ich bin über die Zäune geklettert.«

»Du bist großartig!«, sagte Pamela, aus tiefstem Herzen aufrichtig.

»Ich heiße Ivy«, sagte das Mädchen.

»Das ist ein sehr schöner Name. Ich heiße Pamela.«

»Kommst du aus dem Keller nicht raus?«

»Ich sitze hier fest. Ivy, sind deine Eltern zu Hause?«

Ivy schüttelte den Kopf. »Die sind zum Einkaufen in die Stadt gefahren. Und sie essen dort zu Mittag. Ich wollte nicht mitkommen. Ich finde das langweilig.«

»Ich verstehe. Ivy, hast du zufällig ein Handy?« Pamela rechnete bei einem Mädchen, das höchstens zehn Jahre alt war, nicht damit, aber zu ihrer Überraschung nickte Ivy. »Ich habe eines zu Weihnachten bekommen.«

»Ivy, ich müsste dringend telefonieren. Meinst du, du könntest mir dein Telefon bringen? Es ist doch ein richtiges, oder?«, vergewisserte sich Pamela.

»Natürlich«, sagte Ivy. »Ich habe auch WhatsApp. Ich kann meiner Freundin Nachrichten und Bilder schicken.«

»Okay. Das ist toll. Könntest du mir das Handy bringen?«

»Klar!« Ivy nickte.

»Pass auf, Ivy, es ist jetzt schwer zu erklären, aber du musst vorsichtig sein. Geh nicht vorne herum, in Ordnung? Sondern wieder durch die Gärten. Bleib dicht an den Häusern, lauf nicht quer durch die Gärten. Meinst du, das schaffst du?«

»Klar«, sagte Ivy erneut. Sie drehte sich um und verschwand.

Pamela fand es schrecklich, ausgerechnet ein Kind jetzt noch in Gefahr zu bringen, aber sie hatte keine Wahl. Höchstwahrscheinlich war Mila längst verschwunden, aber sie konnte nicht hundertprozentig sicher sein, daher war Vorsicht geboten.

Keine zehn Minuten später kehrte Ivy zurück. Sie war gerannt und schnaufte. Sie ließ sich vor dem Fenster auf die Knie fallen und reichte Pamela ein pinkfarbenes Handy durch das Fenster. »Hier. Ich habe es schon entsperrt.«

»Ivy, du bist wirklich super. Pass auf, ich muss jetzt die Polizei anrufen. Ich möchte, dass du nach Hause gehst und dort im Haus bleibst. Geht das?«

»Ich wollte einen Schneemann bauen.«

»Das wirst du. Aber später. Jetzt ist es erst einmal wichtig, dass du im Haus bleibst und alle Türen zumachst.«

»Und was ist mit meinem Handy?«

»Das bekommst du zurück. Ganz bald. Ich verspreche es dir.«

Ivy wirkte einen Moment unsicher, dann jedoch nickte sie. Sie stand auf und lief davon.

Pamela atmete tief durch. Sie wartete noch einen Moment. Was auch immer jetzt passierte, Ivy musste aus der Schusslinie sein.

Dann gab sie Kates Handynummer ein. Zum Glück hatte sie ein gutes Zahlengedächtnis, sie hatte die Nummer im Kopf.

Bitte geh dran, dachte sie.

Knapp vierzig Minuten später war Pamela befreit, das Haus gesichert. Pamela hatte nicht einfach die nächste Polizeiwache angerufen, sondern Kate, die wusste, um welchen Fall es ging, beauftragt, für einen Einsatz zu sorgen.

»Es ist unter Umständen eine Geiselnehmerin im Haus. Mit zwei Geiseln. Eine junge Frau und ein sechs Monate altes Baby.«

Damit war klar, dass äußerste Vorsicht geboten war. Es konnten nicht einfach die nächstbesten Constables aus Richmond aufkreuzen. Sie brauchten ein Sondereinsatzkommando.

»Eine tote Frau oben«, meldete der Chef der Truppe Pamela, als diese, begleitet von einem Beamten, die Kellertreppe hinaufkam. »Von einem Baby keine Spur.«

»Scheiße«, sagte Pamela. Sie war so verfroren, dass es ihr vorkam, als knirschten ihre Knochen wie Eis bei jedem Schritt. In der Hand hielt sie noch immer Ivys pinkfarbenes Handy. In der anderen ihre Handtasche. Im oberen Flur wimmelte es von Polizisten. Es stank unvermindert widerlich nach menschlichen Exkrementen.

»Wo befindet sich die Tote?«, fragte Pamela.

Der Beamte führte sie in das Wohnzimmer. Sues gemütliches, ordentliches Wohnzimmer mit dem Weihnachtsbaum, dem Mobile, den Weihnachtskarten auf dem Kaminsims und der Plätzchenschüssel auf dem Tisch. Jetzt hatte es seinen Frieden, seine etwas spießige Ordnung, seine Behaglichkeit für immer verloren. Wegen der toten Frau, die aufrecht an den Sofatisch gelehnt dasaß. Sue. Mit den Händen hinter ihrem Rücken an eines der Tischbeine gefesselt. Der Oberkörper knickte halb nach vorne, der Kopf war weit nach unten gesunken. Und alles war voller Blut. Der Körper der Frau, der Teppich, der Tisch. Sogar an den Wänden klebte Blut. Und im Plätzchenteller.

»Sie wurde ...«, begann Pamela.

»... erstochen«, vollendete der Einsatzleiter. »Zahlreiche Messerstiche am ganzen Körper. Am Ende hat man ihr die Kehle durchgeschnitten.«

»Die anderen Stiche waren nicht tödlich?«

»Das muss der Gerichtsmediziner feststellen.«

Sie dachte an Sues Schreien, ihr Flehen. »Und von dem Baby keine Spur?«

»Nirgends. Das Haus ist gesichert bis in den letzten Winkel. Ebenso die Garage. Kein weiterer Mensch im Haus. Kein Baby.«

Pamela warf einen Blick durch das Fenster hinaus auf die Straße, auf der ihr Auto geparkt hatte. Es war verschwunden. »Sie ist mit meinem Auto auf der Flucht. Und wie es aussieht, hat sie das Baby dabei.«

»Mila Henderson?«

»Ja.«

»Geben Sie mir bitte Ihr Autokennzeichen. Ich leite die Fahndung ein.«

Pamela nannte es ihm. »Aber höchste Vorsicht. Ein sechs Monate altes Mädchen befindet sich im Auto.«

Das kleine Mädchen machte die Sache mehr als kompliziert. Es machte sie hochgefährlich.

»DS Linville ist übrigens auf dem Weg hierher«, sagte der Einsatzleiter. »Und die Spurensicherung muss auch jeden Moment da sein.«

»In Ordnung.« Sie hatte rasende Kopfschmerzen, hätte dringend einen heißen Tee gebraucht, spürte Sehnsucht nach einem Schaumbad, nach irgendetwas, das die klamme Kälte aus ihren Knochen vertrieb, aber es war nicht der Moment dafür. Sie musste für die tote Sue tun, was sie konnte. Für ihre kleine Tochter, die in Lebensgefahr schwebte. Und die ganze Zeit flüsterte ihr eine Stimme zu: Du hast es vermasselt. Hättest du bei deinem zweiten Aufkreuzen hier Polizisten mitgebracht. Wärst du nicht einfach in die Falle gelaufen wie die blutigste Anfängerin. Sue könnte noch leben. Mila wäre dingfest gemacht. Das kleine Kind befände sich nicht in den Händen einer gefährlichen Irren.

Sie stöhnte leise.

»Inspector?«, fragte der Einsatzleiter besorgt.

»Schon gut.« Sie straffte den Rücken. Für Selbstvorwürfe wäre später Zeit. Sie musste der kleinen Ivy das Handy zurückgeben. Leo anrufen. Das Wochenende endgültig begraben. Sie schaute auf die tote Sue. Sie hatte schon so viele ermordete Menschen gesehen.

Diesmal war sie fast den Tränen nahe.

Weitere vierzig Minuten später war Kate da, und Pamela war noch nie so erleichtert gewesen, eine Kollegin zu sehen. Sie fühlte sich so ausgelaugt, dass sie den Eindruck hatte, der Lage allein nicht gewachsen zu sein – ein Zustand, den sie noch nie erlebt hatte. Die vierundzwanzig Stunden in dem Keller hatten sie völlig zermürbt und irgendwie demoralisiert. Wärme und Schlaf würden sie wieder auf die Beine bringen, hoffte sie.

Sie stand gerade neben dem Einsatzleiter und betrachtete den Ort, an dem Sue offenbar festgehalten worden war. Um sie niederzumetzeln, hatte ihre Peinigerin sie in das Wohnzimmer gebracht, davor war sie anscheinend im Esszimmer gleich neben der Küche festgebunden gewesen. Den schweren Eichenholztisch hatte sie nicht zu bewegen vermocht. Neben den Tischbeinen lagen Stricke. Auf dem Teppich verteilt waren Essensreste zu sehen. Brotrinden, ein Apfel, verschüttete Suppe. In zwei Ecken des Zimmers, dessen dicke geblümte Vorhänge zugezogen waren, war der Teppich von Urin und anderen Exkrementen getränkt.

»Sie wurde offenbar losgebunden, um sich erleichtern zu können«, sagte der Einsatzleiter, »aber sie bekam keinen Eimer, nichts. Ich frage mich, wie lange diese Geiselnahme insgesamt gedauert hat.«

»Sie sagte, dass ihr Mann in ein Wochenende zu Freunden aufgebrochen ist«, sagte Pamela. »Und ich vermute, dass er an Weihnachten noch hier bei seiner Familie war. Das Ganze dürfte gestern begonnen haben. Äußerstenfalls am zweiten Weihnachtsfeiertag. Nicht länger.«

»Hm«, machte der Einsatzleiter.

Pamela sah ihn fragend an. »Ja?«

»Klingt vielleicht etwas makaber, Inspector, aber wenn Sie mich fragen: ganz schön viele Fäkalien für ein, zwei Tage.«

»Nun ja ...«, setzte Pamela an, aber da erklang Kates Stimme hinter ihr.

»Inspector? Alles klar?«

Pamela fuhr herum und hielt sich gerade noch davor zurück, Kate um den Hals zu fallen. »Ich bin okay, danke. Gut, dass Sie da sind. Wir stecken in einer wirklich schwierigen Situation.«

»Was machen Sie eigentlich hier?«, fragte Kate. »Wollten Sie nicht in einem privaten Wochenende sein?«

»Ja. Und das wäre mir auch weitaus lieber.« Kurz berichtete Pamela von Inspector Burdens Anruf und dass sie sich gerade in der Nähe von Richmond befunden habe.

»Ich hatte das Bild von Sue Raymond in einem Jahrbuch aus Milas Schulzeit in Leeds gefunden. Die beiden waren offenbar befreundet. Deshalb dachte ich mir, Mila könnte sich bei Sue aufhalten. Burden hatte die Adresse ausfindig gemacht. Ich dachte, ich überprüfe das einfach mal schnell.«

»Verstehe«, sagte Kate. Pamela war ihre Chefin, deshalb sprach sie nicht aus, was sie dachte, aber Pamela wusste es auch so.

»Ich weiß. Ich hätte jemanden informieren müssen. Es war ein unverzeihlicher Fehler. Ich mache mir die größten Vorwürfe deswegen.«

»Wie kamen Sie an ein Jahrbuch von Mila Henderson?«, fragte Kate.

»Ja, das hatte ich noch nicht berichtet. Irgendwie überschlug sich alles in den letzten Tagen.« Pamela erzählte von dem Mord an der Französischlehrerin Isabelle du Lavandou und dass sie deren Ehemann aufgesucht hatte.

»Seltsam viele Tote – Ermordete – in Mila Hendersons Umfeld, oder? Die Französischlehrerin, Patricia Walters, James Henderson. Und nun Sue Raymond, ihre einstige Freundin.«

»Was mir fehlt«, sagte Kate, »ist der rote Faden.«

»Vielleicht ist sie einfach krank. Es gibt keinen roten Faden. Sie wohnt bei Menschen, und nach einer Weile tötet sie sie und zieht weiter.«

»Sie wissen aber nicht mit Sicherheit, dass Mila hier war, oder?«

Pamela wirkte irritiert. »Zweifeln Sie denn daran? Nach der Blutspur, die Mila bereits hinterlassen hat?«

»Ich sage nur, wir wissen es nicht sicher.«

»Was hat sich Ihrer Meinung nach denn sonst hier abgespielt?«

Kate hob beschwichtigend beide Hände, weil Pamela so laut geworden war, dass die Leute des SEK schon zu ihnen herüberblickten. »Hier hat sich zweifellos etwas Furchtbares abgespielt. Und der Verdacht liegt nahe, dass es sich bei der Täterin um Mila Henderson handelt. Aber vorläufig wissen wir es einfach nicht genau. Wir dürfen uns nicht zu früh festlegen.«

»Ich bin hundertprozentig sicher, dass hier Fingerabdrücke von ihr gefunden werden«, sagte Pamela.

Die Spurensicherung war inzwischen auch vor Ort und an der Arbeit. Draußen drängten sich trotz der Kälte die Nachbarn auf dem Straßenrondell vor dem Haus. Zwei Beamte hielten sie auf Abstand. Nicht mehr lange, und die Presse würde da sein.

»Die Wogen werden hochschlagen, wenn klar wird, dass ein sechs Monate altes Baby entführt wurde«, sagte Pamela. »Während eine Beamtin der Mordkommission hilflos im Keller saß.« Jetzt klang sie nicht mehr erregt, sondern verzagt. Es würde nicht sofort sein, aber irgendeiner der Presseleute würde mit Sicherheit dahinterkommen, dass sie gegen die Vorschriften verstoßen und leichtsinnig gehandelt hatte. Käme das Baby zu Schaden, würde man sie in der Luft zerreißen. An das Gespräch mit dem Chief Superintendent wagte sie gar nicht erst zu denken. Kaum anzunehmen, dass sie auf ihrem Posten würde verbleiben dürfen.

»Wir haben auch eine Erfolgsmeldung«, sagte Kate, die genau wusste, was in Pamela vorging. »Das Verbrechen an Alvin Malory ist aufgeklärt.«

»Was?«

In Kurzfassung erzählte sie von Anna Carters Geständnis. »Sie ist vorläufig festgenommen. Normalerweise wäre ich jetzt beim Haftrichter. Ich habe Sergeant Helen Bennett abgestellt.«

»Das ist ja ein Ding«, sagte Pamela. »Das Trio. Logan, Dalina und Anna. Und ohne ein Motiv zu haben.«

»Langeweile und eine Situation, die ihnen entglitten ist. So einfach und so schrecklich«, sagte Kate.

»Der Mord an Logan Awbrey wäre unter diesen Umständen kaum ein Rätsel«, meinte Pamela. »Vergeltung. Wenn nicht das Opfer im Koma läge.«

»Wir haben eine Großfahndung nach Dalina Jennings laufen.«

»Jennings?«

»Ich vermute sie hinter den Morden an Diane Bristow und Logan Awbrey. Ich glaube, dass sich Awbrey gegenüber Diane geöffnet hat. Diane kam mit ihrem Gewissen nicht zurecht, und Dalina Jennings musste befürchten, dass sie zur Polizei geht. Ebenso Logan Awbrey. Weder er noch Anna waren so kaltblütig wie Dalina. Logan hatte die Tat ausgeführt, Anna hatte zugesehen, aber letztlich war es Dalina, die alles gesteuert hatte. Sie dürfte auch diejenige sein, die am wenigsten Probleme mit ihrem Gewissen hatte. Aber die anderen waren Wackelkandidaten – umso mehr, als plötzlich eine vierte Person, Diane Bristow, zu den Eingeweihten gehörte. Es wurde verdammt gefährlich für Jennings.«

»Das ist aber bislang nur eine Vermutung«, sagte Pamela.

»Es passt alles«, sagte Kate. »Auch dass Dalina Jennings seit gestern spurlos verschwunden ist.«

Pamela nickte langsam. »Ja. Es passt. Allerdings muss Jennings dann gewusst haben, dass Diane oder Logan oder beide zur Polizei gehen wollten. Oder zumindest, dass Diane eingeweiht war.«

»Logan lungerte tagelang vor der Agentur herum. Es mag zu einer Begegnung mit Dalina gekommen sein. Das hätte sie uns gegenüber natürlich nie zugegeben. Aber sie sah die Gefahr. Und sie handelte.«

Pamela seufzte. »Wenn man bedenkt, dass wir eigentlich gerade in der ruhigsten Zeit des Jahres sind ...« Sie sah elend und verfroren aus und so, als halte sie sich mühsam auf den Beinen. Kate berührte sanft ihren Arm.

»Inspector, wenn ich das sagen darf, Sie sehen völlig fertig aus. Ist ja auch kein Wunder. Sie haben eine blutverkrustete Wunde auf der Stirn, und Sie haben vierundzwanzig Stunden lang in dem Keller gesessen. Sie sollten jetzt erst einmal einen Arzt aufsuchen und dann etwas essen und trinken und sich hinlegen.«

»Aber ...«

»Ich übernehme hier. Die Fahndung nach Ihrem Wagen, dem mutmaßlichen Fluchtfahrzeug, ist raus. Ich warte hier die Ergebnisse der Spurensicherung und der Autopsie ab und werde versuchen, Sue Raymonds Ehemann ausfindig zu machen und zu erreichen. Lassen Sie sich von einem Beamten nach Hause fahren und tanken Sie Kraft. Es nutzt niemandem, wenn Sie zusammenklappen.«

Allein durch ihre Worte schon wurden Pamelas Knie weich. So übermächtig war die Sehnsucht nach ihrem Bett. Ihr Kopf schmerzte so furchtbar. Es war, als poche ein Hammer hinter ihren Schläfen.

»Danke, Sergeant. In ein paar Stunden bin ich wieder fit. Könnten Sie mir kurz Ihr Handy leihen? Meines ist bislang hier im Haus nicht aufgetaucht, Mila Henderson hat es vermutlich mitgenommen. Ich muss meine Verabredung für das Wochenende absagen.«

»Klar!« Kate reichte ihr das Handy. Dann stöhnte sie plötzlich auf. »Oh nein«, sagte sie. »Schon wieder!«

»Was ist denn?«, fragte Pamela, während sie bereits Leos Nummer eintippte und sich ein paar diskrete Schritte entfernte. Am anderen Ende sprang die Mailbox an. Pamela legte auf. Leo mochte keine Nachrichten auf dem Anrufbeantworter.

»Nichts«, sagte Kate. In einer Situation wie dieser war es natürlich nicht von Belang. Aber gerade war ihr siedend heiß eingefallen, dass sie über Annas Auftauchen und ihrem Geständnis am Vorabend erneut Burt Gilligan vergessen hatte.

Er hatte schon wieder vergeblich bei *Gianni's* auf sie gewartet.

Auf dem Rückweg am Abend nach Scarborough versuchte Kate, mit ihm zu telefonieren, aber er legte auf, als sie ihren Namen nannte. Sie konnte ihm seine Wut nicht verdenken.

Sie war todmüde, aber zugleich jagten die Gedanken durch ihren Kopf. Die erste Obduktion noch am Tatort hatte ergeben, dass Sue Raymond mit Messerstichen traktiert und verletzt worden war, aber keiner der Stiche hatte sie getötet. Man hatte sie gequält, hatte ihr Schmerzen zugefügt, um sie dann irgendwann mit dem Schnitt durch die Kehle zu ermorden. Kate musste an James Henderson denken, der immer wieder unter Wasser getaucht worden war. Es ging nicht einfach um schnelles Töten. Beide Vorgehensweisen zeugten von Sadismus und einer Freude am Quälen. Dieser Baustein fehlte allerdings bei Patricia Walters – falls sie überhaupt ermordet worden war. An ihr hatte sich offenbar niemand zuvor ausgetobt.

Der rote Faden, dachte Kate, wo verdammt, ist der rote Faden?

Die einzige Verbindung, die tatsächlich zu sehen war und die Pamela immer wieder betonte, bestand darin, dass alle Opfer in einer Beziehung zu Mila Henderson standen. Patricia Walters war ihre Arbeitgeberin gewesen, James Henderson ihr Großonkel, Sue Raymond eine Freundin aus Schulzeiten. Aber während bei Walters und Henderson klar war, dass Mila unmittelbar vor deren Tod bei ihnen gewesen war, gab es für Milas Anwesenheit im Haus der Raymonds bislang keinen Beleg. Sie hatten in der Nachbarschaft herumgefragt, hatten auch Milas Bild gezeigt, aber niemand hatte eine Besucherin oder einen Besucher bemerkt, so wie auch niemand etwas von dem Drama mitbekommen hatte, das sich unmittelbar nebenan abgespielt hatte.

Ein Nachbar immerhin hatte Wayne Raymond am Morgen des 26. Dezember davonfahren gesehen.

»Er war immer unterwegs«, hatte er berichtet und missbilligend das Gesicht verzogen. »Er hat sehr seltsame Freunde, wissen Sie. Deren Gesellschaft zieht er offenbar der seiner Frau und seiner kleinen Tochter vor. Sue litt sehr darunter.«

»Was für Freunde?«, fragte Kate.

»Ach, lauter Söhne reicher Eltern. Die haben dicke Autos und viel Geld und wissen nicht, wie sie die Zeit totschlagen sollen. Wayne konnte eigentlich nicht richtig bei ihnen mithalten, weil er viel weniger Geld hat. Er hat sich sein riesiges Auto komplett auf Pump gekauft, um dazuzugehören. Auch das hat Sue sehr belastet. Nach außen hin tat sie ja immer so, als seien sie eine perfekte Familie, alles toll und harmonisch, aber einmal ging es ihr so schlecht, da hat sie sich meiner Frau anvertraut. Sie hat geweint, wegen der Geldsorgen und weil er immer ohne sie unterwegs war.«

Das klang nach einer unglücklichen Ehe, aber eher nicht so, als habe Wayne oder einer seiner Freunde mit Sues Tod zu tun.

»Hat Sue einmal den Namen *Mila* erwähnt?«, hatte Kate noch gefragt.

Der Nachbar hatte überlegt, dann jedoch den Kopf geschüttelt. »Nein. Ich glaube nicht.«

Immerhin fand Kate heraus, dass das Baby Ruby hieß und wo sich ungefähr die Jagdhütte befand, in der sich Wayne und seine Freunde mutmaßlich gerade aufhielten. Er hatte es einem anderen Nachbarn gegenüber erwähnt. Allerdings wies dieser auch sogleich darauf hin, dass es dort keinen Handyempfang gab.

»Den erreichen Sie nicht. Da muss jemand hinfahren.«

Inzwischen waren zwei Beamte unterwegs, in der Hoffnung, es trotz des hohen Schnees und der Dunkelheit tief in die Wälder zu einer Hütte zu schaffen, in der eine Horde Männer ein dreitägiges Saufgelage abhielten. Immerhin, wenn die Beamten Wayne Raymond und seine Freunde dort antrafen, konnte man sie endgültig von der Liste der Tatverdächtigen streichen. Bei dieser Wetterlage wäre ein Hin und Her kaum zu bewerkstelligen gewesen. Kate hielt Waynes mögliche Schuld an dem Verbrechen allerdings ohnehin für sehr unwahrscheinlich.

Im Laufe des Nachmittags hatte es Aufregung gegeben, weil plötzlich Pamelas Auto drei Straßen weiter entdeckt wurde. Es stand in einer kleinen Anliegerstraße, und sogar der Schlüssel steckte noch. Ein Mann, vor dessen Küchenfenster das Auto praktisch direkt parkte und der von dem Drama gehört hatte, das sich in der Nähe ereignet hatte – die Geschichte war wie ein Lauffeuer durch Richmond gegangen –, hatte die Polizei verständigt. Tatsächlich handelte es sich um Pamelas Auto, aber von dem Täter oder der Täterin und der kleinen Ruby fehlten jede Spur.

Clever, dachte Kate. Der Täter parkt es ein Stück entfernt und schickt uns damit erst einmal auf die falsche Spur. Überall wird nach Pamelas Auto gefahndet, dabei ist es gar nicht involviert. Vergrößert den Vorsprung.

Das bedeutete jedoch, dass der Täter selbst über ein Auto verfügte.

Mila besaß keines. Was nicht hieß, dass sie sich nicht inzwischen eines organisiert haben könnte.

Sues kleines Auto stand unangetastet in der Garage. Mit dem SUV war Wayne unterwegs. Niemand hatte ein fremdes Auto vor dem Haus gesehen außer dem von Pamela. Aber das sagte nichts. Der Täter konnte ein Stück entfernt auf der Hauptstraße geparkt haben. Dort wäre sein Wagen nicht aufgefallen.

Pamelas Auto wurde nun spurentechnisch untersucht, ebenso natürlich das ganze Haus der Raymonds. Ergebnisse lagen noch nicht vor. Sue war in die Gerichtsmedizin transportiert worden. Kate hatte deshalb für diesen Tag Schluss gemacht und sich auf den Heimweg begeben. Sie hatte für diesen Nachmittag alles an Helen delegieren müssen, was sie eigentlich selbst hatte erledigen wollen: das Gespräch beim Haftrichter und die Begegnung mit Alvins Eltern. Ein Fall war gelöst, ein anderer hatte eine ungeahnte Dynamik bekommen.

Als ihr Telefon klingelte, zuckte sie zusammen. Sie hatte sich für den Abend nur noch Frieden gewünscht.

Es war Helen. »Hallo, Sergeant. Sind Sie noch unterwegs?«

»Auf der Heimfahrt von Richmond. Die Straßenverhältnisse sind extrem schlecht. Gibt es etwas Neues in der Fahndung nach Dalina Jennings?«

»Leider nicht. Sie scheint spurlos verschwunden. Wir lassen aber Alvin Malory rund um die Uhr bewachen. Der Haftrichter hat uns für morgen Nachmittag einen Termin gegeben, trotz Sonntag, damit bewegen wir uns innerhalb der achtundvierzig Stunden, die wir Anna Carter festhalten dürfen. Sie ist also vorläufig in Sicherheit. Ansonsten nichts Neues.«

»Danke, Sergeant. Machen Sie dann Schluss für heute. Ich bin auch gleich zu Hause.«

»Gute Nacht, Sergeant.«

»Gute Nacht.« Kate beendete das Gespräch.

So erschöpft sie war, sie bezweifelte, dass sie in der Nacht würde schlafen können.

SONNTAG, 29. DEZEMBER

1

Als Pamela aufwachte, war es draußen bereits hell. So hell, wie es Ende Dezember eben wurde. Sie sah dicke Wolken und tanzende Schneeflocken. Es schneite schon wieder. Sofort musste sie an Sues kleine Tochter denken. Wo befand sie sich jetzt? In einem Auto? In irgendeiner Hütte? Einem Keller? Wurde sie versorgt, gefüttert? Wurde sie gewärmt?
 Sie vergrub aufstöhnend ihren Kopf in den Kissen. Nach wie vor hatte sie starke Schmerzen. Hinter der Stirn und in den Schläfen. Hoffentlich hatte der Schlag nicht irgendeinen ernsthaften Schaden angerichtet.
 Immerhin, sie hatte geschlafen. Sie war so müde gewesen, dass sie nur schnell unter die Dusche gestolpert und dann ins Bett getaumelt war. Sie hatte sich nicht einmal mehr aufraffen können, sich einen Tee zu machen. Sie hatte es nur gerade noch geschafft, Leo anzurufen.
 »Du sollst doch nicht anrufen«, hatte er leise gezischt. »Wir hatten vereinbart, dass wir nur SMS schreiben.«
 Du hast es vereinbart, hatte sie gedacht, so wie du alle Spielregeln festgelegt hast. Ich musste dein größtes Geheim-

nis bleiben. Und ich habe immer schön den Kopf eingezogen und mich unsichtbar und lautlos gemacht.

»Ich habe mein Handy nicht mehr. Deshalb kann ich keine SMS schicken.«

»Wieso hast du kein Handy mehr?«

»Eine lange Geschichte. Ich wollte eigentlich nur sagen, dass es mir leidtut, nicht erschienen zu sein.«

»Ich habe Stunden gewartet!«, sagte Leo. Noch immer flüsterte er. »Du hättest mich wenigstens benachrichtigen können. Ich gehe schließlich ein verdammt hohes Risiko ein.«

In all den Jahren war er nie müde geworden zu betonen, wie viel er für sie, für Pamela, riskierte. Jetzt hatte sie plötzlich das Gefühl, zu müde zu sein, es zu hören.

»Es ging nicht«, sagte sie. Sie hatte vorgehabt, ihm zu erklären, was geschehen war, aber sie war zu erschöpft. Und er zu eilig und gestresst.

»Tja«, sagte er. Es klang beleidigt.

»Ich muss schlafen gehen. Ich habe zwei furchtbare Tage hinter mir.«

»Melde dich, wenn du wieder ein Handy hast«, entgegnete er und legte auf.

Sie war ins Bett gefallen, hatte auf den Kummer gewartet, auf den Schmerz, weil Leo so abweisend und desinteressiert gewesen war, aber der Schmerz kam nicht, sie war einfach zu müde. Im Wegdämmern dachte sie, dass sie jetzt eigentlich todtraurig gewesen wäre, wenn das Wochenende wie geplant verlaufen wäre. Denn so oder so würde sie jetzt in ihrem Bett liegen, und ihr Herz wäre schwer, weil der zweite Tag, der Samstag, schon nicht mehr wirklich schön gewesen wäre. Sie wären spazieren gegangen, und Leo hätte ständig verstohlen auf seine Uhr geschaut, irgendwo wären sie zum Mittagessen eingekehrt, und das Gespräch wäre in eine anstrengende Einsilbigkeit abgeglitten, in der Pamela sich immer mehr bemüht hätte und Leo immer wortkarger geworden wäre, weil er eigentlich schon wegwollte. Schließlich hätte er gezahlt – er zahlte immer das Mittagessen am Samstag, sie das Abendessen am Freitag –, und sie wären zum Hotel zurückgekehrt und hätten ihre wenigen Sachen zusammengepackt. Er eilig, weil er nach Hause wollte, sie langsam, weil sie nicht nach Hause wollte. Er hätte gesagt, er werde sich bei ihr melden und dass es schön gewesen sei. Dann wäre er in sein Auto gestiegen und davongefahren, und selbst sein Auto hätte Erleichterung ausgestrahlt mit jedem Meter, den es zurücklegte. Wahrscheinlich wäre sie selbst noch eine Runde gelaufen, um nicht so hoch emotionalisiert davonzufahren, aber schließlich hätte sie doch den Rückweg antreten müssen. Zurück in ihr Leben ohne ihn.

Immerhin ging es ihr an diesem Sonntagmorgen nicht wirklich schlecht. Sie hatte zwar starke Kopfschmerzen, machte sich Vorwürfe und war sehr besorgt, aber es ging diesmal nicht um ihre Beziehung – wenn man sie so nennen konnte –, sondern um den Fall Mila Henderson, und trotz allem war das ein irgendwie neutrales Thema.

Sie stand auf, nahm sich im Bad eine Kopfschmerztablette und schluckte sie mit etwas Wasser. Aus der Wohnung unter ihr klangen Kinderstimmen. Das Haus war sehr hellhörig, aber Pamela mochte das. Stille konnte sie nicht gut ertragen.

Als sie in der Küche stand und gerade Kaffee in den Filter löffelte, klingelte ihr Telefon. Das Display zeigte an, dass es sich bei dem Anrufer um Sergeant Linville handelte.

Pamela nahm ab. »Sergeant?«

»Guten Morgen, Inspector. Ich hoffe, ich bin nicht zu früh?«

Pamela blickte zur Uhr hinüber. Es war halb zehn. Um Gottes willen, so lange hatte sie noch nie geschlafen. »Keinesfalls. Gibt es Neuigkeiten?«

»Einige. Ich habe Nachricht von der Spurensicherung. Sie hatten recht: Mila Hendersons Fingerabdrücke wurden im Haus von Sue Raymond gefunden – zumindest jedenfalls Abdrücke, die wir auch in der Wohnung von James Henderson und bei Patricia Walters gefunden haben und die wir Mila zuordnen. Offiziell ist sie ja noch nicht in unserem System.«

Endlich! Nachdem sie so viel vermasselt hatte, behielt sie wenigstens in diesem Punkt recht! Pamela atmete tief durch. »Ich denke, wir können von Mila Henderson als Täterin ausgehen«, sagte sie.

Kate seufzte. »Und jetzt kommt die eigentliche Verwirrung: Das Messer, mit dem Sue Raymond ermordet wurde, ist dieselbe Tatwaffe wie bei den Morden an Diane Bristow und Logan Awbrey.«

Pamela schwieg eine Sekunde. »Wie bitte?«, fragte sie dann.

»Ich bin auch sehr irritiert«, gestand Kate.

»Was hat Mila Henderson denn mit den Morden an Diane Bristow und Logan Awbrey zu tun?«

»Was hat Dalina Jennings mit Sue Raymond und Mila Henderson zu tun?«, fragte Kate zurück. »Inspector, ich bin mir fast sicher, dass Dalina Diane und Logan ermordet hat. Sie hat ein Motiv, und sie ist spurlos verschwunden. Aber die Tatwaffe stiftet völlige Verwirrung.«

»Dalina Jennings kann auch wegen des Verbrechens damals an Alvin Malory verschwunden sein«, sagte Pamela. »Sie waren bei ihr. Sie haben Fragen gestellt. Sie wissen, dass sie regelmäßig Pizza an ihn geliefert hat. Der Boden wurde zu heiß.«

»Wir fangen wieder von vorne an«, sagte Kate genervt. »Ich werde noch einmal mit Anna Carter sprechen. Ich werde sie fragen, ob ihr die Namen Sue Raymond und Mila Henderson etwas sagen. Mila könnte eine Klientin bei *Trouvemoi* gewesen sein, sie ist Single. Was ich bräuchte, wäre ein Durchsuchungsbeschluss für die Räume der Agentur. Auch für die Beschlagnahmung des Computers.«

»Das wird schwierig, Sergeant«, sagte Pamela. »Aber wir können es versuchen.«

»Nach wie vor läuft eine Großfahndung nach Mila Henderson und der kleinen Ruby Raymond«, berichtete Kate. »Und nach Dalina Jennings. Zudem wurde Sue Raymonds Mann aufgestöbert. Er ist inzwischen zu Hause. Er kennt Mila nicht, hat sie nie gesehen. Sie war auf jeden Fall nicht da, als er am Donnerstag in sein langes Wochenende mit den Freunden aufbrach. Er entsinnt sich auch nicht, dass Sue je diesen Namen genannt hat. Die Freundschaft kann in den letzten Jahren nicht mehr wirklich bestanden haben.«

»Er steht unter Schock, oder? Ich meine, vielleicht fällt ihm noch etwas Hilfreiches ein, wenn er etwas Ruhe gefunden hat?«

»Er steht total unter Schock«, stimmte Kate zu. »Er fährt in ein feuchtfröhliches Wochenende, dort kreuzt dann die Polizei auf und berichtet, dass seine Frau ermordet und seine sechs Monate alte Tochter entführt wurde. Mutmaßlich von einer Frau, deren Namen er nie gehört hatte. Die Beamtin, die ihn vor Ort betreut, sagt, dass er wie versteinert wirkt. Erstarrt.«

Sie schwiegen beide bedrückt. Das Leid der Angehörigen von Verbrechensopfern – es war nicht möglich, sich daran zu gewöhnen. Es gab keinen Weg, es nicht an sich heranzulassen.

»Sind Sie im Büro?«, fragte Pamela schließlich.

»Ja.«

»Okay. Ich trinke noch schnell einen Kaffee, dann komme ich auch.«

Kein geruhsamer Sonntag. Es war nicht die Zeit dafür.

Sie nahm ihren Kaffeebecher mit ins Wohnzimmer, setzte sich an den Tisch, betrachtete das Schneetreiben draußen. Was trieb Mila Henderson? Sie ermordete ihre Arbeitgeberin. Dann Diane Bristow, das Zimmermädchen aus dem *Crown Spa Hotel*. Logan Awbrey, der eine furchtbare Schuld mit sich herumtrug, von der sie im Grunde gar nichts wusste. Ihren Onkel James, einen alten Mann, der ein ruhiges, friedliches Leben führte. Ihre alte Schulfreundin Sue.

Ihre einstige Klassenlehrerin Isabelle de Lavandou?

Es stimmte, was Kate immer wieder fragte: Wo war der rote Faden?

Und umgekehrt, was trieb Dalina Jennings – wenn sie die Täterin war? Sie hatte ein Motiv, was Diane Bristow und Logan Awbrey anging, vorausgesetzt, es stimmte, was Kate glaubte, dass die beiden zu einer Gefahr geworden waren, weil sie nicht länger schweigen wollten.

Aber weshalb die alte Mrs. Walters? Weshalb James Henderson? Weshalb Sue Raymond?

Das ergab keinen Sinn.

Oder doch? Gab es eine Verbindung, eine klare, einleuchtende Verbindung, die bislang nur unsichtbar geblieben war?

Pamela ignorierte ihre Kopfschmerzen, die trotz der Tablette stärker zu werden schienen, und zog ihre Handtasche zu sich heran, die sie am Abend zuvor achtlos auf einen Sessel geworfen hatte. Das dicke rote Schülerjahrbuch, das sie von Monsieur de Lavandou mitgenommen hatte, steckte darin. Sie nahm es heraus, blätterte die Seite mit Milas Eintrag auf. Sie betrachtete das runde Gesicht mit den freundlichen Augen, dem etwas schüchternen Lächeln. Die Haarspangen rechts und links über der Stirn, die das straff gescheitelte Haar in Ordnung hielten.

Dieses Mädchen eine Serienkillerin?

Aber Pamela wusste, wie sehr das Aussehen, die Ausstrahlung täuschen konnten. Sie hatte sadistische Mörder erlebt, die sanfte Gesichter wie Chorknaben hatten.

Sie betrachtete das Bild von Sue. Etwas unbedarft, naiv. Freundlich. Zu dem Zeitpunkt, als das Bild entstand, ohne eine Ahnung, dass sie, kaum dreißig Jahre alt, eines schrecklichen, gewaltsamen Todes sterben würde.

»Warum?«, murmelte Pamela. »Warum?«

Aber sie wusste auch, dass es manchmal kein Warum gab. Es gab Mörder, die mordeten um des Mordens willen. Ohne eine sexuelle Komponente, ohne Rachemotive. Scheinbar ohne irgendeinen Grund. Meist hatte es letzten Endes etwas mit Macht zu tun.

Sie blätterte eine Seite weiter. Es ging immer noch um dieselbe Klasse. Sie ließ ihren Blick über die Bilder schweifen und stutzte plötzlich. Sie blieb an dem Foto eines Jungen hängen. Ein unfassbar dicker Junge. Er war nur bis zur Brust abgebildet, aber man sah noch die Ansätze einer größeren Körperfülle. Darüber die gewaltigen Schultern und Oberarme. Ein dicker, kurzer Hals, der nahtlos in das pausbäckige Gesicht überging. Der Junge lächelte, aber es war ein verkrampftes, unechtes Lächeln. Seine Augen blickten starr. Leer.

Weshalb Pamela jedoch ganz perplex auf das Bild schaute, lag an etwas anderem: Es lag an dem Namen, der darunterstand.

»Das ist ja wirklich seltsam«, sagte sie.

2

Der Leiter der Spurensicherung hatte sich sein Wochenende sicher ganz anders vorgestellt. Kate konnte das seiner Stimme am Telefon anhören. Er klang müde und etwas genervt.

»Definitiv«, sagte er. »Die Exkremente im Esszimmer stammen von zwei verschiedenen Personen.«

»Sie meinen, dass zwei Leute in dem Raum festgehalten wurden?«

»Oder die Täterin hat den Raum ebenfalls als Toilette genutzt, was ich allerdings sehr seltsam finden würde. Normalerweise würde ich sagen: zwei Gefangene.«

»Eine DNA-Auswertung liegt noch nicht vor?«

»Leider nein. Das dauert noch. Das Wochenende macht es nicht leichter. Und übermorgen ist Silvester.«

»Zwei Gefangene …«, murmelte Kate. Sie überlegte. Wenn Dalina den Überfall getätigt hatte? Dann waren Mila und Sue die Gefangenen, und es würde stimmen, was die Spurensicherung sagte: Zwei Menschen waren in dem Esszimmer gefangen gehalten worden. Dalina hatte sodann Sue ermordet und war jetzt mit Mila und dem Baby unterwegs.

Warum, warum, warum?

»Ich danke Ihnen«, sagte sie zu dem Mann von der Spurensicherung. »Sie halten mich auf dem Laufenden, ja? Der Fall muss absoluten Vorrang haben. Das Leben eines Kleinkindes steht auf dem Spiel.«

»Selbstverständlich.«

Sie verabschiedeten sich voneinander. Kate überlegte fieberhaft.

Sie musste einen Zeitplan aufstellen, eine exakte Abfolge der Ereignisse. Wann genau hatte Dalina das Präsidium verlassen, nachdem sie ihre Fingerabdrücke abgegeben hatte? Und wann hatte Pamela zum ersten Mal in dem Haus in Richmond geklingelt? Konnte Dalina rein zeitlich dazwischen von Scarborough nach Richmond gefahren sein und eine Geiselnahme initiiert haben? Höchstens in einem fast unwahrscheinlichen Tempo.

»Was sehe ich nicht?«, murmelte Kate.

Pamela kam zur Tür hinein, in Mantel und Schal, und der Geruch nach Schnee und Kälte wehte mit ihr zusammen in den warmen Raum. Sie hatte ein Pflaster auf der Stirn und darum herum einen beachtlichen Bluterguss. Sie sah trotz der Nachtruhe noch elender aus als am Tag zuvor. Sie schien Schmerzen zu haben und wirkte zugleich hochgradig angespannt. In der Hand hielt sie ein dickes rotes Heft. Sie legte es aufgeschlagen vor Kate auf den Schreibtisch.

»Schauen Sie sich das einmal an!«

Kate blickte auf lauter Schwarz-Weiß-Aufnahmen sehr junger Gesichter, die ihr im ersten Moment nichts sagten.

»Was ist das?«

»Ein Schuljahrbuch. Hier«, Pamela deutete auf eines der Bilder, »das ist Mila Henderson. Mit vierzehn Jahren.«

»Tatsächlich.«

»Und hier, das ist Sue Raymond. Damals Sue Haggan.«

Kate las, was im Text unter dem Bild von Mila stand: »Beste Freundin: Sue Haggan. Verstehe. So stellten Sie die Verbindung her.«

»Und jetzt«, Pamela blätterte die Seite um, »jetzt schauen Sie einmal hier!«

Kate sah das Gesicht eines adipösen Teenagers. Überrascht sagte sie: »Ist das Alvin Malory?« Alvin Klassenkamerad von Mila? In Leeds?

»Lesen Sie!«, sagte Pamela.

Und Kate las, was unter dem Bild stand und was sie in ihrem ersten Erstaunen nicht wahrgenommen hatte.

»Samuel Harris.« Fassungslos blickte sie zu ihrer Chefin auf. »Was?«

»Anna Carters Freund. Ich konnte es auch nicht glauben. Leider habe ich das vorhin erst entdeckt. Hätte ich bloß neulich gleich weitergeblättert ... Samuel Harris und Mila Henderson waren Klassenkameraden in Leeds. Bevor sie wegzog.«

»Zufall?«, fragte Kate.

Pamela zuckte mit den Schultern.

Kate überlegte. »Es gibt seit Patricia Walters' Tod etliche Eintragungen zu der Suche nach Mila Henderson im Internet. In einigen Zeitungen war sie auch erwähnt. Hätte sich Samuel Harris ihrer erinnern und uns kontaktieren müssen?«

»Er muss es zunächst nicht einmal gelesen haben. Erst seitdem James Henderson ermordet wurde, wird im großen Stil nach ihr gesucht.«

Kate dachte fieberhaft nach. »Samuel Harris geht in dieselbe Klasse wie eine Frau, nach der im ganzen Land gefahndet wird. Er ist liiert mit einer Frau, die in ein scheußliches Verbrechen neun Jahre zuvor verstrickt war.« Sie wiederholte ihre Frage: »Zufall?«

»Im Moment lässt sich nichts daraus machen«, sagte Pamela.

Kate betrachtete erneut das Bild. »Unglaublich. Ich habe in Annas Haus ein Foto von ihm gesehen. Bin zumindest ziemlich sicher, dass es sich um ihn handelt. Ein sehr gut aussehender, schlanker Mann – als solcher wurde er mir auch von anderer Seite beschrieben. Mindestens hundert Kilo leichter als der Junge hier auf dem Bild.«

»Tatsächlich? Er ist schlank heute? Nun, wenn Menschen abnehmen, verändern sie sich extrem«, meinte Pamela. »Die gesamte Physiognomie, alles. Sie sehen komplett anders aus.«

Kate vertiefte sich in das Bild. »Du lieber Gott, welch eine Willenskraft liegt zwischen diesem Jungen und dem Mann von heute!«

Sie las, was unter dem Bild stand. »Bester Freund: keiner. Lieblingslehrer / -lehrerin: keine. Lieblingsfach: keines.

Hobby: keines.« Sie schaute hoch. »Klingt ganz schön krank.«

»Klingt ziemlich traurig«, meinte Pamela.

»Klingt nach einer Kindheit und Jugend, wie Alvin sie hatte. Ausgeschlossen. Verspottet.« Sie schüttelte den Kopf. »Aber heute nicht mehr. Er sieht wirklich gut aus. Er hat mit Sicherheit ein leichtes Spiel bei Frauen. Bei Menschen überhaupt.« Sie stand auf. »Wo ist er überhaupt? Er wollte sich gestern hier bei uns melden. Nach seiner Rückkehr aus London.«

»Sergeant Bennett hat nichts davon erwähnt?«

»Nein. Hätte sie aber, wenn er da gewesen wäre. Er ist offenbar nicht erschienen.« Kate schüttelte wütend den Kopf. »Das ist mir nicht aufgefallen. Es war so viel los gestern.«

»Ich musste ja mit einem Taxi kommen. Mein Auto ist noch bei der Spurensicherung«, sagte Pamela. »Aber auf dem Weg hierher habe ich mich bei Harris' Adresse vorbeifahren lassen. Ich habe geklingelt. Entweder er öffnet nicht, oder er ist nicht zu Hause.«

»Meinen Sie, er ist noch in London?«

»Das ist natürlich möglich. Allerdings seltsam, dass er nicht Bescheid gegeben hat. In seiner Lage. Er sollte sich dringend gut mit uns stellen.«

»Sein Vater«, sagte Kate. »Es könnte ihm schlecht gehen. Harris konnte vielleicht nicht weg und hat vergessen, uns anzurufen.«

»Wäre möglich«, sagte Pamela. Sie sah immer blasser aus.

Kate musterte sie aufmerksam. »Geht es Ihnen gut, Inspector?«

Pamela lächelte etwas verzerrt. »Ziemlich starke Kopfschmerzen. Ich habe schon zwei Tabletten genommen, aber sie wirken nicht so richtig.«

»Waren Sie überhaupt bei einem Arzt? Nach der Geschichte?«

»Nein. Keine Zeit. Zu müde.«

Kate betrachtete das Gesicht ihrer Chefin. »Ich fahre Sie jetzt in die Notaufnahme vom General Hospital. Sie müssen sich untersuchen lassen. Sie haben einen heftigen Schlag abbekommen, das kann eine Gehirnerschütterung sein. Sie müssen das abklären lassen.«

»In Ordnung«, murmelte Pamela.

Kate kannte ihre Chefin noch nicht lange, schätzte sie aber als einen Menschen ein, der nicht wehleidig war und es mit der Eigenfürsorge nicht allzu genau nahm. Dass sie sich jetzt widerstandslos bereit erklärte, sich an diesem Sonntagmorgen in die Notaufnahme des Zentralkrankenhauses von Scarborough zu setzen, bewies, dass es ihr wirklich schlecht ging.

Sie suchte sich Harris' Mobilnummer aus dem Computer raus, dann verließen sie das Büro.

Als sie im Auto saßen und durch das Schneetreiben fuhren, sagte Pamela: »Könnte es sein, dass auch Harris in Gefahr ist?«

»Weil er Mila Henderson aus der Schulzeit kennt?«

»Na ja, Sue Raymond wurde das zum Verhängnis.«

»In jedem Fall ist es gut, wenn wir ihn finden«, sagte Kate. Sie merkte, dass ihre Stimme angespannt klang. »Nicht gut, dass er verschwunden scheint ...«

Übergangslos fuhr sie fort: »Die Exkremente im Esszimmer drüben in Richmond stammen übrigens von zwei verschiedenen Personen. Der Leiter der Spurensicherung hat mich vorhin informiert.«

Pamela sah sie irritiert an. »Was bedeutet das?«

»Zwei Gefangene möglicherweise. Die dort festgebunden am Tisch saßen. Die DNA-Untersuchung an den vielen zerschnittenen Stricken, die im Zimmer herumlagen, ist noch nicht abgeschlossen. Kann sein, dass sie eine Überraschung bereithalten.«

»Zwei Gefangene? Sue ... und Mila?«

»Das würde die These unterstützen, dass Dalina die Täterin ist.«

»Aber die war doch zu dem Zeitpunkt, als ich eintraf, noch in Scarborough?«

»Es könnte möglich sein, dass sie dazwischen nach Richmond gefahren ist. Wir werden einen exakten Zeitplan erstellen müssen. Aber erst wenn Sie beim Arzt waren.«

Sie waren vor dem Krankenhaus angekommen. Kate hielt an. Pamela stieg aus. Inzwischen hatte sie keinerlei Farbe mehr im Gesicht. Es war tatsächlich kein gutes Zeichen, dass sie sich an diesem Punkt der Ereignisse aus dem Geschehen katapultieren ließ. Sie musste sich miserabel fühlen.

»Ich verstehe das nicht«, murmelte sie, »nicht mal, als ich in dem Keller dort saß, ging es mir so schlecht.«

»Adrenalin«, sagte Kate. »Ihr Körper war voll davon. Erst wenn es weg ist, bricht man zusammen.«

Pamela grinste schief. »Ich melde mich, wenn ich hier fertig bin. Bleiben Sie vorsichtig, Kate. Machen Sie nicht so dumme Fehler wie ich.«

»Alles klar.« Kate sah ihr nach, wie sie durch den Schnee auf den Eingang zustapfte. Dann fuhr sie weiter.

Vor dem Haus, in dem Samuel Harris wohnte, parkte sie. Selbst auf der normalerweise viel befahrenen Victoria Road war nicht viel los an diesem Morgen. Es schneite zu heftig. Die Leute blieben zu Hause.

Kate versuchte zweimal, Sam Harris auf seinem Handy zu erreichen, aber sie landete jedes Mal auf der Mailbox. Sie stieg aus, blickte an der glatten Fassade des unauffälligen Mietshauses hinauf. Harris' Wohnung lag im dritten Stock, wie sie von ihrem Besuch bei Anna wusste. Hinter den Fenstern war es dunkel und still.

Sonntagmorgen, gleich elf Uhr. Ob er doch zu Hause war und vielleicht noch schlief?

Sie klingelte neben dem Schild *Harris Coaching*, aber es rührte sich nichts. Die Sprechanlage blieb still.

Kate wählte Sergeant Helen Bennetts Nummer. Helen meldete sich beim dritten Klingeln und klang zum Glück nicht so, als habe Kate sie aus dem Tiefschlaf gerissen.

»Sergeant, tut mir leid, aber ich brauche Sie. Und ja, ich weiß, dass Sonntag ist.«

»Kein Problem«, versicherte Helen.

»Können Sie irgendwie das Altenheim ausfindig machen, in dem der Vater von Samuel Harris in London untergebracht ist? Einziger Anhaltspunkt: Es befindet sich in Shepherd's Bush, nahe dem Shepherd's Bush Green. Mehr weiß ich leider nicht.«

»Okay. Was ist denn passiert?«

»Harris ist gestern nicht bei uns aufgetaucht, obwohl das

vereinbart war. Ich muss ihn dringend sprechen. Ich denke, dass er vielleicht …«

Helen verstand. »Er könnte bei seinem Vater aufgehalten worden sein. Alles klar. Ich melde mich.«

Sie beendeten das Gespräch.

Kate kehrte zu ihrem Auto zurück, setzte sich hinein. Solange sie nicht erfror, würde sie hier warten. Vielleicht war Harris gestern Abend noch spät nach Hause gekommen und frühstückte oder brunchte irgendwo in der Stadt. Oder er kam in den nächsten ein oder zwei Stunden aus London zurück.

Es wurde ziemlich kalt, und Kate musste immer wieder die Scheibenwischer betätigen, um den Schnee von der Windschutzscheibe zu schieben. Ab und zu ließ sie die Heizung ein paar Minuten laufen, aber sie fürchtete um die Batterie. Ausgerechnet jetzt liegen zu bleiben, in dieser Situation, an diesem Sonntagmorgen, wäre ein ziemliches Fiasko. Sie grub sich tiefer in ihren Mantel, hauchte in ihre Hände.

Als sie schon drauf und dran war loszufahren, anstatt hier sinnlos herumzusitzen, kam endlich jemand die Straße entlang. Der erste Mensch seit über einer Stunde. Ein Mann. Ein paar Sekunden lang glaubte Kate, es handele sich um Samuel, aber dann bemerkte sie, dass der Mann zu alt war. Er hinkte leicht. Aber immerhin blieb er vor Harris' Haus stehen und begann umständlich in seinen Manteltaschen nach dem Schlüssel zu suchen.

Kurz entschlossen verließ Kate ihr Auto und trat auf ihn zu. Sie hielt ihm ihren Ausweis vor die Nase.

»Detective Sergeant Linville. North Yorkshire Police. Ich muss zu Mr. Samuel Harris.«

Der Alte beäugte misstrauisch den Ausweis. »Polizei?«

»Ja.«

»Ist Mr. Harris nicht da?«

»Er öffnet jedenfalls nicht. Aber es ist wichtig.« Kate hatte keinerlei Handhabe, in das Haus zu gelangen. Wenn der Mann sie nicht hineinließe, könnte sie nichts dagegen tun. Zum Glück schien er das nicht zu wissen.

»Na ja, wenn Sie von der Polizei sind ...« Er hatte endlich den Schlüssel gefunden und schloss die Tür auf. »Dann dürfen Sie da wohl rein. Bitte sehr!« Er hielt ihr die Tür auf.

Kate dankte ihm und trat in das Haus. Der alte Mann beschäftigte sich umständlich damit, seine Schuhe vom Schnee zu befreien, sodass sie, ohne weitere Auskünfte geben zu müssen, einfach die Treppe hinauf nach oben entschwinden konnte.

Sie war drinnen. Aber noch nicht in der Wohnung.

Oben klingelte sie noch einmal, aber erwartungsgemäß tat sich nichts. Sie lauschte an der Tür, aber es war kein Laut zu hören, keine leisen Schritte, keine knarrenden Dielen.

Sie setzte sich auf die Stufen, die in das höher gelegene Stockwerk führten. Es war Sonntag, damit fiel die Möglichkeit aus, dass Samuel gerade irgendwo einen Großeinkauf tätigte. Er könnte zu einer Tankstelle gefahren sein, um sich das Notwendigste zu besorgen, aber so lange konnte das auch nicht dauern. Draußen schneite es unvermindert heftig. Stapfte jemand bei diesem Schneetreiben am Meer entlang? Ausgeschlossen war es nicht. Harris hatte über vieles nachzudenken, sein Leben steckte zweifellos in einer akuten Krise. Vielleicht hielt er es in der Stille seiner Wohnung nicht aus.

Nachdem Kate eine halbe Stunde in dem ungemütlichen Treppenhaus gesessen hatte und erneut darüber nachdachte, ob es nicht besser wäre, wieder zu fahren, klingelte ihr Handy. Es war Helen.

»Sergeant, ich habe sämtliche Altenheime im Londoner Stadtteil Shepherd's Bush abtelefoniert. Und ich bin fündig geworden. Was den Vater von Samuel Harris betrifft.«

»Und ist Harris dort?«

Helen seufzte. »Die Sache wird jetzt richtig schräg. Samuel Harris' Vater, Patrick Harris, lebt nämlich nicht mehr in dem Pflegeheim. Er lebt überhaupt nicht mehr. Er ist vor fünf Jahren gestorben.«

3

Der Nebel lichtete sich nur langsam, aber irgendwann hatte Mila das Gefühl, wieder klar denken zu können. Es musste etwas in dem scheußlichen Getränk gewesen sein, das sie vor Antritt der Fahrt hatte trinken müssen. Ein milchiges Zeug, und zunächst hatte sie sich einfach geweigert:

»Ich habe keinen Durst. Ich mag nicht trinken.«

Er hatte ihr den Becherrand mit solcher Gewalt gegen die Lippen geschlagen, dass sie einen Schmerzenslaut nicht hatte unterdrücken können.

»Trink!«, herrschte er sie an.

Er wurde zunehmend nervös. War das ein gutes oder ein schlechtes Zeichen?

Sie trank. Sie hatte Sues Schreie gehört. Sie ahnte, wozu er fähig war. Sie hatte es immer geahnt.

Von Sue hatte sie seit Stunden keinen Laut mehr gehört. Das war kein gutes Zeichen.

Sie hatte den ganzen Becher leer trinken müssen, widerlicher Schleim, und schon nach drei Schlucken war ihr speiübel gewesen. Trotzdem hatte sie weitertrinken müssen.

Kurz darauf hatte sich alles vor ihr auf seltsame Art verwischt. Als verliere die ganze Welt ihre Konturen. Alle Ränder flossen ineinander. Alle Geräusche verschwanden in der Ferne. Ihre Beine wurden weich und leicht.

Was, verdammt, war dadrin?, fragte sie sich, und das war der letzte halbwegs klare Gedanke, den sie denken konnte. Sie saß an das Tischbein im Esszimmer gefesselt und wäre zur Seite gefallen, hätten die Stricke sie nicht gehalten. Sue hatte er vor Stunden abgeholt. Sie hatte geschrien um ihr Leben ... Aber auch das beschäftigte Mila kaum noch. Die Erinnerung an die Schreie zerfloss wie alles andere auch.

Wenn sie jetzt zurückdachte, so war sie schließlich in einer Art Trance aus dem Haus geführt und zu einem Auto gebracht worden. Dort auf dem Rücksitz war sie sofort eingeschlafen. Dann erinnerte sie sich dunkel daran, aus dem Auto wieder hinausgeführt worden zu sein. Eisige Kälte. Schnee. Ja, ihr waren Schneeflocken auf das Gesicht gefallen. Und noch etwas ... noch etwas war ihr aufgefallen. Was war es nur gewesen? Sie strengte sich an, um sich zu erinnern, aber der Schatten der Erinnerung entglitt ihr immer wieder. Sie war aus irgendeinem Grund der Überzeugung, es sei jetzt ganz wichtig, sich an jedes Detail zu erinnern, obwohl sie nicht wusste, warum das so war. Sie hätte heulen mögen, weil es ihr nicht einfiel.

Sie zwang sich, die Tränen zurückzuhalten. Es brachte jetzt nichts zu weinen. Es schwächte sie womöglich nur noch weiter.

Ihr war noch immer ziemlich übel, aber ihre Lebensgeister kehrten allmählich zurück. Sie verspürte keinen Hunger, obwohl es lange her war, seitdem sie zuletzt etwas gegessen hatte. Wahrscheinlich lag das an dem widerlichen Schleim, den sie hatte trinken müssen. Der hatte jegliche Essensgelüste fürs Erste in ihr abgetötet.

Vorsichtig bewegte sie Hände, Arme und Beine. Sie war tatsächlich nicht gefesselt, ein Wunder und eine Erleichterung nach den vielen Stunden, die sie festgezurrt an dem Tischbein verbracht hatte. Aber das hieß, dass sie sich wahrscheinlich in einem Raum befand, aus dem es kein Entkommen gab.

Es war so vollkommen dunkel, so vollkommen schwarz um sie herum, dass sie absolut nichts erkennen konnte. Aber vielleicht würden sich ihre Augen noch ein wenig an diese absolute Finsternis gewöhnen. Dann könnte sie wenigstens versuchen, irgendetwas wahrzunehmen.

Sie stand auf und streckte ihren verkrampften Körper. Ihre Muskeln schmerzten. Sie schüttelte Arme und Beine. Das Blut musste wieder richtig fließen.

Sie tat einen Schritt nach vorne und stieß mit der Hüfte schmerzhaft gegen eine harte Kante. Rasch tastete sie mit den Händen den Gegenstand ab, der vor ihr im Weg stand. Könnte ein Tisch sein.

Als Nächstes kollidierte ihr Kopf mit etwas, das von der Decke hing, allem Anschein nach eine Lampe. Sie schien sich in irgendeiner verdammten Sitzecke zu befinden. Eine Wohnung? Ein Schuppen?

Wo war sie?

Sie hatte Angst. Die Angst war mit der schwächer werdenden Wirkung des Betäubungsmittels wieder erwacht und steigerte sich langsam. Mit aller Macht versuchte Mila, sie zurückzudrängen. Angst war etwa so hilfreich wie Tränen. Ihre Mutter hatte das immer gesagt: »Hab keine Angst und weine nicht. Beides schwächt dich.«

Aber in ihren kühnsten Träumen hätte sich ihre Mutter vermutlich nicht eine solche Situation für ihre Tochter ausmalen können wie die, in der sie jetzt gelandet war.

Wo immer ich bin, dachte Mila, es muss eine Tür geben. Ich bin irgendwie hier hineingekommen. Also muss ich auch irgendwie hinauskommen.

Sie konnte noch immer nichts sehen. Sie hatte keine Ahnung, ob es draußen Tag oder Nacht war. Keine Nacht war so dunkel wie dieser Raum, das bedeutete, es gab entweder kein Fenster, oder er war hermetisch abgedichtet. Vorsichtig tastete sie mit ihren Händen die Umgebung ab. Vielleicht gab es irgendwo eine Kerze ... Streichhölzer ... irgendetwas ...

Sie stieß gegen etwas, das klirrend umfiel und zerbrach. Sie fühlte Wasser an den Fingern. Zu blöd. Er hatte ihr ein Glas Wasser hingestellt. Sie hatte es umgeworfen.

Plötzlich verstärkte sich ihre Angst, jäh und überwältigend. Sie hatte kein Wasser mehr. Und wenn er nicht zurückkam? Oder erst in vielen Wochen? Wenn er vorgesehen hatte, sie qualvoll verhungern und verdursten zu lassen?

Sie zwang sich, ruhig zu atmen. Es gehörten zwei dazu, diesen Plan aufgehen zu lassen. Er, der ihn schmiedete. Und sie, die sich tatenlos unterwarf. Und das würde sie nicht tun. Sie würde hier hinauskommen. Sie würde das schaffen, weil es einen Weg gab. Immer.

Klang ein wenig nach Kalenderspruch, sie merkte das selbst. Aber etwas anderes als Kalendersprüche hatte sie im Moment nicht.

Sie tastete sich ein Stück weiter voran, stieß dabei gegen alle möglichen Gegenstände, die sie nicht identifizieren konnte, und dann vernahm sie plötzlich ein Geräusch: ein seltsames, leises Wimmern. Es kam nicht von draußen.

Es kam von drinnen. Aus demselben Raum, in dem sie sich aufhielt. Es war ganz nah.

Mila erstarrte.

Sie tastete weiter, stolperte, rappelte sich auf. Eines zumindest erkannte sie bereits: Der Raum, in dem sie sich aufhielt, war sehr klein, und er war zugestellt mit den verschiedensten Gegenständen. Und: Sie war nicht allein.

Erneut das Wimmern.

Vermutlich wirkte das Zeug von vorhin immer noch etwas nach, sonst wäre sie schneller im Denken gewesen. Denn nun kam plötzlich die Erkenntnis: Es war Ruby. Sues Baby. Er hatte das Baby mitgenommen.

Noch rücksichtsloser drängte sie sich jetzt durch all die Gegenstände hindurch in die Richtung, aus der das leise Wimmern kam. Was sie daran erschreckte, war, dass es so schwach wirkte. Am ersten Tag bei Sue hatte das Baby gebrüllt, laut und kräftig. Jetzt klang es völlig entkräftet. Wann hatte es zum letzten Mal Nahrung bekommen?

Ihre Hände, mit denen sie in der Dunkelheit herumtastete, stießen auf etwas, das sich wie Pappe anfühlte. Ein Karton? Der Rand eines Kartons?

Vorsichtig schob sie ihre Hände weiter nach vorn. Sie fühlte etwas Weiches. Wolle? Dann Haut. Menschliche Wärme. Die Wärme eines Körpers. Der Körper wimmerte.

Das Baby.

So vorsichtig sie konnte, zog Mila das Bündel in ihre Arme. Ruby gab einen schwachen Laut von sich.

Er hatte die Kleine wirklich mitgenommen. Ihre Mutter massakriert, das Kind entführt. Was hatte er mit diesem unschuldigen Geschöpf vor?

Wollte er es als Geisel benutzen? Als lebenden Schutzschild, falls die Polizei das Versteck fand?

Er war ein Psychopath. Sie hatte es immer gewusst. Im Grunde vom ersten Moment an. Nicht umsonst hatte sie ihre Mutter damals dazu bewegt, die Zelte in Leeds abzubrechen. Weit weg zu ziehen. Neu anzufangen. Neue Schule für sie, neuer Job für ihre Mutter. Viel Aufwand wegen eines übergewichtigen Jungen in ihrer Schulklasse, der sich in sie verliebt hatte. Wenn man von Liebe sprechen konnte: Es war eher eine Besessenheit gewesen, total krank, völlig daneben. Ein Mensch, der ein *Nein* nicht akzeptieren konnte. Der Zurückweisung nicht zu kompensieren vermochte, vielleicht weil er nur und immer zurückgewiesen wurde. Vielleicht war seine Kompensationsfähigkeit erschöpft.

Sie hätte nie zu Sue fliehen dürfen. Sie hatte ihretwegen sterben müssen. Obwohl sie es nicht recht verstand: Was hatte sie ihm denn getan?

Aber vielleicht hatten sie ihm alle etwas getan. Die ganze Klasse. Die Lehrer. Das Umfeld. Alle Menschen. Vielleicht hatten sie ihn zu oft verspottet, zu oft ausgelacht. Dumme Witze gerissen, hinter ihm hergegrinst. Niemand hatte ihn an sich herangelassen. Da war immer diese Mauer gewesen. Gnadenlos. Fatty. Mit Fatty spielte man nicht. Mit Fatty ging man nicht aus. Mit Fatty hing man nicht hinter dem Schulgelände ab und rauchte heimlich ein paar Zigaretten. Fatty lud man nicht zu Geburtstagen ein, mit Fatty verabredete man sich nicht zum Schwimmen, mit Fatty saß man nicht am Lagerfeuer, und mit Fatty trieb man sich nicht in den Shoppingmalls herum, beratschlagte über die angesagten Jeans und trank zwischendurch irgendwo einen Kaffee. Mit Fatty gab man sich nicht einmal aus Mitleid ab, weil man Angst hatte, sich sonst ebenfalls am Rand der Gemeinschaft wiederzufinden.

Die Frage war: War Fatty zum Psychopathen geworden, weil man ihn ständig ausgegrenzt hatte?

Oder hatten die Ausgrenzung, der Rückzug auch etwas damit zu tun gehabt, dass er bereits ein Psychopath gewesen war?

Wo hatte die unheilvolle Spirale ihren Anfang genommen?

Sie streichelte das Baby, das leicht wie eine Feder – zu leicht – in ihren Armen lag. Ob es hier irgendwo Milch gab? Und wie sollte sie sie finden?

Sie war so vertieft in ihre Gedanken, dass sie das Knirschen der Schritte draußen im Schnee erst wahrnahm, als sie bereits ganz nah waren. Dann wurde eine Tür aufgerissen, und ein Lichtstrahl blendete, so grell, dass Mila die Augen schloss. Sie hörte, wie jemand Schnee von den Schuhen trat. Sie blinzelte. Sie sah Fatty.

In ihren Gedanken hieß er noch immer so, obwohl der Name nicht mehr im Geringsten passte. Er war schlank. Nicht einmal vollschlank oder mollig, sondern wirklich schlank. Eine muskulöse, sportliche Figur, nirgends ein Gramm zu viel. Kein Bauch. Breite Schultern, kräftige Arme. Lange Beine. Ein perfekter Körper.

Er trat ein und brachte viel kalte Luft mit sich und den schwachen Geruch nach Tannennadeln. Schlagartig wusste Mila, was sie vorhin wahrgenommen hatte, als sie noch halb betäubt aus dem Auto geschleift worden war: den Geruch nach Wald. Danach hatte sie in der Erinnerung ständig gesucht. Sie befand sich irgendwo in oder an einem Wald.

Allerdings nützte ihr diese Erkenntnis für den Moment nicht viel. Eher gar nichts.

»Hi, Mila«, sagte Fatty. Er trug ein in Plastik eingeschweißtes Sixpack mit Mineralwasserflaschen.

Das Licht, das von einer sehr starken Taschenlampe stammte, richtete sich jetzt nicht mehr direkt auf sie, sodass sie endlich normal sehen konnte. Rasch versuchte sie herauszufinden, wo sie sich befand. Ein winziger, überfüllter Raum. Eine Kochnische. Eine Sitzecke mit Tisch. Eine abgetrennte Nische, in der ein Doppelbett stand. Schrankfächer entlang der Wände unterhalb der Decke.

Ein Wohnwagen? Ein Wohnmobil? Es schien etwas in dieser Art zu sein.

»Hi«, erwiderte sie krächzend.

Wieder fielen ihr Sues Schreie ein.

Angst. Sie hatte so furchtbare Angst.

Er zog die Tür hinter sich zu. Mila bemerkte erst jetzt, wie kalt es hier drinnen war. Und wie modrig es roch.

Die Taschenlampe stand inzwischen auf einem Regal. Sie war heruntergedimmt worden, malte einen runden, hellen Schein an die Decke und tauchte den Rest des kleinen Raumes in ein diffuses Licht.

Sie räusperte sich. Irgendwo hatte sie einmal gelesen, dass es nicht gut war, wenn Psychopathen bemerkten, dass man Angst hatte. Es heizte sie an, verschaffte ihnen Befriedigung, ließ sie sadistischer agieren. Allerdings fürchtete sie, dass man ihre Angst förmlich roch. Sie würde sie kaum verbergen können.

»Das Baby«, sagte sie, »es braucht unbedingt etwas zu essen.«

Er musterte Ruby so gleichgültig, als sei sie ein Paket oder ein Stein oder irgendein anderer lebloser Gegenstand, den Mila im Arm hielt.

»Was isst denn so ein Kind?«, fragte er.

»Milch. Brei. Babynahrung. Man kann sie in Gläsern kaufen.«

»Jetzt heute hier draußen kann ich gar nichts kaufen.«

»Sie kann sterben. Sie hat stark an Gewicht verloren, und sie ist sehr schwach.«

Er zuckte mit den Schultern. »Ich kann nichts machen.«

Mila schaute sich um. »Gibt es hier irgendwelche Vorräte?«

»Nein. Ich wollte morgen in einen Supermarkt fahren.«

»Ich weiß nicht, ob sie bis dahin überlebt.«

»Ich bin extra noch einmal los und habe Wasser gekauft«, sagte er. »In einer Tankstelle.«

Mila betrachtete die Flaschen, die er nun auf der Küchenanrichte abstellte. »Besser als nichts. Es wäre am besten, wir könnten es abkochen.«

»Blödsinn. Das sind ja Flaschen. Fest verschlossen. Die sind okay.« Er zerrte eine der Flaschen aus der Verschweißung, schraubte sie auf und reichte sie an Mila. Sie legte Ruby zurück in den Pappkarton, tropfte etwas Wasser in ihre Handfläche, tippte den Finger hinein und benetzte die Lippen des Babys. Ruby reagierte nicht. Sie hielt ihre Augen fest geschlossen. Unter ihrer weißen Haut zeichnete sich feines blaues Adergeflecht ab. Sie atmete sehr schwach.

»Ich glaube, dass sie einen Arzt braucht«, sagte Mila.

»Unsinn. Wir kaufen morgen etwas zu essen, dann wird das schon.«

»Wo sind wir hier?«, fragte Mila.

Er grinste böse. »Das brauchst du nicht zu wissen.«

Sie war inzwischen sicher, dass sie sich in einem Wohnwagen befanden. Das Fenster war mit einem Fensterladen hermetisch abgeriegelt. Er war ungeheizt und ohne Strom. Wahrscheinlich stand er in einer verlassenen Gegend. Sie war hier allein mit einem Psychopathen und einem Baby, das sterben würde.

Sie kämpfte die Tränen zurück.

»Warum Sue?«, fragte sie. »Warum musste sie sterben?«

»Sie hat mich beleidigt«, erklärte er gleichgültig. »Kurz nachdem du abgehauen warst. Ich habe damals schon beschlossen, dass sie sterben wird. Genauso wie Lavandou, die Fotze!« Er spuckte das Wort förmlich aus.

»Madame de Lavandou? Aus der Schule?«

»Sie hat mich auch beleidigt. Aber sie ist jetzt tot.«

Er war komplett krank. Völlig irre.

»Du kannst ... du kannst nicht jeden töten, der dir nicht passt.«

»Und wieso nicht?«

Aus seiner Sicht eine berechtigte Frage. Er konnte, und er tat es.

»Dieses Baby hier ... Ruby ... sie hat dir nichts getan.«

»Und? Habe ich sie getötet?«

»Aber wir können uns hier nicht richtig um sie kümmern.«

Er musterte sie mit einem bösen Blick. Sie ging ihm auf die Nerven, das spürte sie. »Hör doch endlich mit dem Gemeckere auf«, sagte er. »So ein kleines Kind ist zäh. Das wirst du sehen. Sie bleibt einfach bei uns. Wir sind eine richtige Familie mit ihr.«

Bei dem Begriff Familie im Zusammenhang mit Fatty und diesem kalten, unordentlichen, dunklen Wohnwagen wurde ihr fast schlecht, aber sie sagte sich, dass er sie nicht dauerhaft würde einsperren können. Irgendwann käme ihre Chance zur Flucht. Die Frage war, ob das noch rechtzeitig wäre für Ruby.

Oder war er krank genug, dass ihm das gelingen könnte? Sie lebenslang hinter Schloss und Riegel zu halten?

Ihr brach der Schweiß aus trotz der modrigen Kälte um sie herum.

»Ich weiß überhaupt nicht«, sagte sie, »wie spät es ist.« Hinter ihm hatte sie Tageslicht gesehen, als er durch die Tür gekommen war.

»Es ist später Sonntagvormittag«, sagte er. »Ich bin völlig k. o. Wir sollten schlafen gehen.«

Sie sah ihn fassungslos an.

Er wies auf das Bett. »Wir haben hier alles, was wir brauchen.«

Sie schluckte. Es fühlte sich an, als habe sie irgendeinen heißen, harten Klumpen im Hals.

»Ich kann nicht ...« Sie schluckte noch einmal. »Ich werde nicht mit dir in demselben Bett schlafen, Fa...« Sie unterbrach sich noch rechtzeitig. Er grinste wieder. Es war dasselbe Grinsen, das sie früher manchmal an ihm wahrgenommen hatte. Es war irgendwie heimtückisch.

»Fatty«, sagte er. »Ja, der bin ich immer noch für dich, stimmts? So wirst du mich nie wieder nennen, hast du das verstanden? Nie wieder!«

Sie nickte.

»Und natürlich«, fuhr er fort, »wirst du mit mir in diesem Bett schlafen.«

Er lächelte. Weicher. Das war fast schlimmer als sein hartes Grinsen. »Ich warte schließlich seit vielen Jahren auf diesen Moment.«

4

Kate schwieg sekundenlang. Samuel Harris' Vater war fünf Jahre zuvor gestorben.

»Was?«, fragte sie dann.

»Ja. Eindeutige Aussage der Heimleiterin.«

»Aber ...«, Kate sprang auf. Sie bemühte sich, nicht zu laut zu reden. Das Haus war wahrscheinlich voller Menschen. »Sind Sie sicher, dass es sich um den richtigen Harris handelt? Der Name ist recht häufig, und ...«

»Ich bin sicher. Die kannten auch den Sohn. Samuel Harris. Er kam hin und wieder seinen Vater besuchen.«

»Das gibt es doch nicht. Warum lügt er? Er belügt seine Lebensgefährtin, und er belügt die Polizei. In einem Moment, in dem er sich ohnehin ziemlich tief in den Ärger geritten hat.«

»Die harmlose Variante wäre, dass Sam Harris nicht der treue Partner ist, als den er sich gegenüber Anna Carter ausgibt. Er könnte jemand sein, der zweigleisig fährt. Vielleicht hat er ein Verhältnis. Und jetzt versucht er alles, um zu verhindern, dass es auffliegt.«

»Die weniger harmlose Variante wäre ...«

»... dass er Schwerwiegendes verbirgt«, ergänzte Helen.

»Ich müsste in die Wohnung«, sagte Kate.

»Dafür kriegen wir jetzt keinen Beschluss«, wehrte Helen ab. »Unsere Vermutungen sind bislang zu dürftig.«

»Ich weiß.«

»Was meint Inspector Graybourne?«

»Die habe ich ins Krankenhaus gebracht. Ihre Kopfschmerzen müssen abgeklärt werden. Sie war seit dem Überfall in Richmond noch nicht einmal beim Arzt.«

»Vernünftig«, meinte Helen, »aber ...«

»Aber ich muss jetzt allein entscheiden.«

»Ich bleibe in Rufbereitschaft.«

»Danke, Sergeant.« Sie beendeten das Gespräch. Kate sah die weiße Wohnungstür an. Sie musste unbedingt in die Wohnung gelangen, aber auf legalem Weg war das nicht möglich. Anna hatte sicher einen Schlüssel, aber Anna saß im Gefängnis. Die Sachen, die sie bei sich gehabt hatte, waren konfisziert worden. Es gab keine Begründung, die Kate hätte hervorbringen können, dort nach einem Schlüssel zu fragen, und sie hätte unnötig Staub damit aufgewirbelt.

Kurz entschlossen klingelte sie an der benachbarten Tür. Es dauerte eine Weile, dann öffnete eine junge Frau. Sie sah müde und verhärmt aus.

»Ja?«

»Guten Morgen. Entschuldigen Sie bitte die Störung. Ich bin eine Klientin von Mr. Harris aus der Wohnung nebenan. Ich habe meine Brieftasche dort bei der letzten Sitzung vergessen. Ich muss unbedingt in die Wohnung.«

»Und wie soll ich Ihnen da helfen? Ist niemand da?«

»Nein.« Kate bemühte sich um ein hilfloses und vertrauenerweckendes Lächeln. »Ein freundlicher Herr aus dem Haus hat mich reingelassen. Ich warte schon ewig hier vor der Tür. Ich habe gehofft, dass Mr. Harris einfach nur spazieren gegangen ist. Aber er kommt einfach nicht.«

Die junge Frau zögerte.

»Und nun dachte ich, vielleicht haben Sie als Nachbarin einen Schlüssel«, fuhr Kate eilig fort. »Zum Blumengießen vielleicht oder so ...«

»Sam hat keine Blumen«, sagte die Frau, »aber ich hole manchmal die Post rein. Außerdem für den Notfall ... falls er sich aussperrt ...«

Sie hatte einen Schlüssel.

»Es ist wirklich wichtig«, sagte Kate. »Mein Geld ist dadrin, meine Bankkarten. Mein Führerschein. Alles.«

Die Frau musterte sie misstrauisch. »Wann waren Sie denn bei Sam? Da ist doch seit Tagen niemand.«

»Mr. Harris ist gestern aus London zurückgekommen«, behauptete Kate. Die Frau würde sich eben sagen müssen, dass sie es nicht mitbekommen hatte. »Ich hatte dann eine Stunde bei ihm. Gestern am späten Nachmittag. Es war ein Notfall.«

»Also, ich habe nichts bemerkt«, sagte die Frau.

Kate vibrierte. Jetzt gib schon den Schlüssel her!

»Ich weiß nicht, ob ich Sie da einfach reinlassen darf«, sagte die Frau unschlüssig. Aus ihrer Wohnung erklang eine Männerstimme. »Was ist denn los? Kommst du?«

»Wir frühstücken gerade«, sagte die Frau.

Umso besser, dachte Kate, dann hast du keine Zeit, hinter mir herzuschleichen.

»Ich muss wirklich nur schnell nach der Brieftasche suchen. Wenn Sie mir den Schlüssel geben ... ich bringe ihn auch sofort zurück.«

Die Frau griff in eine Schale, die auf einem kleinen Tisch neben der Tür stand. »Nun gut. Sie bringen ihn wirklich gleich zurück? Ich kann Sie schlecht begleiten, weil mein Freund ...«

Ihr Freund würde ungeduldig und gereizt reagieren, das war seiner Stimme anzuhören gewesen. Kate sagte sich, dass sie verdammt viel Glück, aber wenig Zeit hatte. Sie nahm den Schlüssel entgegen. »Vielen Dank. Ich beeile mich.«

»Klingeln Sie dann wieder«, sagte die junge Frau und schloss die Tür.

Fünf Minuten, dachte Kate, mehr bleibt mir nicht.

Sie trat in die Wohnung und schloss die Tür hinter sich. Die Nachbarin konnte auf diese Weise nicht überraschend hinter ihr stehen. Und sie könnte behaupten, die Tür sei zugefallen.

In der Wohnung war es kühl und roch nicht besonders gut. Kate sah, dass in der Küche Reste einer Mahlzeit auf dem Tisch standen, die nicht weggeräumt worden waren. Wahrscheinlich hatte Anna hier zuletzt gegessen, ehe sie nach London aufgebrochen war.

Ein Blick ins Wohnzimmer. Kein Weihnachtsbaum – der lag ja hinter Annas Haus in Harwood Dale. Ein paar heruntergebrannte Kerzen auf dem Tisch. Eine Staubfluse wehte über den Teppich.

Sie musste in Samuels Büro. Dort war die Chance am größten, auf irgendeine Information zu stoßen. Sie lief zum anderen Ende des Ganges, sah durch eine offen stehende Tür das Schlafzimmer mit ungemachtem Bett. Der nächste Raum war das Bad. Gegenüber befand sich ein großes Zimmer, das zur Rückseite des Gebäudes ging, auf einen verschneiten Hof, der von einer Ziegelmauer umgeben war, hinter der das nächste Wohngebäude stand. In dem Zimmer befanden sich mehrere Sessel und ein Tisch, an der Wand ein großes Bild, auf dem verschiedene blaue Farbtöne changierten. Offenbar das Beratungszimmer. Direkt daneben war das Büro. Das Fenster ging ebenfalls zum Hof. Der Raum war klein und hoffnungslos überfrachtet. Regale voller Ordner, voller Bücher und Papierstapel. Ein kleiner Schreibtisch, bedeckt mit Papieren und Heftern. Zeitschriften auf dem Fußboden. Selbst das Fensterbrett war so belegt mit Papieren, dass es unmöglich sein musste, es zu öffnen.

Es gab keinen Computer. Sam nutzte vermutlich einen Laptop, den er jetzt bei sich hatte.

Fünf Minuten. Wie sollte sie in fünf Minuten in diesem Chaos etwas finden, das sie weiterbrachte? Zumal sie nicht einmal wusste, wonach sie suchte.

Sie trat an den Schreibtisch, überflog, was sich dort stapelte. Rechnungen, Quittungen, Belege, Kontoauszüge. Es sah aus, als habe Samuel um die Weihnachtszeit herum begonnen, seinen Jahresabschluss zu machen. Sehr normal. Nichts daran war auffällig.

Eine gerahmte Fotografie. Anna und ein gut aussehender Mann, der den Arm um ihre Schultern gelegt hatte. Derselbe Mann wie auf dem Bild in ihrem Haus. Samuel Harris. Er lächelte. Sie sah bedrückt aus.

Kates Blick glitt über die Unterlagen auf der Fensterbank. Ebenfalls Rechnungen und Kontoauszüge. Wahllos ergriff sie ein paar Zettel, um sich näher anzusehen, was darauf stand. Es gab einen Beleg für den Kauf eines ergometrischen Schreibtischstuhls, einen für eine Ansammlung neuer Ordner, für einen Notizkalender für das folgende Jahr. Lauter Dinge, wie man sie ganz normal für ein Büro brauchte. Absolut nicht Besonderes.

Okay, weiter. Ihr blieben vielleicht noch drei Minuten.

Sie wandte sich den Regalen zu. Bücher. Viel Psychologie. Ratgeber, zum größten Teil eher populärwissenschaftlich, soweit Kate das beurteilen konnte.

Lebe deinen Traum. Die zehn Geheimnisse starker Menschen. Wie du größer, klüger, stärker wirst.

Die Bücher hatten sicher einen beruflichen Aspekt, aber irgendwie hatte Kate das Gefühl, dass Samuel Harris zudem sehr mit Selbstoptimierung beschäftigt war. Zumindest auf die Schnelle sah sie keinen Diätratgeber. Das Thema war abgeschlossen. Der größte und schwierigste Schritt in Samuels Leben. Sein Gewichtsverlust, seine völlige Veränderung. Wann hatte er das geschafft? Wie viel Entschlossenheit, wie viel Gnadenlosigkeit sich selbst gegenüber verbarg sich in diesem Mann? Gnadenlosigkeit auch gegenüber anderen?

Es mochte harmlos sein, dass er gelogen hatte, was den Tod seines Vaters anging. Vielleicht war er wirklich nur ein Fremdgeher. Aber womöglich steckte mehr dahinter. Bloß was?

Sie stand vor dem nächsten Regal. Es war randvoll mit verschiedenfarbigen Ordnern gefüllt.

Sie zuckte zusammen, als draußen an die Wohnungstür geklopft wurde. Dumpf erklang die Stimme der Frau aus der Nachbarwohnung.

»Hallo? Sind Sie noch da?«

»Moment!«, rief Kate.

In Windeseile überflog sie die Aufschriften auf der Rückseite der Ordner. Namen.

Flynn, Myer, Goldsmith, Baldwin, Scott, Fletcher, Bristow, Burton, Cain …

Das Hämmern an der Tür wurde starker. »Machen Sie bitte sofort die Tür auf!«

Sie stockte. Ihr Blick schweifte zurück.

Bristow?

Sie zog den Ordner hinaus, schlug ihn auf.

Bristow, Diane stand auf dem ersten eingehefteten Blatt. Dahinter Geburtsdatum, Adresse und Telefonnummer.

Sie schnappte nach Luft. Er hatte Diane gekannt. Samuel Harris hatte Diane Bristow, eines der Mordopfer, gekannt.

Von draußen erklang jetzt eine Männerstimme. Offenbar hatte die Nachbarin ihren Freund zu Hilfe geholt.

»Wenn Sie nicht sofort die Tür öffnen, rufen wir die Polizei!«

Sie kramte ihre Brieftasche hervor, dann stopfte sie den Ordner in ihre Umhängetasche. Er ragte ein kleines Stück heraus. Hoffentlich bemerkte das niemand. Sie stürzte zur Wohnungstür, riss sie auf. Die verhärmte Frau und ihr ausgesprochen unangenehm aussehender Freund standen davor.

Kate schwenkte ihre Brieftasche. »Ich habe sie!«

»Wieso haben Sie die Tür geschlossen?«, fragte die Frau.

»Sie muss zugefallen sein«, sagte Kate.

»Ist das wirklich Ihre Brieftasche?«, fragte der Freund misstrauisch.

»Natürlich«, entgegnete Kate empört. Sie reichte der Nachbarin den Schlüssel. »Vielen Dank. Sie haben mir sehr geholfen.«

Sie lief an den beiden vorbei die Treppe hinunter, möglichst schnell, ehe einer von ihnen auf die Idee kommen konnte, ihre Tasche näher in Augenschein zu nehmen. Im Auto widerstand sie der Versuchung, sofort in die Akte zu blicken, sondern fuhr gleich los und hielt ein paar Straßen weiter wieder an. Sie kramte den Ordner aus ihrer Tasche und schlug ihn auf. Tatsächlich enthielt er jedoch keine weiteren Informationen. Nur ein Deckblatt mit dem Namen, dem Geburtsdatum, Adresse und Telefonnummer. Dahinter kam nichts mehr.

Kate überlegte. Dann wählte sie erneut Helens Nummer. »Helen, ich noch mal. Können Sie herausfinden, ob es in der Wohnung von Diane Bristow Rechnungen oder Überweisungen von oder an *Harris Coaching* gab? Ich vermute, das wäre an uns weitergegeben worden, aber sicherheitshalber möchte ich das überprüfen.«

»In Ordnung«, sagte Helen.

Kate blieb im Auto sitzen. Die Windschutzscheibe vor ihr war schon wieder von einer Schneeschicht bedeckt. Ihre

Gedanken überschlugen sich. Sie entsann sich Annas Antwort, als sie sie gefragt hatte, wie sie und Sam einander kennengelernt hätten. *Ich bin so unglücklich in meinem Job. Deshalb habe ich einen Berufscoach aufgesucht. Sam Harris.*

Und sie entsann sich einer Aussage, die Dianes Freundin und Kollegin Carmen gegenüber der Polizei getätigt hatte. *Diane war sehr unglücklich mit ihrer Arbeit im Hotel.*

Diane Bristow war Klientin bei Sam Harris gewesen. Sie hatte sich beraten lassen, hatte Möglichkeiten ausgelotet, welchen anderen beruflichen Weg es für sie geben mochte. Sam hatte diese Tatsache niemandem gegenüber erwähnt. Als Coach gehörte er nicht in die Liste der Berufsgruppen, die mit einer gesetzlichen Schweigepflicht belegt waren – wie Ärzte, Pfarrer, Psychologen. Er bewegte sich jedoch in einer gewissen Grauzone, da er natürlich auch mit Aussagen seiner Klienten konfrontiert wurde, die nicht für Dritte bestimmt waren. Er sicherte wahrscheinlich Verschwiegenheit zu. Dennoch: Als ohnehin nicht vom Gesetz zum Schweigen Verpflichteter und in der besonderen Situation, dass eine Klientin von ihm Opfer eines Gewaltverbrechens geworden war, hätte er reden dürfen. Es gab, im Interesse einer Güterabwägung, generell die Möglichkeit des Aussetzens einer Schweigepflicht.

Samuel Harris hatte eisern geschwiegen. Gegenüber jedem. Kate vermutete stark, dass auch Anna nichts erfahren hatte.

Warum?

Da sie relativ sicher war, dass in Diane Bristows Unterlagen nichts gefunden worden war, was sie mit Samuel Harris in Verbindung brachte, und angesichts des leeren Ordners zu ihrer Person vermutete sie, dass Harris sie schwarz behandelt hatte. Vielleicht tat er das mit einigen seiner Klienten, und diesmal hatte er das Pech gehabt, dass eine von ihnen Opfer eines Verbrechens geworden war. Sie hatte das Coaching verbilligt bekommen – was zu der Tatsache passte, dass Diane sehr wenig verdient und sehr bescheiden gelebt hatte. Sie zahlte höchstens zwei Drittel des normalen Preises, dafür blieb die Angelegenheit inoffiziell. Womöglich war Harris ein notorischer Steuerbetrüger, aber nicht mehr als das. Hätte er der Polizei gegenüber zugegeben, Diane gecoacht zu haben, wäre der Betrug aufgeflogen.

Ein Steuerhinterzieher?

Hinzu kam die Geschichte mit seinem Vater. Der alte Mann, den er in London regelmäßig besuchte. Der aber tatsächlich vor Jahren gestorben war. Es war wie mit der Geschichte um Diane Bristow: Im günstigsten Fall war Sam ein Mann, der Steuern hinterzog. Was den Vater anging: Im günstigsten Fall war Sam ein Mann, der eine geheime Affäre mit einer anderen Frau pflegte. Der offene, sympathische, aufrichtige Typ, als der er daherkam, wäre er dann jedenfalls nicht.

Aber vielleicht verbarg er Schlimmeres. Viel Schlimmeres.

Die Tatwaffe aus Richmond, die identisch war mit der Tatwaffe aus Harwood Dale, verband den Fall Mila Henderson mit den Fällen Diane Bristow und Logan Awbrey. Und nun, da Kate nachdachte, erkannte sie, dass es einen roten Faden gab. Er brachte sie für den Moment nicht weiter, aber immerhin war da etwas, wo bislang nichts gewesen war.

Der rote Faden war Samuel Harris.

Er kannte alle Opfer, entweder direkt oder indirekt über seine Bekanntschaften.

Er kannte Diane Bristow, weil sie seine Klientin gewesen war.

Er kannte vermutlich Logan Awbrey, weil er Dianes Freund gewesen war.

Er kannte Mila Henderson aus der Schule. Mila war bislang kein Opfer, aber sie war die Angestellte von Patricia Walters, dem ersten Opfer, gewesen. Sam mochte Patricia über Mila gekannt haben.

Ebenso verhielt es sich mit James Henderson, Milas Großonkel. Sam konnte ihn durch Mila kennengelernt haben.

Er kannte Sue Raymond, mit der er ebenfalls in eine Klasse gegangen war.

Und noch gab es keine Erkenntnisse darüber, dass die Französin Isabelle de Lavandou in einen Zusammenhang mit den anderen Morden zu bringen war, aber in jedem Fall hatte Samuel Harris sie auch gekannt.

»Das alles«, sagte Kate laut, »ist kein Zufall.«

Das Problem war: Harris war verschwunden. Kate war sicher, dass seine Nachbarin mit dem Hinweis, er sei seit Tagen nicht mehr in der Wohnung gewesen, recht hatte.

Wo, verdammt, steckte er?

Und wo steckten Mila und das Baby?

5

Sie richtete sich vorsichtig auf und betrachtete Sam, der schlafend neben ihr lag. Er atmete tief und gleichmäßig, vollkommen entspannt. Im Schlaf sah er ungefährlich aus, harmlos. Das Kranke in ihm wurde sichtbar in seinen Augen. Hielt er sie geschlossen, wirkte er wie ein ganz normaler Mensch. Er hatte lange, seidige Wimpern. Mila wunderte sich, dass sie überhaupt in der Lage war, dies festzustellen.

Sie schob die Decke zur Seite und hob die Beine aus dem Bett. Sofort kroch die eisige Kälte an ihr hinauf und ließ sie am ganzen Körper zittern. Ihr fiel wieder die modrige, abgestandene Luft auf, die sie fast würgen ließ. Sie hatte tatsächlich geschlafen und war eine Weile der Wirklichkeit entkommen, dafür fiel sie durch die Kälte und den Fäulnisgeruch nun umso heftiger über sie her. Wie hatte sie überhaupt Schlaf finden können? Nachdem er versucht hatte …

Der Würgereiz wurde heftiger, als sie an seine Umarmung dachte und an seine immer heftiger werdenden Versuche, mit ihr irgendwie intim zu werden, was ihm zum Glück nicht gelang. Sie hatte dennoch gezittert, hatte seinen Geruch gehasst, seinen Atem, seine Bewegungen. Und natürlich war er wütend gewesen.

»Das liegt an dir!«, hatte er sie angefahren. »Ich kann sonst immer. Immer!«

Sie hasste ihn in diesem Moment abgrundtief, aber sie hatte Angst, er könnte gewalttätig werden, also hatte sie sich bemüht, ihn zu beruhigen.

»Natürlich. Das ist der Stress. Es liegt so viel hinter dir.«

Du hast eine Familie überfallen, eine Frau mit Messerstichen getötet. Du hast eine Polizistin niedergeschlagen. Du hast mich entführt. Und ein Baby, das möglicherweise sterben wird. Die Frage ist, ob Stress da das richtige Wort ist!

Er hatte sich ein wenig beruhigt. »Ja, es war alles zu viel. Obwohl mir das normalerweise nichts ausmacht.«

»Das glaube ich dir.«

»Wir sollten schlafen. Wir haben Jahre und Jahrzehnte Zeit, uns aneinander zu gewöhnen.«

Er hatte längst geschlafen, da lag sie lange noch mit weit offenen Augen wach. Jahre und Jahrzehnte … Träum weiter!

Sie würde eine Gelegenheit zur Flucht finden. Er war nicht der liebe Gott, auch wenn er sich das einbildete.

Jetzt, ein paar Stunden nachdem er in den Wohnwagen gekommen war, fühlte sie sich noch mutloser als zuvor. Immerhin konnte sie etwas sehen, denn die Taschenlampe hatte die ganze Zeit über gebrannt. Noch immer waren da der helle Lichtkegel an der Decke und das schattenhafte Licht im ganzen Raum.

Sie erhob sich, so langsam und so lautlos sie nur konnte. Das Bett quietschte leise. Sie hielt den Atem an.

Nichts. Sam war nicht aufgewacht. Er rührte sich nicht.

Mila tappte zu der Kiste hinüber, in der Ruby lag. Sie hatte sie mit ihren eigenen Kleidungsstücken zugedeckt, denn es war so erbärmlich kalt hier drinnen. Jetzt fühlte sie angstvoll unter der Wolle nach, stellte zu ihrer Erleichterung fest, dass es einigermaßen warm darunter war. Ruby atmete, sah aber fast durchsichtig aus und wirkte so zerbrechlich wie Glas. Sie schrie nicht, hatte die ganze Zeit über nicht geschrien, obwohl sie sicher Hunger hatte. Das war ein schlechtes Zeichen.

Sie mussten hier weg.

Mila sah sich um. Sie wusste, dass das eine Gelegenheit war. Die Tür war verschlossen, und Sam hatte den Schlüssel unter sein Kopfkissen gelegt, dort kam sie also nicht raus, aber solange er schlief, gab es die Möglichkeit, ihn unschädlich zu machen. Sie wusste nur nicht, ob sie die Nerven und die Kraft dazu hatte. Sie hob Käfer und Regenwürmer auf, die auf Wegen und Straßen der Gefahr ausgesetzt waren, zertreten zu werden, und trug Spinnen aus dem Haus, ehe sie dem Staubsauger anheimfallen konnten. Sie war nicht sicher, ob sie einen Mann in seinem Bett erschlagen konnte.

Ihr fiel auch nichts auf, was sich geeignet hätte. Dieser Wohnwagen war äußerst minimalistisch eingerichtet. Tisch,

Eckbank, eine Anrichte mit Schiebefächern darunter. Wandschränke. Ein Herd. Ein Kühlschrank, der allerdings nicht lief. Das Bett. Daneben Wandschränke für Klamotten. Hier stand nichts herum, was man einem Menschen auf den Kopf würde schlagen können.

Sie öffnete die Kühlschranktür und keuchte, als die Woge von Gestank sie traf, die dort herauskam. Wer auch immer ihn zuletzt in Betrieb gehabt und dann abgeschaltet hatte, hatte vergessen, die Lebensmittel herauszunehmen, die sich noch darin befanden. Sie konnte eine offene Milchflasche erkennen, aus der grünlicher Schimmel wuchs, und etliche offene Tupperbehälter mit undefinierbarem Zeug darin, das sich im Zustand der Verwesung befand.

Dann knallte sie die Tür zu. Ihr brach der Schweiß aus. Es war widerlich. Es waren keine Umstände, unter denen Menschen leben konnten.

Sie merkte plötzlich, dass sie dringend auf die Toilette musste. Sie hatte seit dem Aufbruch aus Richmond und dem scheußlichen Getränk mit dem Betäubungsmittel darin nichts mehr zu sich genommen. Dennoch musste sie plötzlich ganz dringend. Wie hatte er sich eigentlich die Lösung dieses Problems gedacht? Hier drinnen gab es keine Toilette. Würde er ihr einen Eimer hinstellen? Oder sie hinaus in den Schnee führen?

Wo waren sie überhaupt?

Sie zog eine der Schubladen neben dem Kühlschrank auf. Hier lag das Besteck. Sie nahm ein Messer in die Hand. Ob sie damit einen Mann töten konnte? Der Griff war aus Plastik, die Klinge ziemlich weich. Ausgeschlossen.

Sie zog die nächste Schublade auf. Hier lagen größere und schärfere Messer, zum Schneiden von Brot oder Fleisch. Sie nahm eines hinaus.

»Denk nicht mal daran«, sagte eine Stimme hinter ihr.

Sie fuhr herum. Unbemerkt war Sam an sie herangetreten. Er nahm ihr das Messer aus der Hand. »Dafür bist du nicht der Typ«, sagte er sanft.

Sie merkte, dass sie zitterte – vor Kälte und vor Angst. »Ich …«, sagte sie und sprach dann nicht weiter. Sie wusste nicht, was sie sagen sollte.

»Komm wieder ins Bett. Dort ist es warm.«

Sie rührte sich nicht. »Ich muss auf die Toilette.«

Er schaute sie konsterniert an, als habe sie etwas völlig Ungewöhnliches gesagt. »Auf die Toilette?«

»Ja. Und ich habe Durst. Ich brauche etwas zu trinken. Ruby braucht dringend etwas zu essen. Sie ist sehr schwach.«

»Merkst du, dass du immer nur Forderungen aufstellst?«, fragte Sam genervt.

Was ist an essen, trinken und pinkeln eine *Forderung*, hätte Mila am liebsten geschrien, aber sie schluckte jegliche Erwiderung hinunter.

»Ich wollte eigentlich mit Anna eine Familie gründen«, sagte er unvermittelt, »aber sie war schwierig. Sehr schwierig.«

Mila wusste nicht, wer Anna war. Offenbar eine Frau, die das Glück gehabt hatte, von Sam nicht derart drangsaliert zu werden wie sie selbst.

»Es war auch nicht dasselbe wie bei dir«, fuhr er fort. »Eine Notlösung. Eine anstrengende, unangenehme Notlösung. Anna ist schwach. Und sie konnte die Klappe nicht halten. Gegenüber der Polizei. Wegen Logan. Damit hat sie mir die Bullen auf den Hals gehetzt.«

Mila wusste nicht, was sie sagen sollte. Sie hatte keine Ahnung, von wem oder was er sprach.

Er lächelte. Es war ein fast trauriges Lächeln. »Wir sind immer die Opfer. Am Ende. Menschen wie ich. Weil wir dick sind.«

»Du bist nicht mehr dick«, sagte Mila.

Sein Lächeln verzerrte sich ein wenig. Er deutete auf seinen Kopf. »Hier drinnen«, sagte er. »Hier drinnen bin ich es noch. Das wird auch nicht mehr anders. Ich warte seit Jahren darauf. Aber ich bin immer noch Fatty. Ich werde Fatty nicht los!«

Sie räusperte sich. »Sam ...«

Ihr Hals fühlte sich wie ausgetrocknet an. »Ich muss so dringend auf die Toilette, Sam.«

»Okay.« Er schien einzusehen, dass er dauerhaft um dieses Problem nicht herumkommen würde. »Ich lasse dich raus. Aber versuche nicht zu tricksen, hörst du? Ich kann ganz schön unangenehm werden.«

Daran hatte sie keinerlei Zweifel. Sie nickte.

Er ging zum Bett zurück, holte den Schlüssel unter seinem Kopfkissen hervor. Resigniert dachte sie, dass eine Flucht wohl ziemlich ausgeschlossen war. Es gab keine Chance, nachts den Schlüssel unter seinem Kopf hervorzuziehen, ohne dass er es merkte.

Er stieß die Tür auf, die nach draußen führte. Helligkeit. Eiseskälte. Frische Luft. Mila atmete sie in tiefen Zügen ein.

»So, los jetzt, beeil dich.«

Sie trug nur ihren Slip und ein T-Shirt. Mit ihrer langen Hose und dem Pullover hatte sie Ruby zugedeckt. Schnell schlüpfte sie in ihre Stiefel und in ihren Mantel. Die Kälte fühlte sich fast schmerzhaft im Gesicht an, als sie den Kopf hinausstreckte. Der Schnee blendete sie. Sie hatte so lange im Dunkeln gesessen, erhellt nur vom sanften Schein der Taschenlampe.

»Mach schon«, sagte Sam hinter ihr ungeduldig.
Sie sah sich um.

Schnee. Am Himmel tief hängende Wolken, die weiteren Schneefall versprachen. Tannenbäume, ganz dicht. Auf ihren Zweigen lag Schnee. Zerzauste Büsche.

In welch vollkommen verlassener Einsamkeit war sie gelandet?

Vorsichtig kletterte sie die Stufen vor dem Wohnwagen hinunter. Es handelte sich um eine ausklappbare Treppe aus Stahl, die ziemlich verrostet und keineswegs stabil schien. Dann versanken ihre Füße im hohen, weichen Schnee. Sie war dankbar für ihre warm gefütterten Stiefel.

Jetzt erkannte sie, dass ein Stück von ihnen entfernt weitere Wohnwagen zwischen den Bäumen standen. Drei auf den ersten Blick, aber wahrscheinlich waren es noch mehr. Ihr Herz machte einen Satz. Ein Trailer-Park? Andere Menschen?

Sie stapfte zu einem dichten, dornigen Gestrüpp, das ein wenig Sichtschutz versprach. Sie war sich sehr bewusst, dass Sam in der Tür stand und sie genau beobachtete.

Sie kauerte sich hinter den Busch in den Schnee. Während sie dort saß, blickte sie sich hastig um, versuchte, so viel wie möglich über den Ort herauszufinden, an dem sie gelandet war. Viel Wald. Die anderen Wohnwagen sahen dunkel und verriegelt aus, zwei davon zudem derart heruntergekommen, dass sie sich nicht vorstellen konnte, dass sie noch in Gebrauch waren. Es könnte sich um einen verlassenen Trailer-Park handeln, um einen, der längst geschlossen hatte. Ihre Hoffnung sank in sich zusammen. Überall gab es Campingplätze, sie waren in den letzten Jahrzehnten wie Pilze aus dem Boden geschossen. Viele am Meer, mit Strandzugang, Wasserrutschen und riesigem Vergnügungsangebot. Viele auch im Landesinneren, die meisten sehr gepflegt und gut gewartet. Dieser hier wirkte wirklich völlig verkommen. Mila nahm an, dass er ein ganzes Stück entfernt von der Küste lag. Der Meeresgeruch, den sie aus Scarborough kannte, fehlte, ebenso die beständigen Schreie der Möwen. Die Frage war, befanden sie sich noch in Yorkshire? In der Nähe von Richmond? Oder ganz woanders?

Und spielte es eine Rolle?

Als sie fertig war, zog sie ihren Slip nach oben. Bei der Vorstellung, in den Wohnwagen zu ihrem durchgeknallten Entführer zurückkehren zu müssen, wurde ihr beinahe schlecht. Sie überlegte kurz. Sie befand sich gut fünfzig Schritte vom Wohnwagen entfernt, wenn sie einfach losrannte, hätte sie einen kleinen Vorsprung. Der Schnee war hinderlich beim Laufen, aber das wäre er für Sam auch. Und Sam war barfuß, trug nur seine Unterhose, nicht mal ein Shirt. Sie hätte eine Chance. Eine geringe natürlich. Er war sportlicher als sie, das hatte sie seinem Körper ansehen können. Er sah nach regelmäßigen Work-outs im Fitnessstudio aus, was Mila von sich ganz und gar nicht behaupten konnte. Nie hätte sie gedacht, dass es einmal zu einer solchen Situation kommen würde: dass sie fürchten musste, Fatty an Schnelligkeit und Ausdauer nicht gewachsen zu sein. Fatty, der auf wabbeligen Beinen langsam die Straße entlanggeschlichen war. Der ständig hatte ausruhen und Atem schöpfen müssen. Für den der Sportunterricht eine einzige Katastrophe dargestellt hatte, für den bereits die Treppen hinauf zu den Klassenzimmern ein Problem gewesen waren. Es war ihr ein vollkommenes Rätsel, wie er sich zu diesem schlanken, sportlichen Mann hatte entwickeln können. Die Willenskraft, die dahinterstand, hätte ihr bei jedem anderen Menschen Bewunderung und Respekt eingeflößt. Bei Fatty erhöhte sie ihr Grauen. Weil seine Willenskraft von seiner

Gestörtheit angetrieben wurde, weil er diese unglaubliche Kraft aus der Besessenheit geschöpft hatte, mit der er sie, Mila, zur Frau seines Lebens auserkoren hatte. Seine radikale körperliche Veränderung sagte nicht in erster Linie etwas über seinen Ehrgeiz und seine Disziplin aus, sondern über den Grad seines Irrsinns.

Sie riss sich aus ihren Gedanken. Sie konnte hier nicht ewig verharren. Sie musste eine Entscheidung treffen.

»Bist du bald fertig?«, erklang seine Stimme. Argwöhnisch. Bestimmend.

»Ja, sofort!«, rief sie. So schrecklich es war, hier mit nackten Beinen, die in Stiefeln steckten, im Schnee hinter einem Busch zu stehen, irgendwo im Niemandsland, in furchtbarer Kälte, so sehr zögerte sie doch den Moment ihrer Rückkehr hinaus. Alles, alles war besser als der furchtbare, stinkende, dunkle Wohnwagen mit diesem Irren darin.

Entweder sie rannte jetzt los, oder sie kehrte um. Es gab keinen Aufschub mehr.

Renn los, sagte ihr eine innere Stimme, es ist deine Chance. Es ist Tag. Das nächste Mal, wenn er dich rauslässt, ist es wahrscheinlich dunkel. Renn los!

»Du solltest auf der Stelle herkommen«, sagte er. Seine Stimme durchschnitt scharf und klar die winterliche Stille. »Ich weiß genau, welch schwarze Gedanken dir durch den Kopf gehen. Aber das wäre dumm. Ganz dumm.« Er machte eine Pause. Sie hielt den Atem an.

»Denk an Ruby«, fuhr er fort. Er klang ganz unbeteiligt. Unaufgeregt. »Sie würde für deine Flucht bezahlen. Ich weiß nicht, ob du das wirklich willst.«

Ein Schluchzen stieg ihre Kehle hinauf, verzweifelt würgte sie es hinunter. Er hatte sie in der Hand. Sie konnte das Risiko nicht eingehen, denn sie riskierte nicht nur ihr eigenes

Leben. Sondern das eines sechs Monate alten Mädchens. Sie zweifelte keine Sekunde daran, dass er seine Drohung umsetzen würde, denn sie war von seiner völligen Gewissenlosigkeit überzeugt. Er würde ihr entweder etwas antun oder sie einfach unversorgt lassen. Sie würde sterben. Es ging ihr jetzt schon sehr schlecht. Ohne dass Mila da war und sich um sie zu kümmern versuchte, wäre sie verloren.

Sie kam hinter dem Busch hervor und stapfte auf den Wohnwagen zu. Ein schäbiges, altes Ding, von außen so hässlich wie von innen.

Und in der Tür der lächelnde Mann.

»Ich wusste, du würdest die richtige Entscheidung treffen«, sagte er.

6

Kate kam aus dem Askham Grange, dem nahe York gelegenen Frauengefängnis. Anna war hier vorläufig untergebracht. Am Nachmittag würde sie dem Haftrichter vorgeführt. Kate betete, dass er Untersuchungshaft anordnete. Das Gefängnis schien ihr im Moment als der einzig wirklich sichere Aufenthaltsort für Anna.

Sie ging durch den Schnee zum Parkplatz zurück, wo ihr Auto stand. Anna hatte ausgesehen, als habe sie kaum geschlafen, aber dennoch schien sie ruhiger, als Kate sie je erlebt hatte. Sie hatte sich alles von der Seele geredet. Sie hatte die schreckliche Tat gestanden. Es war spürbar eine schwere Last von ihr gefallen.

Kate hatte sie mit Dalinas Flucht konfrontiert und mit der Tatsache, dass Samuel verschwunden war.

»Was bedeutet das?«, hatte Anna gefragt.

Kate hatte vorsichtig formuliert. »Das weiß ich noch nicht genau. Ich muss ehrlich zugeben, dass ich Dalina Jennings im Verdacht hatte, für die Morde an Diane Bristow und Logan Awbrey verantwortlich zu sein. Ich bin mir auch noch nicht sicher, ob ich sie als Verdächtige bereits ausschließen kann.«

»Dalina?«

»Sie hätte ein Motiv gehabt. Logan könnte Diane die Tat von damals gestanden haben, und Diane wollte damit möglicherweise zur Polizei. Dalina musste handeln.«

»Das klingt furchtbar«, sagte Anna, aber sie sah nicht aus wie jemand, der gerade etwas hört, das er für vollkommen jenseits jeder Realität hält.

»Furchtbar, aber nicht unlogisch. Jedoch hat sich nun herausgestellt, dass die Tatwaffe in einem anderen Mordfall verwandt wurde – in einem Fall, den wir bislang mit den Morden an Awbrey und Bristow in überhaupt keinen Zusammenhang gebracht haben.«

»Ach ...«

Sie hatte Anna genau beobachtet. »Sagt Ihnen der Name *Mila Henderson* irgendetwas?«

»Mila Henderson?«

»Könnte sie Klientin bei *Trouvemoi* gewesen sein?«

Anna überlegte. »Nein. Zumindest nicht in einer meiner Veranstaltungen. Ich habe ein gutes Gedächtnis für Namen, ich wüsste das. Aber es gab natürlich auch Veranstaltungen, mit denen hatte nur Dalina zu tun.«

»Hat Ihr Lebensgefährte den Namen einmal erwähnt?«

»Sam? Nein. Was ist überhaupt mit ihm? Sie sagen, er ist verschwunden?«

»Er wollte sich gestern bei uns auf dem Revier melden. Er ist nicht erschienen. Und unsere Recherchen haben ergeben ...« Sie hielt inne.

Annas Augen wurden größer. »Ja?«

»Mrs. Carter, der Vater von Samuel Harris, Patrick Harris, ist laut Auskunft des Pflegeheimes, in dem er zuletzt untergebracht war, vor fünf Jahren gestorben.«

»Was?«

Ihr Erschrecken tat Kate leid. »Ja. Ich fürchte, an dieser Auskunft ist nichts zu rütteln.«

»Aber ... Sam hat ihn doch regelmäßig besucht!«

Kate schwieg.

»Oh ...«, sagte Anna langsam. »Sie glauben ...«

»Ich versuche eigentlich, nichts zu glauben, sondern offen für jede Variante zu sein.«

»Er hatte ein Verhältnis? Die ganze Zeit?«

»Hatten Sie dafür Hinweise?«

»Nein.« Sie schüttelte verwirrt und geschockt den Kopf. »Nein. Gar nicht. Ich meine ... er drängte darauf, dass ich zu ihm ziehe. Immer wieder. Er sprach von Heirat. Von Kindern. Das hätte es für ihn doch viel schwerer gemacht, oder? Etwas nebenher laufen zu haben, meine ich.«

»Vermutlich.«

»Und er hat mich mehrfach gefragt, ob ich ihn nicht begleiten und seinen Vater kennenlernen wolle. Ich mochte nur nicht. Irgendwann hat er natürlich nicht mehr gefragt. Aber was hätte er getan, wenn ich zugestimmt hätte?«

»Er wusste wahrscheinlich, dass Sie das nicht tun würden«, sagte Kate. »Und wenn doch ... dann wäre etwas dazwischengekommen. Der Vater zu krank für zwei Besucher, irgendetwas.«

Anna schien noch immer wie betäubt. »Aber ... es passt

nicht. Es passt nicht, dass er die ganze Zeit über ein Verhältnis hatte. Es passt nicht zu seinem Verhalten mir gegenüber.«

Kate hatte sich ein Stück vorgelehnt. »Wir wissen, dass Diane Bristow eine Klientin von ihm war.«

»Was?«

»Davon wussten Sie nichts?«

»Nein. Natürlich nicht.« Anna blickte verstört drein und fragte sich offensichtlich, was nun noch an Enthüllungen auf sie zukommen würde. »Was ... was bedeutet das alles?«

»Entweder direkt oder um eine Ecke herum kannte er jedes Mordopfer«, sagte Kate langsam.

Sie erreichte ihr Auto. Auf die Frage, ob es irgendeinen Ort gab, von dem sie sich vorstellen konnte, dass Sam sich dort jetzt aufhielt, hatte Anna nur wieder und wieder den Kopf geschüttelt.

Eine Jagdhütte? Eine Zweitwohnung? Eine Garage? Irgendetwas?

Nein. Nein. Nein.

Da gab es nichts. Oder zumindest nichts, wovon Anna etwas wusste.

Kate stieg in ihr Auto. Sie war kaum losgefahren, da klingelte ihr Handy. Sie hielt an.

»Hallo? Christy?«

Christy McMarrow war eine ehemalige Kollegin von Scotland Yard. Kate und sie hatten oft zusammengearbeitet, waren aber nie Freundinnen geworden. Sie waren so verschieden wie Tag und Nacht und hatten außer der Tatsache, dass beide ohne Partner und dafür mit einer Katze lebten, keine Gemeinsamkeiten. Kate hatte sie an diesem Vormittag angerufen, bevor sie nach York hinübergefahren war. Da es Sonntag war, hatte Christy natürlich noch geschlafen und war alles andere als begeistert gewesen, als Kate sie um einen Gefallen bat. Aber als sie hörte, dass ein sechs Monate altes Mädchen in Lebensgefahr schwebte, war sie aus dem Bett gesprungen und hatte gesagt: »Okay. Ich mache das.«

Nun meldete sie sich zurück. Sie klang jetzt deutlich wacher als zwei Stunden zuvor. »Also, ich war in dem Pflegeheim in Shepherd's Bush. Ich konnte mit der Heimleiterin sprechen und mit zwei Betreuerinnen.«

»Und? Irgendetwas, das uns weiterhelfen könnte?«

»Ich weiß nicht ... Aber es ist immerhin ein Anhaltspunkt ... Also, der alte Patrick Harris hat manchmal, bevor er in die völlige Demenz abglitt, von seinem Schiff erzählt.«

»Von seinem Schiff?«

»Ja, er besaß wohl ein Segelschiff, mit dem er seine Wochenenden auf dem Kanal verbrachte. Also groß genug, um darauf zu wohnen. Das Schiff lag im Hafen von Grimsby.«

»Grimsby ... das wären von hier aus etwa eineinhalb Stunden mit dem Auto. Weißt du, was mit dem Schiff nach seinem Tod passierte?«

»Leider nein. Das wussten die auch nicht. Einziger Erbe war jedenfalls der Sohn. Samuel. Aber ob der das Schiff behalten oder sofort verkauft hat, konnte man mir nicht sagen.«

»Hm.« Kate überlegte. Ein kleiner, schwacher Anhaltspunkt, aber tatsächlich der einzige, den sie hatten. Hätte Sam das Schiff Anna gegenüber je erwähnt, hätte diese sich erinnert; ebenso war sie offenbar nie mit ihm dort gewesen. Trotzdem konnte er das Schiff behalten haben – als Zufluchtsort. Irgendwo war er schließlich gewesen, wenn er Anna gegenüber behauptete, seinen Vater zu besuchen.

»Weißt du, wie das Schiff heißt?«

»*Camelot.*«

»*Camelot* in Grimsby ... Es wäre einen Versuch wert.«

»Der Typ, den du suchst«, sagte Christy, »kann das Schiff womöglich schon längst nicht mehr besitzen. Oder es in einen anderen Hafen überführt haben.«

»Ich weiß. Ich werde zusätzlich die gemeldeten Bootseigentümer prüfen lassen. Aber heute ist Sonntag, übermorgen Silvester ... Ich weiß nicht, ob wir damit so schnell weiterkommen.«

»Verstehe. Dann fahr nach Grimsby. Kate«, Christy machte eine Pause.

»Ja?«

»Rette dieses kleine Mädchen«, sagte Christy und legte dann den Hörer auf.

Kate reckte sich und betrachtete ihr Gesicht im Rückspiegel. Durch den vielen Schnee draußen war der Tag besonders farblos, das Licht diffus und unschön. Ihr Gesicht sah bleich aus, müde. Zu mager.

Sie überlegte. Eigentlich müsste sie Meldung machen, dass sie nach Grimsby fuhr. Das Problem war, dass dies unweigerlich Fragen nach sich gezogen hätte, wieso sie einen Verdacht gegen Samuel Harris hegte. Das hauptsächliche Verdachtsmoment – seine Bekanntschaft mit dem ersten Mordopfer, Diane Bristow – hatte sie auf eine Weise bekommen, die gegen alle Regeln und Vorschriften verstieß: Niemals hätte sie ohne Beschluss in Harris' Wohnung eindringen und in seinen Unterlagen stöbern dürfen. Würde sie mit Caleb zusammenarbeiten, hätte sie es erzählt, weil sie wusste, dass er ein oder zwei Augen zudrückte, wenn das Übertreten der Vorschriften in der Güterabwägung hinter dem möglichen Nutzen rangierte. Pamela hatte Kate jedoch gleich bei der ersten Begegnung erklärt, für das Übertreten von Vorschriften nicht das geringste Verständnis zu haben. Sie hatte eine klare Warnung in diese Richtung ausgesprochen, wie sich Kate nur zu gut erinnerte. Sollte sich Harris am Ende als vergleichsweise harmlos herausstellen – fremdgehender Steuerhinterzieher statt Mörder und Kidnapper –, musste sie ihr Eindringen in dessen Wohnung gegenüber ihrer Vorgesetzten nie erwähnen.

Zudem hatte sich Pamela noch immer nicht gemeldet. Vielleicht hatten sie sie im Krankenhaus gleich dabehalten. Am Ende ging es ihr ziemlich schlecht. Was sie noch weniger ansprechbar für das Übertreten von Vorschriften sein lassen konnte.

Der Gedanke an Caleb brachte sie jedoch auf eine Idee.

Sie wählte seine Handynummer, hoffte, er würde drangehen. Früher war er eigentlich immer erreichbar gewesen, auch noch nachdem er erst suspendiert worden war und dann aus eigenem Antrieb den Dienst quittiert hatte. Seitdem er in die neue Wohnung gezogen war, schien ihm allerdings irgendetwas in seinem Leben zu entgleiten.

Tatsächlich aber erreichte sie ihn. Seine Stimme klang kratzig.

»Ja?«

»Caleb? Entschuldige. Hast du noch geschlafen?«

»Ja. Aber kein Problem. Ich hatte bis Mitternacht Dienst im Pub.«

Immerhin, er ging wieder zur Arbeit. Kate registrierte es mit Erleichterung. Ihm gegenüber hatte sie schon fast etwas von einer Mutter, die argwöhnisch darauf achtet, dass ihr Kind regelmäßig die Schule besucht.

»Caleb, ich muss nach Grimsby. Es gibt neue Erkenntnisse. Ich muss dort in den Hafen und nach einem Schiff suchen. Das Schiff heißt *Camelot*. Der Besitzer ist Samuel Harris.«

Caleb war durch Kate ausführlich genug in den Fall eingeweiht, dass er den Namen einordnen konnte. »Harris? Ist das nicht ...«

»Ja, der Lebensgefährte von Anna Carter.«

»Steht er in einem Zusammenhang mit den Geschehnissen? Außer dass er geholfen hat, den toten Körper von Logan Awbrey fortzuschaffen?«

»Er ist möglicherweise involvierter, als wir dachten. Ich muss das jetzt einfach überprüfen. Vielleicht stellt er sich als völlig harmlos heraus.«

»Okay. Was ist mit Dalina Jennings? Deiner Hauptverdächtigen?«

Es war nicht der Zeitpunkt, ihm all die neuen Geschehnisse und Verwicklungen zu schildern.

»Die Fahndung nach ihr läuft noch immer. Aber die Ereignisse haben sich inzwischen überschlagen. Ich berichte dir das alles später.«

»In Ordnung.«

»Caleb, ich melde meinen Abstecher nach Grimsby nicht auf der Dienststelle. Ich bin auf etwas eigenwillige Art an Informationen über Harris gekommen, und wenn das Ganze zu nichts führt, würde ich diesen Teil gerne unter den Tisch fallen lassen.«

Sie hörte ihn leise lachen. »Wie immer. Mit Vorschriften hattest du es noch nie.«

»Ich bin hier vor dem Askham Grange in York und fahre jetzt los. Es ist kurz vor zwei Uhr. Bei dem Wetter brauche ich wahrscheinlich eineinhalb Stunden bis Grimsby. Dann muss ich mich in dem Hafen zurechtfinden ... Wenn du bis sechs Uhr heute Abend nichts von mir gehört hast, verständige bitte Sergeant Helen Bennett. Sie soll dann Leute in den Hafen schicken.«

»Okay. Geh kein zu großes Risiko ein, Kate.«

Ganz kurz überlegte sie, ob sie ihn bitten sollte, sie zu begleiten. Aber er war nicht mehr im Dienst, sie verstieße damit noch radikaler gegen die Vorschriften, als sie es bisher schon getan hatte. Außerdem hätte er es vielleicht anbieten sollen. Aber das tat er nicht. Vielleicht weil er aus dem Tiefschlaf kam und alles, was sie ihm gerade hastig mitgeteilt hatte, auf ihn wie ein Überfall wirken musste.

»Ich muss jetzt los«, sagte sie.

»Pass auf dich auf«, sagte er.

7

In der ganzen Zeit, in der Sam fort war, versuchte Mila verzweifelt einen Weg zu finden, sich und Ruby aus dem Wohnwagen zu befreien. Sie probierte das Türschloss mithilfe von Messern aufzubrechen, trat mit aller Kraft gegen die Wandverschalung, schlug ihre Fingernägel in die Scharniere der Fensterläden. Nichts. Es bewegte sich nichts. Dabei hatte sie den schrottreifen Karren von außen gesehen, er wirkte, als müsse er jeden Moment zusammenkrachen. Wie konnte er trotz allem noch so stabil sein?

Die Läden waren mit einem funkelnagelneuen Vorhängeschloss gesichert, das war natürlich nicht kleinzukriegen, aber die Scharniere an den Seiten mussten uralt sein. Wieso hielten sie stand?

»Verdammt!«, schrie sie schließlich entnervt.

Ruby gab ein leises Wimmern von sich.

Mila drehte sich zu ihr um. Sie hatte sie inzwischen in ihren Mantel gehüllt, weil sie selbst ihre Jeans und ihren dicken Pullover wieder angezogen hatte. Anders hielt man es in dieser Kälte nicht aus. Eigentlich hätte sie auch den Mantel noch gut gebrauchen können, aber Ruby durfte nicht frieren. Die Bettdecke war viel zu riesig, um sie darin eingepackt in dem Pappkarton zu lassen.

Sam war losgezogen, um etwas Essbares zu organisieren, vor allem für das Baby, für sich und Mila jedoch auch. Kein ganz leichtes Unterfangen an einem Sonntagabend, daher hatte er es eigentlich für den nächsten Tag vorgehabt. Mila hatte jedoch nicht lockergelassen, vor allem was die Babynahrung anging. Ruby brauchte unbedingt etwas zu essen, dennoch hoffte Mila, er werde eine ganze Weile beschäftigt sein, etwas aufzutreiben. So einsam, wie es hier schien, hatte er auch eine gute Strecke zu fahren, bei sehr schwierigen Straßenverhältnissen.

Mila zog den Mantel ein Stück zurück und betrachtete Rubys kleines Gesicht. Es fiel in sich zusammen, wurde kleiner und grauer. Es war nicht mehr rund und rosig, sondern schien in einer Art Zeitraffer zu altern.

»Hey, Ruby!« Sie strich ihr über die Wangen. Die langen Wimpern flatterten leicht. »Halte durch. Ich bringe uns hier raus.«

Sie machte sich wieder am Türschloss zu schaffen. Hier gab es kein neues Vorhängeschloss, es handelte sich um ein altes Schloss. Warum widerstand es so beharrlich all ihren Bemühungen, es kaputtzumachen?

Sie schlug mit der flachen Hand gegen die Tür. »Ich werde noch wahnsinnig«, rief sie.

Von draußen vernahm sie ein Geräusch. Es klang wie Schritte im harschen Schnee.

Kam Sam etwa schon zurück?

Sie pfefferte das Messer in die Schublade zurück. Er sollte nicht sehen, womit sie die Zeit verbracht hatte, sonst ließ er sie nie wieder ohne Fesseln zurück.

»Hallo?«, wisperte jemand jenseits der Tür. Es klang nicht nach Sam.

Mila bewegte sich vorsichtig einen Schritt nach vorn. »Hallo?«, fragte sie zurück.

Schweigen.

»Ist da jemand?«, fragte Mila.

»Wer ist da?«, fragte der andere.

»Wir sind hier eingesperrt. Können Sie bitte versuchen, uns rauszulassen?«, fragte Mila.

»Eingesperrt?«

»Ja. Ein Baby und ich.«

Schweigen.

»Hallo?«

Schweigen.

»Bitte, gehen Sie nicht weg«, sagte Mila flehentlich. »Wir haben nichts zu essen, und es ist sehr kalt. Es geht dem Baby sehr schlecht, es könnte sterben. Können Sie uns irgendwie hier herausholen?«

Schweigen.

Sie fragte sich, ob es doch Sam war, der da draußen stand und sich einen Spaß mit ihr erlaubte. Oder sie auf irgendeine bösartige Weise auf die Probe zu stellen versuchte. Aber es war einfach nicht seine Stimme gewesen. Konnte er sich so gut verstellen?

»Hallo?«, versuchte sie es noch einmal. »Wir brauchen wirklich Hilfe. Wir müssen hier raus. Man hat uns eingesperrt.«

»Eingesperrt?«

Dieselbe Frage, die er vorhin schon einmal gestellt hatte. War der Typ langsam im Denken, betrunken oder schwachsinnig?

»Ja. Eingesperrt. Ich bin hier mit einem Baby. Wir müssen hier raus, sonst verhungert es.«

Schweigen. Dann das Geräusch von Schritten, die sich durch den Schnee entfernten. Verzweifelt hämmerte Mila mit beiden Fäusten gegen die Tür. »Gehen Sie nicht weg! Bitte! Helfen Sie uns. Holen Sie uns hier raus, oder rufen Sie die Polizei!«

Die Schritte verklangen. Mila brach in Tränen aus. Sie waren in einer verfluchten Einöde, und es war ein Wunder, dass hier überhaupt ein Mensch vorbeigekommen war. Aber der hatte offenbar nicht alle Tassen im Schrank und war nicht zu gebrauchen. Bald würde Sam zurückkehren, und es gab so schnell keine weitere Chance mehr. Bei dem Gedanken an die kommende Nacht, die sie mit ihm zwischen der stinkenden, klammen Bettwäsche verbringen musste, seinen Annäherungsversuchen und seiner Wut ausgesetzt, drohte sie vor Verzweiflung durchzudrehen. Sie musste hier raus.

Sie wandte sich um und versuchte sich erneut am Fensterladen, aber außer dass sie sich einen Holzsplitter unter einen Fingernagel rammte, bewirkte sie nichts. Sie schrie auf vor Schmerz. Es hatte keinen Sinn. Aus eigener Kraft fand sie hier keinen Ausweg.

Während sie sich suchend nach irgendeinem Stück Stoff oder Papier umsah, mit dem sie ihren blutenden Finger umwickeln konnte, hörte sie draußen erneut Schritte. Sie hielt inne. Vermutlich war das jetzt Sam.

Doch dann hörte sie, wie jemand sich mit einem größeren Gegenstand an der Tür zu schaffen machte, und es klang jedenfalls nicht so, als schließe jemand das Schloss mit einem

Schlüssel auf. Wozu Sam in der Lage gewesen wäre. Es klang eher nach einer Brechstange oder einem eisernen Hebel.

Mila blieb völlig still. Wer immer das war, sie mochte ihn nicht stören, verwirren, verängstigen.

Bitte, betete sie lautlos, bitte, öffne diese Tür!

Die Geräusche klangen immer lauter, aggressiver und bedrohlicher. Meilenweit musste zu hören sein, dass hier jemand versuchte, irgendetwas zu zerstören. Mit einer Brechstange auf einen Wohnwagen einschlug. Sie hoffte inbrünstig, dass Sam noch weit genug weg war. Wenn er zu früh zurückkehrte, wäre alles verloren. Nach allem, was sie mit ihm erlebt hatte, zweifelte Mila keine Sekunde daran, dass er den Fremden töten und irgendwo im Schnee verscharren würde. Der andere hatte keine Ahnung, in welcher Gefahr er schwebte, aber wenn sie ihn warnte, lief er womöglich davon.

»Beeil dich«, murmelte sie leise, »beeil dich.«

Die Tür zitterte in ihren Angeln, das Holz barst, die ganze Tür fiel, in zwei Teile gespalten, krachend nach innen. Mila brachte sich durch einen Sprung zur Seite in Sicherheit. Die frische, eisige Kälte traf sie wie ein Schlag. Sie gewahrte das letzte Licht des Tages, den Schnee, den Himmel, die Bäume. Und ein Gesicht.

Ein Mann grinste sie an.

Rote, narbige Haut. Eine verquollene Nase, die den Trinker verriet. Zerschlissene, schmutzstarrende Kleidung, in die er von Kopf bis Fuß gehüllt war.

Sein Grinsen hatte etwas Unangenehmes.

Mila war plötzlich nicht mehr sicher, ob sie nicht gerade vom Regen in die Traufe geriet.

Und sie war hier draußen völlig auf sich gestellt.

8

Es war schon fast halb fünf, als Kate Grimsby erreichte. Sie hatte viel länger gebraucht als gedacht. Die Straßenverhältnisse waren eine Katastrophe. Zwar hatte es aufgehört zu schneien, aber die Räumdienste kamen nicht hinterher, und nun zog die Kälte noch einmal an, und alles vereiste. Es waren nicht allzu viele Autos unterwegs, aber sie bewegten sich extrem langsam. Was vernünftig war. Wäre Kate ganz allein weit und breit gewesen, hätte sie auch nicht schneller fahren können.

Sie war nervös und unruhig und wusste die ganze Zeit über, dass sie alle sich bei der Suche nach der kleinen Ruby Raymond in einem Wettlauf mit der Zeit befanden. Sie wusste nicht, ob sie selbst sich gerade auf der richtigen Spur befand – genau genommen hielt sie die Wahrscheinlichkeit, dass es so war, für äußerst gering –, und doch meinte sie zu spüren, dass jede Minute, die sie länger unterwegs war, gefährlich sein würde. Als sei sie, so wenig Begründung es dafür gab, näher am Ziel, als sie wusste, und doch zu weit entfernt, als dass sie sich Verzögerungen leisten konnte. Andererseits hatten gefährliche Überholmanöver auf den glatten Straßen wenig Sinn. Wenn sie jetzt einen Unfall baute, käme sie nirgendwohin mehr rechtzeitig.

Trotz ihrer Angespanntheit registrierte Kate den wunderschönen Blick in die Ferne, der sich ihr bot, als sie kurz vor Grimsby den River Humber überquerte. Die Mündung ins Meer sah gewaltig aus, und die graue Farbe des Wassers verschmolz einzigartig mit dem Grau des Himmels und dem Schnee entlang der Ufer. Die Landschaft sah unendlich und in ihrer Melancholie dramatisch schön aus. Dämmerung senkte sich bereits wieder hinab, verschluckte Häuser und Bäume und vermittelte den Eindruck vollkommener Stille. Am liebsten hätte Kate angehalten und ein Foto gemacht. Aber dafür war nicht der Moment.

Es wurde bereits dunkel, als sie das Hafengebiet erreichte. Deprimiert erkannte sie, wie groß dieses Gelände war – und wie verlassen an diesem Sonntagnachmittag. An Werktagen und im Sommer herrschte hier sicher rege Betriebsamkeit, aber heute schien außer Kate niemand unterwegs zu sein. Sie parkte ihr Auto neben einer Lagerhalle und stieg aus. Lange Straßen, an denen entlang sich Hallen, Schuppen, Container reihten. Verlassene Kräne. Abgestellte Lastfahrzeuge. Schwarze Bogenlampen, deren weißes Licht gerade aufstrahlte. Sie ließen den Schnee glitzern. Ohne den Schnee wäre es ein Bild von unfassbarer Tristesse und Verlorenheit gewesen. Es roch nach Maschinenöl und Seetang. Die Möwen schrien. Ihre Schreie schienen die einzige Lebendigkeit in der Ödnis. Über allem ragte der hohe, schlanke Dock Tower auf, das Wahrzeichen des Hafens.

Kate stapfte Richtung Wasser. Die Kälte schmerzte auf ihren Wangen. Sie fragte sich, ob bei dieser Wetterlage überhaupt jemand auf einem Schiff leben konnte.

Sie erreichte den Pier. Es gab hier endlose Reihen, nicht alle waren voll belegt, aber es waren immer noch ziemlich viele Schiffe, Motorboote, kleine Kähne da. Ihr wurde ganz schwindelig. Es war, als suche sie eine Nadel im Heuhaufen.

Trotzdem begann sie die Reihen abzulaufen. Bei einigen Schiffen waren die Namen gut zu lesen, bei anderen musste sie dicht herangehen und sich verrenken, um etwas erkennen zu können. Zum Glück gab es auch hier die hellen Lampen, erst zum Ende der Stege hin wurde es dunkler, und sie musste ihre Taschenlampe benutzen.

»*Camelot*«, murmelte sie, »*Camelot*, wo bist du?«

Sie fand kein Schiff mit diesem Namen. Es musste ein Segelschiff sein, daher konnte sie zum Glück die Motorboote überspringen, aber da sie alle kreuz und quer befestigt waren, musste sie trotzdem jede einzelne Reihe ablaufen. Sie leuchtete und las, leuchtete und las ... Keine verdammte *Camelot*.

Inzwischen spürte sie ihre Zehen und Finger kaum noch. Sie hatte zu allem Überfluss vergessen, Handschuhe anzuziehen. Ihre Nase fühlte sich an, als wäre sie bereits abgefroren. Es war dunkel. Es war eisig. Sie sehnte sich so sehr nach ihrem warmen Wohnzimmer wie selten.

Das nächste Schiff. Ein Holzboot. Segelboot. Blau gestrichen, soweit sie das bei dieser Beleuchtung erkennen konnte. *Mila* stand in geschwungenen roten Buchstaben darauf.

Sie stockte.

Mila?

Musste nichts bedeuten. Das Boot stand vielleicht weder mit Samuel Harris noch mit Mila Henderson in irgendeinem Zusammenhang. Dennoch – es war das erste kleine Signal an diesem Abend. Ein Boot namens *Mila*, das in dem Hafen lag, in dem Sam Harris' Vater sein Schiff gehabt hatte.

Sie versuchte in die Kajüte zu leuchten, aber die war mit Brettern völlig abgedichtet. Es hatte nicht den Anschein, als halte sich jemand auf diesem ziemlich kleinen Schiff auf, aber sie war nun schon einmal hier, sie würde nicht umkehren. Mit einem großen Schritt müsste sie es hinüberschaffen. Sie durfte nur nicht ausrutschen, sonst landete sie im eiskalten schwarzen Hafenwasser. Sie stopfte ihre Lampe in ihre Manteltasche, stellte ihre Tasche auf dem Steg ab – es kam jetzt sowieso niemand vorbei – und wagte den Sprung über den Abgrund. Sie kam am Bug auf, rutschte aber auf dem eisigen Untergrund und schlug auf den Holzplanken auf. Ein stechender Schmerz durchfuhr ihr rechtes Bein. Vorsichtig setzte sie sich auf, bewegte die Finger ihrer Hände, dann ihre Zehen. Sie hatte sich wohl das Knie aufgeschlagen, aber zum Glück nichts gebrochen.

Vorsichtig kroch sie zur Kajüte hinüber. Sie rechnete damit, dass der Einstieg verschlossen war, aber das Brett ließ sich problemlos zur Seite schieben. Sie spähte in völlige Dunkelheit.

Sie kramte ihre Taschenlampe hervor und leuchtete in den Raum, der vor ihr lag. Ein kleiner Raum, ausgestattet mit zwei stoffbezogenen Bänken rechts und links, hölzernen Wandschränken, offenen Seitenfächern, die überquollen von allen möglichen darin verstauten Gegenständen. Eines war klar: Hier hielt sich kein Mensch auf. Und es hatte auch nicht den Anschein, als sei kürzlich jemand hier gewesen.

Aber sie musste versuchen herauszufinden, wem das Schiff gehörte. Sie schlängelte sich durch die Öffnung, sprang dann hinunter. Das Schiff schwankte. Sie hörte die Wellen leise gegen die Außenwände schlagen.

Nacheinander beleuchtete sie die einzelnen Fächer. Vor allem Segelzubehör war hier untergebracht, auseinandergeschraubte Ruder, Planen, ein aufblasbarer Schwimmring. Rettungswesten. Handschuhe, wie man sie auch zur Gartenarbeit trug.

Aber kein Hinweis darauf, wem das alles eigentlich gehörte.

Sie klappte die gepolsterten Bänke hoch und fand darin Kleidungsstücke, zwei Flaschen Sonnenöl, eine Taucherbrille, Flossen. Eine Badehose, die eindeutig einem Mann gehörte.

Als Nächstes kamen die Wandschränke an die Reihe. Campinggeschirr aus Plastik. Einige Packungen Nudeln, ein paar Konservendosen.

»Gibt es denn hier nichts, worauf irgendein verdammter Name steht?«, fragte sie laut.

Ihr Blick fiel auf einen Karton, der am Ende des Raumes auf dem Boden stand. Eher eine Art Schuhschachtel. Sie hob den Deckel hoch.

Papiere.

Sie nahm das oberste Blatt. Eine Rechnung für Wartungsarbeiten am Schiff, ausgestellt im April des Jahres 2002. Adressiert an Patrick Harris. Der Name des Schiffes lautete *Camelot*.

»Ja!«, sagte sie.

Es war sein Schiff. Patrick Harris' Schiff. Das seit seinem Tod dem Sohn gehörte. Der ihm einen neuen Namen gegeben hatte.

Mila.

Eine Vorstellung begann sich in Kate zu formen, die Vorstellung einer Geschichte, eines Ablaufs, undeutlich noch und unfertig, aber es war eine vage Ahnung, worum es bei all dem ging. Wenn es so war, wie sie es vor sich sah, dann war Mila Henderson keine Täterin. Sondern ein Opfer. Und schon seit langer Zeit.

Eines jedoch war unbestreitbar: Sie war nicht hier und Harris auch nicht.

Sie kletterte wieder aus der Kajüte und verschloss die Luke hinter sich. Bei dem Gedanken, nun wieder auf den Steg zurückspringen zu müssen, brach ihr der Schweiß aus. Ihr Knie schmerzte so schon genug, eine weitere Verletzung konnte sie sich nicht leisten. Sie kniete sich an die Reling und zog das Schiff an dem Seil, mit dem es vertäut war, näher an die Anlegestelle heran. Der Schritt, den sie nun tun musste, war wesentlich kleiner. Zum Glück fiel sie nicht hin. Sie atmete tief durch.

Zurück zum Auto. Und dann nachdenken, was als Nächstes zu tun wäre.

Die Schmerzen im Bein, so gut es ging, ignorierend, lief sie entlang des riesigen Hafenbeckens zurück zu der Stelle, an der sie geparkt hatte.

Sie passierte die Hafenmeisterei und gewahrte einen Lichtschein hinter den Scheiben. Entweder musste das Büro immer besetzt sein, oder sie hatte einfach Glück. Sie blieb stehen und klopfte kräftig an die Tür. Erst beim dritten Mal hörte sie Schritte, dann wurde geöffnet. Ein älterer Mann mit zerzausten Haaren stand vor ihr.

»Ja?«, fragte er mürrisch.

Kate zückte ihren Ausweis. »DS Linville. North Yorkshire Police. Ich brauche eine Auskunft.«

»Jetzt?«

»Ja. Darf ich reinkommen?«

Eher widerwillig ließ er sie eintreten.

»Normalerweise wäre ich schon nicht mehr hier«, sagte er. »Der Papierkram zum Jahresende macht mich einfach fertig. Deshalb sitze ich hier, anstatt den Sonntag mit meiner Frau zu verbringen. Ich wollte gleich gehen.«

»Ich halte Sie nicht lange auf«, versicherte Kate. »Ich habe nur ein paar kurze Fragen.«

»Hoffentlich.« Er gab sich keinerlei Mühe zu verbergen, wie lästig er sie in diesem Moment empfand.

In dem kleinen, völlig überheizten Büro, dessen Schreibtisch überquoll von Papieren und aufgeschlagenen Aktenordnern, bot er ihr Platz auf einem Campingstuhl an und setzte sich selbst auf einen kleinen Hocker. Es roch nach Kaffee, wie

Kate sehnsüchtig feststellte, aber er schien nicht auf die Idee zu kommen, sie zu fragen, ob sie einen haben wollte. Immerhin wurden ihre Hände und Füße endlich wieder kribbelnd warm. Allein das machte sie für den Moment schon glücklich.

»Sie sind hier der Hafenmeister?«

»Ja.«

»Mr. ...?«

»Hibbert. Peter Hibbert.«

»Es geht um ein Schiff, Mr. Hibbert«, sagte sie. »Und dessen Besitzer. Um Samuel Harris. Und *Mila*.«

Er nickte. »Ja. Und?«

»Kennen Sie hier jedes Schiff? Und jeden Eigentümer?«

»Das ist mein Job.«

»Samuel Harris hat sein Schiff von seinem Vater geerbt, ist das richtig?«

»Ja. Von Patrick. Netter Typ. Wir haben oft zusammen hier im Pub am Hafen gesessen und gefachsimpelt. War immer schön mit ihm.«

»Mit dem Sohn nicht?«

Er zögerte. »Mit dem wurde ich nie so richtig warm«, meinte er dann. »Der will auch irgendwie keinen Kontakt. Er zahlt regelmäßig die Liegeplatzgebühren, es gibt nie Ärger mit ihm, aber ...«

»Ja?«

»Ich mag ihn nicht besonders.«

»Warum nicht?«

»Ich kann das nicht so richtig begründen. Er hat sich nie etwas zuschulden kommen lassen. Er ist höflich. Er lässt kein Zeugs herumliegen – da habe ich mit anderen Leuten eine Menge mehr Stress. Aber irgendwie ...«

Kate wartete. Peter Hibbert zuckte mit den Achseln. »Ich kann es nicht erklären. Es ist irgendetwas in seinem Blick.«

»In seinem Blick?«

»Der ist so seltsam. Wissen Sie, da ist eine Kälte drin. Selbst wenn er Sie anlacht. Wenn er freundlich grüßt. Wenn er Ihnen hilft, ein Tau aufzurollen. Dann hat man immer das Gefühl, das ist eine Fassade. Dahinter steckt ein ganz anderer Mensch.«

»Was für ein Mensch?«

»Einer, der die ganze Welt hasst«, sagte Peter Hibbert. »Auf eine kalte Art hasst.«

Sie musterte ihn nachdenklich. Hibbert kam ihr nicht wie jemand vor, der dramatisierte. Er war eher der trockene, wortkarge Typ. Eine solche Aussage von ihm hatte Gewicht.

»Das Schiff hieß früher anders«, wechselte sie das Thema.

Hibbert nickte. »*Camelot*. Aber kaum war Patrick gestorben, hat Sam es umgetauft. Es hieß plötzlich *Mila*.«

»Hat er dafür irgendeine Erklärung abgegeben?«

»Ich habe ihn natürlich gefragt. Er sagte, Mila hieße die Frau seines Herzens.«

»Die Frau seines Herzens? So hat er es formuliert?«

»Ja. Genau so.«

»Hat er mehr über sie erzählt? Oder haben Sie sie je kennengelernt?«

»Nein. Er erwähnte sie nie wieder. Und er brachte sie nie mit hierher. Ich dachte schon, es gibt sie vielleicht gar nicht. Oder sie ist irgendwie unerreichbar. Eine Schauspielerin oder so.«

»Hat er überhaupt Frauen mitgebracht?«

»Nie. Er kam immer allein. Und überhaupt selten.«

Kate überlegte. Vielleicht war Sam hierhergekommen, wenn er gegenüber Anna behauptet hatte, seinen Vater zu besuchen. War er nichts anderes als ein Mann, der Freiräume suchte? Der Abstand suchte von seiner schwierigen Lebensgefährtin, die eine hochtraumatisierte Frau war, die ständig mit Depressionen kämpfte? Die man ertragen können musste – und womöglich nicht immer ertrug?

Aber da war das Schiff *Mila*. Seine Aussage, es handele sich um die Liebe seines Lebens. Die einstige Klassenkameradin. Kate dachte an das Foto von dem schüchternen, hübschen Mädchen mit den Haarspangen. Und an das Foto des übergewichtigen Jungen.

Sie erinnerte sich an Dinge, die Alvins Mutter über ihren Sohn erzählt hatte. Immer ausgegrenzt. Immer am Rand stehend. Oft verspottet. Objekt grinsender Tuscheleien. Keine Freunde. Keine Mädchen.

Genauso musste es Sam Harris ergangen sein. Was hatte er unter sein Bild im Jahrbuch geschrieben? Keine Freunde. Keinen Lieblingslehrer. Keine Hobbys.

Einer, der die ganze Welt hasst, hatte Peter Hibbert gerade über ihn gesagt.

Der Hass hatte ihn in einen attraktiven Mann verwandelt. Einen, der schlank war, sportlich, gestählt. Der mehr als hundert Kilo abgespeckt hatte.

Wenn Hass die Triebkraft dahinter war, musste der Hass unermesslich groß sein.

»Mr. Hibbert, ich muss Samuel Harris sehr dringend finden«, sagte sie. »Ich hatte gehofft, er sei hier auf dem Schiff. Aber dort ist niemand, es wirkt völlig unbewohnt. Können Sie sich irgendeinen Ort vorstellen, an dem er sich aufhält?«

»Was hat er ausgefressen?«, fragte Peter Hibbert.

»Möglicherweise überhaupt nichts. Wir müssen nur etwas überprüfen.«

Hibbert überlegte. »Ich kenne ihn ja kaum …«

»Aber Sie kannten seinen Vater. Gab es einen Ort, wo sich dieser gerne aufhielt? Oder von dem er erzählte? Von früher?

Etwas, wo die Familie Ferien machte? Ein Ferienhaus? Eine Hütte? Irgendetwas?«

Hibbert zerbrach sich sichtlich seinen Kopf. »Er hat so viel erzählt. Wo haben die denn Ferien gemacht? Mit seiner Frau war er öfter auf dem Schiff. Sie starb jedoch früh.«

»Woran ist sie gestorben?«

»Das war irgendwie rätselhaft. Sie hatte Vergiftungserscheinungen. Irgendwann katastrophale Leber- und Nierenwerte. Sie lief zu allen Ärzten, aber keiner kam dahinter, was los war. Am Ende starb sie an einem akuten Nierenversagen.«

»Und woher hatte Patrick das Schiff? Gekauft?«

»Nein. Er hatte es von seiner Mutter geerbt.«

»Hat er noch irgendetwas von ihr geerbt? Ein Haus?«

»Ja. Ihr Wohnhaus. Das wurde jedoch verkauft. Allerdings«, sein Gesicht hellte sich auf, »jetzt fällt mir noch etwas ein. Etwas, das er einmal erwähnte. Er hat wohl früher mit der Familie manchmal Camping gemacht. Ja, richtig. Das hat er mal gesagt.«

Kate neigte sich vor, unterdrückte dabei einen Schmerzenslaut. Sie war plötzlich wie elektrisiert. »Camping? Gab es vielleicht einen Wohnwagen?«

9

Sie stolperte durch den Schnee hinter ihrem Befreier her, die kleine Ruby fest an sich gedrückt. Sie hatte ihren Mantel angezogen, das Baby dafür, so gut es ging, in eines der Kissen, die auf dem Bett lagen, gehüllt. Sie hatte eine Ahnung, dass es besser sein könnte, das Weite zu suchen, aber es wurde dunkel, und soweit sie das sehen konnte, befanden sie sich in der völligen Einöde. Die Temperaturen mussten unter dem Gefrierpunkt liegen. Wenn sie flüchtete und weder auf Menschen stieß noch irgendeine Unterkunft fand, würden Ruby und sie die Nacht nicht überleben.

Der Typ stank nach Alkohol und Schweiß und wirkte unberechenbar, aber immerhin hatte er sie aus dem Wohnwagen geholt und vor der Nacht mit Sam gerettet. Eigentlich hätte sie ihn dafür umarmen mögen. Hätte er nicht einfach etwas Widerliches an sich.

Er blieb abrupt stehen und drehte sich zu ihr um.

»Wie heißt du?«, fragte er.

»Mila. Und du?«

»Ich bin Olm.«

»Olm?«

»Ist das dein Baby?«

»Nein. Seine Mutter wurde ermordet. Von dem Mann, der uns hier eingesperrt hat. Er ist sehr gefährlich. Wir müssen hier weg. So schnell wie möglich.«

Mila merkte, dass ihre Stimme zitterte. Sam war jetzt schon so lange fort, er musste jeden Moment zurückkehren. Da sie keine Ahnung hatte, in welche Richtung sie sich bewegten, wusste sie nicht, ob sie sein Auto hören und die Scheinwerfer sehen würde. Das Problem war, er würde auf jeden Fall die Fußspuren im Schnee entdecken, die vom Wohnwagen fortführten, er musste ihnen einfach nur folgen.

»Er ist wirklich gefährlich«, wiederholte sie. »Er ist wahnsinnig. Er tötet Menschen ohne jeden Skrupel.«

Es war fraglich, ob Olm die ganze Tragweite ihrer Worte begriff.

»Weiter!«, sagte er in harschem Befehlston.

Sie zögerte. »Falls es hier einen Parkplatz gibt oder eine Ausfahrt zur Straße – da müssen wir vorsichtig sein. Wir laufen sonst Sam in die Arme.«

»Sam?«

»Der Mann, der mich eingesperrt hat. Der Rubys Mutter ermordet hat. Mit einem Messer.«

Olm grinste. »Der soll kommen!«

Mila bezweifelte, dass Olm mit Sam fertigwürde. Versoffen, wie er war ... im Gegensatz dazu der gut trainierte, muskulöse Sam, der zudem ein Messer hatte.

Sie stapften weiter. Vereinzelt mussten sie Schneeverwehungen zwischen den Bäumen passieren, in denen Mila bis über die Knie einsank. Trotz der Kälte war sie inzwischen völlig verschwitzt und am Ende ihrer Kräfte. Aber sie musste weiter, sie musste durchhalten.

Ab und zu sah sie Wohnwagen herumstehen, von denen die meisten sich im Zustand des langsamen Verfalls befanden. Es schien sich hier tatsächlich um einen Trailer-Park zu handeln – um einen, der vor langer Zeit aufgegeben worden war. Wahrscheinlich war er in keinem Verzeichnis mehr zu finden. Aber suchte überhaupt jemand nach ihr?

Sie wusste, dass eine Polizistin an Sues Haustür geklingelt hatte, dass Sam sie niedergeschlagen und eingesperrt hatte. Wurde sie gefunden? Wussten ihre Kollegen, wo sie war?

Und Sues Mann, auch er musste irgendwann zurückkehren. Mila konnte gar nicht darüber nachdenken, welch furchtbare Szene ihn erwartete. Aber würde irgendjemand die Zusammenhänge richtig deuten? Klar wäre, dass das Baby verschwunden war. Von ihrer, Milas, Anwesenheit im Haus wusste keiner, aber die Polizistin war ihretwegen erschienen. Sue hatte ihr das zugeflüstert.

Es gab die Hoffnung, dass irgendjemand das Puzzle richtig ordnen würde. Aber dann?

Wer würde diesen gottverlassenen Ort hier finden, von dem Mila selbst keine Ahnung hatte, wo er sich befand?

Aus der Dämmerung schälte sich ein Gebäude. Milas Herz machte einen Sprung. Menschen?

Aber im Näherkommen erkannte sie, dass das Gebäude halb verfallen war und keineswegs bewohnt schien. Nirgends Licht, kein Schornstein, aus dem anheimelnd Rauch stieg und Wärme und Leben verhieß.

Olm drehte sich erneut um. »Mein Haus!«

Wenn Sam ihren Spuren folgte, saßen sie in diesem Haus wie in einer Falle, aber Mila hatte das Gefühl, eine Pause zu brauchen. Um zu Kräften zu kommen und um zu überlegen. Also trat sie hinter Olm durch die schief in den Angeln hängende Tür in das Innere des eisigen Gemäuers. Es schien sich um den ehemaligen Dusch- und Toilettenraum des Campingplatzes zu handeln. Die Wände waren gefliest, allerdings waren etliche Fliesen herausgebrochen. Sie blickte in einen Raum voller vergammelter Duschkabinen. Von den meisten Trennwänden waren nur noch Fragmente übrig. Verrostete Wasserhähne, zersprungene, blinde Spiegel, Waschbecken mit dickem Kalkbelag. Über den Zustand der Toiletten mochte Mila lieber nicht nachdenken. Und nicht über die Gefahr, in der sie sich befanden. Draußen wurde es in schnellen Schritten Nacht. Aber sie bezweifelte, dass dies Sam die Verfolgung erschweren würde.

Sie gelangten in einen rückwärtig gelegenen Raum, in dem Olm sein Lager aufgeschlagen hatte. Schwach konnte Mila die minimalistische Einrichtung erkennen. Ein paar Decken, ein Schlafsack, an der Wand ein Poster mit ausgerissenen Ecken, das einen Sonnenuntergang am Meer darstellte. Leere Schnapsflaschen entlang der Wände. In der Ecke ein kleiner Gaskocher mit einem völlig verdreckten Kochtopf darauf. Seltsame Essensreste klebten auf einem Teller, der danebenstand. So abstoßend der Anblick war, so sehr spürte Mila plötzlich ihren Hunger. Aber noch wichtiger war, dass Ruby etwas bekam. Das Baby hing völlig schlaff in ihren Armen und atmete schwach.

Olm schaltete eine Taschenlampe ein. Mila wagte einen scheuen Blick zu dem kleinen Fenster hin: Würde Sam den Lichtschein sehen? Aber im Dunkeln konnten sie Ruby nicht versorgen.

Sie wandte sich an Olm. »Das Baby braucht unbedingt etwas zu essen. Es stirbt sonst. Hast du etwas, was wir ihr geben können?«

Er schien zuerst völlig verständnislos, dann verschwand er jedoch in einem angrenzenden Raum und kehrte mit einer angebrochenen Konservendose zurück. Laut Etikett handelte es sich um Hackbällchen in Tomatensoße.

»Hast du auch eine Dose, die nicht angebrochen ist?«, fragte sie, aber Olm stieß ihr die Dose in die Hand. »Nimm die!«

Es war keine geeignete Babynahrung, aber besser als nichts.

»Können wir das warm machen?«

Er nickte, kippte den Doseninhalt in den Kochtopf, an dessen Seiten die Rückstände von hundert Mahlzeiten klebten, und schaltete den Gaskocher ein. Dann setzte er sich auf seinen Schlafsack und nahm einen tiefen Schluck aus einer Schnapsflasche.

Mila rührte das Essen mit dem Finger um. Als es warm war, gab sie ein wenig Tomatensoße auf Rubys Lippen. Die Kleine reagierte nicht. Sie sah wie durchsichtig aus.

»Komm«, flüsterte Mila. »Bitte. Iss etwas.«

Schließlich begannen Rubys Lider zu flattern. Sie schlug zwar die Augen nicht auf, bewegte jedoch die Lippen. Tatsächlich schluckte sie etwas von der Soße. Mila hätte jubeln mögen. Sie bot ihr die nächste Fingerspitze an. Ruby leckte eifrig.

Olm beobachtete das alles mit zunehmend verschwommenem Blick. Er trank den Schnaps wie Wasser, was besorgniserregend hätte sein können, aber sein Gesichtsausdruck verriet, dass ihn Alkohol offenbar einschläferte. Es schien ihn nicht gewalttätig werden zu lassen, aber er würde auf jeden Fall keine Hilfe mehr sein. Mila musste sich etwas überlegen. Und sie hatte keine Ahnung, wie sie von hier wegkommen sollte.

Ruby hatte Nahrung in der Menge immerhin zweier gehäufter Teelöffel zu sich genommen und schlief nun ermattet ein.

»Ich hoffe so sehr, dass ich dich retten kann«, murmelte Mila.

Die Frage war, was sie jetzt tun sollte. Normalerweise wäre es am besten, die Nacht in dieser halbwegs geschützten Unterkunft zu verbringen. Es war sehr kalt, aber sie war warm angezogen und konnte mithilfe des Gasbrenners einen Hauch Wärme erzeugen. Morgen früh, sowie es hell wurde, könnte sie versuchen, die nächste Straße zu erreichen, und hoffen, dass ein Auto vorbeikam.

Normalerweise ...

Abgesehen davon, dass an dieser Situation absolut nichts normal war, sagte ihr eine innere Stimme zunehmend eindringlich, dass sie keine zwölf oder vierzehn Stunden Zeit hatte, hier zu sitzen und zu warten. Dass sie eigentlich so gut wie gar keine Zeit hatte. Ihr Puls jagte, und ihr Herz schlug sehr schnell. Ihr Instinkt riet ihr, sich auf und davon zu machen, so schnell sie konnte. Falls es der Instinkt war. Es konnte auch ihre Angst sein.

»Olm«, flüsterte sie. »Olm!«

Er stellte die Flasche neben sich ab. »Ja?«

»Olm, wir sind hier nicht sicher. Der Typ, der hinter mir her ist ... er ist wirklich sehr gefährlich. Er ist krank im Kopf.«

Olm machte eine ausladende Handbewegung, mit der er den Raum und das Gebäude umschrieb. »Das ist mein Haus!«

»Ja, aber er kann hier rein. Er ist bestimmt inzwischen zurück und hat unsere Flucht bemerkt. Er muss nur unseren Fußspuren folgen, dann ist er hier.«

Olm grinste anstelle einer Antwort.

Mila war nicht sicher, wie sie ihn einschätzen sollte. Manchmal schien es, als verstehe er genau, was sie sagte, dann wieder hatte sie den Eindruck, nicht zu ihm durchdringen zu können. Sicher war sein Gehirn in Teilen vom Alkohol zerstört. Zudem lebte er womöglich schon seit Jahren in dieser völligen Wildnis, absolut isoliert, ohne irgendeinen Ansprechpartner. Mila war sicher, dass sie selbst nach spätestens einem Jahr verrückt geworden wäre.

Allerdings ...

»Woher hast du dein Essen?«, fragte sie. »Und die Flaschen? Hier draußen gibt es doch nichts.«

Er grinste wieder, irgendwie stolz, weil er sein Leben im Griff hatte.

»Im Dorf. Die Leute geben mir Geld. Und der Mann vom Laden auch. Die Sachen, die er nicht verkauft.«

»Verstehe.« Olm schnorrte sich im nächsten Dorf durch und war wahrscheinlich eine ortsbekannte Gestalt, die von ein paar mitleidigen Leuten irgendwie durchgezogen wurde.

»Wie weit ist es bis zum Dorf?«, fragte sie.

Er überlegte. »Zwei Stunden. Ich laufe zwei Stunden hin. Und zwei zurück.«

Die Zeit war sicher geschätzt, da Olm keine Uhr besaß.

»Also ist es ein langer Weg?«

In sein krankes Gesicht trat ein Ausdruck von Klarheit. »Es ist zu weit«, sagte er mit Bestimmtheit. »Zu weit für heute Nacht. Es ist zu kalt. Das schaffen wir nicht.«

»Und morgen?«

»Morgen gehen wir.«

Das ist zu spät, sagte die innere Stimme, viel zu spät. Ihr befindet euch in unmittelbarer Gefahr. Ihr müsst jetzt weg, und das weißt du auch.

»Olm, gibt es noch irgendeine andere Möglichkeit, uns zu verstecken? Abseits vom Trailer-Park?«

Er schüttelte den Kopf. »Nein. Da ist nur Wald. Wir erfrieren.«

»Er wird uns hier finden, und wir sitzen wie in einer Falle.«

»Ich passe auf dich und das Baby auf«, sagte Olm.

Er verstand nicht, wie gefährlich Sam war. Und wie entschlossen und skrupellos. »Olm, bitte, du kannst uns nicht beschützen. Er ist bewaffnet. Er hat ein Messer. Er hat einer Frau die Kehle durchgeschnitten. Er ist gestört.«

»Ich bin stark«, sagte Olm.

»Er ist gefährlich«, sagte Mila, aber sie spürte, dass Olm abschaltete. Er war zu Hause. Er wähnte sich in Sicherheit.

Sie lauschte nach draußen. Es war nichts zu hören. Totenstill lag die Nacht jenseits des Fensters, jenseits dieser Ruine, in die sie sich geflüchtet hatten. Würde sie Sam hören, wenn er kam? Olms Schritte im Schnee vor dem Wohnwagen hatten geknirscht. Aber da war sie näher dran gewesen. Hier saß sie ganz auf der Rückseite des Gebäudes, durch etliche Räume und Gänge von der Eingangstür getrennt. Sie würde Sam vermutlich erst bemerken, wenn er vor ihr stand.

In ihrer Unruhe erhob sie sich. Sofort war Olm hellwach.
»Setz dich!«, befahl er in scharfem Ton.
»Olm, wir …«
»Setz dich!«, wiederholte er.

Sie kauerte sich wieder auf den Boden. Ihr Herz raste. Sie war wie ein Tier, das eine gefährliche Witterung aufnimmt.
»Er ist da«, wisperte sie. »Ich spüre es.«
»Hier ist niemand«, sagte Olm.
»Er ist da draußen. Vor dem Haus.«
Olm neigte lauschend den Kopf. »Ich höre nichts.«
»Ich kann ihn spüren. Glaub mir. Wir müssen weg. Unbedingt.« Sie schaute zu dem schmalen Fenster hoch. »Wir müssen sofort weg.«
»Ich sehe nach«, sagte Olm und stand auf.
»Sei vorsichtig. Geh nicht. Er hat ein Messer.«
Aber Olm war schon zur Tür hinaus. Seine schwerfälligen Schritte verklangen auf den Fliesen.

Mila stand wieder auf, hielt Ruby eng an sich gedrückt, und merkte, wie sie am ganzen Körper zu zittern begann. Sie hatte nicht gedacht, dass sich ihr Herzschlag noch stärker beschleunigen könnte, aber jetzt war es noch schlimmer geworden. Der Schweiß brach ihr erneut aus, wie zuvor auf der Flucht durch den Schnee. Es kam ihr vor, als müsse jeder da draußen ihr Herz hören. Als dröhnte es durch die Stille.

Stille.

Tatsächlich war alles still. Olms Schritte waren nicht mehr zu hören. Nichts war zu hören. Nur ihr wie rasend schlagendes Herz.

Warum kam Olm nicht wieder? Wie viel Zeit war vergangen?

Sie wagte ein paar vorsichtige Schritte in Richtung Zimmertür.

Sie lauschte. Nichts. Sie hörte nur ihr eigenes Blut in den Ohren rauschen.

Sie wagte nicht, nach Olm zu rufen. Sie hatte ein immer stärker werdendes Empfinden für Gefahr. Es war seltsam, dass er so lange wegblieb, oder? Was machte er, umrundete er vielleicht das ganze Gebäude?

Sie hielt den Atem an. Wenn sie doch irgendetwas hören könnte.

Schritte. Sie war nicht sicher. Schritte im Eingangsbereich?

Sie trat noch näher an die Tür heran. Gähnende Dunkelheit breitete sich vor ihr aus, der Schein der Taschenlampe im Zimmer reichte nicht bis in die Gänge jenseits davon. Andererseits konnte jeder, der sich durch das Gebäude näherte, unschwer ihren Aufenthaltsort ermitteln. Sie huschte zurück und schaltete die Lampe aus.

Völlige Finsternis überall. Jenseits des Fensters zeichnete sich ein anthrazitfarbenes Rechteck ab, unwesentlich heller als die Dunkelheit im Gebäude. Die Bäume standen zu dicht, der Himmel war bewölkt. Weder Mond noch Sterne ließen sich sehen.

Trotzdem wusste Mila, dass sie ohne Licht keineswegs geschützt war. Sam würde von Raum zu Raum gehen. Wahrscheinlich hatte er selbst eine Taschenlampe. Natürlich würde er sie aufstöbern.

Aber war er wirklich schon in der Nähe? Oder gaukelte ihr ihr scheinbarer Instinkt, der vor allem von schierer Panik bestimmt wurde, etwas vor?

»Olm?«, flüsterte sie. Er konnte sie gar nicht hören, aber lauter wagte sie nicht zu rufen.

Wieder meinte sie plötzlich, Schritte zu hören. Sie hielt den Atem an, verwünschte ihr hämmerndes Herz und das Dröhnen in ihren Ohren.

Doch. Da waren Schritte. Am Eingang. Sie bewegten sich, verharrten wieder. Bewegten sich. Verharrten.

Olms Schritte hatten anders geklungen. Lauter. Tapsiger. So vorsichtig, so beherrscht konnte er gar nicht laufen, schwerfällig und angetrunken, wie er war.

Es konnte nur einer sein, der da kam. Und es war eine Frage weniger Minuten, bis er sie hier in diesem Zimmer erreicht hätte.

Es blieb keine Zeit mehr zu überlegen, es blieb keine Zeit zu zögern.

Sie öffnete das Fenster, schnell, aber so leise sie konnte. Eine Sekunde lang bewegte es sich nicht, und sie dachte entsetzt, es sei womöglich verschlossen oder vollkommen eingerostet. Aber dann schwang es auf und wundersamerweise nahezu lautlos.

Sie erklomm das Fensterbrett, Ruby fest umklammernd, und tatsächlich in diesem Moment froh, dass das Baby zu entkräftet war, um zu schreien. Die Sprunghöhe war nicht gefährlich. Mila sprang, landete weich im Schnee. Schaute sich sofort hektisch um: Wenn sie sich getäuscht hätte mit den Schritten? Wenn er hier auf sie wartete?

Aber alles blieb still. Kein Schatten bewegte sich. Keine Stimme erklang. Niemand packte Mila am Arm.

Hier hinten war kein Mensch.

Was war bloß aus Olm geworden?

Keine Zeit, darüber nachzudenken.

Mila und Ruby tauchten zwischen den Bäumen unter.

10

Peter Hibbert hatte gesagt, dass es von Grimsby bis Wragby etwa eine Dreiviertelstunde mit dem Auto dauerte, aber mit der Dunkelheit hatte die Eisesglätte auf den Straßen noch mehr angezogen. Kate musste so langsam fahren, dass sie über eine Stunde brauchte, ehe sie den kleinen Ort inmitten der Felder und Wälder Lincolnshires erreichte. Sie hatte vor ihrer Abfahrt noch einmal versucht, Caleb zu erreichen und ihn über die Entwicklung der Dinge zu informieren, aber er hatte sich nicht gemeldet. Laut Absprache würde er um sechs Uhr Verstärkung in den Hafen von Grimsby schicken, wenn er nichts von ihr hörte. Sie konnte ihm nur auf die Mailbox sprechen.

»Hi, Caleb, ich bin es. Wie versprochen die Meldung, dass bei mir noch alles okay ist. Also bitte noch keine Truppen in Bewegung setzen. Harris' Schiff in Grimsby habe ich gefunden, aber dort ist er nicht. Jetzt bin ich auf dem Weg in den

Chambers Farm Wood, das ist ein großes, dicht bewaldetes Naturschutzgebiet in Lincolnshire. Nächster größerer Ort ist Wragby. Es muss in den Wäldern einen inzwischen stillgelegten Trailer-Park geben, auf dem die Familie Harris früher einen Wohnwagen stehen hatte. Den will ich mir anschauen. Ich melde mich wieder.«

Ihre Informationen hatte sie von Peter Hibbert, der in dem Moment, als sie nach einem Wohnwagen gefragt hatte, einen Geistesblitz hatte.

»Richtig! Davon hat Patrick erzählt. Die haben manchmal Ferien in einem Wohnwagen gemacht.«

»Ist der Wohnwagen auch in Sam Harris' Besitz übergegangen?«

»Das weiß ich wirklich nicht. Keine Ahnung.«

»Wissen Sie, wo der Wohnwagen stand?«

Hibbert hatte sich den Kopf zerbrochen. »Ich meine, er hätte die Gegend hier erwähnt«, sagte er schließlich. »Lincolnshire. Er ist in Grimsby aufgewachsen. Er hing an der Gegend.«

Lincolnshire war groß und voller Campingplätze. Kate hatte die Hoffnung auf ein schnelles Auffinden des Wohnwagens bereits in weiter Ferne versinken sehen, da hatte Hibbert plötzlich lebhaft hinzugefügt: »Das war im Chambers Farm Wood. Doch, ich bin ganz sicher. Den hat er genannt. Dort stand der Wagen.« Er schüttelte den Kopf. »Ich weiß noch, dass ich mir sagte, dass die Geschmäcker schon sehr verschieden sind. Im Leben würde ich meine Zeit nicht in diesen dunklen Wäldern verbringen. Aber er war interessiert an der Flora und Fauna dort. Chambers ist berühmt für seine seltenen Pflanzen und Tiere.«

»Gibt es den Trailer-Park noch?«

Peter Hibbert hatte den Chambers Farm Wood im Computer aufgerufen und sodann Campingplätze gegoogelt, war jedoch nicht fündig geworden. »Er ist jedenfalls nicht vermerkt. Also gibt es ihn wohl nicht mehr. Das Ganze ist ja inzwischen ein großes Naturschutzgebiet. Ich schätze, Camping ist da gar nicht mehr erlaubt. Als die Harris dort Urlaub machten – das muss um die zwanzig Jahre her sein!«

»Aber der Wagen könnte noch dort sein.«

»Wenn nicht alles weggeschafft wurde ... ich würde sagen, die Chancen sind nicht groß.«

Während sie durch die Dunkelheit fuhr, dachte Kate, dass die Chancen geradezu verschwindend gering waren, aber sie hatte im Moment keinen anderen Anhaltspunkt. Ihr Verstand sagte ihr, sie solle ihre Erwartungen so weit wie möglich hinunterschrauben, aber etwas in ihr war elektrisiert, ein Gefühl, eine Intuition. Sie hatte das Schiff ausfindig gemacht. Sie wusste von einem Wohnwagen. Sie hatte das Gefühl, Harris dicht auf der Spur zu sein, aber das hätte sie niemandem gegenüber preisgegeben. Außer Caleb. Er hatte ihren Instinkt von Anfang an immer ernst genommen.

Außer Kate war an diesem Abend fast niemand unterwegs, wer schlau war, blieb daheim und vermied Autounfälle oder Knochenbrüche auf den glatten Straßen. Auch in Wragby empfingen sie leere, stille Straßen. Auf dem Marktplatz stand ein großer Tannenbaum, mit Hunderten von elektrischen Kerzen geschmückt. Auch hinter den Fenstern all der Häuser ringsum brannte Licht.

Kate hielt an und stieg aus. Sie entdeckte neben dem Tannenbaum eine Tafel, auf der die Wanderwege der Umgebung eingezeichnet waren. Schnell fand sie den Chambers Farm Wood, der als ein Naturparadies mit herrlichen Wandermöglichkeiten gepriesen wurde. Ein Campingplatz war nicht eingezeichnet. Jedoch schien es am Eingang in das Waldgebiet eine Ansammlung von Gebäuden und einen Butterfly Park zu geben, der offenkundig von Menschen betrieben wurde. Vielleicht konnte sie dort nach dem Campingplatz fragen.

Sie stieg in ihr Auto und rutschte weiter. Unter normalen Umständen hätte sie wahrscheinlich eine Viertelstunde gebraucht, jetzt waren es mehr als dreißig Minuten. Die Straße führte zwischen weiten, kahlen Feldern hindurch, über die der frostige Wind wehte. Sie war völlig vereist. Mehr als einmal wäre Kate fast in den Graben gerutscht. Sie betete, dass sie hier nirgends liegen bleiben würde und dass sie das Risiko dieser Fahrt nicht umsonst einging.

Tatsächlich stieß sie zu Beginn des großen Waldgebietes auf eine Ansammlung von Häusern. Nur eines war beleuchtet, es stellte das einzige Licht in der Dunkelheit dar. Ringsum nur die schneebedeckten, endlos scheinenden Felder. Und dahinter der verschneite, dunkle Wald. Kate war nicht sicher, ob sie diesen Ort als idyllisch bezeichnet hätte. Vielleicht im Sommer. Vielleicht in einer anderen Situation.

Sie hielt an und klingelte an dem beleuchteten Haus. Eine Frau öffnete.

»Ja, bitte?«, fragte sie.

Kate hielt ihr den Ausweis vor die Nase. »Detective Sergeant Linville. North Yorkshire Police. Ich habe nur eine kurze Frage.«

»Sie haben Glück, dass ich heute hier bin. Im Winter ist es hier leer. Was gibt es denn?«

»Ich suche einen Campingplatz. Der möglicherweise gar nicht mehr in Betrieb ist. Er soll sich irgendwo im Chambers Farm Wood befinden.«

»Ja, ganz am anderen Ende. Der alte Trailer-Park. Der wird schon lange nicht mehr genutzt. Aber da stehen immer noch ein paar Wohnwagen herum, total verrottet. Ich warte ja immer, dass mal endlich etwas geschieht. Dass jemand den Schrott abräumt. Aber da ist offenbar keiner zuständig.« Sie musterte Kate. »Oder kommen Sie genau deswegen?«

Wohl kaum an einem Sonntagabend bei der schlimmsten Straßenglätte seit Langem, dachte Kate, aber laut sagte sie: »Nicht direkt, aber ich werde das weitergeben. Können Sie mir sagen, wie ich dort hinkomme?«

»Immer dieser Straße entlang. Eine andere gibt es nicht. Sie führt immer tiefer in den Wald. Nach einer Weile knickt sie scharf nach Osten ab. Und irgendwann hört sie auf. Weit vor dem Campingplatz. Dann gibt es nur noch Feldwege. Die waren früher auch für Fahrzeuge gut zu passieren, sind aber inzwischen ziemlich zugewuchert. Außerdem natürlich jetzt tief verschneit.«

»Gut. Vielen Dank.« Kate wandte sich zum Gehen. Verschneite Feldwege hatten ihr noch gefehlt, aber sie war so weit gekommen, sie würde jetzt nicht aufgeben. Ein verlassener Trailer-Park, vergammelte Wohnwagen. Ein verschneites Waldgebiet. Ein besseres Versteck gab es kaum.

Im Auto checkte sie kurz ihr Handy. Sie konnte nicht erkennen, ob Caleb seine Mailbox abgehört hatte, zumindest hatte er nicht geantwortet. Sie verdrängte ein Gefühl der Unruhe: Caleb war verlässlich.

Die Straße verlief genauso, wie die Frau es beschrieben hatte: ein langes Stück geradeaus, dann in einer scharfen Biegung nach links und wieder geradeaus. Rechts und links meterhohe Bäume, mit dickem Schnee bedeckt. Die Straße war nicht geräumt, aber es gab Reifenspuren, die Kate nutzen konnte. Ihr Herzschlag beschleunigte sich. Wer war hier gefahren? Da es bis zum Mittag noch geschneit hatte, konnte der Fahrer vor nicht allzu langer Zeit hier entlanggekommen sein. Konnte natürlich auch ein Förster sein, der das Wild fütterte. Oder Baumschäden durch die Schneelast inspizierte. Arbeiteten Förster am Sonntag? Sie wusste es nicht. Natürlich konnte es sich auch um einen Ausflügler handeln. Seine Spurrinnen erleichterten Kate jedenfalls das Fahren. Es war, als glitte sie durch einen Tunnel … immer tiefer und tiefer hinein. Immer weiter weg von allen anderen Menschen.

Schließlich endete die befestigte Straße und ging in einen schmalen Feldweg über. Die Schneeverhältnisse änderten sich nicht, aber die Bäume standen plötzlich so nah einander gegenüber, dass es sich um die Stelle handeln musste, von der an es nur noch Wanderwege gab – nichts sonst.

Kate hielt an. Bis hierher hatten die Reifen, trotz des Schnees, festen Untergrund gehabt. Der war von nun an nicht mehr gegeben. Bislang hatte sie eine Menge Glück gehabt, aber nun bestand ernsthaft die Gefahr, dass sie stecken blieb. Sie konnte erkennen, dass der andere Fahrer offenbar keine diesbezüglichen Sorgen gehabt hatte, denn seine Spuren folgten dem schmalen Weg und verliefen in der Dunkelheit. Vielleicht fuhr er ein Geländefahrzeug. Vielleicht war er unbekümmerter als sie. Sicher kannte er die Gegend besser.

Sie schaute kurz in ihr Handy und stellte fest, dass sie einen letzten zittrigen Balken auf dem Display hatte, also tatsächlich noch einen Hauch Empfang. Sie rief noch einmal Caleb an, landete erneut auf der Mailbox.

»Hallo, Caleb. Ich hoffe wirklich, dass du das hier regelmäßig abhörst. Ich stehe jetzt mitten im Wald.« Sie beschrieb den Weg, der sie bis zu dieser Stelle geführt hatte. »Von jetzt an gehe ich zu Fuß weiter. Diesen Feldweg schafft mein Auto bei diesen Schneemengen nicht. Hier ist aber jemand vorbeigekommen, derjenige befindet sich irgendwo vor mir. Kann harmlos sein, muss aber nicht. Es ist jetzt halb acht. Bitte schicke um halb neun eine Mannschaft los, oder lass Helen sie schicken. Wenn ich bis halb neun nichts von mir hören lasse, brauche ich Hilfe.«

Das bedeutete allerdings auch, dass sie in einer Stunde zurück am Auto sein musste, denn so schwach, wie ihr Empfang jetzt schon war, nahm sie an, dass er sie nach wenigen Schritten in die Wildnis hinein vollends verlassen würde.

Sie hatte natürlich immer noch keine Handschuhe, was ein Elend war, sich aber nicht ändern ließ. Das Handy steckte sie in ihre Manteltasche, in die rechte Hand nahm sie die Taschenlampe. Sie konnte die Hände beim Halten abwechseln und immer eine in der Tasche wärmen. Die Kapuze ihres Mantels stülpte sie über den Kopf, den Schal zog sie hoch bis über ihr Kinn. Ihr rechtes Hosenbein klebte am Knie fest. Die Wunde brannte. An den Füßen trug Kate zum Glück ihre gefütterten, wasserabweisenden Boots.

Sie stapfte los. Hinein in die Dunkelheit.

Ein- oder zweimal kam sie an Weggabelungen, wobei sie jedes Mal entschied, den Reifenspuren zu folgen. Es konnte verkehrt sein, aber alles andere hätte sie mit dem Werfen einer Münze entscheiden müssen, was ganz sicher noch fragwürdiger wäre. Den Strahl ihrer Lampe hielt sie die meiste Zeit über auf den Boden gerichtet, ließ ihn nur hin und wieder kurz umherschweifen. Sie durfte ihr Kommen nicht ankündigen. Wenn Sam Harris der Mann im Auto war, wenn er hier Mila Henderson und die kleine Ruby gefangen hielt, würde er vor einer Bluttat gegenüber möglichen Verfolgern nicht zurückschrecken. Sie hatte gesehen, was er mit Sue Raymond gemacht hatte und mit James Henderson. Sie hatte Dianes Leiche gesehen und gehört, wie die von Logan Awbrey zugerichtet gewesen war. Wenn Harris der

Täter war, dann war er grausam und völlig skrupellos. Auch eine Polizistin würde er töten, ohne mit der Wimper zu zucken.

Sie glaubte schon, dass sie ewig laufen würde, dass diese Wälder nie enden würden und der verlassene Campingplatz nie auftauchen würde, da entdeckte sie plötzlich im Schein der Taschenlampe, den sie gerade wieder umherwandern ließ, einen Wohnwagen. Er neigte sich stark zur Seite, so als fehlten ihm dort die Räder. Er hatte keine Fensterscheiben mehr, wie Kate im Näherkommen feststellte. Er war eigentlich nur noch eine Ruine: leer, ausgehöhlt, seit endlosen Zeiten von niemandem mehr genutzt.

Harris' Wohnwagen? Aber es gab hier sicher mehrere solcher verlassenen Wagen, unwahrscheinlich, dass sie gleich über den richtigen stolperte. Aber sie schien den Trailer-Park oder zumindest dessen Randgebiet erreicht zu haben. Es war nun allerhöchste Vorsicht geboten.

Sie kontrollierte ihr Handy, aber wie sie erwartet hatte, gab es hier keinen Empfang mehr. Keine Chance, im Zweifelsfall schnell Hilfe herbeizurufen. Sie war auf sich allein gestellt. Und musste auf Caleb hoffen.

Kate schlich näher an den Wohnwagen heran. Ihre Taschenlampe hatte sie ausgeschaltet. Durch den Schnee war die Nacht nicht vollkommen dunkel, trotz der hohen, dichten Bäume. Kate vermochte sich einigermaßen zu orientieren. Sie erreichte den Wohnwagen, spähte durch die leeren Fensterrahmen. Sie erwartete, niemanden darin zu finden, denn bei diesen Temperaturen konnte man es dort nicht aushalten. Tatsächlich schien alles leer. Schemenhaft erkannte sie Möbel, die sich im Zustand des Verfalls und der Auflösung befanden, und undefinierbaren Müll, der den Boden bedeckte.

Hier war niemand.

Sie wandte sich gerade ab, da vernahm sie ein Geräusch. So leise, dass sie gleich darauf dachte, sie habe sich getäuscht. Es hatte geklungen wie das Maunzen einer Katze.

Sie blieb und lauschte.

Sie hörte es wieder.

Eine Katze? Hier draußen?

Das Geräusch kam nicht aus dem Wohnwagen, aber es war nicht weit davon entfernt. Kate wünschte, sie könnte die Taschenlampe einschalten, aber das war zu riskant. Sie machte ein paar vorsichtige Schritte in die Richtung, aus der sie die leisen Töne vernommen hatte. Es war jetzt kein Laut mehr zu hören bis auf den kurzen Schrei eines Käuzchens. Dann herrschte wieder Totenstille.

Sie schob sich immer weiter voran und fand, dass der Schnee unter ihren Füßen viel zu laut knirschte. Zuvor war ihr das nicht aufgefallen, aber da war sie auch auf dem Weg und in der Spur des Autos gewesen. Jetzt bewegte sie sich durch das Dickicht, der Schnee war harsch, er knackte bei jeder Berührung. Wer immer dort war, Mensch oder Tier, musste hören, dass jemand kam. Sie konnte nur hoffen, dass es nicht Sam Harris war, der in der Nacht auf sie lauerte.

Sie gewahrte einen Gegenstand, der plötzlich vor ihr aus der Dunkelheit auftauchte, irgendetwas Großes, Unförmiges. Ein weiterer Wohnwagen? Dafür schien es ihr zu klein. Im Näherkommen erkannte sie, dass es sich um eine Futterstelle für Waldtiere handelte, eine überdachte Krippe, reich mit Heu gefüllt.

War sie doch dem Förster gefolgt?

Neben der Futterstelle, halb darunter, bewegte sich etwas. Ein Tier? Es wäre weggelaufen bei ihrem Näherkommen.

Aber wäre es Harris, er hätte sie bereits angegriffen.

»Wer ist da?«, hauchte sie.

Wieder eine Bewegung. Dann erhob sich die Gestalt, die dort gekauert hatte.

»Hallo?«, kam es kaum hörbar zurück.

Kate widerstand noch immer der Versuchung, ihre Taschenlampe einzuschalten. »Polizei«, sagte sie. »Detective Sergeant Linville. North Yorkshire Police.«

Ein kurzes Aufschluchzen folgte ihren Worten. »Gott sei Dank. Gott sei Dank!« Es war auf jeden Fall eine Frauenstimme.

»Mila Henderson?«, fragte Kate.

»Ja. Ja, ich bin es. Oh Gott, wie gut ... Ich habe Ruby bei mir. Das Baby.«

Kate erkannte das unförmige Bündel, das Mila auf dem Arm trug.

»Ist sie am Leben?«

»Kaum noch. Aber eben hat sie wenigstens ganz leise geweint.«

Das Geräusch, das Kate gehört hatte. Sie wäre sonst weitergegangen.

»Wo sind die anderen?«, fragte Mila und spähte an Kate vorbei, als erwarte sie, dort Polizeifahrzeuge, Beamte und Hunde zu sehen.

»Ich bin allein«, flüsterte Kate. »Aber keine Sorge. Ich bringe uns hier raus.«

»Allein?«, fragte Mila hektisch. »Da ist niemand außer Ihnen?«

»Meine Kollegen wissen, wo ich bin«, beruhigte Kate, obwohl das nicht stimmte. Alles hing von Caleb ab, falls sie es nicht schafften. »Hat Samuel Harris Sie hierher verschleppt?«

»Ja. Er hat Sue umgebracht, meine Freundin. Er ist völlig irre. Total gefährlich.«

Vom Tod ihres Onkels James wusste sie augenscheinlich noch nichts. Und nichts von den anderen.

»Ich glaube, er hat Patricia umgebracht«, flüsterte Mila. »Die Frau, für die ich gearbeitet habe. Ich habe gelesen, dass sie tot ist. Er wollte mich. Deshalb ist er in das Haus gekommen. Wahrscheinlich hat sie ihn überrascht.«

»Sie kennen ihn aus der Schule?«

»Ja. Er war besessen von mir. Er ließ mich nicht mehr in Ruhe. Deshalb sind meine Mutter und ich weggezogen.« Sie schluckte. Kate konnte ihre Augen riesig und fiebrig in der Dunkelheit leuchten sehen. »Er war völlig gestört. Schon damals.«

»Okay. Mila, wir kommen hier raus. Haben Sie irgendeine Vorstellung, wo Sam jetzt gerade steckt?«

»Ich weiß es nicht. Zuletzt war er an dem Haus, in dem sich die Toiletten und Duschen befinden. Eine Ruine. Uns hat ein Landstreicher dorthin gebracht. Er hat uns aus dem Wohnwagen befreit.«

»Ein Landstreicher, der hier auf dem Gelände lebt?«

»Ja.«

»Wo ist der jetzt?« Kate wusste, dass Zeit verrann, während sie hier geduckt neben der Futterstelle standen und sich flüsternd austauschten, aber sie musste versuchen, so gut es ging, einen Überblick über die Lage zu bekommen. Offenbar hielten sich im Moment zwei Männer in der Gegend auf. Der eine war gefährlich. Der andere konnte gefährlich werden, wenn sie ihm im falschen Moment begegneten.

»Ich glaube, er ist tot«, hauchte Mila.

»Aber Sie wissen es nicht?«

»Wir waren in diesem Duschgebäude. Er ging nachsehen, ob Sam uns gefolgt ist. Er kehrte nicht zurück. Stattdessen hörte ich Schritte. Es waren nicht die Schritte des Landstreichers. Ich bin dann mit Ruby aus einem rückwärtigen Fenster gesprungen.«

Das sah in der Tat nicht gut aus. Kate überlegte. Wenn zutraf, was Mila annahm, dann war Harris dicht an ihr dran gewesen, hatte aber offenbar inzwischen ihre Spur verloren. Sonst hätte er längst zugeschlagen. Die Frage war, was er nun plante. Kurz überlegte sie, ob es eine Option wäre, sein Auto, das hier irgendwo stehen musste, zu finden und damit die Flucht zu versuchen, aber das barg zu viele Risiken: Zum einen war es vermutlich abgeschlossen. Und zum anderen würden sie am Ende im hohen Schnee stecken bleiben. Mit aufheulendem Motor. Sie hingen dann fest, und er wüsste genau, wo sie sich aufhielten.

Es blieb ihnen nichts anderes übrig: Sie mussten zurück zu Kates Auto.

Es schauderte sie, wenn sie daran dachte, wie weit der Weg war. Und wie viel Gelegenheiten er unterwegs hatte, sie aufzustöbern. Sie konnten sich nicht allzu fernab vom Weg bewegen, die Gefahr, sich zwischen den Bäumen in dieser eiskalten Nacht hoffnungslos zu verirren, war zu groß.

»Können Sie nicht Hilfe herbeitelefonieren?«, fragte Mila. Ihre Zähne schlugen ganz leicht aufeinander. Sie kauerte schon eine Weile hinter der Futterkrippe. Sie fing an, Anzeichen von Unterkühlung zu zeigen.

»Ich habe hier keinen Empfang. Erst wieder an meinem Auto. Dort müssen wir jetzt hin. Es ist ein kleines Stück zu laufen. Schaffen Sie das?«

Die Frage war rhetorisch. Als ob Mila eine Wahl geblieben wäre.

»Er wird dort sein«, jammerte sie leise, »er wird dort auf uns warten.«

»Er hat keine Ahnung, dass ich hier bin. Er sucht wahrscheinlich in den Wohnwagen nach Ihnen. Keine Sorge.«

»Er ist schlau. Und skrupellos. Und er hat ein Messer.«

»Trotzdem schaffen wir das.« Sie blickte auf das Leuchtzifferblatt ihrer Uhr. »Es sind bereits andere Beamte auf dem Weg hierher. Also, keine Angst, bis wir am Auto sind, ist wahrscheinlich die Verstärkung schon da.«

Mila musste unbedingt die Nerven behalten. Kate war keineswegs so sicher, wie sie sich gab. Es war Viertel nach acht, Caleb würde in fünfzehn Minuten Alarm schlagen. Er hatte weitgehend genaue Angaben darüber, wo sich Kate befand. Aber sie fühlte sich zunehmend unsicher. Sie hatte ihm zweimal auf die Mailbox gesprochen, und es war nicht die geringste Reaktion erfolgt. Keine Bestätigung, nicht per Anruf oder SMS. Caleb stand wahrscheinlich im Pub hinter dem Ausschank und hörte sein Handy nicht.

Aber sie hatte am Mittag mit ihm gesprochen. Er wusste, dass sie nach Grimsby wollte. Er hatte sie noch ermahnt, unbedingt vorsichtig zu sein. Er würde nicht sein Handy irgendwo ablegen und sich nicht mehr kümmern. Das passte absolut nicht zu ihm.

Mila wirkte etwas beruhigter. Sie atmete gleichmäßiger.

»Also«, flüsterte Kate, »wir versuchen jetzt mein Auto zu erreichen. Es steht am Ende der befestigten Straße, wir kommen leicht von dort weg, trotz des Schnees.«

Auch das eine beruhigende Übertreibung. Gar nichts war leicht bei diesem Schnee, Straße hin oder her. Schon gar kein Wendemanöver auf engem Raum.

»Ich bin über einen Waldweg hierhergekommen, aber den sollten wir meiden. Wir müssen uns nur dicht daneben halten, damit wir uns nicht verirren. Sie bleiben unmittelbar hinter mir, in Ordnung? Können Sie das Baby noch tragen? Dann habe ich beide Hände, um uns Zweige und Äste zur Seite zu halten.«

»Ja, ich kann noch.« Mila wirkte entkräftet, aber entschlossen. »Haben Sie eigentlich eine Waffe?«

»Nein.«

Mila erwiderte nichts. Sie presste die Lippen fest aufeinander.

Der Rückweg gestaltete sich noch schwieriger, als Kate gefürchtet hatte. Es gelang ihr, die Richtung beizubehalten, aber der Kampf durch das Unterholz und Gestrüpp, während sie gleichzeitig immer wieder knietief im Schnee einsanken, erwies sich als kräfteverschleißendes und zeitraubendes Unterfangen. Zudem war es viel zu laut. Äste knackten, Büsche raschelten. In der Stille des Waldes verursachte das einen Lärm, der Kate wie Donnergetöse erschien. Sam Harris musste sie inzwischen gehört haben, aber möglicherweise gelang es ihm nicht so leicht, sie zu orten. Es hing alles davon ab, dass sie das Auto erreichten, ehe er sie einholte.

Der Weg dauerte doppelt so lange wie zuvor, zumindest schien es Kate so. Die ganze Zeit über verzichtete sie darauf, die Taschenlampe einzuschalten, aber inzwischen hatten sich ihre Augen recht gut an die Dunkelheit, die vom Schnee schwach erhellt wurde, gewöhnt. Sie fand den Weg. Parallel zum Feldweg. Sie bog Äste, Zweige, Büsche zur Seite, damit Mila mit dem Baby auf dem Arm ungehindert vorbeikam. Zum Glück verhielt sich Ruby weiterhin still. Beiden Frauen war jedoch klar, dass das ein sehr schlechtes Zeichen war.

Nach einer Zeit, die ihr wie eine schiere Unendlichkeit vorkam, sah Kate in der Ferne ihr Auto. Sie blieb stehen.

»Da vorn ist mein Auto«, flüsterte sie zu Mila gewandt.

Diese sah sich sofort hektisch um. »Wo sind die anderen Polizisten?«

Das hätte Kate auch gerne gewusst. Inzwischen müssten zumindest von Wragby aus ein paar Beamte in Bewegung gesetzt worden sein – wenn Caleb all ihre Informationen bekommen hatte. Es war jedoch weit und breit niemand zu sehen.

»Vielleicht habe ich schon Empfang«, sagte Kate. »Dann könnte ich nachhaken.«

Aber ihr Handy war noch immer tot.

»Mein Empfang müsste jeden Moment anspringen. Am Auto hatte ich vorhin noch welchen.«

»Ich wünschte, wir wären schon im Auto und könnten endlich losfahren«, murmelte Mila. Ruby hing wie eine schlaffe Stoffpuppe in ihrem Arm. Kate hoffte, dass sie noch lebte.

»Wir müssen weiterhin vorsichtig sein«, flüsterte sie. »Er kann noch hier irgendwo sein.«

Mila blickte sie entsetzt an. »Hier?«

Tatsächlich gab es keinen Anhaltspunkt dafür, aber Kate hatte ein ungutes Gefühl – und während all ihrer vielen Dienstjahre hatte sie die Erfahrung gemacht, dass sie ihren Gefühlen unbedingt vertrauen sollte. Es war zu glattgegangen bisher. Obwohl sie sich keineswegs lautlos voranbewegt hatten, im Gegenteil. Sam war wie ein Raubtier, das eine Beute bereits sicher geglaubt hatte und nun um nichts in der Welt zulassen würde, dass sie ihm weggenommen würde. Der Gedanke, Mila könnte irgendwie die Straße erreichen und darüber den Weg aus dem Wald finden, musste auch ihm gekommen sein. Und er musste etwas gehört haben. Es war anders kaum denkbar. Sie waren durch das Unterholz gebrochen und hatten Lärm verursacht. Dennoch schien er ihnen nicht gefolgt zu sein. Unwahrscheinlich, dass er sie nicht hatte einholen können. Sie waren zu zweit, sie hatten sich durch das Dickicht gekämpft, Mila, ohnehin entkräftet, hatte das Baby getragen.

Er hätte schneller sein müssen. Er hatte jeden Vorteil auf seiner Seite.

Wo war er?

»Wir nähern uns dem Auto in einem Bogen«, flüsterte sie Mila zu. »Falls er hier irgendwo ist, soll er uns so spät wie möglich bemerken. Wir müssen blitzschnell im Auto sein und alles verriegeln.«

»Denken Sie denn, er ist hier irgendwo?«, fragte Mila nervös.

»Ich denke es nicht«, sagte Kate. Mila durfte jetzt nicht die Nerven verlieren. »Aber wir müssen vorsichtig sein.«

Anstatt die Straße zu betreten, blieben sie im Dickicht und tasteten sich langsam vorwärts. Kate bewegte sich noch vorsichtiger als zuvor, um Geräusche zu vermeiden.

Vielleicht mache ich mich unnötig verrückt, dachte sie, vielleicht sucht er uns am anderen Ende des Waldes.

Sie waren fast auf der Höhe des Autos. Es stand jetzt seitlich von ihnen. Nichts um sie herum bewegte sich. Und dennoch sträubten sich Kates Nackenhaare. Das Auto …

»Können wir nicht schnell einsteigen?«, hauchte Mila.

Die Kühlerhaube. Es war in der Dunkelheit schwer zu erkennen, aber die Kühlerhaube stand einen ganz feinen Spalt breit offen.

Kate konnte sich nicht daran erinnern, dass sie offen gewesen war. Und sie ließ sich auch nur von innen öffnen. Jemand hatte die Tür aufgebrochen und die Kühlerhaube geöffnet. Jemand hatte etwas am Motor manipuliert. Vermutlich dafür gesorgt, dass das Auto nicht starten konnte.

Jemand war wahrscheinlich noch im Auto.

Jemand wartete, dass sie einstiegen.

Scheiße, dachte sie.

Sie wandte sich zu Mila um. »Er ist dadrin«, murmelte sie, wobei sie fast tonlos die Lippen bewegte. »Er sitzt im Auto.«

Mila erstarrte. Sie schien etwas sagen zu wollen, brachte aber keinen Laut hervor.

»Er hat uns noch nicht bemerkt. Wir müssen tiefer in den Wald.«

»Ich kann nicht mehr.«

»Doch. Sie können.« Kate sah sie eindringlich an. »Ich bringe uns hier raus. Ich verspreche es Ihnen.«

Mila begann zu zittern. »Ich kann nicht. Ich kann nicht.«

»Sie können. Wir müssen hier weg. Bitte, Mila. Geben Sie jetzt nicht auf.«

Mila zitterte stärker.

Lieber Gott, lass sie hier nicht umkippen, dachte Kate.

In diesem Moment klingelte ihr Handy. Es schrillte durch die Nacht. Sie befanden sich wieder in dem Bereich, in dem es Empfang gab. Kate riss es aus der Tasche, sah noch den Namen *Burt Gilligan* auf dem Display – der Mann, der vor Wut nicht mehr mit ihr hatte reden wollen, es sich aber offenbar anders überlegt hatte. Im schlechtesten Augenblick, den er dafür hätte wählen können. Sie stoppte den Anruf, schaltete das Handy aus, aber zu spät.

Samuel Harris verließ das Auto und kam auf sie zu.

11

Am Abend beschloss Pamela, das Krankenhaus zu verlassen. Man hatte sie stationär aufgenommen, weil man eine schwere Gehirnerschütterung diagnostiziert hatte und am darauffolgenden Montag weitere Untersuchungen vornehmen wollte, um mögliche Komplikationen abzuklären. Pamela hielt das für unnötig. Da draußen wurde fieberhaft nach einem entführten Baby gefahndet, dessen Mutter mit einem Messer in ihrem eigenen Wohnzimmer regelrecht abgeschlachtet worden war, und sie lag hier im Bett und wartete auf Untersuchungen, die am Ende nichts bringen würden. Sie hatten es mit einem wahnsinnigen Killer zu tun. Pamela hegte noch immer die Ansicht, dass es sich dabei um Mila Henderson handelte, aber genau das mussten sie klären und vor allem die kleine Ruby Raymond finden. Sie hatte von dem Telefon neben ihrem Krankenbett in der vergangenen Stunde mehrfach Kate zu erreichen versucht, war aber auf der Mailbox gelandet. Was war da los? Zuletzt hatte Kate Samuel Harris aufsuchen wollen. Unwahrscheinlich, dass sie sich danach in ihr Wochenende zurückgezogen und ihr Handy ausgeschaltet hatte.

Sie rief Helen Bennett an, die ihr zumindest eine neue Information geben konnte.

»Wir haben herausgefunden, dass Samuel Harris' Vater vor fünf Jahren gestorben ist«, berichtete sie. »Es stimmte also nie, wenn Harris behauptete, ihn zu besuchen. Es stimmte auch diesmal nicht. Niemand weiß, wo er stattdessen war.«

»Hat Sergeant Linville ihn in seiner Wohnung angetroffen?«

Helen klang zögernd. »Ich weiß es nicht. Als sie sich zuletzt meldete, wartete sie vor seinem Haus. Er war offenbar nicht da. Ob er dann noch erschienen ist ... ich weiß es nicht. Sie meldete sich dann nicht mehr.«

»Hm.« Das klang in Pamelas Ohren gar nicht gut. Harris war ein ehemaliger Klassenkamerad von Mila Henderson. Er hatte gelogen, was seinen Vater im Altenheim in London anging. Kate Linville hatte ihn aufsuchen wollen und war nun seit Stunden mit niemandem mehr in Kontakt. Pamela fragte sich, ob sie tatsächlich so blöd war wie sie selbst: sich in unwägbare Gefahren begab, ohne irgendjemanden zu verständigen. Nach allem, was gewesen war, konnte sie sich das kaum vorstellen.

Auf jeden Fall würde sie unter diesen Umständen nicht noch länger hier herumliegen.

Sie stand auf und zog sich an. Ihr Kopf schmerzte noch, aber nicht mehr so unerträglich wie zuvor. Sie hatte gute Schmerzmittel bekommen. Sie hoffte, sie würden eine Weile ihre Wirkung behalten.

Die Schwester, der sie auf dem Gang begegnete, protestierte, aber Pamela wischte ihre Bedenken beiseite. »Mir geht es gut. Ich habe so gut wie gar keine Schmerzen mehr.«

»Sie müssen morgen unbedingt eine Computertomografie machen lassen. Mit dem Kopf ist nicht zu spaßen. Ich darf Sie wirklich nicht gehen lassen.«

Pamela ging einfach weiter, während die Schwester ihr noch verärgert irgendetwas hinterherrief, aber sie kümmerte sich nicht darum.

Unten ließ sie sich ein Taxi bestellen und dann zur Polizeidienststelle fahren. Der wachhabende Constable im Eingangsraum zuckte zusammen, als sie hineinkam und sich dabei laut die Schuhe abtrat.

»Detective Inspector ...?«

»Constable, ich habe ein Problem. Ich brauche ein Handy und ein Auto. Könnte ich beides von Ihnen leihen?«

Der Mann sah alles andere als begeistert aus. »Also, ich ...«

»Sie bekommen alles so schnell wie möglich zurück. Ich bin auch an keinerlei Inhalt in Ihrem Handy interessiert – ich muss nur von unterwegs telefonieren können.«

Der Constable seufzte. Er war sehr jung, hatte frisch in Scarborough angefangen, und Pamela bekleidete einen Rang, von dem er vorläufig nur träumen konnte. Im Grunde hatte er keine Wahl.

Er reichte ihr den Schlüssel. »Der Mini ganz hinten im Hof. Und hier mein Smartphone. Es entsperrt sich über mein Geburtsdatum.«

»Wann haben Sie denn Geburtstag?«

Er wirkte resigniert. »25.10.95.«

»Kann ich mir merken. Danke. Sie haben etwas gut bei mir!« Schon lief sie hinaus auf den Parkplatz, entdeckte sofort den Rover Mini. Wahrscheinlich war es keine gute Idee, mit einer Gehirnerschütterung und ungeklärten weiteren möglichen Schäden Auto zu fahren, aber darüber musste sie sich jetzt hinwegsetzen.

Sie musste mit Kate sprechen.

Sie fuhr zu Kates Haus, aber dort war alles dunkel und still. Pamela klingelte mehrmals, aber es kam keine Reaktion. Ihr Auto stand nicht in der Einfahrt.

Wo, verdammt, steckte sie? In der brisanten augenblicklichen Situation würde sie den Sonntag kaum für Verwandtenbesuche oder Ausflüge nutzen.

Schließlich stieg sie wieder ins Auto und fuhr zu der Adresse von Sam Harris. Sie klingelte auch bei ihm. Vergeblich.

»Ist denn nirgends irgendjemand zu Hause?«, rief sie wütend.

Sie klingelte bei seinen Nachbarn und hatte endlich Glück. Eine Frauenstimme kam durch die Sprechanlage. »Ja, bitte?« Sie klang nicht gerade freundlich.

»Detective Inspector Graybourne. North Yorkshire Police. Ich müsste kurz mit Ihnen sprechen.«

Der Öffner brummte, und Pamela trat ein. Oben empfing sie eine mürrisch dreinblickende junge Frau. »Was gibt es denn? Wir schauen uns gerade einen Film an.«

Pamela hielt ihr ihren Ausweis hin. »Es geht um einen der Hausbewohner. Samuel Harris.«

»Haben Sie auch Ihre Brieftasche bei ihm vergessen?«, fragte die Frau spöttisch.

»Meine Brieftasche?«, fragte Pamela verwirrt.

»Da war heute schon mal eine da. Wegen Sam. Angeblich eine Patientin. Hatte gestern ihre Brieftasche bei ihm vergessen. Dabei war er gestern gar nicht da. Er ist seit Tagen nicht da gewesen.«

»Diese Frau ... sie war aber nicht von der Polizei?«

»Nein. Aber ehrlich gesagt, wir haben uns hinterher überlegt, die Polizei zu rufen. Das war schon merkwürdig. Ich habe sie in die Wohnung gelassen, weil ich einen Schlüssel habe ... Und dann war hinter ihr die Tür zu, und sie kam ewig nicht mehr raus. Mein Freund hat gebrüllt, dass wir die Bullen holen, wenn sie nicht sofort rauskommt. Da erschien sie dann. Mit der Brieftasche. Und weg war sie. Mein Freund meinte dann, da hat irgendwas gar nicht gestimmt.«

»Das klingt so«, gab Pamela zu. Sie wäre jede Wette eingegangen, dass es sich bei der vergesslichen Patientin um Kate handelte, die sich Zutritt zu der Wohnung verschafft hatte. Ohne befugt zu sein, hatte sie in Harris' Sachen gestöbert. Und war auf irgendetwas gestoßen – etwas, dem sie nun nachging. Sie hatte es niemandem gemeldet, weil sie die Regeln massiv verletzt hatte. Wenn sich die Spur als belanglos entpuppte, konnte sie diesen Umstand unter den Tisch fallen lassen.

»Sie würden mich nicht auch in die Wohnung lassen?«, fragte Pamela, aber die junge Frau schüttelte energisch den Kopf. »Nur mit Durchsuchungsbeschluss. Ich bin nicht zweimal so blöd.«

Heute Abend und schnell und überhaupt einen Durchsuchungsbeschluss für Harris' Wohnung zu bekommen war praktisch aussichtslos. Pamela fluchte in sich hinein, ging wieder hinunter und stieg in das Auto. Die Nummer von Sergeant Bennett war im Handy des jungen Constable gespeichert. Sie rief sie an.

»Sergeant, Kate Linville war in Harris' Wohnung. Auf eigenwilligen Wegen … deshalb hat keiner von uns etwas erfahren. Ich nehme aber an, sie ist auf irgendetwas gestoßen, daher ist sie seit Stunden unerreichbar. Sie wissen sicher nichts?«

»Ganz sicher.« Helen klang bedrückt. »Ich mache mir Sorgen.«

»Ich mir auch. In der Fahndung nach Mila Henderson und Ruby Raymond hat sich nichts getan, schätze ich?«

»Nichts. Keine Spur.«

»Ermitteln Sie bitte Harris' Autokennzeichen. Wir geben den Wagen zur Fahndung raus. Möglicherweise steckt er tiefer in der Sache, als wir bislang ahnen.«

»In Ordnung. Was unternehmen wir wegen Sergeant Linville?«

Pamela überlegte. »Ich kann mir nicht vorstellen, dass sie ohne jedes Sicherheitsnetz einfach losgestürmt ist. Nach allem, was mir gerade passiert ist. Sie muss irgendwo eine Nachricht hinterlassen haben.«

»Bei keinem der Kollegen«, meinte Helen. »Wenn sie ... nicht ganz korrekt vorgegangen ist.«

»Nicht ganz korrekt ist noch milde ausgedrückt«, meinte Pamela. »Ihr Vorgehen könnte ihr eine Abmahnung einbringen.«

»Der einzige Mensch, den ich mir noch vorstellen kann ...«, sagte Helen vorsichtig.

»Ja?«

»Caleb Hale. Die beiden sind eng befreundet. Und er ist vom Fach.«

»Hale? Der ist seit einem halben Jahr nicht mehr im Dienst. Dem darf sie gar nichts sagen!«

»Es ist nur eine Idee«, meinte Helen schüchtern.

Pamela überlegte kurz. »Haben Sie seine Adresse?«

»Er ist vor Kurzem umgezogen. Aber warten Sie. Irgendwo habe ich die neue Adresse.«

Pamela hörte sie kramen und rascheln, dann sagte Helen: »Queen's Parade. Das ist in der Nordbucht.«

»Ich weiß, wo das ist. Haben Sie die Nummer?«

Helen nannte die Hausnummer. Pamela startete den Wagen und fuhr los.

Das Haus schien weitgehend leer zu stehen. Im Erdgeschoss und im zweiten Stock brannte in jeweils einer Wohnung Licht, sonst war alles dunkel. Aber es war nicht die Dunkelheit, die einsetzt, wenn niemand da ist oder Menschen schlafen – es war die Dunkelheit des Unbewohnten. Im Schein der Straßenlaternen sah Pamela die Leere hinter den Scheiben. Keine Möbel, keine Vorhänge. Abgeblätterte Tapeten. Hier wohnte niemand mehr, der sich Besseres leisten konnte.

Die Haustür ließ sich leicht aufdrücken. Pamela betrat das einst hochherrschaftliche Treppenhaus.

Sie versuchte es zunächst in der Wohnung im Erdgeschoss. Es öffnete eine alte Frau, die Pamelas hastig gemurmelte Entschuldigung auch beim dritten Mal nicht verstand und ihr ein »Wie bitte?« hinterherrief, als Pamela schon auf dem nächsten Treppenabsatz war.

Hoffentlich ist Hale in der anderen Wohnung, dachte Pamela, und hoffentlich weiß er irgendetwas.

Auf ihr Klingeln rührte sich lange Zeit nichts. Es musste die Wohnung mit den erleuchteten Fenstern sein, denn auch durch den unteren Spalt der Wohnungstür sah Pamela Licht. Sie klingelte ein zweites Mal, ein drittes, ein viertes. Sie klopfte an die Tür.

Sie hämmerte dagegen.

Komm schon, dachte sie entnervt. Es geht um Kate.

Endlich vernahm sie schlurfende Schritte.

Das kann nicht Hale sein, dachte sie, so läuft nur ein ganz alter Mann.

Sie hatte ihn vor Jahren bei einer einwöchigen Fortbildung in Brighton kennengelernt. Sie wusste um seine Fähigkeiten als Polizist, aber sogar unter den Seminarteilnehmern, die aus allen Ecken Großbritanniens kamen, war auch sein Problem mit dem Alkohol bekannt gewesen.

»Er könnte genial sein«, hatte ein Chief Inspector aus Edinburgh gesagt, »aber über seine Sucht stolpert er eines Tages. Und über seine Frauengeschichten. Über diesen ganzen seltsamen Lebenswandel. Seine Ehefrau ist schon abgehauen.«

Natürlich war auch Neid dabei gewesen. Eben weil Caleb Hale tatsächlich ein so guter Ermittler war. Weil er so gut aussah. Weil die Frauen so stark auf ihn reagierten. Männer mochten Caleb Hale nicht. Sie waren mit Wonne auf seinem Alkoholproblem herumgeritten. Pamela wusste, dass es auch ein Mann gewesen war, der ihn letzten Endes beruflich zu Fall gebracht hatte, sein ehemals engster Mitarbeiter Sergeant Robert Stewart. Der im Sommer gestorben war, erschossen von einem Psychopathen. Zuvor hatte er dafür gesorgt, dass Hale vom Dienst suspendiert worden war. Pamela war sicher, dass Hale sonst nicht gekündigt und seinen Beruf für immer an den Nagel gehängt hätte. Sergeant Stewarts Verrat war der Anfang vom Ende gewesen.

Die Tür ging auf. Hale stand vor ihr.

Sie hätte ihn fast nicht erkannt. Er sah verheerend aus.

Er trug Boxershorts und darüber ein T-Shirt. Beides, Shorts wie Shirt, sahen verfleckt und dreckig aus. Seine Haare waren struppig und standen in alle Himmelsrichtungen vom Kopf ab. Er kam offensichtlich direkt aus dem Bett. Er stank so nach Alkohol, dass Pamela unwillkürlich zurückzuckte. Aus dunkel umschatteten Augen sah er sie an.

»Ja?« Es klang etwas verschwommen.

Pamela nahm an, dass er sich ihrer von dem Seminar her nicht mehr entsann, zumindest nicht in seiner augenblicklichen Verfassung. Sie zückte ihren Ausweis. »Detective Inspector Pamela Graybourne. CID Scarborough.«

Er war betrunken, aber nicht völlig weggetreten. »Ich weiß.«

»Darf ich reinkommen?«

»Bitte. Ich bin gerade erst hier eingezogen. Es ist ... Chaos ...«

Pamela drängte sich durch die mit Kisten zugestellte Diele und landete in dem Wohnzimmer, dessen gesamte Fläche der Esstisch bedeckte. Auf dem Tisch lagen Bücher,

Akten, Papiere, aber auch Küchenutensilien, Badetücher, Joggingklamotten, Fotoalben und ein Werkzeugkasten. Dazwischen standen Flaschen und Gläser. Über den Inhalt der Flaschen, bevor sie geleert worden waren, machte sich Pamela keine Illusionen. Die ganze Wohnung roch danach.

Caleb war ihr gefolgt und lehnte in der Tür. Pamela nahm an, dass er den Rahmen brauchte, um sich irgendwo festzuhalten. »Ich bin gerade erst ...«

»Ja, sagten Sie bereits.« Pamela fragte sich, wohin er all das Zeug in den Kisten am Ende eigentlich räumen wollte. Es gab nichts außer dem riesigen Tisch. Sie spähte in die Küche. Ein paar Hängeschränke. Wahrscheinlich bereits randvoll. »Schlaucht ganz schön, so ein Umzug.«

Er wurde allmählich etwas wacher. »Tut mir leid. Ich hatte nicht gedacht ... ich wusste nicht ... dass Besuch kommt.« Für den Grad seiner Betrunkenheit artikulierte er nicht schlecht.

Jahrelanges Training, dachte Pamela. Sie wusste, wie gut er im Dienst funktioniert hatte – trotz der Umstände.

»Mr. Hale, ich bin auf der Suche nach Sergeant Linville. Es ist sehr wichtig.«

Er grinste ironisch. »Hier ist sie nicht.«

»Ich weiß. Sie könnte in Schwierigkeiten stecken – sie könnte sich in Gefahr befinden. Es hängt mit dem Fall zusammen, an dem wir gerade arbeiten.«

»In Gefahr?«

»Sie ist da möglicherweise einem Mann auf die Spur gekommen ... ich weiß leider nichts Genaues. Ich war bis vor einer Stunde im Krankenhaus. Gehirnerschütterung.«

»Das tut mir leid.«

»Jedenfalls weiß ich, dass Linville in seiner Wohnung war. Unerlaubterweise. Sie hat sich reingemogelt.«

»Typisch Kate.«

»Und sie ist vielleicht auf etwas gestoßen, was sie veranlasst hat, auf eigene Faust nach ihm zu suchen. Sie hat niemandem Bescheid gegeben, vermutlich wegen der Art und Weise, auf die sie an ihre Informationen gelangt ist. Und nun erreichen wir sie nicht mehr.«

In Calebs Blick trat plötzlich Klarheit. Erschrecken.

»Scheiße«, sagte er. »Scheiße! Ich ...«

»Sie hat sich bei Ihnen gemeldet?«

»Ja. Von ... verdammt, wo war das? Egal. Ich sollte Beamte nach ... ich sollte die irgendwo hinschicken ...« Ihm war anzusehen, wie verzweifelt er sich bemühte, sich zu konzentrieren. Die Erinnerungsfetzen zu fassen zu kriegen, die durch sein umnebeltes Gehirn schwankten. »Gott. Sie hat angerufen. Ja.«

»Wann war das?«

»Ich weiß nicht. Ich schlief noch ...« Er versuchte gar nicht erst zu erklären, dass er aller Wahrscheinlichkeit nach nicht zur üblichen Zeit, also nachts, geschlafen hatte. Sondern mitten am Tag, und dass er keine Ahnung von der Uhrzeit hatte.

»Ihr Handy«, sagte Pamela. »Wo ist Ihr Handy?«

»Ich weiß nicht ... Warum?«

»Weil sie sich vielleicht inzwischen noch mal gemeldet hat. Hale, verdammt, es ist echt wichtig!«

»Ich weiß. Ich weiß das. Ich bin dann aufgestanden. Ich habe ... etwas getrunken.«

»Wo ist Ihr Handy?« Sie zerrte das geliehene Handy aus der Tasche. »Sind Sie in der Lage, mir Ihre Nummer zu diktieren? Dann rufe ich Sie jetzt an!«

Er bekam die Nummer zusammen. Das Handy klingelte aus dem Bad. Pamela fand es auf dem Deckel der Toilette liegend. Sie hielt es Caleb vor die Nase. »Bitte rufen Sie Ihre Mailbox an!«

Caleb schaffte es im zweiten Anlauf.

Kates Stimme klang durch den Raum. Sie berichtete, dass sie in Grimsby sei und das Schiff gefunden habe. Es sei jedoch niemand dort. Sie wisse aber von einem stillgelegten Trailer-Park in den Wäldern von Chambers Farm Wood. Wragby. Lincolnshire. Dort fahre sie hin. Sie werde sich wieder melden.

Caleb stöhnte auf.

Die zweite Nachricht. »Hallo, Caleb, ich hoffe wirklich, dass du das hier regelmäßig abhörst.«

Sie befand sich im Wald ... Sie ging jetzt zu Fuß weiter ... Es war jemand in der Nähe ... irgendwo vor ihr ... es war gleich halb acht Uhr ...

»Bitte schicke um halb neun eine Mannschaft los.« Kates Stimme klang angespannt. »Wenn ich bis halb neun nichts von mir hören lasse, brauche ich Hilfe.«

Pamela schaute auf ihre Uhr. Es war kurz nach neun.

»Oh Gott«, sagte Caleb. »Oh Gott.« Er wandte sich plötzlich um und rannte ins Bad. Pamela hörte würgende Geräusche.

Sie bellte bereits Anweisungen in das Handy des Constable. »Ja. Chambers Farm Wood ... Keine Ahnung ... Irgendwo in Lincolnshire. Der nächste Ort heißt Wragby. Vorsicht, es könnten Geiseln im Spiel sein. Darunter ein sechs Monate altes Kind ... Ja. Ich komme mit.«

Sie wand sich zwischen den Kisten zur Wohnungstür hinaus. Caleb kam aus dem Bad getaumelt. Er sah aus wie ein Gespenst. Er tat Pamela leid, aber, zum Teufel, wie konnte Kate auch einen alkoholabhängigen Ex-Ermittler zu ihrer Kontaktperson machen?

»Machen Sie sich nicht verrückt, Caleb«, sagte sie. »Das Ganze ... war auch von Kate nicht besonders schlau eingefädelt.«

Er machte den Mund auf, als wolle er etwas sagen. Schloss ihn wieder, ohne es gesagt zu haben. Er schien wie unter Schock zu stehen.

»Ein Rat, Caleb«, sagte Pamela, »kaufen Sie sich einen kleineren Esstisch. So wird das nichts mit der Wohnung!«

Eigentlich hätte sie ihm sagen wollen: Haken Sie Ihr altes Leben ab. Sonst wird das nichts mit dem neuen.

Aber das zu vertiefen war nicht der Moment.

Pamela rannte die Treppe hinunter und hinaus in die Nacht.

12

Als Sam mit entschlossenen Schritten auf sie zukam, schrie Mila auf.

»Nein! Nein! Nein!«

»Laufen Sie«, zischte Kate ihr zu. »Aber bleiben Sie am Rand der Straße, sonst verirren Sie sich. Halten Sie Ruby gut fest und laufen Sie!«

»Nein. Nein.« So schrecklich Milas Angst vor Sam war, sie schien mindestens genau so viel Angst davor zu haben, sich von Kate zu trennen und wieder auf sich gestellt durch diesen dunklen Wald zu irren. Sie stand wie paralysiert und wiederholte nur immer wieder: »Nein. Nein. Nein.«

Kate versetzte ihr einen Schubs. »Los. Laufen Sie. Sie erreichen Häuser. In einem davon ist heute jemand. Rufen Sie von dort die Polizei.«

»Ich ...«

»Es ist unsere einzige Chance. Laufen Sie!«

Irgendwie drang wohl in diesem Moment die Erkenntnis zu Mila durch, dass ihr keine Wahl blieb. Sie stolperte los.

Sam bemerkte die Bewegung, verharrte einen Moment und ließ dann den Strahl einer Taschenlampe aufleuchten. Es war ein starkes Gerät, der Wald war sofort hell erleuchtet. Er musste sehen, dass sich Mila mit Ruby entfernte, aber er sah auch Kate, und er hatte das Handy klingeln hören. Da Mila kein Handy mehr besaß, konnte es sich nur um Kates Telefon handeln. Ihm war klar, dass sie hier Empfang hatte und dass sie sofort die Polizei benachrichtigen würde, wenn er nun Mila nachsetzte.

Er schien in diesem Augenblick zu beschließen, sich zunächst auf Kate zu konzentrieren.

Er kam näher. Im Schein seiner Lampe hielt Kate ihren Ausweis in die Höhe. »Detective Sergeant Kate Linville, North Yorkshire Police. Sie sind vorläufig festgenommen, Samuel Harris.«

Er grinste. »Ach ...«, sagte er.

»Geben Sie auf, Harris. Sie haben genug Schuld auf sich geladen. Meine Leute wissen Bescheid. Und sie werden Sie kriegen. Der Mord an einer Polizistin wird Ihre Situation nicht verbessern.«

Er grinste wieder. »Wenn Ihre Leute irgendetwas wüssten, Sergeant Linville«, er sprach ihren Titel spöttisch aus, »dann wären sie jetzt hier. Dann würden Sie hier nicht mutterseelenallein mit Mila und dem Kind im Wald herumlaufen. Kein Mensch weiß etwas, Sergeant. Kein Mensch. Sie sollten sich weniger um meine als um Ihre Situation Sorgen machen.«

»Wir wissen, dass Sie Diane Bristow und Logan Awbrey umgebracht haben, Mr. Harris. Und James Henderson. Und Sue Raymond. Mutmaßlich zudem Patricia Walters.«

»Sie vergessen Isabelle du Lavandou«, sagte Harris genüsslich. »Wissen Sie, wie lange ihr Tod gedauert hat? Fast zwei Tage. Zum Schluss hat sie mich angefleht, es zu beenden. Eiskalte Person, aber die Schmerzen hat sie irgendwann nicht mehr ertragen. Nun ja. Sie hätte mich damals nicht wie den letzten Dreck behandeln müssen.«

Er gestand lächelnd einen weiteren Mord. Kate war klar, dass er nicht vorhatte, sie am Leben zu lassen.

Warum kam keine Hilfe? Was machte Caleb, was war schiefgelaufen? Sie hatte sich immer blind auf ihn verlassen können.

Sam blickte in die Richtung, in die Mila verschwand. Man sah sie nicht mehr, hörte aber das Knacken der Zweige und Sträucher.

»Die hole ich leicht wieder ein«, sagte er gelassen. »Und wenn nicht ... ich werde sie wiederfinden. Überall auf der Welt. Ich finde sie überall.«

»Sie werden im Gefängnis landen.«

»Mit Sicherheit nicht.«

»Mr. Harris, geben Sie auf. Lassen Sie Mila in Ruhe. Sie haben so viel geschafft. Ich habe Ihr Foto von früher gesehen. Sie sind heute ein ganz anderer Mann, ein attraktiver Mann, der kein Problem hat, eine Frau zu finden. Ich kann mir vorstellen, dass Ihre Jugend ...«

Er unterbrach sie harsch: »Das können Sie nicht. Meine Jugend war eine Katastrophe, und davon wissen Sie nichts, obwohl Sie mir nicht so aussehen, als seien Sie das beliebteste Mädchen der Schule gewesen. Sie waren ein Aschenputtel, stimmts? Unsichtbar.«

Sie antwortete nicht. Wie viele Psychopathen, die keine empathischen Gefühle für ihre Mitmenschen, aber einen dafür umso analytischeren Blick auf sie hatten, lag Sam natürlich richtig. Kate, die graue Maus. Das war sie immer gewesen, würde sie immer sein.

»Das Schlimme war«, sagte Sam, »dass ich keineswegs unsichtbar war. Ganz im Gegenteil. Wissen Sie, wie viel ich wog, als ich sechzehn Jahre alt war?« Er wartete ihre Antwort nicht ab. »Einhundertzweiundachtzig Kilo. Können Sie sich das vorstellen?«

»Durchaus«, sagte Kate.

»Die Blicke der anderen. Der Spott. Das Getuschel. Egal, wohin man kommt. In der Schule. In den Geschäften. In den Straßen. Überall. Und deshalb war Ihre Jugend nicht einmal halb so schlimm wie meine. Man hat nicht hinter Ihrem Rücken über Sie gelacht. Man hat Sie einfach nicht wahrgenommen.«

Was Kate nicht unbedingt als eine sehr viel glücklichere Variante bezeichnet hätte, aber es ging jetzt nicht darum, mit Sam Harris in einen Wettstreit zu treten, wer von ihnen beiden die härtere Jugend gehabt hatte. Trotzdem war es gut, wenn er redete. Das gab Mila Zeit, die Häuser am Eingang zum Wald zu erreichen. Wobei sich Kate wenig Hoffnung machte: Zu Fuß war das ein sehr weiter Weg. Mila war entkräftet. Und zudem bestand noch die Gefahr, dass sie sich verirrte.

Wo blieb Calebs Einsatz?

»Mir war immerzu kalt«, sagte Sam. »Meine ganze Kindheit und Jugend hindurch. Immerzu. Denkt man nicht, oder?

Die Dicken schwitzen ja immer. Bei jeder Bewegung, weil sie so furchtbar viel Fett mitschleppen müssen. Ich habe auch viel geschwitzt. Meistens. Ich hatte ein rotes Gesicht, über das der Schweiß in Strömen lief.«

Er starrte Kate an. Sie erwiderte seinen Blick ruhig.

»Aber innen drin«, sagte er, »innen drin habe ich gefroren. Ich bin an der Kälte und Verachtung meines Vaters erfroren. An der Herzlosigkeit meiner Großmutter. An der Distanz meiner Mitschüler. An der Zurückweisung durch alle Menschen. An Mila. Am meisten bin ich an Mila erfroren. An ihrer Unfähigkeit, mich zu lieben. Ich war einsam. Ständig. Und es war Nacht. Immerzu.«

»Ich verstehe das«, sagte Kate. Unauffällig tastete sie an dem Smartphone in ihrer Hand herum. Wenn es ihr gelänge, einen Notruf abzusetzen ... Aber er hatte die kaum merkliche Bewegung gespürt.

»Wirf das Ding weg. In den Schnee. Zu meinen Füßen!«

Sie tat, was er sagte. Sie begriff, dass sie ihn keine Sekunde lang unterschätzen durfte.

Er senkte die Taschenlampe etwas. Sie sah, dass er in seiner anderen Hand ein Messer hielt.

Wahrscheinlich, dachte Kate, die Tatwaffe aus den Fällen Bristow, Awbrey und Raymond.

»Mr. Harris«, bat sie, »lassen Sie uns reden. Erzählen Sie mir, was Sie zu Ihrem Tun bewogen hat. Vielleicht kann ich für Sie mildernde Umstände vor Gericht bewirken.« Gleich darauf wurde ihr klar, wie wenig sie ihn mit einer solchen Bemerkung überzeugen konnte. Es gab keine mildernden Umstände, auch nicht für dicke Teenager, die ständig gefroren hatten. Das rechtfertigte keinen einzigen Mord. Und schon gar nicht sechs Morde.

Sam war zu schlau, um das nicht zu wissen.

»Rede doch keinen Scheiß«, sagte er. »So ein gottverdammter Blödsinn. Sie würden mich am liebsten in Sicherheitsverwahrung sehen. Für den Rest meines Lebens.«

Sie schwieg. Es hätte keinen Sinn ergeben, dem zu widersprechen.

»Ich werde dich an den Baum fesseln«, sagte Sam, »und dann wirst du ein paar ziemlich unangenehme Begegnungen mit meinem Messer haben. Leider kann ich mir nicht so viel Zeit lassen wie bei der Lavandou. Ich muss mir ja noch Mila holen. Am Schluss werde ich dir die Kehle durchschneiden. Du wirst keinen schönen Anblick bieten, fürchte ich, wenn dich irgendwann irgendjemand findet. Bis dahin dürften noch ein paar Tiere des Waldes ihren Hunger an dir gestillt haben.«

Sie benetzte ihre trockenen Lippen mit der Zunge. Sie wollte keine Furcht zeigen. Aber, Scheiße, sie hatte riesige Angst. Oft hatte sie gedacht, dass ihr Beruf bedeuten konnte, irgendwann eines Tages in einer ausweglosen und gefährlichen Situation zu landen. Seitdem im Sommer ihr damaliger Vorgesetzter Inspector Stewart unmittelbar neben ihr erschossen worden war, hatte sie noch öfter darüber nachgedacht. Es traf nicht immer nur die anderen, es konnte sie selbst jederzeit genauso treffen.

War jetzt der Moment für sie gekommen?

»Zieh deinen Mantel aus«, befahl Harris.

»Bei der Kälte? Ich erfriere dann.« Ein naiver Einwurf. Aber es ging darum, Zeit zu gewinnen. Egal, auf welche Weise.

Er grinste wieder. Dieses unangenehme, hasserfüllte Grinsen. Das kranke Grinsen eines Menschen, der sich vom Leben ungerecht behandelt fühlt. Und jeden, absolut jeden außer sich selbst dafür verantwortlich macht.

»Ich bin mit dir fertig, bevor du erfrieren kannst«, sagte er. »Versprochen.«

Sie zögerte. Wahrscheinlich hatte er einen Strick in der Tasche. Noch ein paar Minuten, und er hätte sie an einen der Bäume gefesselt. Dann war es aus. Dann war sie wehrlos. Und die Hilfe kam nicht. Wenn doch, dann auf jeden Fall zu spät.

»Zieh den Mantel aus«, wiederholte Sam scharf. »Und dann das, was du darunter trägst. Ich will dich in deiner Unterhose sehen, Sergeant!«

Wenn sie eines nicht tun würde, dann sich bereitwillig ausziehen und von ihm fesseln lassen. Blitzschnell erwog sie alle Optionen. Es hätte eine gewisse Chance gegeben, das Auto zu erreichen, aber wenn er daran herummanipuliert hatte, wofür die leicht geöffnete Kühlerhaube sprach, dann konnte sie nicht nur nicht starten, sondern es funktionierte möglicherweise gar nichts, nicht einmal die Zentralverriegelung. Dann saß sie dadrinnen wie auf dem Präsentierteller. Abgesehen davon hätte sie sehr viel Glück haben müssen, an ihm vorbeizukommen. Sie zweifelte nicht daran, dass er gut trainiert, sportlich und schnell war.

»Ich warte jetzt nicht mehr lange«, sagte er.

Sie machte eine plötzliche Bewegung zur Seite und rannte los. Sie verließ das Gebüsch und nahm die Straße. Das Dickicht, die Äste, das Gestrüpp bremsten sie zu sehr. Sie rannte, als sei der Teufel hinter ihr her.

Der Teufel *war* hinter ihr her.

Sie gewann etwas Vorsprung, weil Sam überrascht war und weil er einen Moment brauchte zu überlegen, von welchem der Gegenstände, die er in den Händen hielt, Messer und Taschenlampe, er sich trennen sollte. Offenbar entschied er sich für die Taschenlampe, denn es wurde plötzlich dunkel. Das war zu erwarten gewesen. Das Messer brauchte er noch.

Dann vernahm sie seine Schritte hinter sich und seinen keuchenden Atem. Er gab alles, was er hatte. Sie konnte spüren und hören, dass er näher kam. Dass er zu schnell näher kam. Ihr Vorsprung schmolz.

Ihr aufgeschlagenes Knie schmerzte. In der Seite spürte sie Stiche. Sie war lange nicht mehr gejoggt, zu viel Arbeit, zu schlechtes Wetter. Das rächte sich jetzt. Ihre Kondition war schlecht.

Ganz im Gegensatz zu der von Sam Harris. Er rannte wie eine Maschine. Getrieben von seinem Hass. Während Kate getrieben wurde von ihrer Angst. Vielleicht war sein Hass größer. Der Hass des dicken, frierenden, zurückgewiesenen Jungen.

Sie spürte seinen Atem heiß an ihrem Ohr, dann riss er sie auch schon zu Boden. Sie konnte seine keuchende Stimme hören. »Was hast du dir dabei gedacht? Hast du gedacht, du kannst mir davonlaufen? Hast du dir das wirklich eingebildet?«

Sie antwortete nicht. Ihr Gesicht wurde in den Schnee gepresst. Sie rang nach Atem. Jede Sekunde erwartete sie, dass er ihren Kopf hochriss und ihr die kalte Klinge an die Kehle setzte. Sie war vollkommen wehrlos. Sein Gewicht lastete auf ihr, drückte ihren ganzen Körper nach unten. Sie machte ein paar zappelnde Bewegungen. Es war fraglich, ob Sam sie überhaupt wahrnahm.

»Warum musstest du dich einmischen?«, zischte er. »Warum?«

Weil das mein Job ist, hätte sie antworten können, aber dann hätte sich ihr Mund mit Schnee gefüllt. Noch immer bekam sie kaum Luft. Der Schnee drang in ihre Nase bei ihren Versuchen zu atmen. Sie gab einen würgenden Laut von sich.

Sie spürte, dass Sam an ihrem Schal riss. Er tat sich schwer damit, denn die Enden lagen unter ihr begraben. Dann aber merkte sie, dass er gar nicht versuchte, den Schal von ihrem Hals zu entfernen. Er drehte ihn zusammen. Enger und enger. Er hatte seinen Plan geändert. Er würde sie nicht mit dem Messer töten. Er würde sie erwürgen.

Vergeblich versuchte sie, ihre Arme freizubekommen, um eine Hand zwischen den Schal und ihren Hals zu legen, aber es gab keine Chance. Ihre Arme lagen unter ihrem Körper, wie einzementiert unter ihrem Gewicht und dem von Sam Harris. Der Schal wurde immer enger. Sie bekam immer weniger Luft. Sie rang nach Atem, riss jetzt den Mund auf, in den der Schnee sofort eindrang und sie hilflos würgen ließ.

So musste es sein in einer Lawine. So musste Sterben sein. So war Sterben.

Ihr wurde schwarz vor den Augen, und der Schnee, der nass durch ihre Kleidung drang, war plötzlich nicht mehr kalt. Sie vernahm ein Rauschen in ihren Ohren, und Wärme flutete ihren Körper. Endlich Wärme. Es wurde Frühling. Die Schwärze vor ihren Augen löste sich auf, Licht ergoss sich über sie. Licht und Wärme.

Wie lange war sie in Licht und Wärme?

Eine Ewigkeit? Oder nur Sekunden? Sie wusste es nicht, würde es nie wissen.

Dann kehrte alles zurück: Dunkelheit und Kälte. Der Schnee in ihrem Mund. Der Schmerz an ihrem Hals. Das Keuchen des Mannes, der auf ihr lag. Das Rauschen in den Ohren. Das plötzlich zu verebben begann.

Sie hob das Gesicht. Spuckte Schnee, rang laut nach Luft,

hörte ein schrilles, pfeifendes Geräusch, das aus ihrer eigenen Kehle kam.

Luft, Luft, Luft. Sie trank die Luft wie eine Verdurstende das Wasser in einer Wüstenquelle.

Es gelang ihr, sich umzudrehen. Ihre Hände freizubekommen. Harris lag noch immer auf ihr. Mit hochgerecktem Oberkörper. Wie erstarrt in einer absurden Bewegung. Sie versuchte ihn abzuschütteln, aber er war zu schwer, sie selbst noch zu entkräftet. Noch immer rang sie nach Luft.

Dann plötzlich senkte er den Kopf, und ein Schwall Blut brach aus seinem Mund. Er ergoss sich über Kates Gesicht, obwohl sie es geistesgegenwärtig zur Seite drehte. Dann fiel er über ihr in sich zusammen.

Unter Mobilisierung ihrer allerletzten Kräfte gelang es Kate, unter ihm hervorzukriechen. Er lag auf dem Bauch, das Gesicht im Schnee vergraben. Zwischen seinen Schulterblättern steckte der Schaft des Messers.

Hinter ihm stand Mila. Sie zitterte am ganzen Körper.

»Mila«, krächzte Kate. Ihr Hals schmerzte entsetzlich. »Mein Gott, Mila ...«

Mila setzte dreimal an, etwas zu sagen. Erst beim vierten Mal gelang es ihr. »Er hat das Messer verloren. Als er sich auf Sie geworfen hat.«

Deshalb hatte er versucht, sie mit ihrem Schal zu erwürgen.

»Und Sie waren gerade hier?«

»Ich war ein Stück hinter Ihnen. Sie sind beide an mir vorbeigerannt. Ich war stehen geblieben. Ich musste schauen, ob Ruby noch atmet.«

»Und?«

»Ganz schwach. Sie ist am Ende.«

Kate versuchte aufzustehen. Ihre Beine waren weich wie Gummi. Sie sah Milas schauderndern Blick auf sich gerichtet und fuhr sich mit der Hand über das Gesicht. Überall Blut. Harris' Blut.

»Sie ... haben mir das Leben gerettet, Mila«, sagte sie mühsam. Sie hätte es dieser kleinen, zarten, so schüchtern wirkenden Frau nie zugetraut. Dass sie, ein Baby im Arm, ein Messer nahm und es einem Mann, so tief es nur ging, in den Rücken stieß.

Mila sah aus, als werde ihr langsam klar, was sie getan hatte, denn ihr Zittern verstärkte sich. Sie stand eindeutig unter Schock. Sie hatte gehandelt – getrieben von ihrer eigenen Todesangst und von ihrer Wut. Auf den Mann, der ihr Jahre ihres Lebens verleidet, der sie aus der Stadt vertrieben, vor dem sie immer Angst gehabt hatte.

»Ist er tot?«, fragte sie und sah aus, als werde sie jeden Moment ohnmächtig.

Kate neigte sich zu Harris und fühlte seinen Puls. »Nein.«

Dann richtete sie sich auf. »Bleiben Sie hier stehen, Mila. Ich laufe zum Auto zurück. Dort liegt irgendwo mein Handy. Ich rufe die Kollegen an. Und ich schaue, ob ich das Auto startklar bekomme. Okay?«

Mila nickte schwach. Sie rückte das Baby in ihren Armen zurecht. »Ja.« Und dann schrie sie plötzlich auf. »Sergeant! Kate! Schauen Sie! Schauen Sie!«

Lichter. Autos. Sie kamen die Straße entlang. Blaulicht.

Kate griff nach Milas Arm. Es war ihr selbst nicht klar, ob sie die andere Frau stützte oder sich an ihr festhielt.

»Endlich«, flüsterte sie. »Polizei. Endlich.«

Eigentlich dachte ich, dass ich tot bin, aber tatsächlich lebe ich. Ich liege in einem Krankenhaus auf dem Rücken in einem Bett. Meine Arme, Beine, mein Kopf sind verkabelt. Ich war eine ganze Zeit weg, aber ich bin aus den Tiefen der Umnachtung aufgetaucht. Entweder war ich bewusstlos, oder sie haben mich in Narkose gelegt.

Neben mir piepen Geräte. Sie überwachen mich lückenlos: Blutdruck, Herzfrequenz, Hirnströme, Atmung.

Atmung vor allem.

Mein Denken wird klarer. Ich habe Schmerzen im Hals und kann kaum schlucken, und ich denke, ich war intubiert. Offenbar haben sie den Tubus entfernt. Soweit ich das beurteilen kann, atme ich aus eigener Kraft. Das ist immerhin etwas.

Ansonsten kann ich mich nicht bewegen. Ich würde gerne mit den Zehen wackeln oder mit einer Hand eine Faust ballen, aber das klappt nicht. Ich hoffe, das hat nichts zu bedeuten. Immerhin hatte ich ein Messer zwischen den Schultern. Kann das einen Wirbel verletzt haben? Ich habe einen Lungenriss davongetragen, das hat mir ein Arzt vorhin gesagt. Er wusste allerdings nicht, ob ich ihn verstehe. Ich habe auch nichts erwidert. Ging irgendwie nicht.

Auf jeden Fall war also ein Lungenflügel perforiert, deshalb habe ich Blut gespuckt, und es war auch eine Menge Blut im Brustraum, und dann ist der Lungenflügel kollabiert. Ich wäre fast gestorben. Wenn nicht ganz schnell ein Krankenwagen da gewesen wäre, weil gerade die Polizei anrückte.

»Sie haben großes Glück gehabt, Mr. Harris«, sagte der Arzt. Wirklich? Bin mir nicht sicher.

Ich liege hier und warte, dass ich gesund werde, dass ich mich wieder bewegen kann, dass ich wieder schlucken kann, dass all die vielen Kabel entfernt werden. Und dann?

Wandere ich ins Gefängnis. Da mache ich mir nichts vor. Die haben mich. Aus der Nummer mit der Polizistin komme ich nicht raus. Auch nicht aus der Sache mit Mila. Im Wohnwagen. Dann ist da noch dieser Landstreicher. Der liegt vor dem Duschhäuschen. Mausetot. Kam da raus und schaute sich großspurig um, und ich brauchte ihm nur noch das Messer in den Hals zu rammen. Gleichzeitig aber verfluchte ich meine Blödheit. Der Wohnwagen war ja mein Rückzugsort, er und das Schiff. Ich wusste, dass auf dem verlassenen Campinggelände ein Obdachloser herumlungert. Er hat mich nie gestört. Aber ich hätte wissen müssen, dass er mir mit Mila in die Quere kommen könnte. An dem Tag, an dem ich endlos unterwegs war, Sonntag, um irgendwo gottverdammte Babynahrung aufzutreiben, damit Mila endlich mit ihrem Quengeln aufhört … da war ich zu lange weg. Sie dürfte geschrien haben ohne Ende. Und der Typ hat sie rausgelassen. Ich bin so dumm. Ich hätte ihn vorher eliminieren müssen.

Ich muss überlegen, was sie mir alles nachweisen können. Das Blöde ist, sie haben das Messer. Tatwaffe in nahezu allen Fällen. Und Lavandou habe ich sogar gestanden.

Ich wusste, dass ich Mila eines Tages wiederfinden würde. Ich wusste es, weil wir füreinander bestimmt sind. Und dann gehe ich eines Tages durch die Fußgängerzone in Scarborough, und sie kommt mir entgegen. Mit ein paar Einkaufstaschen in der Hand. Einfach so. Am helllichten Tag. Fünfzehn Jahre älter als bei unserem letzten Beisammensein. Aber unverkennbar. Das süße, hübsche, schüchterne Gesicht. Die weichen, glatten

Haare. Die großen Augen. Sie war es, und sie kam auf mich zu, und ich wusste, dass es einen Gott gibt.

Ich dachte, sie erkennt mich nicht, denn ich habe mich in einen schlanken, gestählten Adonis verwandelt, Lichtjahre von der Fettbombe entfernt, die sie gekannt und verachtet und mit unnachahmlicher Kälte behandelt hat. Tatsächlich wirkte sie zunächst ganz unbefangen. Aber als sie genau auf meiner Höhe war, wandte sie den Kopf zu mir, und plötzlich sah ich ein jähes Erschrecken in ihren Augen. Fassungslosigkeit. Entsetzen.

Aber sie sagte nichts. Sie ging weiter. Schneller als zuvor. Immer schneller. Ich hatte den Eindruck, sie hielt sich mühsam zurück, nicht gleich loszurennen.

Ich folgte ihr. In angemessenem Abstand. Im Handumdrehen kannte ich das Haus, in dem sie wohnt.

Ich sah sie noch zweimal das Haus verlassen und mit Einkäufen zurückkehren. Immerzu sah sie sich vorsichtig um. Sie wirkte völlig verstört. Und dann war sie plötzlich weg. Ich sah sie überhaupt nicht mehr, obwohl ich mich praktisch ständig in der Nähe des großen Hauses aufhielt. Nach zwei Nächten hielt ich es nicht mehr aus. Ich stieg durch den Keller ein. Leider erwachte dadurch eine alte Frau, die offenbar auch in dem Haus wohnte. Kam schimpfend auf mich zu und drohte, die Polizei zu rufen. Ein kräftiger Stoß die Treppe hinunter beendete ihr Krakeelen. Das wird mir niemand nachweisen können. Keine Tatwaffe.

Aber im ganzen Haus keine Spur von Mila. Nicht mal eine Zahnbürste oder irgendetwas. Unterwäsche. Ein Haargummi. Was weiß ich. Sie war geflohen.

Kann man sich meine Verzweiflung vorstellen? Nach all den Jahren war sie mir so nah gewesen. Zum Greifen nah. Ich beschloss, nicht länger zu warten. Ich nahm aktiv die Suche auf. Die Verfolgung.

Was wird die Polizei fragen? Oder der Staatsanwalt? Sie werden sagen, dass ich doch eine Lebensgefährtin hatte. Anna. Wieso dann die Jagd nach Mila?

Das kann natürlich nur jemand nicht verstehen, der keine Ahnung hat von echter Leidenschaft und Liebe. Anna sieht Mila ein wenig ähnlich. Genau genommen nicht einmal wirklich. Sie ist einfach ein ähnlicher Typ. Ihre Ausstrahlung, diese Schüchternheit, die höfliche leise Stimme, der immer etwas scheue Blick. Als ich sie kennenlernte – sie hatte ein Coaching bei mir gebucht –, dachte ich, sie könnte eine Notlösung sein. Ein Ersatz.

Konnte sie natürlich nicht. Wirkliche Liebe ist nicht zu ersetzen. Ich habe Anna keine Sekunde lang geliebt. Sie war da, und ich hatte jemanden an meiner Seite, aber mehr bedeutete sie nicht. Sie ist ganz schön durchgeknallt, depressiv, neurotisch, was weiß ich noch alles. Ich konnte sie nie lange am Stück ertragen. Zum Glück sie mich auch nicht. Ich glaube, sie schob das auf ihre Krankheit, auf ihre Depression. Immerhin hatte sie sogar zwei Klinikaufenthalte deswegen hinter sich. In Wahrheit denke ich, lag das nicht an ihr. Sie ertrug meine Nähe nur begrenzt, weil sie irgendwo im Inneren spürte, dass ich sie nicht liebte. Sie spürte meine vollkommene Kälte ihr gegenüber. Einem Menschen wie ihr war leicht einzureden, dass das mit ihrer Störung zusammenhing. Ich konnte sie gefahrlos immer wieder fragen, ob sie nicht bei mir einziehen wolle. Mich heiraten. Meinen Vater in London kennenlernen. Es gab kein Risiko, dass sie zustimmen würde. Sie fand eine Million Ausflüchte. Hatte ein scheißschlechtes Gewissen deswegen. Nichts lässt sich so gut manipulieren wie eine Frau mit schlechtem Gewissen.

Die angeblichen Reisen zu meinem toten Vater dienten meinen Auszeiten. Und der Suche nach Mila.

Aber wo war ich – was können sie mir nachweisen?

Die Polizistin sprach von Diane Bristow und Logan Awbrey. Blöderweise kommt da wieder die Tatwaffe ins Spiel. Bristow kam auch wegen eines Coachings. Hasste ihren Job im *Crown Spa* und wollte sich deshalb mit mir beraten. Sie hatte kaum Geld. Ich machte ihr einen guten Preis, dafür erschien sie nicht in den Unterlagen. Das mache ich manchmal bei Patienten, die sich sonst ein Coaching nicht leisten könnten. Das darf natürlich nicht auffliegen. Im Fall Bristow erwies es sich als ein Glück.

Eines Tages erschien sie dermaßen verstört, dass ich sie fragte, was denn los sei. Sie sagte, es ginge um ihren neuen Freund. Ich hatte gar nicht gewusst, dass es einen Freund gab, aber doch, ja, seit Neuestem. Das sei doch schön, meinte ich, und da brach sie in Tränen aus. Schluchzte und schluchzte. Ich bin zwar nur ein Coach und noch dazu auf Berufsberatung spezialisiert, aber irgendwie habe ich in dieser Funktion eben doch etwas von einem Therapeuten. Jedenfalls erzählte sie mir, was ihr neuer Freund, Logan Awbrey, ihr anvertraut hatte. Diese unfassbare Tat, neun Jahre zuvor begangen. Von drei jungen Leuten. Logan Awbrey und zwei Frauen, deren Identität er nicht genannt hatte. An einem heißen Sommertag. Aus Langeweile.

Ich kannte den Fall. Die Zeitungen landesweit waren voll damit gewesen.

»Was soll ich denn jetzt machen?«, fragte sie mich tränenüberströmt. »Das gehört doch zur Polizei. Die Eltern müssen doch wissen, was passiert ist. Der junge Mann liegt noch immer im Koma!«

»Tun Sie erst einmal nichts«, riet ich. »Lassen Sie mich überlegen.«

Ich überlegte, und mit jeder Sekunde wuchs meine Wut. Wie gesagt, ich hatte über den Fall gelesen, und nun googelte ich ihn noch einmal. Das Opfer, Alvin Malory, war so ein Typ, wie ich einer gewesen war. Hundertachtundsechzig Kilo schwer. Unsportlich. Unattraktiv. Ein Außenseiter. Keine Freunde. Natürlich keine Mädchen. Verspottet in der Schule. Immer am Rand stehend. Ich wusste, wie er gelitten hatte. Und ich wusste, dass es genau das gewesen war, was Logan Awbrey und seine Begleiterinnen dazu getrieben hatte, ihn als Opfer auszusuchen. Er war einfach das personifizierte Opfer. Immer. Es machte Spaß, ihn zu quälen.

Es macht immer Spaß, Wehrlose zu quälen. Andersartige.

Das hätte ich sein können. Sie hätten mit mir dasselbe machen können. Es ging nicht um unsere Namen, um unsere Persönlichkeiten, um unseren Charakter. Es ging um den Dicken.

Um Fatty.

In der nächsten Stunde fragte ich Diane, wo ihr Freund wohnte, und ich ließ mir ein Foto zeigen. »Wenn es Ihnen recht ist, spreche ich einmal mit ihm«, bot ich an. »Ich möchte mir ein Bild machen. Dann sehen wir weiter. Würde Ihnen das helfen?«

Sie nickte dankbar. Sie war völlig überfordert mit der Situation. Sie war froh, mich an ihrer Seite zu haben.

Leider besiegelte sie damit ihr Todesurteil. Denn ich hatte den Plan, Awbrey zu bestrafen. Ihn zu töten. Über Diane Bristow wäre man schnell auf mich gekommen. Sie musste zum Schweigen gebracht werden.

Also erledigte ich Diane Bristow zuerst. Ich folgte ihr auf dem Heimweg von diesem idiotischen Singlekochkurs, den Anna leitete. Mein Plan war, sie vor ihrer Haustür abzufangen. Aber dann sah ich sie in einer Parkbucht stehen. Was mich wunderte, aber umso besser. Sie erschrak, als ich plötzlich an der Beifahrertür erschien und einstieg. Dann entspannte sie sich wieder, sie kannte mich ja. Harris, der nette Coach, überraschenderweise spätabends im Dunkeln am Rande einer Schafweide. Etwas irritiert schien sie allerdings schon. Dann sah sie das Messer. Völlig unsinnigerweise startete sie daraufhin ihr Auto und fuhr los. In ihrer Panik in die falsche Richtung. Nach einer Minute steckte sie hoffnungslos im Schlamm fest. Sie weinte.

Es war kein Problem, mit ihr fertigzuwerden. Ich musste nur noch ihr Handy verschwinden lassen. Vorsichtshalber.

Mit Logan Awbrey war es dann schwieriger. Er verlegte sich auf die Flucht. Nicht vor mir, sondern vor der Polizei. Später erfuhr ich erst von Anna, dass er an jenem Abend in Dianes Auto gewesen war. Es wimmelte von seinen Fingerabdrücken. Für die Polizei war er der Hauptverdächtige.

Ich entdeckte ihn bei Anna. Ich hatte sie vor ihrem Haus abgesetzt und war weggefahren, aber ich kehrte noch einmal um. Machte ich manchmal. Um sicherzugehen, dass es keinen anderen Mann in ihrem Leben gab. Nicht dass sie mir viel bedeutet hätte. Aber für dumm hätte ich mich nicht verkaufen lassen.

Ich sah sie mit Logan im Wohnzimmer. Ziemlich vertraut. Nicht im Sinne von Liebschaft. Im Sinne: alte Freunde. Die kannten sich schon lange. Und mir hatte sie kein Wort erzählt. Obwohl Logan in allen Zeitungen stand. Kein einziges Wort.

Na ja, an dem Montag, als sie wieder ihren Kochkurs gab, fuhr ich raus und erledigte Awbrey. Er war ein Riese von einem Mann, gut einen Kopf größer als ich, aber darauf war ich vorbereitet. Ich hatte ein Messer. Er hatte nichts.

Er hätte mir wahrscheinlich nicht geöffnet, er versteckte sich ja vor der Polizei, aber ich rief durch die Tür, ich käme von Anna, ich sei ein Freund von ihr, er könne mir vertrauen. Er öffnete schließlich einen Spaltbreit die Tür. Und so war ich drinnen, ehe er einmal mit der Wimper zucken konnte. Ich rammte ihm das Messer in den Bauch, und er sank stöhnend auf die Knie. Ich glaube, er war tatsächlich zu geschockt, um sich zu wehren. Außerdem war er seit Tagen auf der Flucht, er sah aus wie ein Gespenst, war am Ende mit den Nerven. Darüber hinaus war er wohl schon immer ein Weichei. Ich habe einen Blick für diese

Typen. Die sich immer nur an Schwächeren vergreifen. Nie an solchen, die ebenbürtig sind.

Ich sagte ihm, warum ich ihn töten würde, und er sah mich entsetzt an. Er dachte wohl, niemand wisse von der Malory-Geschichte. Der Idiot, er selbst hatte es Diane erzählt. Bei mir dachte ich, dass er nicht nur ein Weichei war. Er war außerdem ein Dummkopf. Wenn man eine solche Tat begeht wie er und das Glück hat, ungeschoren davonzukommen, dann hält man zeitlebens die Klappe. Man vertraut sich keiner Menschenseele an, keiner. Nie. Aber auch dazu bedarf es natürlich einer gewissen inneren Kraft. Nicht einmal über diese verfügte er.

Ich musste rechtzeitig zu Hause sein, ehe Anna aus dem Kochkurs kam, daher ließ ich Logan vorerst liegen und nahm nur sein Handy an mich. Sollte ihn wider Erwarten jemand finden, sollte seine Bekanntschaft zu Anna nicht offenkundig werden – ich nahm an, dass ihre Nummer auf seinem Handy war, außerdem möglicherweise ein WhatsApp-Chat. Ich versenkte das Handy im Meer und fuhr nach Hause. Anna wollte über Weihnachten bei mir bleiben, und ich hatte vor, irgendwann zwischendurch zu ihrem Haus zu fahren und den toten Mann in ihrem Flur zu entsorgen.

Aber es kam anders, weil sie ihn fand. Und natürlich durchdrehte. Ich glaube, ich spielte meine Rolle ziemlich gut. Ich heuchelte Fassungslosigkeit und wollte sofort zur Polizei. Darüber drehte sie noch mehr durch. In mir erwachte eine Ahnung ... Vor allem als sie mir sagte, wie lange sie schon mit Logan befreundet war. Als sie mir unter Tränen versprach, mir alles zu erzählen, vor allem den Grund dafür, warum wir unter keinen Umständen zur Polizei gehen durften, wusste ich Bescheid. Die zwei Frauen, die zusammen mit Logan Awbrey den Überfall auf Alvin Malory getätigt hatten: jede Wette, dass Anna eine von ihnen war. Deshalb ihre Angst. Sie fürchtete, dass Logan wegen der Tat damals umgebracht worden war, und wenn die Polizei zu stochern begonnen hätte, wäre vielleicht Etliches ans Tageslicht gekommen, was auf keinen Fall dorthin kommen durfte. Ich konnte mir Anna zwar schwer als Mittäterin bei einem Überfall vorstellen, aber es war unschwer herauszuhören gewesen, dass sie einmal sehr verliebt gewesen war in Logan. Wahrscheinlich war sie einfach mitgetrottet, heulend und zähneklappernd, aber zu feige und zu abhängig, um sich auf die Hinterbeine zu stellen.

Ich rätsle bis jetzt übrigens, wer die andere Frau war. Ich tippe auf Dalina. Auch eine Art Freundin von Anna, wenngleich das eher ein Herrin-Sklavin-Verhältnis ist. Dalina ist komplett ichbezogen und kaltschnäuzig. Würde mich nicht wundern, wenn sie die Drahtzieherin war. Logan dürfte ihr aus der Hand gefressen haben. Sie ist der Typ Frau, der Männer dazu bringt. Er ist der Typ Mann, der sich dazu bringen lässt.

Würde ich jetzt nicht einrücken, ich hätte wahrscheinlich auch Anna und Dalina noch gezeigt, dass man mit dicken Menschen nicht so umgeht, wie sie es mit Alvin Malory getan haben.

Schätze jedoch, ich habe dazu keine Gelegenheit mehr.

Wir entsorgten also Logan. All die Zeit über versuchte ich noch immer, Mila zu finden. Ich kam auf die Idee, es bei ihrem Onkel zu versuchen, dem alten James Henderson in Sheffield. Sie hatte manchmal von ihm erzählt. Ich rief dort an, hoffte, sie ginge vielleicht an den Apparat. Ich erreichte aber nur ihn. Also stattete ich ihm einen Besuch ab. Er gab zu, dass sie da gewesen war. Angeblich hatte er keine Ahnung, wohin sie verschwunden war. Ich versuchte es ihm zu entlocken ... Er wusste es wohl wirklich nicht.

Am Ende war er tot.

Aber keine Tatwaffe. Hier können sie mir nichts nachweisen. Egal.

Aber dann hatte ich einen genialen Einfall. Sue Haggan. Die Schulfreundin. Die mich widerwärtig behandelt hatte. Es war nicht allzu schwer herauszufinden, wie sie heute heißt und wo sie wohnt. Ich besuchte wieder einmal angeblich meinen Vater. Fuhr stattdessen nach Richmond.

Volltreffer. Ich konnte gegenüber Sue mein Versprechen einhalten, dass man sich immer zweimal im Leben sieht. Tatwaffe vorhanden. Sues Tod werden sie mir anlasten können.

Die Polizistin, die plötzlich vor der Haustür stand, in den Keller zu sperren, anstatt sie zu eliminieren, war ein Fehler. Ich kenne die Abläufe nicht genau. Vielleicht wäre alles anders gekommen, wenn sie nicht mehr hätte reden können.

Aber das weiß ich nicht. Weshalb diese andere plötzlich im Chambers Farm Wood war. Woher wusste die von unserem alten Wohnwagen? Von dem verlassenen Campingplatz? Ich hatte Anna nie davon erzählt, von ihr kann sie es nicht haben. Mir ist das schleierhaft. Vielleicht erfahre ich es bei meiner Gerichtsverhandlung. Da wird die Polizistin ja aussagen. Wie hieß sie noch? Linville. Sergeant Linville. Völlig nichtssagende Person. Wie konnte mir eine solche Null alles vermasseln?

Wie viele Tote können sie mir anlasten? Jetzt bin ich gerade alles durchgegangen, aber schon vernebeln sich meine Gedanken wieder. Ich bin nicht fit. Wahrscheinlich pumpen sie mich mit Schmerzmitteln voll. Na ja. Es sind etliche. Etliche Tote.

Hinter Granny werden sie aber nicht kommen. Hinter Mum auch nicht.

Was steht auf Mord? Auf mehrfachen Mord? Garantiert lebenslänglich. Aber lebenslänglich ist heutzutage nicht mehr lebenslänglich. Nach fünfundzwanzig Jahren spätestens kommt man raus. Bei guter Führung, guter Prognose. Das kriege ich hin. Ich sehe gut aus, ich kann mich benehmen. Ich bin höflich und freundlich. Ich hinterlasse überall einen guten Eindruck.

Ich weiß auch, was man Psychologen sagen muss, damit sie denken, man ist wieder in Ordnung. Ich habe meine Coachingausbildung, Seminare, Fortbildungen. Weit ist der Coach nicht vom Therapeuten entfernt, das erwähnte ich ja schon. Ich kann einen Therapeuten um den Finger wickeln. Eine Therapeutin wäre natürlich noch besser.

Ich muss nur erst hier raus. Weg von den Maschinen. Dann brauche ich einen Anwalt. Dann kommt die Verhandlung. Alles der Reihe nach.

Irgendwann bin ich wieder draußen.

Und dann suche ich Mila.

DIENSTAG, 31. DEZEMBER

Kate holte Pamela im Krankenhaus ab und fuhr sie nach Hause. Mit einem Leihauto, denn ihres befand sich noch in einer Werkstatt. Pamela war diesmal vorschriftsmäßig entlassen worden. Nach vielen gründlichen Untersuchungen. Es blieb bei der ersten Diagnose: Gehirnerschütterung. Man hatte sie noch einbehalten wollen, ihrem Drängen jedoch nachgegeben. Ausgestattet mit Schmerzmitteln, ließ sie sich in ihre Wohnung zurückbringen.

Es wurde bereits dunkel. Die Stadt war tief verschneit. Dafür, dass der Jahreswechsel unmittelbar bevorstand, war es erstaunlich ruhig.

»Danke, Kate«, sagte Pamela. »Es ist wirklich nett, dass Sie mich abholen.«

»Klar. Selbstverständlich, Inspector. Ich stehe in Ihrer Schuld. Sie haben mich da im Chambers Farm Wood aufgestöbert. Es ist unfassbar, dass Ihnen das gelungen ist.«

»Unfassbar, wie Sie auf Harris kamen. Und auf diesen Trailer-Park.« Pamela grinste. »Über Ihr eigenwilliges Vorgehen in Harris' Wohnung weiß ich allerdings Bescheid. Das war ...«

»... gegen jede Vorschrift. Ich weiß.«

»Ich sollte das als Ihre Vorgesetzte nicht sagen«, meinte Pamela. »Ich würde auch immer abstreiten, es gesagt zu haben. Aber wissen Sie was? Am Ende wurde das Leben eines sechs Monate alten Mädchens gerettet. Sie haben das großartig gemacht, Kate, und in diesem Fall: zum Teufel mit den Vorschriften!«

Sie sahen einander an. Etwas hatte sich verändert zwischen ihnen. Sie hatten einander ihr Können, ihre Kompetenz, ihre Entschlossenheit bewiesen. Das würde bleiben.

»Ich glaube, wir können ein gutes Team sein«, sagte Pamela.

»Ich glaube, das sind wir schon«, entgegnete Kate.

Pamela räusperte sich. »Auf jeden Fall ist Harris dingfest gemacht. Ich habe heute mit dem ihn behandelnden Arzt in Hull telefoniert. Er schafft es. Er wird also vor Gericht stehen. Er muss sich verantworten. Er geht ins Gefängnis.«

»Und Ruby schafft es auch?«

»Bei ihr war es fünf vor zwölf, aber sie kommt durch. Ihr Vater ist bei ihr.«

»Und Anna Carter muss sich wegen des Überfalls auf Alvin Malory verantworten. Die Unschuldigste in der Runde. Aber sie war dabei. Sie hat zugesehen und stillgehalten. Vermutlich wird ihr Beihilfe angelastet.«

»Und Dalina Jennings? Immer noch verschwunden?«

Kate nickte. »Ja. Aber keineswegs spurlos. Sie hat in Swansea Geld an einem Automaten abgehoben. Die Waliser Kollegen sind dicht an ihr dran. Wir bekommen sie, da bin ich absolut sicher.«

»Das denke ich auch«, sagte Pamela. »Und Mila Henderson? Wo ist sie? Was macht sie?«

»Sie ist gestern bereits abgeflogen in die Staaten. Ihre Mutter besuchen. Die Mutter hat auch das Ticket bezahlt. Mila steht hier an einem Nullpunkt. Ohne alles. Ihr letzter lebender Verwandter in England, ihr Onkel James, ist ja tot. Ebenso ihre Arbeitgeberin. Damit hat sie hier auch gerade kein Zuhause. Sie wollte unbedingt zu ihrer Mutter, auch wenn sie deren neuen Mann nicht besonders mag. Sie braucht einen Ort, an dem sie ausruhen und ihre Wunden lecken kann. Harris hat ihr übel mitgespielt.«

»Sie kommt aber doch zurück? Sie ist eine wichtige Zeugin.«

»In spätestens vier Wochen«, beruhigte Kate. »Sie hat es mir versprochen.«

Sie fuhren eine Weile schweigend. In den Häusern brannten Lichter. Weihnachten war vorbei, aber die Stadt sah aus wie ein Weihnachtsmärchen.

»Haben Sie irgendwelche Pläne für Mitternacht?«, fragte Pamela.

Kate zuckte mit den Schultern. »Nein. Schlafen. Wahrscheinlich.«

Pamela nickte. »Ich auch. Mit meinem Kopf verbieten sich rauschende Partys sowieso. Wäre aber auch sonst bei keiner gewesen.« Sie schaute Kate nicht an. »Ich habe seit über vier Jahren eine Beziehung. Er ist Detective Chief Inspector bei der Cumbria Police. Hohes Tier. Wir hatten mal bei der Bearbeitung eines Falles miteinander zu tun, der sich in seinen Bereich erstreckte. Seitdem ... na ja.«

»Verstehe«, sagte Kate. Sie fand es etwas peinlich. Wollte sie diese Dinge von ihrer Chefin wissen?

»Er ist verheiratet«, fuhr Pamela fort. »Hat drei Kinder. Scheidung kommt nicht infrage. Ich glaube, er liebt seine Familie. Er kommt nur manchmal mit den ganzen Teenagerproblemen nicht zurecht. Und nicht mit dem Gemeckere seiner Frau, weil alles an ihr hängt. Das treibt ihn dann immer wieder zu mir. Sporadisch. Sehr sporadisch.«

Kate hielt an. Sie waren vor Pamelas Haus angekommen. Pamela schaute nun zu ihr. »Ich war auf dem Weg zu ihm. Nach Carlisle. In ein Wochenende zu zweit. Deshalb war ich in der Nähe von Richmond, als mich Burden von der South Yorkshire Police anrief und mir Sue Raymonds Adresse gab. Ich dachte, ich mache den Schlenker. Ich schaue einfach nach. Ob Mila Henderson dort ist. So kam eines zum anderen.«

»Verstehe«, sagte Kate.

»Aber als ich dort in dem verdammten Keller saß«, sagte Pamela, »beschloss ich, die Sache mit Cumbria zu beenden. Wissen Sie, in solchen Beziehungen bleibt einem immer nur: Warten. Hoffen. Leiden. Und man ist fast ständig allein.«

»Das ist eine gute Entscheidung«, stimmte Kate zu. »Ich meine, es zu beenden.«

Sie hätte nie geglaubt, dass die stolze, selbstbewusste, starke Pamela über Jahre in das Schattendasein der heimlichen Geliebten eines verheirateten Mannes einwilligen könnte. Aber letzten Endes: Vielleicht hatte das mit Stolz, mit Selbstbewusstsein, mit all diesen Dingen gar nicht so viel zu tun. Es hatte etwas mit dem Grad der Einsamkeit zu tun. Mit dem der Sehnsucht. Und natürlich mit Liebe.

Man verliebte sich nicht immer in den, der es wert war. Wer hätte das besser gewusst als Kate.

Pamela stieß die Wagentür auf. Sie hörten irgendwo bereits eine erste Rakete in den Himmel steigen. »Eine gute Nacht, Kate. Kommen Sie gut ins neue Jahr. Sie haben super gearbeitet. Seien Sie stolz auf sich!«

»Danke. Sie auch, Inspector.«

Pamela winkte ihr noch einmal zu, dann verschwand sie auf ihrem Gartenweg.

Kate fuhr nach Hause.

Sie kuschelte sich in ihr Haus wie in eine weiche, warme Decke. Die Jagd war so zermürbend gewesen, so nervenzerfetzend, der Tod war so nahe gewesen, dass sie nicht einmal darüber nachdachte, ob sie vielleicht unglücklich war an diesem wie üblich stillen Silvester. Sie fühlte sich tatsächlich nicht einsam. Nur erschöpft. Erleichtert. Todmüde. Um sich einsam zu fühlen, fehlte ihr die Kraft.

Ihr Knie war versorgt, aber ihr Hals schmerzte noch immer heftig. Rote Würgemale, die langsam ins Violette übergingen, zogen sich deutlich sichtbar um ihn herum. Sam Harris hatte sie fast zu Tode gewürgt. Sie entsann sich der Wärme, die sie gespürt, des Lichtes, das sie gesehen hatte.

Es hatte nicht viel gefehlt.

Sie schaltete den elektrischen Kamin im Wohnzimmer ein und die Kerzen auf dem Weihnachtsbaum. Sie stellte Messy ein Festessen vor die Nase und streichelte die Katze, die schnurrend ihre Mahlzeit verzehrte. Sie entkorkte eine Flasche Wein und überlegte, was sie sich kochen könnte. Um Stimmen zu hören, ließ sie den Fernseher laufen. Sie sah weiß gekleidete Menschen, vermummt wie Raumfahrer, die sich durch eine dunkle, geisterhaft anmutende Stadt bewegten. Der Nachrichtensprecher berichtete vom Ausbruch einer neuartigen, hoch ansteckenden Lungenkrankheit in China, Wuhan, Hauptstadt der Provinz Hubei. Die Stadt war abgeriegelt worden, niemand durfte hinein oder hinaus. Die Menschen starben dort. Sie bekamen keine Luft mehr.

Kate betrachtete die Bilder mit leeren Augen. Es war alles so viel gewesen, und jetzt, da sie zur Ruhe kam, an diesem letzten Abend des Jahres, verließen sie die Energien, die sie seit dem späten Sonntagabend bis heute noch hatten durchhalten lassen. Sie konnte nicht wirklich etwas aufnehmen. Wuhan war weit weg. Am anderen Ende der Welt.

Ihr Handy klingelte. Im Display sah sie, dass es Burt Gilligan war. Sie war versucht, ihn zu ignorieren. Schließlich nahm sie den Anruf aber doch an.

»Hallo?«

Er klang wie immer beleidigt, allerdings dachte Kate, dass das nicht unbedingt ein Wunder war. »Ich bin es, Burt. Ich habe es vorgestern vergeblich bei Ihnen versucht. Und Sie haben nicht zurückgerufen.«

Der Anrufer im Wald. Der ihnen Harris auf den Hals gehetzt hatte. Kate fand es jedoch zu ermüdend, ihm die Umstände zu schildern. Also sagte sie nur: »Es war absolut ungünstig.«

»Trotzdem, man ...«

»Außerdem haben Sie bei mir einfach aufgelegt. Am Tag davor. Als ich mich entschuldigen wollte.« Kate kam sich ein wenig albern vor. Wie in der Grundschule. Du hast angefangen! Nein, du! Nein, du!

»Ich war sehr wütend«, sagte Burt. »Und verletzt. Ich hatte zum zweiten Mal wie bestellt und nicht abgeholt bei *Gianni's* gewartet.«

»Ich weiß. Es tut mir wirklich leid.«

»Na ja. Schwamm drüber. Was ich fragen wollte: Haben Sie für heute Abend etwas vor? Ich weiß, es ist etwas kurzfristig, aber vorgestern habe ich Sie ja nicht erreicht ...«

Er fand sie bestimmt inzwischen nicht mehr besonders toll – sofern das überhaupt je der Fall gewesen war –, aber er hatte sonst niemanden für diese verdammte Nacht. In der man dazu neigte, das Alleinsein noch mehr als eigenes Versagen zu empfinden als an Weihnachten.

Hast du denn keine Freunde?

Aber sie mochte ihn eigentlich gar nicht, wie ihr aufging, und sie war so kaputt. Und plötzlich dachte sie, dass es sich manchmal sogar besser anfühlen konnte, allein traurig zu sein, als sich zu zweit etwas vorzumachen.

»Ehrlich gesagt, ich bin sehr müde«, erwiderte sie daher. »Ich werde ganz normal schlafen gehen.«

»An Silvester?«

»Warum nicht? Wir wechseln von einem Tag zum anderen. Was ist daran so besonders?«

Er ließ ein etwas verächtlich klingendes Lachen hören. »Na ja, Kate, also wirklich ... mich wundert nichts mehr. Ich meine, dass Sie niemanden finden. Man muss natürlich auch auf andere zugehen. Sich unter Menschen begeben. Nicht alle Türen immerzu verschlossen halten.« Sein Tonfall wechselte ins Besorgte. »Sie tun sich selbst damit keinen Gefallen, Kate. Auch nicht mit diesen Aktionen, bei denen Sie sich verabreden und dann nicht erscheinen. Ich meine, dass Sie Hilfe brauchen.«

Idiot, dachte Kate. Der Klassiker: den anderen zum schwierigen Fall machen und sich selbst dadurch besser fühlen.

Sie ging auf seine Worte nicht ein. Bloß jetzt kein Diskurs über ihre Probleme.

»Ein gutes neues Jahr, Burt«, sagte sie.

Burt lachte. Es klang gekünstelt. »Gutes neues Jahr, Kate«, sagte er. Dann beendete er das Gespräch.

Kate stellte die Weinflasche in den Kühlschrank zurück und gab es auf, über eine Mahlzeit nachzudenken. Sie war zu müde.

Zum Kochen, zum Trinken. Zu allem.

Sie würde jetzt ins Bett gehen und schlafen, und morgen würde sie weitersehen.

Was weitersehen? Was mit dem vor ihr liegenden Jahr werden würde? Mit ihrem Leben?

Jetzt nicht, sagte sie sich, jetzt nicht denken.

Aber als sie endlich im Bett lag, Messy neben sich, war sie auf einmal hellwach. Ihr Herz pochte heftig, sie konnte die Füße nicht stillhalten, sie schwitzte. Sie setzte sich auf.

Wie konnte man so müde und zugleich so wach sein?

Sie blickte auf die Uhr neben dem Bett. Gleich halb zehn. Noch zweieinhalb Stunden bis zum Jahreswechsel.

Sie stand auf und zog sich wieder an. Jeans, Pullover. Sie verzichtete darauf, ihre Haare zu kämmen oder auch nur den geringsten Versuch zu unternehmen, ihr bleiches, müdes Gesicht zu verschönern. Sie streichelte Messy, die sie verwirrt ansah.

»Entschuldige. Ich muss noch mal weg. Ich bin bald wieder da.«

Im Auto kam ihr der Gedanke, dass es verrückt sein mochte, was sie tat, aber irgendwie empfand sie zugleich die Sicherheit, dass es richtig war. Richtig in diesem Moment für *sie*.

Als sie in der Queen's Parade ankam, stiegen gerade bunte Raketen in den Nachthimmel über Scarborough. Sie zerbarsten in tausend Sterne und regneten über die Häuser. Auch am Strand ließ jemand ein Feuerwerk steigen. Dessen Lichter erhellten kurz das Wasser.

In Calebs Wohnung brannte Licht. Sie seufzte erleichtert. Sie hatte gefürchtet, er sei in der Bar, habe Dienst in der Silvesternacht. Vielleicht hatte er mit jemandem getauscht. Vielleicht ging es ihm auch nicht gut nach allem, was geschehen war.

Sie lief die Stufen hinauf, klopfte an die Wohnungstür. Zunächst war nichts von drinnen zu hören, und sie dachte schon, Caleb sei doch nicht zu Hause, habe nur versehentlich das Licht brennen lassen. Aber dann vernahm sie schwere Schritte, die Tür ging auf. Caleb stand vor ihr.

Er war grau im Gesicht und hatte gerötete Augen, und er sah aus, als habe er die letzten beiden Nächte nicht geschlafen. Oder stundenlang geweint. Wahrscheinlich beides.

»Kate!«, sagte er.

»Darf ich reinkommen?«

»Natürlich.« Er machte einen Schritt zurück. Den Eingang verstellten noch immer zahlreiche Umzugskisten, von der Decke hing die Glühbirne mit dem grellen Licht. Die Wohnung war kalt. Kate zog fröstelnd die Schultern zusammen.

Caleb hatte es bemerkt. »Die Heizung funktioniert jetzt überhaupt nicht mehr. Ich hoffe, dass sich morgen ein Notdienst darum kümmert.«

Von ihm gefolgt trat sie ins Wohnzimmer. Auf dem Tisch stapelten sich nun auch etliche Kisten, dafür konnte man sich vielleicht im Bad inzwischen freier bewegen. Die Dusche benutzen. Auf einer der Kisten stand ein kleiner Fernseher. Er lief ohne Ton. Kate sah erneut die vermummten Gestalten, die sich durch eine wie ausgestorben scheinende Stadt bewegten. China. Wuhan. Der Ausbruch der seltsamen neuen Lungenkrankheit.

Vor dem Fernseher stand eine Flasche Whisky.

Kate zuckte zurück. Caleb war ihrem Blick gefolgt.

Sie sahen einander an. Sie wusste, dass Caleb die Würgemale an ihrem Hals auffielen. Sie erkannte es daran, dass er noch grauer wurde im Gesicht, noch eingefallener schien.

Schließlich senkte er die Augen. »Es tut mir so leid, Kate«, sagte er leise. »So entsetzlich leid.«

»Aber du bist schon wieder gut dabei, wie ich sehe«, sagte sie hart.

»Kate ...«

Sie fand sich gemein. Aggressiv. Er sah so schlecht aus. Er bereute so sehr. Er wusste, wie dicht Kate an der Katastrophe vorbeigeschlittert war und welchen Anteil er daran trug. Sie konnte sehen, dass er nichts so sehr wünschte, wie alles ungeschehen machen zu können. Er brauchte niemanden mehr, der ihm sein Versagen vorhielt. Er selbst war sein eigener schärfster Ankläger.

Aber plötzlich schlugen der Schock, das Trauma, das Grauen aus dem verschneiten, dunklen Wald über ihr zusammen.

»Ich bin fast gestorben, Caleb. Ich war fast tot. Der Kerl hat mich beinahe umgebracht.« Sie merkte kaum, dass ihr die Tränen über die Wangen zu laufen begannen. Sie fühlte sich wieder inmitten der Geschehnisse, sah sich im Schnee liegen, das Gesicht nach unten gedrückt, Wasser in Nase, Mund und Ohren, das Gewicht von Samuel Harris auf ihr, sein keuchender Atem, der harte Griff, mit dem er ihren Schal packte, wie er ihn zusammenzog, wie sie keine Luft mehr bekam, verzweifelt strampelte und kämpfte und spürte, dass sie keinerlei Chancen hatte, nicht gegen diesen hasserfüllten Irren und nicht aus ihrer Position heraus.

»Ich dachte, ich sterbe. Irgendwann habe ich Licht gesehen. Helles Licht. Ich habe die Wärme gespürt. Ich war schon gar nicht mehr richtig da. Hier auf der Welt, meine ich.«

Er tat einen Schritt auf sie zu. »Wenn ich nur ...«

Sie wich zurück, stieß mit der Hüfte gegen die Tischkante. »Ich hatte mich auf dich verlassen, Caleb.«

»Ich weiß.« Es klang tonlos. In seinen Augen stand helle Verzweiflung.

Sie wusste, dass er nichts erklären konnte. Er konnte nichts sagen, wodurch plötzlich alles gut wäre. Sie verstand, dass er es auch gar nicht versuchen würde, und sie fragte sich, ob es sie nicht besonders wütend gemacht hätte, wenn er mit Erklärungen dahergekommen wäre, sich auf seine Sucht, seine Krankheit berufen hätte. Aber auch sein todtrauriger Blick, sein Schweigen und am allermeisten die verdammte Whiskyflasche reizten ihren Zorn.

Ehe sie sich zurückhalten konnte, hatte sie mit einer heftigen Handbewegung ausgeholt und die Flasche vom Tisch gefegt. Sie zerschellte an der Wand. Die Splitter flogen durch das Zimmer, verteilten sich über den Tisch, der Whisky zog goldfarbene Schlieren die Wand hinunter. Das Zimmer stank schlagartig so stark nach Alkohol, dass man hätte glauben können, sich alleine beim Atmen zu betrinken.

»Warum, Caleb? Warum? Warum kannst du denn nicht einfach damit aufhören?«

Er schrak zusammen. Antwortete nicht.

Kate wusste, wie idiotisch ihre Frage war. Könnten Alkoholiker einfach aufhören, wäre die ganze Sache kein wirkliches Problem. Caleb hatte vor Jahren bereits einen Entzug hinter sich gebracht. Er hatte es danach nicht geschafft durchzuhalten. Er war darüber verzweifelter als jeder andere Mensch in seinem Umfeld.

Sie bemühte sich, ruhiger zu werden. »Tut mir leid.«

»Schon gut.«

Draußen zerbarst ein Feuerwerkskörper, bunte Sterne erglühten am dunklen Himmel jenseits des Fensters.

»Bleibst du hier?«, fragte Caleb leise. »Über den Jahreswechsel, meine ich?«

Sie schüttelte den Kopf. »Ich will Messy nicht allein lassen. Sie hat Angst vor dem Feuerwerk. Ich bin nur gekommen ...« Sie sprach nicht weiter.

Er sah sie fragend an. »Ja?«

»Ich weiß nicht. Ich wollte dich einfach noch einmal sehen. Im alten Jahr.«

»Mir die Freundschaft kündigen? Ich würde es verstehen.«

»Nein. Natürlich nicht.«

Trotz ihrer Wut, die vor allem ihrer Enttäuschung entsprang, dachte sie plötzlich: nie. Nie im Leben. Nie im Leben Calebs Freundschaft verlieren. Egal, was ist. Egal, was sein wird.

Ihr Gesicht war noch immer nass von Tränen, als sie wiederholte: »Natürlich nicht.«

»Ich werde es versuchen«, sagte Caleb.

»Was?«

»Ich mache noch mal einen Entzug. Ich verspreche es dir. Es ist das Erste, was ich im neuen Jahr in die Wege leiten werde.«

»Nicht wegen mir«, sagte Kate. »Versprich es dir. Mach es wegen dir. Wegen deiner Zukunft.«

»Ich mache es einfach«, sagte Caleb. Beiden war klar: Erneut hatte Caleb einen schweren Kampf vor sich, vielleicht schwerer als beim ersten Mal. Denn jetzt war er ängstlicher und mutloser, da er sein Scheitern erlebt hatte.

Unschlüssig standen sie einander gegenüber, dann sagte Kate: »Ich gehe jetzt wieder. Ich muss schlafen. Ich muss irgendwie wieder zu mir finden. Komm gut ins neue Jahr, Caleb.«

»Du auch.« Er begleitete sie zur Tür. Als sie unter der grellen Lampe standen, holte er tief Luft. Kate konnte förmlich sehen, dass er sich ein Herz fasste.

»Und ... wie ist es morgen? Hast du Lust, einen Spaziergang mit mir zu machen? Am Strand?«

»Ja. Gerne.«

»Okay.« Er lächelte. Zum ersten Mal an diesem Abend. Angestrengt, mühsam, gequält, aber es war ... ein Lächeln. »Dann bis morgen, Kate.«

Sie erwiderte sein Lächeln. »Bis nächstes Jahr, Caleb.«